I0635573

من آقا زاده هستم...١

من آقازاده هستم

منتها

از جنس خوبش

مهشید آژیر

شناسنامه کتاب

نام کتاب   من آقا زاده هستم

نویسنده   مهشید آژیر

جلد و صفحه بندی   علی توکلی

تاریخ انتشار   سپتامبر۲۰۲۱

محل انتشار   کالیفرنیا آمریکا

ISBNnumber   978-1-7361291-8-0

این کتاب بوسیله شرکت چشمه کتاب از انتشارات ماهنامه خدنگ برای چاپ آماده گردیده و در سایت آمازون و چشمه کتاب و ماهنامه خدنگ برای فروش میباشد

برای تهیه این کتاب به منابع زیر مراجعه نمایید

شرکت نشر کتاب   ۹۴۹-۲۶۴-۲۲۰۳

ماهنامه خدنگ   ۹۴۹-۲۴۳-۷۹۹۴

شرکت ناشر   Ingram Lightning Source

و یا در روی تارنمای آمازون به آدرس زیر کتابهای مهشید آژیر مراجعه نمائید

http://www.amazon.com/

کتاب های منتشر شده از این نویسنده

نیلاب	۲۰۰۳
آسمان و زمین	۲۰۱۰
بی وفا جان	۲۰۱۶
مسافر خدا	۲۰۱۹
عروس مشروطه	۲۰۲۰
من آقا زاده هستم	۲۰۲۱

سر آغاز

با سلام به خوانندگان عزیزم، کرونا ادامه دارد و نوع دوم و سوم و چهارم آن هم از راه رسیده و ما هنوزخانه نشین هستیم . این کتاب را هم در زمان کرونا که وقت بیشتری داشتم نوشتم.هر بار می گویم که داستان بعدی خالی از هر نوع سیاست و جنگ خواهد بود، ولی وقتی داستان را شروع می کنم قلمم به بیراهه می رود ، و باز هم سر از دردهای اجتماعی و سیاسی در می آورم این داستان را دوسال پیش ،پس از سفر تفریحی که به هند داشتم شروع به نوشتن کردم ،داستان عشق دختری از یک خانواده معتقد ایرانی که در آمریکا زندگی می کند و پسری ایرانی در سفری رویائی به هند ، که عشقی ناگهانی بین دلهای آن دوگره می خورد و سرنوشتشان را عوض می کند.. عشق پا به هر جائی گذارد مسیر خودش را انتخاب میکند و هرگز در مسیر زندگی پیش نمی رود.. و این داستان عاشقانه هم درگیرتعصباتی که هنوز وجود دارد و زندگی دختران را با بی رحمی دگرگون می کند ،می شود، که شاید این تعصبات ریشه دینی ندارند و فقط ریشه محیطی وتاثیر رفتار و گفتار اطرافیان و چگونگی برداشت هرخانواده ، هر قوم وحتی هر شهر وهر دهی ، از آن می باشد.

این داستان هم مثل خیلی از داستانها که همیشه عاشق و معشوقی هستند و سر و کله رقیبی نیز ناگهان پیدا می شود، می باشد ، که در این داستان این رقیب یک آقا زاده است

بنا براین، این بار بسراغ طبقه جدیدی در ایران که خود را آقازاده می نامند رفتم،البته این نام هم جنبه تشریفاتی دارد. مثل هر زمانی که فرزندان دولت مردان را به نامی می خواندند ، مثل شازده ها در زمان قاجار و والاگهر ها در زمان پهلوی و این بار آقا زاده ها. این روزها داستان های زیادی در مورد آنها بر سر زبانهاست که دستی در بازار ایران دارند . می شنویم که بعضی از آنها از موقعیت خود سوء استفاده می کنند ، ولی خیلی از آنها هم با خلوص نیّت در خدمت بهتر کردن جامعه هستند .، همانطورکه درکتاب آمده این قشر از اجتماع هم انواع خودش را دارد البته در تمام دنیا ، رسم چنین است و فرزندان قدرت مندان ، ثروت های هنگفتی دارند، و هرکار که دوست داشته باشند ،انجام می دهند ، ولی بر سر زبانها نمی افتند ، چون جمعیت در آن کشورها زیاد است و بگوش کسی نمی رسد ! ولی در ایران چون جمعیت کم است، اینها زود شناخته می شوند .

در آمریکا که داستان ما از آنجا آغاز میشود ، بیشتر شرکت های نفتی متعلق به خاندان های رئیس جمهورهای پیشین هستند ،شرکت های غذائی که غذای ارتش در کشورهائی که آمریکا می جنگد را تامین میکند ، به آقا زاده ها تعلق دارند و خیلی چیزهای دیگر. اما چون مردم آنقدر گرفتار زندگی خود هستند که کمتر به سراغ آقا زاده ها می روند ، مگر یکی از آنها و یا نزدیکانشان کاندیدای مقامی شود، آنوقت نامزد حزب مخالف در مورد آنها افشاگری می

کند ! که خودش برنده شود نه برای اینکه ازحق و حقوق مردم حمایت کند . بهر جهت چون این روزها داستان آقا زاده ها در ایران ، و خروج آنها و مهاجرت آنها به کشورهای دیگر مرتب در فضای مجازی خبر ساز می شود . من هم تصمیم گرفتم که این بار ، جنگ در افغانستان و عراق و سوریه را رها کنم و به ایران بروم.. پس از تحقیق های زیاد فهمیدم که صد ها آقازاده خوب هم هستند که در مسند کارهای مهمی قرار دارند، ولی هرگز از قدرت خود سوء استفاده نمی کنند و فقط در فکر خدمت به مردم و کشور می باشند . خیلی ها هم بدون پشتبانی از والدین خود ، به کارهای عادی مشغولند.

که در این کتاب از آنها هم یاد کرده ام بنام آقا زاده های خوب ، که عنوان کتاب هم همین است (من یک آقا زاده هستم ، منتها از جنس خوبش) که در کتاب خواهید خواند ..

هر چند که ، خواستم در این کتاب ازگروه های فراطی مثل داعش و طالبان ننویسم ولی اتفاقاتی که افتاد مرا دوباره به بمبگذاری داعش در هند و حمله آنها به مجلس جمهوری اسلامی کشاند،

سه نفر داعشی در خرداد ماه ۱۳۹۶ به مجلس جمهوری اسلامی ایران حمله نمودند و چه قیامتی درمجلس بپا کردند ومردم بیچاره را بخاک و خون کشیدند .

دوستان عزیزم من هر چقدر که کوشش کنم، باز قلمم مرا به جنگ خونریزی و دفاع از مردم بیگناه می کشد و آنها را بازگو می کنم .امیدوارم که از خواندن این کتاب هم به اندازه کتاب.های دیگر من لذت ببرید و حقایقی را از نوشته های من در یابید که ارزش خواندن داشته باشد .

داستان از عشق قشنگی که همراه با ترس و تعصب است در هندوستان شروع می شود که سایه این تعصب لرزه بر اندام آن دو دلداده می اندازد . سپس خواستگاری یک آقا زاده، داستان را به چالشی دیگر می کشد و همچنین وجود آقازاده ای که خودش را از نوع خوب آقازاده ها می نامد ، در این داستان این باور را بوجود می آورد که همه را نباید به یک چوب زد ، در هر قوم و قبیله ای ، هر نوع انسانی هست. و به این نتیجه می رسیم که در درون هرانسانی نفسهایی ، بنا بر داده ها و محیط اطراف وجوددارد که قابل عوض شدن هستند . در خاتمه همانطورکه هم در قران مجید و هم در روانشناسی جدید به نفس های مختلف درونِ روان هر انسانی اشاره می شود، گاهی نفس اماره بر بقیه نفسهای دیگر حکمرانیَ می کندو انسانی را به بیراهه می کشد ، ولی با تعلیم و تربیت و آگاهی درست از شناخت ها، همین نفس اماره را هم میشود شکست داد وناگهان انسانی که بازیچه این نفس گشته است ، یک شبه عوض می شود و نفس مطمئنه بر نفس اماره پیروز می گردد. و مثل پروانه ای از پیله خود بیرون آمده و پرواز می کند و خداوند هم مژده داده که چنین انسانی بخشوده خواهد شد.که او مهربان ترین مهربان هاست

مهشید آژیر

فصل اول

مهشید آژیر..............................۱۰

صنوبر سرش را از روی ورقه اش بلند کرد . امتحانش را تمام کرده بود، نگاهی به دور و برش انداخت ! هنوز بیشتر دانشجویان در حال جواب دادن به سئوالات امتحان بودند . بنظر او امتحان سختی بود ،ولی او مثل همیشه امتحانش را خوب داده بود . تاریخ ، درس مورد علاقه او بود ! از بچگی قهرمانان تاریخ را دوست داشت . زندگی نامه بیشتر پادشاهان ایران و رهبر های دنیا را از حفظ بود . او خیلی دلش می خواست که فوق لیسانس خودش را در رشته باستانشناسی بگیرد ، اما پدرش اصرار داشت که او پزشک شود . او هیچوقت نتوانسته بود بر خلاف خواسته پدرش حرفی بزند!!در قاموس خانوادگی آنها چنین رسم نبود. بنابراین داشت لیسانس علوم انسانی می گرفت و تاریخ را هم برای معلومات عمومی انتخاب کرده بود.استاد این کلاس پرفسور اسکات ، محبوب ترین استاد دانشگاه و مخصوصا صنوبر بود .

صنوبر حوصله اش سر رفت یکبار دیگر ورقه اش را مرور کرد ، مطمئن بود که همه سوالات را درست جواب داده است . بلند شد و ورقه اش را بدست گرفت ، کوله اش را بر دوش انداخت و بطرف میز پروفسور رفت . پروفسور لبخندی بر لب داشت ، ورقه اش را گرفت و روی میز گذاشت و گفت :

" مثل همیشه بهترین جواب ها رو دادی !!؟"

صنوبر لبخندی زد و چیزی نگفت ، پروفسور پرسید :

" با پدرت در مورد سفر هند حرف زدی ؟"

صنوبر با شرمساری جواب داد:" استاد می دونم که اجازه نمی ده !"

پروفسور نگاهی به او کرد وگفت :

" دختر خوب ، هیچوقت نجنگیده تسلیم نشو !! این درس رو از تاریخ یاد بگیر!! تا زمانی که او نه ، نگفته است ، یعنی تو هنوز شانس برنده شدن را داری !! با او حرف بزن ، شاید راضی شود !! مگر او از تو نمی خواد که پزشک شوی ، خوب تو هم این شرط رو بگذار!"

دو دانشجوی دیگر ورقه هایشان را آوردند و او از پروفسور خدا حافظی کردو به حیاط دانشگاه رفت . روی سکویی نشست و منتظر دوستش ماهور شد. صنوبر و ماهور از زمان دبیرستان با هم همکلاس و دوست بودند ، و حالا هر دو سال آخر دانشگاه ارواین را می گذراندند !! اما از اینجا راهشان جدا می شد . صنوبر قصد داشت پزشک شود و ماهور می خواست در رشته هنر ادامه دهد. صنوبر به حرفهای پروفسور اسکات فکر می کرد !! آیا او می تواند با پدرش بحث و جدل کند؟

او همیشه دختر حرف شنوی بابا بود ، شاید چون او هیچوقت در مقابل پدرش نه نگفته بود !

صنوبر از یک خانواده مذهبی بود، با اینکه از ده سالگی در آمریکا زندگی می کرد، ولی پدرش قوانین خانه پدری خویش را هم همراهش به آمریکا آورده بود ، صنوبر مشکلی با این طرز زندگی نداشت و در کنارپدر و مادرش زندگی آرامی می گذراند .

آنها دوازده سال پیش بخاطر ناراحتی قلبی برادرش که آن موقع چهار سال داشت به آمریکا آمدند ، قرار بود بعد از عمل قلب او به ایران بازگردند، ولی پس از عمل دکتر ها گفتند که او باید برای مدت طولانی در آمریکا بماند! بنابر این اینجا ماندی شدند و صنوبر به مدرسه رفت . سال اول برایش سخت بود، ولی از سال بعد همیشه شاگرد اول و ممتاز شد !بعد هم در دانشگاه ارواین پذیرش و بورسیه گرفته و امسال سال آخر لیسانسش را میگذراند .

پروفسور اسکات ، استاد تاریخ ، امسال با همکاری استاد تاریخ دانشگاه لوس انجلس و دانشگاه جواهر لعل نهرو در هندوستان ، یک تور تجربی وگردشگری هند، برای دانشجویان رشته تاریخ تدارک دیده بودند و چون پروفسور اسکات از علاقه صنوبر به تاریخ با خبر بود، به او اصرار می کرد که به این سفر برود. ، چون چنین موقعیتی دوباره شاید برایش پیش نیاید!. اما او می ترسیدکه در این باره با پدرش صحبت کند اما بقول پروفسور اسکات او نباید نجنگیده شکست را قبول کند. صنوبر در فکر خیال خودش بود که ماهور آمد و کنارش نشست .

"هی صنوبر کجایی؟"

صنوبر تازه متوجه او شد و برایش گفت و شنودی که با پرفسور اسکات

داشت را گفت .ماهور سری جنبانید و گفت:

"خوب پر بدک نمی گه!! به بابا بگو اگه اجازه بده بری هندوستان، تو هم برای رفتن به دانشگاه پزشکی اقدام می کنی ، تو که معدلت خوبه باور کن همین دانشگاه پزشکی اروابن قبول می شی "

صنوبرهیچوقت با پدرش بحث نکرده بود،یعنی می ترسید که پدرش عصبانی شود . رابطه آنها یک رشته از احترام ، عشق و ترس بود، انگار در یک قرن قبل زندگی می کردند ، حرف پدرش حرف بود و بس! .

با هم بطرف پارکینگ به راه افتادند و هر کدام بطرف اتومبیل خود رفتند. صنوبر در تمام طول راه با خودش تمرین می کرد که چگونه این را به پدرش بگوید . وقتی که روز اول پرفسور اسکات این پیشنهاد را داد، او با خوشحالی بخانه رفت و جریان هند رفتن را با مادرش در میان گذاشت. اما مادرش به او گفت که تلاش نکند امکان ندارد که صالح با این مسافرت موافقت کند. البته دل ماهره(مادر صنوبر) هم راضی به رفتن او با یک عده پسرو دختر غریبه به کشوری دیگر نبود، او هر وقت که خودش چیزی را نمی خواست برگردن شوهرش می انداخت .صنوبر تا بحال تنها جائی نرفته بود . همیشه افراد خانواده با هم به مسافرت های کوتاه می رفتند .

صالح پدر صنوبر از یک خانواده قدیمی و مومن بود . پدر او در تیمچه بازار فرش فروش ها یک حجره داشت . او و دو برادرش سعید و سبحان در دامن مادری معتقد و پدری با ایمان تربیت یافته بودند!! در زمان جنگ ایران و عراق بزرگ شدند و قد کشیدند . وقتی که بسن جبهه رفتن رسیدند، اول سعید برادر بزرگ شان و سپس او وبعد هم سبحان روانه جنگ شدند آنها سه نوجوان شجاع بودند که بدون ترس به جبهه رفتندو سالها در جنگ ایران و عراق جنگیدند .

صالح همیشه از زمان جنگ برای بچه ها داستانها می گفت . از سختی ها،از پیاده روی ها ،از حمل مجروحین ، از گرسنگی ها، از پنهان بودن در سنگر ها برای روزها ، از اسیر گرفتن ها ، از شهادت دوستانش در مقابل چشم آنها، او همیشه از دوران جنگ با افتخار حرف می زد و آنرا دوران طلائی عمرش می دانست .. پس از پایان جنگ هر سه برادر بخانه بازگشتند ، او و سعید سالم بودند، ولی سبحان برادر کوچک آنها شیمیایی شده و مدتها در بیمارستان بستری بود و پس از آن هم که از بیمارستان مرخص شد! خیلی

ضعیف احوال بود . سعید بکار دولتی پرداخت و صالح به دانشگاه مهندسی رفت .

او مهندس تکنولوژی شد و خیلی زود در دانشگاه کار یافت و پس از چندی ازدواج کرد . زندگی خوبی داشت صاحب یک دختر و پسر شده بود . تا اینکه صابر پسرش هر از گاهی رنگش کبود می شد و نفسش به شماره می افتاد . پس از چند آزمایش و عکس برداری معلوم شد که مشکل مادر زادی قلبی دارد و باید عمل شود . برادر بزرگش سعید که داشت در دستگاه دولتی جا می افتاد ، ترتیب سفر آنها را به آمریکا داد ، چون بخاطر مشکلاتی که بین دولت های آمریکا و ایران وجود داشت ، رفتن به آمریکا کار آسانی نبود . بنا بر گفته دکتر ها این عمل قلبی که صابر به آن نیاز داشت فقط در آمریکا امکان داشت .سعید دارای امکانات بهتری بود ، هم از نظر سیاسی و هم از نظر مالی در حال ترقی بود، بنابراین مخارج سفر آنها را تامین کرد و ویزای پزشکی هم برای آنها گرفت .

ابتدا صالح می خواست خودش و صابر به آمریکا بیایند، ولی گریه های ماهره باعث شد که همه خانواده راهی آمریکا شوند. روزهای سختی را در لوس انجلس گذراندند تا عمل صابر تمام شد . تمام مخارج عمل را برادرش سعید پرداخت ،چون حقوقی که صالح در ایران می گرفت، آنقدرها نبود و فقط توانسته بود با آن بلیط هواپیما بگیرد . بعد از عمل دکتر ها گفتند که صابر باید برای مدتی تحت کنترل و مراقبت باشد ، بنابراین آنها در آمریکا ماندنی شدند . چند سال بسیار سختی رادر غربت گذراندند !!که اگر سعید برایشان دلار نمی فرستاد خرج خورد و خوراک هم نداشتند.

خیلی طول کشید تا صالح توانست بخاطر بیماری صابر، اجازه کار بگیرد، و با وجود این که مدرک دکترا داشت، ولی از پائین ترین کارها شروع کرد، دو جا کار کرد تا بتواند خانه ای اجاره کند و زندگی کوچکی در آمریکا برای خودش بسازد . او کتاب دعا ، سجاده و تسبیحی را که از جنگ به سوغات آورده بود همیشه با خود داشت و از آنها نگهداری می کرد و به داشتن آنها افتخار می نمود .او به فرزندانی که بار آورده بود می بالید هر دو بسیار معتقد به اصول خانواده ودرس خوان و مسئولیت پذیر بودند ،... ماهره همسرش هیچوقت کار نکرد و تمام کوشش خودش را برای نگهداری از بچه ها می کرد! تا بالاخره پس از چند سال صالح کار بهتری گرفت و در آمدشان کمی بهتر شد .

صنوبر چون شاگرد اول بود بورسیه گرفت و خرج شهریه اش را پرداخت، تا باری بر دوش پدرش نباشد . صابر هنوز در دبیرستان بود ولی صنوبر امسال لیسانس می گرفت و می رفت تا پزشک شود.

در این مدت زیاد با اقوامشان در ایران تماس نداشتند ! گاهی وقتها برای عید نوروز و یا اعیاد مذهبی به مادر بزرگ زنگ می زدند و احوال بقیه را هم می پرسیدند . چون از کوچکی به آمریکا آمده بودند ، چندان خاطره ای هم از آنها در یادشان نبود. . اما همیشه خودشان را برای سلامتی صابر مدیون سعید می دانستند.

صنوبر در طول راه خانه به همه این چیزها فکر کرد و هنوز هم می ترسید که موضوع هند رفتن را به پدرش بگوید !! مخصوصا که او کار نمی کرد ، در این صورت خودش برای هند رفتن پس اندازی نداشت و باید از پدرش این پول را می گرفت . خجالت می کشید ،اما بقول پرفسور نباید نجنگیده تسلیم شود .

***

وقتی بخانه رسید، پدرش خانه نبود و مادرش توی آشپزخانه غذا می پخت صنوبر به آشپزخانه رفت . قیافه مادرش کمی گرفته بود.او همیشه وقتی صنوبر امتحان داشت چشم انتظار بازگشت او بود و اولین سوالش این بود که امتحانت چطور شد؟ اما او فقط جواب سلام صنوبر را داد و به ادامه آشپزی پرداخت . صنوبر ترسید نکند نتیجه آخرین تست قلب صابر خوب نبوده؟ با وحشت پرسید:

"مامان چی شده چرا ناراحتی ؟"

مادرش سری تکان داد و جواب داد: "چیزی نیست سرم درد می کنه "

صنوبر مادرش را می شناخت او هیچوقت بخاطر یک سردرد چنین حالی نمی شد ! جلو رفت و گفت :

"خوب اگه سرت درد می کنه برو بخواب بقیه غذا رو من درست می کنم"

مادرش سری تکان داد و گفت: "نه عزیزم خوب می شم ، اینجوری سرم گرم می شه "

صنوبر دیگر مطمئن شد که اتفاقی افتاده :" مامان جون من بگو دکتر چیزی در مورد صابر گفته!! از من پنهون می کنی ؟"

مادرش لبخندی زد و دستی بر سر صنوبر کشید و جواب داد :

"نه عزیزم ...قربون اون دل مهربونت بشم!!... خدا رو شکر صابر خوب خوبه من ... من یه کم با بابات بحثم شده "

صنوبر خیلی تعجب کرد . آنها هم مثل بقیه زن و شوهرها ، هر ازگاهی بحث می کردند، ولی نه اینجوری که مادرش سر درد بگیرد و یا به زبان بیاورد!! که با هم بحث کرده اند . بالاخره آنقدر اصرار کرد که مادرش دو تا چایی برای خودشان ریخت و به اتاق نشیمن آمد روی مبل نشست. صنوبر با مادرش رابطه دوستانه بسیار نزدیکی داشت ،چون تفاوت سنی زیادی نداشتند ! به صنوبر گفت که او هم بنشیند، و بعد گفت:

"صنوبر جون راستش سر تو حرفمون شده؟"

صنوبر گریه اش گرفت سری تکان داد وگفت : "پس جریان هند رو به او گفتی درسته ؟"

ماهره کمی فکر کرد و گفت : "جریان هند ؟ ... آها رفتن کلاس تاریخ به هند!! نه بابا سر این نبود ! من اصلا اینو بهش نگفتم !"

صنوبر با خوشحالی گفت :" آها پس سر اینکه من می خوام برم دنبال تاریخ و هنر و باستان شناسی !!؟"

ماهره سری تکان داد: "نه بابا اینم نبود !"

صنوبر که طاقتش تمام شده بود تقریبا با فریاد پرسید :" می گی سر چی من دعواتون شده؟"

ماهره آهی کشید و جواب داد : "عزیزم یادته وقتی کوچک بودی زن عمو سعید همیشه به تو می گفت که تو عروس خودمی ؟"

صنوبر چیزی نفهمید و پرسید :" خوب که چی ؟"

"هیچی دیگه امروزصبح عمو سعید زنگ زد و گفت که صنوبر داره لیسانس می گیره و دیگه وقتشه که قراری که اون سالها گذاشته بودیم عملی کنیم."

صنوبر باز هم خوب نفهمید! مادرش انگار پرت و پلا می گفت ! چه قراری که به او مربوط می شه!!؟

"مامان حرف می زنی یا نه !! چی می گی کدوم قرار ؟ "

ماهره آهی کشید و گفت :" وقتی تو دنیا آمدی .. عمو و زن عموت که به دیدن تو آمدن دو تا النگوی طلا واست آوردن . گفتن از امروز صنوبر می شه نامزد امیر هوشنگ ..."

انگار تمام دنیا را بر سر صنوبر کوبیدند .یعنی قراره او زن امیر هوشنگ بشود !! بهمین سادگی ؟ او به احترام پدرش در این سالها هیچ دوست پسری نگرفته بود . با اینکه همه دوستان ایرانی او دوست پسر داشتند.مثل یک گوسفند سرش را انداخته بود پائین و درسش را خوانده بود !! حالا ناگهان قضیه دکتر شدن و دانشگاه پزشکی رفتن تمام شد و او باید برگردد ایران و زن کسی شود که موهای او را می کشید ، فقط همین خاطره را از امیر هوشنگ داشت .یعنی واقعاً پدرش چنین انتظاری از صنوبر داشت؟

"مامان یعنی چی ؟ مگه اصل حجره که برای دو تا النگو زندگی منو حروم کنین ؟ اون النگو ها کجاس پس بدین بهشون !!"

چشمهای مادرش پر از اشک شد: "عزیزم موضوع از النگوها مهمتره !! توی این دوازده سال عمو سعید زیر بال و پر ما رو گرفته .. تمام مخارج عمل صابر رو داده !بابات خودش رو مدیون اون می دونه !"

صنوبر با گریه گفت : "یعنی من باید فدای سلامتی صابر بشم ؟؟ یعنی سلامتی او به قیمت زندگی من !!؟ مامان خودت می فهمی چی داری می گی؟؟ خوب چند سال صبر کنن من دکتر بشم بعد هرچی دادن سه برابر بهشون پس می دم ."

ماهره سر او را درآغوش گرفته بود و موهایش را نوازش می کرد :

"عزیزم فکر می کنی من قبول کردم ؟ واسه همین بحثمون شد. منم همین حرفها رو می زدم .. حالا وقتی بابا آمد خونه چیزی نگو بگذار بازم باهاش حرف بزنم .. یه جوری راضیش می کنم !"

صنوبر باورش نمی شد که پدر خوب و مهربان او چنین تصمیمی گرفته باشد!!؟ بدون اینکه نظر صنوبر را بپرسد !؟ او همیشه مثل یک کوه به

پدرش تکیه کرده بود، از بچگی پدرش قهرمان او بود !! چون پدرش واقعاً قهرمان بود. او در مدرسه همیشه با افتخار می گفت که پدرش در جنگ بوده ! اما حالا قهرمان او داشت پوشالی از آب در می آمد . یعنی بخاطر خرج دوا و دکتر صابر پدرش داشت او را می فروخت؟ سرش را به زانوی مادرش گذاشت و گریه را سر داد . مادرش با مهربانی او را نوازش می کرد خوب می دانست که حق با صنوبر است ، دل خودش هم خون بود ، اما او هم هرگز به شوهرش نه نگفته بود ، او هم به پدر سالاری در خانواده اعتقاد داشت، ولی این با مسائل دیگر قابل مقایسه نبود . او هم باید پشت صنوبر می ایستاد و نمی گذاشت که صنوبر فدای یک حق شناسی شود.. اما خوب نمی خواست ظاهرا زیاد هم به صنوبر حق بدهد چون می ترسید که در این مبارزه ببازند.

"دختر خوشگلم ، گفتم دیگه، اول صبحی کلی با هم حرفمون شد. تازه بابات هم حرف بدی نمی زنه !!می گه همه با هم بریم ایران، اگه از امیر هوشنگ خوشمون آمد وصنوبر هم راضی شد، عقد می کنیم وگرنه بر می گردیم.

صنوبر فریاد زد : "یعنی دکتر شدن و درس خوندن و همه اینها الکی بود ها!! ؟.. یعنی من باید برم ایران و با مردی که اصلا نمی شناسم ازدواج کنم. مامان ترو خدا کمکم کن!! نذار زندگی من حروم بشه !!من بخاطر تو و بابا تا بحال دوست پسر نگرفتم! همه دوستام دوست پسر دارن ! یعنی من حق ندارم بدونم که عشق چیه ؟عاشق چه احساسی داره ؟ چه دل شوره ای داره انتظار؟چه لطفی داره دیدار؟ چه حسرتی داره آه عاشق...مامان منم آدمم! "

ماهره به او قول داد که با پدرش حرف بزند و او را مجبور کند که بیشتر در این مورد فکر نماید . چگونه آنها می توانند صنوبر را از خود جدا کرده و به آمریکا باز گردند ..

صنوبر برخاست و به اتاقش رفت .. انگار دنیا برایش تمام شده بود ، او حتی لذت عاشقی ، رنج جدایی، سختی انتظار ، را نچشیده بود . او هرگز عاشق نشده بود ، او هنوز نمی دانست که عشق چه لذتی دارد؟ دلهره هایی که دوستانش برای او تعریف می کردند ! چگونه است ؟ ..یعنی او هیچوقت این چیز ها را تجربه نخواهد کرد؟یعنی دل او هیچوقت از یک نگاه هوری نمی ریزد؟ یعنی او مثل مادر بزرگش باید ندیده و نشناخته به حجله مردی

برود که فقط اسم او یادش بود .. از خدا کمک می خواست. او به خدا
اعتقاد داشت و همیشه مطمئن بود که خداوند چیز بدی سر راهش نمی
گذارد، اما حالا داشت به این احساس شک می کرد ، یعنی ممکن است
این پایان همه ی خوشی های او باشد !!؟ او به خانه آمده بود تا در مورد
هند رفتن با پدرش حرف بزند !!حالا مصیبتی داشت بر سرش آوار می شد،
که هرگز به آن فکر نکرده بود و راه گریزی نداشت.!! آنقدر گریه کرد که
خوابش برد .. ناگهان با سر و صدای مادر و پدرش بیدار شد ..او هرگز شاهد
دعوای آنها نبود .. حتما داشتند در مورد او بحث می کردند . ترجیح داد در
اتاقش بماند و نگذارد که آنها بفهمند که او صدای آنها را می شنود. دقیقا
کلمات را نمی فهمید، اما معلوم بود که بحث سر چیست چون در بین حرفها
اسم خودش را می شنید .بعد از مدتی آنها ساکت شدند و سکوتی خانه را
در بر گرفت .

صابر هنوز به خانه نیامده بود وگرنه پدر و مادرش بخاطر مریضی او اگر
مشکلی هم داشتند خیلی بی سر و صدا حلش می کردند . صنوبر با خودش
گفت اگر صابر بیمار نبود از او کمک می گرفت، اما او نمی خواست که
بلایی سر صابر بیاید . خدایا او حتی نه تلفنی و نه تصویری تا بحال با امیر
هوشنگ حرف نزده بود !!! اصلا با هم تماسی نداشتند ، که حالا یک دفعه
امیر هوشنگ اینجوری عاشق صنوبر بشود !! فدا کردن زندگی او هم برای
سلامتی صابر حق او نبود .! مدتی بعد دوباره صدای آنها را شنید که در
مورد او حرف می زدند .این بار صداها را بطور واضح می شنید.

مادرش گفت :" صالح راستی راستی چرا اینها اینقدر پا فشاری می کنن؟
مگه توی ایران دختره قحطه ؟ که اینها با این اصرار صنوبر رو می خوان ..
آخه یه فرصتی به او بده .. باهش حرف بزن عهد عتیق که نیست ، ندیده
نشناخته عقد کنند !!باید خودش امیر هوشنگ رو ببینه با هم حرف بزنند
خدا رو خوش نمیاد که به صنوبر فشار بیاری !! چشماتو باز کن ببین دختر
ایرونی ها اینجا چکار می کنن..؟ اکثرا دوست پسر دارن .. مرتب به پارتی و
دیسکو میرن!! این بیچاره چکار می کنه ..!!؟ راست می ره مدرسه و میاد
والله گناه داره که اذیتش کنی !! اصلا اینا چطور بفکر صنوبرافتادن ؟ اونا
حتی با تلفن هم هیچوقت با صنوبر حرف نزدن !! یعنی اصلا با ما تماسی
نداشتن !!"

صدای باباش رو شنید که گفت : "اینا رو جلوی بچه نگو پررو می شه!بعدم
همیشه با من داداش تماس داشته ! منتها صنوبر و امیر هوشنگ هیچوقت

با هم حرف نزدن!!"

ماهره جواب داد: "اولا که او بچه نیست !! اگه بچه س چرا می خوای شوهرش بدی..؟ بعدم از پرو شدنش گذشته ..منم دارم حقیقت رو می گم روزی یه نون بخور صد تا بده به گدا !!که خدا رو شکر خودش جنسش خوبه و اینطوری شده!!"

انگار سکوتی بین آنها برقرار شده بود ،چون دیگر صدایی نمی آمد. صنوبر توی دلش خیلی از حرفهای مادرش خوشحال شده بود، او حرفهایی را زد که صنوبر هرگز جرات گفتنش را به پدر نداشت . صنوبر نمی توانست خودش را عادی نشان دهد و بهمین جهت از اتاق بیرون نرفت .

صابر بخانه آمد، او معمولا بعد از مدرسه سه روز از هفته را در یک فروشگاه خوار بار فروشی چند ساعتی کار می کرد، مثل دوست های آمریکاییش و دکترش هم با این کار موافقت کرده بود . او دلش می خواست که یک دستگاه بازی ایکس باکس وان بخرد ، و چون قیمت آن برای بودجه آنها گران بود، او پول هایش را جمع می کردتا این دستگاه را بخرد. صابر خیلی خواهرش را دوست داشت و هنوز مثل زمان بچگی به او تکیه می کرد. صنوبر در درسهایش به او کمک می کرد . حتی وقتی که گفت می خواهد کارکند، صنوبر با پدر و مادرش حرف زد و اجازه کار کردن برای صابر را از آن ها گرفت . هرچی می خواست به صنوبر می گفت . چند لحظه بعد او تلنگری به در زد و گفت : "آبجی خوشگله بیداری "

صنوبر بلند شد دستی به سرش کشید که موهایش را مرتب کند و جواب داد:"قربونت برم بیا تو "

صابر داخل شد و از اینکه صنوبر در چنین وقتی خوابیده بود تعجب کرد ، ولی صنوبر به او توضیح داد که چون امتحان داشته دیشب کم خوابیده و الان تلافی آنرا در آورده . صابر هم کمی از کارهای روزش را برای او گفت و بعد دوتایی برای شام خوردن بیرون آمدند . پدرش به اتاق خودش رفته بود و مادرش آهسته به او گفت که بروی خودش نیاورد که در این مورد با هم حرف زده اند ..

بعد از شام صنوبر خستگی را بهانه کرد و به اتاقش رفت .. بکلی در مورد رفتن به هندوستان فراموش کرده بود . امروز چهار شنبه بود و او فقط تا جمعه ظهر وقت اسم نویسی داشت ، ولی آنقدر فکرش در گیر عروسی با

امیر هوشنگ شده بود که فرصت فکر کردن به تور هندوستان را نمی کرد هنوز نخوابیده بود که چند ضربه بدر اتاقش خورد و صدای پدرش را شنید که می گفت :" عزیز دل بابا بیداری؟"

صنوبر گریه اش گرفت ! پدرش همیشه او را این چنین صدا می زد ولی این بار قلب صنوبر لرزید ، اگر پدرش آنقدر او را دوست دارد چگونه دلش می آید که او را یکباره از خود جدا کند .

صالح مرد بسیار خوبی بود و عاشق فرزندانش ،هیچوقت نمی خواست که کوچکترین آسیبی به آنها برساند . لب تخت نشست و دستی بر موهای او کشید و گفت:

"عزیزم می دونم که از جریان امیر هوشنگ خبر شدی .. فکر نکن مامانت به من گفته .. نه ! ولی من آنقدر ترو خوب می شناسم که از نگاهت می فهمم که چه خبره .."

ناگهان بغض صنوبر ترکید و شروع به گریه کرد . پدرش سر او را در آغوش گرفت و بوسید ..بعد ادامه داد:

"عزیز دل بابا ..مگر من می تونم ترو فدای صابر کنم!! هر دوتون برام یه اندازه عزیز هستین .. خوب این جریان امیر هوشنگ از همون بچگی شما ها بوده و تازگی نداره.. اما امروز داداش سعید ترو محترمانه خواستگاری کرد .. نه اینکه بگه حتما ..باید اینکار رو بکنید ..منم که عزیز دلم رو توی ایران نمی گذارم و برگردم آمریکا ..من عقیده دارم که همه باهم بریم ایران..و از نزدیک امیر هوشنگ را ببینیم!! اگر پسر خوبی بود و تو از او خوشت آمد عقد می کنیم ..تازه شرط هم می ذاریم که اگه تو نخواستی ایران بمونی او باید بیاد اینجا ..!"

صنوبر با صدای بغض آلودی گفت:

" باباجون مگه تو نمی خواستی من دکتر بشم چی شد ؟ یادت رفت ؟"

صالح سرش را بوسید و گفت : "عزیزم اینم یکی دیگه از شرط های منه که تو چه ایران بمونی چه برگردی آمریکا باید ادامه تحصیل بدی .."

صنوبر کمی آرام شد ،توی دلش گفت..خوب پس هم او باید امیر هوشنگ رو بپسنده ، هم امیر هوشنگ باید برای آمدن به آمریکا راضی بشه و هم

که او اجازه درس خوندن داشته باشه .. پدرش چند بار سر او را بوسید و بعد اتاق را ترک کرد . صنوبر فکر می کرد که او که بالاخره باید شوهر کند، دوست پسری هم که ندارد ، شاید امیر هوشنگ هم پسر خوبی باشد به امتحانش می ارزد.

***

فردا صبح با عجله صبحانه خورد و به دانشگاه رفت .. ماهور از قیافه او فهمید که خبری شده ،فکر کرد که جریان هند رفتن را به پدرش گفته و او مخالفت کرده ..منتظر نشد تا کلاس تمام شود و با چشم و ابرو از صنوبر می پرسید که چه خبر شده ! بالاخره کلاس تمام شد و با هم بطرف کتابخانه رفتند و صنوبر همه چیز را برای او تعریف کرد . ماهور دختر عاقلی بود بعد از اینکه همه حرفهای او را شنید با خنده گفت :

"دختر عوض غصه خوردن از موقعیت استفاده کن و به بابات بگو به این شرط حاضری بری ایران و امیر هوشنگ رو ببینی که اونم اجازه بده با تور دانشجوها بری هند!"

صنوبر خجالت می کشید که برای پدرش شرط و شروط بگذارد!! اما لااقل شاید به این بهانه پدرش با رفتن هند موافقت کند . از پیشنهاد ماهور خیلی خوشحال شد . با خودش تمرین می کرد که چگونه سر حرف را با پدرش باز کند .

نزدیک های غروب به خانه بازگشت ، پدرش آمده بود،سلامی کرد و روی او را بوسید . پدرش داشت آماده می شد تا به مسجد برود ، او معمولا شبهای جمعه به مسجد می رفت . صنوبر هم دختری با ایمان بار آمده بود وبه خدا اعتقاد کامل داشت . گاهی همراه پدرش به مسجد می رفت . جمع آنجا را دوست داشت، از هر نوع ملیتی در آنجابودند . مخصوصا دعای کمیل و نماز جماعت را . ناگهان بفکرش رسید که چرا همراه پدرش به مسجد نرود و در راه در مورد مسافرت به هند با او صحبت کند .بلند شد و به اتاق نشیمن رفت . پدرش وضو گرفته بود و داشت صورتش را خشک می کرد ،صنوبر پرسید: "بابا داری میری مسجد؟ منم میام "

صالح خیلی خوشحال شد ..معمولا فقط شبهای بخصوص مذهبی صنوبر به مسجد می آمد :

"آفرین دخترم .. زود حاضر شو "

صنوبر رفت تا وضو بگیرد .. اما فقط نمی رفت تا از پدرش اجازه هند رفتن را بگیرد، بلکه واقعاً خودش هم ایمانی از بچگی در دل داشت و از مسجد رفتن خوشحال می شد. او می رفت تا از خدا بخواهد که هرچه برای او خوب است قسمتش کند!! او دامن بلندی پوشید وبلوز آستین بلندی هم که با آن دامن هم آهنگ باشد ، انتخاب کرد . بعد به اتاق مادرش رفت و یک روسری هم رنگ لباسش از کمد او برداشت . ماهره روسری های زیادی داشت هر چند که اوهمیشه روسری بسر نمی کرد، اما برای مراسم مذهبی و گاهی تزئین لباسهایش روسری زیاد می خرید.

چند دقیقه بعد صنوبر کنار پدرش نشسته و بطرف مسجد می رفتند ،سکوتی در ماشین حکمفرما بود .. صالح با خودمی اندیشید .. که آیا واقعاً باید به عهدی که سالها پیش بسته اند وفادار بماند ؟و یا بدل دخترش گوش کند ؟ ناگهان با خودش گفت شاید صنوبر کسی را دوست دارد ! شاید در دانشگاه با کسی آشنا شده ! ولی اگر چنین خبری بود مادرش حتما در باره آن می دانست. دلش می خواست که سر حرف را با صنوبر باز کند ..پرسید:

"خوب حالا می خوای بری مسجد چی از خدا بخوای؟"

صنوبر بغضش را قورت داد و گفت:

"می خوام با خدا حرف بزنم .. براش درد دل کنم !"

صالح با خنده پرسید: "خوب چی می خوای به خدا بگی ؟"

صنوبر سرش را پائین انداخت و با متانت گفت: "آدم .. حرفی که با خدا می زنه رو به کسی نمی گه .. اما حالا به شما می گم ..می خوام از خدا بخوام که شما رو مهربون تر کنه که چیزی رو که من ازتون می خوام به من بدین !"

بند دل صالح پاره شد .. حتما صنوبر کسی رو دوست داره ؟ اگه اینجور باشه او چه جوابی بهش بده ؟اما فکر کرد اون شاید چیزی می خواد .. می گه به من بدین .. بالاخره باید بپرسه که چی می خواد .

"خوب حالا بگو چی می خوای ؟ فکر کن دعات مستجاب شده و من هر چی بخوای بهت می دم !!"

صنوبر با شادی کودکانه ای گفت : "قول می دی بابا! قول می دی !!"

صالح با لبخندی زورکی جواب داد : "حالا بگو ببینم چی هست؟"

صنوبر نجوا کنان و بریده ..بریده گفت: "پرفسور اسکات ..معلم تاریخ منو که می شناسی ؟"

انگار دنیا رو کوبیدند توی سر صالح .. دختر بیست و دوساله اش عاشق یک پیرمرد همسن خودش شده ! وا مصیبتا .. اما بازهم جلوی خودش را گرفت و فکر کرد که بگذارد صنوبر حرفش را بزند .

"آره می شناسمش.. اما او چه ربطی به خواسته تو داره؟"

صنوبر من ..من کنان جواب داد : "بذار باقی شو بگم ..پرفسور اسکات و یک گروه تحقیقات تاریخی، یک تور تحصیلی برای هند تدارک دیدن ..تمام دوستان منم دارن می رن ..حتی ماهور .. خودت می دونی من چقدر به چیزهای تاریخی علاقه دارم ..این بهترین موقعیت برای منه که آثار تاریخی هند را با یک باستان شناس عالی ببینم ..تازه پنجاه نمره اضافه هم می ده که خودش معدل منو برای رفتن به دانشگاه پزشکی بالا میبره .."

آرامشی به صالح دست داد ، خیالش راحت شد.. خوب اینکه چیز بدی نیست .. اما یک عده دختر و پسر برای دو هفته با هم تنها باشند شاید درست نباشد !!

"عزیزم خودت می دونی، تو تا حالا تنهایی جایی نرفتی !! می خوای با یه عده آدم غریبه بری مسافرت من دلم آروم نمی گیره ."

صنوبر نیش خندی زد و گفت:" بابا جون دلت آروم می گیره ..منو یکه و تنها از خودت جدا کنی و برم پیش هزاران آدم غریبه که من حتی اصلا اونا رو نمی شناسم.. دلت میاد منو ببری ایران بگذاری و بیای.. آره!!؟ شاید من دیگه هیچوقت به اینجا بر نگردم ! منو می خوای به کسی بدی که حتی نمی دونی می خواد بیاد اینجا یا نه ؟ فکر شو کردی من الان برای مسجد رفتن نمی دونم چطوری لباس بپوشم ! آنوقت منو می فرستی جایی که بخاطر شغل عمو سعید باید یه عمرم برم زیر چادرسیاه .."

اشک در چشمان صالح حلقه زد ، صنوبر کی اینقدر بزرگ شد!!اینقدر فهمیده شد؟ درست مثل یک زن بالغ داره حرف می زنه ! واقعاً حق با

صنوبر بود و او داشت بخاطر یک قول قدیمی به صنوبر ظلم می کرد با لحن متاثری گفت :

"برو دخترم برو هند .. برو با دوستات خوش باش .. وقتی بسلامتی برگشتی در مورد ایران با هم فکر می کنیم و تصمیم می گیریم و بخدا قسم اگه امیر هوشنگ اونی نباشه که تو می خوای با خودم برمی گردی آمریکا بهت قول می دم .. "

صنوبر اشک شادی می ریخت، هیچوقت فکر نکرده بود که پدرش به این راحتی رضایت دهد که او به هند برود . با خوشحالی گفت :

"مرسی بابا ممنونم .. اما دو هزار دلار هزینه این سفره بهم می دی ؟ یه مقدار هم پول نقد باید داشته باشم !فردا آخرین روز ثبت نامه "

صالح با خوشحالی جواب داد: "فدای سرت ..دخترم دلش می خواد بره سفر،فردا صبح یه کارت اعتباری بهت می دم برو اسمتو بنویس .. و ادامه داد رسیدیم مسجد روسریت رو درست کن"

بعد سر صنوبر را بوسید گفت : "عزیز دل بابا برای منم دعا کن !"

صنوبر از ماشین پرید بیرون و بطرف مسجد دوید . از خوشحالی می خواست پرواز کند !! او هنوز به مسجد نرسیده خدا جوابش را داده بود ، وقتی که وارد شد همه برای نماز قامت بسته بودند ، با عجله خودش را به صف جلو رساند واز خانمی که کنارش بود پرسید :

"ببخشید کدوم نمازه ؟"

خانم جواب داد: "مغرب ، دارن شروع می کنن"

صنوبر قامت بست در حالی که در دلش قیامت بود .. شادی و غم با هم دردلش غوغایی داشتند .. شادی ازاینکه پدرش رضایت داده بود که او به سفر هند برود .. و غم ازاینکه هنوز خیلی چیزها را تجربه نکرده ! هنوز عشق را نمی شناسد .. باید با تمام رویاهای دخترانه اش خدا حافظی کند و خودش را مثل مادر بزرگ چشم بسته تسلیم مردی کند که هیچ چیز از او بیاد نمی آورد .پس از نماز خیلی دعا کرد و از خدا خواست هر چه خوب

است پیش پای او بگذارد .

وقتی بخانه بازمی گشتند چشمهای صنوبر از شادی برق می زد . بالاخره همراه دوستانش به هند می رفت . البته پدرش در بین راه به او گفت که وقتی او فارغ التحصیل شد به ایران خواهند رفت تا با امیر هوشنگ آشنا شوند و اگر او همانی بود که پدرش می خواست این ازدواج سر خواهد گرفت وقتی به خانه رسیدند صابر و مادرش خواب بودند . صنوبر با خوشحالی به اتاقش رفت ، از شدت شادی خوابش نمی برد ، رویایی که هرگز باور نمی کرد به حقیقت پیوسته بود و او همراه دوستانش به هند می رفت .

صبح وقتی صنوبر بیدار شد یک یاداشت کوچک و یک کارت اعتباری روی سرش دید .با عجله یاداشت را خواند ،پدرش نوشته بود

دختر خوب و خوشگلم انشاالله بهت خوش بگذره .. بابا

صنوبر از شادی فریادی کشید . مادرش سراسیمه به اتاق او دوید و دید که صنوبر دارد دور اتاق می رقصد با تعجب پرسید :

"چی شده صنوبر ؟"

صنوبر در حالی که بالا و پائین می پرید، جواب داد :" بابا رضایت داده برم هند !! این کارت رو واسم گذاشته تا برم اسم بنویسم ."

مادرش ته دلش راضی به این سفر نبود و دلش می خواست که شوهرش مخالفت کند . اما دیگر کاری از دست او برنمی آمد و صالح رضایت داده بود .. راهی بجز تسلیم نداشت .بعد بخودش گفت ؛ بگذار جوانیش را بکند! تا ازدواج نکرده لذتی هم ببرد!!.

صنوبر در عرض چند دقیقه حاضر شد و بدون اینکه صبحانه بخورد بسوی دانشگاه راند . خودش را با عجله به دفتر پرفسور اسکات رسانید . در دفتر بسته بود ولی روی در یک آگهی چسبانده بودند .

از دانشجویانی که عازم سفر هند هستند تقاضا می شود که گذرنامه و دو هزار دلار وجه نقدرا به آژانس رویا در لوس انجلس تحویل دهند . آخرین مهلت نام نویسی آخرماه فوریه خواهد بود.

امروز آخرین روز بود ، با عجله به آژانس رویا زنگ زد و به او گفتند که

تا یک بعد از ظهر باید گذرنامه و پول را تحویل بدهد چون سفارت هند تا ساعت چهار باز است وصدور ویزا دو هفته طول می کشد . بطرف ماشینش دوید ، ابتدا به پدرش زنگ زد و از او پرسید که پاسپورتش کجاست ؟ قرار شد دم بانک محله شان هم را ببینند ، چون پدرش گذرنامه ها را در صندوق امانت بانک نگهداری می کرد . صنوبر وقتی رسید دم بانک پدرش منتظر او بود ، او حتی پیاده نشد گذرنامه را گرفت و بطرف لوس انجلس براه افتاد .

بزرگراه خیلی شلوغ بود و ترافیک بد، ولی خدا را شکر ده دقیقه به ظهر مانده رسید دم آژانس رویا . با عجله پارک کرد و بسوی آسانسور دوید، دو بار دکمه را فشار داد ولی در باز نشد ، با خودش گفت شاید خراب است و با سرعت از پله ها بالا دوید . در پا گرد پله ها ناگهان خورد توی سینه مردی و از عقب پرت شد روی پله ها، تعادلش را از دست داده بود، فریادی کشید ، ناگهان دو دست قوی او را بین زمین و هوا گرفتند و با هم به زمین نشستند .برای لحظه ای فکر کرد که بی هوش شده .. هنوز هم سرش گیج می رفت، که ناگهان با صدای خنده چند نفر چشمهایش را گشود و نگاهی به اطراف نمود ، سه مرد جوان پائین پله ها ایستاده و می خندیدند خودش را در آغوش جوانی دید!! ..و ناگهان نگاهشان در نگاه یک دیگر گره خورد صنوبر به چشمان آن مرد جوان خیره شد، چشمانی برنگ طلا که پر از نگرانی بود ..

صنوبر برای اولین بار نگاهی را می دید که دلواپس اوست !! این چشمها چقدر قشنگ حرف می زدند ! این دستها انگار از دور دستها فقط برای بغل گرفتن صنوبر آمده بودند ، به او نگاه می کرد، مثل یک مجسمه در آغوش آن مرد جوان بی حرکت مانده بود ، ناگهان صدای یکی از جوان هایی که پائین پله ها ایستاده بودند را شنید که گفت :

"خدا از آسمون تو بغل ارژنگ دختر می اندازه به این میگن شانس "

و دیگری گفت : "از بس خوش شانسه لا مصب "

صنوبر باورش نمی شد که این حرفها را به فارسی می شنود و مردی که او را از سقوط نجات داده یک ایرانی است !!؟صدای مرد آمریکایی که با او برخورد کرده بود ، او را از بالای ابرها خیال به پائین کشید ، خودش را در آغوش پسری یافت که او را محکم بغل کرده بود و خیال نداشت که او را زمین بگذارد!! جوانی که صنوبر را در آغوش گرفته بود ، آنچنان در چشم

های او گم گشته بود، که انگاراصلا بفکر زمین گذاشتن او نبود .

هر دو فراموش کرده بودند که کجا هستند و چه شده !انگار فقط آنها بودند
و راز نگاهشان ، و دنیا به آخر رسیده بود ، در چشمان او نگرانی را می
دید،ونگاهی که مطمئن بود ، هرگز آنرا فراموش نخواهد کرد!! مرد آمریکائی
کنارش ایستاده و مرتب معذرت می خواست و می گفت اگر صدمه ای دیده
او را به بیمارستان ببرد . صنوبر بخودش آمد ، از آغوش مرد جوان بیرون آمد،
حالش خوب بود به مرد آمریکائی گفت :

" ممنون چیزی نشده من خوبم .."

بعد نگاهی به مرد جوانی که او را گرفته بود کرد و بفارسی گفت :

"خیلی ممنونم ..که منو نجات دادین "

انگار آب سردی بر سراپای آن جوانان ایرانی ریختند..بسرعت فرار کردند که
نگاهشان به نگاه صنوبر نیفتد . پسری که او را گرفته بود و حالا می دانست
اسم او ارژنگ است ؛ نگاهش را دزدید وبدون اینکه جواب صنوبر را بدهد
با سرعت رفت، شاید اگر به پشت سرش نگاه می کرد، می فهمیدکه این
نگاه در زندگی او همیشه ماندنی ست و صنوبر بدون اینکه منتظر جواب
او باشد بسرعت به بالا دوید که دیرش نشود .شاید اگر نگاه می کرد می
فهمید که سرنوشت چیز دیگری را برای او رقم زده و این نگاه سرنوشت او
را تغییرخواهد داد .

ارژنگ کمی آنطرف تر از پله ها ایستاده و به رفتن صنوبر نگاه می کرد این
دختر کی بود !؟!چه نگاه قشنگی داشت ،چه چشمان معصومی داشت !!ای
کاش آن لحظه ابدی می شد !! انگار او را برق گرفته باشد.پس از چند لحظه
رویش را بطرف دوستانش کرد و گفت :

"خجالت نکشیدین که اون حرفها رو زدین ؟"

یکی از آنها جواب داد :" خجالت چی ؟تو که دائما دنبال دختر بازی هستی..
مگه خجالت کشیدی ؟"

ارژنگ با لحن شماتت باری جواب داد :" دیگه شورش رو در آوردین ندیدن
اون ایرونیه ؟"

پسری که آن حرف رو زده بود با خنده گفت :"خوب چطور می شه !!مگه با دختر ایرونی نمی شه دختر بازی کرد ؟تازه مگه من کف دستمو بو کرده بودم که اون ایرونیه !! "و بسرعت بسوی پارکینگ دوید تا از دسترس ارژنگ بدور باشد .

ارژنگ کی بود ؟ پسری بسیار خوش قیافه ، قد بلند ،و اندامی که معلوم بود ورزشکار است ، و می توانست دل هر دختری را ببرد. اتفاقا او هم مثل صنوبر متولد ایران بود و همراه خانواده اش به آمریکا مهاجرت نموده و در سانتامونیکا لوس انجلس زندگی می کرد . چون تنها فرزند بود و خانواده مرفهی داشت هرچه می خواست بدست می آورد . در دانشگاه لوس انجلس درس می خواند .. رشته او تاریخ نبود. قرار بود دکتر شود. اما دوستان نزدیک او می خواستند به این سفر بروند و او هم که اهل سفر و پسری خوش گذران بود تصمیم گرفت که همراه آنها به هند برود که هم فال بود و هم تماشا. برای همین در روز آخر آمده بود تا پول و گذرنامه اش را تحویل آژانس بدهد و همراه سرنوشت به سفری که تقدیربرایش نوشته بود به هند برود .

***

یک هفته آینده را صنوبر و ماهورفقط صرف خرید کردند. مادرش هم همراهش هر روز به خرید می رفت مادرش به او می گفت :

" فقط برای دو هفته میری این همه لباس رو برای چی می خوای ؟"

و او در جواب می گفت : "یکی برای صبح ،یکی برای شب ، شاید مهمونی رفتیم !! جشن رفتیم چه می دونم لازمم می شه دیگه "

تا چشم بهم زدند، دو هفته گذشت ، صالح و ماهره او را در کنار فرودگاه لوس انجلس پیاده کردند و در لحظات آخر هنوز هم او را نصیحت می کردند که تنها جایی نرود ، بیرون از هتل غذا نخورد ، از گروه خودش جدا نشود،خلاصه با چشمانی اشکبار او را روانه کردند و وقتی او از انتهای سالن پیچید و دیگر او را ندیدند ، تازه فهمیدند که چه تصمیم بی تدبیری گرفته اند که به خواستگاری امیر هوشنگ جواب مثبت دادند !!؟ چگونه می توانند تاب این همه دوری و جدایی را بیاوردند .

صنوبر با خوشحالی و دوان دوان از دالان هواپیما گذشت و وارد آن شد ، باز

هم دیر کرده بود و نفر آخری بود که سوار می شد . میهماندار کارت پرواز او را نگاه کرد و او را بسوی صندلیش راهنمایی نمود .با عجله کوله پشتی اش را بالا برد تا در قفسه روی سرش بگذارد اما نتوانست و کوله اش افتاد و خورد به او و ناگهان صنوبر افتاد روی نفری که در صندلی اول نشسته بود..با عجله بلند شد تا معذرت بخواهد ، باورش نمی شد که سرنوشت شوخی دیگری با او کرده باشد و او افتاده توی بغل همان پسری که روی پله های آژانس او را گرفته بود . بار دیگر نگاهشان با هم تلاقی کرد، ارژنگ چشمهایی را دید که انگار دریای دم غروب است برنگ طلائی و موهایی که یک خرمن از سیاهی شب بود ریخت توی صورت ارژنگ ، یعنی ممکن است که چنین اتفاقی افتاده باشد و آنها دوباره در چنین وضعیتی هم را ببینند ؟ ارژنگ شاید تا بحال دختری به این زیبایی ندیده بود . صنوبر با شرم سرش را پائین انداخت . ناگهان صدای خنده چند نفر را شنید و یکی گفت:

"ارژنگ جون تو این همه شانس رو از کجا میاری؟"

و سپس صدای خنده آنها بلند شد . صنوبر سرش را بلند کرد و ناگهان یکی از آن پسر ها گفت :

"اه.... این که همون دختره توی آژانسه !! بخشکی شانس"

صنوبر با خجالت معذرت خواست ، صورتش از شرم گل انداخته بود و خون توی گونه هایش می دوید!! انگار قلبش داشت می ایستاد !! ارژنگ هم مات این بازی سرنوشت بود ! او از روزی که در پائین پله های آژانس این نگاه را دیده بود!! تا به امروز آنرا فراموش نکرده و در زیر پلکهایش آنرا پنهان نموده بود ، چند لحظه بعد ارژنگ بخود آمد و به صنوبر گفت که بنشیند و کوله او را خودش در قفسه گذاشت . صندلی او وسط ارژنگ و یک زن آمریکائی بود .سر جایش نشست و از شرم سرش را بلند نمی کرد. خیلی دلش می خواست که کنار ماهور باشد اما چون دیر رسیده بود آخرین صندلی خالی را به او داده بودند . شاید دست سرنوشت این دو را کنار هم نشانده بود .

دوستان ارژنگ در ردیف وسط نشسته ، خیلی بچه های شوخ و خوشگذارنی بودند .البته چون حالا می دانستند که صنوبر ایرانی است ، دیگر متلکی به ارژنگ نمی گفتند ولی بین خودشان آهسته حرف می زدند و می خندیدند، معلوم بود که در مورد صنوبر و ارژنگ حرف می زدند ..صنوبر مطمئن بود

که اینها همسفر های او هستند و بالاخره قرار است دو هفته با هم باشند. آنها هم نمی خواستند از ابتدای سفر به هرزگی معروف بشوند ، در واقع آنها هم شوخی می کردند، اما صنوبر خیلی خجالت می کشید و نا آرام بود.

هر بار که صدای خنده آنها بلند می شد ،او فکر می کرد که در مورد او حرف می زنند . دو سه بار تصمیم گرفت تا از میهماندار بخواهد که جایش را عوض کند!! اما با خودش فکر کرد که قرار نیست که از آنها کم بیاورد!؟ آنها باید دو هفته با هم باشند . اگر ضعف نشان دهد او باید تمام مدت این سفر را در جنگ و گریز بگذراند .پس از مدتی صنوبر کتابی از کیفش در آورد و شروع به خواندن کرد .ارژنگ نگاهی به کتاب کرد و پرسید:

"شما بلدید فارسی بخونید!!؟"

صنوبر با لحنی جدی جواب داد : "بله ... ایرادی داره؟"

ارژنگ دستهایش را با ژست مخصوصی بالا برد و گفت :

"اصلا ..ابدا.. بفرمائید بخونید بنده عرضی ندارم !"

صنوبر شروع به خواندن کتاب کرد .. مدتی گذشت .. هواپیما با سرعت یک نواختی پیش می رفت . کمربند ها را باز کردند . مدتی نگذشته بود که با صدای ماهور که روی سر آنها ایستاده بود بخود آمد .

"صنوبر تو اینجا نشستی ؟ ما رو باش که فکر می کردیم تو جا موندی ؟ آخ چه جای خوبی نشستی ! اگه بدونی من و گلبو و زیبا چه جای بدی نشستیم کنار یه پیر مرد که همه اش سرفه می کنه !"

یکی از دوستان ارژنگ با خنده و بفارسی گفت : "خانم جون ما هم همین رو می گیم .. ترو خدا شانس ما رو هم ببینید کنار ما کی نشسته و کنار ارژنگ کی ؟"

ماهور دختر خیلی اجتمائی بود و از چیزی خجالت نمی کشید ، نگاهی به پسرهای ایرانی کرد و نگاهی هم به ارژنگ و با خنده ادامه داد :

"صنوبر حالا اگه خیلی جات بده می تونی جاتو با من عوض کنی !!"

و بلافاصله با خنده روی خودش را بطرف پسر ها کرد تا چشم غره ای که

صنوبر بهش می رود را نبیند .ارژنگ با لبخندی به ماهور گفت :

"اصلا به شما نمیآد که دوست این خانم اخمو باشین .. کاش من کنار شما بودم "

بعد با خنده ادامه داد : "بهر جهت اسم من ارژنگه و این سه تا الواط هم بهزاد و سمندر و عارف دوستای من هستن و از قرارمعلوم باید توی این سفر همراه هم باشیم."

ماهور لبخندی زد و جواب داد : "منم ماهور هستم و این خانم بد اخلاق هم صنوبر دوست خوب منه ..البته به این بد اخلاقی نیست ها !! نگران نشین یخش آب بشه فرق می کنه ."

تازه حرفهای ماهور با پسرها گل انداخته بود که میهماندارها مشغول پذیرائی شدند و ماهور به ناچار به سر جایش بازگشت .

پس از صرف شام ، پلک های مسافرین سنگین شد و تقریبا بیشتر مسافر ها بخواب رفتند .. صنوبر هم کتابش را بست و سرش را به پشت صندلی تکیه داد و چشمهایش را بست . چیزی نگذشت که خوابش برد .. اما از سرما بیدار شد ، پتوی نازک را دور خودش می پیچید ولی گرمش نمی شد چون به هند می رفتند و همه گفته بودند که هند گرم است،، او لباس گرمی بر نداشته بود که بارش هم سبک باشد ...

مرتب از سرما بیدار می شد و خودش رو بیشتر به صندلی می چسبانید حتی پاهایش را بالا آورده بود که بیشتر گرمش شود .. کمی گذشت و احساس گرمای خوبی کرد و به خواب عمیقی فرو رفت .

ناگهان با تکان های شدید هواپیما بیدار شد .. و نگاهش به نگاه گرم ارژنگ گره خورد! چقدر این نگاه برای او آشنا بود ، انگار سالها آنرا در رویا دیده بود ، شاید مدتها بود که انتظار دیدن آنرا می کشید.....با ناراحتی بلند شد که روی صندلی بنشیند تازه متوجه شد که ، ای وای سرش را روی زانوی ارژنگ گذاشته و تقریبا نصف بدنش روی پای او بود و ژاکت گرمی رویش.. پس برای همین احساس گرما می کرد ! ارژنگ ژاکت خودش را روی او انداخته ..و سرش را در آغوش گرفته بود ، تا او احساس گرما کند .از اینکه روی پای او خوابیده و خودش را در آغوش او رها کرده بود ،شرم سراپای وجودش را گرفت . ولی ته دلش احساس لذتی داشت ، گرمای بدن ارژنگ

را احساس می کرد، گرمایی که هرگز آنرا تجربه نکرده بود .آهسته سر جایش نشست و با شرمساری گفت :

"معذرت می خوام .. نمی دونم چطوری سرم رو روی پای شما گذاشتم !!شما چرا منو بیدار نکردین؟"

ارژنگ با خنده گفت : "حالا می خواین کرایه شو بدین ؟ اگه می خواین کرایه پامو بدین باید کرایه ژاکتم رو هم بدین !!خرجتون زیاد می شه ها!! بعد با لبخندی ادامه داد .. حالا عیب نداره دفعه بعد من سرمو می گذارم روی پای شما .."

هنوز حرفش را تمام نکرده بود که صنوبر چشم غره ای به او رفت و او دوباره با خنده دستهایش را بلند کرد و گفت :

"بابا شوخی کردم کی جرات داره سر شو روی پای شما بگذاره ؟ سرمو از پنجره هواپیما پرت می کنین بیرون !!"

صنوبر با خودش اندیشید : یعنی من واقعاً اینقدر دختر گوشت تلخی هستم؟شاید برای همینه که تا بحال هیچ پسری بطرف من نیامده ،نگاه من اونا رو فراری می ده ؟

دوباره میهماندار ها شروع به توزیع صبحانه کردند .. چیزی نمانده بود که به لندن برسند . دیگر حرفی بین آنها رد و بدل نشد تا هواپیما نشست .

آنها تا پرواز بعدی هشت ساعت وقت داشتند ، البته چون این طوری بلیط ارزانتر می شد . بعد از پیاده شدن آنها را به سالنی بردند تا منتظر پرواز بعدی باشند . صنوبر حالا بکنار دوستانش رفته و از آن محیط تنها نجات یافته بود . پروفسور اسکات با همه احوال پرسی کرد و بعد گفت :

" اگر همه موافق باشید می تونیم از فرودگاه خارج شویم و آثار تاریخی لندن مخصوصا رودخانه سند و کاخ ملکه الیزابت و ساعت گرینویچ رو ببینیم .."

همه از خوشحالی فریاد زدند .. چه پیشنهاد خوبی.. نه تنها حوصله شان سر نمی رود بلکه این موقعیت خوب را هم پیدا می کنند که لندن را با استادتاریخ ببینند .. بزودی همه از فرودگاه خارج شدند و با تراموا بسوی کاخ ملکه براه افتادند.. بنظر صنوبر لندن کهنه بود .. ساختمان هایی که

شایدبیش یک قرن عمر داشتند .. خیابان هایی که در دو طرف مغازه بود رستوران های کوچک .. کف بعضی از خیابانها آجر فرش بود .. وای او هرگز فکر نمی کرد که لندن را هم ببیند ..وقتی از تراموا پیاده شدند .. گروه ایرانی ها که چهار پسر و چهار دختر بودند در کنار هم قدم بر می داشتند و رفتارشان خیلی دوستانه شده بود . دیگر نه از متلک خبری بود و نه از شوخی با صنوبر .. هر دو گروه خیلی خوشحال بودند که همراهان همزبان هم دارند .. بقیه دانشجویان آمریکائی ، لاتین و یا از نژاد زرد بودند .بنا بر این هر دو دسته از داشتن همراهان هم زبان خیلی خوشحال شدند . در یک رستوران خیابانی نهار خوردند . از چند فروشگاه بزرگ زنجیره ای دیدن کردن . به مجتمع تجاری دولفین آبی که بسیار مجتمع زیبائی بود هم رفتند .در کنار قصر ملکه الیزابت با سربازان قرمز پوش دربار که مثل مجسمه ایستاده و تکان نمی خوردند هم عکس گرفتند . دو ساعت به پرواز مانده با تراموا به فرودگاه باز گشتند.

این بار چون همه با هم در صف ایستاده بودند کنار هم نشستند ..این خیلی بهتر بود .. می گفتند و می خندیدند و از سفر خود لذت می بردند. صنوبر بین ماهور و زیبا نشست و ارژنگ هم سر صندلی وسط نشسته بود و مرتب با ماهور حرف می زدند ..صنوبربرای اولین بار در عمرش احساس حسادت کرد

انگار دلش می خواست که کنار ارژنگ بنشیند و با او حرف بزند .. چیزی نگذشت که شام را سرو کردند و دوباره همه را خواب در ربود .. البته هوا داخل هواپیما سرد بود ولی کاری نمی شد کرد . صنوبر چشمهایش را بسته و سرش را به شانه ماهور تکیه داده بود.. ولی از سرما خوابش نمی برد .. از تکان خوردن او ماهور هم بیدار شد .

"چرا نمیخوابی صنوبر؟"

صنوبر آهسته گفت : "خیلی سرده "

اما چه فایده نه پتوی اضافی بود و نه کنار ارژنگ نشسته بود که از گرمای بدن او گرم شود.

بالاخره خوابش برد پس از مدتی احساس گرما کرد و به خواب شیرینی فرو رفت ، با صدای مهماندار بیدار شد که به دهلی نو رسیده بودند و باید صندلی ها را به حالت اولیه باز می گرداندند .صنوبر چشمهایش را باز کرد

و دید ژاکت ارژنگ روی اوست ! احساس مطبوعی در دلش جوشید ، اصلا عصبانی نشد و از اینکه ارژنگ بفکر او بوده ته دلش مالش رفت . پس برای همین احساس گرما کرده بود .بلند شد ژاکت را تا کرد و با احترام به ارژنگ داد . ارژنگ با لبخندی گفت:

"اگر احساس سرما می کنین .. می تونید اونو بپوشین !"

صنوبر لبخندی زد : "نه دیگه رسیدیم "

***

کارهای گمرکی بسرعت انجام شد و وارد سالن فرودگاه شدند .. انگار وارد دنیای دیگری شده بودند ..ناگهان قیافه های سیاه چرده زنها و مردها را دیدند ، زنها یا ساری بتن داشتند و یا پیراهنی بلند روی شلوار پوشیده و شال توری بدور گردن انداخته بودند . مردها هم پیراهن های بلند تا روی زانو روی شلوار هایی از همان رنگ به تن داشتند و بعضی ها شالی بدور خود پیچیده بودند و لباس اروپایی خیلی کم بود . چمدان ها را گرفتند و وارد سالن اصلی فرودگاه شدند .

پرفسور گوپتا را دیدند . او را از روی عکشس شناختند .. کمی چاق تر و کوتاه تراز عکسش بود، همراه دو مرد منتظر آنها بودند و بسوی مسافران آمدند و حلقه های گل قشنگی از گل های طبیعی را بر گردن آنها انداختند این کار بسیار زیبا و نوی برای آنها بود. ، شاید قشنگترین خوش آمد گویی بود که انتظارش را نداشتند . خانم مسن تری هم یک سینی که در آن عود می سوخت در دست داشت و هر کدام که به نزدیک او می رسیدند، او با انگشت در رنگ قرمزی می زد و بعد یک خال بزرگ قرمز در روی پیشانی آنها می کشید که خیلی قشنگ بود و برای آنها تازگی داشت . سپس پرفسور گوپتا خیر مقدمی به انگلیسی به همه گفت و همراهانش را معرفی کرد. یکی از مردان جوان امیت پرکاش بود ، راهنمای معبد ها و قلعه های راجاهای هندو ، دیگری احمد خان ،راهنمای مساجد و قلعه های پادشاهان مسلمان بود و فارسی را به خوبی حرف می زد . ایرانی ها از داشتن یک راهنمای فارسی زبان خیلی خوشحال شدند. سپس آنها را بطرف اتوبوسی که منتظر آنها بود راهنمایی کردند .

اتوبوسی بسیار مدرن بود که یخچال و کولر داشت ، به ترتیب سوار شدند وقتی همه در اتوبوس نشستند . امیت به انگلیسی دو باره خوش آمد گفت

و اضافه کرد :

" لطفاً شماره صندلی که روی آن می نشینید را بخاطر بسپریدکه در تمام مدت این سفر در روی آن باید بنشینید .این به دو دلیل است اول اینکه وسایلی که توی سبد روی سرتان می گذارید می تواندآنجا بماند و مجبور نیستید که همیشه همراهتان بیاورید ، دوم اینکه اگر کسی جای ماند بدانیم که کیست و منتظر او بشویم .ابتدا به میهمانسرای دانشگاه جواهر لعل نهرو میرویم تا وسایل خودتون را آنجا بگذارید و کمی استراحت کنید،بعد به بقیه برنامه ها می پردازیم."

اتوبوسِ خیلی قشنگی بود ، صنوبر صندلی اول را انتخاب کرده بود کنار پنجره نشست و ماهور هم کنارش .. اتوبوس به راه افتاد. صنوبر ناگهان جیغ بلندی کشید که همه از روی صندلی پریدند که ببینند چه اتفاقی افتاده و اتوبوس ایستاد . پرفسور اسکات با نگرانی پرسید:

"چی شده؟ "

صنوبر با لکنت زبان گفت :

"اتوبوس بدون راننده براه افتاده !!"

همه نگاهی به جلوی اتوبوس کردند ، صندلی جلو خالی بود .. پرفسور خنده ای کرد و گفت :

"در هندوستان و پاکستان از طرف چپ رانندگی می کنند ، راننده هم طرف راست ماشین می نشیند ، برای همین تو فکر کردی اتوبوس راننده ندارد!!"

همه با تعجب به جلو و جایگاه راننده نگاه کردند ، جالب بود که بقیه متوجه نشده بودند . همه خندیدند و اتوبوس براه افتاد .صنوبر از آنچه می دید شگفت زده شده بود .. هندوستان پر از بناهای تاریخی بود که بدون تابلو و یا نشانی!! در گوشه ای افتاده بود ..این همه آثار قدیمی بغل همِ و در یک شهر مگر امکان دارد؟ صنوبر فکر می کرد که هندوستان قبرستان تاریخ است معابد هندو ، مساجد مسلمانان، قلعه هایی که هر کدام داستانی داشتند . صنوبر با خودش می گفت ،حیف نبود که به این سفر نیاید!! ..

در این فکر ها بود که چشمش به ارژنگ افتاد، انگار دلش برای او تنگ شده

بود! و ناگهان نگاهشان با هم گره خورد ..یعنی او هم دارد به صنوبر فکر می کند؟ توی دلش یک دیگ آب می جوشید! یعنی ممکن است که او در این سفر عشق را تجربه کند؟ ولی ناگهان بیاد امیر هوشنگ افتاد ..قلبش لرزید، باید تا می تواند از ارژنگ دوری کند که اتفاقی بین آنها نیفتد ! او به پدرش قول داده بود که بدون هیچ اعتراضی تابستان به ایران می رود و با امیر هوشنگ ازدواج می کند ! از فکرکردن در باره ارژنگ از خودش خجالت کشید .

امیت راهنمای آنها بلند گو بدست گرفته بود و از بناهای مهمی که رد می شدند برای آنها می گفت .. بدلیل اینکه زمان خواب آنها بهم خورده بود اکثر دانشجویان خوابیده بودند .. الان وقت خواب در آمریکا بود و چه می خواستند یا نه بدنشان را خواب در می ربود .

بالاخره به دانشگاه جواهر لعل نهرو رسیدند ، شاید خودش یک شهر بود چون علاوه بر دانشکده هایی که داشت، تمام استاد ها و رئیس و معاون دانشگاه در آنجا خانه داشتند و همچنین چندین خوابگاه دانشجویی هم بود . این دانشگاه از بناهای زمان سلطه انگلیس به هند بود. همانطور که راهنما می گفت ، انگلیس دو چیز خوب در هند بجای گذاشت، دانشگاه های خوب و مختلف و راه آهن سراسری هند که حتی دهکده ها را هم بهم وصل می کرد .

برای آنها میهمان سرای دانشگاه را در نظر گرفته بودند . که شبیه هتل بود، با خستگی از اتوبوس پیاده شدند و وارد سرسرای میهمان سرا گشتند ساختمان خیلی قدیمی بود ، حیاطی پر گل داشت و دالانی با سقف بلند که در دو طرفش اتاقها بودند . بغیر از این اتاق ها، داخل حیاط هم چندین اتاق بود . پرفسور اسکات سعی بر آن داشت که دختر ها را در یک ردیف بگذارد و حتی امکان از اتاق های داخل سالن به آنها بدهد . البته بجز دخترهای ایرانی از دانشگاه آنها شش دختر دیگر و هشت دختر هم از دانشگاه لوس انجلس بودند .

اتاق ها تخت های دو نفره داشت ولی بنا به خواهش پرفسور دو تخت سفری یک نفره هم در اتاق ها گذاشتند تا عده بیشتری در یک اتاق جای بگیرند . اولین اتاق را به صنوبر و دوستانش دادند ، آنها هم با خستگی زیاد به اتاقشان رفتند . کیف ها را به طرفی انداختند و هر کدام روی تختی پریدند، خیلی خسته بودند، فقط می خواستند کمی دراز بکشند ولی

بلافاصله خوابشان برد . صنوبر و ماهور روی تخت دو نفره خوابیده بودند که با صدای در بیدار شدند . پشت در احمد خان راهنمای آنها بود گفت:

"تا نیم ساعت دیگه آماده باشین می ریم به تماشای دروازه هند و قطب منار"

دختر ها با اینکه خیلی خوابشان می آمد و دلشان می خواست حمام کنند ولی وقت نبود فقط دست و صورتشان را شستند ، لباس عوض کردند و از اتاق بیرون آمدند .تقریبا همه در سرسرای میهمان سرا جمع بودند . بعد از سر شماری که کسی جا نمانده باشد، دوباره سوار اتوبوس شدند و براه افتادند .. خود دانشگاه یکی از دیدنی ها بود ولی آنها فعلا باید می رفتند از خیابان ها رد می شدند وای که چقدر قشنگ بود ، شلوغ، پر جمعیت دختر ها با لباس های رنگ وارنگ .. مردها هم اکثرا لباس هندی به تن داشتند ..

خیابانها پر از مغازه بود که جلوی آنها لباس های زنانه ، ساری های قشنگ آویزان بود ..و مغازه های که جواهرات مصنوعی می فروختند ، اتوبوس هایی که آنقدر پر بود که مردم در بالای آن هم نشسته بودند .. دختر ها و زنان دوره گرد هم به مردم التماس می کردند که چیزی از آنها بخرند . انگار دهلی بیدار بود ، زنده بود و زندگی در آن جریان داشت، که برای آنها مخصوصا دانشجویان آمریکایی خیلی جالب بود ..

پس از طی چند خیابان به دروازه هند رسیدند .. طاقی بود که در آن نقش نگار فراوان بچشم می خورد .. اتوبوس نگه داشت و آنها را برای دیدن دروازه هند بردند .. هر کسی با تلفنش عکس می گرفت ،ولی همراه آنها یک عکاس حرفه ای هم بود، بعد از توضیحات امیت ، عکاس از آنها خواست که همه با هم عکس بگیرند .عده ای نشستند و عده دیگر پشت سر آنها ایستادند ،صنوبر ناگهان ارژنگ را دید که کنارش ایستاده ، با خودش گفت این از کجا پیداش شد .. در تمام طول راه او را ندیده بود. ارژنگ در صندلی های عقب اتوبوس نشسته بود .بهم لبخندی زدند بعد ارژنگ گفت :

"اگه دوست داری تلفنت رو بده به من تا یه عکس از خودت بگیرم"

بعد خودش هم تلفنش را به صنوبر داد تا او هم یک عکس تکی از ارژنگ بگیرد .. بقیه هم داشتند عکس های مختلفی می گرفتند .. دختر بچه ها و پسر بچه ها ،گردنبندهای رنگی، گوشواره و فیل های کوچکی که همه به

یک بند بسته شده بودند می فروختند .. و چند نفر هم آهن رباهایی که مکان های دیدنی هند و مخصوصا دهلی روی آنها بود ، را با التماس به آنها نشان می دادند تا بخرند و هر کدام قیمتی می گفتند و بدنبال خریدار می دویدند. بطرف اتوبوس براه افتادند .. این بار ارژنگ و صنوبر در کنار هم قدم بر می داشتند و سکوتی بین آنها برقرار بود ..که این سکوت کشنده تر از حرف زدن بود ..یک دختر که النگوی های شیشه ای رنگی می فروخت بسوی آنها آمد و با اصرار می خواست که صنوبر النگو بخرد . صنوبر ایستاد و چند تای آنها را بدستش کرد ، خیلی قشنگ بودند ، هر کدام یک رنگ ، احمد خان راهنمای آنها با سرعت خودش را به آنها رساند، چون آنها که پول هندی نداشتند و حتی قیمت دلار را هم نمی دانستند..؟ احمد با دخترک هندی حرف زد و چند النگوی دیگر هم از او گرفت و به صنوبر گفت

"خانم یک دلار به او بده "

صنوبر کیفش را باز کرد که پول در بیاورد ، ارژنگ بلافاصله یک دلار به دخترک داد ، احمد هم گفت :

"خانم در کیفتون رو اینجوری باز نکنید اینجا دزد زیاده ، بعدا به بازار می ریم آنجا خرید کنید "

صنوبر تشکری از ارژنگ کرد و جواب داد :

"آخه گناه داشت این دختره خیلی التماس می کرد "

احمد نگاهی به فروشنده ها کرد و گفت :

"کار اینها همینه ..حالا زودتر بریم سوار شیم تا غروب نشده به قطب مناربرسیم."

همه سوار شدند ، احمد مثل سربازخانه صندلی ها را می شمرد که کسی جا نماند . این بار صنوبر بی اختیار برگشت تا ببیند ارژنگ کجا نشسته ارژنگ سه ردیف بالاتر از او بود .ته دلش آرزو می کرد که ای کاش مثل هواپیما کنار هم بودند .از این فکرش خجالت کشید!!

اتوبوس بلافاصله براه افتاد .. آفتاب داشت غروب می کرد، خیابان ها خیلی دیدنی بودند ، به قسمت دهلی کهنه می رفتند ، نه تنها ترافیک زیاد بود بلکه انواع وسیله نقلیه را می دیدند ، عده ای سوار گاری بودند و اسبی آن

را می کشید . سه چرخه هایی که در پشت صندلی داشت و مسافران روی آن نشسته و مرد نحیفی سه چرخه را به سختی می راند .یک فیل بزرگ هم رویش تختی داشت و چند نفر روی آن تخت نشسته بودند .. صنوبر فکر کرد اگر سوار این فیل شود از ترس سکته می کند، احمد گفت که فیل سواری هم در برنامه آنها هست .

احمد توضیح می داد که قطب منار را در زمان پادشاهی مغول ها ساخته اند و دوتا مناره است که پله های باریکی در داخل آن وجود دارد، که به بالای مناره میرسد . قبلا مردم می توانستند از این پله ها بالا بروند و داخل قطب منار را ببینند ولی اکنون قدغن شده . در قدیم اگر به بالای قطب منار می رفتند و یکی را تکان می دادند دیگری هم که بافاصله چند متری از آن قرار دارد تکان می خورد .

ماهور که سال پیش به ایران رفته بود بلند شد و توضیح داد که نظیر این مناره ها در اصفهان وجود دارد که قدیم همین طور بود که اگر یکی را تکان می دادند دیگری هم تکان می خورده ولی الان از کار افتاده است و به آنها منار جمبان میگویند.

پرفسور هم حرفهای او را تایید نمود وگفت :

"امیدوارم روزی به ایران برم و منار جمبان را ببینم .چون حکومت مغول ها و صفوییان هم دوره بودند اکثر آثار تاریخی آن دوران در هند و ایران بسیار بهم شباهت دارد ."

چیزی نگذشت که به قطب منار رسیدند . اتوبوس کمی دورتر پارک کرد و آنها پیاده بسوی قطب منار براه افتادند . صنوبر هرگز منارجمبان را ندیده بود، ولی این قطب منار ها شبیه گلدسته های مسجد بودند . دوباره دست فروش ها دور آنها را گرفتند .

وقتی توی اتوبوس بودند احمد خان برای هر کس که لازم داشت دلار عوض کرد و روپیه داد . چون خرید با دلار برای آنها سخت بود، البته روپیه ها هم هر کدام یک رنگ بودند .که یاد گرفتن آنهم مشکل بود . هوا داشت تاریک می شد و چراغهای مغازه ها و دستفروش ها زیبائی قشنگی به آنجا داده بود. انگار اینها به یک قرن قبل سفر کرده بودند و دنیایی را می دیدند که از دنیای آنها بسیار متفاوت بود، و با آمریکا خیلی فرق داشت .. تازه متوجه غذا فروش های کنار خیابان شدند که زیر یک چتر روی

یک چراغ هم نان می پختند ، هم غذا درست می کردند و هم چایی، آنها با سرعت بسوی قطب منار رفتند که تا تاریک نشده زودتر عکس بگیرند و دوباره همه برای گرفتن عکس دسته جمعی جمع شدند ، صنوبر ناگهان ارژنگ را پشت سرش دید. لبخندی زد و به دوربین نگاه کرد، وای که این نگاه ها با دل صنوبر چه ها که نمی کرد!!؟.در این موقع صنوبر دید که عده ای از همراهانش دارند کنار خیابان غذا می خوردند . او که خیلی احساس گرسنگی می کرد از احمد پرسید:

"اینجا توی خیابون غذا می خوریم؟"

احمد گفت :" قرار است شما را به یک رستوران برای شام ببریم اما مثل اینکه هم سفرای شما غذاهای دستفروش ها رو بیشتر دوست دارن"

احمد با بلند گو اعلام کرد که برای شام به یک رستوران که غذاهای گوشتی دارد می رویم .اما کسی گوش نکرد و همه بسوی دستفروش ها رفتند . صنوبر می ترسید مریض شود ولی می دید که همسفر های آمریکائی آنها به چه ولعی دارند غذا می خورند .آنها هم بسوی دستفروشان رفتند . همه نوع غذا بود! مرغ کبابی ، کباب کوبیده های خیلی کوچک ، نان هایی که سرخ می کردند و با نخود پخته می فروختند . البته مقدار غذا ها خیلی کم بود ، مثلا دو تیکه مرغ و یا یک نان سرخ کرده و یه کاسه کوچک نخود .

دختر ها تصمیم گرفتند از همه غذاها بگیرند و با هم بخورند . صنوبر با اشتیاق کباب کوبیده را برداشت و به دهانش گذاشت ، ناگهان از شدت تندی غذا به سرفه افتاد، باور نمی کرد که این غذاهای خوش رنگ و بو اینقدر تند باشند ! ارژنگ که یک نوشابه باز کرده بود که بخورد با عجله نوشابه را به او داد . صنوبر تا ته نوشابه را سرکشید . باز هم دهانش می سوخت ..کنار این غذا فروشی ها چند نفر شیرینی می فروختند . یکی از آنها مایع زولبیا را در قیفی می ریخت و سپس در تابه پر از روغن با گرداندن دستش نقش یک زولبیا را می ساخت و آنها بلافاصله سرخ می شدند و چند لحظه بعدبا کفگیری که سوراخ داشت آنها را بر می داشت و در شهد می انداخت و می فروخت .. صنوبر چند تا زولبیا گرفت تا سوزش دهانش بهتر شود .وای که این زولبیای داغ چقدر خوشمزه بود .بالاخره دوباره سوار اتوبوس شدند. با اینکه این جا غذا خوردند ولی بیشتر شبیه میان وعده بود تا غذا!! بنا براین به رستورانی که قرار بود بروند رفتند .

رستورانی بسیار شیک بود با پیشخدمت های یونیفورم پوشیده ، آنها را به محوطه ای که برایشان در نظر گرفته بودند راهنمایی کردند . چند میز کنار هم بود . حوله های داغ برای شستن دستها آوردند ، اتفاقا چون غذای بیرون خورده بودند دستهایشان کثیف بود . البته قاشق و چنگال گذاشته بودند . اما بیشتر مشتری ها داشتند با دست غذا می خوردند .

با دست غذا خوردن سنت هند است و خیلی عادی می باشد. غذاهایی را که برایشان سفارش دادند ، برنج بود و گوشتی که در ادویه های بسیار متنوع پخته شده بود و ترشی های تند که با انبه و لیمو و پیاز درست کرده بودند.. شام هر چند که تند بود ولی در کنارش ماست گذاشته بودند که بعضی ها بعد از هر قاشق غذا یک قاشق هم ماست می خوردند .

بعد از شام همه خیلی خسته بودند و به میهمان سرا باز گشتند . بیشتر آنها در اتوبوس خواب بودند . وقتی رسیدند هر کس با عجله به اتاق خود رفت تا بخوابد .صنوبر و بقیه دخترها بلافاصله به روی تخت پریدند و خوابشان برد. صنوبر با اینکه خیلی وسواس داشت که قبل از خواب حمام کند ولی نتوانست طاقت بیاورد و خوابید.

***

صبح با ضربه هایی که بدر می خورد از خواب پریدند . ساعت شش صبح به وقت دهلی بود .. قرار آنها ساعت نه صبح بود . ماهور از تخت پرید پائین و در را باز کرد جوانی باریک اندام ، که شاید بیست سال هم نداشت توی یک سینی ، چهار فنجان و یک قوری و ظرف کوچکی که شکر در آن بود در دست داشت، با دست سلام کرد و گفت :

" مین صاحب سلام ، چایی آوردم"

خدایا اینها که چای دستور نداده بودند . اما پسرک رفتنی نبود . ماهور سینی را گرفت و در را بست . سینی را روی میز گذاشت و به روی تخت پرید تا دوباره بخوابد .. ولی کم کم همه بیدار شدند ، زیبا گفت:

" حالا که چای آوردن پاشین بخورین دیگه .. باید یکی یکی حموم کنیم "

صنوبر غلتی زد و گفت : "من که الان چای نمی خوام اونم با شیر، شما بخورین من میرم حموم "

چائی صبح زود عادت هندیها بود، ساعت هشت همه آنها حمام کرده و لباس پوشیده آماده رفتن بودند که دوباره در زدند ، این دفعه همان پسر برایشان نان تست ، مربا و تخم مرغ آب پز آورده بود . انگار باید صبحانه را در اتاق می خوردند. گلبو با خنده گفت :

"مگه بده مثل ملکه ها صبحانه در تخت خواب می خوریم !!"

دور میز نشستند و صبحانه را با چای که حالا دیگر سرد شده بود خوردند و بعد از اتاق بیرون آمدند .اکثر همسفر ها در سرسرا ی هتل نشسته بودند. پسر های ایرانی با دیدن آنها بسوی شان آمدند ، دیگر مثل غریبه ها رفتار نمی کردند ، متلک هم نمی گفتند . مثل چند تا دوست شده بودند . فقط ارژنگ و صنوبر گاهگاهی زیر چشمی بهم نگاه می کردند . صنوبر سعی بر آن داشت که از نگاه های ارژنگ فرار کند ، ولی این شدنی نبود و بی اراده به او نگاه می کرد .

راس ساعت نه اتوبوس در جلوی میهمان سرا ایستاد و همگی سوار شدند امروز احمد خان راهنمای آنها بود . بلند گو را بدست گرفت و پس از سلام و صبح بخیر گفت که امروز به دهلی کهنه می روندتا از جامع مسجد و قلعه قرمز دیدن کنند ولی در بین راه از قصر رئیس جمهور خواهند گذشت که میتوانند از توی اتوبوس آنرا ببینند .

هر کسی سر جای خودش نشست و اتوبوس براه افتاد . آفتاب تندی از شیشه اتوبوس بدرون می تابید .صنوبر که هنوز خوابش می آمد و سرش را به شیشه تکیه داده و خوابیده بود، از این آفتاب بیدار شد . پرده اتوبوس را کشید که جلوی تابش خورشید را بگیرد . اما پس از چند دقیقه احمد خان بسوی او آمد و گفت که پرده را بحالت اولیه باز گرداند . صنوبر توضیح داد که آفتاب توی چشمش میزند، ولی احمد جواب داد که در دهلی پرده ها باید کنار باشند تا درون اتوبوس دیده شود، این بخاطر قوانین امنیتی است. صنوبر خیلی تعجب کرد ، عینک هم زد ولی باز آفتاب مستقیم بچشم او می خورد . ناگهان ارژنگ را روی سرش دید :

"صنوبر بیا جای من بنشین آنطرف سایه ست "

صنوبر ته دلش ناگهان یه چیزی ذوب شد، مثل اینکه یک گلوله آتش در دل او افتاد!! انگار از اینکه ارژنگ بفکر اوست خیلی خوشحال شد ، از او تشکر کرد ولی او اصرار می کرد بالاخره صنوبر بلند شد و در طرف مقابل کنار

بهزاد نشست و ارژنگ کنار ماهور و شروع به صحبت کردند . صنوبر انگار به ماهور حسودی می کرد ، خدایا این چه حسی بود که او نسبت به ارژنگ پیدا کرده است!!؟ . او باید جلوی پیشرفت این احساس را بگیرد اما چگونه؟ دست خودش نبود!! انگار سرنوشت او را در این راه می کشاند !!و چاره ای جز تسلیم و رضا نداشت ! وقتی که ارژنگ به او توجه می کرد ، حس عجیبی به او دست می داد که آن حس را خیلی دوست داشت .

احمد مرتب از ساختمان هایی که در مسیر آنها بود حرف می زد .. کم کم ریخت و قیافه خیابان ها عوض شد ، هر چه پیش تر می رفتند ، خیابان ها شلوغ تر می شد انواع وسیله نقلیه در حال حرکت بود . درست مثل اینکه چند قرن را با هم قاطی کرده باشند ، ارابه و گاری، سه چرخه و دوچرخه و فیل ، اسب ، گاو در این خیابان ها بود . سر و صدای مردم آنقدر بلند شنیده می شد، مثل اینکه داخل سالن سینما نشسته بودند.

ناگهان از جلوی آنها عده ای مرد که لباس های زرد بر تن داشتند ، و گردنبند هایی از مهره های قهوه ای بر کردن انداخته و موهایشان را بطور عجیبی بالای سر بسته بودند ، و روی پیشانی آنها چند خط سفید دیده می شد، که روی طبق هایی مجسمه های بسیاری را حمل می کردند ، مجسمه میمون ، فیل ،انسانهایی که شبیه فیل بودند و با صدای بلند چیزی می خواندند و بسوی آنها می آمدند!! اتوبوس مجبور به ایستادن شد و احمد توضیح داد که امروز تولد یکی از خدایان هند است و این دسته دارند به معبد او می روند. دانشجویان پیاده شده و با تلفن های خود از این گروه فیلم می گرفتند . صنوبر و دوستانش هم پیاده شدند و بسوی کنار خیابان که دست فروش ها بساط خود را پهن کرده بودند رفتند . هر کسی چیزی می خرید ، آنقدر ظرفهای قشنگ و مجسمه های رنگ وارنگ و وسایل تزئینات زیبا روی زمین چیده بودند که آنها نمی دانستند تصمیم بگیرند که چه بخرند!! .

در این موقع چشم صنوبر به یک معبد کوچک افتاد . برایش عجیب بود که در محله مسلمان نشین ، معبد هم هست . بسوی معبد رفت ، او هیچوقت معبدی ندیده بود! خیلی دلش می خواست که داخل آنرا ببیند . داشت داخل می شد که زنی دستش را گرفت و اشاره کرد که کفشهایش را در بیاورد. صنوبر با لبخندی کفش هایش را در آورد ، زن دستمال توری نازکی به او داد تا روی سرش بیاندازد. برای صنوبر خیلی جالب بود که هندو ها هم وقت ورود به معبد کفش ها را در می آورند و روی سر شان هم چیزی

می اندازند . صنوبر دستهایش را بصورت اهم، سلام هندو ها بالا برد و از زن تشکر کرد، بعد داخل معبد شد .

در بالای سکوی مجسمه ای بود که هشت دست داشت و طرف دیگر دو مجسمه بودند، یک زن که یک دستش را بالا آورده بود و دیگری مردی که نی می زد . صنوبر جلو رفت ،عجیب احساس روحانی می کرد . با خودش می گفت خدای همه دنیا یکی است، چه فرق می کند اینجا هم مقدس است .دو پسر هندی با دیدن صنوبر بسویش رفتند

و یکی از آنها به انگلیسی پرسید :

"شما توریست هستین؟"

صنوبر جواب داد :"بله!"

"دوست داری در مورد این خدایان بدانی ؟"

صنوبر با لبخندی گفت : "البته خیلی هم ممنون "

پسر توضیح داد که این خدای هشت دست دورگا ما (مادر)است ، خدای مادر و آن دوتای دیگر رادا و کریشنا خدایان عشق هستند . بعد اضافه کرد در پشت معبد اتاقی است که لشمی خدای ثروت در آنجاست، اگر دوست داشته باشد آنرا هم به او نشان می دهند . صنوبر همراه آنها به پشت معبد رفت یکی از پسر ها در را گشود و صنوبر داشت داخل می شد که ناگهان یکی دستش را گرفت و او را به بیرون پرت کرد . صنوبر نزدیک بود به زمین بخورد . تعادلش را نتوانست حفظ کند و خودش را دوباره در آغوش ارژنگ یافت با عصبانیت داد زد :

"تو اینجا چکار می کنی ؟"

ارژنگ داد زد : "من اینجا چکار می کنم ؟ تو کجا داشتی می رفتی ؟ دنبال این دوتا نره خر ؟چرا تنها راه میفتی انیور آنور "

صنوبر با تعجب نگاهی به او کرد و خودش را از آغوش او بیرون کشید و گفت:

"داشتم می رفتم خدای ثروت رو ببینم !مگه چی شده ؟"

ارژنگ با دست اشاره به در معبد کرد: "ببین دارن فرار می کنن ! آخه فکر نکردی چرا خدا رو توی این تاریک خونه نگه میدارن!!خوب شد که من دیدم تو وارد این معبد شدی وگرنه گیر این دوتا پسر هندی افتاده بودی !"

صنوبر تازه می فهمید که ارژنگ چگونه او را از یک خطر بزرگ نجات داده، نگاهی بداخل اتاق تاریک انداخت آنجا مجسمهِ خدایی نبود! با خجالت سرش را پائین انداخت و گفت :

"منو ببخشید بی خودی عصبانی شدم "

ارژنگ جواب داد :"خانم بد اخلاق دیگه پاتو تنها جایی نمی ذاری ها !!آخه ببین دخترای هندی چقدر زشت و سیاه هستن اونوقت تو به این خوشگلی..."

نگاه آنها باز هم یک بار دیگر با هم تلاقی کرد ، برق عشق را می شد در چشم هر دوی آنها دید ..صنوبر نگاهش را پائین انداخت، انگار عشق با همه قدرتش توی رگ هایش می دوید! ارژنگ مچ دست او را گرفت و گفت:

"بریم ..منتظر ما هستند ."

صنوبر کوششی برای اینکه دستش را از دست ارژنگ رها کند نکرد .. انگارخوب می دانست که این دست هرگز او را رها نخواهد کرد . به اتوبوس رسیدند همه سوار شده و منتظر آنها بودند .ارژنگ فقط گفت که برای دیدن معبد رفته بودند و در مورد دو جوان هندی چیزی نگفت ، صنوبر نگاهی شکرانه به او کرد ، اگر می فهمیدند که چه اتفاقی در حال افتادن بود او خیلی خجالت می کشید. وقتی ارژنگ گفت که به معبد رفته بودند. امیت گفت :

"دیگه تنها جایی نروید .. اینجا علاوه بر مردم ، از نظر امنیتی هم خطرناکه چون مسلمانها و هندو ها همیشه در جنگ هستند و احتمال گروگان گیری خیلی زیاد است. "

صنوبر سر جای خودش کنار ماهور نشست .. ماهور چشمکی به او زد و گفت :"خوب واسه خودت خوش می گذرونی .. یادت نره که قراره بری ایران و زن امیر هوشنگ بشی"

رنگ از صورت صنوبر پرید ..ناگهان دلش بهم خورد!! خدایا به او رحم کن .. اگر عاشق ارژنگ شود چکار کند !!؟ اما عشق که دست کسی نیست میهمان

ناخوانده ایست که سر زده وارد دل می شود و حتی درهم نمی زند .اتوبوس براه افتاد .. پس از مدتی به مسجد جامع رسیدند .. صحن بسیار بزرگی داشت و چند پله آجری دری بزرگ را به مسجد باز می کرد ساختمان مسجد خیلی قدیمی بود ..توریست در آنجا بسیار بود ،ولی خیلی ها هم در گوشه و کنار نماز می خواندند ، راهنما می گفت در عید قربان و عید فطر بزرگترین نماز در این مسجد برگزار می شود .. از گوشه و کنار مسجد عکس می گرفتند . از طاق های کاشی کاری، منبر بسیار بلندی در یکی از ایوان ها بود ..

بعد از ساعتی به کنار اتوبوس باز گشتند و دوباره دانشجویان آمریکایی بسوی غذا های دست فروشها رفتند و با ولع عجیبی این غذا های تند را می خوردند . دختر ها هم به آنطرف رفتند و دوسه جور غذا سفارش دادند.. صنوبر با اشتها تمام یک لقمه بزرگ به دهانش گذاشت که ناگهان از تندی غذا دادش به هوا رفت نه فقط لب و دهانش سوخته بود بلکه احساس می کرد تا ته معده اش می سوزد ..ناگهان ارژنگ را با یک ظرف شیرینی جلوی خود دید، بدون تعارف شیرینی هایی که داخل شیر بودند را در دهان گذاشت و شیرش را هم سر کشید همه به او می خندیدند ، گلبو گفت :

"خوب تو که نمی تونی غذای تند بخوری مرض داری بخوری و بقیه رو اذیت کنی ؟"

صنوبر جواب داد :" آخه خیلی خوش مزه هستن ، شاید دیگه هیچوقت از این غذا ها نخورم "

همه دهانشان می سوخت ولی با ذوق و شوق این غذاهای تند را می خوردند؛ بعد هم شیرینی و نوشابه ..دوباره سوار شدند تا به قلعه سرخ بروند .. راه کمی طولانی بود، و وقت خواب آنها .. دوباره بیشتر مسافران خوابیدند ..تا به قلعه سرخ رسیدند . این قلعه چون با خاک قرمز ساخته شده بوده به قلعه سرخ معروف بود ..دو ساعتی هم آنجا گشتند و سپس برای شام به رستورانی رفتند و پس از غذا به میهمان سرا باز می گشتند . قرار بود فردا هشت صبح همه آماده باشند تا به اگرا بروند .. شهر تاریخی اگرا که عمارت تاج محل در آنجا از عجایب هفتگانه ای است که بشر تا بحال ساخته .

ناگهان اتوبوس ایستاد همه سرک کشیدند که ببینند چه خبر شده!!جمعیت

زیادی را دیدند که در خیابان ازدهام کرده بودند ، انگار اتفاق بدی افتاده بود !! راننده ایستاد و احمد و امیت پیاده شدند که ببینند چه خبر شده ، صدای آمبولانس و ماشین آتشن شانی می آمد ، حتما تصادفی شده بود ، مردمی که توی خیابان ایستاده بودند ، کنار رفتند تا ماشین های پلیس به آنجا برسند ، همه از پنجره های اتوبوس سرک کشیده بودند که ببینند چه خبر است!! ناگهان چیری را وسط خیابان دیدند !! انگار خون زیادی هم دور برش بود، و پتویی بر رویش کشیده بودند ، آمبولانس هم رسید ،، پلیس از مردم می خواست که متفرق گردند و به آنها اجازه بدهند تا کارشان را انجام دهند. عکاس ها ی پلیس عکس می گرفتند ، انگار تصادف شده بود و یک نفر مرده بود ، همه خیلی ناراحت شدند . احمد و امیت بازگشتند و به راننده گفتند که این خیابان فعلا بسته است و باید دور بزنند و از راه دیگر بروند. از قیافه هایشان می شد فهمید که خیلی ناراحت هستند !! با هم به هندی حرف می زدند . ابتدا نمی خواستند حرفی بزنند ولی بعد از اینکه چند نفر مرتب پرسیدند که چه شده ، امیت با قیافه ای در هم و چشمان اشک آلود گفت :

"شاید برای شما که از آمریکا آمدین ، درک این مطلب خیلی سخت باشه ولی در اینجا خیلی عادی است !! اون جنازه ی دختری بود که ازیک ماه پیش گم شده بود و مرتب عکس های اونو روزنامه ها چاپ می کردن ، اونطور که می گفتند او ، دوست دختر پسر، رئیس یک حزب بوده، که خودش رو کمتر از رئیس جمهور نمی دونه ، آن پسر قصد ازدواج نداشته و فقط می خواسته که او در خانه ای که برایش گرفته زندگی کنه و پسر هم گاهی به اون سر بزنه !! دختر خسته می شه و تصمیم می گیره که ازدواج کنه و از اون خونه فرار میکنه و بخانه پدرش میره. یک شب قبل از عروسی از خانه پدرش ربوده شده و حالا جنازه اش را انداختن وسط خیابون و رفتن!!

همه با دهان باز به او نگاه می کردند !! سمندر پرسید :

"یعنی واقعاً مثل تو فیلمها از این کارها می کنن!!؟ پسره چی شد؟اونو دستگیر کردن ؟"

امیت لبخند غمگینی زد و گفت :" اینجا هندوستان است!! و این فرزندان قدرتمندان هر کاری دلشون بخواد می کنن !! ممکنه برای یکی دو ساعت اونو بگیرن و بازجوئی کنن ولی بلافاصله آنقدر تلفن می شه که فوراً آزادش می کنن!! بعد هم وکیل او مدرک می آره که این پسر در این تاریخ اصلا

هندوستان نبوده ، مردم هم می دونن و حکومت هم میدونه ؛ولی نمی تونن جلوی تاخت و تاز این راجا ها رو بگیرن !! حتی هر سال چندین فیلم سینمائی در این مورد این آقازاده ها هم ساخته می شه، ولی هیچ کس قدرت مقابله با اونا رو نداره ، اونا سلطان بی تاج و تخت هستند و قدرت هر کاری رو دارند، نه تنها با دختران چنین می کنند؛ بلکه در فروش اسلحه به تروریست ها ، پخش مواد مخدر ، دوستی با دشمنان ،فروش دختران به کشورهای عربی ، کمک در بمب گذاری در مکان های پر جمعیت،در هر کار خلافی که اسم ببرید دست دارن!! ولی بخاطر نفوذ پدرانشان هیچکس نمیتونه آنها را مجازات کنه ؛ حالا فکر کنین که این یک جنایت رو مردم دیدند ، چون خبر گم شدن این دختر در روزنامه ها چاپ شده بود ، ولی هزاران دختر دیگه که چنین قربانی میشن، اصلا جسدشون پیدا نمی شه هندوستان بیشتر از سه میلیارد جمعیت داره !! شاید نصف خبر ها اصلا بگوش مردم نرسه!!پدران آنها وزیر و وکیل تعیین می کنند!! کسی جرات نداره که آنها را ماخذه کنه !! اگر کسی چنین کاری بکنه ! یا از شغلش برکنار می شه و یا او را به بدترین نقطه بد آب و هوا و پر از جنایات میفرستن تا تنبیه شود !!به هندوستان واقعی خوش آمدید !!.

همه سکوت کرده بودند !! خدایا در دنیا چه خبر است ؟ یعنی پسر یک آدم با نفوذ می تواندچنین جنایتی را کرده و آسان از کنارش بگذرد ؟؟ چگونه قدرت مندان اجازه می دهند که فرزندان آنها چنین جنایت هایی را مرتکب شوند !!؟ فرزندان آنها باید نمونه خوبی ها برای مردم باشند !!بقیه راه را همه در سکوت گذراندند ، صنوبر به این فکر می کرد که مگر می شود کسی که دارای مقامی در یک مملکت است ، به فرزندش اجازه دهد که چنین کارهای غیر انسانی را انجام داده و بدون هیچ مجازاتی آزاد بگردد!!؟

آنشب تا صبح خواب به چشمان صنوبر نمی آمد ..او خیلی ترسیده بود !! اگر ارژنگ ندیده بود که او بداخل معبد رفته !! الان چه بلائی بر سر او آمده بود!!؟ یعنی ممکن بود که جنازه او را هم مثل این دختر روزی در خیابانی پیدا می کردند ، خدا را شکر که ارژنگ او را نجات داد .

دوباره به عشق خودش به ارژنگ فکر کرد ، فکر ارژنگ نمی گذاشت او بخوابد .. وقتی عشق پا در میان بگذارد؛ دیگر قدرتی برای مقابله با او باقی نمی ماند .. چرا ارژنگ به دنبال او به معبد آمده بود؟ چرا همیشه او را زیر نظر دارد ؟چرا هر وقت غذای تند می خورد، ارژنگ برایش شیرینی می آورد؟و هزاران چرای دیگر!! او به حرفهای شوخی دختر ها فکر می کرد

یعنی او دارد عاشق می شود ؟..باید این رابطه را کم کند ! اما چگونه ! دختر و پسرهای ایرانی مثل چند تا دوست همیشه با هم بودند .. و او نمی توانست کناری بایستد .. از آن گذشته ارژنگ پسر شوخ و خوش روئی بود و همه دوستش داشتند ..او هیچوقت جدی حرف نمی زد و با همه غیر از صنوبر شوخی می کرد وتنها کسی که وجود او را می خواست انکار کند فقط صنوبربود.

***

صبح همگی خیلی زود با در زدن پسرکی که چای می آورد و همه را بیدار می کرد، بیدار شدند . شب پیش وسایل خود را جمع کرده و آماده کنار در گذاشته بودند .با عجله آماده سفر شدند .. آنها به اگرا می رفتند ..شهر عشق، شهر وفا ... اگرا شهری بود ، که به شهر عشاق معروف است و آرزوی هر عاشقی این است که روزی با معشوق خود این شهر و بنایی که شاه جهان بر مزار ارجمند بانو ملکه خود ساخته بود را از نزدیک ببیند .

ارژنگ هم دیشب را به فکر خیال گذراند .. او هرگز عاشق نشده بود ، بارها با دختری دوست شده و بزودی هم فراموش کرده بود و هیچکدام بطورجدی در زندگی او نبودند ، او همیشه فکر می کرد که نباید خودش را پای بند یک دختر کند!!، حالا وقت جوانی و خوش گذرانی او بود نه عاشقی و غصه خوردن !!. اما عشق از او قوی تر بود و حالا دلش می لرزید ، اگر آفتاب به صورت صنوبر می تابید او داغ می شد ، اگر غذا تند بود و دهن صنوبر می سوخت ارژنگ تا ته معده اش احساس سوزش می کرد !!هر چه بود داشت پای بند صنوبر می شد! او تصمیم گرفته بود تا به اگرا نرود و همین جا بماند تا آنها باز گردند ، اما پرفسور اسکات گفت نباید کسی از گروه جدا شود، بنا براین او آخرین نفری بود که سوار اتوبوس شد و اتوبوس براه افتاد .

اتوبوس در جاده اگرا بسوی معبد عشق روان شد. صنوبر خودش را بخواب زده بود تا مجبور نباشد که قاطی جمع ایرانی ها شود ، آنها با هم حرف می زدند و به شوخی های هم می خندیدند . تنها کسی که قاطی آنها نبود، ارژنگ بود .. سمندر پرسید :

"چیه ارژنگ کشتی هات غرق شدن ؟"

همه زدند زیر خنده و عارف جواب داد : "نه بابا عاشق شده عاشق !"

ارژنگ مهلت نداد که او جمله اش را تمام کند و با یک خفه شو او را خاموش کرد. او احساس می کرد که همه فهمیده اند که او عاشق صنوبر شده و از این عشق می ترسید . درست مثل پسر چهارده ساله ای که برای اولین بار مزه عشق را می چشد . خدایا این چه احساسی بود که در این چند روزه نسبت به صنوبر پیدا کرده بود؟ یعنی واقعاً عاشق شده!!؟ راهنما بلند شد و بلند گو بدست گرفت و چند نقطه بین راه را شرح داد و دانشجویان با تلفن های شان عکس گرفتند .

بالاخره به اگرا رسیدند شهر مسلمان نشینی که تاج محل مثل نگینی در وسط آن می درخشید . مردم در کوچه بازار در رفت و آمد بودند، چند اتوبوس توریستی نزدیک تاج محل ایستاده بودند ..زنها اکثرا روسری های شان را بصورت قشنگی دور سر پیچیده و عده ای هم مانتو سیاه پوشیده و جلوی صورتشان بورغه داشتند که فقط چشمهایشان از زیر تور آن دیده می شد. . اتوبوس آنها نگه داشت و یکی یکی پیاده شدند ،بهر طرف که نگاه می کردند ، آثار تاریخی می دیدند ، ناگهان تعداد زیادی میمون به سوی آنها آمدند و از پاهای آنها بالا می رفتند . دخترها جیغ می کشیدند و پسر ها می خندیدند . یک دست فروش که بادام زمینی را با پوست می فروخت بسوی آنها آمد و گفت :

"صاحب براشون بادام بخرین "

این برای آنها خیلی جالب بود که در هند همه انگلیسی را خوب حرف میزنند ..یکی از پسرها مشتی بادام خرید، میمونها بسوی او دویدند، بادام ها را می گرفتند و با دست می شکستند و مغز آنرا می خوردند و پوستش را روی زمین می انداختند و دوباره بادام می خواستند .ماهور که از دختر های دیگر شجاع تر بود ،مقداری بادام خرید و به میمون ها می داد و بقیه از او عکس می گرفتند . راهنما ها کناری ایستاده و به آنها که از دیدن میمونها لذت می بردند نگاه می کردند . این تجربه ای بود که شاید خیلی کم در زندگی کسی اتفاق می افتد . قرار بود قبل از هتل به دیدار تاج محل بروند. بالاخره راهنما همه را صدا زد و دانشجویان دور او حلقه زدند هنوز هم میمونها دربین آنها می لولیدند . احمد خان بلند گو را بدست گرفت و گفت :

"اینجا تاج محل است ، تاجی که بر فرق هندوستان می درخشد .. این بنا نشانه عشق عمیق دو انسان است ، عشق شاه جهان و ارجمند بانو ، شاه

جهان در مینا بازار که آن زمان مثل همین دست فروش ها بوده، ارجمند بانو را می بیند و عاشق او می شود ، و پس از آن شبها در کنار این رودخانه میعاد عاشقانه داشتند و راز و نیاز می کردند ، یک شب ارجمند بانو از شاه می خواهد که اگر روزی او مُرد یک مقبره قشنگ در همین میعادگاه برای او بسازد که تا ابد سمبل عشق آنها باشد و میعادگاه عاشقان دنیا شود.. آنها ازدواج می کنند و صاحب چندین فرزند می شوند و ارجمند مریض شده و می میرد.

از آن روز شاه گوشه انزوا می کرد و هدفش فقط ساختن تاج محل می شود، معمارهای زیادی از گوشه و کنار دنیا می آیند و بالاخره شاه جهان کار یک معمار ایرانی را می پسندند و ساخت تاج محل آغاز می گردد. هزاران کارگر از کوه های نزدیک سنگ های مرمر را به اینجا حمل می کنند و عده دیگری در معادن بدنبال جواهرات می گشتند ،در تمام دیوار ها گل هایی تراشیده شده که با زمرد و عقیق و مرجان پر شده است . دیوارهایی که نظیر آنها از نظر قیمت در دنیا وجود ندارد . ساختن آن بیست سال بطول می انجامد و شاه جهان هر روز از دور در قصر خودش ایستاده و به آن نگاه می کرده و درست وقتی که ساختن تاج محل تمام می شود .شاه جهان هم می میرد و او را هم در کنار ارجمند بانو بخاک می سپارند .

همه از شنیدن این قصه غمگین عاشقانه ناراحت شدند ، روی گونه های صنوبر قطره اشکی چکید ، یعنی این پایان هر عشقی است ؟ یعنی عشق او هم چنین به پایان میرسد ، ناگهان بخود آمد کدام عشق؟ بخاطر چند دفعه توجه ارژنگ به او که نبایداز آن عشقی بسازد !!همه درصفی ایستاده تا بداخل تاج محل بروند . آنها متعجب بودند که چقدراز اهالی هند هم دارند بداخل می روندتا از نزدیک قصر عشق را ببینند . برای آنها جالب بودکه مثل فرودگاه باید از صف امنیتی رد می شدند و نه تنها خودشان باید از زیر اشعه بگذرند بلکه کیف های شان را هم باید از زیر اشعه بگذرانند. امیت گفت :

"متاسفانه هند در جنگ با خرابکاران است که مرتب بمبی در گوشه و کنار منفجر می کنند، و عده ای بیگناه را می کشند، بنا براین برای ورود به هر جایی که جمعیت زیادی در آن است باید از سکورتی رد شوند ."

بالاخره به حیاط تاج محل وارد شدند . تاج محل شنیدنی نیست؛ دیدنیست، ساختمانی از سنگ مرمرسفید و گلهای رنگ وارنگ که در زیر اشعه خورشید

می درخشیدند . درست در وسط حیاط یک استخر طولانی پله پله بود که به تاج می رسید و عکس تاج در آب آن دیده می شد . این ساختمان آنقدر زیبا بود که هوش از سر همه برده بود. هر چه به او نزدیک تر می شدند زیبائی آن ،آنها را بیشتر مسخ می کرد. حالا گلها و برگ های حکاکی شده که با زمرد و عقیق و یاقوت و الماس پرشده بود بیشتر دیده می شد . صنوبر احساس می کرد به خانه شاه جهان و ممتازبانو نزدیک می شود، انگار عشق از زمین آسمان می بارید ، این همه جلوه نمی توانست مال یک مقبره باشد. آنها در این جا زنده بودند.

زیبایی تاج محل گذشته از سنگهای درخشان، معماری آن بود .. شش طاقی بود که از شش طرف تاج به داخل مقبره راه داشت و از هر طرفی وارد می شدی دو قبر شاه جهان و ممتاز را می دیدی ، راهنما گفت باید در شب چهاردهم ماه به اینجا بیایید که ماه کامل است و مهتاب ازهر شش طاق بدرون تاج می تازد و آنها را مثل بلور روشن می کند، و این دلیل عجیب بودن آن است که بنام یکی از عجایب دنیا به ثبت رسیده.

درطبقه پایین تاج محل عین صورت قبر های بالا وجود داشت که راهنما توضیح داد که قبرهای اصلی این ها هستند و در بالا فقط صورت قبر است این قبرها هم دقیقا همان نقشه و گل کاری را داشتند.

چشمان صنوبر پر از اشک شده بود، ناگهان بسوی ارژنگ نگاه کرد ای وای او هم به صنوبر نگاه می کرد ، یعنی در معبد عشق، عشقی شکل می گرفت که پایانی نداشت !!؟ او سرش را بطرف دیگر کرد تا کسی اشک هایش را نبیند و از پله ها بالا رفت . در رواق بالا دور تا دور شعر نوشته شده بود. صنوبر خوب که دقت کرد و متوجه شد که این شعر ها بزبان فارسی هستند . بقیه هم به بالا آمدند و راهنما توضیح می داد که در زمان مغول زبان فارسی تقریبا زبان رسمی بوده و مردم از دیوان حافظ فال می گرفتند، هنوز هم پیرمردهایی هستند که فارسی را خیلی حرف می زنند ، بنا براین این نوشته ها هم همه از شعرای ایرانی است .

ایرانی ها با غرور به شعر ها نگاه می کردند و این را یک افتخار می دانستند که هند با این همه تمدن باز هم خطش و شعرش را از ایران به عاریه گرفته پرفسور به احمد گفت که آیا می تواندشعر ها را بخواند و معنی کند ؟ احمد خان گفت :

"من می تونم فارسی بخوانم ولی این خطوط شکسته است و من نمی تونم اونا رو بخونم ، ولی شاید این ایرونی ها بتونن بخونن!"

همه بسوی دانشجویان ایرانی نگاه کردند . آنها احساس غرور می کردند ولی خواندن این سبک شعر خیلی سخت بود . ناگهان ارژنگ با صدای بلند به انگلیسی گفت :" صنوبر میتونه فارسی بخونه !"

همه بسوی صنوبر نگاه کردند ، او غافل گیر شده بود .. نمی دانست چکار کند . ارژنگ ادامه داد: "توی هواپیما کتاب فارسی میخوندی مگه نه ؟"

صنوبر نگاهی به همه کرد و نگاهی به نوشته ها ..البته می توانست این اشعار را بخواند ولی هم خجالت می کشید و هم بعضی از نوشته ها پاک شده بودند. بالاخره او با خونسردی و آرام شروع به خواندن اشعار کرد و همه را سکوتی در گرفت .بسیار قشنگ می خواند .. اشعار بیشتر عاشقانه و عارفانه بود و او با لحنی غمناک می خواند . او که از قبل احساس غمی داشت که نمی توانست آنرا توجیه کند با خواندن این اشعار احساسش شدت گرفت و ناگهان بغضش ترکید و شروع به گریه کرد ..ماهور بسوی او دوید و صنوبر را بغل کرد و گفت :

"خوبه ..خوبه دیگه نخون .. ما نمی دونستیم تو اینقدر احساساتی هستی "

و بعد به انگلیسی برای همه توضیح داد که این اشعار عاشقانه و خیلی غمگین هستن و صنوبر هم خیلی حساسه و طبع شعر داره و شعر های قشنگی مینویسه واسه همینه که ناگهان گریه اش گرفت.

صنوبر بخود آمد و خیلی زود خودش را جمع و جور کرد و نگاهی به دیگران نمود، ارژنگ را دید که بدیوار تکیه زده و به او خیره شده .آخ از این نگاه هاکه نفس صنوبر را از او می گرفت ، چشم هایش را بست و در دل دعا کرد که خدایا این احساس منو از من بگیر ،از اینکه نمی دانست تکلیفش چیست و نمی توانست تصمیم بگیرد زجر می کشید . هر بار که ارژنگ را می دید ، ته دلش انگار پروانه ای میچرخید ، و نمی توانست جلوی آنرا بگیرد .

احمد خان از شعر خواندن صنوبر خیلی خوشش آمده و متوجه گریه صنوبر شد ، فکری بخاطرش رسید و گفت :

"صنوبر خانم شما شاعر هستین؟ اتفاقا امشب یک شام غزل بعد از مغرب در صحن تاج محل برگزار می شه دوست دارید در آن شرکت کنید ؟"

صنوبر نگاهی به بقیه و نگاهی به پرفسور اسکات، کرد آیا راهنما او را تنها به این شام دعوت می کند ؟پرسید :

"احمد خان مهمونی شامه خوب نیست بی دعوت بریم ؟"

احمد خندید و گفت : "اها فهمیدم در فارسی شام به غذای شب می گن ولی در اردو و هندی به معنای غروب است و شام غزل یعنی شب شعر. واقعا خیلی قشنگ است، شاعرهای زیادی در آن شرکت می کنن ما می تونیم بعد از خوردن شام به این بزم بریم ."

صنوبر نگاهی به پرفسور اسکات کرد و ساکت ماند . پرفسور اسکات فهمید که صنوبر دارد از او اجازه می گیرد سری تکان داد وگفت:

" خوب این برنامه بعد از شام است ، هرکس دوست داشت همراه احمد خان به این برنامه بره و هرکس هم خواست در هتل بمونه اجباری نیست ."

سپس به راه افتادند و بسوی دیوان شاه رفتند ، دیوان شبیه یک ورزشگاه بزرگ بود که دور تا دورش سکوی هایی مثل پله وجود داشت و در ضلع شمالی آن مکانی برای نشستن شاه بود . این بار امیت توضیح داد که هر روز صبح شاه در بالای سکوی روی تخت جلوس می کرده و مردم بر روی پله های دور دیوان می نشستند و هر کس که شکایتی داشت به حضور شاه می آمده تا شاه به خواسته او رسیدگی کند.

بعد از بازدید از دیوان شاه جهان همگی احساس خستگی و گرسنگی می کردند . احمد خان گفت :

"حالا یه خبر خوب برای آنهایی که غذای تند و تیز دوست ندارن ..قبل از اینکه بریم هتل می ریم مک دونالد و همبرگر می خوریم ."

ناگهان دانشجویان آمریکایی شروع کردند به هورا کشیدن ..یعنی اینجا همبرگرهم هست ؟ بسوی احمد خان دویدند و او را روی دست بلند کردند. همه می خندیدند، بعد از آن غذاهای تند حالا یک همبرگر خوشمزه پر گوشت می خوردند !چقدر می چسبید. با عجله به اتوبوس باز گشتند و سوار شدند ، پس از گذشتن دوسه خیابان آرم مک دونالد را دیدند از خوشحالی

فریاد می زدند .. با سرعت پیاده شده و حتی منتظر راهنما نماندند و بداخل رستوران رفتند . دوتا پسر آمریکایی خودشان را به پیشخوان دستور غذا رسانده و با عجله هر کدام دوتا همبرگر و سیب زمینی سرخ کرده ، دستور دادند . فروشنده با خونسردی پرسید :

"همبرگر مرغ می خواین یا سبزی ؟"

انگار یک سطل آب ریختند روی سر آنها !!همه بهم نگاه کردند ، مرغ یا سبزی ؟ همبرگر که گوشت گاو است ؟ احمد خنده کنان جلو آمد و گفت :

" صبر نکردین تا من توضیح بدم .. در هند گوشت گاو فقط در بعضی محله های خیلی مسلمان نشین فروش می ره و در غذای رستوران ها هم نیست هندو ها برای گاو احترام قائل هستند و آنرا مادر می نامند و در مکان های عمومی گوشت اونو نمی فروشن .. خوب مردم دلشون همبرگر می خواد واسه همین همبرگر با گوشت مرغ است و هم چنین با حبوبات و سبزیجات هم همبرگر غیر گوشتی درست کردن که هندو ها هم بخورن .. حالا هرکس غذای خودشو سفارش بده ."

دانشجوهای آمریکایی خیلی دمق شدند ،آنها دلشان را برای یک همبرگر بزرگ لیف زده بودند ، ولی خوب چاره ای نبود .. اتفاقا سه نفر از آنها گیاه خوار بودند و از خوردن همبرگر گیاهی خیلی هم خوشحال شدند. بعد از سفارش هر عده ای دور میزی نشستند تا غذای آنها آماده شود طبق معمول ایرانی ها هم دور هم نشستند .

سمندر و عارف رفتند تا غذای همه را بگیرند . ارژنگ نگاهی به صنوبر کرد و پرسید:

"صنوبر خوبی ؟"

صنوبر سرش را بلند کرد و به چشمهای او نگاهی انداخت .. خدایا او را از این برزخ نجات بده .. وقتی ارژنگ جمله قشنگی به او می گفت قند توی دلش آب می شد و بلافاصله یاد امیر هوشنگ و قولی که به پدرش داده می افتاد و غباری چهره قشنگش را می پوشاند . سرش را تکانی داد ، یعنی خوبم. عارف نوشابه ها را آورد و به ارژنگ و بهزادگفت که به کمک آنها هم نیاز دارند تا غذای همه را با هم بیاورند . آنها بلند شد و بدنبال او رفتند . ماهور نگاهی به صنوبر کرد که با نگاهش ارژنگ را بدرقه می کرد .دستی

بر شانه صنوبر زد و گفت :

"چرا با خودت اینکارو می کنی ؟ درست موقعی که قراره بری ایران و شوهر کنی داری عاشق می شی!! می دونم خیلی سخته ..اما نکن ، این سفر به این خوبی رو زهر مار خودت نکن ! "

صنوبر سرش را بطرف او چرخاند و جواب داد:

"تو چی میگی ؟ داری شوخی می کنی ؟من عاشق کی شدم ؟"

ماهور موهای او را نوازش کرد و گفت:

" کاش شوخی می کردم!!تو اگه بتونی همه رو گول بزنی منو نمی تونی ، مثل کف دستم می شناسمت .. "

دوباره اشکی در چشمان صنوبر حلقه زد آه بلندی کشید و گفت :

"چرا حالا !! چرا حالا که من باید زن امیر هوشنگ بشم،ارژنگ سر راهم پیدا شده !! چرا یه سال پیش نه ؟ چرا سه ماه پیش نه ؟ من دختر خوبیم بکسی بدی نکردم! چرا باید الان اینجوری امتحان بشم .؟"

گلبو و زیبا رفته بودند دستشویی و همین لحظه برگشتند . گلبو نگاهی به صورت صنوبر کرد و گفت :

"ببینم تو بازم گریه کردی ؟ نکنه دلت واسه پسر عمویت تنگ شده ها؟"

در همین لحظه پسرها رسیدند و غذاها را آوردند و هر کسی غذای خودش را گرفت و شروع به خوردن کرد . ارژنگ که آخر حرف گلبو را شنیده بود خیلی کنجکاو شد که بفهمد جریان چیست و پرسید :

" گلبو کی دلش واسه کی تنگ شده ؟"

گلبو با خنده جواب داد : "صنوبر واسه پسر عمویش !"

آشکارا رنگ از صورت ارژنگ پرید . فکر همه چیز را کرده بود بجز یک رقیب ! حالا مثل همه داستانهای عاشقانه یک عاشق بود و یک معشوق و یک رقیب!! رنگ ارژنگ پرید و کاملا می شد در چهره اش دید که از شنیدن این حرف دمق شده است!! سمندر نگاهی به صنوبر کرد و پرسید :

" صنوبر ! گلبو راست می گه ؟جریان پسر عمویت چیه ؟

ماهور و صنوبر نگاهی بهم کردند و چشم غره ای به گلبو رفتند که داری چی میگی ؟ ولی دیگر دیر شده بود و همه فهمیده بودند . صنوبر صدایش در نمی آمد انگار لال شده بود ، ماهور رشته حرف را بدست گرفت :

"هنوز نه به باره نه بداره ..پسر عموی صنوبر ازش خواستگاری کرده همین!"

ناگهان لقمه در گلوی ارژنگ گیر کرد و به سرفه افتاد وغذایش را زمین گذاشت و نوشابه اش را سر کشید . سمندر با اینکه ارژنگ چیزی به او نگفته بود ولی حس می کرد که ارژنگ از صنوبر خوشش آمده ، و احساس کرد که از شنیدن این حرف ارژنگ خیلی ناراحت شد ، به حالت شوخی که نشان دهد مهم نیست پرسید:

"خوب صنوبر مبارکه انشاالله کی شیرینی می خوریم . خوب چه شکلیه چه کاره س؟"

صنوبر قدرت حرف زدن نداشت . دست پایش را کم کرده بود، دوباره گلبو به وسط حرفها پرید و گفت :

" اگه دلت شیرینی می خواد باید بری ایرون .. چون داماد ایرونه !"

بقیه شروع کردند در این مورد حرف زدن ! اما از صنوبر و ارژنگ صدایی بر نمی آمد . هر دو در مرگ عشقی کوتاه به عزا نشسته بودند . ارژنگ چیزی که فکرش را نمی کرد اینکه صنوبر نامزد داشته باشد . رنگ از رویش پرید، تازه داشت با خودش چند چند می کرد که آیا عاشق شده ؟آیا واقعا این دختر را دوست دارد؟ که تیر رقیبی به قلبش خورد . هوای رستوران داشت خفه اش می کرد بلند شد و از رستوران خارج شد . صنوبر هم غذایش را نصفه گذاشت و به دستشویی رفت ، می ترسید که نتواند جلوی اشک هایش را بگیرد که بی اجازه او در حال فرو ریختن بر روی گونه هایش بودند .ماهور نگاه تندی به گلبو کرد و گفت :

" می دونی ناراحت می شه چرا سر بسرش میذاری"

و بدنبال صنوبر به دستشویی رفت. جمع آنها خیلی ساکت و بهت زده شد سمندر نگاهی به گلبو کرد و پرسید:

"جدی ..جدی صنوبر نامزد داره ؟ پس چرا ناراحت شد ."

گلبو که از حرفش شرمنده شده بود ، مخصوصا که ماهورتقریبا جلوی همه او را دعوا کرد، با صدایی که انگار از ته چاه در می آید گفت :

"خیلی بد شد! من نباید با صنوبر شوخی می کردم .. در واقع پسر عمویش از او خواستگاری کرده ! صنوبر حتی او نو ندیده .. قراره تابستان برن ایرون اگه از هم خوششون آمد ازدواج کن !"

سمندر خنده ای کرد و گفت :" آها پس جناب پسر عمو دنبال گرین کارته! وگرنه کی از کسی که تو عمرش ندیده خواستگاری می کنه !؟"

بعد بلند شد و به دنبال ارژنگ بیرون رفت .

ماهور وقتی وارد دستشویی شد، صنوبر داشت اشکهایش را می شست ماهور نگاهی به او کرد و گفت :

"زیادم بد نشد ها ..حالا هم تو تکلیف خودت رو می دونی هم او ! اگه ترو می خواد جلو میاد"

صنوبر صورتش را خشک کرد و گفت :"شوخیت گرفته !! جلو بیاد چکار کنه من دست ارژنگ رو بگیرم ببرم خونه و به بابا بگم بابا جون ببخشید من زن پسر برادر شما نمیشم ، زن این جوون می شم که توی سفر هند دیدمش ! نه می دونم کیه ؟ نه از چه خانوادیه ! آره !! اونم می گه باشه دخترم هر چی تو بگی !"

ماهور گفت : "خوب پس اگه این جوره ! پس بچه مردم رو امیدوار نکن ! گلبو هم خوب کاری کرد که گفت اونم می ره پی کارش !بیا بریم غذایت رو بخور الان دوباره باید سوار شیم ."

وقتی به سر میز بازگشتند گلبو و زیبا آنجا بودند . صنوبر دیگر اشتهایی نداشت که بقیه همبرگرش را بخورد . در این موقع احمد خان همه را برای سوار شدن به اتوبوس فرا خواند .و پس از اینکه همه سوار شدند گفت :

"خوب اگر دوست دارید امشب به شام غزل برویم پس الان به بازار بریم تا صنایع دستی اینجا را ببینید و اگر دوست داشتین خرید کنین . بعد به هتل می رویم و بعد از کمی استراحت می ریم شام غزل."

دانشجویان آمریکایی و چینی سر و صدا کردند که شام غزل برای آنها خسته کننده است . خوب درست هم می گفتند . شعر شرقی برای آنها مفهومی نداشت!! مخصوصا که به انگلیسی هم نبود . بعد از مشورت های فراوان قرار شد که ایرانی ها همراه احمد به شام غزل بروند و بقیه هم با امیت به یک رستوران که بوفه خیلی خوبی داشت و مشروب هم سرو می کرد بروند صنوبر و ارژنگ در بحث شرکت نکردند . انگار حوصله هیچ جا را نداشتند . هر کدام کنار پنجره نشسته و به مردم نگاه می کردند . ناگهان بهزاد گفت :

"خوب ما بریم شام غزل چکار کنیم !! ما هم بریم رستوران و خوش بگذارنیم !"

سمندر هم سری تکان داد و گفت :" تو چی میگی ارژنگ کجا بریم ؟"

ارژنگ انگار که اصلا این بحث را نشنیده بود گفت :

"منظورت چیه کجا بریم؟"

سمندر خندید گفت : "با دخترا بریم شام غزل یا با بقیه بریم بوفه؟"

ارژنگ خیلی دلش می خواست که برای جدا شدن از صنوبر به رستوران برود و چند ساعتی دور از او باشد جواب داد :" هر چی همه بگن !"

احمد خان که این گفت و شنود را دنبال می گرد گفت :

"پس دختر ها هم بیان بوفه برای چهار نفر از هم جدا نشیم ."

گلبو یکی به پهلوی صنوبر زد و گفت : "چرا خوابی ! ما بخاطر تو می خوایم بریم شب شعر اونوقت تو ساکت نشستی خوب حرفی بزن ! با بچه ها بریم رستوران ؟"

صنوبر نگاهی به اطراف انداخت و با قیافه آرام و غمگینی گفت :

"هر چی همه بخوان! فقط بخاطر من نریم شام غزل ..اما دیدنش خیلی خوبه رستوران همه جا هست ."

ارژنگ که غم را در صدای صنوبر احساس می کرد دلش طاقت نیاورد و گفت:" نه بریم شام غزل."

صنوبر بی اختیار نگاهی پر از سپاس به او کرد . با اینکه گلبو تیری را انداخته بود که قلب ارژنگ را سوراخ کرد، ولی باز هم دلش نمی آمد که صنوبر را غمگین ببیند .

صنوبر انگار کوهی روی قلب کوچکش سنگینی می کرد ، هیچ چیز دست او نبود . نه می توانست جلوی خواسته قلبش را بگیرد و نه قدرت این را داشت که جلوی پدرش قد علم کند !! اما این را خوب می دانست که خاطره ارژنگ برای همیشه در قلب او خواهد ماند .

بنا براین به بازار رفتند تا از یک فروشگاه خیلی بزرگ که صنایع دستی بسیار گران قیمتی را داشت دیدن کنند . تا به آن فروشگاه برسند ، از بین بازار دست فروش ها و مغازه دار ها رد شدند .. دامن های بسیار زیبائی با چوب لباسی به درختی آویزان بود ، دختر های ایرانی و آمریکائی همانجا ایستادند و داخل مغازه شده و دامن ها را بر تن می کردند . دامن ها نقش و نگار بسیار زیبایی داشتند مخصوصا آنها ئیکه نقش فیل و طاووس بر آنها بود .. هر کدام را می پوشیدند ، از دیگری قشنگ تر بود ، بالاخره هر کدام چند دامن خریدند .

به یک فروشگاه رسیدند که لباس هندی زنانه بنام (کورتا شلوار) که پیراهن های زیبا تا روی زانو و شلوار های بسیار قشنگ که بعضی ها تنگ بودند و بعضی ها گشاد، ولی دهانه پا داشت می فروخت، پوشیدن آنها سخت بود ولی دل کندن از آنها سخت تر ، صنوبر یک لباس ژرژد سفید که پیراهنش دورچین بود و پائین و جلوی سینه آن گلدوزی قشنگی با رنگ قرمز داشت و شلوارش تنگ بود ،با شال توری آن خرید ..وقتی آن لباس را در جلوی آیینه برد تا ببیند که در آن چگونه دیده می شود ، وای که در آئینه چشمش به چشمهای ارژنگ افتاد که با نگاهی عاشقانه و لبخندی به او خیره شده است!! وای که این نگاهها با دل آشفته صنوبر چه ها که نمی کرد؟ نگاهشان در آئینه بهم گره خورد و دنیایی از عشق را در چشمان هم دیدند !!.

پسر ها هم .. صنایع دستی می خریدند ..قاب های عکس می خریدند! کیف چرمی می خریدند ..بالاخره به فروشگاه صنایع دستی مورد نظر رسیدند، این فروشگاه از نظر گردشگری بسیار مهم بود !!چون تمام صنایع آن از چینی ، عاج فیل و سنگ های مختلف ساخته شده بود، حتی میزها و چراغ خواب های قشنگی هم داشت که همه اسم و شناسنامه داشتند

و قیمت ها از صد دلار شروع می شد و تاچند هزار دلار هم می رسید. مخصوصا که کارگاه این فروشگاه در پشت همان ساختمان قرار داشت که نشان می داد چگونه این صنایع را درست می کنند . حدود یک ساعتی هم در این فروشگاه بودند و بعد دوباره سوار شده و به هتل رفتند .

آنها منتظر چیزی شبیه میهمان سرای دانشگاه بودند ، ولی به هتلی رسیدند که بسیار زیبا و شیک بود . وقتی پیاده شدند باید از سکورتی رد می شدند و کیف های دستی خود را از زیر اشعه می گذراندند ..بعد به سراسری هتل رفتند. این هتل حتی خیلی قشنگ تر از هتل های لاس وگاس بود . چند زن ساری پوش به استقبال آنها آمدند و روی پیشانی آنها خال هندی قرمزی با انگشت گذاشتند و نوشابه به آنها تعارف کردند تا احمد خان و امیت برای آنها اتاق بگیرند . همه با هم از لابی قشنگ هتل دیدن می کردند. که با آب نماها و گل های زیبائی تزئین شده بود . احمد همه را صدا کرد اینجا به هر دو نفر یک اتاق داده بودند . پس از تحویل گرفتن چمدان هایشان سوار آسانسور شدند. شماره را زدند ولی آسانسور درش بسته نمی شد و حرکت نمی کرد.

یکی از پیشخدمت ها که چمدان هارا با چرخ به طبقه بالا می برد گفت که روی کارت هر کدام رمز آسانسور هست و باید کارت خودشان را جلوی شماره خوان آسانسور بگیرند آنوقت راه می افتد ،سمندر گفت دفعه آخری که به لاس وگاس رفته آسانسور اینجوری دیده .. پیشخدمت گفت که این بخاطر رعایت امنیت مسافران است که غریبه ای نتواند با آسانسور به اتاق مسافرین برود و همچنین راه پله ها هم یک طرفه است یعنی فقط از سالن هتل به پله ها باز می شود ؛نه برعکس، که کسی وارد طبقات نشود . همه از این همه امنیت تعجب می کردند ، هندوستان واقعا در حال یک جنگ نامرئی بود . بالاخره در طبقه نهم پیاده شدند .. قرار شد آنهایی که به شام غزل می روند‌در هتل شام بخورند .

صنوبر و ماهور یک اتاق داشتند .. بعد از جابجایی وسایل خود دوش گرفتند تا برای شب آماده بشوند . صنوبر لباس هایی که خریده بود یکی یکی می پوشید و در آیینه به خود نگاه می کرد، ناگهان تصمیم گرفت آن پیراهن شلوار سفید هندی را بپوشد .وقتی آنرا پوشید و موهای بلندش را دورش ریخت آنقدر زیبا شده بود که ماهور گفت :

"بابا این ارژنگ بیچاره حق داره .. می خوای بیچاره رو بکشی این رو

پوشیدی؟"

صنوبر لبخندی زد و بعد کمی آرایش کرد . ماهور هم حاضر شده بود یک شلوارچین با تی شرت صورتی پوشید و برای صرف شام به رستوران هتل رفتند . هتل چند نوع رستوران داشت و آنها قرار بود غذای سنتی بخورند. تقریبا همه منتظر آنها بودند . وقتی آنها وارد شدند .. ناگهان پسرها به صنوبر نگاه کردند .ارژنگ چنان مسخ این همه زیبائی شد که انگار نفسش بند آمده بود، با آن موهای خرمایی بلند که برای اولین بار بر دوش ریخته بود نفس را از هر بیننده می گرفت . سمندر بشوخی گفت :

"صنوبر قراره قتل عام کنی ؟ بابا به این مردهای هندی رحم کن !"

از شوخی او همه خندیدند و صنوبر از شرم گونه هایش گل انداخت و چیزی نگفت . تصمیم گرفتند چند نوع غذا سفارش دهند و هر کدام از همه آنها بخورند ، یک پلو که با مرغ پخته شده بود بنام بریانی و مرغ کبابی، نان سرخ شده ، سالاد و یک خوراک بادمجان هم سفارش دادند . از پنجره رستوران داخل حیاط را می دیدند .. عده ای روی صندلی نشسته و چیزی را نگاه می کردند . سمندر از پیشخدمت پرسید که آنجا چه خبر است و او جواب داد که خیمه شب بازی است حدود بیست دقیقه و اگر می خواهند میتوانند تا شام را بیاورند آن را تماشا کنند .

همه بلند شدند و به دیدن خیمه شب بازی رفتند ، چند تا عروسک هندی که معلوم بود شاه و ملکه و خدمتکاران هستند را مردی با چوب و نخ می رقصاند و آهنگ قشنگی پخش می شد . برایشان جالب بود . بعد به سالن بازگشتند و غذای تند و تیز ولی خیلی خوشمزه را خوردند . در لابی جمع شدند . وقتی صنوبر با لباس هندی به لابی رسید همه از دیدن صنوبر در لباس هندی تعجب کردند انگار حالا زیبایی او را می دیدند .. احمد خان بشوخی گفت :

"صنوبر خانم شکل هنرپیشه های هندی شدین "

دوسه تا دختر آمریکایی از اینکه از این لباس نخریده بودند پشیمان شدند و گفتند که فردا حتما از این لباس می خرند . ارژنگ گوشه ای دور نشسته بود و به او نگاه می کرد .. درست مثل کسی که پائین کوهی ایستاده و آرزو دارد قلعه آنرا فتح کند . انگار از لحظه ای که گلبو آن حرف را زده بود او بیشتر صنوبر را دوست داشت . ولی مثل یک رویای دست نیافتنی با

حسرت به او نگاه می کرد ، با خود می گفت آیا او می تواندچنین دختری را فراموش کند!!؟ چند لحظه بعد همه سوار اتوبوس شدند .اول آنها را به تاج محل رساندند و بعد اتوبوس به سمت رستوران رفت .

تاج محل را باید در شب دید تا به زیبائی آن پی برد. در شب خیلی قشنگ تر از روز بود .. مهتاب قشنگی به آن تابیده و تلألویی سنگهای قیمتی داخل آن در شب خیلی زیباتر از روز بود . عکس تاج در استخر دیده می شد که بیشتر به رویا شبیه بود تا حقیقت . داخل محوطه تاج محل چادر قشنگی زده بودند .

داخل چادر تزئین بسیار زیبائی داشت . روی زمین، فرش قشنگی که شبیه فرش ایرانی بود بچشم می خورد . دور تا دور پارچه ی سفیدی در روی فرش کشیده بودند . و روی پارچه سفید، مثل یک نوار دور تا دور گلبرگ گل سرخ ریخته بودند . عده ای مرد که شلوار سفید تنگ به پا داشتند کتی بلند شبیه پالتو که کمرش باریک بود و از زیر گلو دکمه می خورد بر تن داشتند و کلاهی شبیه کلاهی که در عکسها بر سر جواهر لعل نهرو دیده می شود بر سر گذاشته بودند . یک بلند گوی کوچک در بالای مجلس بود و کنار آن دوتا ضرب که در هندی به آن طبله می گویند و یک دستگاه که چیزی بین آگاردئون و پیانو بود هم کنار آنها قرار داشت .

مسافر ها هم در یک ردیف نشستند . پس از چند دقیقه . یکی از مردها که خود را مولانا محزون آزاد معرفی کرد، بلند گو را جلوی خود گذاشت و شروع به صحبت کرد . جالب بود که از وجود میهمان های خارجی خبرداشت و به انگلیسی صحبت کرد و به آنها خوش آمد گفت و تاریخچه شعر اردو که از شعر فارسی گرفته شده را برای همه گفت و حتی به شاعری بنام اقبال لاهوری اشاره کرد که به دو زبان فارسی و اردو و به سبک حافظ شعر سروده است .

برای ایرانیان خیلی جالب بود که در این کشور اینقدر خوب در باره شعر و ادبیات ایران می دانند. و سپس یک غزل از اقبال خواند، حیرت انگیز بود که یک خارجی چنین شعر زیبایی را بفارسی سروده باشدکه با دست زدن و تشویق زیاد روبرو شد .

سپس این بلند گو می چرخید و جلوی هر کسی که قرار می گرفت او شعری را بصورت آواز می خواند که با موسقی همراهی می شد . جالب بود که

پس ازشنیدن چند شعر ایرانی ها رفته رفته معنی شعرها را می فهمیدند چون مرتب کلمات فارسی محبت ، عشق ، محنت ، بی وفا ، رنج ، غم ، عاشق، معشوق، دلبر... آنقدر کلمات فارسی در شعرها تکرار می شد که قشنگ شعر را می فهمیدند. هر چه می گذشت صنوبر از آمدن به این شب شعر بیشتر خوشحال می شد . پس از اینکه چندین نفر شعر خود را خواندند مولانا گفت :

"حالا میهمان های ایرانی ما هم برایمان شعری بخوانند "

همه به صنوبر نگاه کردند چون بجز او کسی بلد نبود فارسی بخواند مولانا کتاب غزل حافظ را باز کرد و به دست صنوبر داد تا بخواند . او اول خجالت می کشید ولی بالاخره شروع به خواندن کرد جالب بود (مولانا شعر بسیار زیبای حافظ)

یوسف گم گشته باز آید به کنعان غم مخور

کلبه احزان شود روزی گلستان غم مخور

را انتخاب کرده بود .صنوبر با شرم شروع به خواندن کرد ، خیلی این شعر را دوست داشت ، این همه امید ، این همه اشتیاق را در کمتر شعری دیده بود . بعضی جاها بغض می کرد و پس از چند لحظه سکوت به خواندن ادامه می داد . پس از پایان شعر خوانی او همه برایش دست زدند .. او خیلی خجالت می کشید . ولی احساس غرور هم می کرد که توانسته بود نماینده ایران در این شب باشد . صنوبر فکر می کرد که عشق چقدر زیباست و این شب افسانه ای ، هرگز چنین جاذبه ای بدون عشق نداشت، شاید اگر اکنون دلش برای ارژنگ نمی تپید!! اینقدر از این شب زیبا لذت نمی برد ، بعد ناگهان از فکر خودش خجالت کشید !! چرا اینگونه به این عشق بی فرجام پایبند شده !!؟ خوب می دانست که این عشق فقط بصورت یک خاطره در یاد او خواهد ماند. تمام شعر ها در مورد عشق و شکست بود که حال او را بد تر می کرد . او برای اولین بارعشق را به دلش راه داده ولی شکست هم همراه آن بدون اجازه به قلب او وارد شده و نمی گذاشت تا لذت عاشق بودن را خوب بفهمد. شاید اگر عشق ارژنگ نبود این شب اینقدر رویایی و بی نظیر جلوه نمی کرد!!.فکر می کرد زندگی مثل آهن ربایی است که یک سرش عشق و دیگری شکست است .

در این افکار بود که مردی با یک پارچ بزرگ و لیوان های یک بار مصرف

برای همه نوشیدنی آورد . این نوشیدنی دوغ بود که ادویه ای هم داشت. همه می خوردند ..صنوبر هم خورد به نظرش طعم عجیبی داشت ولی خوشش آمد و وقتی مرد ساقی بازگشت او لیوانش را جلو برد و تقاضای یک لیوان دیگر کرد و آنرا سر کشید . پس از مدتی احساس گرمی عجیبی می کرد .. انگار ته دلش داغ می شد یک شادی توی رگ هاش روان شده بود !! ماهور هم چنین احساسی پیدا کرده بود و از احمد خان پرسید که این دوغ چی داشت که او احساس نشاط می کند احمد خان با خنده گفت :

" این دوغ بنگ داشت .. یعنی حشیش ! نگران نباشید مقدار کمی بنگ به این دوغ می زنند تا مردم را سر حال کند ، در جشن ها از آن استفاده می کنند. "

صنوبر هیچوقت مشروب نخورده بود ، یعنی در خانواده آنها کسی به مشروب لب نمی زد . حالش از بقیه خراب تر شده بود .. او که همیشه آرام و خجالتی بود و با هر شوخی قرمز می شد ، حالا با هر حرفی قهقهه خنده را سر می داد ، وقتی که طبله می زدند با دست بشکن می زد و خودش را تکان می داد . و بتقلید از هندی ها که با شاعر همراهی می کردند و در آخر هر بیتی واه واه می گفتند ، او هم بلند واه واه می گفت , ارژنگ متوجه حال او شد ، از حرکات او ناراحت شد ، می دانست که فردا او برای امشب خواهد گریست به احمد گفت :

"چرا نگفتی که این دوغ مثل مشروبه !!؟ ببین صنوبر چه حالی شده بلند شین بریم تا آبروریزی نشده "

ماهور چون گاهگاهی مشروب می خورد حالش خیلی بهتر بود . حرف ارژنگ را تائید کرد و گفت بریم حال صنوبر خوب نیست . اما صنوبر که برای اولین بار در عمرش شنگول شده بود با خنده می گفت :

"آخه چرا می خواین بریم !مگه من چکار کردم ، منم دلم می خواد بخونم، می خواین برقصم ! برقصم؟ خوب بلدم ها .."

ماهور زیر بازوی او را گرفت همگی بلند شدند و احمد خان برای صاحب مجلس عذر آورد که چون فردا صبح زود عازم جی پور هستند باید بروند و همگی از تاج محل خارج شدند . همه کمی سرشان گرم بود، ولی حال صنوبر چیز دیگری بود ، صدایش حالت مستی پیدا کرده بود ، دستهایش را بدور خودش می چرخاند و بلند بلند آواز می خواند ..یک شعر قدیمی

ایرانی را..

آدم یه روز دنیا میاد .

یه روز م از دنیا می ره

کسی که عاشق نباشه

تنها میاد تنها می ره

سلام بر عشق ..سلام برعشق

همه به او می خندیدند .. البته دوستانه نه اینکه مسخره اش کنند ..احمد خان می خواست منتظر اتوبوس بشوند ولی ارژنگ گفت:

"بیا از این ریکشا ها بگیریم و بریم ..حال صنوبر خوب نیست "

ریکشا همان سه چرخه ای بود که پشتش صندلی برای دو نفر داشت و مردی با پاهای لاغر و نحیف آنرا می کشید . اگر بخاطر صنوبر نبود هیچ کدام دل سوار شدن بر آن را نداشتند، چون فکر می کردند آنها جوان و قوی هستند و مردی پیر باید آنها را بکشد ، اما چه می شد کرد، آنها هم از این راه نان می خورند و این ظلم زمانه بود نه آنها ، علیرقم احساس همدردی که برای مرد ریکشا دار می کردند، سوار شدند. ریکشا برایشان خیلی جالب بود . آنها از همدیگر عکس می گرفتند . و در تمام مدت صنوبر آواز می خواند و می خواست برقصد . بالاخره به هتل رسیدند و پس از گذشتن از سکورتی ماهور صنوبر را به اتاقشان برد ، او بدون اینکه لباسش را عوض کند خودش را بروی تخت انداخت و بلافاصله خوابش برد .

ماهور روی تخت نشسته بود و به صنوبر نگاه می کرد.. این دختر در دریای عجیبی دست پا میزند که هیچ ساحلی برای نجات ندارد .. برای اولین بار عشق را در دو قدمی خود می بیند ولی یارای برداشتن این دو قدم را ندارد! او عبث بر باد رفته بود، او نه قدرت مقابله با این عشق را دارد و نه گستاخی قد علم کردن در مقابل پدرش را! او غوره ای است که انگور نشده مویز خواهد شد . چرا باید روی شانه های شکننده او بار بیماری برادرش باشد ! چرا عشق برای اوباید یک قدغن باید باشد ! چقدر امشب خوش بود!! چون در حالتی بود که می توانست خودش باشد . بدور از محیطی که بزرگ شده بود ، خدایا اگر قرار بود او زن پسر عمویش شود!!چرا این

عشق را به او نشان دادی و ارژنگ را سر راه او گذاشتی !!؟ خدایا پس عدل تو کجاست؟ می گویند نام دیگر تو عشق است ! این است نام تو ! آنقدر با خودش حرف زد و به صنوبر نگریست تا خوابش برد .

***

صنوبر صبح زودتر از ماهور بیدار شد نگاهی به خودش کرد با لباس هندی که تنش بود به خواب رفته بود ، سرش کمی درد می کرد . دیشب چی شد ؟ چه اتفاقی افتاد ! ای داد و بیداد ناگهان یادش آمد که دیشب چه آبروریزی کرده ، آواز خوانده ! خدایا او چگونه امروز در مقابل دوستانش ظاهر شود. از خجالت داشت آب می شد . گریه اش گرفته بود . خدایا نکند که چیزی به ارژنگ گفته باشد !! بلند شد دوش گرفت ، از سر و صدای او ماهور هم بیدار شد . صنوبر از حمام بیرون آمد و کنار او نشست

"ماهور دیشب چی شد ؟ من چکار کردم ؟"

ماهور خواست کمی اذیتش کند : "هیچی جلوی همه داد زدی ارژنگ من عاشق تو شدم !"

صنوبر زد زیر گریه : "دروغ میگی من اینو نگفتم ! ترو خدا راستشو بگو!"

ماهور سرش را بوسید و گفت :" نه بابا شوخی کردم .. فقط یه ذره مست کردی ! خوندی و رقصیدی فقط همین "

صنوبر گریه می کرد چطور جلوی همه چنین کاری کرده !؟ اصلا روش نمی شد که با دوستانش روبرو شود . ماهور بلند شد و به حمام رفت ، وقتی بیرون آمد صنوبر هنوز همانطور روی تخت نشسته بود و فکر می کرد .

"چرا حاضر نشدی داره دیر می شه ؟"

صنوبر با خجالت گفت : "می شه امروز من نیام ؟"

ماهور خندید : "اینقدر هم آبرو ریزی نکردی ! حالا گیرم که امروز نیامدی فردا رو چکار می کنی ؟ پاشو ،.. پاشو خودتو آماده کن که با همه روبرو بشی، گناه که نکردی ! اصلا هم خجالت نکش وگرنه اونا پررو میشن، بقیه هر شب مست می کنن تو یه شب مست کردی"

صنوبر با انکار بلند شد تا آماده رفتن شود .. ماهور پر بدک نمی گوید اگر خجالت بکشد آنها پررو تر می شوند، اما او چگونه به ارژنگ نگاه کند ! نکند کاری کرده باشد که همه فهمیده باشند که او عاشق ارژنگ شده ! احساس شرمندگی می کرد ، خدایا چرا باید او ندانسته آن دوغ را بخورد؟ بالاخره لباس پوشید ، موهایش را با یک کش پشت سرش بست ، اصلا حال آرایش نداشت . همراه ماهور به سالن صبحانه رفت. تقریبا همه صبحانه خورده بودند . صنوبر چند تا پنیر و کالباس و زیتون برداشت و پای میز چایی رفت و یک چایی شیر دارچینی هم گرفت و به طرف میزی که در گوشه سالن بود رفت ماهور هم دنبال او بسوی همان میز رفت ، ایرانی ها طبق معمول سر یک میز نشسته و داشتند حرف می زدند ، که یک دفعه چشم یکی از پسر ها به صنوبر افتاد ناگهان بصدای بلند گفت :

"سلام بر عشق سلام بر عشق "

ارژنگ معطل نشد چرخی زد و ناگهان بفارسی داد زد : "خفه شو "

و مشتی به صورت او زد . همه به آنها نگاه کردند . جریان چیست ؟ کتک زدن در جلوی چشم دیگران ؟ آنهم در چنین هتلی ؟ کار بسیار زشتی بود . سمندر و بهزاد، در آنی ارژنگ را گرفتند و سر جایش نشاندند . همه سالن به آنها نگاه می کردند .. سر میهماندار سالن صبحانه به سر میز آمد ولی سمندر به او طوری گفت که یک شوخی دوستانه بود و تمام شد . ولی این آغاز یک اشتباه بود آغاز یک عشق غلط که جای غلطی و زمان غلطی شکل می گرفت ..

چند لحظه بعد احمد وارد سالن شد و از همه خواست تا سوار اتوبوس شوند. ایرانی ها با قیافه ای دمق از پله های اتوبوس بالا رفتند و سر جای خود نشستند . احمد توضیح می داد که امروز به مقبره همایون شاه و قلعه قرمز می روند. اتوبوس براه افتاد همگی ساکت بودند .. آمریکایی ها معمولا آرام بودند و این گروه ایرانی ها بود که همیشه می گفتند و می خندیدند و خوش می گذراندند .اما امروز همه ساکت بودند ، سمندر کنار ارژنگ نشسته بود و بهزاد با عارف که کتک خورده بود حرف می زد، آنها دوستان قدیمی بودند . اما هیچکدام فکر نمی کردند که ارژنگ چنین واکنشی نشان دهد .

صنوبر سرش را به شیشه اتوبوس چسبانده بود و آهسته اشک می ریخت،

پرخاش ارژنگ به عارف از روی احترام به دختران نبود، همه فهمیده بودند که صنوبر بیشتر از یک همسفر برای ارژنگ ارزش دارد. صنوبر خودش را در دریایی می دید که موجهای خروشان او را به کشتی ها می کوبند، ولی هیچکس به کمک او نمی آید و هیچ دستی؛ دستهای لرزان و یخ زده او را نمی گیرد.. خدایا عاقبت این سفر چه خواهد شد ..!!؟ کاش او به جی پور نرود و از اگرا به دهلی برود و به آمریکا باز گردد . او نمی توانست بیشتر در این باتلاق عشق فرو برود چون مطمئن بود که غرق می شود .. عشق ارژنگ او را بسوی نابودی می کشید .

سمندر آهسته در گوش ارژنگ می گفت که این چه کار زشتی بود که او جلوی مردم کرد ، آدم دوستش را جلوی بقیه نمی زند! ولی او جوابی نمی داد. خودش هم نفهیمده بود که چطور ناگهان به عارف حمله کرد.. او ته دلش می دانست که همه این ها از عشق عجیبی که به صنوبر دارد سر چشمه می گیرد. عشقی که در دل او جوانه زده بود ، اما نمی خواست که به این عشق اعتراف کند، مخصوصا بعد از حرف دیروز گلبو که صنوبر نامزد دارد. او باید قبول کند که این عشق یک احساس زود گذر است و با پایان این سفر پایان می گیرد ولی این دلش بود که نمی خواست این را باور کند .

بالاخره به مقبره همایون شاه رسیدند ، جای قشنگی بود و کلی کتیبه فارسی و اردو بر دیوارهایش نقش بسته بود . بعد از اینجا به قلعه قرمز رفتند و احمد گفت در این مکان که می بینید ، نادر شاه غاصب تخت طاووس را از جا کنده وبا خود به ایران برده است . صنوبر به این فکر می کرد، که چگونه انسانها در جاهای مختلف به نامها و صفت های مختلفی معروف هستند ؛ نادر شاه در ایران بنام نادر شاه فاتح معروف است و در اینجا به او غاصب می گویند ..هر شخصی ، شخصیت های مختلفی از نظر افراد مختلف دارد.

بعد از اینجا دوباره به مک دونالد رفتند تا نهار بخورند . بعد از نهار به خواهش دختر ها به بازار رفتند . تا آنها لباس و زیور آلات بخرند .و بعد به هتل بازگشتند تا کمی استراحت کنند چون غروب قرار بود به دیدن نمایشنامه تاج محل بروند .

در تمام این روز صنوبر و ارژنگ از هم دوری می کردند و حتی همکلام هم نشدند . ارژنگ از کاری که صبح کرده بود خجالت می کشید و در بازار عارف را بغل کرد و از او معذرت خواست و توضیح داد که نباید همدیگر

را مسخره کنیم و عارف هم بکنار صنوبر رفت و از او بخاطر شوخی صبح معذرت خواست و تقریبا همه دوباره کنار هم بودند .

ساعت شش همه سوار شدند تا به سالنی که محل اجرای نمایشنامه تاج محل بود بروند . ماهور و صنوبر پیراهن شلواری که امروز خریده بودندپوشیدند و هر دو خیلی زیبا بنظر می رسیدند، اگرا شهر کوچکی بود و خیلی زود به مقصد می رسیدند .

این نمایش در سالن بسیار زیبایی که شبیه سینما بود اجرا می شد . قبلا برایشان بلیط تهیه کرده بودند و آنها را به صندلی های شان راهنمائی کردند و طبق معمول ایرانی ها کنار هم نشستند و دست بر قضا ارژنگ و صنوبر کنار هم افتادند . هر دو ناراحت بودند ولی خجالت می کشیدند که جایشان را عوض کنند . به صندلی بلند گوی وصل بود که روی گوش گذاشتند و احمد همه را تنظیم کرد ، جالب این بود که به چهار زبان داستان ضبط شده بود ، فارسی ، انگلیسی ، ایتالیایی و فرانسوی، در سالن هم به زیان اردو پخش می شد . وشاید زبانهای دیگری که آنها نمی دانستند .. برنامه شروع شد .

در پس پرده روخانه ای بود و بازاری و شاهزاده خرم از بازار بازدید می کرد که ارجمند بانو را دید یک دل نه صد دل عاشق او شد ، همه نمایشنامه به شعر بود . و بسیار زیبا بازی می کردند ، وقتی شاه برای ارجمند بانو آوازی غمگین می خواند . صنوبر ناگهان به ارژنگ نگاه کرد و با کمال تعجب دید که او هم به صنوبر خیره شده !!خدایا داد از این نگاههای خاموش که قلب هردوی آنها را بدرد می آورد!!!

صنوبر وانمود کرد که سیم بلند گویش گیر کرده و خوب نمی شنود و سپس او دوباره بلند گو را روی گوشش گذاشت و به بقیه نمایشنامه چشم دوخت شاهزاده خرم و ارجمند بانو ازدواج کردند بچه دار شدند ، و بالاخره ارجمند بانو مریض شد و فوت کرد ، شاه از فراق او دیوانه گشت و تمام دارایی خود را صرف ساختن تاج محل نمود، تا اینکه فرزندانش او را زندانی کردند که دیگر خرجی نکند و بالاخره او هم مرد و در کنار عشقش بخاک سپردندش. داستان خیلی غمناک تمام شد . یعنی چنین عشق هایی هم در دنیا وجود دارد .

صنوبر اشک می ریخت انگار فکر می کرد که او هم باید بر این عشق

کوتاه خود بگرید.. وقتی چراغ ها روشن شد . معلوم شد بیشتر دخترها گریه کرده اند و خوب این کمی حال صنوبر را بهتر می کرد . یواش یواش خجالتش هم ریخت و دوباره با پسرها حرف می زد .

اما ارژنگ خودش را کنار می کشید . ارژنگ در تمام مدتی که کنار صنوبر نشسته بود، اصلا با او حرف نزد . در درون ارژنگ هم جنگی برپا بود واو هم داشت با خودش می جنگید ، بخاطر دختری که قرار است زن پسر عمویش شود، او امروز صبح توی دهن دوستش زده بود !!. سعی می کرد از صنوبر دوری کند اما بی اراده خود را کنار او می دید . خیلی دلش می خواست با صنوبر حرف بزند و در مورد پسر عمویش بپرسد، اما خجالت می کشید . هر چقدر فکر می کرد نمی توانست به خودش این حق را بدهد که از صنوبر چنین سوالی بکند . هنوز با خودش سنگ هایش را وا نکرده بود چگونه می توانست با صنوبر حرف بزند ، اما انگار همه راهها به صنوبر ختم می شدند.

با اتوبوس بطرف رستورانی که بوفه داشت و می شد انواع غذا ها را خورد می رفتند .

همه در باره نمایشنامه تاج محل صحبت می کردند و از این عشق افلاطونی حرف میزند . بالاخره به رستوران رسیدند . در فضای بازی رستوران سنتی بود که در کنار میز غذا، اجاق داشت همانجا نان می پختند ، گوشت و مرغ کباب می کردند ، غذا ها خیلی خوشمزه و تازه بود . نوشابه ای مثل شیر صورتی روی میز نوشابه ها بود ، دوغ هم داشتند که به آن لسی می گفتند، وقتی به میز نوشابه رسیدند، ارژنگ ناگهان از احمد پرسید :

"این هم مثل دوغ دیشب است ؟"

او جواب داد: "نه این ها نوشابه های معمولی هستن و آن دوغ مخصوص عیدها و میهمانی های مخصوصی ست ."

وقتی ارژنگ این سوال را پرسید همه به صنوبر نگاه کردند . صنوبر غرق خجالت شد . ولی بروی خودش نیاورد . میز بعدی میز دسر بود که زولبیا و یک شیرینی که شبیه بامیه بود را همانجا می پختند و در شهد می انداختند. شیر برنج هم به چند رنگ مختلف وجود داشت. شام مفصلی بود که تا امشب نخورده بودند . وقتی دور میز نشستند گلبو ناگهان گفت :

"چه سفر خوبی... ولی حیف ازهم جدا میشیم !"

سمندر گفت : "خوب می تونیم جدا نشیم و وقتی برگشتیم دوستیمون رو ادامه بدیم "

زیبا گفت : "هر کدوم می ریم یه دانشگاه، معلوم نیست که اصلا دیگه همو ببینیم یانه . من که میرم فلوریدا برای فوق لیسانس پذیرش گرفتم ."

گلبو گفت :" منم میرم بروکلی بعد نگاهی به صنوبر کرد و ادامه داد تو کجا میری ؟"

صنوبر سرش را پائین انداخته بود وگفت:" هنوز تصمیم نگرفتم ، اگه پزشکی بخونم یه سال استراحت می کنم ، که با خیال راحت تابستون برم ایران !"

گلبو ناگهان گفت : "آره بابا چطور یادم رفت .. میری ایرون عروس شی ببینم مارو هم دعوت می کنی ؟بخدا اگه دعوت کنی میام، منم چند ساله ایرون نرفتم . "

لقمه غذا توی گلوی صنوبر گیر کرد . هر چه او تصمیم می گیرد که خونسرد باشد، باز گلبو حرفی می زند تا دل او را بشکند . اما گلبو چه خبر از دل شیدای او داشت ؟ کمی نوشابه خورد تا گلویش صاف شود ، چه می تواندبکند ، این تقدیر او ست تازه مگر ارژنگ از او خواستگاری کرده؟ چند نگاه و کمی توجه که دلیل عشق نمی شود !!؟

عارف پرسید : "جدا صنوبر خانم .. میری ایرون با مردی که نمی شناسی عروسی کنی ؟ تو توی آمریکا بزرگ شدی ؟ می تونی با قوانین و اجتماع آنجا بسازی ؟"

صنوبر نگاهش را پائین انداخت و برای اولین بار در این مورد باید حرف می زد ، با صدائی که سعی می کرد آرامش در آن باشدگفت:

"اگر سرنوشت من این باشه!! خوب قبول می کنم .. "

ناگهان ارژنگ بر آشفت ، مثل اینکه کسی به او حرف زشتی را زده باشد ، با لحن تندی گفت:

"سرنوشت یعنی چی ؟ برو خودت رو از این بالا بنداز پائین!! این سرنوشته؟

خدا به آدم عقل داده تا خوب و بد رو تشخیص بده !!"

همه به ارژنگ نگاه کردند ، کاملا مشخص بود، در این مورد جبهه شخصی گرفته و از این بحث عصبی شده ! اما این هم طریقه عشق ورزی نبود !!؟ با معشوق باید با زبان عشق حرف زد، نه با زبان خشم !! اگر او صنوبر را دوست دارد !باید این شجاعت را بخود بدهد و به او بگوید ! نه برای او تعیین تکلیف کند که به ایران نرود و با پسر عمویش ازدواج نکند، این که پیشنهاد ازدواج نبود!!؟، حتی ابراز عشق هم نبود . یک نصیحت بود که هر کس می توانست به صنوبر پیشنهاد دهد. صنوبر جوابی نداد ، خدایا بین این همه چرا باید فقط زندگی او نقل مجلس باشد؟ و همه در باره اش حرف بزنند . چرا از زندگی خودشان چیزی نمی گویند .

دختر و پسر جوان هندی ، سر میز آنها نشستند، چون صندلی خالی نبود، و سر حرف را با آنها باز کردند و گفتند که توریست هندی هستند . هر دو خیلی قشنگ انگلیسی حرف می زدند . دختر اسمش نیلوفر بود و وقتی تعجب آنها را دید توضیح داد که :

مسلمانان خیلی از نام های ایرانی استفاده می کنند ، شاید یک جوری خود را ایرانی می دانندو جالب اینکه او سفید تر از بقیه دخترهایی بود که تا بحال دیده بودند . او گفت اهل کشمیر است و برای تحصیل به دانشگاه مسلمانان علیگر آمده است . همه تعجب کردند ! مگر دانشگاه مسلمانان و هندوها از هم جداست او لبخندی زد و گفت :

"البته الان در همه دانشگاه های هند ، دانشجویانی از هر مذهب درس می خوانند . ولی دانشگاه مسلمانان علیگر، دانشگاه بسیار معروف هند است، اولین دانشگاهی بوده که دختران مسلمان هم می توانستند در آن درس بخوانند ، و کالج دخترانه دارد ، حیف است که تا اینجا آمدین و آنرا نبینین، اگر صبح برین علیگر شب بر می گردین."

همه از حرف زدن با آنها خیلی خوشحال شدند ، مخصوصا که در مورد دانشگاه علیگر برایشان گفته بود . بالاخره غذا تمام شد و سوار اتوبوس شدند ، ایرانی ها از احمد خان در مورد دانشگاه علیگر پرسیدند و گفتند که اگر امکان دارد به علیگربروند

احمد و امیت به هندی با هم حرف زدند و بعد با راننده صحبت کردند سمندر و ماهورهم با پرفسور اسکات در این مورد حرف زدند.

پرفسور اسکات هم به خوبی این دانشگاه را می شناخت و بدش نمی آمد که آنرا از نزدیک ببیند . بالاخره احمد گفت راننده پول بیشتری می خواهد بخاطر بنزین، همه قبول کردند که این مقدار را نقد به او بدهند .بنا براین قرار شد فردا صبح به علیگر بروند .

دوباره به هتل باز گشتند . روز طولانی را گذرانده بودند و احتیاج به استراحت داشتند .مخصوصا که فردا هم باید راه درازی را بروند .

صنوبر تمام این مدت ساکت بود . وقتی به اتاق رسیدند به ماهور گفت:

"دیگه واقعا باید با گلبو حرف بزنم زندگی منو واسه همه می گه ! آخه به اون چه مربوطه ؟ اون می گه که دیگران هم منو نصیحت می کنند ."

ماهور لبخندی زد و جواب داد : "اولا این موضوع رو که قبلا گفته بود! بعدشم غیر از ارژنگ کس دیگری در این مورد چیزی نگفت که اونم بالاخره این وسط حق آب و گل داره ."

صنوبر خیلی ناراحت بود گفت :

"به اونم مربوط نیست در مورد زندگی من ابراز عقیده کنه !"

ماهور خندید : "خوب عزیز دلم چرا دعواشو با من می کنی به خودش می گفتی!"

صنوبر بداخل حمام رفت تا این بحث را خاتمه دهد ! کلنجار رفتن با این و آن دردی از او دوا نمی کرد!! او اول باید با دل خودش کلنجار برود و راهش را انتخاب کند !! بعد با عصبانیت بخودش گفت، ارژنگ حق ندارد برای من تعیین تکلیف کند ! اما انگار ته دلش می خواست او این حق را داشته باشد! خوب اگر او صنوبر را دوست دارد چرا پا جلو نمی گذارد و چیزی به او نمی گوید؟ ناگهان بخودش نهیب زد !! که الهی هرگز چیزی نگوید و او را بیش ازین دراین برزخ نسوزاند.

فردا صبح زودتر بیدار شدند . باید قبل از اینکه صبحانه تمام شود به سالن می رفتند . وقتی پائین آمدند ، همه دور میزی نشسته و صبحانه می خوردند، این هتل هم صبحانه بین المللی داشت ، هم صبحانه آمریکایی و هم صبحانه هندی ، احمد خان به آنها گفت که سعی کنند سیر شوند چون رستوران های بین راهی ممکن است غذای خوبی نداشته باشند .

ماهور و صنوبر لباس هندی پوشیده بودند ، و واقعا برازنده آنها بود بسیار زیبا بنظر می رسیدند . وقتی سر میز آمدند ، سمندر بشوخی گفت :

"بابا اینقدر خوشگل نشین دیگه .. این هندیهای خوشگل ندیده آخرش شما هارو میدزدن ها."

همه خندیدند و خوب پر بدک هم نمی گفت ، مگر در دهلی کهنه آن دو پسر نمی خواستند بلایی سر صنوبر بیاورند ! عارف با خنده گفت :

"بهتره ما هم لباس هندی بخریم، هم خنکه هم اینکه همرنگ جماعت می شیم "

احمد خان همه را برای سوار شدن دعوت کرد . البته وسایل را در هتل می گذاشتند چون شب باز می گشتند . همه سوار شدند و سر جای خود نشستند . ارژنگ بجز یک سلام اصلا حتی با دیگران حرف هم نزد.

اتوبوس به راه افتاد و بزودی از اگرا خارج شدند ، راننده یک موسقی خیلی قشنگ هندی گذاشته بود . سمندر پرسید که این آهنگ کلاسیک است و احمد گفت :

"به این نوع موسقی قوالی می گن ، و بسیار طرفدار دارده ،مخصوصا در محلات مسلمان نشین . حتی در عیدهای مسلمانی در مسجد ها و یا امام واره ها از آن استفاده می کنن."

صنوبر که خیلی از این موسقی خوشش آمد، پرسید :" امام واره یعنی چه؟"

احمد جواب داد : "خوب در هند که امام زاده ای نیست چون اسلام با مغول ها به هند آمده ، آنها هم برای خودشان مکانی درست کردن ضریح کوچکی را در آن گذاشته اند و شب های عزاداری به آنجا می روندو ماتم می گیرند . "

برای ایرانی ها که بهر جهت از عزاداری امام حسین در خانواده های شان شنیده بودند ، و مخصوصا برای صنوبر که همیشه در روزهای مذهبی به مسجد می رفت ، این خیلی جالب بود که در اقصی نقاط دنیا دین اسلام چنین ریشه دوانده باشد . از احمد پرسید:

"علیگر امام واره داره؟"

احمد چون اهل علیگر بود ،گفت: "بله.. اتفاقا چند تا هم داره چون شیعه در علیگر بسیار است"

ناگهان در دل صنوبر چیزی خروشید خوب چرا به این امام واره نرود و از خدا نخواهد که او را در گرفتن تصمیم کمک کند ، پرسید:

" ما می تونیم یکی از این امام واره ها را ببینیم ؟"

احمد جواب داد :"چرا که نه، اگر وقت کنیم بعد از دیدن دانشگاه به امام واره میرویم "

ارژنگ از دور به صنوبر چشم دوخته بود . او جوانی خوش گذاران بود،هیچوقت واقعا عاشقی را تجربه نکرده بود ، اما این بار نمی توانست جلوی خودش را بگیرد ، چشم می دید و دل هم می خواست، با خودش ، با دلش و با احساسش می جنگید ! هر شب بخود می گفت از فردا دیگر به او توجهی نمی کنم و وقتی به آمریکا باز گردیم به زودی فراموشش خواهم کرد. اما صبح که صنوبر را می دید چیزی درون دلش می جوشید . انگار صد تا پروانه در دل او ول می زدند . می دانست که پایان این عشق چیزی جز حسرت نمی باشد ، اما دلش این را قبول نمی کرد.

اتوبوس در دهکده کوچکی ایستاد . موتورش باید کمی استراحت می کرد، گرم شده بود . همه پیاده شدند ، دو تا مغازه در دو طرف جاده بود و کنار یکی از آنها معبد کوچکی قرارداشت . دختر ها هم گرسنه بودند و هم تشنه ، اما مغازه ها غذا نداشتند ، چایی با بیسکویت خریدند ، و به بیرون آمده کنار معبد ایستاده و می خوردند . پسر ها هم با چایی کنار آنها آمدند.

گلبو گفت :" بچه ها بریم توی معبد "

ماهور جواب داد : "معبد به این کوچکی جا نداره ما همه بریم توش ،مگر دو تا دو تا بریم "

در این موقع زنی از معبد بیرون آمد! یک نارگیل شکسته ، چند عدد گل زرد و مقداری شیرینی شبیه حلوا در سینی گرد کوچکی در دست داشت، جالب این بود که جلوی آنها ایستاد و کمی از شیرینی را برداشت ، احمد دستش

را جلو برد ، زن کمی از شیرینی را در کف دست او گذاشت ، احمد شیرینی را در دهانش ریخت و بعد دستش را بر سرش کشید . همه به او نگاه می کردند ، حتما این رسم است نفر بعدی سمندر بود، او هم از احمد تقلید کرد، بدون اینکه چیزی بپرسد . وقتی جلوی صنوبر رسید به او اشاره کرد که تور دور گردنش را روی سرش بیاندازد . صنوبر هم مثل دخترهایی که درتاج محل دیده بود تورش را روی سرش انداخت و دستش را جلو برد و انگار ته دلش نیتی می کند چشمهایش را بست . زن مقداری از شیرینی در دست او ریخت و سپس دستش را روی سر او گذاشت و چیزی به هندی گفت ، که او نفهمید احمد گفت :

"برای شما دعا کرد که صد سال زنده باشی و به آرزویت برسی "

زن دیگر شیرینی در سینی اش نداشت و رفت . دخترها می گفتند چرا او فقط برای صنوبر دعا کرد . اما خوب این اتفاقی بود که افتاده بود . صنوبر هنوز هم تور صورتی اش روی سرش بود . ارژنگ نمی توانست ، به او نگاه نکند در این لباس هندی صورتی که حاشیه سبز و زرد طلائی داشت صنوبرمثل یک گوهر می درخشید و دل ارژنگ را آب می کرد . در این موقع قطاری ازآنجا گذشت که نگاه همه را جلب کرد . قطار پر از جمعیت بود و عده ای بالای قطار نشسته بودند . این همه مسافر به کجا می رفتند!!وچقدر راحت و بدون ترس بالای قطار نشسته بودند که انگار روی تخت روان نشسته اند .

اتوبوس درست شد و دوباره همگی سوار اتوبوس شدند . همه سر جایشان نشستند و اتوبوس براه افتاد . این بار یک آهنگ شاد پخش می شد . پسرهای ایرانی با این آهنگ می رقصیدند ، احمد از آنها خواست تا بلند شده و وسط اتوبوس برقصند . بجز ارژنگ بقیه بلند شده و رقص قشنگی کردند، احمد و امیت هم به آنها پیوستند و هندی می رقصیدند ، بقیه هم دست می زدند . بالاخره بعد از چند روز یخ آنها آب شده بود و از همدیگر خجالت نمی کشیدند .ناگهان از دور جمعیتی را دیدند که بسوی آنها می آید، راننده آهسته کرد و ایستاد .

همه سرک کشیدند که ببیند چه خبر است !!؟ امیت توضیح داد که عروس بخانه داماد می برند .جمعیتی زیادی زن و مرد همراه آنها بودند و موسقی شاد هندی از یک دستگاه ضبط صوت کوچکی پخش می شد، عده ای دست می زدند و چند نفری هم می رقصیدند ، .مردی که لباس سفیدی بر

تن داشت و روی صورتش روبنده ای از گل انداخته بود سوار بر اسبی در جلو حرکت می کرد و پشت سر او حودجی بود که چهار طرفش را پارچه قرمز پوشانده بود و چهار مرد آنرا بر دوش گرفته و می رفتند . امیت آنها را با دست نشان داد و گفت . آن سوار داماد است و در آن حودج هم عروس نشسته است . صنوبر با حسرت به آنها نگاه می کرد ، چه دنیای بی غل و غشی داشتند ، انگار در هزار سال پیش زندگی می کردند ، چه عروسی ساده و قشنگی!! برای آنها دعا می کرد که خوشبخت شوند .

پس از گذشتن کاروان عروس و داماد همه سر جای خودشان نشستند و اتوبوس دوباره براه افتاد . دیگر تا علیگر توقف نداشتند . هنگام ظهر به علی گر رسیدند ، جالب بود یک برج بلندی که ساعتی شبیه ساعت گرنویچ لندن را داشت وسط شهر بود ، که مطمئنا از آثار بجا مانده از زمان انگلیس بود .

اتوبوس بطرف دانشگاه می رفت و از دور دانشگاه دیده می شد ، ساختمانی بسیار قدیمی و زیبائی بود ، جالب اینکه دروازه بزرگی داشت که برای ورود به دانشگاه باید از این دروازه رد می شدند . وقتی وارد دانشگاه شدند ، از گلدسته های شهرناگهان صدای الله اکبر اذان بگوش رسید . این برای ایرانی ها عجیب بود ، که در شهر صدای اذان بپیچد. برای خارجی ها خوب ناشناخته بود، ولی ایرانی ها این صدا را می شناختند و خیلی برایشان جالب بود که در یک کشوری که دین رسمی آن اسلام نیست صدای اذان در شهر بپیچد.

ساختمان دانشگاه بسیار قشنگ بود ، درخت های پرگل ، صورتی ، بنفش قرمز و آبی در کنار خیابان کوچک آن صف کشیده بودند ، ساختمان های بسیار قدیمی با آجر های قرمز و دُور نگار سفید بسیار زیبا جلوه می کردندکه معلوم بود در زمان انگلیس ساخته شده اند .

پرفسور اسکات به همراه امیت به دیدن رئیس دانشگاه رفت تا اجازه باز دید از دانشگاه را بگیرد . پس از مدت کوتاهی همراه با دو استاد دانشگاه باز گشت و گفت که اینها برای راهنمایی آمده اند . چندین دانشکده در آنجا بود که دیدنی ترین آنها دانشکده پزشکی و کالج دختران بود . آنها پیاده در پی استاد ها براه افتادند .

اکثردختران دانشجو مانتو های بلند مشکی ، خاکستری و یا قهوه ای بر تن

داشتند و مغنعه ای همرنگ آن بر سر کرده و توری در جلوی صورت خود انداخته بودند که مثل یک پنجره بود و فقط چشمانشان دیده می شد،این خیلی برای آمریکائی ها جالب بود که دخترانی در زیر بورغه عاشق درس خواندن باشند . احمد خان گفت :

"این لباس مخصوص زنان مسلمان است و کسی نمی تواندبه آنها بگوید که حجاب نداشته باشید ."

اجازه ورود به کالج دختران را ندادند ، فقط از بیرون تماشا کردند .چندین خوابگاه هم در گوشه و کنار وجود داشت و دو خوابگاه مخصوص دختران بود .

بعد از دو ساعت دوباره سوار شدند تا برای خوردن غذا بروند .از جلوی ساختمان خیلی قدیمی سفید رنگی رد شدند .امیت به ساختمان اشاره کرد و گفت که این میهمانسرای قدیمی این دانشگاه است . با گلهای کاغذی رنگ برنگ و چمن بسیار بزرگ، جای بسیار زیبایی بود . ایرانی ها اصرار کردند که این جا را هم ببینند، بالاخره توافق کردند و اتوبوس در بیرون میهمان سرا ایستاد .

آنهائی که دوست داشتند پیاده شده و دور ساختمان گشتند . ساختمان خیلی قدیمی بود و حیاطی چمن و پر از گلهای رنگ وارنگ داشت ، چند اتاق در جلوی عمارت بود و بعد حیاط دیگری که چند اتاق هم در آنجا بود، این میهمان سرا خیلی کوچک بود . دیوارهایش از گچ سفید و مشبک بود، و پیچک ها با گلهای قشنگ شان در روی این دیوار ها رشد کرده و زیبایی خاصی را به آن حیاط می دادند . امیت فکر کرد شاید اینجا بتوانند نهار بخورند و بدرون ساختمان رفت تا بپرسد ، احمد خان تاریخچه این ساختمان را توضیح می داد، وقتی به پشت حیاط رسیدند که باغچه قشنگی داشت احمد خان گفت که :

"نمی دونم بین شما ها کسی فیلم هندی می بینه یانه !!.. کنار این دیوار های پرگل یکی از کلاسیک ترین فیلم های عاشقانه سینمای هند ساخته شده. سادنا هنرپیشه معروف در نقش یک دختر مسلمان بورغه پوش بازی می کرد که در کالج دختران این جا درس می خواند و راجندر کمار معروفترین هنرپیشه قدیمی هند هم در نقش یک دانشجوی دانشکده ادبیات که شاعر هم بود، درست در این نقطه بهم میخورند و کتاب های سادنا بر زمین

میریزد و عاشقانه ترین صحنه را به نمایش می کشند . هر دو بر روی زمین می نشستند تا کتاب ها را جمع کنند و ناگهان چشمهایشان بهم خیره می شود و چند لحظه درهمان حال می مانند .

راجندر از زیر تور سیاه روبنده دختر، قشنگ ترین چشمهای رنگی دنیا را می بیند و به آن خیره می شود ،انگار حتی نفس هم نمی کشند ، هیچکدام نمی تواند نگاه از دیگری بردارد .. راجندر می خواهد کتابی را از زمین برداشته بدست سادنا بدهد ولی چون چشمش را به او دوخته عوض کتاب دست او را می گیرد و برای چند لحظه دست او را در دست نگه میدارد و به او نگاه می کند . این صحنه قشنگ ترین صحنه رومانتیک سینمای هند است ."

ارژنگ ناگهان با اشتیاق پرسید بعد چه می شود !!؟و او ادامه داد ، بخاطر آمدن دانشجوها ناگهان بخود می آیند و با سرعت هر کدام براه خود می روند.. ولی این عشق الهام شعر قشنگی می شود که در روز خاتمه دانشگاه راجندر می خواند و در این شعر شرح عاشقی خودش را بر دو چشمانی که چون دریایی از طلاست می دهد . او در همه جا بدنبال آن دختر می گردد ولی چون سادنا بورغه روی صورتش داشته نمی تواند او را بین دختران پیدا کند.

همه با اشتیاق به این داستان گوش می کردند که امیت سر رسید و گفت :

" اینجا غذا ندارند ولی آدرس یک رستوران را در شهر دادند که برویم آنجا و یا بریم به میهمان سرای جدید ."

دختر های ایرانی چشم بر دهان احمد دوخته و منتظر پایان داستان آن فیلم بودند . ارژنگ فکر می کرد درست مثل لحظه ای که در پائین پله های آژانس مسافر بری صنوبر در آغوش او افتاد و نگاهشان در هم گره خورد و چشمهایش به صنوبر خیره مانده بود و تکان نمی خورد . ماهور پرسید :

"احمد آقا بعد چی شد ؟"

احمد خندید و جواب داد :" این تازه شروع فیلم بود نمی خواین که یه فیلم سه ساعته رو تعریف کنم ؟ اگر دوست دارین وقتی برگشتیم هتل می تونیم فیلم را با زیر نویس انگلیسی ببینیم "

به زودی در مقابل یک رستوران ایستادند .در شهر اتوموبیل بود ولی بیشتر از همه جا ریکشا داشت و مردم با آن به این طرف و آن طرف می رفتند. رستوران بسیار تمیزی بود و کاری مرغ و گوشت بز داشت با برنج سفید و سالاد که برای همه خیلی خوشمزه بود ، مخصوصا گوشت بز که خیلی مزه اش شبیه گوشت گوسفند بود. شیربرنج و زولبیا هم داشتند .

بعد از صرف نهار دختر ها به احمد گفتند که به امام واره برویم . خیلی دلشان می خواست چنین جایی را ببینند!! ولی راننده گفت، نمی خواهد در شب رانندگی کند و بهتر است به اگرا باز گردند ، در اگرا هم امام واره هست و هم چنین در دهلی میتوانند به زیارت نظام الدین اولیاء بروند. آنها چاره ای جز قبول کردن نداشتند . به اتوبوس باز گشتند و به براه افتادند . همگی خسته بودند و بزودی خوابشان برد .

ارژنگ به آن فیلم هندی فکر می کرد و خیلی دلش می خواست که آخر آن فیلم را بداند ، شاید فکر می کرد اگر آنها بهم برسند ، صنوبر هم نامزدیش را بهم میزند و با او ازدواج می کند . با این رویا چشمهایش را بست و چیزی نپائید که خوابش برد .

راننده این بار بدون توقف رفت و دم در هتل در اگرا ایستاد . صنوبر هم خوابش برده بود .چه زود رسیدند؟ یعنی اینقدر خوابیده بودند . بعد از پیاده شدن امیت گفت در سراسری هتل جمع شوند تا در مورد شام صحبت کنند . امیت عقیده داشت چون همگی خسته هستند در هتل شام خورده و بخوابند چون فردا باید به جی پور بروند .آمریکایی ها می خواستند که به رستورانی که شب اول رفته بودند بروند ، ولی پرفسور هم با عقیده امیت موافق بود ، همه خسته بودند بهتر بود شامی بخورند و استراحت کنند . سمندر به احمد گفت :

"احمد آقا قرار بود فیلم به ما نشون بدی ؟"

شاید ارژنگ از او خواسته بود که این را بپرسد.احمد جواب داد:

" شما به رستوران برید و غذا بخورین من ببینم سالنی برای دیدن فیلم دارند یانه ."

حالا دیگر به غذا های تند و تیز نه تنها عادت کرده بودند، بلکه خیلی هم برایشان خوشمزه بود . هر کسی غذای خودش را سفارش داد و بعد از غذا

به اتاق های خود رفتند . احمد هم خبر داد که هتل این فیلم را ندارد و در دهلی ترتیب این کار را می دهد .

ارژنگ وقتی سوار آسانسور شدند با خودش فکر کرد که امروز حتی یک کلمه با صنوبر هم صحبت نشده! انگار برای صدایش دلش تنگ شده بود. تمام مدت از دور به او نگاه می کرد و سر در گریبان عشقی بود که جان نگرفته باید می مرد . سعی بر آن داشت که او را فراموش کند، اما نمی شد. این مرام عاشقی نبود . بعضی وقتها با هیچ چیز نمیتوان جلوی ریشه دواندن یک عشق را گرفت .

وقتی به اتاق بازگشتند ماهور با لبخندی گفت :

"احمد داشت قصه تو و ارژنگ رو می گفت ها !!"

صنوبر با خستگی خودش را روی تخت انداخت و گفت :

" بازم شروع کردی ؟"

ماهور خندید : "ندیدی چطور از احمد پرسید که آخر فیلم چی می شه ؟"

صنوبر جواب داد : "خوب قصه قشنگی بود می خواست آخرش رو بدونه" !

ماهور خندید و دیگر چیزی نگفت . خیلی زود خوابشان برد .

***

روز بعد پای میز صبحانه دوباره همه دور هم بودند و از هر کجا حرف می زدند .ارژنگ که روزهای اول سر بسر همه می گذاشت و خیلی بگو بخند می کرد ، حالا ساکت شده بود ، انگار در دلش غوغایی بود که نمی توانست بر زبان بیاورد .از روزی که در مورد نامزد صنوبر فهمیده بود،آنی این خیال رهایش نمی کرد .

بعد از صبحانه بسوی جی پور به راه افتادند .جاده خلوت بود و ماشین زوزه کشان می رفت . کم کم همه از خواب صبحگاهی بیدار شدند، سمندر بلند شد و با خنده گفت :

"بچه ها با تلفنم آهنگ بذارم برقصیم !!"

پسر ها استقبال کردند و او یک آهنگ ایرانی قشنگ گذاشت و خودش شروع به رقصدین کرد ، گلبو هم بی رودربایسی بلند شد به رقصیدن،یواش یواش همه سر شوق آمدن ، حتی ارژنگ را هم بلند کردند ، آمریکایی ها هم شروع کردند به دست زدن و بعد بلند شدن به رقصیدن البته رقص بابا کرم نمی کردند، اما خوب رقص برای بنشاط در آوردن بدن است، مثل یک ورزش .. ساعتی را به اینگونه گذراندند. تا اتوبوس برای نهار دم یک مک دونالد دیگر ایستاد . هر چند که همبرگر مرغ را همبرگر نمی دانستند اما احمد خان می گفت :

"در بین راه ها این سالم ترین غذا است "

دوباره همه سر یک میز نشستند و غذا خوردند ، سمندر به شوخی به ارژنگ گفت:

"چه عجب تو رقصیدی انگار این چند روزه کشتی هاتو آب برده !"

ارژنگ سرش را پائین انداخت و گفت :

"نه شاید از سفر با اتوبوس خسته شدم ."

گلبو که تازه یخش باز شده بود با خنده گفت : "نکنه تو هم مثل اون پسره که توی فیلم گفتن زدی به یه دختری و افتاده توی بغلت ؟"

همه به او نگاه کردن ، چون توی هواپیما دیده بودند که صنوبر افتاده توی بغل ارژنگ ! ماهور نگاه تندی به او کرد و گفت :

"گلبو شوخی هم حدی داره خودتو دیگه لوس نکن !"

ارژنگ از پای میز بلند شد و بیرون رفت . سمندر هم رفت دنبال او بقیه هم ساکت شدند و به غذا خوردن ادامه دادند .

***

بالاخره به جی پور رسیدند . جیپور یکی از دیدنی ترین شهرهای هندوستان است که به شهر صورتی معروف می باشد . چون تمام ساختمان های قدیمی این شهر با سنگ و شن صورتی بنا نهاده شده است ،که جلوه ای بسیار زیبا به این شهر می دهد . وقتی که از کنار دریا می گذشتند، امیت قصر بسیار

عجیبی که همه اش پنجره بود و به رنگ صورتی و دُور نگار سفید داشت را نشان داد و گفت :

"این قصر باد است .. در زمان قدیم که کولر نبوده، شاه و خانواده اش در تابستان در این قصر زندگی می کردند. که از دو طرف پنچره دارد و در درون آن همیشه باد می وزد! حال چگونه این را بنا نهاده اند!!؟ معماران آن زمان می دانند!! در وسط دریا هم آن قصری را که می بینند قصر آب است که بعضی اوقات با کشتی به آنجا می رفتند و در کنار دریا خنگ می شدند، ما چند دقیقه اینجا می ایستیم که شما بتوانید از درون اتوبوس عکس بگیرید، چون چند سالی است که دیگر به توریست ها اجازه ورود به این قصر ها را نمی دهند ."

سپس اتوبوس ایستاد و همه دانشجوها با تلفن عکس این دو قصر را گرفتند، خیلی سعی می کردند که سلفی بگیرند ولی خوب سخت بود بالاخره به راه افتادند و به هتل رفتند. این هتل حتی بهتر از هتل اگرا بود . احمد خان گفت :

"الان بروید توی اتاق و استراحت کنید برای شام به جای بسیار دیدنی میرویم که شما تمام هند را در آنجا می بینید ."

طبق معمول ماهور و صنوبر یک اتاق داشتند . اتاق بسیار زیبا تزئین شده بود و حمام آن شبیه حمام های قصر بود . بعد از حمام ، کمی استراحت کردند و چایی خوردند و سر ساعت هفت در سالن هتل بودند و بزودی بسوی باغی رفتند که قرار بود آنجا شام بخورند.

***

به باغی که گفته بودند رسیدند، خیلی شلوغ بود ، جمعیت زیادی برای خرید بلیط صف کشیده بودند ! احمد و امیت برای خریدن بلیط بداخل صف رفتند ، و وقتی بلیط گرفتند همه را صدا کردند ،تا بداخل بروند. ورودیه این باغ را در بالای آن نوشته بودند چهل و پنج دلار بود .

شاید این باغ عجیب ترین نقطه هندوستان باشد . برای هر کدام از ایالت های هندوستان، محوطه ای را در نظر گرفته بودند ، که مجسمه هایی که عین انسان بودند ، لباس آن ایالت را پوشیده و در حال کاری بودند ، یکی گاو می چراند ، دیگری نان می پخت ،و آن دیگر آب از چاه می کشید .

در تمام این نمایشگاه ها ، کسانی بودند که رقص آن ایالت را می رفصیدند و یا با آلات موسقی مخصوصی آواز می خواندند، آتش بازی می کردند ، چوبی که پنبه ای شعله ور در سر آن بود به دهان نزدیک می کردند و به آن می دمیدند و ناگهان پنبه شعله ور می شد،که شاید نفت توی دهانشان نگه می داشتند و آنرا بیرون می دادند ، وقتی آتش از دهان آنها بیرون می آمدخیلی جالب بود.

در هر ایالتی خواننده و نوازنده نشسته بودند و آهنگی به زبان آن ایالت می خوانند ، بسیار دیدنی بود ، مثلا ایالت کشمیر که مردم در قایق زندگی می کنند ، یک قایق را در آنجا ساخته بودند که می شد به درونش رفت و وسایل آنجا را دید دختری بسیار زیبا که تاجی از گل بر سر داشت به آنها خیر مقدم می گفت . یکساعتی گشتند تا به جایی رسیدند که مردم توی نوبت بودند تا سوار اسب بشوند . صنوبر ناگهان به احمد خان گفت که می خواهد سوار اسب شود . او و ماهور در صف ایستادند ، بقیه هم می چرخیدند و شهر ها و ایالات مهم هند را می دیدند . البته یک نفر افسار اسب را در دست داشت و با اسب دور می زد .

نوبت به صنوبر رسید ، صنوبر جلو رفت مرد به او کمک کرد تا سوار شود، ناگهان پای صنوبر به شکم اسب خورد و اسب رمید ، و افسارش را گسست و به تاخت رفت، صنوبر فریاد می زد ، مرد دنبال او می دوید ولی به اسب نمی رسید از فریاد صنوبر همه به آن سو نظر کردند ، که ببینند چه خبر است .

ارژنگ که جلوتر داشت یک شعبده بازی را روی سکویی تماشا می کرد، ناگهان صدای فریاد را شنید برگشت و دید که اسب دارد صنوبر را می برد از سکوی پرید پائین و به جلوی اسب دوید و افسار آنرا گرفت و سعی می کرد که او را نگه دارد ، اسب دستهایش را بلند می کرد و به سینه ارژنگ می کوبید ولی ارژنگ می کوشید که اسب را آرام کند .صنوبر همینطور داد می زد و خودش را محکم به زین اسب چسبانده بود !!، دو مرد اسب روان رسیدند و افسار را از دست ارژنگ گرفتند ، ارژنگ بسوی صنوبر رفت و او خودش را از بالای اسب به آغوش او پرت کرد ، ارژنگ سکندری خورد ولی نتوانست تعادلش را حفظ کند ، صنوبر را در آغوش گرفت ولی با هم بروی زمین غلتیدند.

صنوبر ناگهان خودش را در آغوش ارژنگ می دید ،چشمهایشان بهم خیره

گشته و نفس در سینه هر دو حبس شده بود ، ارژنگ با خودش می گفت ای کاش این لحظه تا قیامت طول بکشد و او همچنان صنوبر را در آغوش داشته باشد . هیچ کدام برای برخاستن کوششی نمی کردند. صنوبر در آغوش ارژنگ اشک می ریخت ، خودش هم نمی دانست این اشک شوق از نجات یافتن از اسبی عصیان زده است ! یا اشک شادی از این که ارژنگ آن قدر خاطر او را می خواهد که حاضر بود بخاطر او زیر دست و پای اسب له شود سرش را بر سینه او گذاشته بود و گریه می کرد.

حالا بقیه هم به آنجا رسیده بودند .ماهور بطرف آنها دوید ، صنوبر دستهایش را دور کردن ارژنگ حلقه کرده و به صدای بلند گریه می کرد . ماهور به آنها رسید و صنوبر را از ارژنگ جدا کرد و در آغوش گرفت. صنوبر آهسته بلند شد ولی هنوز اشک می ریخت ، او در یک لحظه ترس از مرگ وشور عشق را جلوی چشمش دیده بود، کمی آرام شد ودوباره خودش را یافت. ارژنگ آهسته از زمین بلند شد و با دست شلوارش را که خاکی شده بود پرزاند و کنار صنوبر ایستاد ، از جیبش دستمال کاغذی در آورد و بدون توجه به دیگران اشک های او را پاک می کرد و مرتب می گفت :

"تموم شد ... تموم شد ..ببین الان روی زمین هستی "

صنوبر با چشمانی اشک بار به او خیره شد، در نگاهش چیزی بود که فریاد می زد ارژنگ ، اما دهانش بسته بود ، پس از کمی آرامش خودش را یافت واز آغوش ماهور بیرون آمد . نگاهی پر از محبت، عشق و تشکربه ارژنگ کرد.احمد خان و امیت هم رسیدند ، با نگرانی از صنوبر و ارژنگ پرسیدند که آیا سالم هستند؟ و بعد توضیح دادند که این اسب حامله است ، ولی خوب از او کار می کشند و وقتی که صنوبر به شکم او زده او عصبانی شده و رم کرده است . این از مهر مادری بوده . همه تعجب کردند ، یعنی حیوان هم به نوزاد خود چنین علاقه ای دارد !!؟ خدایا عشق مادری را در هر جنبده ای نهان کرده ای .

ارژنگ ناگهان دست صنوبر را گرفت و او را بسوی سکویی که زنی بالای آن نشسته و سبد می بافت برد . او را روی سکوی نشاند و به ماهور گفت :

"ماهور شیشه آب تو کیفت نداری ؟"

ماهور توی کیف صنوبر که دست او بود نگاه کرد و بطری آب او را در آورد. ارژنگ بطری را از او قاپید و جلوی دهن صنوبر برد :

"بیا یه کم آب بخور تا حالت بهتر شه !"

صنوبر هنوز هم اشک می ریخت ، ماهور شانه های او را می مالید و گفت:

" بسه دیگه تموم شد!"

ارژنگ بدون تعارف طرف دیگر صنوبر نشست و اشکهای او را پاک می کرد صنوبر فکر می کرد اگر اسب او را زمین می زد چه ممکن بود بر سر او بیاید؟ و نمی توانست آن لحظات را فراموش کند . اما قشنگترین لحظه آن که مثل یک رویا بود ، رسیدن ارژنگ و گرفتن دهانه ی اسب را؛ دلش می خواست که هرگز فراموش نکند . ارژنگ آهسته پرسید :

"خوبی صنوبر ؟"

صنوبر سرش را تکان داد ، همه دور آنها جمع شده بودند و ارژنگ بدون اینکه احساس شرم کند به صنوبر با جان و دلش نگاه می کرد . احمد خان به کنار آنها آمد ، ارژنگ ناگهان با لحنی عصبانی به او گفت :

"جرا اینها اسبی که حامله است ازش کار می کشند!!؟ اگر اتفاق بدی برای صنوبر می افتاد چی !؟هیچ توضیحی ندارن !! فقط اسب حامله بوده !!"

احمد خجالت زده بود .. او راهنمای گروه بود شاید اگر واقعا برای صنوبر اتفاقی می افتاد او دیگر نمی توانست به این شغل ادامه دهد . سرش را پائین انداخت و معذرت خواست ، سپس گفت :

"دیگه بریم برای شام تا حال صنوبر هم خوب بشه و کمی هم استراحت کنه "

ارژنگ جلوی چشمان همه دست صنوبر را گرفت و براه افتاد . صنوبر هم کوششی نکرد تا دستش را رها کند، اگر این عشق نافرجام هم باشد بگذار او احساس کند که کسی هم او را بی انتها دوست دارد و اینطور مراقب اوست ماهور بلافاصله زیر بازوی دیگر صنوبر را گرفت تا همه فکر کنند او هنوز دچار سر گیجه است و احتیاج به کمک دارد .

رستوران آنجا وسط باغ بود ، چندین میز غذا بود که در کنار آنها نانوایی نان می پخت و در همانجا دو نفر کباب گوشت و مرغ سیخ می زدند و داغ داغ به میهمانان می دادند ، این رستوران انواع غذاهای ایالت های مختلف

هند را داشت و کنار ظرف غذا اسم آن غذا و شهری که آن غذا متعلق به آن است نوشته شده بود . وقتی سر میز خودشان نشستند . ارژنگ پرسید:

"صنوبر جان چی میخوری ؟"

صنوبر مات و مبهوت به او نگاه کرد ، این اولین بار بود که ارژنگ او را صنوبر جان صدا کرده بود. ماهور هم با تعجب به ارژنگ نگاه کرد ارژنگ نگاهی به ماهور کرد و گفت :

"ماهور بیا بریم برای صنوبر غذا بیاریم !"

ماهور نگاهی به صنوبر کرد و گفت : "بابا این که طوریش نیست ! پاشو همه با هم بریم و غذا بیاریم ."

صنوبر هم بلند شد و همراه آنها برای انتخاب غذا رفت . بقیه ایرانی ها هم غذایشان را آوردند و سر یک میز نشستند . عارف با خنده گفت:

"بابا ای ول ارژنگ ! تو اینقدر قهرمان بودی و ما نمی دونستیم ! جدی جدی وقتی رفتی جلوی اسب نترسیدی با لگد ترو بزنه ؟"

ارژنگ نگاهی به صنوبر کرد و نگاهی به عارف و جواب داد:

"اینقدر هم قهرمان بازی نبود ، من اسب سواری زیاد می کنم می دونم که چطور باید دهانه اسب رو گرفت تا بایستد ."

ماهور صحبت را به غذاهای آن شب کشاند تا حرف عوض شود ، دیگر کسی در این باره حرفی نزد . اما دل در سینه ارژنگ و صنوبر بخیال یکدیگر می تپید . این اتفاق نشان داد که ارژنگ چقدر حواسش به صنوبر است . این برای صنوبر مثل نوای یک موسقی بود که در قلبش نواخته می شد . انگار دیگر یادش نبود که چه در انتظار اوست !!؟ همین لحظه و همین احساس دوست داشتن برایش بس بود . دلش می خواست امشب صبحی نداشته باشدو این شب تا ابدیت ادامه یابد و او در کنار ارژنگ و نگاه های محبت آمیز او باشد .

ارژنگ هم به لحظه ای که صنوبر را در آغوش گرفته بود فکر می کرد. دلش نمی خواست به آینده بیاندیشد و به جدایی که خیلی نزدیک بود .

بالاخره به هتل بازگشتند . احمد گفت با روابط عمومی هتل حرف زده و هر کس دوست داشته باشد بعد از کمی استراحت به سالن شماره پنج که سالن تلویزیون هتل است بیاید تا فیلم محبوب من که داستانش را در علیگرگفته بود را ببیند . ایرانی ها همه دستشان را بلند کردند . قرار شد کمی استراحت کنند و نیم ساعت بعد در آن سالن هم را ببینند . البته پسرهای ایرانی زیاد از آهنگ و فیلم هندی خوششان نمی آمد؛ ولی چون دخترها می رفتند ، دور هم بودن را دوست داشتند همگی گفتند که به دیدن این فیلم خواهند رفت .

ماهور و صنوبر به اتاقشان رفتند . ماهور با خنده گفت :

"دیگه خیلی خودتو واسه ارژنگ لوس کردی ! بیچاره داشت از نگرانی می مرد!"

صنوبر نگاهی به او کرد و آهی کشید و گفت :

"فکر می کنی شوخی بود؟ داشتم بالای اسب سکته می کردم ، هر لحظه امکان سقوطم بود ، نمی دونی وقتی افتادم توی بغل ارژنگ داشتم از ترس می مُردم !"

ماهور خنده ای کرد و گفت : "خوب قبول!! ولی بعدش دیگه خودتو لوس کردی ،اونم چه پررو شده بود قشنگ دست تو رو جلوی همه گرفت !"

صنوبر لبه تخت نشست و مثل اینکه از بالای ابر ها حرف میزند جواب داد :

"ماهور نمی دونی توی چه حالی هستم ، نه می تونم اونو نادیده بگیرم و نه می تونم قولی که به بابا دادم یادم بره !!؟ توی یه جهنم دست و پا میزنم من تا بحال از کسی خوشم نیامده بود ، اما اون یه چیز دیگس .. نمی دونی وقتی فکر می کنم که به آخر سفر رسیدیم و باید از هم جدا شویم چه حالی پیدا می کنم !"

ماهور کنارش نشست و سرش را نوازش کرد و گفت :

"عزیزم قدیما می گفتن هیچ کس با اولین عشقش عروسی نمی کنه ،اما.. دیگه قرن بیست و یکمه ! والله دیگه کسی رو برای ازدواج مجبور نمی کنن اما خوب دیگه این رسم خونواده شماست چی بگم ! "

بعد بلند شد و ادامه داد : "پاشو حاضر شو بریم فیلم ترو با ارژنگ ببینیم همه منتظر ما هستن"

صنوبر هیچ اعتراضی به حرف ماهور نکرد . احساس می کرد که او واقعیت را می گوید ، چرا او باید چشم بسته زن کسی شود که او را نمی شناسد !!؟ ارژنگ پسر بدی نیست ! او هم می خواهد به دانشگاه پزشکی برود . یک انسان واقعیست . اما متاسفانه اسمش را در تقدیر صنوبر ننوشته بودند . صنوبر لباس بلند هندی قشنگی که از اگرا خریده بود پوشید موهایش را شانه زد و بدور شانه اش ریخت ، توی این لباس خیلی قشنگ شده بود ، ماهور هم عین این لباس ولی رنگ دیگرش را پوشید . صنوبر آرامشی به چهره اش باز گشته بود و سعی می کرد که اتفاق آنشب را فراموش کند . با هم از آسانسور بیرون آمده و بسوی سالن شماره پنج رفتند .

در سالن شماره پنج ، یک تلویزیون خیلی بزرگ بود ، و چند مبل راحت و یک کاناپه و چندین بالش بزرگ که دست دوزی های بسیار زیبا با نخ های طلایی و پارچه های الوان داشت . وقتی پسر های ایرانی وارد سالن شدند، دیدند که چند نفر هندی روی مبل ها لمیده اند ، آنها همه روی کاناپه جا نمی شدند، بنا براین کوشن ها را برداشتند و جلوی تلویزیون لمیدند ، و چهارتا کوشن هم برای دخترا برداشتند ، چون ممکن بود که اگر عده دیگری برای تماشای فیلم بیایند ، دیگر برای دختر ها کوشن نماند .

دو مرد جوان هندی هم جلوی تلویزیون دراز کشیده بودند . در هندوستان مردم خیلی راحت هستند، شاید این باقی مانده از تربیت انگلیسی آنهاست، جلوی پای کسی تواضع نمی کنند ، خیلی راحت جلوی بقیه دراز می کشند، که این برای خارجی ها مخصوصا ایرانی ها که خیلی مقید به احترام گذاشتن هستند عجیب بود . گلبو و زیبا هم در راهرو به ماهور و صنوبر پیوستند و با هم بسوی سالن پخش فیلم رفتند .

وقتی وارد سالن شدند خیلی تعجب کردند ، آنها انتظار یک سالن سینمای کوچک را داشتند! نه تلویزیون در اتاق نشیمن!! که بچه ها جلوی آن دراز می کشند . ارژنگ خیلی راحت روی کوشن لمیده بود و دوتا کوشن هم برای ماهور و صنوبر کنار خودش گذاشته بود و با دیدن آنها اشاره کرد که به طرف او بروند . صنوبر خجالت می کشید که دراز بکشد ، روی کاناپه کسی نبود ، کوشنش را کنار کاناپه گذاشت و به آن تکیه زد و یک کوشن کوچک هم بغل گرفت . ارژنگ هم به کنار او رفت ، ماهور هم کنار صنوبر

نشست. گلبو و زیبا بدون خجالت کوشن هاشان را جلوی تلویزیون گذاشته و دراز کشیدند . جمع خیلی دوستانه بود و با هم حرف می زدند هنوز فیلم شروع نشده بود و اخبار پخش می شد . سمندر گفت :

"بچه ها من میرم بار یه نوشیدنی بگیرم ، هر که چیزی می خواد بگه !"

عارف هم بلند شد که با او برود . دخترهاهم نوشابه سفارش دادند ، بقیه هم نوشیدنی ، آنها رفتند . احمد خان به سالن آمد و با هندی هایی که نشسته بودند چند جمله ای حرف زد ، دو نفر آنها بلند شدند که بروند ولی آنهائی که روی زمین دراز کشیده بودند ، با خنده چیزی گفتند و تکان هم نخوردند .

احمد خان توضیح داد که به آنها گفته که می خواد فیلم محبوب من را نشان دهد و آن دو نفر علاقه ای نداشتند و رفتند ولی بقیه می خواهند این فیلم را ببینند . بعد بطرف تلویزیون رفت و فیلم را در دستگاه نمایش گذاشت و گفت :

" فیلم زیر نویس انگلیسی داره اما منم اینجا می شینم اگه کسی خواست توضیح بدم"

پس از چند تبلیغ فیلم شروع شد . برای آنها که دیروز میهمانسرای دانشگاه علی گر را دیده بودند خیلی جالب بود که همان ساختمان و همان حیاط را نشان می دهد .داستان فیلم اینگونه بود که روز پایانی دانشگاه و جشن فارغ التحصیلی بود که بنا به رسم آن دانشگاه در آن روز شعرا مسابقه شعر داشتند و هر کدام شعری می خواندند .انور که دانشجویی رشته ادبیات بود و شهرت و محبوبیت زیادی بخاطر شعر هایش در دانشگاه داشت! به پشت میگرفن آمدو شعری بسیار زیبایی را به آهنگ می خواند و عاشقانه ترین لحظه دنیا را تعریف می کرد(البته آن لحظه را نشان می داد) که او در حال رفتن بوده که یکی او را صدا زده و او ناگهان به دختر با حجابی که روی صورتش روبنده بوده و فقط چشمهای رنگی او از پنجره روبنده دیده می شده تنه زد و کتاب های او بر زمین ریخت .

هر دو نشستند تا کتاب ها را بردارند که نگاهشان بهم گره خورد ، و مات به چشمان همدیگر خیره گشتند، انگار که هزاران سال است که آن چشمان هم را می شناسند. انور دستش دراز می کند و کتاب ها را یکی یکی به دختر بدهد، در حالی که هنوز غرق آن غروب طلایی چشمان دختر است و در

این لحظه عوض کتاب دست او را می گیرد و به آن نگاه می کند به آن دستهای بلورین مرمری که از سفیدی می درخشد، چند لحظه دست دختر را در دست گرفت و ناگهان دختردستش را از دست بیرون کشید و بلند شد و با عجله رفت . او در شعرش التماس می کرد که ای محبوب من ، ای صاحب قلب و روح من فقط یک بار دیگر بگذار آن چشم های شرابی را ببینم . به من در سایه آن نگاه پناه بده ، امروز روز آخر است و اگر ترا نیابم دیگر هرگز ترا نخواهم دید .

فیلم دختربسیار زیبائی را نشان می داد که روی یک صندلی توی سالن در قسمت دختران نشسته ، روبنده اش را بالا زده و اشک می ریزد، و به این آواز روح بخش گوش می دهد .

پس از پایان برنامه انور به سالن بیرونی می رود و ناگهان دختری را می بیندکه لباس مشکی مسلمانی در بر دارد و بورغه هم روی صورتش انداخته و در گوشه ای به انتظار اوست، انور بسویش می رود و بعادت مسلمان ها دستش را بجلوی صورتش می برد و به او سلام می کند و ناگهان چند نفر انور را صدا میزنند تا بر می گردد دختر فرار می کند .

دست بر قضا هر دو ازشهر لکنو برای درس خواندن به علیگر آمده بودند و فردا با یک قطار ولی در کوپه های جداگانه ، زنانه و مردانه به لکنو می روند. برادر دختر در کوپه مردانه و کنار انور و دوستش می نشیند و وقتی می فهمد که انور شاعر است به او می گوید که خواهر او هم هر از گاهی شعر می گوید و از او می خواهد برای اصلاح اشعار او به خانه آنها برود . برادر دختر از نواب های معروف و ثروتمند لکنو است .

به لکنو میرسند و هر کدام به خانه های خود می روند..چند روز بعد انور برای اولین بار به خانه آنها می رود تا به حسنا خواهر نواب درس شاعری بدهد . در دو طرف پاروان چوبی می نشینند ، در این صورت هیچکدام یکدیگر را نمی بینند .

انور به حسنا می گوید که برای آغاز کار یک شعر مورد علاقه ات را بخوان وحسنا همان شعری که انور در روز فارغ التحصیلی خوانده می خواند، ناگهان انور حالش دگرگون می شود، قلبش و روحش بسوی دختری که در علیگر گم کرده است پرواز می کند، و با التماس و از او می پرسد که این شعر را از کجا شنیده !!؟حسنا دستپاچه می شود و می گوید ازیکی

ازدوستانش که در علیگر درس می خواند ، شنیده است. انور بی تاب می شود که نام و نشان دوست او را بگیرد. حسنا اسم دوستش نسیم آرا را می گوید ! و انور هم نمی گوید که او شاعر این شعر است ولی به حسنا می گوید که دوست من عاشق دوست تو شده و این شعر را برای او سروده است و از او قول می گیرد که سلام دوستش را به نسیم آرا برساند .

دفعه بعد که برای تدریس شعر می آید ، برادر دختر وارد می شود که ببیند جلسه درس آنها چگونه پیش می رود . انور می گوید که حسنا شعری را از دوستش شنیده که در علیگر درس می خواند ، نواب می خندد و می گوید این دختر شیطان خودش در علیگر درس می خواند . وای که چه حالتی در چشمهای آنها دیده می شود.

و سپس دوران عاشقی آنها شروع می گردد،که با ملاقات های دزدگی و با آواز خواندن عاشقانه همراه است .

نواب که از انور خیلی خوشش می آید .از او می خواهد که با حسنا ازدواج کند . مراسم نامزدی برگزار می شود کمی بعد نواب می فهمد ، خواهر انور زنی آوازه خوان است که با نواب هم دوستی دارد و این نامزدی را بهم می زند. دست بر قضا دوست حسنا ، نسیم آرا که خواهر یک نواب بسیار ثروت مند ولی عیاش است هم عاشق انور می شود .

در این اثنا اموال و قصر نواب اختر برادر حسنا به خاطر وام هائیکه گرفته و اکنون نمی تواندباز پرداخت کند به حراج گذاشته می شود . انور که از عشق نسیم آرا دوست حسنا نسبت به خودش مطلع است ، پیش خانواده او می رودو از آنها پول می خواهد تا با نسیم آرا ازدواج کند . البته این در هند یک رسم معمول است که خانواده دختر باید پول و طلای فراوان به داماد بدهند .

درست روزی که عقد کنان انور و نسیم آراست ، در حیاط خانه نواب اختر مامور بانک و آنهائیکه می خواهند قصر او را بخرند نشسته اند و چیزی به پایان حراج نمانده !!؟که انور با پولی که از خانواده نسیم آرا گرفته سر می رسد و طلب قرض داران را می دهد و قباله خانه را دوباره به برادر حسنا برمی گرداند و برای مراسم عقد به قصر نسیم آرا می رود . آماده عقد می شود وقتی عاقد می خواهد آنها را عقد کند از انور می پرسد :

"آیا شما حاضرید که حسنا خواهر نواب اختر را به عقد شما در بیاورم؟"

انور یکه می خورد ، روبنده گل یاس جلوی صورتش را بالا میزند و سرش را بلند می کند . نسیم آرا را می بیند که با چشمان گریان لبخند می زند، و فیلم پایان می یابد .

وقتی چراغ ها را روشن کردند . ارژنگ و صنوبر در چشم هم خیره گشتند، یعنی امکان دارد عاقبت عشق آنها هم مثل این فیلم خیر شود.!!؟

از چشمهای ارژنگ می شد فهمید که او هم مثل دختر ها گریه کرده ، با عجله چشمهایش را با دست پاک کرد . چشمهای صنوبر از شدت گریه پف کرده بود . شاید هر دو فکر می کردند که این فیلم داستان عشق آنهاست ارژنگ در دل آرزو می کرد که ای کاش پسر عموی صنوبر هم به خوبی دوست حسنا باشد .

پسرها می خندیدند و ارژنگ را مسخره می کردند ولی همه به این اذعان داشتند که در پنجاه سال پیش عجب فیلمی ساخته اند حق دارد که جاویدان باشد .سمندر به احمد خان گفت:

"بابا واقعا اینجا به داماد پول میدن ، ای ول زود ، تند ، سریع یه زن واسه من پیدا کن که میلیونر بشم"

همه خندیدند و احمد با خنده جواب داد : "اگه اینکار رو بکنی تازه ممکنه دوبرابر همه بگیری چون یه گرین کارت هم روی شاخشه"

همه با شوخی و خنده حرف می زدند ، و کسی نگاهی به صنوبر و ارژنگ نمی کرد که با چشمانی اشک آلود دارند بهم نگاه می کنند .توی آسانسور ارژنگ بدیوار تکیه داده بود و چشم از صنوبر بر نمی داشت .

***

روز بعد دوباره برای دیدن آثار باستانی سوار اتوبوس شدند . امیت توضیح داد که امروز به دیدار قلعه ،آمیر میرویم که در بالای تپه ای قرار دارد . اتوبوس از شهر خارج شد ، همه ساکت بودند ، شاید هم داشتند از سفر هر روزه خسته می شدند . صنوبر به فیلم دیشب و شعر قشنگی که در اول آن بود فکر می کرد ، و به عاقبت خودش، راستی اگر پدرش بفهمد که او در این سفر عاشق ارژنگ شده چه می کند؟ آیا در مورد ازدواج او با امیر هوشنگ تجدید نظر خواهد کرد ؟ در این فکر ها بود که اتوبوس ایستاد، قلعه ای که

برای دیدنش می رفتند در بالای تپه ای بود که شیب بسیارتندی داشت و اتوبوس نمی توانست به آن بالا برود . صنوبر به ماهور گفت :

"یعنی ما باید این راه رو پیاده بریم ؟"

احمد خان و امیت داشتند با رانندگان جیپ هایی که مثل ماشین های جنگی بودند حرف می زدند ، سپس بسوی آنها آمدند . امیت گفت :

"هر چهار نفر سوار یک جیپ بشوید چون بالا رفتن از این تپه بسیار سخت است."

انگار این فکر همه بود که چگونه از این تپه بالا بروند ، همه با خوشحالی بطرف جیپ ها رفتند . تصادفا صنوبر و ماهور با ارژنگ و سمندر سوار یک جیپ شدند . وای که دوباره نزدیکی و دوباره چشم در چشم هم شدن ، دوباره با هم بودن، آتش به دل آنها می زد. ارژنگ با عشق نگاهی به صنوبر کرد ، وای از این نگاه های بی حرف که دل او را به آتش می کشید .در سکوت به قلعه رسیدند .

امیت در مورد این قلعه چنین گفت : "این قلعه در گذشته از مهم ترین قلعه های راجستان بوده ، که در زمان راجا مان سینگ در قرن شانزدهم با تلفیقی از معماری راجپوت ها و هندو ها ساخته شده است. ستون هایی دارد که با کاشی کاری و نقاشی های روی دیوار و مشبک کاری حیرت آور هستند، آنها نشان دهنده نبوغ راجپوت ها در رشته معماری می باشد .حتی خیلی از فیلم های تاریخی هند در این قلعه فیلم برداری شده است .

تازه دانشجویان داشتند با معماری سیک ها و هندو ها آشنا می شدند آنچه که در اگرا و دهلی دید ه بودند ، هنر مسلمانان هند بود . آنقدر این ستون ها و پنجره ها زیبا بود که هوش از سر بازدیدکنندگان می برد، همه امیت را دنبال می کردند و از گفته های او بر روی دفترچه های خود می نوشتند. امیت توضیح داد که داستان قشنگی در مورد یکی از راجاهای این قصر است که وقت بازگشت در اتوبوس برایشان خواهد گفت .بازدید تمام شد و دوباره سوار جیپ های جنگی شدند که به پائین دره بروند .پائین آمدن از آن گردنه های پیچ واپیچ هم خیلی ترسناک بود، صنوبر چشمهایش را می بست و دستهای ماهور را محکم می گرفت . بالاخره به پائین رسیدند و سوار اتوبوس شدند .

ارژنگ از دست فروش ها آجیل بسیار تندی خریده بود که عدس و لپه،
برنج و بادام زمینی بود . بین ایرانی ها قسمت کرد . خیلی خوشمزه
بود، اما بلافاصله دختر ها شروع به سرفه کردند ، چون این آجیل با همه
خوشمزگی خیلی تند بود . با یک بطری آب بالاخره آجیل را خوردند و کلی
هم خندیدند،امیت گفت :

"خوب اگر تندی آجیل تموم شده حالا به قصه عجیب این راجا گوش کنید
و چنین آغاز به سخن کرد.

در سالهای خیلی دور در این قصر راجایی حکومت می کرده که قلب بسیار
مردم دوست و مهربانی داشته و در روزهای مختلف در قصرش از طبقات
مختلف مردم، حتی فقرا و مرتاض ها هم پذیرایی می کرده ، با آنها بر سر
یک خوان می نشسته و همراه آنها غذا می خورده، روزی مرتاضی به قصر
او می آید و پس از پذیرائی بعنوان تشکر میوه ای را به راجا می دهد و به
او می گوید ، اگر این میوه را بخوری ،همیشه جوان و قدرتمند باقی خواهی
ماند و از قصر می رود.

شاه با خودش فکر می کند این میوه را به یکی از همسرانش که او را بسیار
دوست داشت بدهد تا او همیشه زیبا و جوان بماند . به این نیت میوه را
به ملکه می دهد و خاصیت آن میوه را هم به او می گوید .

اما این ملکه در دل عاشق سپه سالار جوان راجا بوده و او را خیلی دوست
داشته ،سپه سالار را به قصر خود می خواند و به او می گوید که این میوه
او را همیشه چنین جوان وبا قدرت نگاه خواهد داشت و میوه را به او می
دهد. اتفاقا این سپه سالار هم خاطر خواه رقاصه ی بسیار زیبای شهر بوده
که هواداران بسیاری داشته . سپه سالار با خود می گوید این میوه را باید به
او بدهم تا همیشه چنین زیبا برای من باقی بماند و میوه را به رقاصه می
دهد و خاصیت آنرا هم می گوید . .

دست بر قضا این رقاصه هم سالها عشق راجا را در دل نهان داشته و
همیشه آرزو می کرده راجا چنین با قدرت باقی بماند .بنابراین به دیدن شاه
می رود و میوه را به اوهدیه می دهد .

راجا از دیدن آن میوه یکباره همه باورهایش در هم میریزد و میفهمد که
در این دنیا نباید به هیچ کس و هیچ چیز دل بست ، و آنچه را که یقین
می پندارد نباید باور کند و سر به کوه و بیابان میگذارد و به عبادت خدای

خویش می نشیند، سالها می گذرد و بالاخره او یکی از قدوسین هندو می شود و تا زنده بوده مورد پرستش مردم قرار داشته و هنوز هم مجسمه های او بر در و دیوار کاخ ها وجود دارد .این داستان به ما می گوید آنچه را که می بینید باور نکنید و به کسی بیش از خودتان ایمان نداشته باشید چون در وجود هر کسی یک منی دیگر است که غیر از ماست .

امیت خاموش شد ، سکوتی همه را در بر گرفته بود و به این داستان عرفانی فکر می کردند ، آیا چنین است و نباید کسی را بیش از خود دوست داشت .

ناگهان صدای هق هق گریه صنوبر در اتوبوس پیچید . خودش هم نمی دانست برای دل خودش گریه می کند! یا برای دل آن راجا که چنین باورش در هم ریخته و فهمیده که ملکه اش دل در گرو کس دیگری دارد !!؟!آیا اگر او زن امیر هوشنگ بشود ، در حالیکه دلش برای عشق ارژنگ می تپد چنین خیانتی نکرده است ؟ آیا او می تواندبر پایه های یک دروغ زندگی خودش را بنا کند ؟...ماهور با عجله شیشه آبی را گرفت و به او داد و با دستمال کاغذی اشکهای او را پاک می کرد و مرتب می گفت :

"بابا این یه داستانه دیگه ! تو که اینقدر احساساتی نبودی ؟"

اما در دل می دانست که صنوبر برای چه گریه می کند . خدایا چرا هر داستانی که میگویند عین زندگی صنوبر از آب در می آید!!؟ آن از فیلم دیشب و این هم از قصه راجا. بالاخره صنوبر آرام شد و اتوبوس دم یک مک دونالد برای نهار ایستاد.

همگی داستان راجا و میوه معجزه آسای او را فراموش کردند بجز صنوبر و ارژنگ . ارژنگ هم فکر می کرد اگر صنوبر او را دوست داشته باشدکه از حرکاتش می شد این را فهمید ، آیا همین قصه تکرار نخواهد شد؟ اگر او زن پسر عمویش شود و عشق ارژنگ را در دل داشته باشد !! به شوهرش وجدانا خیانت نکرده؟

ارژنگ با خودش در جدال بود از یک طرف عشقی که به صنوبر در دلش احساس می کرد و از طرف دیگر به مردی فکر می کرد که ناخواسته وارد این داستان می شود و بی گناه در این آتش می سوزد . با اینکه اشتهایی نداشت ولی نهار را در سکوت خورد. .

دوباره سوار اتوبوس شدند . این بار احمد گفت که حالا به مزرعه فیل ها

خواهند رفت . این مزرعه بسیار دیدنی می باشد مردم می توانند فیل ها را لمس کنند ، بر روی پوست آنها نقاشی کنند و سوار آنها شوند. صنوبر و ارژنگ دور از یکدیگر نشسته بودند در حالی که همه وجودشان در کنار یک دیگر بود.

بزودی به مزرعه فیل ها رسیدند ، جای بسیار جالبی بود، شاید صد فیل در آنجا وجود داشت و مردم برای سوار شدن صف بسته بودند ، آنها هم در صف ایستادند تا به فیل ها برسند . وقتی نزدیک فیل ها شدند باور نمی کردند که آنها به اندازه ارتفاع یک خانه قد دارند و یک پله گان مثل پله های هواپیما آنجا بود که مردم از آن بالا می رفتند و روی تختی بسیار زیبا که در بالای فیل قرار داشت می نشستند و هر فیلی یک فیل بان داشت که روی گردن آن سوار بود . ارژنگ خیلی سعی کرد که کاری به صنوبر نداشته باشد اما خاطره اسب سواری او نمی گذاشت تا آرام باشد. بالاخره خودش را به صنوبر رساند و با لحن قاطی گفت :

"صنوبر تو سوار نشو!"

صنوبر و ماهور با هم گفتند : "چرا؟"

ارژنگ فریاد زد : "اسب سواری یادت رفته می خوای دوباره بیفتی !"

صنوبر نگاهی به مردمی که روی فیل نشسته بودند کرد و گفت:

"همه سوار شدن چرا من بترسم!"

ماهور که دلهره و بی تابی را در چشمان ارژنگ می دید دلش سوخت وگفت:

"صنوبر ارژنگ راست می گه ، تو با ارژنگ سوار شو منم با یکی از پسر ها سوار میشم !"

ارژنگ نگاهی پر از تشکر به ماهور کرد ، انگار حرف دل او را زد ، صد سال ارژنگ چنین جراتی نداشت که این پیشنهاد را به صنوبر بکند ! جلو رفت و بی اختیار دست صنوبر را گرفت و از پله ها بالا رفتند. ماهور نگاهی به ارژنگ کرد و لبخندی زد ، او مطمئن بود که او این دست را آسان رها نخواهد کرد .

ارژنگ اول روی تخت نشست ، خیلی ترسناک بود، این تخت به هیچی وصل نبود و امکان افتادنش بسیار، اما مردم خیلی آرام آن بالا نشسته بودند، صنوبر می خواست سوار شود ولی می ترسید ، پایش را عقب می کشید، جرات اینکه روی این تخت بشیند را نداشت . ارژنگ دستش را جلو برد و دست صنوبر را گرفت و کمک کرد تا سوار شود ، در چشمهای صنوبر وحشتی موج می زد ،کنار ارژنگ نشست و همانطور محکم دست او را گرفته بود . انگار فکر می کرد اگر دست او را ول کند خواهد افتاد .

فیل براه افتاد آهسته بدنبال بقیه فیل ها می رفت . صنوبر خیلی سعی می کرد که نترسد ولی نمی توانست و خودش را محکم به ارژنگ چسبانده و از اینکه سوار شده خیلی پشیمان بود . در دلش دعا می خواند که این سواری هر چه زودتر تمام شود. ارژنگ دستش را دور کمر صنوبر انداخت ، انگار صنوبر توی بغل او بود . صدای ماهور از پشت سر می آمد که با خنده جیغ می کشید و با سمندر پشت سر آنها می آمدند

بالاخره فیل دورش را زد و از کوچه باریکی گذشت و دوباره به محل اول باز گشت . ارژنگ در دلش می گفت کاش این فیل تا قیامت می رفت و صنوبر چنین در آغوش او آرام نشسته و محکم خودش را به او چسبانده بود . صنوبر جرات ایستادن نداشت و به کمک ارژنگ آهسته بطرف پله ها رفت و وقتی قدم بر روی زمین گذاشت کم مانده بود که غش کند . رنگ به صورتش نبود ، اگر ارژنگ کنارش نبود شاید از وحشت سکته می کرد .

پس از اینکه فیل سواری تمام شد، دو باره سوار اتوبوس شدند ، حالا قراربود به بازارجی پور بروند . دخترها خیلی خوش حال بودند ، آنها همیشه برای خرید آمادگی داشتند . در خیابان شلوغی اتوبوس پارک کرد و امیت گفت تمام این خیابان بازارچه هایی است، که لباس و خوراکی و تزئینات و زینت آلات، مجسمه های خدایان، ظروف میناکاری را می فروشند قرار شد یک ساعت دیگر همه به کنار اتوبوس باز گردند . آنقدر چیز دیدنی در این بازار وجود داشت که دختر ها نمی دانستند چی بخرند . دختر های ایرانی مرتب لباس می خریدند ، زیور آلات می خریدند ، صنوبرحتی یک ساری هم خرید می گفت خیلی قشنگ است و نمی تواندار آن چشم بردارد.

پسر ها هم خرید می کردند ، سمندر دو دست لباس هندی به سلیقه صنوبر و ماهور برای مادر و خواهرش خرید . ارژنگ تک فرزند بود او یک سرویس نقره که نگین یاقوت داشت و بسیار زیبا بود برای مادرش خرید . یکی از

مغازه دار ها با خنده به ارژنگ گفت :

صاحب تو شبیه سلمان خان(هنرپیشه معروف هند) هستی !! اگه این کورتا شلوار را بخری خیلی بهت میاد !

صنوبر نگاهی به ارژنگ کرد و نگاهی به لباسی که تن مانکن بود ، در خیالش ارژنگ را در آن لباس مجسم کرد و بنظرش بسیار زیبا آمد ، لبخندی زد و به ارژنگ نگاه کرد. ناگهان دید که ارژنگ هم به او می نگرد ! وای خدایا چرا به او نگاه کرده بود !؟ چرا آتش این عشق ممنوعه را دامن می زند!!؟ . ارژنگ وقتی لبخند صنوبر را دید بی درنگ بسوی مرد فروشنده رفت و آن لباس را خرید . بگذار صنوبر خوشحال شود حتی برای لحظه ای .

برای همه این مطلب خیلی جالب بود، که در هند اصلا به مترجم احتیاجی نداشتند، همه انگلیسی را خیلی خوب حرف می زدند .

دوباره سوار اتوبوس شدند و به هتل بازگشتند . هر کسی به اتاق خودش رفت . صنوبر و ماهور هم کمی استراحت کردند و بعد برای شام به رستوران هتل رفتند . چند تا از هم سفر های آمریکایی آنها آنجا بودند . شاید بقیه بیرون از هتل برای شام خوردن رفته بودند . قرار فردا برای دیدن رسد خانه و موزه بود .

صنوبر آنشب خیلی آشفته بود هر چه از این سفر می گذشت ، او بیشتر به ارژنگ دل می بست . امروز وقتی که ارژنگ دست دور کمر او انداخته بود، او بی اراده سرش را به شانه او تکیه داد. انگار این شانه ها قویترین نقطه اتکا در زندگی او ، و آن دستهای امن ترین جای دنیا برای او بودند . وقتی به قصه مهاراجا فکر می کرد ،انگار او همسر بی وفای آن مهاراجا بود، خدایا زودتر این سفر را تمام کن تا او از این دریای اضطراب بیرون بیاید. او فکر می کرد اگر این سفر تمام شود و او دیگر ارژنگ را نبیند، این عشق چند روزه هم به پایان میرسد .

***

صبح در سالن صبحانه دوباره دور هم جمع شدند ، همه می گفتند و می خندیدند فقط ارژنگ و صنوبر در بین آنها ساکت نشسته و می شنیدند. ساعت نه همه سوار شدند ، امروز در داخل شهر جی پور به تماشای آثار باستانی می رفتند . اتوبوس در مقابل رسد خانه جنتر منتر جی پور ایستاد،

امیت گفت این رسد خانه در دویست و پنجاه سال پیش در زمان مهاراجا ساوا جی سنیگ ساخته شده که یکی از بزرگترین رسد خانه های قدیمی دنیاست . انواع وسایلی که در آن زمان برای رسد کردن ستاره ها و تعیین وقت وجود داشته در اینجا یافت می شود . همه پیاده شده و بسوی رسد خانه رفتند ، واقعا دیدنی بود ، در ساعت بزرگی که در روی زمین قرار داشت با حرکت سایه یک استوانه ، ساعت و دقیقه و ثانیه را هم می شد دید .

آنروز هوا خیلی گرم شده بود و پس از دیدار چند قسمت رسد خانه ، چون جمعیت زیادی هم برای بازدید این رسد خانه آمده بودند ، صنوبراحساس خستکی کرد و به ماهور گفت :

"من میرم روی پله ها می نشینم دیگه بریدم خسته شدم "

و آهسته از بقیه جدا شد و بطرف پله ها رفت و آنجا نشست . به مردم نگاه می کرد ، زندگی در این کشور جریان داشت، توریست خارجی خیلی کم بود و این خود مردم بومی هند بودند که به تماشای آثار تاریخی کشورشان می آمدند. دیدن مردم برایش جالب بود . ناگهان صدای ارژنگ را شنید:

"صنوبر حالت خوبه ؟"

صنوبر دلش می خواست یکی بزند توی سر خودش!! هر چه از ارژنگ فرار می کرد باز ناگهان او را مقابل خود می دید . ارژنگ به دنبال او آمده بود و روی پله کنارش نشست .

صنوبر سری تکان داد و گفت :

"خوبم .. خسته شدم شاید این سفر خیلی طولانی شده!! شاید دلم برای خونه تنگ شده!"

ارژنگ نگاه معنی داری به او کرد، لبخندی زد و گفت :

" اگه اینقدر به خونوادت وابستگی داری پس چطور می خوای بری ایران زندگی کنی ؟"

انگار ارژنگ انگشت روی دکمه انفجار صنوبر گذاشت!! .. خدایا تا امروز ارژنگ در این باره با او حرف نزده بود!! ولی الان دارد از او می خواهد تا

بزرگترین تصمیم زندگیش را بگیرد . صنوبر کمی فکر کرد و با خودش گفت! یعنی الان او دارد به من ابراز عشق می کند؟ یا این سوال را همینطوری پرسید! اگر واقعا ارژنگ به او ابراز عشق کند او چه بگوید ، یک دلش می گفت بگذار حرف دلش را بزند تا دل تو هم تکلیف خودش را بداند و دل دیگرش می گفت ! ای دیوانه اگر بگوید که ترا می خواهد تو چه جوابی به او خواهی داد! چه جوابی میتوانی به او بدهی ؟

ارژنگ ادامه داد:" البته این زندگی خودته ! ولی واقعا می تونی بری ایران زندگی کنی و همه دلبستگی هاتو جا بگذاری ؟"

بعد نگاه عمیقی به او کرد، انگار منتظر جواب بود .صنوبر سرش رو بطرف دیگر چرخاند تا او اشکهایش را نبیند و گفت :

"شاید مشکل باشه، ولی این تصمیم پدرمه ، من در چنین خونواده ای بزرگ شدم ."

ارژنگ آهی بلند کشید و گفت :

"یعنی خودت مهم نیستی ؟ یعنی خودت واسه خودت نمی تونی تصمیم بگیری ؟ اگه عاشق یکی دیگه بشی چی؟مثلا اگه عاشق یکی توی این سفر بشی بازم حاضری بری ایران و زن پسر عموت بشی ؟"

صنوبر نفسش بند آمده بود ،خدایا این دیگر چه نوع از عشق گفتن است؟بدنبال راه فراری می گشت ، اگر ارژنگ می خواهد به او بگوید که دوستش دارد این راهش نیست! ! بعد ناگهان به خودش نهیب زد ! خدا نکند که اوچنین کاری کند ، می ترسید، که اگر ارژنگ چنین چیزی را بگوید خودش را در آغوش او بیفکند . سعی می کرد جوابی ندهد ، ناگهان چشمش به گروه خودشان افتاد که داشتند از پله ها پائین می آمدند ، مثل اینکه معجزه ای شده باشد گفت:

"ارژنگ بچه ها آمدن پاشو بریم ."

ارژنگ نگاه عمیقی به او کرد و گفت : "جواب منو ندادی "

اما صنوبر این حرف را نشنیده گرفت و بسوی ماهور رفت . انگار می خواست از ارژنگ و حرفهایش فرار کند ، ارژنگ در دل گفت کاش اینها تا قیامت نمی آمدند و او با صنوبر تنها می بود. .

از آنجا برای نهار به مک دونالد رفتند ،چون خیلی سریع می توانستند غذا بخورند و به برنامه بعدی برسند . از آنجا هم به موزه البرت رفتند ، که بسیار دیدنی بود و بعد از آن به هتل باز گشتند چون فردا صبح عازم دهلی بودند. صنوبر ترجیح داد که در اتاق بماند ، بقیه دوستانش به تماشای خیمه شب بازی رفته بودند . از وقتیکه ارژنگ آن حرفها را به او زده بود، سرش بشدت درد می کرد، انگار وسط یک دریایی از یخ افتاده بود و راه نجاتی نداشت. کاش به این سفر نیامده بود و ارژنگ را نمی شناخت!! ای کاش بدنبال سرنوشت خودش به ایران می رفت . اما با تقدیر نمی شود جنگید ، این عشق پا گرفته بود ، آیا می تواندانین عشق را فراموش کند؟ به خودش دل خوشی می داد که مگر چقدر ارژنگ را می شناسد ؟ شاید وقتی به آمریکا باز گردد، و دیگراو را نبیند ، این عشق را فراموش کند ؟ شاید امیر هوشنگ آنقدر خوب باشد و او را خوش بخت کند!! که عشق ارزنگ را از یاد ببرد و عاشق او شود.!! بلند شد و تلویزیون را روشن کرد یک فیلم هندی پخش می شد، هر چند که نمی فهمید ولی از رقص ها خیلی خوشش میآمد.خودش نفهمید کی خوابش برد . با صدای ماهور بیدار شد:

"صنوبر چرا خوابیدی ؟"

صنوبر از جا پرید ، شاید خواب بدی می دید! خیس عرق بود ، انگار بدنش یخ زده بود ! نگاهی به ماهور کرد و پرسید :

"ساعت چنده صبح شده ؟"

ماهور با خنده گفت : "مگه چند ساعته که خوابیدی ؟"

صنوبر بلند شد ، خمیازه ای کشید و گفت :

"نمی دونم خیلی خسته بودم خوابم برد ."

ماهور می خواست لباسش رو عوض کنه از صبح یک لباس تنش بود گفت:

"پاشو حاضر شو بریم پائین شام بخوریم و تازه بچه ها دور استخر جمع شدن آهنگ گذاشتن و میرقصن ."

صنوبر دلش می خواست آنچه که امروز بعد از ظهر روی پله های رسد خانه بین او و ارژنگ اتفاق افتاده بود را برای ماهور بگوید ، ولی خجالت می کشید. می ترسید که این موضوع را باز کند ! از خودش می ترسید ، که نکند

در مقابل ارژنگ نتواند استقامت نماید ؟ امروز ارژنگ داشت به او می گفت که به ایران نرود! آیا این ابراز عشق بود ! یا یک نصیحت دوستانه؟ خوب برای جوانانی که در آمریکا بزرگ شدند چنین تصمیمی شاید خنده دار باشد. اما او تا بحال روی حرف پدر مادرش حرف نزده بود . چقدر دلش می خواست که درسش را در تاریخ و باستانشناسی ادامه دهد ، اما پدرش می خواست که او پزشک شود و او حق انتخاب نداشت . در چنین خانواده ای او چگونه می توانست در باره شوهر کردن خودش تصمیم بگیرد؟ ماهور آماده شده بود نگاهی به او کرد و گفت:

"صنوبر چرا حاضر نشدی ؟ گشنه نیستی ؟"

صنوبر بلند شد و به حمام رفت تا لباسش را عوض کند . یک دست لباس هندی آبی آسمانی که دیروز در بازار خریده بود را پوشید ، شانه ای به موهایش زد و همراه ماهور از اتاق خارج شد.

وقتی از آسانسور بیرون آمد ، ارژنگ را مقابل خود دید، فکر کرد که او منتظر آسانسور است ،ولی ارژنگ گفت :

" کجا بودی صنوبر حالت خوبه ؟"

خدایا اینهمه دختر خوشگل توی این سفر هستند ! چرا ارژنگ عاشق یکی دیگر نشده؟ ماهور پرسید:

"ارژنگ می خوای بری اتاقت ؟"

ارژنگ جواب داد : "جلوی هتل چادر زدن عروسیه، خیلی قشنگه بچه ها رفتن آنجا من آمدم دنبال شما"

صنوبر نگاهی به ماهور کرد که چکار کنیم .

ماهور گفت: "خوب بریم !! مگه می شه نریم !یعنی یه بار دیگه می تونیم عروسی هندی ببینیم !! دیدی توی فیلم چقدر قشنگ بود ."

صنوبر چیزی برای گفتن نداشت . همراه ارژنگ از هتل خارج شدند . روی چمن مقابل هتل چادر رنگی بسیار با عظمتی زده بودند . پردهای الوان رنگ برنگ در اطرافش آویزان بود .. در بین پرده ها، پرده هایی از گلهای زردی که به هم وصل بودند، مثل یک دیوار کشیده شده بود .،که به زیبایی

آنجا می افزود . دم چادر دو نفر ایستاده بودند و به میهمانان خوش آمد می گفتند

داخل چادر مثل سالن سینما صندلی های قرمز مخملی چیده شده بود . در یک طرف چادر میزهای پذیرایی قرار داشت و در قسمت بالای چادر سکوی قرمز بزرگی بود که عده ای آنجا روبه جمعیت ایستاده بودند . در روی سکوی یک راهب هندی در کنار یک اجاق که آتش در آن روشن بود نشسته و در مقابل او عروس و داماد روی زمین نشسته بودند ، عروس لباس سراپا قرمزی که با زر کاری های طلائی تزئین یافته برتن داشت و داماد هم کت قشنگ سفید زردوزی شده بر تن کرده و عمامه صورتی هم بر سر بسته بود . ارژنگ چشم گرداند تا دوستانش را پیدا کند ، آنها در بالای سکوی در کناری ایستاده و تماشا می کردند، به کنار آنها رفتند .

راهب دعایی می خواند و چیزی در آتش می ریخت . بعد چیزی در دست عروس ریخت .عروس وقتی دستش را دراز کرد تا آنرا بگیرد همه مهبوت نقش حنای دست او شدند ،. ارژنگ ناگهان چشمهایش را بست و آرزو کرد که وقتی چشمهایش را می گشاید ، دستهای حنا بسته صنوبر را ببیند ، که بطرف اودراز کرده تا آن گلها را بگیرد !! اما افسوس که حقیقت این نبود

امیت آنجا ایستاده و برای آنها ترجمه می کرد ، که عاقد چه می گوید ، او قول و قرار های زندگی مشترک آنها را یکی یکی می گفت و آنها تکرار می کردند. سپس داماد رنگ قرمزی را با دو انگشت از ظرفی برداشت و بر فرق سر عروس کشید و گردن بندی را به گردن او انداخت . پس از پایان حرفهای عاقد پدر عروس شال توری قرمزی که روی دوش عروس انداخته بودند، را به شال توری روی دوش داماد گره زد و آنها را از روی زمین بلند کرد، ابتدا عروس در جلو قدم بر می داشت و داماد در پشت سر او حرکت می کرد و پس از چند دور داماد به جلوی افتاد و عروس دنبال او حرکت می کرد و دور آتش چرخیدند . آنقدر همه ساکت بودند که حرفهای راهب قشنگ شنیده می شد .

سپس عروس و داماد به جلوی بزرگان رفتند دلا شده و دستی بر پای آنها می کشیدند و سپس آن دست را به روی سر خود می بردند امیت توضیح داد که این ادای احترام به بزرگان خانواده های عروس و داماد است . پدر و مادرعروس و داماد آنها را بغل کردند و می بوسیدندو بر سر آنها گلبرگ می ریختند بعد آنها بطرف دو صندلی بسیار مجلل رفتند و بر روی آنها

نشستند . سپس از صندلی اول یکی یکی میهمانان بلند می شدند و برای تبریک به جلوی عروس و داماد می رفتند و هدیه خود را می دادند . مراسم تقریبا تمام شده بود . امیت گفت به هتل باز گردند، آنها هم با اینکه دلشان می خواست بیشتر بمانند و این برنامه زیبای عروسی را تماشا کنند ، ولی بدنبال او براه افتادند . در این موقع مردی که برادر عروس و میزبان میهمانی بود جلو آمد و خواهش کرد که شام نخورده نروند و آنها را به سر میزشام دعوت کرد .

صنوبر بغضی در گلویش گره خورده بود ،خودش را در آن لباس عروسی می دید و ارژنگ را داماد .. دست در دست بدور آتش می گشتند . ارژنگ رنگ قرمز را به پیشانی او زد ، در حالی که صنوبر اشک می ریخت .. ناگهان بخود آمد، ای کاش الان او یک دختر آزاد بود ، و همین جا بوسیله همین عاقد برای ارژنگ عقد می شد و هیچوقت به آمریکا باز نمی گشت! تا با آن همه مشکلات که انتظار او را می کشید روبرو شود..!! ناگهان با صدای ارژنگ بخود آمد :

"صنوبر چرا اینجا واستادی بیا بریم غذا بخوریم "

صنوبر بخود آمد ، نگاهی به میز غذا کرد همه دوستانش پای میز غذا بودندحتی ماهور هم رفته بود ، و او در رویاهای دور گم گشته بود!. همراه ارژنگ براه افتاد ، با خودش می گفت ، یعنی ممکنه که ارژنگ هم در همان رویایی بوده باشد که او بود. ناگهان گلبو آنها را دید و با خنده گفت :

"صنوبر نکنه واستاده بودی آنجا که راهبه تو رو هم عقد کنه ؟"

صنوبر که این روزها از حرفهای گلبو خیلی عصبانی بود و انگار دنبال فرصت بود تا جواب دندان شکنی به او بده با خنده گفت :

"نه منتظر بودم امیت که خیلی هوای ترو داره دستت رو بگیره و دور آتیش بچرخونه "

از این متلک صنوبر همه خندیدند . انگار واقعا امیت هوای گلبو را داشت و هر کجا می رفتند به او کمک می کرد . گلبو که دختر خیلی خوش بحالی بود و به متلک بقیه در این مورد می خندید با خنده جواب داد:

"جون تو صنوبر خیلی دلم می خواست اینکار را بکنه و منو عقد کنه اما شانس منو ببین که این قراضه هم منو جدی نمی گیره .."

بعد نگاهی به ارژنگ کرد و گفت :" همه مثل توخوش شانس نیستن که بادی گارد داشته باشن منم دلم به این قراضه خوشه که اونم تحویلم نمی گیره . "

البته همه از حرفهای آنها خندیدند ، ولی خوب منظور گلبو را همه فهمیدند که بادی گارد صنوبر کیست ؟ صنوبر بروی خودش نیاورد و بطرف میز غذا رفت . غذا ها همه از سبزیجات درست شده بود ولی خیلی خوشمزه بودند، مسافر ها دیگر به غذاهای تند عادت کرده و خیلی هم دوست داشتند . امیت بخاطر شام می خواست که به هتل باز گردند ، ولی وقتی که همه شام را آنجا خوردند گفت :

"حالا بعد از شام یک گروه رقص، خواهند رقصید ، بهتره بمونیم و رقص رو هم تماشا کنید !"

همه از این پیشنهاد استقبال کردند و بنا بر پیشنهاد امیت روی صندلی نشستند تا شام تمام شود و برنامه رقص شروع گردد. بزودی شام تمام شد و همه به صندلی های خود بازگشتند . در این مدت پرده ای در جلوی سکویی که مراسم عقد در روی آن برگزار شده بود کشیده بودند . پس از صرف شام مردی به انگلیسی نام دو هنرمند را که قرار بود برقصند اعلام نمود و مردم خیلی دست زدند و از آنها استقبال نمودند .

سپس پرده کنار رفت و یک گروه که شاید بیست رقصنده داشت و به رهبری یک زن و یک مردکه لباس های بسیار زیبائی بر تن داشتند ، شروع به رقصیدن کردند . آنقدر موزیک و رقص با هم همآنگی داشت که احساس می کردند که خود هنرمندان می خوانند و این موزیک جداگانه پخش نمی شود. رقص حدود چهل و پنج دقیقه بطول انجامید که شاید یکی از بهترین و جالب ترین برنامه ای بود که آنها در این سفر دیده بودند . با تشویق فراوان رقص تمام شد و حالا عروس داماد به صحنه رقص آمده و می رقصیدند، و سپس میهمانان هم به بالای سکوی رفته و رقص های مختلفی می کردند .

امیت آهسته به همه گفت که دیگر بهتر است به هتل باز گردند چون فردا عازم دهلی هستند . یکی دو نفر نمی خواستند که مجلس به این زیبائی را

ترک کنند اما به اجبار بلند شدند . دم در از خانواده عروس و داماد تشکر کرده و به هتل باز گشتند .

***

روز بعد همه دوباره در اتوبوس نشسته و به سفر خود ادامه می دادند ارژنگ سرش را بطرف پنجره برگردانده بود و برای آخرین بار شهر جیپور را تماشا می کرد ، شاید وانمود می کرد که به صنوبر توجهی ندارد ولی در دلش غوغایی بود . دیشب در عروسی با سمندر خیلی در این مورد حرف زده بودند . سمندر از همان روزهای اول به کششی که ارژنگ نسبت به صنوبرداشت پی برده بود، ولی چون ارژنگ را می شناخت و می دانست که او تا بحال چندین دختر به زندگیش آمده و رفته اند ، اهمیتی به این احساس نمی داد!! ولی از زمانی که ارژنگ با مشت به دهان عارف کوبید فهمیدکه این احساس ریشه ای عمیق دارد و به این آسانی از قلب ارژنگ کنده نمی شود و بعد از فیل سواری او با صنوبر دیگر مطمئن بود که این بار ارژنگ عاشق شده . ولی عاشق یک دختر محال !! چون جریان نامزدی او را همه می دانستند ، و سمندر کاملا متوجه بود که صنوبر از ارژنگ فاصله می گیرد و این هم دلیلی بود که سمندر را نگران می کرد ، او آشکارا عشق را در صورت و نگاه آن دو می دید ، که با چه کوششی آنها سعی بر پنهان کردن آن می کردند .

سمندر، صنوبر را سرزنش نمی کرد ، بنظر او صنوبر دختر بسیار عاقلی بود و این فرارش از یک عشق ممنوعه که می دانست عاقبتی ندارد کار درستی بنظر می رسید ، در این مدت او را خیلی خوب شناخته بود که چه دختر صادق و رو راستی است . او اهل خوش گذارنی نبود، شاید اگر چنین بود این دو هفته را مثل سفری در یک رویا با ارژنگ می گذراند و روز آخر هم با یک خداحافظی همه چیز را تمام می نمود . سمندر دوست ارژنگ بود و نمی خواست خاری بر پای او برود ! ولی این عشق محال داشت به او ضربه بدی می زد . وقتی از عروسی باز گشتند به کنار استخر رفته و ساعت ها در این باره گفتگو کردند . سمندر می گفت :

"ارژنگ داری با خودت و این دختر مظلوم چکار می کنی ؟ این دختر درسته توی آمریکا بزرگ شده ولی مثل دخترای آفتاب ،مهتاب ندیده است ! از نگاهش از حرف زدنش ، پیداست ! این کار را با او نکن مگه اینکه واقعا اونو از ته قلب دوست داشته باشی و بخوای با او ازدواج کنی ! اما خوب

اینم یک محال دیگه ای است ."

ارژنگ خیلی نا امید بود به سمندر گفت :" سمندر من یه روزی همه اونای که عاشق می شدند رو مسخره می کردم ، منو عشق واقعی !!؟ من دختر ها رو واسه لب دریا رفتن ، دیسکو رفتن می خواستم ! اما چکار کنم این دیگه دست خودم نیست ! هرجا نگاه می کنم اونو می بینم ، یعنی ممکنه که اینجوری عاشق شده باشم ،!!؟اونم عاشق دختری که نامزد داره ! تو این شهامت رو در او می بینی که بتونه جلوی خونوادش به ایسته وخلاف آنها حرفی بزنه !!؟"

سمندر نگاهی شماتت بار به او کرد و گفت :

" ارژنگ خیلی از این دختر توقع داری !! اون واسه چی جلوی خونوادش ایستادگی کنه !!؟برای یک حدس محال !! مگه توبه او چیزی گفتی ؟ مگه تو ازو خواستگاری کردی ؟ خیلی ظالمی می خوای اون بره به جنگ بعد آیا تو باشی یا نباشی !! با خودت چند ،چندی ؟ اگه اونو دوست داری این تویی که باید پا جلو بگذاری و به او این اطمینان رو بدی که مثل یه شیر پشت او واستادی و از عشقت دفاع می کنی!! وگرنه او بره به باباش بگه من عاشق یه پسری شدم که شاید منو دوست داشته باشه واسه همین نمی خوام زن پسر عموم بشم آره؟

ارژنگ از پنجره اتوبوس به بیرون چشم دوخته بود و حرفهای سمندر را سبک و سنگین می کرد؟ گیرم که او به صنوبر بگه که عاشق او شده ! که بدون او نفس کشیدن براش سخته ؟ بگه که در هر گوشه ای دنبال او می گرده ؟ ولی آخرش چی ؟ یعنی پدر صنوبر از خر شیطان پیاده می شه و صنوبر را به او می ده ؟ یعنی عشق برادری را زیر پا می گذاره و عشق اون و صنوبر رو می پذیزه ؟ دیشب تا صبح به این موضوع فکر کرده بود ! به این نتیجه رسید که اگر صنوبر او را دوست داشته باشه خودش حاضر نمی شه که زن پسر عموش بشه و به ایران نمی ره اون وقت او این شانس رو داره که جلو بره ...و ازش خواستگاری کنه .

او تا بحال به ازدواج فکر نکرده بود ! یعنی پسر سر براهی بشود و یک زندگی آرام را شروع کند ؟ آیا می تواند؟ آنهمه آزادی را از زندگیش حذف کند ؟ ولی دلش فریاد می زد که او حاضر است برای بدست آوردن عشق صنوبر هر کاری بکند . به اولین باری که صنوبر را دید فکر می کرد ، روی

پله های آژانس هواپیمائی که ناگهان صنوبر افتاد توی بغل او ، همان لحظه که نگاهش در نگاه او گره خورد، چیزی توی دلش پاره شد ، از همان روز همان لحظه عاشق شد؟ یا روزی که توی هواپیما دوباره صنوبر افتاد توی بغل او؟ هر کجا که بود الان او مثل هوا برای نفس کشیدن به صنوبر احتیاج داشت.

شاید هند را اینقدر قشنگ نمی دید که از نگاه یک عاشق دید، در گوشه کنار هند هر کجا رفتند یک داستان عاشقانه رخ داده بود ، تاج محل بنای عشق،که دیدن نمایشنامه عشق آن دو دلداده در رگ رگ بدنش نقش بسته بود ! داستان آن مهاراجای عاشق ! و دیدن آن فیلم زیبای کلاسیک که دقیقا مثل عشق آنها اتفاق افتاده بود ؟ به خودش نهیب زد :

این عشق ما نیست ! از کجا معلوم که صنوبر هم همین حس را داشته باشد؟ او که سعی دارد از من بگریزد ! همین گریختن نشانه عشق نیست!!؟ همان لحظه هایی که گلبو سر بسرش میگذارد و اشک قشنگی چشم او را خیس می کند نشانه عشق او نیست ؟ ارژنگ سخت با خودش ، با عشقش با وجدانش در جنگ بود ! اگر به این دختر ابراز عشق کند و بعد پدرش اورا مجبور کند که به ایران برود ! او شکست بزرگ تری نمی خورد؟ لااقل در سکوت از هم جدا شوند بهتر نیست ! اما اگر صنوبر بداند که ارژنگ عاشق اوست قدرت بیشتری برای مقابله با پدرش را نخواهد یافت ؟

نزدیک غروب به دهلی رسیدند ، و به میهمان سرای دانشگاه جواهر لعل نهرو رفتند . در اینجا اتاق ها چهار نفره بود و دیگر صنوبر نمی توانست با ماهور خصوصی صحبت کند . شاید اینجوری بهتر بود چون گلبو گذشته از اینکه گاهی سر بسر بقیه می گذاشت ،دختر خیلی خنده رو و با نشاطی بود از هیچ یک موضوع برای خندیدن درست می کرد.

***

فردا صبح به یک معبد بزرگ هندی رفتند ، معبد گریشنا . یکی از خدایان هند که در بالای تپه ای بود . آنجا خیلی شلوغ بود ، عبادت کنندگان زیادی برای زیارت به اینجا می آمدند . احمد خان به دختر ها گفت اگر قصد ورود به معبد را دارند باید یک روسری بپوشند . وقتی که به در معبد رسیدند باور نمی کردند که هر روز این همه مردم برای زیارت به معبد بیایند!!؟ دم در باید کفش ها را در می آوردند و دختر ها توری روی سرشان می انداختند.

صنوبر امروز یک لباس هندی قرمز و سفید پوشیده بود ، پیراهنی قرمز که در پائینش زردوزی گلهای سفیدی داشت و شلوارش سفید با گلهای قرمز بود و تور سرش هم بسیار زیبا بود ، صنوبر شاید زیباترین دختر این تور دانشجویی بود .

دم در کفش هایش را درآورد ، تورش را روی سر انداخت ، مردم را می دید که نیت می کنند چشمهایشان را می بندند و زنگهایی که به جلوی در آویزان بود با دست به صدا در می آورند . صنوبر هم چشمهایش را بست و دستش را بالا برد و زنگی را بصدا در آورد ، وقتی چشم گشود ارژنگ را دید که کنارش ایستاده و دستهایش را بصورت اهم بالا برده و چشمهایش را بسته است ، اشکی چشمهای صنوبر را پوشانید یعنی او هم دارد برای این عشق پنهانی دعا می کند .

مرد راهبی به جلو آمد چند قطره از آبی که توی یک سینی بود به صورت او پاشید و چیزی شبیه حلوا کف دست او گذاشت و دستی بر سر صنوبر کشید. ناگهان ارژنگ هم دستش را جلو آورد و تقاضای تبرک کرد ، راهب به او هم کمی حلوا داد و بصورتش آب پاشید ، صنوبر جلوی خدای هندو رفت مثل بقیه زانو زد و دعا کرد، توی دلش می گفت خدای همه دنیا یکی است، انسانها از او صورت های متفاوتی درست کردند وگرنه مسجد و بت خانه یکی است . ارژنگ هم در مقابل خدای هندی ها زانو زد در دلش گفت، خدایا این دختری که اینجا زانو زده دلی پر از غم داره به کمک تو محتاجه تا بتونه در مقابل پدرش ایستادگی کنه!! .

وقتی از معبد بیرون آمدند ، راننده به احمد چیزی گفت و احمد همه را جمع کرد و پرسید:

" یادتونه در اگرا می خواستین به امام واره ببینید!! حالا اگه موافق هستین به نظام الدین اولیائ که یکی از پیران است و پیروان بسیار دارد برویم ."

برای بقیه دانشجو ها فرقی نمی کرد به تماشای یک آثار باستانی دیگری می رفتند ، برای ایرانی ها هم که تصادفا همه مسلمان بودند ، جالب بود که مقبره یک فقیه را ببینند . قرار شد در رستوران های مسلمانان که نزدیک نظام الدین هستندو غذای گوشتی هم دارند نهار بخوردند.

دو باره به قسمت مسلمان نشین دهلی رفتند ، از شلوغی خیابان ها مشخص بود که به آنجا رسیدند ، زنها بیشتر بورغه داشتند و ساری پوش خیلی کم

بود . اول به رستوران رفتند چون همه گرسنه بودند .احمد یکی از رستوران ها را انتخاب کرد البته اینها مثل یک رستوران های مدرن نبودند .

در سر در آنها نوشته بود هتل ، ولی یک مغازه کوچک بود که یک یا دوتا میز و صندلی بیرون کنار خیابان گذاشته و مردم زیادی در آنجا مشغول غذا خوردن بودند . غذاهای این هتل ها هم با بقیه فرق داشت ، کباب بره داشتند ، مرغ های کبابی و یک غذا هم با ران گوسفند و نان های مختلف، نانی که در درون آن سیب زمینی داشت و خیلی خوشمزه بود . با سرو صدای زیاد توی خیابان نشستند و غذا خوردند . برای ماهور خیلی جالب بود که از وقتی از چی پور باز گشته بودند، ارژنگ خیلی ساکت و کم حرف شده و سر خودش را بند می کرد که با آنها زیاد تماسی نداشته باشد .

بعد از خوردن نهار پیاده بطرف مقبره نظام الدین حرکت کردند ، در دو طرف خیابان باریکی که به آنجا ختم می شد ، دست فروشها روی گاری و یا روی زمین بساط چیده بودند ، همه چیز در آنجا یافت می شد ، لباس های مختلف ، عطر های گوناگون ، زیور آلات ، تزئینات ، هر کدام بطرفی می رفتند و شاید آخرین خرید های خود را انجام می دادند ، دختر ها باز هم زیور الات می خریدند .

صنوبر خیلی آرام بود ، شاید دوری ارژنگ را حمل بر اینکه واقعا نظری به او ندارد می کرد و سعی داشت که این عشق را در سینه خود بکشد . به کنار دستفروشی رسیدند که گلهای تازه بسیار زیبایی بهم دوخته و مثل رو میزی و یا رو تختی آویزان کرده بود ، همه با تعجب به آنها نگاه می کردند، ماهور گفت:

"شاید اینها روتختی عروس هستن ولی چرا اینجا می فروشن.؟"

فروشنده که توجه آنها را می دید بسوی آنها آمده و اقسام آن رو تختی ها که از گلهای تازه درست شده بود به آنها نشان می داد و پیشنهاد می داد که بخرند . احمد بسوی آنها آمد و توضیح داد:

"این ها روتختی نیستند ، مسلمانانی که مشکلی دارند نذر می کنند و از داخل مرقد حضرت نظام الدین گلی را بر می دارند، وقتی خداوند حاجت آنها را داد به اینجا باز می گردند و یکی از این ها می خرند و روی مرقد نظام الدین می کشند ."

برای آنها خیلی جالب بود که همه در ها به یک جا باز می شود و در همه دین ها مردم به یک قوه ما ورای طبیعه روی می آوردند . صنوبر خیلی دلش می خواست که یکی از این رو تختی های گل را بخرد و بداخل برده و بر مزار نظام الدین بکشد . اما خجالت می کشید .نکند همه فکر کنند که او برای رسیدن به عشق ارژنگ این کار را می کند !!؟ تور دور گردنش را بر روی سر کشید ، کفش هایش را در آورد و داخل عبادت گاه شد، بی احتیار یاد ایران افتاد!! او ده ساله بود وقتی ایران را ترک کرد ، حرم رفتن را خوب بخاطر می آورد ، چون همیشه شب های جمعه برای زیارت به شاه عبدل العزیز بهمراه مادر بزرگ می رفتند .

یک قبر دراز در وسط رواق بود و مردم در کنار آن زانو می زدند و سر بر مرقد گذاشته و دعا می کردند ، عده ای هم مشغول خواندن نماز بودند، صنوبر به کنار مرقد رفت ، زنی یکی از آن روی مرقدی های گلی را خریده و می خواست که روی مرقد بکشد ولی کمک لازم داشت به صنوبر به زبان خودش چیزی گفت ، که صنوبر نفهمید اما متوجه شد که او کمک می خواهد یک طرف رو تختی را گرفت وبطرف پائین کشید که ناگهان دستی طرف دیگر آنرا گرفت ،

صنوبر رویش را چرخاند که ببیند کی کمک می کند ، که چشمانش در چشمان ارژنگ گره خورد! انگار چشمش نم یک اشک را داشت .

به کمک هم سفره گلی را بر روی مرقد کشیدند، وای که در دل صنوبر چه می گذشت . او در دل آرزو کرده بود که یکی از این سفره ها را بخرد و حالا نه تنها او داشت سفره را روی قبر می انداخت بلکه طرف دیگر آنرا ارژنگ گرفته بود! چیزی که او در دلش از خدا خواسته بود . اشکهای او روان شد کنار قبر نشست و گریه کرد . نمی دانست چه از خدا بخواهد ، عشق ارژنگ و یا نفرت ارژنگ را ؟سرش را به قبر تکیه داده بود و اشک می ریخت . او تابحال دلش برای کسی نلرزیده بود !! او نمی دانست خواستن یعنی چی ؟ او برای دیدار کسی دقیقه شماری نکرده بود ؟ خدایا او که سرنوشت خودش را پذیرفته بود !! او که قبول کرده بود که به ایران برود و زن امیر هوشنگ شود ! خدایا این چه عشقی بود که در این روزها آخر در تقدیر او نوشته شده ! او چگونه از این عشق بگریزد که هر آن شعله های آنرا در چشم ارژنگ می بیند !!

ناگهان دستی شانه او را لمس کرد ، سرش را بلند نمود و ماهور را دید:

"اینجا چکار می کنی همه رفتن، من بیرون دنبالت می گشتم ، ارژنگ بهم گفت که توی حرم هستی !"

اولین بار بود که احساس می کرد ارژنگ از او می گریزد وگرنه ارژنگ کنار او بود!! وقتی رفت چرا به او چیزی نگفت !؟ بلند شد اشکهایش را پاک کردو همراه ماهور بیرون رفت . صدای ساز و آوازی شنیده می شد و مردم دور چیزی جمع شده بودند . ماهور و صنوبر هم به آن طرف رفتند ، بقیه را دیدند که آنجا ایستاده اند .

در روی زمین فرشی انداخته شده بود و چند جوان که لباس سفید برتن و جلیقه ای سیاه روی آن پوشیده بودند روی زمین نشسته و سازی شبیه پیانوی دستی جلوی یکی از آنها بود و بقیه هم طبله و دایره زنگی داشتند و شعری را می خواندند .ناگهان صنوبر احساس کرد که تمام شعر را می فهمد . جوانها می خواندند

علی سرور ،علی آدم

علی جنت ،علی طوبی

تو یی سرورم، تو یی صاحبم

گدای علی ابن ابو طالبم

علی آقا، علی مولا

علی خزر،علی مولا

علی حکمت ،علی داور

علی دارو ،علی درمان

علی نوح و علی کشتی

علی کعبه ،علی قبله

مظهر کبریا علی

دلبر مصطفی علی

رهبر اولیا علی

مست و قلندرم ،در بند حیدرم

مست و قلندرم ،در بند حیدرم

صنوبر آهسته به ماهور گفت :

" این ها فارسی میخونن یا من اینجوری می شنوم ؟"

ماهور جواب داد : "نه فارسیه ولی با لهجه میخونن "

آنقدر آنجا ماندند تا شعر آنها تمام شد و بعد بطرف اتوبوس براه افتادند. در راه احمد توضیح داد !!که این قوالی بود وبه زبان اردو، اردو زبانی است که مسلمان ها به آن صحبت می کنند ، در زمان حمله ایران به هندوستان این زبان در اردوگاه ها شکل گرفته و بعداً مغول ها آنرا زبان رسمی هند کردند . برای همه خیلی جالب بود که این شعر به زبان فارسی بود و آنها خیلی خوب می فهمیدند که آن جوانها چه می خوانند .

با اتوبوس به بازار رفتند تا آخرین خریدها را بکنند چون فردا روز بازگشت به آمریکا بود . در دل صنوبر و ارژنگ آتشی بر پا بود که نمی توانستند چگونه آنرا خاموش کنند . در دریایی دست و پا می زدند که ساحلی نداشت. ارژنگ تصمیم گرفته بود که تا می تواندخودش را از صنوبر دور نگه دارد. لااقل شاید اینطور می شد از هم جدا شوند بدون اینکه این عشق را به یکدیگر اعتراف کنند .

صنوبر یک دست لباس هندی را برداشت و بداخل فروشگاه رفت تا در آیینه آنرا ببیند که ناگهان صدای مهیبی برخاست ، انگار که زلزله شد، صنوبر برروی لباس ها افتاد ، برای چند لحظه بیهوش شد ، ناگهان با صدای کسی که فریاد می زد صنوبر ... صنوبر ... چشمهایش را گشود ، صدا از بیرون مغازه می آمد، صنوبر بلند شد انگار گوشهایش صداهای وحشتناکی را می شنید. فکر کرد که خیال می کند ، ولی صداها هر لحظه واضح تر می شدند، و صدای ارژنگ را می شنید که اسم او را فریاد میزند ،.

با عجله از مغازه خارج شد ، وای که در مقابل خود در طرف دیگر خیابان چی می دید !! در آن طرف بازار گوهی از آتش و دود سر به آسمان می کشید! فریاد و ضجه زنان و بچه ها را می شنید. ارژنگ را دید که آنطرف

خیابان و نزدیک آتش می دود، و فریاد می زد صنوبر ..صنوبر .. در کنار خیابان ماهور و بقیه را دید که ایستاده اند و گریه می کنند ، صنوبر بسوی آنها رفت وماهور او را دید و فریاد زد:"، ارژنگ ..ارژنگ صنوبر اینحاست"

ماهور او را بغل زده و گریه می کرد ، صنوبر هنوز نمی دانست که چه اتفاقی افتاده ، ارژنگ دوان دوان بسوی او آمد و ناگهان بدون اراده در مقابل چشم همه او را بغل کرد به سینه اش چسبانید و گریه می کرد. انگار صنوبر را دوباره یافته بود.، همه به آنها نگاه می کردند ، ارژنگ از نگرانی داشت دیوانه می شد ! فکر کرده بود که صنوبر آنطرف خیابان داخل مغازه ای که با بمب منفجر شد، بوده !!و از ذوق این که او سالم است او را محکم بغل کرده و گریه می کرد، ناگهان بخود آمد و فهمیدکه کار اشتباهی کرده و خودش را عقب کشید و با نگرانی گفت :

" کجا بودی تو دختر ؟ ما رو از ترس کشتی؟ "

صنوبر نگاهی به آنطرف خیابان کرد و پرسید:

"چی شده ؟ چه خبره؟ چرا مردم داد میزنند ؟ "

ناگهان فهمید که چه اتفاقی افتاده ! در طرف دیگر بازار بمبی منفجر شدبود.، دخترک خرد سال بیچاره ای سوار یک اسباب بازی خرس عروسکی شده و آنرا میچرخاند،که ناگهان در مقابل چشم همه خرس منفجر می شود و عده ای بیگناه مثل برگ درخت زخمی و مرده بر روی هم می ریزند . هنوز عده ای می دویدند ، صدای ماشین های پلیس و آتش نشانی از دور شنیده می شد ، مغازه ها تند تند می بستند ، عده ای مرد جوان زخمی ها را از زیر آوار آن مغازه بیرون می کشیدند ، واقعه ای بسیار بدی در مقابل چشم آنها اتفاق افتاده بود ، خرابکاران بمبی را در یک خرس اسباب بازی جا سازی کرده و دختر بچه ی بیگناهی برای آخرین بار در زندگیش با آن خرس بازی کرد و سپس قطعه قطعه شد .

چقدر دردناک بود دیدن این صحنه ، ولی واقعیت کشور های چند مذهبی چنین است ، و معلوم نیست که چه کسی، کی را می کشد ،!!؟آیا یک مسلمان آن بمب را در آن خرس عروسکی پنهان کرده بود تا هندو ها را مقصر نشان دهد؟ و یا بر عکس یک هندو ، هرکس که بود عده ای بیگناه را بی دلیل کشت! آنها که دست به چنین کارهایی میزند، انتقام چه را می گیرند ؟ آنها می خواهند قدرتمندی خودشان را به یک دولت نشان دهند؟

یا به عده ای زن و مرد و کودک بیگناه که برای خرید آمده بودند ؟این دومین حادثه وحشتناکی بود که آنها در این مدت کوتاه می دیدند،کشتن آن دختر بیچاره که معشوقه یک آقازاده هندی بود وجنازه اش را در خیابان دیدند و اکنون کشتن اینهمه مردم بیگناه!!آیا بگفته امیت دست قدرتمندان در این حادثه بمبگذاری بود!!؟

فروشگاه ها بستند، پلیس دورتا دور بازار را نوار زردی کشید و حکومت نظامی اعلام شد.

همه دور هم جمع شده و به سوی اتوبوس رفتند دیگر هیچکدام حوصله هیچ کاری را نداشتند ، آمبولانس ها رسیدند ، دنبال هر آمبولانسی عده ای توی سر زنان می دویدند ، بعد از آن انفجار حالی برای آنها باقی نمانده بود . دختر ها هنوز در داخل اتوبوس گریه می کردند . سفر هند آنها چه پایان غم انگیزی داشت ، به میهمانسرا بازگشتند،و هر کدام به اتاق خود رفتند حتی شام نخورده خوابیدند.شاید خاطره این بمب گذاری هرگز از یاد آنها نرود .

***

توی صف سوار شدن به هواپیما ایستاده بودند ، فرودگاه خیلی شلوغ بود و غیر از آنها چهارصد نفر دیگر باید سوار می شدند ، خیلی طول کشید تا نوبت به ماهور و صنوبر رسید ، پشت سر آنها هم عارف و سمندر و ارژنگ نفر آخر بود . او سعی می کرد که کنار صنوبر قرار نگیرد ،با کاری که دیروز کرد و بعد از انفجار صنوبر را در آغوش گرفت ، همه انتظار داشتند که او در کنار صنوبر بنشیند ، اما او هنوز هم نمی دانست که چه باید بکند!!؟هر چند که مطمئن بود با این بی توجهی قلب صنوبر را می شکند و با این کار قلب خودش را هم به آتش می کشد . ولی به این امید بود که صنوبر از او متنفّر شده و او را به فراموشی بسپارد .

بالاخره سوار هواپیما شدند، صندلی صنوبر کنار پنجره بود و بغل دست او ماهور نشست و نفر بعد سمندر بود . سمندر نگاهی به ارژنگ کرد شاید ارژنگ مایل باشد که کنار صنوبر بنشیند ولی ارژنگ با چشم و ابرو به او گفت که نه ..ارژنگ و عارف کنار گلبو و زیبا نشستند.

چیزی نگذشت که هواپیما پرواز کرد ، صنوبر کتابی از کیفش در آورد و مشغول خواندن شد با اینکه در دلش غوغایی بود ، و حتی یک کلمه از

کتاب را نمی فهمید،ولی تظاهر به خواندن می کرد .پس ازمدتی کتاب را کنار گذاشت و چشمهایش را بست ، یا خوابش برد و یا وانمود کرد که خوابیده. ماهور سخت دل نگران او بود ، نمی دانست چه اتفاقی افتاده که ارژنگ از صنوبر دوری می کند ؟ اما بنظر او هم این کار عاقلانه ای بود ، با شناختی که از خانواده صنوبر داشت مطمئن بود که این ، بهترین راه حل معمای این عشق است . اما برای پاکی و سادگی صنوبر دلش می سوخت ، چه می شد که او هم مثل بقیه دخترها اجازه انتخاب می داشت . با خودش می گفت کاش به آمدن صنوبر به این سفر پافشاری نمی کرد !! اکنون او با این دل شکسته باید روانه خانه بختی شود که هیچ از آن نمی داند.

ناگهان چراغ های داخل هواپیما خاموش و روشن شدند و هواپیما تکان های شدیدی خورد ، همه ترسیدند چه اتفاقی افتاده ، میهمانداران از همه خواستند تا کمر بند خود را ببندند، ناگهان صدای خلبان از بلندگو بگوش رسید که گفت:

"مسافرین عزیز این کاپیتان سورج است که با شما سخن می گوید بعلت نقص فنی هواپیما ، مجبور به فرود اجباری در فرودگاه تلاوی در اسرائیل هستیم جای هیچگونه نگرانی نیست ."

ناگهان صنوبر از جا پرید و بفارسی گفت:

"نه ..نه ما نباید بریم اسرائیل!! ما نمی تونیم بریم اسرائیل، ما رو می گیرند"

سمندر دستش را گرفت و سعی کرد او را آرام کند .

"نه صنوبر جان کاری به ما ندارن!! ما همه آمریکایی هستیم "

صنوبر با نگرانی گفت : "من پاسپورتم ایرونیه .. من تو کشور دشمن پیاده نمی شم ..اونا منو می گیرند "

عارف که تا کنون ساکت نشسته بود، ناگهان با ترس گفت : "گذرنامه منم ایرونیه صنوبر درست می گه ما نباید به کشوری که دشمن ماست وارد بشیم خطرناکه."

سر میهماندار بسوی آنها آمد و از آنها خواست که به روی صندلی هاشون بشینن ، ارژنگ بلند شد و گفت :

"شما نمی تونین توی اسرائیل بشینین آنها دشمن ما هستند ! ما ایرانی هستیم !! خوب یه کشور دیگه فرود بیایید مثلا لبنان، اونم که نزدیک اسرائیله چه فرق می کنه !"

میهمان دار جواب داد :" امکان نداره ما داریم فرود می آییم ، چرا باید آنها شما را دستگیر کنند !؟ شما که از ایران نمی آیید ، همتون هم پاسپورت آمریکایی دارین !"

ارژنگ فریاد زد :" این طور نیست ! دوتا از ما گذرنامه ایرانی دارن ، موساد از کنار این داستان آروم رد نمی شه "

میهمان دار توضیح داد که چاره دیگری ندارند و باید اینجا فرود بیایند، ولی مطمئن باشند که خلبان را در این مورد مطلع می کندکه چند نفر مسافر ایرانی دارند .

صنوبر گریه می کرد ، ارژنگ از سمندر خواست که روی صندلی او بنشیند ماهور هم نگران بود، ولی چون گذرنامه اش آمریکایی بود فکر می کرد که با او کاری ندارند . ارژنگ کنار صنوبر نشست و سعی بر آن داشت که او را آرام کند . دیگر برایش مهم نبود که چه اتفاقی خواهد افتاد فقط می خواست از نگرانی صنوبر بکاهد . صنوبر مثل بچه ها گریه می کرد . ارژنگ سر او را در آغوش گرفت و گفت :

"عزیزم نگران نباش هیچ کاری نمی تونن با ما بکنند !! ما که از ایران سوار نشدیم .. دنیا قانون داره .. شرکت هواپیمایی هندوستان نمی گذاره که برای ما مشکلی پیش بیاد .."

صنوبر مثل ابر بهاری گریه می کرد . دیگر بعد از این کاری که ارژنگ کرد، کاملا مشخص شد که او چقدر به صنوبر علاقه دارد . اصلا برای او مهم نبود که دیگران چه فکر می کنند ! الان فقط آرام شدن صنوبر مهم بود . سر او را به سینه گرفته بود و نوازش می کرد . صنوبر با اینکه در آغوش ارژنگ احساس امنیت می کرد، ولی این دلیل نمی شد که نگرانی او بر طرف شده باشد .

هواپیما فرود آمد و مسافرین پیاده شدند ، ولی ایرانی ها سر جای خود نشسته بودند . سر میهمان دار دوباره بسوی آنها آمد . ولی نتوانست این هشت نفر را راضی به پیاده شدن بکند و تا وقتی مسافر در هواپیما بود تیم

پشتیبانی فرودگاه برای تعمیر نقص فنی هواپیما شروع به کار نمی کردند . ارژنگ گفت:

"بچه ها همه با هم می ایستیم .. درسته که ما گذرنامه آمریکائی داریم ولی محل تولد ما رو ایران نوشتند . نباید صنوبر و عارف رو تنها بگذاریم ."

در این موقع خلبان بسوی آنها آمد و از آنها خواهش کرد که پیاده شوند و قول داد که تا همه مسافرین سوار نشده باشند او دوباره پرواز نخواهد کرد.

دیگر رابطه عشقی صنوبر و ارژنگ بر ملا شده بود.. او دست صنوبر را در دست گرفت و از هواپیما پیاده شد.. هنوز از اولین تونل رد نشده بودند که چند نفر کت و شلواری از یک تونل دیگر وارد شدند و راه را بر آنها بستند . انگلیسی را خیلی خوب حرف می زدند و از آنها گذرنامه هایشان را خواستند. همه با ترس و لرز گذرنامه ها را به آنها دادند، یکی از مردها نگاهی به همه گذرنامه ها کرد و سپس گذرنامه همه را بجز صنوبر و عارف پس داده و از آن دو خواست تا همراه آنها بروند . ارژنگ دست صنوبر را محکم گرفت و به مامور موساد گفت :

"این خانم، همسر منه هر کجا اونو ببرین منم میام "

همه به او نگاه کردند!! حتی صنوبر .. صنوبر نگاهی عاشقانه به او کرد. در دل گفت ،خدایا این مردیست که من باید عمری سرم را به روی شانه های محکم او بگذارم چون دستهای مردانه او مرا رها نمی کنند.

مرد جواب داد: "خوب اشکالی نداره شما هم همراه ما بیاین "

بقیه هم به پشت گرمی ارژنگ گفتند که ما از یکدیگر جدا نمی شویم و هر کجا اینها را ببرید ما هم می آیم ، و بدنبال آنها براه افتادند . درستش هم همین بود . صنوبر از ترس بخودش می لرزید ، اگر آنها بفهمند که عموی او وکیل مجلس است دیگر رها شدن از دست آنها امکان ندارد. می خواست آهسته این را به ارژنگ بگوید!! ولی ارژنگ با اشاره به او فهماند که هیچ حرف خصوصی نزند، شاید دوربین ها آنرا ضبط کنند .

آنها را به اتاقی بردند ، البته فقط ارژنگ ، صنوبر و عارف را ، بقیه پشت در همان اتاق کنار دیوار ایستادند و به سالن ترانزیت نرفتند . چند دقیقه بعد دو افسر پلیس و دو نفر مامور موساد وارد اتاق شدند . صنوبر بسختی

نفس می کشید، اگر بفهمند که عمویش مقامی در ایران دارد با او چه خواهند کرد! یکی از لباس شخصی ها که روبروی آنها نشسته بود ، نگاهی به پاسپورت صنوبر کرد و پرسید:

" خانم آخرین بار کی به ایران رفتی ؟"

صنوبر جواب داد :" از زمانی که به آمریکا رفته ام هرگز به ایران باز نگشتم."

مرد پرسید : "در آمریکا پناه جو هستی ؟"

صنوبر از ترس داشت بی هوش می شد و ارژنگ هم زیاد در این باره نمی دانست تا جواب دهد .

صنوبر گفت : "نه "

مرد پرسید : "چند ساله که آمریکا هستی ؟"

صنوبر پاسخ داد : "دوازده سال"

مرد پرسید :" پس چرا هنوز بعد از دوازده سال کارت سبز داری؟چطور به آمریکا رفتی ؟"

صنوبر با لکنت زبان جواب داد : "برادرم مرض قلبی داشت ، برای معالجه او به آمریکا رفتیم ، چندین سال ویزای پزشکی داشتیم تا پدرم توانست از طریق کار ، کارت سبز بگیرد . برای همین هنوز شهروند نشدیم ."

مرد دوباره پرسید : "پدرت توی ایران چکاره بود ؟"

صنوبر آب دهانش را قورت داد و گفت : "مهندس "

مرد پرسید : " مهندس نیروگاه اتمی بود؟

صنوبر با ترس جواب داد :"نه"

مرد دیگر پرسید : " پس کجا کار می کرد؟"

صنوبر جواب داد : "توی دانشگاه "

مرد پرسید :" کدوم دانشگاه ؟ دانشگاه ارتش یا سپاه؟"

صنوبر هر چه بیشتر می گذشت ترس بیشتری بر او غلبه می کرد ، جویده جویده گفت :" دانشگاه آزاد درس می داد "

مرد دیگر رو به عارف کرد و پرسید:

"تو چرا پاسپورت ایرانی داری؟"

عارف هم خیلی ترسیده بود و رنگ بر چهره نداشت . جواب داد:

"من از طریق قرعه کشی برنده کارت سبز شدم و هنوز پنچ سالم تمام نشده تا گذرنامه بگیریم ."

مرد از او پرسید : " در ایران ، سربازی رفتی؟"

عارف با ترس جواب داد : "بله"

مرد دوباره پرسید : "در ارتش بودی یا سپاه؟"

عارف خیلی ترسیده بود جواب داد :"در ارتش ."

مرد دیگر پرسید :" در زمان سربازی کجا ها رفتی ؟ سوریه ؟ یمن ؟ عراق ؟"

عارف جواب داد :" نه سربازی من در شمال ایران بود ."

مرد به چشمهای او نگاه کرد و پرسید:

" دقیقأدر شمال چکار می کردی ؟"

عارف گفت : "راننده بودم "

مرد پرسید : "در کدوم قسمت بودی ؟ در حراست کار می کردی ؟"

عارف لحظه به لحظه ترسش بیشتر می شد جواب داد :

" در بهداری کار می کردم .. هیچوقت به قسمت حراست نرفتم! اصلا نمی دونم کجا بود!"

ارژنگ از این همه اطلاعاتی که آنها داشتند و در باره اش سوال می پرسیدند

تعجب کرده بود !! انگار شب و روز ایران را روی تلوزیون می بینند! هر دو مرد اتاق را ترک کردند . صنوبر داشت سکته می کرد ، اگر بفهمند عموی او چکاره است او را رها نخواهند کرد !!.دوباره خواست این موضوع را به ارژنگ بگوید. ارژنگ وانمود کرد که می خواهد او را دلداری دهد سرش را بکنار گوش او برد و آهسته گفت :

"هیچی نگو ممکنه بشنون "

صنوبر سرش را روی شانه ارژنگ گذاشته بود و اشک می ریخت .چند لحظه بعد مرد دیگری وارد اتاق شد و روبروی آنها نشست و لبخندی زد و بفارسی روان که انگار زبان مادریش بود پرسید :

" خوب خانم چی داشتی به این آقا یواشکی می گفتی ؟"

صنوبر از ترس سرش رو پائین انداخته و زبانش بند آمده بود ، اگر آنها بفهمند که او در باره عمویش چه می خواست بگوید او را خواهند کشت!!.؟ و یا گروگان خواهند گرفت !!آب دهانش را قورت داد نمی دانست چه بگوید که ناگهان ارژنگ بصدا آمد و جواب داد:" خصوصی بود آقا "

مرد محکم دستش را روی میز کوبید و با صدای بلند فریادزد :" اینجا هیچی خصوصی نیست پشه هم بدون اجازه ما حق پرواز نداره ! چی می گفت ؟"

ارژنگ خیلی خونسرد گفت :" خانم من حامله است ، داشت به من می گفت که حالش بده !می ترسه از شدت ترس بچه رو از دست بده!! اینم باید می گفتیم ؟"

مرد نگاهی به صنوبر کرد و گفت :" یه ایرونی کمتر بهتر"

ارژنگ دستش را مشت کرد تا به صورت مرد بکوبد که صنوبر از زیر میز دستش را گرفت . مرد کمی سکوت کرد که عصبانیتش کمتر شود و ادامه داد:

"خوب حالا بهتره حرف بزنیم.. واقعا قصد شما از آمدن به اسرائیل چی بود؟

ارژنگ ناکهان با صدای بلند گفت :

" آمدیم حال شما رو بگیریم!!آقا می فهمین که چی می گین !! یه مو از بدن ما راضی نبود که به اسرائیل بیایم ! چرا اینو از خلبان نمی پرسین ؟"

مرد جواب داد : "چون خلبان هندیه ..ما به هندی ها کاری نداریم این شما ایرونی ها هستین که می گین اسرائیل باید نابود بشه !! توی خیابونها داد می زنید مرگ بر اسرائیل !!از کجا معلوم شما ایرونی ها هواپیما رو دست کاری نکردین تا خراب شه و اینجا فرود اضطراری کنه ! و نقشه ای رو برعلیه ما پیاده کنین ، راستشو بگین قصد شما چی بوده؟"

ارژنگ آنقدر عصبانی شده بود که دلش می خواست محکم بزند توی دهن مرد اسرائیلی، ولی سعی کرد که خودش را آرام نشان دهد و گفت:

"از لهجه فارسی حرف زدن شما کاملا پیداست که شما ایرونی هستین ، پس شما اینجا چکار می کنین ؟"

مرد ناگهان دستش را بلند کرد و چنان محکم زد توی صورت ارژنگ که سر او خورد روی میز و قطره های خون از دماغش به روی پیراهنش چکید
مرد با خونسردی دادمه داد : :

"اینو واسه این زدم که بدونی اینجا من سوال می پرسم و تو جواب می دی! حالا می گین که چطور سر از اسرائیل در آوردین ؟ قراره چه ماموریتی رو انجام بدین ؟ یا که به حرفتون بیارم!؟"

عارف که آرامتر بود سعی کرد که مرد عصبانی را آرام کند و گفت :

"آقا شما از سرپرست ما دکتر اسکات بپرسین!! ، ما یک تور دانشجویی هستیم که به هند رفته بودیم ، حالام داشتیم بر می گشتیم آمریکا!! می تونین از خلبان هم بپرسید !! بخدا آقا روح ما خبر نداشت که داریم میایم اسرائیل"

مرد نگاهی به او کرد و پرسید :

"زمانی که هند بودید کجا ها رفتین ؟"

عارف جواب داد :" طبق برنامه ای که تور داشت از چند شهر دیدن کردیم همین."

مرد دوباره پرسید:" با هیچ ایرانی یا فلسطینی تماس گرفتین؟ سفارت ایران چی ؟ اونجا هم رفتین؟"

عارف جواب داد :" آقا بخدا ما فقط جاییکه قرار بود بازدید کنیم می رفتیم اصلا توی این مدت با کسی تماس نداشتیم . بخدا ما بی گناه هستیم . اصلا نمی دونیم سفارت ایران کجا بود ؟" ما هیچ کاره ایم فقط گذرنامه ایرانی داریم همین ."

مرد نگاهی به ارژنگ کرد و با لحن تندی گفت : "تو که گذرنامه آمریکائی داری اینجا چکار می کنی برو بیرون "

ارژنگ محکم صنوبر را بغل کرد و گفت :

"این زن منه ، هرجا قراره اون باشه منم باید باشم . شما نمی تونین ما رو از هم جدا کنین ."

مرد نگاه تندی به او کرد و جواب داد :" اگر یک کلمه بیشتر حرف بزنی از اینجا بیرونت می کنم و کاری می کنم که دیگه چشمت زنتو نبینه فهمیدی یا بازم بگم."

بعد رو بطرف صنوبر کرد و پرسید : "اسم خانوادگی تو که با این آقا فرق داره ! چطور زن و شوهر هستین ؟"

ارژنگ به وسط حرف او دوید و گفت :"شما باید بهتر بدونین که در ایران ، زن نام خانوادگی پدرش رو حفظ می کنه ."

مرد دوباره نگاهی از روی عصبانیت به ارژنگ کرد :

" دارم از این خانم می پرسم !! تو چرا جواب می دی ؟ یه بار دیگه دخالت کنی بیرونت می کنم!! ولی در آمریکا این طور نیست و خانم شما باید نام خانوادگی شما را داشته باشه !"

ارژنگ جواب داد :" هر وقت شهروند آمریکا بشه اسم خانوادگی اوهم عوض می شه . اصلا شما به چه جرمی ما رو نگه داشتین ؟"

مرد دوباره عصبانی شد و فریاد زد :" بجرم جاسوسی برای حزب الله لبنان!! بجرم طرفداری از فلسطینی ها، بجرم ایرونی بودن !!بجرم ورود بدون اجازه به خاک اسرائیل!! بجرم اینکه توی خیابونها داد میزنین مرگ بر اسرائیل"

ارژنگ با عصبانیت فریاد زد :" ما مثل شما نیستیم که جاسوس بهر کجا

می فرستین ..یعنی واقعاً اینقدر از ایرانی ها می ترسین ؟؟پس اینهمه هارت و هورت کردن تون برای چیه ؟؟"

مرد بدون معطلی ناگهان مشتی به صورت ارژنگ کوبید ودوباره خون بر روی پیراهن ارژنگ ریخت ، مرد ادامه داد :

"یالله برو بیرون ! مردِکه بی ادب !! تو یکی رو من حتما اینجا نگه میدارم تا حساب بیاد دستت که چه جوری باید با یک مامور موساد حرف بزنی "

و دستش را بلند کرد تا دوباره ارژنگ را بزند، ارژنگ دست او را در هوا گرفت، که ناگهان در اتاق باز شد و رئیس فرودگاه ، خلبان و پروفسور اسکات وارد اتاق شدند .ارژنگ ، عارف و صنوبراز دیدن آنها خیلی خوشحال شدند ، پس هواپیما درست شده و آماده پرواز است و خلبان طبق قولی که به آنها داد برای بردن ایرانی ها آمده .از دیدن خون روی لباس ارژنگ و صورتش، خلبان و پروفسور اسکات خیلی تعجب و وحشت کردند !! چه اتفاقی در این اتاق افتاده ؟

مامور موساد با خونسردی از آنها پرسید که چرا به اینجا آمده اند ؟ رئیس فرودگاه که از کار مامور موساد عصبانی و شرمنده بنظر می رسید، به انگلیسی گفت :

" اینجا چه خبره !!! چرا اینو کتک زدی ؟"

مامور موساد اصلا از رئیس فرودگاه نترسید و جواب داد:" این یک بازجویی است خوب می شه برای بحرف آوردن ، متهم رو کتک هم زد !!.

رئیس فرودگاه انگار در مقابل پروفسور اسکات و خلبان کمی از این برخورد وحشیانه خجالت کشیده بود !!ادامه داد :

" ولی اینها متهم نیستند !!! مسافرند "و بعد به عبری چیزی به او گفت و دوباره به انگلیسی صحبت کرد و مدتی با هم حرف زدند، که همه می شنیدند .

مامور موساد اصلا از حرف رئیس فرودگاه ناراحت نشد و هیچ توضیحی برای اینکارش نداد. حتی می خواست که صنوبر و عارف را برای پرس و جوی بیشتر نگهدارد ،ولی خلبان اصرار می کرد و می گفت شما نمی توانید این کار را انجام دهید و تمام مسافر ها طبق قانون بین الملل باید به هواپیما باز

گردند وگرنه من پرواز نمی کنم!! او توضیح داد که ایرانی ها از پیاده شدن در اسرائیل می ترسیدند و التماس می کردند که در کشور دیگری فرود آیند، اگر آنها جاسوس بودند آنقدر التماس نمی کردند که پیاده نشوند.

مرد نگاه تندی به خلبان کرد و گفت : "از کجا معلوم که این ها هواپیما را دست کاری نکرده باشند که شما اینجا فرود بیایید؟ و آنها ماموریت خودشون رو انجام بدن"

خلبان با عصبانیت جواب داد: "هواپیما قبلا هم این نقص را داشته و ما مطمئن هستیم که کسی در آن دست نداشته ! من که گفتم اینها قصد پیاده شدن نداشتند ، و حالا با رفتار بد شما من می فهمم که حق با آنها بود"

مامور موساد که خیلی دلش می خواست که زهر چشمی از ایرانی ها بگیرد و دلش نمی خواست که آنها را به این مفتی رها کند ، بدون اعتنا به حرفهای خلبان به مامور پلیسی که در اتاق بود گفت:

"تلفن های همه ایرانی ها را بگیر"

خلبان با عصبانیت گفت : "چرا؟ با تلفن های اینها چکار دارید ؟"

مرد موسادی بدون توجه به حرف خلبان گفت : "هرکس در این فاصله با ایران و هر کجای دیگه تماس گرفته باشه و یا تلفنش روشن بوده ، و یا عکسی از اینجا گرفته باشه رو نگه میدارم"

در یک آن تلفن های همه را گرفتند ، خوشبختانه هیچکس در این مدت با هیچ کجا تماسی نگرفته بود . همه تلفن ها خاموش بودند . بعد از بازرسی تلفن ها و دانلود کردن هر اپلیکشنی که در تلفن ها بود، بالاخره اجازه پرواز داده شد و پاسپورت صنوبر و عارف را پس دادند . همه با عجله بسوی هواپیما می دویدند ، مثل اینکه از مرگ بازگشته اند .

بقیه مسافر ها همه سوار شده و منتظر آنها بودند . خلبان بلافاصله اجازه پرواز گرفت و پرواز نمود ، خلبان هم خیلی ترسیده بود و از اینکه در اسرائیل فرود آمده سخت پشیمان شده و با خودش می گفت ، حق با این ایرانی ها بود! ، که نمی خواستند پیاده شوند ، اگر این ها را آزاد نمی کردند چه می شد؟ هواپیما اوج گرفت و به زودی از آسمان اسرائیل خارج شد .

خلبان نفس عمیقی کشید و این خبر را در بلندگو گفت تا ایرانی ها آرام

شوند . صنوبر از خوشی دست به گردن ارژنگ انداخته و گریه می کرد. ایرانی ها و بقیه مسافرین که ساعات سختی را در اسرائیل گذرانده بودند شروع کردند به کف زدن برای خلبانی که با شجاعتش از بازداشت دو ایرانی در اسرائیل جلو گیری کرده بود. خلبان تصمیم گرفت که این موضوع را به مجمع هواپیمایی بین المللی گزارش دهد تا دگر بار با مسافرین که به اجباردر کشور دشمن پیاده می شوند چنین برخوردی رخ ندهد .

نیم ساعت بعد از مرکز موساد به مامورشان در فرودگاه خبر دادند که دختر ایرانی که گذرنامه ایرانی داشته ، برادر زاده وکیل مجلس معینی فرد خراسانی بوده ، البته در پاسپورت صنوبر اسم خانوادگی او فرد خراسانی نوشته شده بود ، مامور موساد از اینکه چنین طعمه ای را از دست داده خیلی ناراحت شد ، با عجله دستور داد که هواپیما را برگردانند ولی به او خبر دادند که هواپیما از آسمان اسرائیل خارج شده و مرغ از قفس پریده .

***

صنوبر آنقدر گریه کرده بود که نای نفس کشیدن نداشت . وقتی دوباره سوار شدند . خیلی راحت ارژنگ کنار صنوبر نشست ، برایش دیگر مهم نبود که چه پیش خواهد آمد ، اکنون صنوبرِ او ساعات بدی را در اضطراب گذرانده و احتیاج به آرامش داشت . صنوبر سرش را به شانه او تکیه داد و خوابید . شاید آرام ترین خواب زندگیش را می کرد

پس از آن همه جنگ اعصاب و وحشت از اینکه شناخته شود و دولت اسرائیل او را گروگان بگیرد ، حالا با آرامشی روبرو شده بود، دیگر نه به پدرش فکر می کرد و نه به ازدواج با پسر عمویش، او اکنون درآغوش عشق واقعی زندگیش به خوابی خوش و عاشقانه ای فرو رفته بود . همه مسافران در این دو سه ساعت در اضطراب بسر برده بودند ، مخصوصا مسافرین مسلمانی که در این پرواز بودند. چون در هند مسلمانان زیادی زندگی می کنند، و اکثر مسافرین هندی بودند، ولی خدا را شکر بخیر گذشت وبالاخره از اسرائیل پرواز کردند . همه را خواب در ربوده بود .

میهمانداران شروع به پذیرائی از مسافرین کردند ، تازه مسافرین فهمیدند که چقدر گرسنه هستند ، ولی از اضطراب گرسنگی را فراموش کرده بودند! چندین ساعت بود که چیزی نخورده بودند !! ارژنگ از صنوبر پرسید:

" تو که دختر قویی هستی چرا اینقدر ترسیده بودی؟"

صنوبر نگاهی به بیرون کرد و جواب داد:"خدا بلای بزرگی روا از سر من دور کرد ، عموی من توی ایرون وکیل مجلسه، اگه اونا این رو فهمیده بودند مگه به این آسونی منو ول می کردند !"

ارژنگ تازه می فهمیدکه صنوبر چرا اینقدر ترسیده و وحشت داشت، خدا را شکر که قبل از اینکه مامورین موساد این موضوع را بفهمند،آنها پرواز کردند، بعد ناگهان انگار مثل اینکه چیزی به فکرش رسیده باشد پرسید:

"این همون عموئیه که قراره تو عروسش بشی؟"

صنوبر سرش را بعلامت مثبت تکان داد . ارژنگ هرگز فکر نمی کرد که باید با یک آدم معروف و پشت و پناه داری بخاطر صنوبر بجنگد !! از لحظه ای که قرار شد هواپیما در اسرائیل بنشیند ، ارژنگ با خودش گفت دختری را که اینقدر دوست می دارم و مطمئن هستم که او هم مرا دوست دارد ، چرا بخاطر یک رقیب از دست بدهم . وقتی به آمریکا رسیدیم مثل همه مردم دنیا با پدر و مادرم به خواستگاری صنوبر می روم و کاری می کنم که پدرش از من خوشش بیاید و به این وصلت رضا دهد.

ولی اکنون می فهمید که این جنگ اینقدر ها هم آسان نیست ! حتما پدر صنوبر هم بخاطر موقعیت برادرش مجبور است که دخترش را به پسر او بدهد . حالا او نه تنها از یک رقیب می ترسید بلکه از یک رقیب پر قدرت که حتی ممکن بود برای او و خانواده اش در ایران دردسر درست کند می ترسید . خدایا وقتی گل عشقی را می آفرینی چرا آنقدر خار در اطراف آن جای می دهی که کندن آن اینقدر مشکل باشد ؟ خدایا چه می شد اگر صنوبر هم مثل بقیه این دخترها که همسفر او هستند آزاد بود و حق انتخاب داشت !! اما او بخاطروکیل بودن پدر امیر هوشنگ نباید که عشقش را قربانی کند ، او خواهد جنگید ، هیچوقت نباید نجنگیده تسلیم شود .

دوساعت بعد هواپیمای آنها در لندن نشست، وقتی پیاده شدند، فهمیدند که هواپیمای دوم آنها یک ساعت پیش پرواز کرده و آنها را جای گذاشته است . خلبان به آنها قول داد که با پرواز بعدی همه را به آمریکا خواهد فرستاد ، اما متاسفانه آنشب دیگر پروازی نبود و باید تا صبح در فرودگاه می ماندند . پروفسور اسکات خیلی سعی کرد که هتلی برای امشب آنها بگیرد ولی باید خودشان می پرداختند و شرکت هواپیمایی هند و فرودگاه لندن هیچ کمکی نمی کردند و هتل ها هم گران بودند. آنها باید شب را در

فرودگاه می خوابیدند و فردا صبح اگر پروازی باز بود آنها را به آمریکا ببرد هوای فرودگاه خیلی سرد بود ، صندلی ها از مسافر ها پرشده بود . آنها مجبور بودند روی زمین کنار هم بنشینند تا گرم شوند. کافه ها و رستوران های فرودگاه هم تعطیل بودند فقط قسمت بازار و فروشگاهایی که همه نوع جنس را می فروختند باز بودند که می شد بیسکویت و قهوه از آنها خرید .

آنشب برای صنوبر و ارژنگ با همه گرفتاری ها و مشکلات شب بسیارقشنگی بود ، شبی بود که می توانستند تا صبح حرف بزنند و از عشق بگویند ، دیگر نیازی به کلمه دوستت دارم نبود ، گاهی عشق آن چنان خودش را نشان می دهد که نیازی به گفتن نیست!!با کاری که ارژنگ در فرودگاه اسرائیل کرد و جلوی همه گفت که صنوبر زن اوست دیگر حرفی باقی نمی ماند که گفته شود ، دل آنها گفتنی ها را گفته بود.

صنوبر سرش را بردوش ارژنگ تکیه داد .. و زبان به سخن گشود تا درد نهانش را برای ارژنگ بگوید!! و از اول قصه مریضی برادرش را برای او می گفت و اینکه پدرش خود را مدیون برادرش می داند و جرات نه گفتن به او را ندارد . صنوبر با همه دلداری ها و حرفهای قشنگی که ارژنگ به او می زد می دانست که آن شب ، ساعات آخری است که او در کنار ارژنگ می گذراند و فردا قضا و قدر ، تقدیردیگری در لوحه عشق آنها خواهد نوشت. او مطمئن بود که پدرش هرگز با چنین عشقی موافقت نخواهد کرد و آنها چاره ای جز جدایی ندارند. تا صبح خواب به چشمان هیچکدام نیامد ، شاید این لحظات را می خواستند در یادشان جاودانه نمایند . ای کاش می شد سرنوشت را خود نوشت .

با باز شدن پیشخوان هواپیما ها ، آنها هم بلند شده و در صف طولانی ایستادند ، پرواز آنها با هواپیمایی دلتا بود ،ولی همه پرواز ها پر بودند بنا براین هر پروازی که جا می داد دوسه نفر را با آن می فرستادند . ارژنگ محکم دست صنوبر را گرفته بود که با هم پرواز کنند .از آن هواپیمای هندی ، چهارصد نفره ، حدود صد نفری مسافر آمریکا بودند که از پرواز جا ماندند و این کار بسیار دشواری بود که همه این مسافرین را به سرعت سوار کنند .

بالاخره بعد از ظهر بود که نوبت به آنها رسید ، پرواز مستقیم به لوس آنجلس نبود ، صنوبر و ارژنگ با یک پرواز به دالاس می رفتند ، شب باید

در هتلی که خط هوائی برایشان می گرفت می ماندند و روز بعد باید با یک پرواز به سانفرانسیسکو بروند و عصر آن روز به لوس آنجلس پرواز نمایند. آن دو با عجله از همه خداحافظی کرده و بسوی پرواز دالاس دویدند. هیچکدام از این تاخیر ناراضی نبودند ، چونکه قرار بود یک شبانه روز دیگر هم با هم باشند .

***

روز بعد در فرودگاه دالاس پیاده شدند ، چمدان های آنها اصلا معلوم نبود که به کجا رفته است !!؟ به آنها گفتند که نگران نباشند گم نخواهد شد به احتمال زیاد در فرودگاه لوس انجلس آنها را خواهند یافت و یا به آدرس آنها در لوس آنجلس فرستاده می شود . آنها رابه هتلی نزدیک فرودگاه بردند بعد از این که اتاق های خود را تحویل گرفتند دست در دست هم به تماشای شهر دالاس رفتند . انگار آنروز را از خدا قرض گرفته بودند ، که جزء عمرشان به حساب نیاید ، یک روز اضافی ، باهم و دور از چشم دیگران،در رویا قدم می زدند و از خدا می خواستند تا آنروز را پایانی نباشد!! با هم راز و نیاز می کردند، قول قرار می گذاشتند، ولی هر دو در یک بیم و امیدی بسر می بردند ، که حالا چه خواهد شد!! صنوبر نگرانیش را ابراز می کرد ، صنوبر در خودش این شهامت را نمی دیدکه در مقابل پدرش قد علم کرده و از او ارژنگ را گدائی کند!!

ارژنگ سعی بر آن داشت تا با حرفهایش صنوبر را قوی و آماده این جنگ نماید .ارژنگ اشکهای او را پاک می کرد و به او قول می داد که همین فردا که به لوس انجلس برسند ، با مادر و پدرش به خواستگاری او خواهد رفت. به او اطمینان می داد که کاری کند که پدر صنوبر او را به امیر هوشنگ ترجیح دهد، ارژنگ خوب می دانست که جنگ بزرگی در پیش رو دارندولی نمی خواست که صنوبر را بترساند و همه چیز را خیلی آسان می گرفت ، می گفت:

" صنوبر جان نترس عشق بزرگ و پاک ما بالاترین پشتوانه ماست !! پدر تو هم یک انسانه هر چند که مدیون برادرش باشه ، اما تو را خیلی بیشتر از برادرش دوست داره، تو پاره تنش هستی؟ ، ما با هم برنده خواهیم شد من با پدرم و مادرم به خونه شما خواهم آمد و قول خواهم داد که هر چه عموی توبرای صابر پرداخت کرده به او بپردازم و ترا از زیر بار این دّین بدر آورم "

قرار بر این گذاشتند که همان شب اول این موضوع را با خانواده هایشان در میان بگذارند و هر چه زودتر ارژنگ با پدرو مادرش به خواستگاری صنوبر برود . او مطمئن بود که اگر پدر صنوبر اجازه دهد که آنها به خواستگاری بروند، عقیده پدر صنوبر درباره ازدواج او عوض خواهد شد!پدرارژنگ در لوس آنجلس استاد دانشگاه و مرد بسیار محترمی بود وحتما می توانست که خانواده صنوبر را راضی کند ، ولی بقول صنوبر اگر پدر او اجازه برای خواستگاری رفتن به آنها بدهد!!

ارژنگ می گفت:"عزیز دلم خدائی که منو و تورو سر راه هم گذاشته پشتیبان این عشقه ، می دونی چقدر سعی کردم که از تو دور بشم ! ولی نشد!!حادثه اسرائیل برای من امتحان بزرگی بودکه بدونم چقدر تو رو دوست دارم، همه چیز درست می شه !! می دونی دلم چی می خواد؟"

صنوبر با لبخندی گفت "نه چی می خواد؟"

و ارژنگ ادامه داد:" دلم می خواد دوباره با تو هند رو ببینم !! دلم می خواد با هم بریم زیارت نطام الدین و یک پرده از گل بخریم و بر روی مزارش بکشیم !! دلم می خواد کنار تاج محل، معبد عشق یک عکس دوتائی بگیریم، تو سرتو بگذاری روی سینه من و به دوربین لبخند بزنی !! دلم می خواد که به شام غزل بریم و تو دوغ شنگولی بخوری و بعد برایم بخونی آدم یه روز دنیا میاد!! دلم می خواد با هم بریم توی آن معبدی که یه زن به تو تبرک داد و برات دعا کرد !! دلم می خواد دوباره بریم جی پور و سوار فیل بشیم .. دلم می خواد یک عروسی هندی بگیریم ؛ تو لباس قرمز بپوشی و منم لباس سفید و دور آتش مقدس بچرخیم!! نمی دونی که چقدر آنشب دلم می خواست دست ترو بگیرم و دور آتش بچرخیم!نمی دونیکه این سفر برای من چه دوزخی بود !!آخ که این سفر فقط برای من حسرت بود وبس!! وقتی توی بازار بمب منفجر شد و تو نبودی دیوونه شدم ، فکر اینکه تو توی اون مغازه باشی داشت منو می کشت ، می خواستم بدوم توی مغازه ولی پلیس نمی گذاشت ، وای که وقتی صدای ماهور را شنیدم که می گفت ارژنگ صنوبر اینجاست ، از شادی داشتم دیوانه می شدم ، می خواستم سرتا پایت رو ببوسم ، می خواستم ترو توی بغلم قایم کنم که دیگه هیچ جا تنها نری ..چه کار بدی کردیم که از هم فرار می کردیم ..زمان خوشی رو که ما می تونستیم با هم باشیم ولی از ترس بهدر دادیم!! همه چیزهائی که در این سفر دلم می خواست ولی می ترسیدم و انجام ندادم ! دوباره با هم بریم هند و همه این چیزها را با هم انجام بدیم بهت قول می دم برای ماه

عسل می برمت هند"

چشم های صنوبر را نم اشکی پوشانید ، آهی کشید..این اولین بار بود که بین آنها حرفهای عاشقانه رد و بدل می شد !! آنها انگار در این سفر مثل موش و گربه از هم فرار می کردند !! ای کاش ارژنگ این شهامتش را زودتر نشان می داد و آنها این دو هفته را عبث به غصه خوردن نمی گذراندند و گفت :

" ارژنگ تو می دونی که این رویاهایی که گفتی ممکنه هیچوقت به حقیقت تبدیل نشه!! ومنو از تو جدا کنن!!"

ارژنگ موهایش را بوسید و گفت :" عزیزم اگر قوی باشیم هیچکس نمیتونه مارو از هم جدا کنه !! توی عصر حجر که زندگی نمی کنیم !! من مطمئنم که بابات رضایت می ده !! وقتی بفهمه که من چقدر ترو دوست دارم"

***

به فرودگاه لوس آنجلس رسیدند و هواپیما به زمین نشست . صنوبر می دانست که دیگر همه آن عشق و عاشقی ها تمام خواهد شد ، او مطمئن بود که پدرش با این ازدواج موافقت نخواهد کرد . او در این سفر بارها با پدرو مادرش حرف زده بود ، حتی جریان فرود اجباری در اسرائیل را هم گفته بود!! ولی اسمی از ارژنگ و دوستی با او را نبرده بود ،چه رسد به عشق و عاشقی !!؟ او می دانست که لحظات پایانی این عشق فرا رسیده و با تمام امیدی که ارژنگ به او داده بود، احساس ضعف می کرد و می دانست که او نمی تواندد مقابل تصمیم پدرش حرفی بزند . وقتی از هواپیما خارج شدند ناگهان صنوبر خودش را در آغوش ارژنگ انداخت و بصدای بلند گریست او خوب می دانست که لحظه جدائی فرا رسیده و باید از هم جدا شوند!! ارژنگ او را نوازش می کرد و قول می داد که نمی گذارد آنها را از هم جدا کنند. ولی صنوبر انگار داشت با عشقش ، با زندگیش ، با ارژنگش وداع می کرد ، طوری که دیگر او ر ا نخواهد دید!!.

دست در دست هم از پله های فرودگاه پائین می آمدند که ناگهان صنوبرپدر و مادرش را دید ، تمام بدنش مثل بید می لرزید !! زبانش بند آمده بود انگار قلبش داشت از توی سینه اش پرواز می کرد!!می خواست که به ارژنگ بگوید که پدر و مادرش اینجا هستند ولی قدرت گفتن نداشت !! از چیزی که می ترسید بر سرش آمده بود !! !!خدایا چطور اینها به داخل سالن آمدند

حالا چه خواهد شد ؟ دستش را از دست ارژنگ بیرون کشید .

ولی دیگر دیر شده بود و پدرش آنچه را که نباید می دید و هرگز تصورش را هم نمی کرد دید!! صنوبر دست در دست مردی جوان در مقابل او ظاهرشده بود . شاید اگر در فرودگاه نبودند و مردم متوجه نمی شدند او یک سیلی بر گوش صنوبر می خواباند . او با چه اعتمادی صنوبر را به این سفر فرستاده بود، از لحظه ای که شنید صنوبر را در اسرائیل می خواستند دستگیر کنند و پرواز آنها عقب افتاده ، مثل درخت بید می لرزید ، نذر و نیاز می کرد که زودتر صنوبر به لوس انجلس برسد . دو شبی که پرواز او تاخیر داشت تا صبح نخوابیده بود . وقتی که به دالاس پرواز کرد به پدرش گفته بود با یکی از دوستانش است و تنها نیست !! ولی نگفته بود با یک پسر غریبه است!!؟ یعنی او بیست و چهار ساعت را با این جوان گذرانده؟ چطور صنوبر به این اعتمادخیانت کرده و مثل دخترهای آمریکایی دست در دست یک پسر غریبه از پله ها پائین می آمد ؟

رنگ از روی صنوبر پرید ، اخم پدرش را می دید ، بدنش می لرزید، اما دیگر دیر شده بود. صابر بسوی صنوبر دوید و او را در آغوش گرفت ارژنگ به صنوبر نگاه می کرد حتی فرصت خداحافظی هم نکردند ، مادر ارژنگ هم بسوی او دوید و او را در آغوش کشید ،تا ارژنگ بخود بیاید و ببیند که چه دارد اتفاق می افتند ! صنوبر غیب شده بود !! .

صنوبر همراه خانواده اش فرودگاه را ترک کرده بود . ارژنگ بدر فرودگاه نگاه می کرد !صنوبر را چطوربردند که او حتی نتوانست با او خدا حافظی کند!!؟ خدایا صنوبر او رفت و بهمراه خود همه ی رویاهای او را برد!!؟ نکندکه دیگر او را نبیند ؟ نکند که واقعا پدرش صنوبر را به او ندهد؟؟ به همین سادگی؟ صنوبر او رابردند؟ او تصمیم داشت که خودش را به پدر صنوبر معرفی کند و از او وقت برای خواستگاری بگیرد !! اما دیگر خیلی دیر شده بود !! انگار اینجا آخرین نقطه عشق آنها بود و صنوبر مثل پرنده ای در آسمان ابری پرواز کرد وگم شد.

***

صنوبر کنار مادرش در صندلی عقب نشسته بود ،پدرش که او را خیلی دوست می داشت و هرگز از او جدا نگشته بود، نه تنها او را بغل نکرد، بلکه حتی جواب سلام او را هم نداد!!بعد از این همه مدت او را می دید، اما

انگار نه انگار که او از سفر آمده ، و از دست موساد بسلامت گریخته است. اگر او را با ارژنگ ندیده بود!! الان پدرش هزار سوال در مورد اسرائیل از او می پرسید. ولی پدرش ساکت بود، خونش بجوش آمده بود ولی دم نمی زد و صنوبر از ترس بخودش می لرزید . مادرش هم خیلی نگران بود و انتظار یک طوفان را می کشید ،دستهای یخ و لرزان او را در دست گرفته بود !! دل توی دلش نبود. او خیلی دلش می خواست که از صنوبر بپرسد که آن پسر کی بود؟ چرا دست در دست هم می آمدند ؟ ولی از شوهرش می ترسید و تصمیم داشت وقتی به خانه رسیدند از صنوبر بپرسد. در سکوت می رفتند فقط صابر که زیاد نفهمیده بود جریان چیست با صنوبر حرف می زد و از هند می پرسید .

وقتی وارد گاراژ خانه شدند، صنوبر بسرعت پیاده شد وبه داخل خانه دوید، به اتاق خودش رفت . می دانست که باید منتظر یک طوفان باشد. او هرگز فکر نمی کرد که پدرو مادرش بداخل سالن آمده باشند! ولی این یک پرواز داخلی بود و آنها مستقیم به سالن مستقبلین رفته بودند . ماهره بلافاصله به اتاق صنوبر رفت و اولین چیزی که پرسید در مورد ارژنگ بود :

" صنوبر این مردیکه کی بود؟ چطور دست ترو گرفته بود؟ خجالت نکشیدی جلوی بابات دست در دست یه مرد غریبه آمدی ؟"

صنوبر خودش را روی تخت انداخته و گریه می کرد . چگونه این همه خاطره و دلدادگی را در چند جمله خلاصه کند . سینه او پر بود از آواز عشق و خواستن ، او به مادرش چه بگوید ؟ بگوید که ارژنگ چگونه در مقابل ماموران موساد ایستاد، کتک خورد! ولی از او دفاع کرد ، بگوید که او را اززیر دست و پای اسب نجات داد ! بگوید که او مثل هوا برای نفس کشیدن به ارژنگ احتیاج دارد . بگوید سینه او مالامال از عشق و خواستن ارژنگ است ، ولی آیا گوش شنوایی دراین خانه وجود داشت که به درد دل او گوش کند ؟ آیا این عشق پاکی که بین او و ارژنگ بود را کسی باور خواهد کرد ؟ در تمام مدتی که با هم تنها بودند ، ارژنگ به او نزدیک نشد ، فقط دست او را می فشرد و گاهی نوازشش می کرد .

ناگهان فریاد پدرش را شنید:

"ماهره همین امشب وسایل همه رو جمع کن فرداشب به ایران پرواز می کنیم ."

صنوبر ضجه می زد ، به مادرش التماس می کرد که دو سه روز صبر کنند، او می دانست که ارژنگ بزودی برای خواستگاری خواهد آمد، ارژنگ به او گفته بود که با پدر و مادرش با سبد گل و شیرینی به خواستگاری او می آید ، اما افسوس که این فقط یک رویای نافرجام بود ،او حتی نمی توانست ارژنگ را خبر کند که چه اتفاقی دارد می افتد . کاش می توانست به ماهور پیام بدهد ولی تلفنش را گرفته بودند و پدرش عصبانی تر از این بود که منطقی به این عشق نگاه کند . دختر و پسری جوان همسفر بودندو عاشق هم شدند، هزاران عشق اینگونه اتفاق افتاده است .

صالح احساس می کرد که صنوبر به اعتماد او خیانت کرده او نباید دوست پسر می گرفت !......این در قاموس خانواده آنها نبود . او می دانست که باید به ایران برود و زن پسر عمویش شود ، اگر هم از کسی خوشش آمده باید اول با مادرش در میان می گذاشت و بعد آن جوان به خواستگاری صنوبر می آمد، تا صالح فکر کند که چه به صلاح صنوبر است و دخترش را به کی بدهد ، نه اینکه ناگهان دست در دست پسری از پله ها پائین بیاید. پدرش تصمیم خودش را گرفته بود ، حتی اجازه نداد که صنوبر با او حرف بزند و همه چیز را توضیح دهد .

این عشق مثل خون در رگهای صنوبر جاری بود ، چگونه می تواندبا امیر هوشنگ ازدواج کند ، در حالی که بند بند سلول های او ارژنگ را فریاد میزنند، خدایا الان ارژنگ کجاست ؟ دلش می خواست که او ناگهان از در خانه بدرون بیاید و او را از پدرش خواستگاری کند!! اما این یک آرزوی محال بود.

پدرش بدون توجه به گریه های او و التماس های مادرش به آژانس هواپیمائی زنگ زد و برای هر چهار نفر بلیط گرفت . اوقبلا تصمیم داشت که بعد از تمام شدن سال تحصیلی به ایران بروند، ولی این رفتار صنوبر او را بی حد عصبانی کرده بود و می دانست که اگر صبر کند ، بالاخره این پسر عقیده صنوبر را عوض خواهد کرد ، بنابراین تصمیم گرفت که همین فردا بروند . تلفن صنوبر را هم از او گرفته بود ، هر چند که صنوبر حتی جرات این را هم نداشت که به ارژنگ تلفن کند. او مثل یک زندانی باید تا فردا که به ایران می رفتند ،در اتاقش بماند . ماهره به شوهرش التماس می کرد که بگذار سال تحصیلی بچه ها تمام شود!! ولی او می گفت مرغ یک پا دارد و فردا می رویم .

پدر صنوبر هرگز انتظار نداشت دختری که او تربیت کرده در عرض دو هفته چنین عوض شود که در مقابل او دست در دست پسری از هواپیما پیاده شود! به ماهره گفت که با عجله لوازم ضروری همه را در چمدان ها بگذار . او قبلا تصمیم داشت که برای اقوام ، سوغاتی بخرد ولی دیگر برای این حرفها خیلی دیر بود و آنها باید می رفتند . آنشب تا صبح صنوبر اشک ریخت ،التماس کرد که پدرش حاضر شود برای یکبار هم که شده ارژنگ را ببیند ، اگر از او خوشش نیامد هر چه پدرش بگوید او قبول خواهد کرد.

ولی پدرش بیش از اینها عصبانی بود ، صنوبربه اعتماد! او خیانت کرده بود، خوبی خودش را زیر سوال برده بود، این دختری نبود که او پرورش داده؟؟ صبح ماهره و صابر به بازار رفتند تا چند رقم از چیزهایی که لازم داشتند بخرند، شوهرش گفته بود که باید برای خودش و صنوبر چادر سیاه بگیرد . ماهره التماس می کرد که او چادر از کجا بخرد !؟ بالاخره به یکی از دوستانش زنگ زد و دوتا چادر سیاه از او به عاریت گرفت .

البته قبلا برای خودشان مانتو دوخته بود که در سفر ایران بپوشند ولی شوهرش اصرار می کرد که بخاطر خانواده برادرش و موقعیت شغلی او باید وقت ورود به ایران چادر سیاه به سر کنند ، برادر او یکی از ارکان حکومتی بود ، درست نبود که خانواده او بدون چادر وارد ایران شوند .

چون تلفن صنوبر را از او گرفته بودند او حتی نمی توانست به ماهور هم زنگ بزند ،آرزو می کرد به ارژنگ بگوید که چقدر او را دوست دارد ولی بایدتسلیم سرنوشت گردد.

ساعت دو بعد از ظهر سرویس فرودگاه دم درب خانه آنها ایستاد . صنوبر با چشمی پر از اشک سوار شد ، پدرش در این شبانه روز، حتی یک کلمه هم با او همکلام نشده بود ، و لحظه ای او را تنها نگذاشته بودند که با کسی تماس بگیرد . سرویس را پدرش دربست گرفته بود که زودتر به فرودگاه برسند . صنوبر وقتی از سرویس پیاده می شد ، چشم به اطراف می چرخانید که شاید معجزه ای شود و او کسی را ببیند که پیامی برای ارژنگ بفرستد . اما هیچکس نبود ، چند بار خواست از صابر بخواهد تا از تلفن او استفاده کند ولی ترسید که پدرش بیشتر عصبانی شود . با خودش می گفت تازه گیرم که به ارژنگ زنگ زدم ، او در این شرایط چکار می تواندبکند . معجزه که اتفاق نمی افتد فقط قلبش بیشتر می شکند .

خیلی زود سوار هواپیما شدند ، کنار پنجره نشست و اشک ریخت ، بیاد می آورد که همین دو هفته پیش چطور افتاد توی بغل ارژنگ و همه به او خندیدند ، آن سفر رویایی واقعا هم در زندگی او یک رویا بود و تمام شد و باید آنرا به باد فراموشی بسپارد .مادرش به او می گفت که اینقدر غصه نخورد شاید امیر هوشنگ آنقدر خوب و مهربان باشد که او عاشقش شود، مگر یک عشق دو هفته ای چقدر عمیق می تواندباشد؟ او بزودی این پسر را فراموش می کند . ناگهان فکری مثل یک نور قلب او را پر کرد ؛ اگر امیر هوشنگ او را نپسندد چه خوب می شود، او به آمریکا باز خواهد گشت ! اگر او این شهامت را داشته باشد که به امیرهوشنگ بگوید که عاشق مرد دیگریست چه خواهد شد ؟ آیا امیر هوشنگ از او خواهد گذشت ؟ و به عشق او احترام خواهد گذاشت؟

در رویا می دید که به آمریکا باز گشته و با ارژنگ در کنار دریا دست در دست هم قدم میزنند . کاش از هر لحظه آن سفر فیلم گرفته بود تا یاد و خاطره ارژنگ را در دلش زنده نگه بدارد .

مادرش می گفت هر دختری یک اولین عشق دارد! ولی هیچکس با اولین عشقش ازدواج نکرده و همه خوشبخت شده اند . صنوبر خودش را بخواب زده بود که دیگر در این مورد حرف نزنند ، بجز شماتت و تشویق او به فراموشی که کار دیگری نمی کردند .

فصل دوم

من آقازاده هستم..۱۴۱

روز بعد به دوبی رسیدند ، پروازشان به موقع رسیده بود و حالا تا پرواز بعدی شش ساعت وقت داشتند . وقتی از دالان هواپیما بیرون آمدند ، مرد جوانی که کت و شلوار مشکی شیکی برتن داشت به همراه زنی که مانتوی رنگی خیلی قشنگی پوشیده بود را دیدند که اسم آنها را روی یک تابلو نوشته و در دست داشتند!! خیلی تعجب کردند که اینها کی هستند ؟ صالح جلو رفت و خودش را معرفی نمود ، آن دو نفر خودشان را از کارمندان امیر هوشنگ معرفی کرده و مرد گفت:

" چون شش ساعت اینجا توقف دارید، ما شما را به هتل می بریم تا استراحت نمائید ."

ماهره با تعجب به آنها نگاه می کرد ، مگر امیر هوشنگ چکاره است که در دوبی کارمند دارد ؟ مرد کیف های کوچک آنها را گرفت و روی یک چرخ گذاشت و مرد دیگری آن چرخ را بسوی درب خروجی می برد، و بطرف بیرون فرودگاه رفتند .

دوبی هوا گرم و مرطوب بود . از فرودگاه که بیرون آمدند، بلافاصله یک لیموزین مشکی جلوی آنها توقف کرد و آن مرد که خودش را میثم معرفی کرده بود، درهای لیموزین را برای سوار شدن آنها گشود . میثم کنار راننده نشست و مریم زنی که همراه او بود در عقب لیموزین کنار آنها نشست تا از آنها پذیرائی کند . انواع نوشیدنی ها و میوه های تازه در یخچال لیموزین بود . صنوبر با خودش می گفت مگر امیر هوشنگ امیر دوبی است که چنین تشریفاتی برای آنها تدارک دیده ؟

پس از مدت کوتاهی به هتل بسیار مجللی رسیدند که دیدن هتل شاید یک روز وقت می خواست. بدون اینکه ثبت نام کنند مستقیم با آسانسور به طبقه بیست و هشتم رفتند . میثم در یک اتاق را باز کرد ، اتاق که نبود یک آپارتمان مجهز به سه اتاق خواب با استخر شنا،جکوزی، بار ، همه چیز داشت . صابر بلافاصله پرید توی استخر آب گرم وای که چقدر لذت می برد . میثم گفت :

"خواهش می کنم کمی استراحت بفرمائید ، بعد از خوردن غذا و کمی

استراحت به تماشای دوبی خواهیم رفت و سپس شما را به فرودگاه می رسانیم."

صابر از توی استخر می رفت توی جاکوزی و دوباره برمی گشت توی استخر. باورش نمی شد که اتاق آنها چنین باشد ، و مرتب فیلم و عکس می گرفت، و برای دوستانش در آمریکا می فرستاد.! صالح از میثم تشکر کرد و گفت ساعتی استراحت می کنند ، بعد برای خوردن غذا و گشتن شهر دوبی خواهند رفت . میثم کارتی از جیبش در آورد و روی میز گذاشت و گفت :

"من در سرسرای هتل می نشینم . هر وقت لازم بود در خدمت هستم ."

و اتاق را ترک کرد . ماهره نگاهی به شوهرش کرد و با تعجب از او پرسید :

"مگر امیر هوشنگ چکارس که توی دوبی حکم و هشم داره ؟"

صالح سرش را جنباند و جواب داد: "من نمی دونم.. فقط به من گفتن که تجارت خارجی می کنه ، ولی فکر نمی کردم که چنین دم و دستگاهی داشته باشه ! حالا بده که اینجوری ازتون پذیرائی می کنن؟"

ماهره سری جمبانید و جواب داد :" نه بد نیست ولی باید بدونیم که چکاره است یانه ؟"

صالح عصبانیتش کمتر شده بود، شاید کمی برای آزاری که به صنوبر داده و او را مجبور به آمدن کرده پشیمان بود، ولی با دیدن این تجمّلات ، بفکر فرو رفت که برادرم چنین ثروتی را از کجا آورده که امیر هوشنگ اینگونه بریز و بپاش می کند؟ در تصور او امیر هوشنگ پسر مودب، متواضع ، و نان حلال در آوری بود ، او چگونه توانسته با عمر کمش چنین دم و دستگاهی برای خودش درست کند که در دوبی کارمند داشته باشد .

ساعتی بعد تلفن اتاق به صدا در آمد و میثم گفت که در سالن غذا خوری منتظر آنهاست . وقتی به سالن غذا خوری وارد شدند . باور نمی کردند که آنچه می بینند واقعی باشد ، روی یک میز بلند انواع غذا ها و سالاد ها و پیش غذا ها چیده شده بود ، باضافه یک بره کوچک بریان که مقداری سبزی در دهانش داشت . ماهره فکر کرد که این میز شاید قیمتش از کل پولی که آنها برای بلیط داده بودند بیشتر باشد . صنوبر در شوک بود ، انگار پا به قلعه پری ها گذاشته باشد، با اینکه دلش خون گریه می کرد ولی مثل

شاهزاده خانم توی قصه ها از او پذیرایی می کردند . ماهره هر لحظه بیشترمی ترسید. دلش می خواست با شوهرش حرف بزند، ولی میثم آنجا بود و می شنید . او داشت به همه چیز مشکوک می شد . بعد از غذا دو باره سوار لیموزین شدند ،مریم هم کنار آنها نشست و به تماشای دوبی رفتند.

شهر دوبی بسیار دیدنی بود با برجهای شیشه ای بسیار بلند ، جزیره ای که ساخته دست انسان در وسط دریا بود ،به چند جای تاریخی رفتند و در رستورانی زیر دریا چایی و بستی خوردند ، میثم می گفت که امشب دوبی بمانند و با پرواز بعدی بروند ولی صالح اصرار کرد که به فرودگاه بازگردند . وقتی به فرودگاه رسیدند پرواز فقط منتظر آنها بود ، بیست دقیقه ای دیر کردند ولی میثم گفته بود که هواپیما بدون آنها پرواز نخواهد کرد!! .

وقتی سوار شدند ، میهمانداری که فارسی حرف می زد دم در ایستاده و منتظر آنها بود ، پس از سلام آنها را در قسمت درجه یک جای داد . صابر با تعجب گفت که جای ما اینجا نیست!! ولی مهماندار جواب داد هواپیما خالیست بفرمائید اینجا بنشینید .این بار ماهره کنار شوهرش نشست . صنوبر کمی آرام شده بود ، کاری از دستش بر نمی آمد . با برادرش صحبت می کردند . ماهره از شوهرش پرسید:

" تو که بدون هیچ قید و شرطی قبول کردی صنوبر را به امیر هوشنگ بدی!! از برادرت پرسیدی که امیر هوشنگ چکاره است ؟ این همه ثروت رو از کجا بدست آورده ؟"

صالح چشم غره ای به او رفت :

" فکر می کنی برادر من نون حروم میخوره ؟ خوب حتما امیر هوشنگ بخاطر تجارت های خارجی که داره ! در دوبی شعبه ای از شرکتش رو دایر کرده ! مگه بده دخترت مثل شاهزاده زندگی کنه !"

ماهره سری تکان داد و گفت : "هیچکس بدش نمی یاد دخترش خوشبخت بشه ! اما ما دوازده سال پیش که رفتیم آمریکا ، اون وقت برادرت چی داشت بجز یک خونه کلنگی توی تهران پارس!!؟که امیر هوشنگ دست مایه تجارت کنه و همچنین ثروتی بهم بزنه !؟"

صالح گفت : "تو هیچوقت قدردون حاج داداش نبودی ! نمی دونی اگه او نبود صابر رو از دست داده بودیم ! اون همه خرج برامون کرد ، تا من اجازه

کار بگیرم، خرج ما رو توی آمریکا می داد ، خوب آدم خیرخواه، خدا جواب شو می ده، این تعجب نداره !"

ماهره سرش رو تکان داد و دیگر چیزی نگفت ، ولی ته دلش قبول نمی کرد که در اوضاع الان ایران و تحریم هایی که دول مختلف بر ایران تحمیل می کنند ،کسی بتواند چنین داد و ستد های خارجی داشته باشد. نگران این بود که نکند بخاطر عصبانیت و قدر دانی از برادر ، صنوبر را در آتشی بیندازد که رهایی نداشته باشد .

صنوبر هم خوابیده بود ، اصلا دلش نمی خواست به چیزی فکر کند ، اگر به هندوستان نرفته و عاشق ارژنگ نشده بود ، شاید دیدن این همه بریز و بپاش و هتل درجه یک و لیموزین چشمش را می گرفت!! ولی الان آرزو داشت که این هواپیما بسوی آمریکا باز گردد و ارژنگ در فرودگاه انتظار او را بکشد!!وای چه شیرین بود اگر چنین می شد، اما افسوس!!!. گاهی فکر می کرد کاش موساد آنها را رها نمی کرد ، او و ارژنگ مدتی باهم آنجا می ماندند و وقتی باز می گشت ، پدرش از خوشحالی هر چه او می گفت قبول می کرد . ولی این هم رویایی بیش نبود و حقیقتی تلخ انتظار او را می کشید .

پس از مدتی به ایران رسیدند ، البته وقتی دوبی بودند ماهره و صنوبر مانتوی پوشیده و روسری بر سر کرده بودند . ولی وقتی هواپیما در تهران نشست ، ماهره از توی ساک دستیش چادر سیاه هایی را که از دوستش گرفته بود بیرون آورد ، یکی را خود بر سر کرد و کمک کرد تا صنوبر هم چادرش را بپوشد .چون در قسمت درجه یک نشسته بودند بلافاصله بلند شدند و بطرف درب خروجی براه افتادند، وقتی روی پلکان هواپیما رسیدند، سه ماشین شاسی بلند مشکی کنار پله های هواپیما دیدند .

پدر صنوبر از همان بالا برادرش و امیر هوشنگ را شناخت که در پائین پله ها انتظار آنها را می کشیدند، او بیقرار دیدار برادر بود و با عجله به پائین دوید و خودش را در آغوش برادرش انداخت . دوازده سال بود که آرزوی چنین روزی را کشیده بود . صنوبر به پائین نگاه کرد ، چند نفر کت و شلوارمشکی بر تن داشتن و کنار اتومبیل ها ایستاده بودند ، عمویش را شناخت و در کنار او جوانی را دید با قدی بلند ، خوش چهره که کت بلند مشکی تا بالای زانو پوشیده بود و پیراهن مشکی و سفید بسیار شیکی برتن و شلوار جین مشکی هم به پا داشت !! کنار عمویش ایستاده بود که پدرش

او را در آغوش گرفته و می بوسید و دو خانم بسیار شیک که مانتو هایی بسیار زیبائی بر تن و شالهای قشنگ بر سر انداخته و جلوی موهاشان دیده می شد هم کنار آنها ایستاده بودند .

ماهره باور نمی کرد که شوهرش آنها را مجبور به پوشیدن چادر سیاه کرده، آنوقت جاری او مثل یک ملکه لباس پوشیده . صنوبر با کمال تعجب به پائین نگاه می کرد مگر او قرار است زن شاهزاده ای شود که اینگونه از او استقبال می کنند !!؟ همانطور که با شک به آنها نگاه می کرد از پله ها پائین آمد. او بلد نبود که چادر برسر کند و دوسه پله مانده به پائین پله ها چادرش رفت زیر پایش و سکندری خورد و داشت به زمین می خورد که امیر هوشنگ بین زمین و هوا او را گرفت ، چادر از سرش افتاد و امیر هوشنگ صنوبر زیبا را دید!! صنوبر فورا چشمش را به پائین انداخت ، خدایا چرا باید همیشه او توی بغل یکی بیفتد ؟ سپس روی پای خودش ایستاد و چادرش را جمع و جور کرد و دوباره روی سرش انداخت . امیر هوشنگ با لبخندی قشنگ بسوی صالح آمد و با خنده گفت :

"عمو جون مگه فکر کردین دارین میرن عربستان سعودی که اینها باید چادر سر کنن؟"

پدرامیر هوشنگ هم خندید و گفت :" بابا صالح چرا این بیچاره ها رو توی چادر پیچیدی که دست و پاشون رو بگیره .."

زن عمو سعید و دخترش بسوی آنها آمدند و صنوبر را در آغوش گرفته و بوسیدند ، مادر امیر هوشنگ مرتب قربان صدقه صنوبر می رفت :

" به به چه عروسی ، به به انشالله به پای هم پیر شین ، امیر هوشنگ من خاطر خواه خیلی داره ولی هیچکس جای دختر عمو رو نمی گیره "

و پدر امیرهوشنگ به میان حرف همسرش رفت و گفت : "خانم این حرفها چیه !! عقد دختر عمو پسر عمو توی آسمون ها بسته شده "

پس از روبوسی ها امیر هوشنگ به عمویش گفت :"عموجان این چادر چیه سر عروس خوشکل من کردین ! طفلکی نمیتونه اونو جمع کنه !!و ادامه داد ..عزیز دلم این چه ریختیه خودتو کردی؟ حتما عمو جون گفته اینجوری بپوش وگرنه تو که اونجا حجاب نداری؟ داری؟"

صنوبر روسری خودش را درست کرد ، او را بخاطر اینکه دست ارژنگ را گرفته بود چنین تنبیه کردند و امیر هوشنگ جلوی چشم باباش قربان صدقه او می رفت و ابراز عشق می کرد و پدرش چیزی نمی گفت!!ابا لحن خیلی جدی و تقریبا عصبانی که چرا وقتی زن عموش و دخترش چادر بسر ندارند او باید چادر بپوشد!جواب داد:

"نه حجاب ندارم ، اما بابا گفت بخاطر موقعیت شغلی عمو باید چادرسیاه بپوشیم !! چه می دونستیم که عمو جون دیگه مومن نیست !"

پدرش چشم غره ای به او رفت ،ولی عمویش خندید و گفت : " این به مومنی ربطی نداره !!مگه من امام جمعه هستم که زن و بچه من باید چادر بپوشن نه عروس خوشگلم هر جور راحتی باش ."

امیر هوشنگ گفت :"عمو جان گذرنامه ها و بلیط ها رو بدین بچه ها برن چمدون هاتون رو تحویل بگیرند ."

تا آن موقع صالح نفهمیده بود که این ماشین ها برای استقبال آنها آمده اند و بقیه مردم باید سوار اتوبوس شده و به داخل سالن فرودگاه بروند. یعنی برادرش و امیر هوشنگ اینقدر با نفوذ هستند که با ماشین آمدند وسط پیست فرودگاه،؟جلوی پله های هواپیما ؟ صالح گذرنامه ها و بلیط ها را بدست یکی داد و بعد همگی سوار یکی از این ماشین های شاسی بلند شده و حرکت کردند. یعنی آنها حتی نباید به سالن گذرنامه می رفتند؟.. اینجا چه خبر است ؟ صابر از همه خوشحال تر بود چون مثل فیلم ها چیزهایی اتفاق می افتاد که او هرگز ندیده بود و نمی توانست باور کند، آهسته به صنوبر گفت :

"فکر کنم قراره زن یک شاهزاده بشی ها !! ببین چه خبره !"

امیر هوشنگ با لحن غرور آمیزی جواب داد :" صابر جان شاهزاده نه ... آقا زاده مگه تو نمی دونی که ما آقا زاده هستیم !"

صابر با خنده پرسید : "آقا زاده یعنی چی ؟"

امیر هوشنگ جواب داد :" شاهزاده یعنی بچه شاه و آقا زاده یعنی بچه آقا پدران ما که برای این آب و خاک زحمت کشیدن ، آقا هستن و ما آقا زاده هستیم! اگر پدران ما نبودن .. میدونی چی بر سر این مملکت می آمد؟

خوب لااقل جواب این همه فداکاری رو باید بگیرن یانه ؟ باید آقا باشن و ما آقا زاده باشیم یانه ؟"

صابر با تعجب به پدرش نگاه کرد با حیرت پرسید: "

"بابا واقعا ما مثل شاهزاده هستیم ؟ پس چرا در آمریکا از این چیزا نداریم؟"

عوض پدرش عموی او جواب داد که :

"پسرم اگه اینجا بمونید شما هم همه چیز دارید این که قابل شما رو نداره ! پدر تو هم سهمی از این انقلاب و جنگ داره ولی خودش نخواست و رفت آمریکا"

صنوبر اصلا به حرفهای آنها توجهی نداشت وغرق در تعجب بود ، مثل رئیس جمهور ها ماشین ها تا دم پله های هواپیما آمده اند به استقبال آنها!! حتی نباید از گمرک رد شوند، صنوبر با خودش فکر می کرد، اگر موساد فهمیده بود که چه کسی را دستگیر کرده شاید به این آسانی او را رها نمی کرد! و حتما چیز زیادی در عوض آزادی او از اینها می گرفت!! . هنوز در همین فکرها بود که به آن سوی فرودگاه رسیدند، راننده پیاده شد و درهای ماشین را برایشان باز کرد . آنها تعجب کردند که چرا باید پیاده شوند!!؟ مگر قرار نبود که یکی از کارمندان امیر هوشنگ مراحل گمرکی را انجام دهد!؟ آنها پیاده شدند و با کمال تعجب بسوی هواپیمای کوچکی که آنطرف تر پارک بود رفتند . صنوبر نفسش بند آمده بود ، یعنی امیر هوشنگ جت شخصی دارد ؟ چند ثانیه بعد پلکان جت باز شد و آنها یکی یکی بالا رفتند. وقتی نشستند امیر هوشنگ توضیح داد که مسافت اینجا تا فرودگاه مهر آباد را با جت می روندو بعد از آن را با ماشین خواهند رفت .

صنوبر اگر امید کمی داشت که شاید پدرش امیر هوشنگ را نپسندد !!ولی با دیدن این چیز ها مطمئن شد که دیگر نباید امیدی داشته باشد و بزودی او را به امیر هوشنگ خواهند داد . بیست دقیقه بعد در فرودگاه مهرآباد به زمین نشستند و اینجا هم یک ماشین شاسی بلند سیاه در انتظار آنها بود که آنها را به خانه عمو ببرد . صابر از این همه تشریفات خیلی خوشش آمده بود . او بچه بود و با این بازیچه ها گول می خورد، توی دلش می گفت کاش دوستان آمریکائی من می دیدند که من آقا زاده هستم و اینطور از ما استقبال می کنند . صالح به برادرش شکی نداشت و مطمئن بود که برادرش دست به تجارت بزرگی زده و این همه پول بدست آورده .

زن عمو و دخترش هم خیلی مهربان بودند ، امیر هوشنگ بدون خجالت و نگاه پوشی مرتب به صنوبر نگاه می کرد و او را مخاطب قرار می داد و حرفهای قشنگ می زد و خیلی خودمانی او را تو خطاب می کرد.

امیر هوشنگ می گفت که اگر چنین ناگهانی نیامده بودند ، او با این جت برای استقبال آنها به دوبی می رفت و امیدوار بود که کارمندانش در دوبی از آنها خوب پذیرایی کرده باشند . فقط ماهره بود که بوی عجیبی را اشتشمام می کرد ، مطمئن بود که این ثروت ، خدا دادی نیست !! مگر گنج قارون پیدا کرده اند که ناگهان چنین ثروتی بهم زده اند؟ آنها زن و شوهر در آمریکا جان می کنند هنوز نتوانستند یک خانه قسطی بخرند ، پول بلیط ها را با کارت اعتباری دادند ، حتی صابر هم کار می کند ، تا آنها زندگی کوچکی را در آنجا داشته باشند . او ساکت بود و حرفی برای گفتن نداشت ولی خیلی نگران بود ، که مبادا صالح گول این شکوه و جلال را بخورد و بدون پرس و جو صنوبر را در دامی بیاندازد که بیرون آوردنش محال باشد .

امیر هوشنگ جوان خوش قیافه ، شیک پوش و بگو بخندی بود ، بدون اینکه منتظر بماند تا یخ همه آب شود و با هم صمیمی شوند ،خیلی خودمانی با همه حرف می زد، نگاهی به صنوبر که حالا چادرش را برداشته و روسریش هم بدور گردنش افتاده بود کرد و گفت

"عمو صالح ، اگه می دونستم صنوبر اینقدر زیبا شده ، خودم با سر می آمدم آمریکا دنبالش "

بعد با لبخندی به صنوبر گفت :" صنوبر جون این همه زیبایی رو از کجا آوردی ؟ بابا وقتی تو رفتی آمریکا یه دختر زرزری بودی که دائما گریه می کردی ، یادته چقدر موهاتو می کشیدم ."

قلب صنوبر داشت از سینه اش بیرون می پرید ، مردی دارد به او ابراز عشق می کند ، ولی پدرش سکوت کرده ؟این مرد قرار است شوهر او شود،!!مطمئنا با این همه برو بیایی که نشان داد قلب پدر و مادرش را تسخیر کرده ، کی تا بحال با جت شخصی رفتن به استقبالش توی فرودگاه ای کاش ارژنگی در میان نبود ، به خودش و تقدیرش لعنت می کرد ، وقتی هند بود بعوض اینکه از لحظهِ لحظه آن با ارژنگ لذت ببرد ، دائما بیاد امیرهوشنگ می افتاد و سفر را زهرمارخودش کرد و حالا که چنین شاهانه از او استقبال می شود، عشق ارژنگ او را کور کرده بود تا از این همه ثروت

و اعیانی لذت نبرد ، خدایا چرا؟چرا او نباید هیچ کجا لذت نبرد و همیشه دلشوره ای او را زجر دهد!!؟

با خودش می گفت ، آن لحظه ای که ارژنگ دست او را محکم گرفت و به مامور موساد گفت این زن منه ! می شه خدا این حرف را قبول کرده باشه و صنوبر زن او باشه ؟

ای کاش وقت جدایی دست او را نمی گرفت که پدرش بفهمد ، اگر پدرش نفهمیده بود وبا این عجله به ایران نمی آمدند شاید جای امیدی بود که آنها با هم ازدواج کنند ، ولی حالا آیا پدرش چشم از این همه مال و منال بر میدارد و او را به کسی مثل خودش بدهد که باید از هفت صبح تا هفت شب کار کند ؟ ناگهان به این فکر افتاد که راستی امیر هوشنگ چکار می کند ؟ از لحظه ای که از پله های هواپیما پائین آمده بودند تا بحال صنوبربجز دو سه کلمه حرفی نزده بود . فقط می شنید و لبخند غم انگیزی می زد . امیر هوشنگ دوباره نگاهی به او کرد و با خنده گفت :

" عمو جان این صنوبر خانم شما بلده حرف بزنه !! یا زبونشه توی آمریکا جا گذاشته ؟ آخه ما صدای قشنگشو نشنیدیم ؟"

صنوبر می خواست داد بزند که دلش را ، عشقش را ، امیدش را،همه زندگیش را توی آمریکا جا گذاشته ، اما فقط اشکی چشمانش را پوشانید و رویش را بطرف پنجره کرد تا کسی اشکش را نبیند .

صالح غرق در دیدار برادر ؛پس از یک فراق طولانی و سخت سرگرم صحبت با او بود ، گاهی بر می گشت و به امیر هوشنگ نگاهی پر از غرور می کرد . امیر هوشنگ اسم عمویش را می آورد ولی در حقیقت با صنوبر حرف می زد ، ولی صنوبر غرق در غم خود بود و توجهی به او نمی کرد . گاهی وقتها صابر جواب او را می داد . ماهره نگاهی به کیف و کفش شنن(یک مارک گران تولیدی کیف و کفش) مادر و خواهر امیر هوشنگ کرد دست کم بیست میلیون قیمت داشتند.

امیر هوشنگ خیلی اجتماعی ، خوش قیافه ، شیک پوش و خوش صحبت بود، ولی دل آشفته صنوبر اینها را نمی دید ، و همه ی حواسش پیش ارژنگ بود ، مطمئن بود که ارژنگ بار ها به او زنگ زده ، و اکنون نگران اوست . پس از مشکلی که در اسرائیل بوجود آمد، تمام رودرباسی ها از بین رفت و آن بیست و چهار ساعتی را که تنها با ارژنگ گذراند ، به اندازه تمام عمرش

به او خوش گذشته بود . کاش در دالاس به ارژنگ می گفت دیگر به لوس انجلس باز نگردند ، و همان جا می رفتند دادگاه و عقد می کردند . راستی چرا به این فکر اینقدر دیر افتاد!!؟ اگر او قانونا عقد ارژنگ شده بود دیگرهیچکس نمی توانست او را مجبور به ایران آمدن بکند !

صنوبر اصلا حرفهای امیر هوشنگ را نمی شنید ، غرق در افکار خودش بود، چرا اینقدر مظلوم بود ؟ چرا در مقابل پدرش ایستادگی نکرد؟ چرا راهی ایران شد!!؟ همه ی این چرا ها به او هجوم آورده بودند . سرش را به پنجره ماشین تکیه داده بود و در دل آشوبش اشک می ریخت .

پس از مدتی ماشین به یک خیابان پر از درخت پیچید و در مقابل یک درب بسیار بزرگ که از فلز مشکی و طلائی ساخته شده بود که سردرش قوسی داشت از رنگ طلا و یک طاووس زیبا پر گشاده بود که به زیبایی این در می افزود،،آنقدر این در زیبا و با ابهت بود که بیش از آنکه شبیه در خانه باشد شبیه دروازه یک قصر بود . این در با عظمت باز شد و وارد خیابانی که در دو طرفش درخت کاری قشنگی بود و چراغ های فراوان که آنجا را مثل روز روشن می کرد شدند .

پس از چند دقیقه در جلوی یک عمارت که ستون ها و پنجره های طلائی داشت و دقیقا مثل یک قصر بود ، ماشین نگه داشت و آنها پیاده شدند خانواده صنوبر در مقابل این همه عظمت مات ایستاده بودند ، درب ورودی عمارت هم به رنگ در باغ بود و همان طرح را داشت. دو پیشخدمت زن که یونیفرم بتن داشتند در جلوی در به استقبال آنها آمده بودند .

صالح با تعجب به این قصر نگاه می کرد و با خودش می گفت که داداش چقدر حقوق می گیرد که چنین قصری را ساخته !؟ صنوبر آنقدر درگیر افکارش بود که به این چیز ها فکر نمی کرد، ولی ماهره لحظه به لحظه بر اضطرابش افزوده می شد . مگر در عرض این دوازده سال چه اتفاقی افتاده که اینها اینقدر ثروتمند شده اند ؟ صابر هم که نوجوان بود غرق در این همه تجملات گشته و از ابتدا که در فرودگاه با ماشین برای استقبال به دم هواپیما آمده بودند تا لحظه ورود به این قصر را عکس و فیلم می گرفت دلش می خواست وقتی به آمریکا بازگشت به دوستانش نشان دهد که چقدر خاندان آنها در ایران ثروتمند هستند و اورا چون یک شاهزاده وارد ایران کرده اند.

وارد خانه شدند ،به هال بزرگی که مبلمان طلائی و مشکی بسیار زیبای ایتالیائی چیده شده و فرشهای گران قیمت ایرانی هم روی زمین پهن بودند رسیدند. سپس چشم آنها به پله هایی که از دو طرف گرد می شد و نرده طلائی و مشکی داشت که به طبقه بالا می رفت افتاد. پیشخدمت ها وسایل آنها را با آسانسور به طبقه بالا بردند و از آنها دعوت کردند که در هال بنشینند تا از آنها پذیرائی شود .

صنوبر خستگی راه را بهانه کرد و به اتاقی که برایش در نظر گرفته بودند رفت تا استراحت کند . به تنها چیزی که فکر نمی کرد ثروت عمو و امیرهوشنگ بود . غرق در افکارش بود دلش می خواست لااقل می توانست با ماهور حرف بزند . مطمئن بود که همه نگران او هستند . او بعد از جدا شدن از ماهور در فرودگاه لندن دیگر با او حرف نزده بود . خوب می دانست که دیگر برای پشیمانی خیلی دیر شده و او دسترسی به ارژنگ نخواهد داشت روی تخت دراز کشید و بزودی خوابش برد .

***

در سالن پائین همگی نشسته بودند . ماهره محو تماشای این عمارت بود و در این فکر که چگونه از کار آنها سر در بیاورد ؟ او در مورد آقا زاده ها و راه رسم میلیادر شدن آنها در صفحات مجازی زیاد خوانده بود ، ولی با شناختی که از برادر شوهرش داشت ،باور نمی کرد کار غیر قانونی کند و ثروت حرام جمع کرده باشد!!؟. صابر از گوشه و کنار عکس می گرفت فقط صالح بود که بدون اینکه به این چیزها فکر کند غرق درلذت دیدن برادر بود . سبحان برادر دیگر آنها و مادرشان به اینجا نیامده بودند . سعید گفت که سبحان بخاطر بیماری ریوی که در جنگ گرفته و هوای آلوده تهران،زیاد از خانه بیرون نمی رود و در همان خانه پدری آنها زندگی می کند و مادر هم کنار او مانده و فردا به دیدن آنها خواهند رفت .

ماهره فکر می کرد چطور امکان دارد که یک برادر اینقدر در رفاه باشد و دیگری در خانه قدیمی در پائین شهر زندگی کند ؟ اما می ترسید چیزی بپرسد . حتما برای دیدن او خواهند رفت وخودش توضیح خواهد داد .

بالاخره حرفهای صالح و برادرش تمام شد . صالح رویش را به طرف امیر هوشنگ کرد و پرسید :

" خوب هوشنگ جان، از خودت بگو، تو چکار می کنی ؟

امیر هوشنگ پایش را روی پای دیگر انداخت ومغرورانه جواب داد :

"با اجازه شما عمو جون در چندین شرکت داروسازی ، قطعات ماشین و سرامیک سازی ، سهم دارم ، یک شرکت وارد کننده ماشین های آلمانی هم دارم که خدا رو شکر خوب می چرخه ، البته با کمک پدر جون و نظر لطف او ، جدیدا هم در یک هتل در دوبی سرمایه گذاری کردم . همون هتلی که تشریف بردین ! که درآمدی هم به ارز خارجی داشته باشم که احتیاجی به خرید دلار نباشه و اگر آن هتل خوب کار کنه در صدد خرید سهام از یک بانک در دوبی هستم ."

صالح دهانش باز مانده بود ، مگر می شود یک جوان بیست و هشت ساله این چنین رشدی کرده باشد؟ با خودش می گفت دیگر صنوبر چه از خدا می خواهد ؟ شوهر جوان ، خوش تیپ ، و ثروتمند و فعال ، که با این سن کم توانسته این همه فعالیت مالی داشته باشد که می خواهد بانک بخرد ؟ خدا خواسته که اینها بیاد صنوبر افتاده اند .

صالح با قیافه ای خوشحال گفت :

" ماشالله پسرم چقدر زود ترقی کردی واقعا بارک الله "

ماهره ساکت بود و به حرفهای شوهرش و امیر هوشنگ گوش می کرد ، او ترجیح داد بود که شوهرش سوال و جواب کند، ولی احساس می کرد که صالح از جواب های امیر هوشنگ خیلی راضی و خوشحال بنظر میرسد . بنابر این وارد این گفتگو شد و پرسید :

"امیر جان ، بعد ادامه داد.. من هنوز هم به همون رسم بچگی ، ترو امیر صدا میزنم ، امیر هوشنگ جون خدا رو شکر که اینقدر موفق هستی بهت تبریک می گم!! ولی یه سوال دارم که البته نمی خوام فضولی کنم ولی برام جالبه که بدونم... "

امیر هوشنگ با قیافه ای خندان و خیلی متکی به نفس جواب داد :
"بفرمائین زن عمو جون ! شما صاحب اختیارین"

ماهره هر چند که از صالح می ترسید که بعدا عصبانی شود ولی دانستن جواب این سوال به عصبانی شدن او می ارزید چون زندگی دخترش مطرح بود و باید خیلی چیزها را می فهمیدپرسید :

"ببخشید برام جالبه که بدونم ،سرمایه اولیه رو از کجا آوردی؟ چطور بفکر تجارت افتادی !! فکر کنم قصد داشتی به دانشگاه بری و رشته فیزیک اتمی بخونی !"

امیر هوشنگ لبخندی زد و جواب داد : "البته زن عمو جون دانشگاه هم رفتم ،درسم رو هم خوندم ، و لیسانس گرفتم ! ولی بعد ترجیح دادم که بکار تجارت بپردازم ، یعنی اصلا کار نکنم ، دیگران کار کنن و من سودشو ببرم !یعنی با مقامی که پدر دارن شایسته بود که من برم معلم بشم و پای تخته سیاه گچ بخورم !؟! بنا براین تصمیم گرفتم مثل آقا زاده های دیگه منم تجارت کنم !! با سرمایه خوبی هم شروع کردم. پدر در قدیم ها تکه زمینی خریده بود و همینطور انداخته بود یک طرف، که تصادفا نزدیک آنجا یک آدم خیرخواه پیدا شد وکلنگ یک دانشگاه آزاد رو زد ، خوب در این صورت دور ور آن هم باید شهر می شد، آب و برق آنجا هم وصل شد و تبدیل به شهری گشت ، منم با یک سرمایه دار شریک شدم ، زمین از ما و ساختن از او، صد و پنجاه آپارتمان زدیم با یک مرکز خرید و بعد زیر بنا فروختیم و جای دیگری رو خریدیم ، خلاصه بعد از سه سال من کمپانی ماشین های آلمانی رو زدم و بابا هم تعرفه ورود اونو گرفت و افتادیم روی چرخک موفقیت . و خدا رو شکر روز به روز بیشتر و بیشتر شد ،"

صالح به فکر فرو رفت ، کی سعید زمین خریده بود ؟ یادش نمی آمد!! شاید این زمینی بود که در سالها ی جنگ پدر آنها خریده بود! آیا به اسم سعید خریده بوده ؟ یعنی سعید بدون مشورت با او این زمین را فروخته ؟ بی اراده پرسید :

"داداش سعید تو کی زمین خریدی ؟ این همون زمینیه که حاجی از یک همسایه خرید که خیلی محتاج بود ! و باید می فروخت . بنظرم زمین خیلی بزرگی بود ؟"

سعید جواب داد :" بله داداش همونه ! وقتی مش غلامرضای خدا بیامرز توی حجره پیش حاجی آمد منم آنجا بودم از جبهه برگشته بودم، و پانصد تومن هم پس انداز داشتم، زمین قیمتش هزار و پانصد تومن بود ، حاجی سند رو به اسم من زد، یعنی یک سوم زمین مال من بود و دوسوم مال حاجی که از آن دوسوم هم باز یک سوم سهم من بود و تو سبحان هر کدام یک سوم می بردین که پول سبحان رو به خودش دادم سهم ترو هم برات خورده خورده فرستادم . "

صالح خاموش شد ،و بفکر فرو رفت.. خوب راست می گوید ، در این مدت او با قیمت متغییر دلار خیلی برای او پول فرستاده . ولی او فکر می کرد که او از خودش این پولها را می فرستد ! نه از سهم ارث پدری!! و بعد با خود گفت وقتی که ما مجبور بودیم برویم! آنوقت که پول زمینی در کار نبود و سعید از جیب خودش به ما کمک کرد ، پس باید به حرفهای او اعتماد کنم خوب او سهم خودش را به پسرش داده و این پول بزرگ شده ، شاید اگر صالح هم ایران می بود او هم می توانست شریک امیر هوشنگ شود و حالا یک مرد ثروتمند بود . ولی بخاطر صابر او نمی توانست در ایران زندگی کند که اگر مانده بود شاید سهم او هم چنین زیاد می شد . ماهره این داستان را باور نمی کرد که این همه ثروت از فروش یک تیکه زمین به وجود آمده باشد؟ چرا وقتی زمین را فروختند به آنها خبر ندادند!! ولی بیش از این نمی توانست سوال بکند.

او ناگهان بفکر دختر کوچک آنها افتاد ، آنها دختری داشتند که چند سال از صابر بزرگتر بود . رویش را به زری خانم کرد و پرسید :

" زری جون دختر کوچکه شما کو ؟ "

تا زری خواست حرف بزند ! امیر بانو دختر دیگر سعید به میان حرف مادرش پرید و گفت :"نرگس رو می گین زن عمو؟ اون دیگه خودشو از ما نمی دونه سخت حزب الهی شده رفته قم آخوند بشه!!"

صالح و ماهره از جواب او وا رفتند ، وقتی قیافه متعجب آنها را دیدند ! سعید سکوت را شکست و گفت:

" زن داداش ، نرگس با اینا فرق می کنه ! مومن شده ! رفته قم و دانشگاه الهیات قبول شده ،کمتر به سراغ ما میاد .. توی خوابگاه دخترونه است ! من می خواستم واسش یه خونه بخرم ولی قبول نکرد ترجیح داد مثل بقیه دانشجو ها باشه ...اونم اون جوری خوشه .. ما هم کاریش نداریم این جوری دوست داره دیگه!"

ماهره خیلی تعجب کرد !! چگونه ممکن است دختری از چنین خانواده ای بفکر خدمتکار خدا شدن بیفتتد !! کاش می شد او را دید حتما خیلی چیزها را می فهمید ! دوباره پرسید:

"یعنی ما اونو نمی بینیم !! دانشگاه قبول شده !! به گره دیگه که نرفته؟ قم

هم تا اینجا دوساعت راهه خوب می تونه واسه دیدن ما یه بار بیاد دیگه !! من از بچگی خیلی دوستش داشتم !! همبازی صابر بود ."

سعید و خانمش دلشان نمی خواست که در این مورد بیشتر حرفی زده شود ولی ماهره خیلی کنجکاو شده بود که بداند که چرا نرگس ترک یار و دیار کرده !! دوباره پرسید:

"حالا برای دیدن ما هم نمیاد !!؟ پس ما بریم اونو ببینیم ! ما که این همه راه رو آمدیم ! خوب تا قم هم می ریم !"

امیر بانو با قیافه ای که تکبر از آن می بارید گفت : "زن عمو جون اون خیلی عوض شده ! با چادر و مقنعه همه جا می ره، اینجام نمیاد ! فقط گاهی وقت ها بدیدن مادر جون می ره!!"

سعید رشته کلام را بدست گرفت و ادامه داد :" نه اینجوری هم نیست ! خوب یه وقت بین خواهر ها بگو مگو می شه !! قرار نیست همه مثل هم باشن اون مارو خیلی هم دوست داره اما خوب دنیا رو توی عاقبت می بینه !!

ماهره با تعجب به سعید خیره شد ! دنیا را توی عاقبت می بینه یعنی چه!!؟ یعنی سعید و خانواده اش دنبال دنیا و خوشگذرانی دنیوی هستند و کاری به عاقبت ندارند !!؟ یعنی اینها این دینا را به بهای آن دنیا خریده اند تا جائی که دختر خودشان هم آنها را ترک کرده !! اما احساس کرد که انگار سعید دوست ندارد که این بحث ادامه یابد.

پس از مدتی خواب به آنها غلبه کرد و به اتاق های خود برای خواب رفتند. وقتی ماهره و صالح تنها شدند ، ماهره نگاهی به صالح کرد و گفت :

"تو که باور نمی کنی اینا از فروش آن زمین این مال و اموال رو بدست آوردن؟ می کنی ؟"

صالح چشم غره ای به او رفت و گفت : "می خوای بگی برادر من از راه فساد نون میخوره ؟ من مثل پیغمبر به او اعتماد دارم ! و به امیر هوشنگ هم همینطور ! توقع نداشته باش که به آنها شک کنم ! صنوبر بهترین شانس زندگی شو آورده که اینها اونو خواستگاری کردند ، مثل ملکه ها زندگی خواهد کرد ."

ماهره سرش را تکان داد و گفت : "ولی با یه قلب شکسته ! که هیچوقت رنگ خوشی رو نمی بینه.. ، طفلکم دلش خونه !"

صالح جواب داد :" چشمش کور!! بهش آزادی دادم قدرشو ندونست با دوست پسر برام برگشت . همینه که هست ! از این بهتر چی می خواد، برگرده آمریکا روز شب کار کنه تا کرایه خونه بده ، ده روز دیگه همه چی یادش می ره یه سال بعد خوشبخت ترین دختر روی زمینه .

ماهره توی چشمهای صالح نگاه کرد و گفت :" نگو که آنها رو مثل خودت مومن می دونی! بچه های تو توی آمریکا بزرگ شدند هیچوقت دست از پا خطا نکردن ! اونوقت اینا تو ایرون ببین چطوری لباس می پوشن !! اگه اینا واقعا مومن هستن چرا نرگس ، دختر خودشون آونا رو ترک کرده !! مگه اینا چکار می کنن که بنظر نرگس حرامه؟ لباس پوشیدن امیر بانو رو با صنوبر مقایسه کن!! اگر امیر بانو آمریکا بود چه می پوشید؟ !! مرد چشاتو باز کن و حقیقت رو ببین "

صالح بی اعتنا به حرفهای ماهره چشم هایش را بست و بخواب رفت ! او مطمئن بود که برادرش راه خطایی نه رفته و نه می رود .

***

صبح دور میز برای صبحانه نشسته بودند و از هر دری حرف می زدند. خانواده سعید اصلا فکر نمی کردند که باید یک مراسم خواستگاری و بله برون انجام شود . برای آنها صنوبر نامزد امیر هوشنگ بود و فقط درموردبرنامه های عقد کنان و عروسی حرف می زدند . صالح گفت :

"قبل از همه چیز ما باید بدیدن مادر و سبحان بریم ، بعد در باره این موارد صحبت می کنیم . البته خود دختر پسر هم باید با هم حرف بزنند!! یک قول و قرار بیست سال پیش که نمی تونه، مسند یک زندگی باشه !

امیر هوشنگ با قیافه ای شاد جواب داد : "عمو جون هر چی شما بفرمایید، الان با یک راننده تشریف ببرید دیدن مادر جون ، ولی با اجازه شما امشب می خوام صنوبر جون را به یک برنامه بسیار زیبا ببرم !توی راه هم صحبت می کنیم ."

صالح حتی نپرسید که او را به کجا میبری !! صنوبر با خودش می گفت ،

گرفتن دست ارژنگ این همه کفاره داشت!! ولی رفتن با امیر هوشنگ به جائی که حتی نمی دانست کجاست اشکالی ندارد؟

بعد از خوردن صبحانه روانه خانه مادر جان شدند ، صابر خیلی هیجان داشت که مادر بزرگ و خانه او را ببیند ، حتما خانه آنها هم مثل خانه عمو بزرگ و قشنگ خواهد بود .

تهران برای آنها خیلی عوض شده بود ، بزرگ راه های بیشتر، برج های بلند تر، ترافیک بدتر ، مخصوصا برج میلاد که از هر گوشه شهر دیده می شد . یک ساعتی طول کشید تا به محله سابق خودشان رسیدند .

آنجا زیاد عوض نشده بود !البته چند تا از خانه ها به برج های بلندتبدیل گشته و باعث شده بود که خانه های دیگر کوچک وخیلی حقیر بچشم بیایند. ولی هنوز هم همان بوی خانه مادری و محله قدیمی را می داد، که صالح برای دیدنش بی تاب بود .کوچه آنها همانطور باریک و بلند بود و خانه های آنجا عوض نشده بودند ، هنوز مشهدی قربان سر کوچه لبنیاتی داشت و آن طرف هم قصابی رحمان بود . صالح انگار به دالانی وارد شده بود که او را به دنیای کودکی می برد . اشکهایش روان بود بطرف خانه مادر می دوید .

وقتی که زنگ در را می زد دل توی دلش نبود که الان مادر را می بیند . در روی پاشنه چرخید و مادر وسط چهار چوب در هویدا شد، کمی کوتاهتر و کمی پیرتر!! چادر از سرش افتاد و دستهایش را برای به آغوش گرفتن صالح گشود ، صالح مادر را در آغوش گرفت و مثل یک بچه اشک می ریخت صنوبر تا بحال پدرش را چنین ندیده بود ، شاید فکر می کرد که پدرش هیچوقت بچه نبوده ،با خودش می گفت ، اگر بابا اینقدر احساساتی است پس چرا با من چنین کرد؟ پشت سر مادر یک خانم جوان محجبه، که روسری قشنگی پوشیده و چادر سفید گلداری بر سر داشت ؛ سینی کوچکی در دست داشت و روی آن منقل اسفندی بود که دود می کرد و درکنار او سبحان با رنگ و رویی پریده و موهای سرش ریخته ،ایستاده بود. وقتی او از ایران رفت سبحان هنوز زن نداشت .

یک دختر بچه شیرین هم با تعجب به میهمانان نگاه می کرد . مادر بزرگ آنچنان صنوبر و صابر را در آغوش گرفته بود که آنها احساس می کردند که هیچکس در دنیا آنها را اینقدر دوست نداشته . پس از روبوسی ها و در بغل

کشیدن ها ،گریه ها و خنده ها ، بچه ها تازه خانه مادر بزرگ را می دیدند، یک حیاط بزرگ که چند باغچه داشت و دوتا درخت که میوه ای بر آنها نبود ،

حوضی بزرگ وسط حیاط بود که هنوز هم گلدان های شمعدانی مادر در گوشه های آن خود نمائی می کردند و ساختمانی قدیمی و در ها و پنجره ها یی به طرح گل با شیشه های رنگی و بسیار زیبا ،ولی این کجا و قصر عمو سعید کجا؟

ساعتی بعد همه خیلی خودمانی شده بودند و دیگر کسی خجالت نمی کشید. چقدر اینجا راحت بودند ، کاش عوض قصر عمو سعید به خانه عمو سبحان آمده بودند . خانه پدری هیچ فرقی نکرده بود !!حتی یک اتاق هم اضافه نکرده بودند . مادر قربان صدقه بچه ها می رفت ، گاهی صنوبر را بغل می زد و گاهی صابر را و خدا را شکر می کرد که قبل از مرگش آنها را دیده .

خانم سبحان اسمش سمیه بود ، خانم بسیار خوبی بود . که بعد از مدتی گفت و گو فهمیدند که استاد دانشگاه است . زن بسیار خاکی و خودمانی بود . پس از اینکه حرفها تمام شد . صابر که فرق دو زندگی عموهایش را می دید بالاخره تاب نیاورد و با تعجب پرسید :

"عمو سبحان مگه شما آقا نیستین ؟"

سبحان خندید و جواب داد : " عزیز دلم ..بنظر تو من خانمم ؟ "

صابر جواب داد : "نه عمو جون!! منظورم مثل عمو سعید که آقا شده و بچه هاش آقا زاده هستن ؟"

سبحان او رادر آغوش گرفت و بوسید : "نه عمو جان!! قربونت برم!! من از آن آقا ها نیستم . یه سرباز جانباز جنگ هستم فقط همین ! "

صابر با سادگی پرسید : " جانباز یعنی چی : "

سبحان جواب داد : "یعنی کسی که به جنگ رفته و در جنگ زخمی یا شیمیایی شده ، من در جنگ شیمیائی شدم ، واسه همینه با اینکه از هر دو برادرهام کوچکترم!! ولی اینقدر پیر شدم ، موهای سرم ریخته و همیشه باید دوا بخورم !

صابر چون در آمریکا بزرگ شده بود ، با اینکه فارسی را خوب حرف می زد ولی بعضی از کلمات را خوب نمی فهمید و هزاران سوال داشت تا بپرسد!! برایش فرق زندگی دو عمو خیلی عجیب بود؟ هر دو به جنگ رفته بودند ولی عمو سعید آقا شده بود و عمو سبحان این جوری در یک خانه قدیمی و حقیر زندگی می کرد!!. خیلی دلش می خواست بداند که چرا عمو سبحان آقا نشده و به این زندگی محقر راضی است .دوباره پرسید:

"خوب عمو جان شما هم که به جنگ رفتین ، زخمی هم شدین ! چرا پس آقا نشدین ؟"

صالح که نمی خواست موضوع جلوی بچه ها باز شود رو به مادر کرد و گفت:

"حالا از این حرفها بگذریم ، مادرجان چرا دیشب به خونه سعید نیومدین من تا صبح که شما رو ببینم دلم یه ذره شده بود . "

مادر جوابی نداد و سبحان گفت :"بگذریم داداش از خودت بگو آمریکا خوشبختی ؟چطور یکدفعه و بی خبر آمدین ؟

صالح خندید و گفت :"مگه شما خبر ندارین ! برای امر خیر آمدیم ، داداش سعید، صنوبر رو واسه امیر هوشنگ خواستگاری کرده !"

مادر و پسردر سکوت نگاه معنی داری بهم کردند و مادر جان گفت : "خوب به ما هنوز نگفتن ! شاید می خواستن شما بیاین و حرفاتون رو بزنین بعد به همه بگن . مبارک باشه انشاالله"

ماهره خیلی تعجب کرد و گفت : "مادر جون مگه شما همه هستین؟ اول باید هر دو برادر از شما اجازه بگیرن ،چطور شما خبر ندارین ؟"

سبحان جواب داد :" زن دادش ما خیلی وقته غریبه شدیم ، دیگه زیاد با هم کاری نداریم و از دنیای داداش بی خبریم ، داداش دیگه با شاه هم پالوده نمی خوره ! فقط خدا کنه که راهی که می ره درست باشه !"

ماهره فهمید که اگر بتواند رای صالح را برای این ازدواج بزند ، فقط همین جا می تواندحرف بزند که پشتیبان دارد !!و مطمئن بود که سبحان از خیلی چیزها با خبر است ، ولی انگار نمی خواست جلوی بچه ها حرفی بزنند .

ساعتی بعد ، بچه ها در کنار مادر بزرگ نشسته و با او حرف می زدند ، صنوبرمرتب مادر را در آغوش می گرفت و می بوسید ، آرزو می کرد که بتواند درد دلش را برای او بگوید!! ولی می ترسید که پدرش بیشتر عصبانی شود .

ماهره هم به کمک سمیه به آشپزخانه رفته بود تا نهار را آماده کنند. صالح و سبحان هم در اتاق گرم گفتگو بودند . صالح با اینکه دلش نمی خواست به حرف سعید شک کند !!ولی بازم هم دلش می خواست بداند که آن زمین چقدر قیمتش بوده !!؟که داداش سعید آنقدر ثروتمند شده و سبحان در همان خانه پدری زندگی می کند . بالاخره سر حرف را باز کرد

"داداش سعید گفت از فروش آن زمین چنین سرمایه ای رو بهم زده!! گویا دست بر قضا یک آدم خیر پیداشده و نزدیک آن زمین، یک زمین وقف کرده تا دانشگاه بزنن!!و قیمت زمین ها بالا رفته ! پس تو چرا با سهمت تکانی به زندگیت ندادی و کاری رو برای خودت دست و پا نکردی؟"

سبحان لبخندی زد و جواب داد : "داداش تو باور می کنی که همه آن ثروت از فروش آن تیکه زمین بوجود آمده باشه ؟ اگه معدن طلا هم بود این نمی شد؟ اولا زدن دانشگاه آزاد هم یک کلاه شرعی دیگریست که قیمت زمین ها رو بالا ببرن ! وقتی که یک دانشگاه جائی کلنگ میخوره ، دولت هم بناچار برای آنجا آب و برق و گاز می کشه !! خوب معلوم است که قیمت زمینها ناگهان میلیون برابر می شن! ولی با وجود این ، اگر داداش ضرابخانه هم زده بود و هر دقیقه یک سکه می زد بازم به چنین ثروتی نمی رسید !"

صالح کمی فکر کرد وبا اطمینان گفت:

"خوب امیر هوشنگ می گفت که پول همون زمین رو مایه دست کرده و گسترش داده ! یعنی تو میگی این نبوده ! "

سبحان جواب داد : "داداش تو آمدی که با اونا وصلت کنی ! من چی بگم! داداش سعید می خواد وزیر بشه ! زندگی شو انتخاب کرده! هوشنگ هم داره راه پدرشو می ره! مبارک باشه انشاالله !"

صالح در ورطه بزرگی دست وپا می زد ، کدام را باور کند ! با خودش می گفت شاید سبحان به وضع سعید غبطه می خورد ؟ خوب حق هم دارد، او جانباز است و باید بیشتر از این دولت به او توجه کند!! ولی سعید هم حق

را ناحق که نکرده؟ بالاخره راه تجارت را از نظر مالی و وکالت را برای خدمت به وطن در پیش گرفته ! همه که نباید حضرت علی باشند و علی وار زندگی کنند!!. حضرت سلیمان مگر سلطان نبود ؟ یوسف مگر عزیز مصر نبود ؟ و هر دو از مقربین خداوند بودند پس چرا باید به برادرش تهمت بزند. سبحان هم می توانست سهم خودش از فروش زمین را بدست سعید بدهد تا برایش کار کند و سودش را بگیرد ، پرسید :

"سبحان جان تو با پولت چکار کردی؟ چرا اونو بدست سعید ندادی که برای توهم سرمایه گذاری کنه ؟"

سبحان خنده ای کرد و جواب داد : "داداش من توی همین چندرغاز پول هم شبه می بینم ، بعضی از کلمات خیلی قشنگ هستند، ولی کابرد دیگری دارند ، من اصلا آن پول را نگرفتم ، مستقیم دادم به مادر ، چون پدر که کارمند نبود که حقوقی واسه مادر بگذاره ، دلم نمی خواست که اون اخر عمری دستش جلوی من و سعید دراز باشه ، مادر هم خمس و زکات اونو داد، رد مظالم هم کرد که شبه ای توش نباشه آن وقت دادش دست یکی از دوستای پدر که باهش کار کنه و هر ماه یه چیزی به او بده که مختصر ماهیانه ای داشته باشد ، حالا مگر چقدر بود که بشه نمایشگاه ماشین خارجی باهش باز کرد؟ همش چهل میلیون تومن بود حالا سعید چطور با پول خودش به این جا رسیده الله و اعلم !!؟

صالح دلش نمی خواست که حرفهای سبحان را باور کند ، هر چه بود برادرش شغل مهمی داشت و حتما حقوق خوبی می گرفت، او داشت به مردم و ایران خدمت می کرد وقتی که این را با سبحان در میان گذاشت او جواب داد :

"داداش جان ، این کلمات ، مثل خدمت به مردم و دین را با قدرت طلبی و وزیر، وکیل شدن قاطی نکن .... این همه بیکار توی مملکت ریخته ، داداش عوض نمایشگاه ماشین خارجی و توی دوبی هتل خریدن می تونست توی ایران چند تا کارخونه بزنه ، تحریم ها رو هم که ماشاالله دور می زنه، پس می تونست وسایل اولیه رو وارد کنه و هزاران نفر رو ببره سر کار، هتل آنچنانی در دوبی ادای حق مردم است ؟ من توی این گوشه خلوت نشستم ولی کور که نیستم ، می بینم ، می شنوم که در اینجا چه می گذرد . بیشتر دلالی های بزرگ بوسیله همین آقا زاده های سر از تخم در آورده انجام می شه ، که دولتی ها هم خبر دارند وآنها را تحت نظر می گیرند تا در موقع

مناسب این فساد های مالی را افشا کنند !! اما داداش جان اگه می خوای دختر بهش بدی !! اول یه تحقیق بکن!! که بعدا پشیمانی سودی نداره!!؟ اگه همه چیز خوب بود آنوقت یه مهریه سنگین واسش بگذار ، عندل مطالبه یعنی همین الان به دخترت بدن ! "

صالح هر چه می کوشید که نظر سبحان را عوض کند فایده ای نداشت زخم عمیق تر ازین حرفها بود که با یک ساعت حرف زدن درست شود . ظهر شد،بعد از نماز سمیه و ماهره سفره نهار را روی زمین چیدند، ماست و سبزی خوردن هم گذاشتند و خیلی خودمانی دو برادر در کنار مادر نشسته و قورمه سبزی دست پخت سمیه را خوردند .

اینجا احساس آرامش می کردند . صنوبر هم ساکت نشسته و به دیگران چشم دوخته بود. در دلش غوغایی بود ، حالا ارژنگ چکار می کند ؟ آیا بدنبال او می گردد؟ چه روزهای خوبی را در هندوستان به غصه خوردن گذرانده بود ، کاش آن دو هفته را مثل ماه عسل دست در دست ارژنگ برای خودش ابدی می کرد ، اما الان باید افسوس زمان گذشته را بخورد . مطمئن بود که پدرش از خر شیطان پائین نمی آید و او را به امیر هوشنگ خواهد داد . خودش را بدست سرنوشت سپرده بود . چون راهی بجز تسلیم شدن نداشت . زندگی راه دور و درازی را در پیش پای او گذاشته بود ،

یکماه پیش می خواست پدرش را راضی کند که به دانشکده تاریخ و هنر برود و حالا در دلش این آرزو را داشت که پدرش را راضی کند که او را به آمریکا باز گرداند و به یک ازدواج ناخواسته مجبورش نکند . اما او خیلی مظلوم تر از این بود که بتواند این حرفها را به پدرش بزند ، فقط آه می کشید و غم می خورد.

مادر بزرگ نگاهی به صنوبر کرد ، در چشمهای او یک غم عمیق می دید ، اثری از شادی نبود ، کسی که قرار است ازدواج کند، صدای قهقه ی خنده هایش همه جا می پیچد ، نگاهش پر از شادیست!! ولی صنوبر حتی حرف هم نمی زد ، گوشه ای نشسته و به بقیه نگاه می کرد مادر آهسته به صالح گفت :

"پسرم ، صنوبر به این وصلت راضیه؟ چرا اینقدر ساکته؟ نکنه بخاطر ثروت برادرت او را مجبور به این ازدواج کنی ؟ خدا رو خوش نمی آید ."

شاید اگر یک ماه پیش بود ، این حرف مادر در او اثر می کرد ، ولی اواز

دست صنوبر عصبانی بود و همچنین حرفهای سبحان را هم قبول نداشت شاید سعید بقول سبحان کارهایی برای منفعت خودش انجام می دهد ، اما به امیر هوشنگ ربطی ندارد و او برای خودش یک مرد جوان مستقل شده و مطمئنا صنوبر را خوشبخت خواهد کرد ، صنوبر هم اگر عشقی به آن مرد جوان که در فرودگاه دیدند داشته باشد بزودی فراموش خواهد کرد . مادر به کنار صنوبر رفت و او را در آغوش گرفت و بوسید و گفت :

"دختر خوشگلم چرا اینقدر ساکتی ؟"

صنوبر سرش را پائین انداخت و چیزی نگفت ، مادر ادامه داد:

"عزیزم من اینجا هستم ، با امیر هوشنگ معاشرت کن ، ولی اگه از او خوشت نیامد به من بگو ؛ کسی نمی تونه تو رو مجبور به ازدواج زورکی کنه !"

صنوبر که کسی را برای درد دل کردن نداشت از همزبانی و همدلی مادر بزرگ خیلی خوشحال شد و ناگهان گفت :

"مادر بزرگ من می تونم خونه شما بمونم ؟ اینجا خیلی راحت ترم !"

مادر بزرگ با خوشحالی گفت : "درست ش هم همینه ، اگه قراره با هوشنگ ازدواج کنی ، شما اینجا بمونین تا طبق رسم و رسوم بیان خواستگاری ، بعد رویش را به صالح کرد و ادامه داد، صالح دیگه این یکی رو به حرف مادرت گوش کن صنوبر رو اینجا بگذار، حتی می گم خودتون هم بمونین ، هر چیزی یه رسم و رسومی داره ، اونا باید بیان خواستگاری و بله برون، اینو که دیگه قبول داری؟"

صالح سرش رو پائین انداخته بود و نمی توانست جوابی به مادر بدهد ، شاید باید همین کار را بکند ، شایدهم اگر بیشتر با سبحان باشد بتواند عقیده او را نسبت به سعید عوض کند و آنها را با هم آشتی دهد . به عقیده او داداش سعید و امیر هوشنگ راه غلطی نمی رفتند و باید بیشتر به سبحان فرصت دهند تا آنها را بشناسد . بهر جهت امشب را که باید می ماندند چون هنوز از دیدن مادر سیر نشده بود .

صالح در این افکار بود که صدای زنگ در آمد ، خانه مادر حتی ایفون نداشت که ببینند کی در میزند ، همسر سبحان در را گشود . راننده ای که

صبح آنها را رسانده بود پشت در بود . سمیه با تعجب پرسید :

"آمدین دنبالشون ؟ "

مرد سلامی کرد و جواب داد : "تا هر وقت بخواهند تشریف داشته باشند، ما بیرون منتظر خواهیم ماند، ولی راننده ای برای بردن عروس خانم آمده گویا قراره جایی بروند !!"

فاصله در با خانه راه زیادی نبود و همه صدای آن مرد را شنیدند،خیلی جالب بود که نوکرها هم می دانستند که قرار است صنوبر زن امیر هوشنگ شود . صنوبر نگاهی به مادر کرد ، انگار التماس می کرد که نگذارد که او را ببرند ، ولی در مورد این برنامه صبح امیر هوشنگ به صالح گفته و صالح مخالفتی نکرده بود ، ماهره نگاهی به مادر کرد شاید او چیزی بگوید، مادر که زن بسیار فهمیده ای بود پرسید :

"صالح ، صنوبر قراره کجا بره ؟ "

صالح جواب داد : "مادر جون امیر هوشنگ صبح از من اجازه گرفت که عصری با صنوبر به یک برنامه ای بروند و در ضمن با هم حرف هم برنند تا ببینیم که چه پیش خواهد آمد !"

صنوبر گریه اش گرفته بود ، پدرش چند روز پیش از اینکه او دست ارژنگ را گرفته بود آنچنان عصبانی شد ، و صنوبر را چنین تنبیه کرد! و حالا اجازه می دهد که راننده او را ببرد و همراه امیر هوشنگ به هر کجا که او می خواهد برود ! راستی پدرش در حق او ظلم نمی کرد ؟ اشکی چشمان زیبای او را پوشاند ! نگاهی معصومانه به مادر بزرگ کرد که شاید به او کمک کند! مادر بزرگ از صبح پی به ناراحتی صنوبر برده بود، ولی در مقابل تصمیم پسرش چه می توانستند بکند ؟پرسید :

" صالح جان تو می دونی که اونو به کجا می برن ؟. چرا خود امیر هوشنگ به دنبال او نیامده ؟ چرا او باید با راننده بره؟"

صالح شاید اگر از دست صنوبر عصیانی نبود ، خودش هم به این موضوع فکر می کرد و به صنوبر فرصت بیشتری برای فکر کردن می داد ،اما او در این برهه از زمان تبدیل به یک پدر متعصب و عصبانی گشته و انگار فقط می خواست تا صنوبر را مجازات کند . نگاهی به او کرد و در جواب

مادرگفت "امیر هوشنگ می خواد با هم یه کمی حرف بزنن همین !"

مادر سرش را تکان داد ، نمی توانست به چشمان صنوبر که با نگاهی التماس آمیز از او می خواست که جلوی این ازدواج را بگیرد نگاه کند ! اما چه کند به کنار صنوبر رفت و آهسته به او گفت :

"عزیز دل مادر ، چه خاکی بسرم کنم ! حالا برو شب که برگشتی با هم صحبت می کنیم."

صنوبر با ناراحتی و اشک چشم بلند شد ، مانتوی خودش را پوشید ، روسری بسر کرد و همراه مردی که بدنبالش آمده بود به راه افتاد . یکی از همان ماشین سیاه شاسی بلند با راننده انتظار او را می کشید، راننده تا صنوبر را دید ، پرید جلوی ماشین و در را برای او گشود. صنوبر سوار شد ، انگار او را به اسیری می بردند، مردی که در آن خانه نشسته پدر مهربان او نبود ، پدری که پشت پا به همه چیز بخاطر سلامتی صابر زده بود ، اکنون بزرگ ترین قدم و تصمیم زندگی صنوبر را بر لجاجت و انتقام بنا می نهاد، یعنی دست یک مرد غریبه را گرفتن، تنبیه به این بزرگی دارد ؟ پس چه شد آنهمه عشق و محبت ؟ او جانش برای بچه هایش در می رفت ! حالا چنین بی اعتنا داشت صنوبر را، عزیز دلش را، به ثروت برادرش می فروخت! چه شد که عزیز دل بابا چنین ذلیل گشته؟

صنوبر رفت و ماهره فکر کرد که از مادر جون کمک بگیرد شاید بتواند رای صالح را عوض کند و در ضمن موضوع نرگس را هم از او بپرسد، از مادر جون پرسید :

" مادر جون این جریان نرگس چیه ؟ چرا رفته قم و از خونواده بریده ؟"

مادر نگاهی به سبحان کرد هم می خواست حرف بزند و هم شاید نباید!! سبحان که سکوت مادر را دید جواب داد :

"ماهره خانم ، نرگس خدا رو شکر پاشو جای محکمی گذاشته و انشالله عاقبت بخیر می شه !! اون از بچکی با بقیه فرق داشت ! دختر خیلی خوب و خانمی بود ، دروغ نمی گفت !! نماز می خوند ! مسجد می رفت توی گروه های مسجد شرکت می کرد ، واسه عروس ها جهیزیه تدارک می دید !! البته پدر مادرش سخت مخالف بودند ! وقتی هم دیپلم گرفت پاشو توی یه کفش کرد که می خواد بره دانشگاه الهیات ! خدا رو شکر قبول شد و رفت

خوابگاه بعد هم یه کاری برای کمک کردن به بچه های معلول پیدا کرد ! دیگه حتی خرجش رو هم از داداش نمی گیره !! خدا حفظش کنه گاهی سر به ما می زنه، مادر جون رو هم خیلی دوست داره !! خدا رو شکر که اون عاقبت به خیر شده ! "

صالح با خودش می گفت خوب طرز تفکر نرگس با امیر هوشنگ و امیر بانو فرق داره ، قرار نیست همه راهبه بشن !! خداوند بندگان ثروت مند هم خیلی داشته که در راه خدا خرج کرده اند !! همه که نباید با نان و پنیر زندگی کنند !! مگر حضرت خدیجه از زنان ثروتمند مکه نبوده !! خوب داداش هم ثروت مند شده اینکه گناه نیست که همه از او ببرند !!که چرا پول داره شده !! خوب هر کاری یک عرضه می خواد ! خود او هم خیلی در تلاش بدست آوردن ثروت بوده ولی زندگی به او کمک نکرده وهر روز باید کار کند ! شاید اگر برای او هم پیش می آمد و اگر بلد بود راه سعید را می رفت

***

راننده از خیابانها می گذشت ،صنوبر غرق در افکار خودش بود ، ای کاش لااقل می دانست که ارژنگ چکار می کند ؟ یعنی او حتی دنبال صنوبر نمی گردد؟ ناگهان به فکرش افتاد که کاش می توانست فرار کند ، اما افسوس نه جائی را بلد بود و نه گذرنامه اش پیش او بود ، حتی تلفن هم نداشت ، ای کاش فقط یک تلفن می داشت تا به ماهور زنگ بزند و خبری از ارژنگ بگیرد! خودش نفهمید که چقدر رفتند ناگهان به خودش آمد که انگار از شهر بیرون می روندبا نگرانی از راننده پرسید :

" کجا دارین میرین ؟ اینجا که بیرون از شهره؟"

راننده با کمال ادب جواب داد : "اینجا ویلای خصوصی آقا امیر هوشنگ است ! آقا اینجا منتظر شما هستند!"

صنوبر پوزخندی زد وبا خود گفت ؛ اگر یک ماه پیش بود چقدر از دیدن این چیزها خوشحال می شد، مثل شاهزاده خانم ها زندگی می کرد، یک زندگی رویایی ، ولی افسوس قلبش را عشق ارژنگ پر کرده و جائی برای امیر هوشنگ باقی نبود . شاید عادت کند ، بقول مادرش همه با عشق اول خود ازدواج نمی کنند . این هم یک نوع دیگر از زندگی است . با قلبی مملو از عشق مردی به مرد دیگری بله بگوید . خدایا اگر سرنوشت او چنین بود

چرا ارژنگ را سر راه او قرار دادی ؟ ماشین ایستاد ، صنوبر در مقابل خود قصری را می دید که روی پایه هایی مثل ستون های تخت جمشید بنا نهاده شده بود ، انگار به شهر پری ها قدم می گذاشت .پله های گردی در وسط پایه ها به ساختمان وصل می شد و در کنار پله ها یک آسانسور هم بود . راننده او را با آسانسور به قصر برد .

خانه آنقدر زیبا بود که صنوبر باور نمی کرد که این ها واقعیت دارد . مبلمان خانه بسیار مدرن بود ، برعکس خانه عمو سعید ، از رنگهای متضاد استفاده شده بود ، پنجره های یک تیکه بزرگ دور تا دور خانه بود ، در داخل خانه بازهم پله هایی بود که به طبقه بالا می رفت ، این خانه بالای تپه ای بود مشرف به تهران که تمام شهر را می شد دید. صنوبر محو زیبایی این خانه شده بود ، یعنی قرار است او توی این خانه زندگی کند؟ دختر جوانی به استقبال او آمد و با احترام به او سلام کرد و گفت :

"خیلی خوش آمدیدن خانم !فرمایید توی این اتاق تا شما رو واسه امشب آماده کنیم !"

صنوبر با تعجب پرسید: "برای چی آماده کنید ؟ من آماده هستم ! "

و ادامه داد:" ببخشید شما کی هستین ؟ اینجا زندگی می کنین ؟"

دختر جواب داد که او ساره است و خدمتکار آقا می باشد! صنوبر خیلی تعجب کرد ! دختر به این خوشگلی و شیک پوشی خدمتکار است ؟ دختر دوباره اصرار به عوض کردن لباس صنوبر کرد. صنوبر وارد یکی از اتاقها شد، روی تخت چندین مانتوی زیبا و لباس های قشنگ و بسیار گران قیمت و روسری های مختلف قرار داشت دختر دوباره گفت :

" این لباس ها مال شماست! لطفا هر کدوم رو که دوست دارید برای امشب انتخاب کنید! "

صنوبر جواب داد: "مگه لباس خودم چشه ؟ من اینجوری راحتم !"

دختر جواب داد :" البته لباستون بسیار زیباست ولی امشب به یک نمایشگاه می روید و باید کمی مجلسی تر لباس بپوشید ."

صنوبر نگاهی به لباس ها کرد ، همه از مارک های بسیار گران قیمت بودند که او فقط از دور به آنها نگاه کرده بود و هرگز فکر نمی کرد روزی لباسی

از آن مارک هارا بپوشد! ، یک مانتوی چهار خانه سفید و سیاه که گل رز سرخ رنگ بزرگی در یک طرف آن بود با یک شال قرمز انتخاب کرد؛ دختر به او گفت :

"لطفا بفرمایید اینجا بنشینید تا من شما رو آرایش کنم ! "

صنوبر با تعجب پرسید :" آرایش کنید ؟ نه من همینطوری راحتم"

دختر انگار به حرف های او گوش نمی کرد ،از داخل یک جعبه چند کلاه گیس رنگ وارنک بیرون آورد و گفت : "چه رنگی رو دوست دارید ؟"

صنوبر با لحنی عصبانی جواب داد : "من موهای خودم رو دوست دارم و از این قرتی بازیها خوشم نمیاد ."

دختر دیگر چیزی نگفت و اتاق را ترک کرد تا صنوبر لباسش را عوض کند. صنوبر باورش نمی شد که برای رفتن به یک نمایشگاه او باید آرایش کند و کلاه گیس سرش بگذارد.!! یعنی اگر ایران بماند باید خودش را این چنین مثل دلقک ها درست کند؟ یادش افتاد که خواهر امیر هوشنگ هم وقتی به فرودگاه آمده بود جلوی پیشانی اش چتری طلائی داشت ، حالا صنوبر می فهمیدکه او کلاه گیس داشته .؟؟ لباسش را عوض کرده بود که صدای سلام علیکی از بیرون شنید . فهمید که امیر هوشنگ آمده و سپس چند ضربه بدرخورد صنوبر گفت : "بفرمائید"

امیر هوشنگ در را باز کرد و داخل شد . یک دست کت و شلوار آبی تیره با پیراهن کرمی مایل به صورتی تنش بود . خیلی بنظر شیک می رسید . سلامی به صنوبر کرد و ادامه داد :

" به به چه زیبا شدی توی این لباس !!چرا نخواستی آرایش کنی؟ "

صنوبرخیلی سرد جواب داد : "من همینم که هستم آرایش و کلاه گیس هم دوست ندارم"

امیر هوشنگ لبخندی زد و گفت : "معلومه ماشالله آنقدر خودت زیبائی که احتیاج به چیزی نداری ! باشه عزیزم هر طور که تو راحتی ! خونه رو گشتی؟ دلت می خواد خونه رو بهت نشون بدم ...دلم می خواد همه جا رو خوب ببینی که اگه از چیزی خوشت نمی آید قبل از عروسی عوض کنیم "

صنوبر قیافه خشک و سردی بخودش گرفته بود ، او نه ویلای لواسون می
خواست، نه خانه ای بربالای تپه ها!! او فقط ارژنگ خودش را می خواست
اگر آنها در اسرائیل معطل نمی شدند ، و تاخیر هواپیما پیش نمی آمد و
همانطور دوستانه از ارژنگ جدا می شد ، شاید الان خیلی راحت تر با این
مسئله کنار می آمد، اما در آن بیست و چهار ساعتی که با ارژنگ تنها بود،
آنها تصویر قشنگی از آینده برای خودشان کشیده بودند ، ولی در یک آن
همه چیز بهم ریخت و او اکنون داشت خانه ای که باید در آن زندگی کند
را بازدید می کرد .

در بالای بام این خانه جکوزی و استخر و سونا بود . یک اتاق هم پله برقی
ووسایل وزنه برداری برای ورزش داشت . از پنجره هر اتاق تهران دیده می
شد . خانه نقص نداشت این دل او بود که پر از نقش بود

پس از بازدید خانه امیر هوشنگ،از خانه بیرون آمده و بطرف یک بنز
کورسی خیلی شیک رفتند . امیر هوشنگ پشت فرمان نشست و صنوبر هم
کنار او و بسوی نمایشگاه براه افتادند .

وقتی از در حیاط خانه بیرون آمدند ، کنار در دو سه نفر آدم فقیر با قیافه
های ژولیده ایستاده بودند !! صنوبر تعجب کرد که اینها کی هستند؟و اینجا
چکار می کنند؟امیر هوشنگ ماشین را آهسته کرد و یکی از محافظین جلو
دوید و خیلی رسمی گفت :

" آقا!! مشدی حسین آمده و با آقا کامبیز کار داره ولی ایشون نیستن؟"

امیر هوشنگ پرسید:" نپرسیدی چکار داره؟"

محافظ نگاهی به آنها کرد و جواب داد:" فکر می کنم چند تا کارت ملی
آورده ؟"

امیر هوشنگ با دست به یکی از آنها اشاره کرد که جلو بیاید ! مرد فقیر و
پیری بود جلو آمد و با دست سلام کرد و گفت :

" سلام آقا .. کارت چند نفر رو آوردم که براشون حساب باز کنین.. خدا
عمرتون بده که دست مارو می گیرین "

امیر هوشنگ چند اسکناس صد هزار تومنی از کیفش در آورد و به او داد
وگفت

" بیا اینو بگیرو به اونا هم بده .. کارت ملی هارو هم بده دست سید، هفته دیگه بیا کارت بانگی بگیر!!"

مرد دعا گویان بطرف محافظ رفت . صنوبر اصلا نمی فهمیدکه چه خبر است این پیر مرد کی بود و چی می خواست!! امیر هوشنگ براه افتاد و توضیح داد که :

" من کارت ملی این محتاج ها رو می گیرم و واسشون حساب بانکی باز می کنم !! و هر ماه یه چیزی به حسابشون می ریزم !! آخه نمی شه که همیشه بیان دم در، اینجوری هم خیال اونا راحته هم خیال من که یادم نره"

صنوبر خیلی تعجب کرد و با خودش گفت ؛ یعنی امیر هوشنگ اینقدر آدم خوش قلب و مهربانی است !! که هر ماه به عده ای فقیر اینگونه کمک می کند !! ؟یعنی اصلا آنها را نمی شناسد و بحسابشان پول می ریزد؟ ولی چیزی نپرسید .

امیر هوشنگ به نظر صنوبر پسر مودب و خوش برخوردی بود ، هر چه صنوبر می گفت قبول می کرد . در راه به او گفت که از همان بچگی که می گفتند صنوبر نامزد توست او را دوست داشته و وقتی که عکسهای جدیداو را دیده و پدر پیشنهاد این خواستگاری رو داده اون هم با اشتیاق قبول کرده . صنوبر تقریبا ساکت بود و حرفی نمی زد . بالاخره امیر هوشنگ از او پرسید که برنامه اش برای آینده چیست ؟ و او جواب داد :

"قبل از اینکه جریان به ایران آمدن اتفاق بیافته، من تصمیم داشتم که باستان شناس بشوم آثار باستانی رو خیلی دوست دارم ."

امیر هوشنگ نگذاشت تا حرف او تمام شود و جواب داد :" بعد عقد می برمت تا شهر سوخته را ببینی ! خیلی قشنگه از شهرهای قدیمی ایران باستانه ! اصفهان و شیراز هم خیلی آثار باستانی داره، همه جا می برمت "

صنوبر آهسته گفت : " موضوع فقط دیدن نیست من دلم می خواد یک باستان شناس بشوم ولی بابا دلش می خواد دکتر بشم

امیر هوشنگ نه نمی آورد و با خنده گفت : "عزیزم هر چی که دلت می خواد بخون برای من فرق نمی کنه !! دوست داری باستان شناس بشی!!

خوب باستان شناسی بخون ، هرجا دلت می خواد، درس بخون ایران ، آمریکا"

صنوبر به او نگاه می کرد، کاش او را قبل از ارژنگ می دید ، اما حالا عشق ارژنگ مثل یک سد بزرگ جلوی قلب او را گرفته بود تا هیچ کس وارد آن نگردد . آهسته گفت :

"من آمریکا بزرگ شدم ، آنجا خیلی راحت ترم ،دلم می خواد آمریکا درسم رو ادامه بدم . تازه لیسانسم رو هم ول کردم و آمدیم ایران ، یه سمستر از درسم باقی مونده"

امیر هوشنگ جواب داد :"خوب بعد از عروسی می ریم آمریکا، تو درس تو تموم کن منم از آنجا به کارم ادامه می دم . حرف دیگه ای نداری ؟"

خدایا مگر با دو تا جمله می شود کسی را شناخت . انگار امیر هوشنگ فقط برای بله گفتن خلق شده بود .چند لحظه پیش داشت خونه رو به اون نشون می داد که هرچی رو دوست نداره عوض کنه! حالا می گه میاد آمریکا؟

به ساختمان بسیار زیبائی رسیدند ،صنوبر فکر کرد شاید اینجا یک نمایشگاه بین المللی باشد چون جای بسیار بزرگی بود.. جمعیت بسیار زیادی از پول داران تهران آنجا بودند، از لباسهایشان معلوم بود ! اکثرا امیر هوشنگ را می شناختند. با احترام زیاد با او برخورد می کردند و امیر هوشنگ هم با افتخار صنوبر را بعنوان نامزد خودش معرفی می کرد ، بعضی ها انگار خبر داشتند و عده ای هم تازه می شنیدند و تبریک می گفتند . دو دختر زیبا و خیلی شیک پوش که یکی از آنها کلاه گیس خرمائی جلوی روسریش گذاشته و مژه مصنوعی هم داشت، جلو آمدند و خیلی خودمانی با امیر هوشنگ حرف می زدند . امیر هوشنگ آنها را به صنوبر چنین معرفی کرد .

"خانم مژگان گلبهار وکیل من در داد و ستد های خارجی هستند و خانم بیتا یکتا هم در داخل کشور مدیر کارهای من هستند ."

هر دو با صنوبر دست دادند و خیلی ابراز خوشحالی کردند ،و بیتا با لبخندی به او گفت :

"نامزد امیر هوشنگ شدن شانس می خواد ، بهتون تبریک می گم "

صنوبر، تشکر کرد ودر تعجب بود که امیر هوشنگ چرا باید این همه کارمند داشته باشد مخصوصا دختران تقریبا بی حجاب ! با کلاه گیس ، آرایش غلیظ و ناخن های مصنوعی لاک زده !! ولی سوالی نکرد .

همگی در محوطه قدم می زدند و پذیرائی می شدند تا درب نمایشگاه باز شود ، ناگهان مردی بطرف آنها آمد ، سلامی کرد و در گوش امیر هوشنگ چیزی گفت ، امیر هوشنگ برآشفت !! رنگش تغییر کرد. نگاهی به دو دختری که وکیلش بودند کرد و گفت : " شما اینجا بمونید و با تلفن با من درتماس باشین من باید با کامبیز برم "

بعد رویش را به صنوبر کرد و ادامه داد :" عزیزم ببخش باید بریم یه بار دیگه برای دیدن نمایشگاه میایم "

وبراه افتاد .. صنوبر اصلا نمی فهمیدکه چه اتفاقی افتاده !!؟امیر هوشنگ برای این نمایشگاه از پدرش اجازه او را گرفته بود !! حالا کجا می روند؟؟

سوار ماشین شدند آن مرد جوان هم که حالا فهمیده بود یکی دیگر از وکیلی های امیر هوشنگ است عقب نشست . امیر هوشنگ که آمدن تمام راه را با خنده و گفتگو گذرانده بود ، حالا با حالتی عصبی رانندگی می کرد!! انگار می رفت تا جلوی یک اتفاق بد را بگیرد!!

مرتب به داشبرد ماشین با دست می زد و می گفت دو میلیارد دود شد رفت هوا !! صنوبر هم آرام نشسته بود و همراه او به ناکجا آباد می رفت !!

بالاخره از شهر بیرون رفتند و درب یک باغ بزرگ بر روی آنها گشوده گشت و با اتومبیل داخل شدند !! با دیدن ماشین امیر هوشنگ چند نفر بسوی آنها دویدند !! امیر هوشنگ نگهداشت و خیلی جدی به صنوبر گفت :

صنوبر جون تو توی ماشین بمون !! تا من بر گردم !!

و بدون اینکه منتظر جواب او شود از ماشین پیاده شد و بسوی ساختمان رفت !! وکیلش هم دنبال او می دوید ، صنوبر صدای امیر هوشنگ را می شنید که می گفت :" کی این بلارو به سر اون آورده زندش نمی ذارم "

بعد وارد ساختمان شدند ، صنوبر دیگر چیزی نمی شنید ، حدود نیم ساعتی گذشت ، ناگهان صدای تیری از داخل ساختمان شنیده شد !! صنوبر خیلی ترسید و از ماشین پیاده شد و بطرف ساختمان دوید . وقتی وارد آنجا شد

فهمید که اینجا اصطبل اسب است ، و اسبهای زیادی در آنجا بودند ، جلوتر که رفت اسبی را دید که غرق در خون روی زمین افتاده و عده ای دور آن هستند ، صدای امیر هوشنگ را شنید که می گفت :

" پیداش کنین ... پیداش کنین .. چطور جرات کرده شبی که قراربود فرداش رخش توی مسابقه برنده دو میلیارد بشه اونه واسه سواری برده !!؟ چطور زمین خورده ؟؟"

مردی که روپوش سفیدی تنش بود جواب داد:" آقا بخدا من خبر ندارم !یه ساعت پیش به من خبر دادن که رخش زمین خورده ، اگه پاش شکسته بود امیدی به خوب شدنش بود ولی باور کنید که زنده نمی موند ، بدون اجازه شما هم نمی تونستم راحتش کنم !!برای همین گفتم خبرتون کنن !!"

مرد دیگری جلو آمد و گفت :" آقا .. طوفان هم اسب شماست !! او هم دست کمی از رخش نداره مطمئن باشین فردا اون برنده می شه!!"

امیر هوشنگ فریاد زد :" احمق!! همه روی رخش شرطبندی کردن !! رخش قرار بود فردا دو میلیارد تومن ببره !!؟ حالا بگیم که رخش مرده و طوفان جاشو گرفته !! نمی شه باید یه دلیل بیاریم و مسابقه رو عقب بندازیم .. بعد خبر مرگ رخش رو رسانه ای کنین !! نه امشب فهمیدین !!"

کامبیز وکیل او گفت :" آقا نمی شه عقب بندازیم !! از کشورهای خلیج همه مسافرها برای شرکت در مسابقه آمدن ، شرط بندیها بسته شده !! باید یه فکر دیگه بکنیم ؟"

ناگهان از در دیگر رساختمان مردی وارد شد همه بسویش رفتند ، سن بالائی داشت و همه خیلی به او احترام گذاشتند ، حتی امیر هوشنگ هم ساکت شده و دیگر داد نمی زد!! پشت سر مرد ، سه محافظ قوی هیکل راه می رفتند چند دقیقه ای همه آرام و با صدایی خیلی آهسته که معلوم بود از احترام به آن مرد است حرف می زدند ، هیچکس متوجه صنوبر نبود که از در پشت وارده شده و ناظر همه این اتفاقات است !! صنوبر بدیوار میخکوب شده و صدایش در نمی آمد !! اینجا چه خبر است !!؟ رخش کی بود !!؟ طوفان کی ست؟؟ در این فکر ها بود که ناگهان یکی از محافظین آن مرد بطرف اصطبل ها رفت و در یک آن چندین تیر انداخت و صدای شیهه اسبها بلند شد !! صنوبر فریادی کشید وچشمهایش سیاهی رفت و بر زمین افتاد!!.

از صدای فریاد او همه بسوی او نگریستند !! این زن کیست ؟ اینجا چکار می کند !!؟ امیر هوشنگ بسوی او دوید ، به او گفته بود که در ماشین منتظر بنشیند !! مردی که با محافظین آمده بود ، پرسید:

" امیر هوشنگ این کیه ؟؟"

امیر هوشنگ جریان نامزدیش را با صنوبر گفت و سعی می کرد که صنوبر را بهوش بیاورد ، مرد همراه محافظین رفت وپس از چند لحظه صنوبر چشم هایش را گشود و با ترس پرسید:

" چی شد !! اون مرد کی روکشت ؟؟"

امیر هوشنگ جوابی نداد و کمک کرد تا صنوبر بلند شود . شیشه آبی بدستش داد و خیلی جدی گفت :" چرا پیاده شدی مگه نگفتم توی ماشین بمون ؟"

صنوبر انتظار چنین برخوردی را نداشت ، و فهمید که امیر هوشنگ نمی خواسته تا او شاهد چیزی باشد ، خودش را جمع و جور کرد و آهسته گفت :

" صدای تیر شنیدم ترسیدم آمدم توی ساختمان "

امیر هوشنگ که مطمئن شد صنوبر چیزی ندیده گفت :" یکی از اسبهای من تصادف کرده مجبور شدیم که او را بکشیم !! صدای آن بود !! و با او بطرف ماشین رفت و اضافه کرد ..تو همین جا بشین تا من برگردم"

و دوباره بطرف ساختمان رفت . اما صنوبر همه داستان را فهمیده بود !! موضوع شرط بندی روی اسب ها را !! او در آمرَیکا هیچ وقت به مسابقه اسب سواری نرفته بود،اما می دانست که مردم بر روی اسبها شرط بندی می کنند و این یک قمار پر در آمد بود !! یعنی امیر هوشنگ قمار می کند!!؟ او پدرش وکیل مجلس است ؟ یعنی پول قمار اسب حرام نیست ؟ تازه روی دیگری از امیر هوشنگ می دید !! که چگونه عصبانی شده بود و سر آنها داد می زد !!؟ آیا این امیر هوشنگ واقعی است ؟ اگر از ترس فریاد نزده بود شاید بیشتر می فهمیدکه اینجا چه خبر است ؟ اما دیگر نمی توانست بداخل ساختمان بازگردد .

نیم ساعت بعد امیر هوشنگ و کامبیز باز گشتند ، امیر هوشنگ دیگر عصبانی نبود و خیلی آرام رانندگی می کرد . پس از مدتی کامبیز را سر

خیابانی پیاده کرد ، و اصلا توضیحی در باره امشب نداد و خیلی عادی از صنوبر پرسید:

"صنوبر جان کجا دلت می خواد شام بخوریم ؟"

صنوبر واقعا اشتهایی نداشت، دلش می خواست به خانه برود و بخوابد مخصوصا بعد از واقعه امشب . چطور امیر هوشنگ اینطور رنگ عوض می کند !! اما مطمئن بود اگر برای پدرش این موضوع را تعریف کند، او باز هم از امیر هوشنگ پشتیبانی خواهد کرد !!در دلش می گفت او چهار شب پیش در دالاس سرش را بر سینه ارژنگ گذاشته و در عالم رویا می دید که همراه او مثل دو پروانه پرواز می کنند!! و حالا در کنار مرد دیگری نشسته بود و باید به حرفهای او گوش می داد ، خدایا این چه سرنوشتی بود که برای او نوشتی!! بخودش آمد ، هنوز خسته راه بود، ولی امیر هوشنگ قبول نکرد و او را به رستورانی در کنار برج میلاد برد، که همراه باغذاهای خیلی خوشمزه موزیک زنده هم داشت و خواننده ای آهنگ های قشنگی می خواند . بعد از شام برای دیدن برج میلاد رفتند . امیر هوشنگ بلیط خرید و با آسانسور بر بام تهران پیاده شدند ، دیدن تهران از بالای برج میلاد بسیار زیبا بود . مدتی در داخل برج به تماشای طبقه های مختلف آن گذراندند.

صنوبر گاهی احساس شادی می کرد و مثل بچه ها ذوق زده می شد، ولی بلافاصله غم دوری از ارژنگ آسمان صاف قلب او را ابری می کرد. پس از مدتی بسوی خانه عمو سبحان براه افتادند . در تمام مدت امیر هوشنگ حرف می زد و صنوبر گوش می داد، گاهی با خودش می گفت اگر به امیر هوشنگ بگوید که یک نفر دیگر را دوست می دارد، او چکار خواهد کرد ؟ ولی امیر هوشنگ آنقدر مهربانی می کرد که او از گفتن این حرف منصرف می شد ، شاید هم از او می ترسید !!؟ امیر هوشنگ خیلی خوب نقش بازی می کرد و آن شیر درنده عصر تبدیل به یک فرشته مهربان می شد!!. صنوبر خیلی دلش می خواست که از امیر هوشنگ بپرسد که وقتی این همه دختر دور بر او هستند اوچرا می خواد با صنوبر عروسی کند ؟ وقتی نزدیک خانه سبحان رسیدند ، امیر هوشنگ پرسید:

"خوب صنوبر جون به پدر و مادرم چی بگم منو قبول داری یا نه ؟"

صنوبر می دانست که پدرش به او نه نخواهد گفت !ولی این سوال هم در گلوی او گیر کرده بود که باید از او می پرسید با خجالت سرش را پائین

انداخت و گفت : "می تونم یه سوالی از شما بپرسم ؟"

امیر هوشنگ با خنده جواب داد : "صد تا سوال بپرس عزیزم !!"

صنوبر سرش را پائین انداخت و گفت :" این همه دختر خوشگل دور بر شما هستن ! چرا برای ازدواج با من پافشاری می کنی ؟ آخه ما که از همدیگه شناختی نداریم"

امیر هوشنگ با لبخندی جواب داد : "من از بچگی تو برام با بقیه فرق داشتی ! اینو قبول کن ، بعد هم بابا پیشنهاد داد منم استقبال کردم تو ناراضی هستی ؟ حالا وقت داریم و همو خواهیم شناخت."

صنوبر چیزی نگفت و سرش را بطرف خیابان کرد تا امیر هوشنگ اشکهایش را نبیند ! چطور به او بگوید که این خواستگاری همه زندگی او را در هم ریخت ! شاید اگر پیشنهاد ازدواج امیر هوشنگ مطرح نبود، پدرش اینقدر عصبانی نمی شد و او راه حلی برای ازدواج با ارژنگ پیدا می کرد . اما با تمام اینکه امیر هوشنگ خودش را بسیار مهربان و خودمانی نشان می داد، او جرات نمی کرد در مورد ارژنگ به او چیزی بگوید ، که اگر پدرش می فهمیددوباره قیامتی بر پا می کرد.

بالاخره به خانه عمو سبحان رسیدند ، یک ماشین سیاه هنوز آنجا پارک بود، یعنی یک راننده اینجا نشسته بود که هر کجا که اراده کنند ، آنها را ببرد ؟ زنگ در را که زدند ، در روی پانشه چرخید و مادر بزرگ در را گشود. امیر هوشنگ سلام کرد و دلا شد و دست او را بوسید . مادر بزرگ، مادر بود و احساسات مادرانه ، چطور می توانست در مقابل عشق مادری استقامت کند، دست در گردن او انداخت و صورت او را بوسید و از او خواست که بداخل خانه برود .

امیر هوشنگ دو دل بود هم دلش می خواست که بدیدن عمو صالح برود و هم می ترسید که عمو سبحان جلوی آنها چیزی به او بگوید! چون مدت ها بود که به اینجا نیامده بود . مطمئن بود که مادر بزرگ به این دلیل در را گشوده که عمو سبحان نمی خواسته با او روبرو شود . ولی خوب باید بداخل برود و سلامی بکند ، او قرار بود با صنوبر عروسی کند بدون حضور عمو و مادر بزرگش که امکان نداشت !! بنابراین داخل شد ، وقتی وارد راهرو خانه شد یک یا الله بلندی گفت ، و وارد اتاق نشیمن شد ، سبحان ، صالح و ماهره توی اتاق نشسته بودند، سلامی کرد و بسوی عمو سبحان رفت و

دست او را بوسید. صالح از این کار او خیلی خوشش آمد ، این پسر با
این همه دارائی و مقامی که دارد در مقابل عمویش زانو زد و دست او را
بوسید. صالح بلند شد و او را در آغوش گرفت

وقتی صنوبر وارد اتاق شد ، ماهره با تعجب به لباس تن او خیره شد ، و با
لحن عصبانی پرسید :

"صنوبر این مانتوی کیه ؟ کجا لباستو عوض کردی ؟"

صنوبر اشاره ای به امیر هوشنگ کرد ، نمی دانست چه بگوید ، ماهره دو
باره پرسید: "خرید رفتین ؟"

صنوبر باز هم ساکت بود ، حالا صالح هم متوجه مانتوی زیبای تن صنوبر
شده بود ، امیر هوشنگ نگاهی به او کرد و گفت :

"زن عمو جون ، قابل نداره لباس خودشه !"

ماهره از اینکه صنوبر لباسش را عوض کرده زیاد خوشش نیامد ، او به این
ازدواج زیاد خوش بین نبود و قبول کردن هدیه از طرف صنوبر به معنای
بله بود . صنوبر به اتاق دیگر رفت و هیچ حرفی نزد . ماهره بدنبال او اتاق
را ترک کرد .

سبحان رو به امیر هوشنگ کرد و گفت :

"خوب شنیده ام سرت خیلی شلوغ شده ؟ بچه جان گول نخور! این راه که
میروی به ترکستان است! تو پسر خوبی هستی، هنوز زیاد به بیراهه نرفتی
از این راهی که پدرت پیش پایت گذاشته باز گرد !! پدر تو کی تبدیل به این
غول شد که من خبر ندارم ! بدان که راه کج به قهقرا می رسه و در پرتگاه
می افتی ؟ نگذار سعید از تو هیولا بسازه !!پسرم من اینجا کنج این خونه
نشسته ام ولی از همه چیز خبر دارم !! چرا خودتو تو راهی انداختی که
بازگشت نداره ؟ قدیمی ها می گفتن تا سرت به سنگ نخوره نمی فهمی ولی
عزیزم این راهی که تو میری عاقبت سرت به کوه میخوره نه به سنگ!!!"

امیر هوشنگ سرش را پائین انداخته و جوابی نمی داد ، شاید حرفهای عمو
سبحان را قبول داشت و یا شاید حیا می کرد که جواب دهد . مادر بزرگ
به داخل اتاق آمد ، امیر هوشنگ جلوی پای او بلند شد ، و دوباره نشست.
مادر نگاهی به سبحان کرد ، به این معنی که دیگرحرف نزند ، چون همه

حرفهای او را شنیده بود. مادر بزرگ کنار صالح نشست . امیر هوشنگ انگار که حرفهای سبحان را نشنیده است ، رو به عمو صالح کرد و پرسید :

" عمو جان شب اینجا تشریف دارید ؟ یا می خواین به منزل پدر تشریف ببرید .؟

بجای صالح مادر بزرگ جواب داد : "فعلا اینجا هستند ، اگر قراره وصلتی صورت بگیره ، پدر و مادر تو باید به اینجا ، خانه مادری برای خواستگاری بیان ."

امیر هوشنگ چشمی گفت و نگاهی به مادر کرد، می خواست مادر جان بفهمد که آمدن آنها با این رویه و اخلاق عمو سبحان شاید درست نباشد . سبحان که منظور اورا فهمید گفت :

" من آنچه شرط بلاغ است با تو میگویم، حالا پدر تو چرا به جوانی تو رحم نمی کنه و ترا در آتش می اندازده من نمی فهم !! اما اشکالی نداره به حرمت مادر و صالح شما به اینجا برای خواستگاری بیاین؛ من به پدرت چیزی نخواهم گفت ."

در این موقع صابر وارد اتاق شد وبا لحن گله مندی به امیر هوشنگ گفت: "چرا صبر نکردین همه با هم به برج میلاد بریم من خیلی دلم می خواست آنجا رو ببینم !؟"

امیر هوشنگ جواب داد : "عزیزم همین فردا تورو می برم برج میلاد و هر جا که بخواهی چرا ناراحت شدی ؟ "

صابر خیلی خوشحال شد و ورود او حرفهای آنها را نیمه تمام گذاشت. امیر هوشنگ بلند شد و از مادر بزرگ و عمو ها اجازه رفتن خواست و بعد به صالح گفت :

"عمو جان یک ماشین با راننده سر خیابونه هر چیزی که لازم داشتین به راننده بفرمائین و اگر جائی خواستید تشریف ببرید ، در خدمت شما هست!"

سبحان نگاهی به او کرد و گفت : "مگر عموی تو مهمون دولته که ماشین دولتی دم در واسش گذاشتین !! والله این پول های بیت المال که بابات خرج می کنه گناه داره، باید اون دنیا جواب بده !! عمو صالح میتونه با

تاکسی هر جای دلش خواست بره !! عزیزم این خری که تو وبابات سوار شدین خر دجاله والله شما رو به بد راهی می بره !!"

امیر هوشنگ لبخندی زد ولی چیزی نگفت و از اتاق بیرون رفت.صالح تا دم در بدرقه او رفت و سعی می کرد از دلش در بیاورد ولی امیر هوشنگ با خنده گفت :

"عمو جون این اخلاق عمو سبحانه،، شما ناراحت نشین . ما بحرفهای عمو سبحان عادت داریم ،من میرم خونه و بعد مامان زنگ می زنه که ما کی خدمت برسیم.

صالح در را بست و به داخل اتاق آمد ، او هرگز فکر نمی کرد که به ایران آمدن آنها و ازدواج صنوبر و امیر هوشنگ اینقدر مشکلات خانوادگی به وجود بیاورد ، او هنوز هم حق را به سعید و امیر هوشنگ می داد ، البته کمی گله مند بود که چرا سعید قبلا به او نگفته بود که پول هائی که برایش می فرستاد ارث پدری او بوده که صالح اینقدر خودش را مدیون او نداند، و شاید اگر در همان زمان فروش زمین همه پول را برای او فرستاده بودوضعیت آنها فرق می کرد!!البته این فکرها را ماهره در سر او انداخته بود، که آنها به سعید بابت معالجه صابر مقروض نیستند که دخترشان را فدا کنند ، ولی صالح هنوز هم به دو دلیل می خواست صنوبر را به امیر هوشنگ بدهد، یکی که او پسر خوب و مودب و آینده سازی بود ، دخترش مثل ملکه ها زندگی خواهدکرد و دیگر اینکه می ترسید صنوبر را به آمریکا باز گرداند و او دیگر صنوبر سابق نشود و مثل بقیه دختر ها هر روز یک دوست پسر بگیرد و او نتواند دیگر جلوی او را بگیرد . این هم یک نوع دلسوزی پدرانه بود .

ماهره صنوبر را سوال پیچ می کرد که کجا رفته اند و چرا لباسش را عوض کرده ، صنوبر هم همه چیز را برایش گفت حتی جریان اسب را و تغییر اخلاق امیر هوشنگ را؟ ماهره هر روز بیشتر می ترسید که با این ازدواج دخترش را بدبخت کنند!! .

صنوبر شام خورده بود و می خواست بخوابد ، خانه آنها فقط سه اتاق داشت، یک اتاق را به صالح و ماهره دادند ، روی زمین رختخواب پهن نمودند ،مثل قدیم ها ، اتاق سمیرا دختر آنها را به صابر و صنوبر دادند ولی صنوبر گفت دلش می خواهد در اتاق مادر بزرگ بخوابد . رختخوابش را

جمع کرد و به اتاق مادر رفت . احساس می کرد مادر او را خیلی دوست دارد و اگر کسی بتواند او را از این مخمصه نجات دهد فقط مادر بزرگ است ... مسافر ها خیلی زود خوابشان برد .

سبحان ساعت ها بیدار بود ، با سیمه حرف می زد، او مطمئن بود که امیر هوشنگ پایش را جای پای پدرش میگذارد و روزی تاوان پس خواهد داد و دلش نمی خواست که صنوبر این دختر معصوم فدای خود خواهی های سعید گردد. هر چه فکر می کرد نمی فهمیدکه سعید از این ازدواج چه نفعی می برد که این ها را با این عجله به ایران کشانده است ؟ و این همه در باغ سبز نشان می دهند!!؟ این همه دختر توی ایران ریخته چرا آنها برای صنوبر دام پهن کرده اند ؟ اما حرفهای او صالح را قانع نمی کرد و او با این ازدواج بسیار هم موافق بود و این هم برای سبحان مسئله ای بود که چرا صالح بر این ازدواج بدون شناخت امیر هوشنگ پافشاری می کند ..

ماهره جریان گشته شدن اسب را برای صالح گفت ،!! البته صنوبر جریان شرط بندی را نگفته بود ، انگار از امیر هوشنگ می ترسید، ماهره عقیده داشت ، باور اینکه امیر هوشنگ از بچکی عاشق صنوبر بوده خیلی خنده دار است چون از گفته های صنوبر معلوم بود که دختران زیبا در اطراف او فراوانند، اما صالح هنوز هم از صنوبر عصبانی بود و پسر برادرش را به مرد غریبه ای که در سفر با صنوبر آشنا شده بود ترجیح می داد و گذشته از آن اعتقاد داشت که صنوبر مشکل مالی نخواهد داشت و این احساس از مشکلات مادی خودش برای معالجه صابر سر چشمه می گرفت ، او در آمریکا خیلی بی پولی کشیده بود !! باید قران قران خرجشان را حساب می کردند، برای خرید بازی ایکس باکس وان ، صابر ماه ها بود که کار می کرد ولی هنوز نتوانسته بود آنرا بخرد ، صالح نمی خواست که بچه های صنوبر هم این حسرت ها را بچشند ! چرا وقتی می توانند جزء ثروتمندان باشند و هر چی آرزو کنند برایشان تهیه شود، سختی های بچه های او را بکشند!! ولی ماهره گفت :

" داداش سعید لطف نکرده سهم ترا از ارث پدری داده که اگر کم کم نمی فرستاد ، شاید ما هم می تونستیم در آمریکا قسطی یک خونه کوچک بخریم و یک عمر اجاره نشین نباشیم . این حق تو بود که بفهمی که ارث پدرت را فروخته اند !!"

صالح گویی پرده ای بر روی چشمانش کشیده بود تا حقایق را نبیند ، غیر

از صالح بقیه همه از این خواستگاری در تعجب بودند و مطمئن بودند که حقیقتی دیگر وجود دارد .

***

صبح زری خانم همسر سعید زنگ زد و اجازه خواست که امشب برای خواستگاری رسمی بیایند . صالح خیلی استقبال کرد ، ولی مادر و سبحان به او می گفتند کمی فرصت بده تا دختر و پسر بیشتر هم را بشناسند .

ولی مرغ صالح یک پا بیشتر نداشت . صنوبر خودش را در اتاق مادر بزرگ زندانی کرده بود . قرار او با پدرش قبل از رفتن به هندوستان این بود که این یک ازدواج زورکی نباشد!! اگر او از امیر هوشنگ خوشش آمد جواب آنها مثبت باشد ، اما اکنون این صالح بود که تصمیم می گرفت و صنوبر باید قبول می کرد . هیچکس عقیده او را نمی پرسید ، حکم او صادر شده بود و منتظر بود تا زندان بان او را بسوی زندان ببرد .

تلویزیون اتاق مادر روشن بود و اخبار پخش می شد !! ناگهان گوینده در مورد باشگاه اسب سواران خبری را خواند که در اثر دارویی اشتباهی چهار اسب در این باشگاه مرده اند و مسابقه امروز هم لغو گشته و سه روز بعد برگزار خواهد شد. مادر بزرگ به اتاقش آمد ، صنوبر جریان باشگاه اسب سواری را برای او گفت ،حتی جریان شرط بندی را !!مادر بزرگ آهی کشید و گفت :" این جریان را به عمو سبحان نگو قصه میخوره حالش بدتر می !! "

او مطمئن بود که صنوبر از این ازدواج خوشحال نیست!!ولی دلیل این همه لجاجت صالح را نمی فهمید . کنار صنوبر نشست و موهای او را نوازش کرد. صنوبر ناگهان خودش را در آغوش او افکند و گریه را سر داد . مادر بزرگ آنقدر او را نوازش کرد تا همه اشکهایش را ریخت و آرام شد . سپس از او پرسید که چرا اینقدر غمگین است !! صنوبر هم همه چیز را برایش تعریف کرد . از رفتن به هند وعشق قشنگی که بین او و ارژنگ اتفاق افتاد و تصمیم بیرحمانه پدرش برای ایران آمدن و می گفت که نمی توانددر مقابل پدرش ایستادگی کند . مادر خیلی غصه خورد ، این ازدواج اجباری وقتی صنوبر عاشق کس دیگری است سرانجام خوبی نخواهد داشت .

وقتی که صالح و مادر تنها بودند، مادر چیزی در مورد ارژنگ به صالح نگفت ولی به او گفت : "من ترا اینجوری تربیت نکردم که حق را ناحق کنی؟ هنوز وقت داری فکر

کنی؛ واالله عصر حجر نیست که دختری رو بزور شوهر بدن ، گناه داره این دختر معصوم را قربانی خواسته های خودت نکن !! پول وقدرت سعید رو بتو نمیدن !؟ که اینجوری دنبالش داری می دوی ؟راه کج به مقصد نمی رسه!! اون تیکه جون منه !! خدا کنه من و سبحان اشتباه کنیم !! بخدا وقتی این حرفها رو سبحان می زنه قلبم از غصه می گیره !!!اما توبازم فکراتو بکن "

اما این حرفها فایده نداشت و صالح تصمیم خود را گرفته بود . دم غروب در خانه را زدند ، مادر در را گشود ، سعید جلوی همه بود ، دلا شد و دست مادرش را بوسید ، بقیه هم پشت سر او یکی یکی مادر را در آغوش گرفته و بوسیدند پس از روبوسی پشت سر آنها چهار نفر از مردان سعید چهار خوانچه را بداخل خانه آوردند و در وسط اتاق گذاشتند و رفتند.

خوانچه ها بسیار زیبا تزئین شده بود ، در روی همه آنها بقچه های ترمه آبی زر نگار بود و روی آنها را هم با تورهای رنگی پوشانیده بودند . در روی یکی انواع شیرینی ها را بطرز قشنگی بسته بندی کرده و چیده بودند، خوانچه دوم چند دست لباس بسیار زیبا برای صنوبر بود ، خوانچه سوم میوه ها را بصورت زیبایی چیده و خوانچه چهارم هم جعبه مخملی خیلی قشنگی بود که وقتی آنرا باز کردند چشم همه از تعجب مات ماند، یک سرویس جواهرات ، در آن جعبه بود . ماهره باورش نمی شد که سرویس به این قشنگی را برای خواستگاری آورده باشند!! ، سکوتی بین صاحبخانه و میهمانان بر قرار بود ، که جو را خیلی سنگین می کرد .

اگر صالح در خانه مادر ماندی نمی شد شاید اصلا با هم روبرو نمی شدند، ولی اکنون جای گشودن گله ها نبود و نه وقت موعضه و راهنمائی ، در این ده سال سبحان آنچه که باید می گفت ، گفته بود و دیگر باز کردن این موضوع معنی نداشت . مراسم خواستگاری شروع شد . صنوبر هم به اتاق آمد و گوشه ای ساکت نشست ، سعید و امیر هوشنگ خودشان پیشنهاد می دادند و احتیاجی به پیشنهاد از طرف صالح و یا خانمش نبود ، برنامه عروسی را در یک تالار بسیار زیبا که بیشتر در فیلم ها و سریال های تلویزونی از آن استفاده می شد ، قرار شد بگیرند ، علاوه بر این سرویس قرار شد که صنوبر همراه مادرش و امیر هوشنگ و مادراو برای خرید جواهرات و حلقه عروس و داماد و سفارش لباس عروس به بازار بروند و یک روز هم به آن تالار رفته تا رنگ های رومیزی و دستمال سفره و گلها را تعیین کنند و در مورد اینکه کجا زندگی کنند صنوبر باید تصمیم می گرفت

و امیر هوشنگ حاضر بود که همین فردا به آمریکا برود. انگار دنیا برای صنوبر تمام می شد ، مثل کسی که نشسته باشد و بشنود که در مجالس ختم او چه خواهند کرد ، چه گلی بر مزارش می گذارند ، چه غذائی به میهمانان می دهند ، در کجا مجلس یاد بود او را خواهند گرفت!!و او اجازه هیچ تصمیمی گیری ندارد ، چون او مرده است .

بالاخره حرف به مهریه رسید ، سعید عقیده داشت از بانکی که قرار است امیر هوشنگ در دوبی سهام بخرد ، چند سهم آنرا به صنوبر بدهند که سبحان اعتراض کرد که شاید این بانک ورشکست شود ، شاید بعدا قراردادش را با امیر هوشنگ بهم زد ، نه مهریه باید به دلار در یک بانک در دوبی به اسم صنوبر در یک حساب پس انداز ریخته شود . سعید اعتراض داشت که سهام بانک بیشتر رشد می کند ، ولی سبحان عقیده اش را گفته و پافشاری هم می کرد . بالاخره حرف سبحان را قبول کردند، سپس شام ساده ای که سمیه خانم تدارک دیده بود صرف شد و قرار شد فردا برای خرید به بازار جواهر فروشی تهران بروند . سعید و خانواده اش هم بعد از شام رفتند،البته سعید با اصرار می خواست که آنها را به خانه خود ببرد ولی مادر گفت تا عقد تمام نشده اینها باید اینجا باشند .

ماهره در یک خانواده تک فرزند بدنیا آمده بود ، پدرش را وقتی بچه بود از دست داده و مادرش هم بعد ازرفتن او به آمریکا فوت نمود ، البته یک خاله و یک عمو و دو عمه داشت که زیاد با آنها تماسی نداشت ولی حالا که قرار است برای دخترش چنین عروسی با شکوهی را بگیرند ، دلش می خواست که آنها را هم دعوت کند .

آنشب صنوبر خوابش نمی برد ، هیچوقت فکر نمی کرد که با دلی چنین غمگین پای سفره عقد بشیند . مادر بزرگ او را نوازش می کرد و می گفت :

"عزیز دل من ، نمی دونم چی بگم ، اما از بچگی امیر رو می شناسم ، پسر خیلی خوب و با محبتیه ، مطمئن هستم که آنقدر بهت محبت کنه که یادت بره اسم اون پسره چی بوده ، همه دختر ها یه بار عاشق شدن ، این رسم طبیعته ، من سعید رو هم خیلی دوس دارم پسر بزرگ منه ، وقتی سبحان اون حرفها رو می زنه قلبم می شکنه و دعا می کنم که سبحان در اشتباه باشه و سعید هیچ کدوم از اون کارها را نکرده باشه ، تازه حساب امیراز او جداست ، خیلی دوستش دارم نوه ی اولمه ، نمی دونم سعید چطور به فکر ثروتمند شدن افتاد !!؟ اینها سه تا با هم به جنگ رفتن ، نمی دونم چی شد

که سعید یدفعه اینجوری مهم شد که نگهبان دم خونش باشه ، راننده داشته باشه ، حکم و هشم داشته، انشالله که کار خطائی نمی کنه ، تازه به امیر چه اون داره تجارت می کنه،انشالله خوش بخت می شی ، بچه دار می شی یادت می ره که یه روزی توی هند عاشق شدی .. "

آنقدر گفت تا صنوبر خوابش برد ، شاید مادر بزرگ به نصف حرفهایی که می زد اطمینان نداشت ولی دلش نمی خواست این پرنده اسیر را بیشتر از این در این حالت غم انگیز ببیند .

***

هنوز صبحانه می خوردند که امیر هوشنگ و مادرش آمدند و همراه صنوبر و مادرش و صابر که خیلی دلش می خواست همه جای تهران را ببیند روانه بازار جواهر فروشی شدند ، ماهره اصلا راضی نبود ولی بالاخره او هم مثل مادر بزرگ فکر کرد که صنوبر ارژنگ را فراموش می کند ، فقط دعا می کرد که دست امیر هوشنگ در ماجراهای سیاسی نباشد و او مثل آقازاده هایی که مرتب اسم آنها را می شنود از آب در نیاید.

جواهراتی که می دیدند قیمت هایش همه میلیارد تومانی بود ، یک سرویس زمرد برای صنوبر خریدند که انگشترش بسیار زیبا بود ، حلقه ها را هم انتخاب کردند ، ماهره خیلی سعی کرد که پول حلقه امیر هوشنگ را بدهد، ولی او قبول نکرد و مرتب کارت می کشید و پول می داد. صابر هم از همه چیز فیلم می گرفت تا یادگاری برای صنوبر نگهدارد .

نهار را در یک رستوران بسیار شیک خوردند ، هنوز خیلی از خرید ها باقی بود که مهم ترین آنها لباس عروس و داماد بود ، ولی دیگر خسته شدند و آنرا به فردا موکول کردند .وقتی از رستوران بیرون آمدند، پسر بچه ی فروشنده ای تعدای دستبند که از مهره های رنگی درست شده بود در دست داشت ، ناگهان جلوی صنوبر را گرفت و التماس می کرد که دست بند بخرد اشکهای صنوبر روان شد و طوفان یاد ها در هم پیچید و حال او را دگر گون کرد،بیاد هند افتاد و کودکان فروشنده دوره گرد که هر کجا می رفتند جلوی آنها را می گرفتند ، یکی ازآنها جلوی ارژنگ را گرفت و گفت :

"صاحب برای این خانم خوشگلت دستبند نمی خری ، اینها نظر قربونی هستن کسی اونو چشم نمی زنه"

و ارژنگ دست بند مهره ای فیروزه رنگی را برای صنوبر خرید .صنوبر با دست دیگرش آن دستبند مهره ای را که از روزی که از ارژنگ جدا شده بود همیشه در دست داشت لمس کرد . انگار خاطرات ارژنگ را لمس می کرد و بوی ارژنگ را از آن مهره ها احساس می کرد .

امیر هوشنگ آنها را دم خانه عمو سبحان پیاده کرد ،قرار شد شب بدنبال صنوبر و صابر بیاید تا به کنسرت یک خواننده بسیار معروف بروند . صنوبر از اینکه صابر همراهش باشد خیلی راضی بود چون احساس تنهایی نمی کرد و مجبور نبود که مرتب با امیر هوشنگ حرف بزند .

ساعت شش امیر هوشنگ برای بردن آنها آمد ، البته برای صنوبر چندین مانتو و لباس آورده بودند که او در شان امیر هوشنگ لباس بپوشد ، امیر هوشنگ هر روز کت و شلواری جدید می پوشید که همه خیلی شیک و قشنگ بودند . وقتی به سالن کنسرت وارد شدند ، کنسرت شروع شده بود، آنها را به ردیف اول بردند ، و خیلی ها جلوی پای امیر هوشنگ تواضع کردند ، که کاملا مشخص بود که آدم بسیار مهمی وارد شده ، حتی خواننده به جلوی سن آمد و با سر به او سلام کرد .

صابر غرق در ابهت این آقا زاده گی بود ، مرتب فیلم و عکس که می گرفت که برای دوستانش در آمریکا بفرستاد. صنوبر هم شاید بدش نمی آمد و شاید هم داشت به خودش تلقین می کرد که باید قبول کند که او زن امیر هوشنگ خواهد شد . خواننده ای که می خواند از خوانندگان جدید بود و صابر و صنوبر در آمریکا همیشه به ترانه های او گوش می دادند و اکنون واقعا لذت می بردند، خواننده شعری می خواند بدین معنی که تو که در زندگی من ماندی نبودی چرا خودت را به من شناساندی؟ انگار این شعر را برای قلب شکست خورده صنوبر می خواند . سپس خواننده گفت که یک ترانه قدیمی را که خیلی دوست دارد حالا می خواند . ناگهان آهنگی نواخته شد و خواننده ترانه قدیمی که صنوبر خیلی آن را دوست داشت خواند !

آدم یه روز دنیا میاد

یه روز هم از دنیا می ره

کسی که عاشق نباشه

تنها میاد تنها می ره !

سلام بر عشق ..سلام بر عشق

صنوبر در سکوت اشک می ریخت، خدایا این همان آهنگی بود که او در اگرا شبی که مست کرده بود بصدای بلند خواند ! خدایا چرا اگر او سعی می کند که ارژنگ را فراموش کند ! دنیا و سرنوشت نمی گذارد !؟ آهسته اشک می ریخت که کسی متوجه نشود ! ای وای که این آهنگ او را دو باره برد به رویای هندوستان ، آنشب شام غزل که او وسط خیابان بلند آواز می خواند!! و شب و روزهایی را که با ارژنگ گذرانده بود ، باخودش می گفت: خدایا اگر او باید از زندگی من می رفت ، چرا مرا با او آشنا کردی ؟ چرا این آتش را بدل من انداختی ؟ چرا هر لحظه اتفاقی می افتد که او را بیاد بیاورم زندگی زمین یک بازیست که برنده ای ندارد!!

نیم ساعت بعد وکیل امیر هوشنگ بداخل آمد و در گوش امیر هوشنگ چیزی گفت ، امیر هوشنگ معذرت کوتاهی از صنوبر خواست و همراه او به بیرون از سالن رفت . مدتی طول کشید و امیر هوشنگ باز نگشت، صنوبرکمی نگران شد ،نکند که مثل آنشب چیزی اتفاق افتاده و امیر هوشنگ رفته باشد!!؟ باور نمی کرد که امیر هوشنگ آنها را تنها در جمعی رها کرده و رفته !!؟ از سالن بیرون رفت که ببیند چه خبر است .

در گوشه ای از محوطه بیرون امیر هوشنگ و وکیلش و دو نفر دیگررا دید که دارند صحبت می کنند، آنها متوجه او نشدند ، صنوبر بسوی آنها رفت و ناگهان صدای امیر هوشنگ را شنید که تقریبا عصبانی داد می زد :

"به من مربوط نیست!! شما امضاء کردین و باید غرامت بپردازید !"

مرد با آرامش می گفت :

"ما قسط اول رادادیم، ولی جنسی که بار اول به ما تحویل دادن اونی که در قرارداد بوده نیست!! مهندسین مشاور وزارت خونه اینها رو قبول ندارن!!سنگ های شکسته به ما دادین"

امیر هوشنگ دوباره فریاد زد : "مهندسین مشاور کدوم خری هستن؟ غلط می کنن که قبول نمی کنن!! ما سنگ ها رو درست فرستادیم !! حالا اگه کسی به شما کلک زده و سنگ ها رو عوض کرده، دنبالش توی دم دستگاه خودتون بگردین !من این حرفا سرم نمی شه ، من روی قسط دوم شما برنامه ریختم ؟ این شما و اینم وکیل من که بهتر این چیزهای حقوقی رو می دونه!

من نمی فهمم باید قسط دوم شما تا فردا توی حساب من باشد !...."

صنوبر باور نمی کرد که این حرفها را امیر هوشنگ میزند !! و این قدر عصبانی شده ؟ اون چهره معصومی که به آنها نشان می دادکجا رفته !؟یعنی این شخصیت واقعی امیر هوشنگ است؟او هرشب یک چشمه از کارهای امیر هوشنگ را می دید!!

ناگهان چشم وکیل او به صنوبر افتاد و با چشم اشاره ای به امیر هوشنگ کرد ، امیر هوشنگ به پشت سرش نگاه کرد و صنوبر را دید ، حرفش را نیمه تمام گذاشت و بسوی او آمد وبا لبخند آرامی که انگار نه انگار الان داشت داد می زد ، گفت :

"صنوبر جون چیزی لازم داری که از سالن آمدی بیرون؟

صنوبر نگاهی به دو مردی که با او حرف می زدند کرد ولی چیزی نپرسید فقط گفت : "از سالن آمدی بیرون نگران شدم !"

امیر هوشنگ نگاهی به وکیلش کردو گفت :" کامبیز بقیه کار با تو من میرم توی سالن ! بطرف صنوبر آمد و با خوشحالی گفت :

"چه عجب من یه کلمه محبت آمیز از تو شنیدم ! یعنی دلت واسم تنگ شده !"

صنوبر می خواست بگوید که نه ! فقط ترسیده که آنها را جا گذاشته و به جائی رفته باشد!! ولی چیزی نگفت و باهم به طرف سالن نمایش باز گشتند. کنسرت تمام شده بود ، مردم با خواننده عکس می گرفتند، صابر را دیدند که در صف درخواست کنندگان عکس و امضاء از خواننده ایستاده تا نوبتش بشود و با خواننده عکس بگیرد .

خواننده تا امیر هوشنگ را دید بسوی او آمده و از آمدن او به کنسرت تشکر کرد ، وای که صابر چقدر عشق می کرد ، که شوهر خواهرش اینقدر معروف است . خواننده چند عکس با صابر گرفت تا برای دوستان ایرانیش به آمریکا بفرستد .امیر هوشنگ در مورد مساله ای که بیرون اتفاق افتاده بود هیچ توضیحی به صنوبر نداد، و بعد از کنسرت رفتندتا شام بخوردند .

صنوبر یک روی دیگر از امیر هوشنگ را در محوطه بیرون کنسرت دیده بود .یعنی او چنین عصبانی می شود! جریان قرار داد چی بود ؟ مهندس

مشاور یعنی چی ؟ فکر کرد که شاید این سوالها را از عمو سبحان بپرسد! بهتر باشد .

ساعت دو بعد از نصف شب ، امیر هوشنگ آنها را دم در منزل عمو سبحان پیاده کرد و رفت . ماهره هنوز بیدار و منتظر آنها بود ، به دو دلیل یکی اینکه همه خواب بودند و او نمی خواست بچه ها در بزنند و همه را بیدار کنند و دوم اینکه مثل هر مادری نگران بچه هایش بود ، او هر کاری می کرد نمی توانست دلش را با امیر هوشنگ صاف کند . صابر خیلی زود خوابید ولی صنوبر به کنار مادرش رفت می خواست با او حرف بزند :

"مامان میای بریم آشپزخونه یه چائی بخوریم من خوابم نمیاد "

با هم رفتند توی آشپز خانه و روی زمین نشستند . صنوبر جریان دعوای امیر هوشنگ را با آن دو مرد تعریف کرد و گفت :

"مامان جون می دونم من در هند اشتباه کردم!! ولی خدا شاهده که فقط یک عشق ربانی بود، من کار اشتباهی نکردم ، فقط عاشق شدم ، مثل هر دختر دیگه ای ، بخدا من مستحق این تنبیه نیستم ، مامان والله بخاطر ارژنگ نیست، ولی من از کارهای امیر هوشنگ می ترسم!!، مامان جان ازدواج که تنبیه چون شب دیر آمدی خونه دیگه نمی تونی یک هفته با دوستات بری بیرون نیست ! مامان اگه این ازدواج غلط باشه من یه عمر بد بخت می شم! آخه چرا عمو سبحان از اونا کناره گرفته؟ حتما کار اونا رو تائید نمی کنه ، مگه همیشه بابا از انقلاب بی طبقه دفاع نمی کرد ، مگه نمی گفت که ایران در زمان شاه، مال ثروتمندان و والا گهر ها بوده ، خوب حالا هم که این آقازاده ها همون کار رو می کنند ! اینهمه رفاه برای یک طبقه؟ این همه پول از کجا بدست امیر هوشنگ رسیده !! مامان من دیگه بچه نیستم ، یعنی سهم بابا هم از اون زمین یه همچی ثروتی می شده ؟ پس چرا وقتی ما آمریکا بودیم عمو سعید چیزی نگفت ؟ شاید اگه همه پول رو یکجا برای بابا می فرستاد وضع ما در آمریکا خیلی فرق می کرد ؟ مامان جون امیر هوشنگ چرا چند تا وکیل داره ؟ امشب با یک عده بیرون از سالن کنسرت دعوا می کرد ! انگار سنگ بدون استاندارد برای آنها فرستاده بود!! مردم مثل سگ از او می ترسن ! مامان نگذار بابا منو بخاطر عصبانیت بندازه توی یه چاهی که دیگه در نیام ! مامان بخدا ما که هند بودیم یک آقازداه دختری رو که دوست داشت از خونه باباش دزدیده بود وبعداز چند روز اونواگشته توی خیابون انداخته بودن ،من با چشم خودم

دیدم!!مامان اگه امیر هوشنگ هم آنطور باشه چی !!ها؟ "

ماهره همه این حرفها را خوب می فهمید ، او هم همین حس را داشت ولی کو گوش شنوا ؟ صالح شاید عصبانیت او در مورد دوست پسر صنوبر کمتر شده بود، ولی متاسفانه پول و نفوذ و قدرت امیر هوشنگ و برادرش چشم او را کورکرده بود .

صالح حرف های سبحان را هم قبول نمی کرد ، ته دلش می گفت چون سبحان مریض بوده و نتوانسته از موقعیت خودش استفاده کند به سعید حسودی می کند!! او چیز مشکوکی در رفتار و کردار سعید نمی دید و آرزو می کرد که با او شریک شده و آینده خودش و بچه ها را تامین نماید .

با هم قول قرار کارهای بزرگی را گذاشته بودند ، سعید می خواست صالح را شریک خودش کند ، صالح یک نقطه اتکا برای او در آمریکا و کانادا بشود، که کار شان را در آن قاره هم گسترش بدهند . صالح که دوازده سال درآمریکا شب و روز کار کرده بود تا بتواند خرج تحصیل بچه ها ، کرایه خانه، قسط ماشین را بپردازد ، از دیدن این همه پول ذوق زده شده بود! ماهره خیلی سعی می کرد که وقتی تنها هستند در این مورد با او حرف بزند، ولی او می گفت وقتی می توانندمانند برادرش پول حلال زیادی در بیاورد ، چرا باید آنها در سختی بسر ببرند !!؟ چرا باید بدهکار باشند چرا نباید یک خانه کوچک بخرند،

و هزاران چرای دیگر که باعث می شد ، صالح به آینده دیگری برای خودش و فرزندانش بیندیشد ،هر چه بود بین ماهره و صالح دیواری کشیده شده بود که گذشتن از آن آسان نبود . آنشب مادر و دختر خیلی حرف زدند . اما هیچکدام نمی توانستند کاری بکنند .

***

چند روز بعد ، صالح هم همراه آنها برای دیدن بازار بزرگ تهران رفت،بازار بزرگ تهران برای صنوبر و صابر دیدنی بود، این بازار سر پوشیده مثل الماس می درخشید ، آنقدر آثار هنری در بازار وجود داشت که آنها را متعجب می کرد . بازار طلا فروشها ، بازار فرش فروش ها ، بازار چینی آلات، بازار نقره جات، آنقدر بازار در بازار بود که بیاد سپردن همه آنها امکان نداشت بازاری که مثل فیلم ها بود و همه چیز در آنجا یافت می شد .

امیر هوشنگ و مادرش ، شاید داشتند جهاز صنوبر را می خریدند ، ظروف بلور رنگ وارنگ قشنگ ایرانی که عکس ناصرالدین روی آنها بود ، آیینه شمعدان نقره ای برای عقد ،قران ، رو قرانی ، بقچه های ترمه زر دوزی شده ، رو تختی و وسایل اتاق خواب ، آنچه را که یک دختر آرزو می کرد برای صنوبر خریدند ،صالح وقتی امیر هوشنگ کارت می کشید خیلی کیف می کرد که چنین دامادی دارد . نهار را در یک رستوران چلو کبابی سنتی بسیارقدیمی در بازار خوردند ، و بعد روانه خانه شدند . البته در تمام این مدت محافظین امیر هوشنگ با آنها قدم بر می داشتند . سبحان گفته بود که هر چه خرید می کنند به خانه خود شان ببرند و چیزی را به خانه او نیاورند .

وقتی که بخانه سبحان رسیدند ، سمیه دم در گفت که در اتاق نشیمن آقا سبحان میهمان دارد . بنابراین ماهره و صنوبر به اتاق مادر بزرگ رفتند ولی سمیه گفت که صالح می تواندبه اتاق نشیمن برود . صالح چند ضربه بدر زد و سلامی کرد و وارد اتاق شد ! جوانی که در اتاق نشسته بود جلوی پای او تواضع کرد ، جوانی بود خیلی خوب صورت که ریش مشگی داشت موهای سرش کوتاه بود و پیراهن یقه گردی هم بتن داشت که دکمه بالا را هم بسته بود ، بقول ایرانی های لوس انجلس خیلی قیافه حزب اللهی داشت سبحان او را معرفی کرد .

" داداش صالح، ایشان مالک آقا زاده دوست و هم رزم ما آقا سید مجتبی هستن ،یادت میاد در پل دختر توی محاصره عراقی ها بودیم ، او متخصص بی سیم بود و بالاخره بی سیم را کار انداخت و مشخصات محل ما رو داد تا پیدایمون کنند!؟ حالا یک حسابدار قابل است و معاون بانکه و این آقا زاده هم از نخبگان دانشگاه شریف می باشد ."

صالح به جلوی او رفت و با او دست داد و حال پدرش را پرسید !! چقدر خوب است که اینجا دوستان قدیمی هم را می شناسند و یادی از هم می کنند او در آمریکا آرزوی چنین چیزی را داشت .

چند دقیقه بعد مالک خیلی مودبانه اجازه مرخصی خواست و سبحان به او گفت که به پدرش زنگ خواهد زد و تا پشت در حیاط به بدرقه او رفت .

وقتی بازگشت با خنده به صالح گفت :" این روزا خونه ما شده محل کار خیر و خواستگاری !!"

صالح با تعجب گفت :" یعنی آمده بود خواستگاری سمیرا دختر هشت ساله !!؟"

سبحان خندید و جواب داد

" نه بابا آمده بود اجازه بگیرد برای خواستگاری کردن از نرگس دختر سعید!!"

صالح دوباره تعجب کرد :" اگر به خواستگاری نرگس آمده چرا اینجا ؟ باید بخونه داداش سعید می رفت ؟"

سبحان آهی کشید و گفت :" داداش تو هنوز هم حرفهای منو در مورد سعید باور نداری؛بیا این یک نمونه از اعتماد مردم به او !! دخترش را از من خواستگاری می کنند !! چون نمیخوان با سعید و خانواده اش روبرو شوند !"

صالح با ناباوری به او نگاه کرد !! خوب بالاخره باید از پدر عروس اجازه بگیرندیا نه؟ وقتی سعید زنده است چرا دخترش را از سبحان خواستگاری می کنند ؟؟"

سبحان به او گفت :"بیا بشین تا داستان رو برات بگم . سید مجتبی شده معاون بانک و خیلی هم خوشنامه !! برعکس اون رئیس ها و معاون های بعضی از بانکها که با گرفتن رشوه های بزرگ وام های کلان به آقا زاده های فراری می دن و بعد هم خودشون فراری می شن . مجتبی خیلی انسان نیکو و پاک دامنی است . این پسرش هم بدون پارتی بازی شاکرد اول کنکور دانشگاه شریف شد و داره مهندس می شه ..پا جا پای پدر گذاشته و خیلی معتقد و مومنه . روش نشده که با من حرف بزنه همه ی احساساتشو توی این نامه نوشته بیا بخون تا ببینی هنوز هم عشق های ربانی اتفاق می افته صالح پاکت را باز کرد و چنین آغاز به خواندن نمود.

***

سلام آقا..

من پیشاپیش از اینکه مزاحم شما میشوم و از شما کمک می طلبم ، از حضورتون معذرت می خواهم .پدرم به من گفت که خدمت شما برسم و در مورد عشقم با شما حرف بزنم، ولی من نمی توم در چشمان شما نگاه کنم و حرف از داستان عشق و دلدادگی بزنم . بنابر این داستان را برای شما می نویسم ، تا خودتون قضاوت کنید که من لیاقت او را دارم یانه !!؟ من بی اجازه بزرگ ترها عاشق شده ام ، اما عشق که اهل اجازه گرفتن نیست و

بهر دلی که بخواهد وارد می شود!!. اما ازدواج بدون اجازه نمی شود!! من داستان را آنطور که اتفاق افتاده برای شما می نویسم ، و ازتون کمک می خوام.

حدود یک ماه پیش ،پنجشنبه بود، مادر از من خواست تا همراه او و دوستش به قم برای زیارت برم. منهم که خیلی وقت بود به زیارت حضرت معصومه نرفته بودم ، خیلی استقبال کردم . مادر بهمراه دوستش خانم علوی نذر کرده بودن که شب جمعه ای ، درمسجد جمکران تا صبح بیتوته کنن. خداوند حاجت آنها رو داده بود ، و آنها می رفتن تا نذر خودشون را بجای آورند.،بنابراین سه نفری براه افتادیم . سفر خوبی بود ، با سخنان خانم علوی که داستانهای بسیار قشنگی از معجزات رو می دونست و تعریف می کرد، نفهمیدیم کی به قم رسیدیم . ابتدا به زیارت حضرت معصومه رفتیم و سپس نهار را در یک کبابی نزدیک حرم خوردیم ! و بعد به قصد جمکران حرکت کردیم . وقتی آونا رو پیاده می کردم ، مادر پاکت کوچکی رو به من داد و گفت :

" پسرم ، این پول زکاته ، تهران ندادم چون می دونم مدرسه ای در اینجا هست که در آنجا از کودکان معلول پرستاری می کنن، دلم می خواد تا قبل از غروب این پول رو به آنها برسونی ..."

من چشمی گفتم و پرسیدم : "مامان جون شما آدرس اونجا رو دارید؟"

مادرم جواب داد :" برو کتاب خونه عمومی قم ، معمولا این بچه ها رو. واسه کتابخوندن به اونجا میبرن ، اگه نبودن آدرس مدرسه رو بگیر"

براه افتادم ، برای ما که از تهران به شهرستان می ریم همه فاصله ها کوتاهه خیلی زود به کتابخانه رسیدم . ماشینم را پارک کردم و وارد کتابخانه شدم. چیزی که هرگز در آن لحظه به آن فکر هم نمی کردم!! عشق و عاشقی بود! اما خوب عشق چنین است که به قلب های پاک رخنه می کنه !!حتی بدون دعوت، بدون اجازه!!.

ازمسئول دفتر در مورد مدرسه معلولین پرسیدم ، او گفت که در اتاقی که شماره اش را داد ، بچه ها دارن غذا می خورن . من به سوی آن اتاق براه افتادم .. هرگز فکر نمی کردم که این لحظه عاشقی و دلدادگی من باشد!!؟ لحظه ای که همه آینده من رقم می خورد؟ وقتی که در آن اتاق را می گشودم حتی یک آن نمی اندیشیدم که همه ی زندگیم را در آنجا می یابم!!

تقدیر منو توی این اتاق رقم زدن و چه تقدیر قشنگی !!.

چند کودک معلول روی صندلی های چرخدار نشسته و دو خانم به آنها غذا می دادن ، چه صحنه زیبائی بود ، اگر این کودکان بی گناه ناخواسته چیزی از دیگران کم داشتند ، بعوض انگار خداوندبه آن دو فرشته مهربان حسی فراتر از انسان های دیگه داده بود، که با چه آرامش و مهربونی غذا را بدهان آنها می گذاشتند ! خداوندا چه قلب بزرگ و چه صبر عظیمی به اینها داده ای !!؟ بعضی از بچه ها غذا را تف می کردن ، یکی دهانش را می بست و نمی خواست چیزی بخوره و این فرشته ها با مهربانی و شوخی و خنده غذا را به آنها می خوراندن .

من محو اینهمه انسانیت شده بودم ، آخه هیچوقت مدرسه معلول ها رو ندیده بودم ، فکر نمی کردم که کمک کردن به آنها اینقدر سخت باشه ، بی اختیار یکی از آن فرشته ها بسوی در نگاه کرد و من او رو دیدم !! شاید به عمرم چنین زیبائی ربانی رو ندیده بودم ، لبخندی به لب داشت که انگار از بهشت آمده بود !! شبیه لبخند های فرشته ها در نقاشی ها بود!!، با چشمانی معصوم ، روسری سفیدی بدور صورت زیبایش زیر چادر سیاهش پیچیده بود که قیافه او رو بیشتر ملکوتی می کرد ، دهانش باز و بسته می شد و با من حرف می زد ، ولی انگار فرسنگها از او دور بودم و صدایش را نمی شنیدم، مثل این بود که فرشته ای از آسمان نزول کرده و بزبان دیگری با من حرف می زند که من نمی فهمیدم !! خدایا مرا چه شده ؟ زبانم بند آمده بود !!

یعنی این فرشته انسان است و مرا مخاطب قرار داده !! ناگهان صدای یکی از آن بچه ها که می گفت :" عممممممو ..عممممو "

مرا بخود آورد ، این فرشته زیبا دوباره نگاهی به من کرد و با صدای ملکوتی پرسید:" شما فرمایشی داشتین ؟"

وای بر من ، چگونه ناگهان خودم و ایمانم رو رها کردم و چشم به دختر نامحرمی دوخته بودم !! که از آن من نبود !! خداوند این گناه کبیره مرا ببخشد .. خودمو جمع و جور کردم و نگاهم را به پائین انداختم و گفتم :

" ببخشید ... من اومدم...یعنی می خوام .. با مسئول این بچه ها حرف بزنم.. ولی آنقدر کارشما قشنگ بود که من فراموش کردم که چی می خواستم "

دوباره نگاهی عمیق به من کرد و با لبخندی جواب داد :

" مسئول مدرسه شون امروز غایبه .. ولی اگه فرمایشی دارین منم می تونم جواب بدم "

دوباره احساس شرمندگی کردم .. هر چه می کوشیدم که به او نگاه نکنم انگار قدرتی بر دل و دیده خود نداشتم با خودم می گفتم :

رشته ای بر گردنم افکنده دوست   می کشد هر جا که خاطر خواه اوست

دوباره نگاهم را دزدیم و زبانم به لکنت افتاده بود ، با شرم گفتم :

" ببخشید ..مادرم ..یعنی .. گویا مادرم قبلا اینجا بوده ... یا نمی دونم شاید رفته مدرسه اینها ... بهرجهت وجه ناقابلی رو به من داده تا تقدیم کنم ..."

در چشمانش برقی درخشید و لخندی بر لبانش غنچه کرد که زیبائی او را دو چندان نمود ، سرم را پائین انداختم ، از خودم خجالت کشیدم که چنین به دختری نگاه می کنم..خدا منو ببخشه .. نمی تونستم چشم از او بر دارم !! مرتب زیر لب استغفار می کردم .. لبخندی زد وبا خوشحالی گفت :

"خدا رو شکر که واسه اینا پول آوردین .. خدا مادرتون رو خیر بده که بفکر این بچه های بی گناه هستن "

دست توی جیبم کردم و پاکتی رو که مادر بهم داده بود در آوردم و بطرف او رفتم .. تا دستشو جلو آورد که پاکت رو بگیره !!ناگهان بچه ای که به او غذا می داد دستشو بلند کرد و محکم زد تو صورت او.. او که اتنتظار چنین حمله ای رو نداشت ناگهان جلوی چشمهای من .. تعادلش رو از دست داد و قبل از اینکه من بتونم کاری بکنم ، دور خودش چرخید و به زمین افتاد و سرش محکم خورد به میله آهنی صندلی چرخدار یکی از بچه ها و خون از سرش فواره زد ، بیهوش نقش زمین شد !! نمی دونستم چکار کنم.. دویدم کنارش نشستم .. سعی کردم که سرش رو بلند کنم .. صدایش می کردم ولی اون جوابی نمی داد .. دختر دیگری که با او همکار بود شروع کرد به فریاد زدن ..و کمک خواستن ..من بخودم اومدم و شماره آمبولانس رو گرفتم .. سعی می کردم با گوشه ای از چادرش روی زخم رو محکم گرفته وجلوی خون ریزی رو بگیرم ولی نمی شد !!!.. در این موقع در اتاق باز شد و یه خانم و دو تا مرد وارد شدند، و بسوی ما دویدند .. خانمه فریاد می زد

یکی زنگ بزنه به آمبولانس ... و به یکی از مردها گفت :

" بدو جعبه کمک ها رو بیار تا لااقل جلوی خون ریزی رو بگیریم "

بچه ها خیلی ترسیده بودن، و گریه می کردن.... صحنه خیلی دلخراشی بود من همه روانم در هم پیچیده بود ، در لحظه ای که عاشق شدم ناگهان معشوقم بر زمین افتاده و از سرش خون می جهید ناگهان داد زدم...پس مسئول این بچه ها کجاست ؟ و از کار خودم شرمنده شدم ، من نباید سر این مردم فداکار داد می زدم .!!؟

بی اراده بلند شدم .. خیلی دلم می خواست که سرشو توی بغل بگیرم ولی خجالت می کشیدم .. مرد با جعبه کمک های اولیه بازگشت . اون خانم باندی در آورد و روی زخم گذاشته و فشار می داد در ضمن مرتب می گفت:

" نرگس جون چشاتو باز کن !! صدای منو می شنوی ؟ "

اما فایده نداشت و او بیهوش بود .. در این موقع دوتا مرد وارد شدند و به کمک مردی که آنجا بود ، صندلی چرخدار بچه ها رو بیرون بردند .. آمبولانس هم رسید .. و به کمک فرشته ای که مرا چنین مجذوب خودش کرده بود آمدند، که حالا فهمیده بودم اسمش نرگس بانوست،.. چند لحظه بعد اونو روی برانکار گذاشته و می بردند اما گوئی که جانم می رود!!!من مثل مجسمه گوشه اتاق ایستاده بودم ..   اصلا قصد رفتن نداشتم!! نمی دونستم چکار کنم ؟ دختر دیگه ای که کمک اون می کرد ، رو به من کرد و گفت :

"آقا شما ماشین دارین ؟ می تونین منو برسونین بیمارستان !! من دوست نرگس هستم اون تو این شهر کسی رو نداره !!"

من که از خود بیخود شده و به رفتن او چشم دوخته بودم، با صدای او بخودم آمدم !با عجله گفتم :" حتما..بفرمائین ماشین من بیرونه "

با عجله بسوی ماشین رفتیم تا آمبولانس رو گم نکنیم !! خدایا این دیگه چه جور عاشق شدن بود !! هنوز شروع نشده راهی بیمارستان شدیم .. دختری که با من آمده بود، مرتب بصدای بلند دعا می خووند و خدا رو صدا می زد که نرگس کاریش نشه !! با سرعت آمبولانس رو تعقیب می کردم .. بالاخره

به بیمارستان رسیدیم ... منم پارک کردم و دنبال برانگار می دویدم..اونو بطرف اوژانس بردن .. تا پشت در به همراهش رفتم ولی دیگه نگذاشتن که ما بریم توی.. کنار دیوار ایستادم و چشم بدری دوختم که جانان من توی اون اتاق بود .. حالا چه حالی داشتم فقط خدا می دونست .. اصلا فکر نمی کردم که باید برم .. باید می موندم و کمک می کردم .. در این موقع پرستاری از اتاق بیرون آمد و بلند گفت:" همراه این خانم زخمی کیه ؟"

من بی اراده جواب دادم :" من"

اون بطرفم آمد و یه نسخه به من داد و گفت :" از داروخونه این وسایل رو بگیرین .. تا سرشو بخیه بزنیم .. "

دختری که همراه من بود و حالا می دونستم که اسمش آتنا است با وحشت پرسید:" خانم چی شده هنوز بیهوشه ؟"

پرستار جواب داد :" بخدا توکل کنین .. فعلا زخمو بخیه بزنیم تا خونریزی قطع شه بعد عکس می گیرند .. اگه خونریزی داخلی باشه عمل می کنن "

من بدو به داروخونه رفتم و دواها رو خریدم و به پشت در اتاق آمدم، پرستار اونا رو از من گرفت و رفت توی اتاق .. خدایا چه اتفاقی داشت توی اون اتاق می افتاد .. نمی دونم چقدر اونجا بودم که دکتری از اتاق بیرون آمد و گفت :

" همراه این خانمی که افتاده کیه ؟"

من و آتنا با عجله بسویش دویدم .. من گفتم :" منم بفرمائید؟"

دکتر پرسید:" شما چکارش هستین ؟"

خدایا چه بگویم .. نمی دونم که چگونه! ناگهان بی اراده گفتم:" من همسرش هستم "

آتنا به من نگاه کرد و چیزی نگفت ، دکتر گفت :" پس برید پذیرش و کاراشو انجام بدین باید عمل شد .. میله به پشت گردنش خورده .."

دیگه حرفای دکتر رو نمی شنیدم با آتنا بسوی پذیرش رفتیم .. آتنا برگه ها رو پرمی کرد چون من که هیچی از اون نمی دونستم ..آخرش به من گفت :

" اینجا رو امضا کنین "

منم بی اراده امضا کردم .. سپس مامور پذیرش ماشین کارت خوان رو بطرف من دراز کرد، اول نفهمیدم چی می خواد و آتنا با شرم گفت : " باید کارت بکشین "

بالافاصله کارتم رو در آوردم و کشیدم .. چند ورقه رو بدست ما داد که بدکتر نشون بدیم .. بطرف اتاق اوژانس می دویدم ..ورقه ها رو دادیم ، ولی هنوز دکتر جراح نیامده بود .. کمی آروم شده بودم .. تازه فهمیدم که چکار کردم !!؟بنام شوهر کسی که نمی دونم کیه ؟ امضاء کردم!! اگه یه دفعه اون شوهر داشته باشه و یا فامیلش بیان و از من شکایت کنن چی ؟ از نگاه کردن به آتنا هم خجالت می کشیدم .. همین طور که سرم پائین بود پرسیدم:

" ببخشید خانم نمی خواین به خونوادش خبر بدین ؟" یه وقت ناراحت نشن که خبرشون نکردین"

آتنا با اندوه جواب داد : " کاش خونواده اش قدر همچین دختری رو می دونستن !! اون با خونوادش قهره !!"

با تعجب به او نگاه کردم دختر به این خانمی ، چرا باید با خونوادش قهر باشه با تعجب پرسیدم :"چرا؟ چی شده ؟"

آتنا انگار نمی خواست وارد جزئیات شود وگفت :" من نمی دونم ، شاید وقتی خوب شد خودش بگه .. بعد با شرم گفت .. ببخشید که من پول نداشتم ، کیف خودشم توی کتابخونه جاموند ..انشالله خودش طلب شما رو می ده "

گفتم :" اشکالی نداره .. شاید خواست خدا بوده که من در چنین موقعیتی توی کتابخونه باشم !!"

آتنا دوباره به فکر فرو رفت و گفت :" ببخشید آقا .. من حتی اسم شما رو نمی دونم ."

گفتم :" اسم من مالکه "

بعد تازه یادم افتاد که نیمه شب شده و نه من و نه این دختر.. تا حالا چیزی نخوردیم بلند شدم .. انگار می ترسید که اونو توی بیمارستان تنها بگذارم

پرسید :" کجا میرین !!؟"

گفتم :"میرم یه چیزی واسه خوردن پیدا کنم "

و بطرف در بیمارستان براه افتادم .. خدایا این دختری که مثل یک فرشته است در کدوم خونواده دنیا آمده که با او قهر کرده اند؟ نمی خواستم از بیمارستان بیرون برم .. انگار از جانانم جدا می شدم ..از نگهبان دم در در مورد رستوران پرسیدم و او گفت که روبروی بیمارستان یه ساندویچ فروشی هست.،که بیست و چهار ساعته بازه. دو تا ساندویچ و دوتا نوشابه گرفتم و به کنار آتنا برگشتم . کمی بعد دکتر از اتاق عمل بیرون آمد من بسوی او دویدم و او گفت :

" خداروشکر مهره های گردنش سالم هستن ..یه شکستگی روی سرش بود که بخیه زدیم و یک شکستگی کوچک روی جمجمه اش هست، نزدیک گردنش،که آنو کچ گرفتیم ، فعلا که همه چیز خوبه شاید فردا مرخص بشه "

آتنا بعد از رفتن دکتر گفت :" اونو کجا ببرم که استراحت کنه توی خوابگاه که نمی شه "

من گفتم :"تا صبح خدا گریمه ، یه طوری می شه فعلا خدا رو شکر که چیز بدی اتفاق نیافتاده "

مدتی گذشت ،آتنا خوابش برده بود، منم روی یه نیمکت دیگه دراز کشیدم حالا که خیالم راحت شده بود، منم یه چرتی زدم .. نمی دونم چقدر خوابیدم که با صدای زنگ تلفنم بیدار شدم .. سالون بیمارستان روشن شده بود .. آفتاب زده و صبح بود. وای خدایا نمازم قضا شده .. خیلی ناراحت شدم . تلفن رو نگاه کردم مامانم بود با عجله جواب دادم :

مادرم پرسید : " تو کجائی .. ؟ مگه توی مسجد نیستی ؟ بیا بریم صبحونه بخوریم "

چی باید به مامان می گفتم ... من هیچوقت به پدر و مادرم دروغ نگفته بودم .. اما این بار انگار خجالت می کشیدم که بگم چه اتفاقی افتاده .. انگار اگه دهنم رو باز می کردم مامان می فهمیدکه عاشق شدم . ناگهان بفکرم رسید که شاید مامان کسی رو بشناسه که از اون چند روزی نگه داری کنه .. بالاخره باید می گفتم که کجا هستم ، یه جوری که از احساسم حرفی نزنم جریان رو به مامان گفتم .. مامان خیلی ناراحت شد و گفت که الان

میاد بیمارستان . دلم مثل سرکه و شیره می جوشید ، حالا اگه مامان بفهمه که من عاشق شدم چی ؟

چیری نگذشت که مامان و خانم علوی به بیمارستانن آمدند . خانم علوی کلی منو بخاطر کار نیکم دعا کرد که به یک دختر تنها کمک کردم . نرگس هم بهوش آمده بود رفتیم توی اتاقش ، خدا را شکر خوب بود ، ولی دکتر گفت که باید برای یک هفته استراحت مطلق بکنه ، خیلی دلم می خواست اونو به خونه خودمون ببریم ، ولی خوب بخاطر من مامان اینکار رو نمی کرد!! توی راهرو نشستیم و حرف می زدیم که چکار کنیم خانم علوی گفت :

" من تنهام هیچ اشکالی نداره ، اونو یکی دو هفته توی خونه خودم نگه میدارم ، حالا که نمیتونه پیش خانواده اش بره .

این پیشنهاد خیلی خوب بود . آتنا هم خوشحال شد ، بیچاره خیلی نگران دوستش بود، ولی از عهده او بر نمی آمد که از او پرستاری کنه . به پیشنهاد خانم علوی به اتاق برگشتیم تا جریان یک هفته استراحت مطلق رو با نرگس در میان بگذاریم . وای از نگاه کردن به او می ترسیدم ، می ترسیدم که مامان بفهمه توی قلب من چه خبره ؟ سعی می کردم که نگاهم رو بدزدم نرگس از خانم علوی خیلی تشکر کرد ولی گفت :

" مزاحم شما نمیشم ..میرم خوابگاه همون جا استراحت می کنم ."

خانم علوی خیلی اصرار کرد و نرگس نگاهش را به پنجره دوخت و با شرم گفت :

" شاید اگه منو بشناسین نخواین که من بیام خونه شما !!"

همه ما از این جواب حیرت کردیم !! یعنی چه !!؟

خانم علوی با تعجب گفت :" چرا عزیزم .. تو دختر خیلی خوبی هستی ؟"

نرگس نگاهی به ما کرد ، ناگهان چشمانش را حلقه اشکی دور زد و با لحن غمگینی گفت :" شما اسم منو می دونین ؟ می دونین من کیم؟ من نرگس فرد خراسانی هستم !!"

دلم ناگهان ریخت !! زبونم بند آمد.. خدایا نکنه این فرشته دختر اون مردیه

که آن همه حرف و حدیث در مورد خودش و پسرش می زنن ؟شاید تشابه اسمی باشه ؟ولی بازم برای اینکه مطمئن بشم پرسیدم :

"معینی فرد خراسانی؟"

چشمهای قشنگش رو باز و بسته کرد یعنی بله و گفت :" بله همون وکیل مشهور ولی چون دوست نداشتن من رشته الیهات رو بخونم که با عقاید اونا شاید جور نبود..و بقیه چیزها... مدت هاست با اونا ارتباطی ندارم .. حتی خرجی هم از اونا نمیگیرم .. خودم کار می کنم و درس هم می خونم !"

من غرق اسم اون شده بودم ... خدایا یعنی این رسم عشق بازیست ؟ چرا باید من برای اولین بار چشم و دلم واسه دختری بلرزه که این همه حرف و حدیث دنبال پدرشه ..، خدایا اون یه دختر غلط برای من نیست از سرووضعش پیداست !! اما ای وای از نام خانوادگیش؟

که عشق آسان نمود اول ولی افتاد مشکلها

تمام تنم می لرزید !! نگاه مامان و خانم علوی هم تغییر کرد ..پدرم بارها، در مورد پدر نرگس حرف زده بود !! مطمئن بودم که اجازه این عشق روبه من نمی ده !! ولی اون خودش یک دختر پاک و مطهره !! یک فرشته آسمانیه دختر پدری به اون ثروت مندی داره از بچه های معلول پرستاری می کنه!! یعنی سخت ترین کار!! .. بخودم گفتم !! بذار خوب شه من که از اون نمی گذرم .. خانم علوی گفت :

" دختر عزیزم باید به این صداقت تو افتخار کرد که اینقدر شهامت داری که خودت حقیقت رو گفتی ، آفرین به تو که توانستی کار کنی و درس بخونی و از عقیده ات بر نگردی . من روی چشمم از تو پرستاری می کنم "

دکتر دوباره برای معاینه نرگس وارد اتاق شد و پس از احوال پرسی رو به ما کرد و گفت :

"می تونین ببردیش خونه .. فقط باید برای یک هفته استراحت مطلق کنه وگردنشو زیاد حرکت نده"

ساعتی بعد در راه تهران بودیم .. نرگس رو روی صندلی عقب خوبانده بودیم که آرام باشه و من خیلی آروم رانندگی می کرد م.. و به سرنوشت این عشق اندیشیدم .. خدایا من کجای کار رو اشتباه رفتم که باید چنین امتحان

شوم ..ولی این هم شاید خواست خدا بوده تا من را بیازماید !!نرگس بیشتر راه را خوابید!!شاید اثر داروی بیهوشی بود..

دوساعت بعد او را دم درب خونه خانم علوی پیاده کردم و با کمک مامان او را به اتاقی بردیم و روی تختی خواباندیم .. بعد من به داروخانه رفتم ودواهاشو گرفتم ..

خجالت می کشیدم که به آنجا رفت و آمد کنم .. باید دلیلی داشته باشم از خانم علوی خواستم که هر کاری داشت به من زنگ بزنه و بهانه من این بود که نرگس تنها نماند ولی این دل خودم بود که می خواست به آنجا بروم و نرگس را ببینم .چند روزی گذشت .. من بهر بهانه ای بخونه خانم علوی می رفتم ..

از پریدن های رنگ و از تبیدن های دل

عاشق بیچاره هر جا هست رسوا می شود

مامان خیلی زودفهمید که عاشق نرگس شدم .. و شبی تا صبح با هم حرف زدیم .. مامان هم از او خیلی خوشش می آمد ..هرچه می گذشت ، لطافت روحش را بیشتر درک می کرد، ولی بالاخره او دختر معینی فرد بود و ما باید با این مسئله کنار می آمدیم ..

گاهی روزها که به خونه خانم علوی می رفتم ، نرگس بیدار بود و داشت کتاب می خواند، همیشه کتابی در دست داشت . گاهی مثنوی ، گاهی دیوان حافظ و گاهی هم نهج البلاقه ..گاهی نهج البلاغه را با مثنوی در هم می آمیخت و برای من تفسیر می کرد ، منی که در یک خانواده مذهبی بزرگ شده بودم هیچکدوم از حرفهائی که می زد رو نمی دونستم ، انگار که برای اولین بار می شنیدم، آن هم با زبان عشق و گوش مشتاق که چه تاثیری بر روح و روان من می گذاشت ..!! انگار این حرفها بوی بهشت را می داد و یکی از مقربین خدا برایم سخن می گفت ..سخنانی که تا قلب من رسوخ می کرد .می گفت برای رسیدن به معرفت خداوند باید سه کتاب را خواند؛ ولی به این ترتیب ،مثنوی ، نهج البلاغه،، قران ، تا ارتباطت را با خدا برقرار کنی . و من باور نمی کردم که یک دختر بیست ساله برایم مثل یک پیامبر فلسفه هستی را تفسیر می کند..!! روز به روز بیشتر شیفته او می شدم ، اگر در لحظه اول عاشق روی ملکوتی او شده بودم اکنون با روح والای او به یقین خودم می رسیدم.

شاید گاهی احساس می کردم با نگاهی عاشقانه منتظر منه .. چون وقتی یا الله می گفتم با صدای ملکوتی خودش که تا ته قلبم نفوذ می کرد می گفت بفرمائید...جرات نمی کردم از عشقم چیزی به او بگم .. تازه اگر جرات می کردم خجالت می کشیدم .. من تا بحال با دختر غریبه ای از عشق و عاشقی سخنی نگفته بودم...حتی توی دانشگاه هم خیلی خجالتی بودم..اما این بار فرق می کرد .. این بار پای اشتیاق دل در میان بود ..و حسرت نگاه.. چند دقیقه ای بیشتر آنجا نمی موندم ..می ترسیدم که از خود بیخود شوم و چیزی که نه شایسته او بود و نه من ،به زبان بیارم !!ولی همین مدت کوتاه هم برای دل عاشق من بس بود تا آن لحظه ها رو در پشت پلکهایم پنهان کنم و هر زمان که دل تنگیش سراپایم را تسخیر کرد، آنها را دوباره ببینم. گاهی به رفتنش فکر می کردم و دلم لبریز از غم می شد. به دیدنش معتاد شده بودم! با خودم فکر می کردم که وقتی او برود با این همه دلتنگی چه کنم !!؟

بالاخره مامان جریان رو به پدر گفت .. پدر هم کمی جا خورد.. از اسم رسم خودش نمی ترسید، ولی می ترسید که مردم فکر کنن او بخاطر گرفتن مقام بهتر می خواد با معینی فرد وصلت کند!! . مامان برایش گفت که چقدر او با خانواده اش فرق داره .. و اگر پدر او رو ببینه اوهم شیفته این همه صفا وپاکی او می شه . پدر گفت که اجازه بدهیم در این مورد فکر کنه .

بالاخره یک شب به اسم احوال پرسی همراه من و مامان بخونه خانم علوی رفتیم ، تا پدرم نرگس رو از نزدیک ببینه ..پدرم هم او را بسیار پسندید ، دختری با این سن کم و اینهمه کمالات از کجا می توانست برای من پیدا کنه!!.

یک هفته تمام شد و نرگس باید به قم باز می گشت . او دوست نداشت که ما برایش خرج کنیم و با اصرار هر چه خرج کرده بودم را به من باز گرداند. و یک روز صبح همراه مامان و خانم علوی او را به قم رساندیم ..وقتی که او از در خوابگاه رد شد و دیگر او نو ندیدم .. دنیا برایم سیاه و تار شد . من بی او نمی تونستم زندگی کنم .. انگار جانم را در این خوابگاه به امانت می گذاشتم .. در تهران این امید را داشتم که هروز او رو ببینم ولی حالا چه کنم ؟ خانم علوی هم در این چند روز به احساس من پی برده بود ..دلم نمی خواست پایم را از روی پدال ترمز بردارم !! چگونه ، جان و جهانم رو پشت این در جا بگذارم و برم؟؟ مامان نگاهی به من کرد که چرا راه نمی افتی!! .

با حسرت به در خوابگاه او نگاه می کردم ..آرزویم این بود که شاید دوباره برگردد و یک بار دیگر اونو ببینم ..ولی در خوابگاه بسته شد و او رفت و دل و عقل مرا هم با خودش برد .. بغضی گلویم را می فشرد ولی چاره ای نداشتم!! باید به تهران باز می گشتیم .

در رفتن جان از بدن از بدن

هر کس بنوعی گفت سخن

من خود بچشم خویشتن

دیدم که جانم می رود .

از روز بعد جاده تهران قم شده بود بزرگراه بهشت برای من ، بهر بهانه ای می رفتم تا او رو ببینم .. پدرم ازم خواست تا درباره او پرس و جو کنم .. همه غیر از خوبی چیزی درباره اش نمی گفتند ..

بالاخره یک شب پدر منو صدا زد و دراین باره با هم حرف زدیم .. او ازم پرسید که آیا احساس نرگس رو نسبت به خودم می دانم !!؟ من که چیزی به او نگفته بودم ولی شاید از رفتارم فهمیده بود که می خواهمش و از من فرار نمی کرد ..

پدر گفت برای حرف زدن با نرگس باید اجازه بزرگترش رو بگیریم ..ولی چون می دونست که او با خانواده اش ارتباطی نداره از من خواست تا به دیدن شما بیام و اجازه بگیرم که در مورد ازدواج با نرگس بانو با شماحرف بزنم.. ولی من خجالت می کشیدم که رو در رو از احساساتم بگویم ، بنا براین این نامه رو نوشتم تا تقدیم کنم خدمت شما .. که اگر اجازه می فرمائید من به دیدن نرگس بانو برم و با او در باره صحبت کنم .امیدوارم لایق این محبت شما باشم و اجازه دهید که آن فرشته الهی نصیب من گردد .

مالک

صالح غرق در تعجب بود !! خدایا آیا واقعا برادرش در بین مردم بدنام است؟ او وکیل مجلس است !! مردم به او رای داده اند !!حتما سید مجتبی هم به سعید حسودی می کند !! و برای خود شیرینی مالک را پیش سبحان فرستاده !! شاید چون هم طبقه سعید نیست می ترسد که به او دختر ندهند!!

به سبحان گفت :" از نرگس خبری نمی گیری که چطور است ؟ حالش رو بپرسی؟"

سبحان جواب داد :" نرگس خودش به ما زنگ می زنه! ولی من شماره اش روندارم .. خدا روشکر که خطر رفع شده وگرنه مالک می گفت "

صالح زیاد حرفهای سبحان و نوشته های مالک را باور نمی کرد .. آدم مهم دشمن و حسود زیاد دارد!! یعنی دختر سعید بدون اجازه از پدرش ازدواج خواهد کرد ..شاید او در مورد صنوبر خیلی سخت گرفته .!!؟ به اتاقش رفت تا بخوابد و در این مورد چیزی به ماهره نگفت ،و بزودی در این باره فراموش کرد.

***

صنوبر خیلی دلش می خواست که با عمو سبحان بنشیند و حرف بزند . به او بگوید که چه احساسی دارد. فکر می کرد اگر کسی او را درک کند فقط عمو سبحان است ، اما متاسفانه خجالت می کشید . گاهی وقتها دلش می خواست عکسی از چیزهائی که می خرند برای ماهور بفرستد اما متاسفانه پدرش تلفن او را در آمریکا جا گذاشته بود و او هیچ تماسی نمی توانست بگیرد . یکی دو بار فکر کرد که از صابر تلفن بگیرد و با ماهور حرف بزند! ولی چه حرفی؟همه آنها می دانستند که صنوبر قرار است زن پسر عمویش شود . یادش می آمد که در هند چند بار از حرف گلبو ناراحت شد ، ولی او حقیقت را می گفت و صنوبر قدرت ایستادگی در برابر پدرش را نداشت .

چند روزی گذشت سعید دو بار بدیدن صالح آمد ، ولی حرفهای سبحان او را می رنجانید و تصمیم گرفت تا آنها را به خانه خود ببرد ، خوب وقتی امیر هوشنگ خانه مستقلی داشت رفتن آنها به خانه سعید مانعی نداشت. صنوبر خیلی دلش می خواست خانه مادر بماند ،ولی صالح می خواست که او جلوی چشمش باشد، می ترسید که به گونه ای با آمریکا تماس بگیرد و دوباره فیلش یاد هندوستان کند . او می اندیشید که این عشق زود گذر خواهد گذشت و روزی صنوبر از اینکه پدرش او را به امیر هوشنگ داده ممنون خواهد شد .

بنا براین دوباره بخانه سعید بازگشتند ، صابر این را خیلی دوست می داشت. که مثل شاهزادگان زندگی کند!! در طبقه آخر استخرآب گرم و جاکوزی هم داشتند ، صابر عاشق این چیزها بود. در این مدت امیر هوشنگ فقط یک

بار به دیدن آنها آمد . یک روز تلفن کرد که برای معامله ای به شمال می رود و اگر صنوبر و صابر دوست داشته باشند می توانند همراه او بروند .

صالح از اینکه صنوبر بدون او جایی برود نگران بود ، می ترسید که با آمریکا تماس بگیرد و همه نقشه های او نقش بر آب شود ، اما صابر اصرار می کرد که به این سفر بروند ، بالاخره صالح تلفن صابر را از او گرفت و تلفنی که داداش سعید در اختیار او گذاشته بود را به صابر داد تا بتواند فیلم و عکس بگیرد ولی صنوبر نتواند از آن استفاده کند، هر چند که صنوبر خیلی وقت بود تسلیم سرنوشت شده و تلاشی برای تماس گرفتن با آمریکا نمی کرد .

او با خودش خیلی فکر کرده و به این نتیجه رسیده بود که دیگر امکان ازدواج او و ارژنگ وجود ندارد پس خودش را بدست سرنوشت سپرده بود، با اینکه ذره ذره وجود او ارژنگ را فریاد می زد، ولی او اسیر دست تقدیر بود و دیگر کاری از دستش بر نمی آمد ، ارژنگ در آمریکا هزاران فرسنگ دور بود و امیر هوشنگ با این همه قدرت دولتی و مالی و داشتن چندین محافظ و راننده و خدمتکار اینجا بود .

صنوبر و صابر لوازم شخصی خود را در چمدانی کوچکی گذاشتند و در انتظار امیر هوشنگ بودند ، صابر خیلی هیجان داشت ، شنیده بود که شمال ایران خیلی قشنگ است ، انگار صابر در رویا قدم بر می داشت بدون اینکه نگران خرج کردن باشد که در آمریکا همیشه باید این را رعایت می کرد که با بودجه خانواده درست در بیاید ،حالا هر چه می خواست می خرید، هر کجا که دوست داشت می رفت ، راننده جلویش تعظیم می کرد. با خودش می گفت کاش همیشه ایران بمانند ، چرا باید زندگی لوکس اینجا را جا بگذارند و به جائی بروند که باید هر لحظه مواظب خرج کردن باشند !!؟

چقدر آرزو داشت دستگاه بازی ایکس باکس وان را بخرد ولی نمی توانست، برای همین کار می کرد که در آمدش را پس انداز کند و بتواند این دستگاه بازی را بخرد ، در صورتی که همان روز اول که با امیر هوشنگ بیرون رفت، امیر هوشنگ از او پرسید که من می خواهم برایت یک هدیه بخرم خودت بگو چی می خوای و صابر هم گفته بود ایکس باکس وان ، و امیر هوشنگ او را به بازاری برد که فقط وسایل برقی و کامپیوتری و تلفنی های دستی بفروش می رسید. آن دستگاه را همراه با چند بازی برای او خرید که صابر کیف دنیا را از داشتن آنها می کرد ، او دستگاه بازی را هم همراه خودش به شمال می برد . با اینکه می دانست شمال جاهای بسیار دیدنی دارد ،

باز هم دلش می خواست که اوقاتی هم بازی کند ، او جوان بود و در سن بلوغ و خواسته های بسیاری داشت . ایران برایش شهر رویا شده بود و امیر هوشنگ فرشته آرزوها .

***

ساعتی بعد همراه امیر هوشنگ در ماشینی که راننده آنرا می راند بسوی شمال می رفتند . صنوبر خاطره ای از شمال نداشت، ولی شنیده بود که خیلی زیباست . وقتی ماشین وارد جاده جنگلی شد ، صنوبر هم مثل صابر ذوق زده شده بود ، یعنی این همه زیبائی ، کوه هایی از جنگل در دو طرف جاده بود و تونل هایی که با چراغ روشن بودند برای آنها خیلی زیبا بود ، صابر از امیر هوشنگ پرسید :

"هوشنگ جون ما می ریم هتل ؟"

امیر هوشنگ نگاهی به او کرد و گفت : "نه عزیزم ، من در شمال یه ویلا دارم ، ویلا بیشتر خوش میگذره ، قید و شرط نداره !"

بعد از مدتی کنار یک رستوران بین راهی نگه داشتند، تازه صنوبر متوجه شد که دو ماشین دیگر هم همراه آنها می آیند ، و آن دو خانمی که وکیل امیر هوشنگ بودند هم همسفر آنها هستند . در یک رستوران چایی و املت خیلی خوشمزه ای خوردند

صابرهم مرتب عکس می گرفت ، وقتی فهمید که دوتا دختر جوان هم همراه آنها هستند ، خیلی خوشحال شد ، صنوبر باور نمی کرد که صابر به سنی رسیده باشد که از دختر ها خوشش بیاید ، ولی این اتفاق در حال افتادن بود و صابر هم داشت مرد می شد . بعد از کمی استراحت به راه افتادند .

حدود یک ساعت بعد به یک جاده جنگلی پیچیدند ، که راه باریکی بود، صدای رودخانه هم می آمد ، این جاده گویی راهی به بهشت بود.صنوبر هم برای مدتی غم خودش را فراموش کرده و چشم به زیبائی های طبیعت دوخته بود ، ایران چقدر جای دیدنی دارد که آنها هرگز ندیده بودند .

پس از مدتی اتومبیل در مقابل یک ویلای چند طبقه ایستاد ، یک طرف جنگل بود و طرف دیگر دریا ، صنوبر با خودش می گفت ما فکر می کنیم

در آمریکا به دریا نزدیک هستم!! ولی هرگز چنین زیبائی را نمی بینیم ، آهی بلند از ته دل کشید ، چرا زندگی با دل آدم ها چنین بازی زشتی را می کند؟اگر با ارژنگ آشنا نشده بود ، الان از لحظه ، لحظه این روزها چقدر لذت می برد ، کدام دختر دوست ندارد که شوهری جوان ، خوش رو، مهربان، ولخرج و پولدار داشته باشد، اما همیشه نوشدارو بعد از مرگ سهراب می رسد ، دل صنوبر مالامال از عشق ارژنگ بود ، خیلی سعی می کرد که به او فکر نکند ولی یادها ، این یادهای فنا ناپذیر نمی گذاشتند تا او از این همه زیبائی لذت ببرد . عجیب دنیایی بود ، در هندوستان یاد اینکه باید زن امیر هوشنگ شود نمی گذاشت تا از سفرش لذت ببرد و حالا خاطره های ارژنگ همه ی ذهن او را پرکرده بودکه ازین سفر رویایی لذتی نبرد!!؟

ویلای امیر هوشنگ قصر بلورین قصه ها بود ، از تمام زاویه های خانه،دریا و جنگل دیده می شد ، عمارت استوانه مانندی بود که دیوارهایش شیشه های یک تیکه بودند . وقتی وارد حیاط شدند، عده زیادی دختر و پسر جوان را در محوطه دیدند ، دخترهایی که بیشتر آنها کلاه گیس های مصنوعی جلوی روسری هایشان گذاشته بودند ، و یا مقداری زیادی از موهای سرشان از روسری بیرون بود، مانتوی های کوتاه ، ویا کت های بسیار زیبا بر تن داشتند ، و مردهای جوانی که بعضی ها شلوارک به پا داشتند که معلوم بود از ساحل آمده اند ، چند جا آتش روشن بود و عده ای دور آتش بودند، تخت هایی کوچکی یک نفره ای هم بود که شبیه مبل بودند و روی آنها قالیچه و پشتی بود ، عده ای هم نشسته بودند و قلیان می کشیدند، صنوبر باور نمی کرد که اینجا ایران است !!؟ او حتی در آمریکا به چنین محفلی نرفته بود !!؟

از پله ها بالا رفتند ، کامبیز وکیل امیر هوشنگ به استقبال آنها آمد و بعد از سلام و احوال پرسی به امیر هوشنگ گفت:

"دکتر بالا منتظر توست ."

امیر هوشنگ به صنوبر و صابر گفت :

"هر کدوم از اتاق ها رو دوست دارین انتخاب کنین و بعد برین پائین ، بخاطر شما بچه ها پارتی دادن ، من بالا کار دارم بعداً میام پیش شما"

و همراه کامبیز رفت ، صابر می خواست اتاقی تنها داشته باشد ولی صنوبر اصرار کرد که با هم توی یک اتاق باشند ، چون می ترسید که در این آشفته

بازار که برایش غریبه بود ، صابر تنها اتاقی داشته باشد . بعد از کمی استراحت به حیاط رفتند ، شاید بیست نفر دختر و پسر در گوشه و کنار بودند ، آنها احساس بیگانگی می کردند ، صنوبر هیچکس را نمی شناخت، روی تختی نشستند و فقط به بقیه نگاه می کردند، آهنگ بلندی پخش می شده و سه تا جوان می رقصیدند ، خوب باز هم بد نبود سر خودشان را به رقص آن مردهای جوان گرم کردند ، پیشخدمت برایشان نوشیدنی آورد خانم یکتا پیش آنها نشسته بود که احساس تنهایی نکنند. مردی هم داشت تاری را کوک می کرد، شاید قرار بود که بزمی هم داشته باشند .صنوبر یاد شب شام غزل در اگرا افتاد که چقدر قشنگ شعر ها را با آهنگ می خواندند و نوازنده گان هم آنها را همراهی می کردند ، کوهی از غم روی دلش نشست که از یک رویای شیرین وارد یک حقیقت تلخ می شد، آنهمه خاطره و عشق را چگونه فراموش کند؟

ناگهان یکی از نگهبانان با عجله وارد شد و به دخترها و مرد هایی که شلوارک پوشیده بودندگفت که بداخل ساختمان بروند و به کسی که مسئول موسقی بود هم اشاره ای کرد و او بلافاصله یک موسقی ملایم را پخش نمود چند لحظه بعد صدای ماشین پلیس از بیرون آمد و درب ویلا را که نگهبان آنرا بسته بود زدند . نگهبان و یکی از مردهائی که صبح همراه آنها از تهران آمده بود به جلوی در رفتند صابر نزدیک در بود و صنوبر هم تنها در گوشه ای نشسته و بدرون ویلا نرفته بود .

پشت در دو پلیس بودند ، نگهبان با تواضع سلام کرد و یکی از پلیس ها گفت :

" به ما خبر دادند که اینجا موسقی غیر مجاز پخش می شود و مجلس مختلط دارید "

مردی که همراه نگهبان بود با لحن بسیار موءدبانه ای گفت :

" خلاف به عرض مبارک رسانده اند ، اینجا مجلس صوفی هاست و موسقی سماع پخش می شود ، جناب معینی فرد ، که حتما معرف حضورتان می باشد، آقا زاده جناب معینی فرد خراسانی ،خودشان آقا زاده هستند و مراعات همه چیز را می کنند ، شما نگران نباشید ، خودشان خوب به منکرات وارد هستند و اجازه نمی دهند که در منزل شخصی ایشان کاری خلاف عرف صورت بگیرد "

بعد همراه پلیس به بیرون حیاط ویلا رفت و صنوبر بقیه حرفهای او را نشنید . پلیس ها رفتند و پس از چند دقیقه دوباره همه به محوطه بیرون بازگشتند . عده ای روی تخت ها نشستند و عده دیگر بدور آتش وسط حیاط رفتند و به صحبت مشغول شدند ، دیگر کسی نمی رقصید و صدای موسقی هم خیلی پائین بود که به بیرون از ویلا نرود .

چند لحظه بعد صابر که حوصله اش سر رفته بود بلند شد و به کنار آتش رفت، تلفنش را از جیبش در آورد تا چند عکس بگیرد ، مردی که کت و شلوار مشکی تنش بود و پشت گوشش یک میکروفن داشت بسوی او آمد و گفت :

" ببخشید آقا پسر عکس گرفتن ممنوعه!!"

صابر کمی ناراحت شد ولی چیزی نگفت و تلفنش را بست و کنار آتش ایستاد ، دو دختر و سه پسر دیگر هم دور آتش ایستاده بودند ، یکی ازآنها به صابر گفت :

"مگه نمی دونی اینجا خونه آقا زاده است نباید عکسی به بیرون بره!!"

صابر خواست بگوید که او خودش هم آقا زاده است، ولی خجالت کشید، در این موقع دختر دیگری که بسیار زیبا بود ولباس خیلی قشنگی بر تن داشت به کنار آنها آمد و از یکی از دختر ها پرسید:

"مروارید اون دختره کیه کنار بیتا نشسته ؟"

یکی از دختر ها نگاهی به آنطرف کرد و جواب داد :

" نمی دونم همراه امیر هوشنگ آمد!! "

دختری که این سوال را کرده بود گفت: "طعمه جدید امیر هوشنگه ؟" مروارید شانه هایش را بالا انداخت و جواب دادم :

" نمی دونم باید از کامبیز بپرسیم ."

صابر به این گفتگو گوش می کرد ، اول متوجه نشد که اینها در مورد کی حرف میزنند ، ولی بعد از کمی فکر فهمید که منظور آنها صنوبر است ولی معنی طعمه را نمی فهمید . بسوی صنوبر و بیتا آمد و از صنوبر پرسید:

" صنوبر طعمه یعنی چی ؟ "

صنوبر جواب داد : "منظورت چیه ؟"

صابر گفت : "حالا ... بگو یعنی چی ؟"

بیتا جواب داد : "اگه اینجا شنیدی!! منظور غذایی که سر قلاب ماهی گیری میزنند و به دریا می اندازن تا ماهی های بزرگ رو شکار کنن."

صابر ناگهان با صدای بلند و عصبانی داد زد :" اون دخترا که دور آتیش واستادن میگن صنوبر طعمه جدید امیر هوشنگه !! منظورشون اینکه ما می خوایم امیر هوشنگ رو شکار کنیم ؟"

رنگ از روی صنوبر پرید ، بیتا از صابرپرسید : "کدوم دخترها ؟؟ غلط کردن همچین حرفی زدن ... . "

و بعد با عجله بلند شد و بسوی آن دختر ها رفت و یکی از محافظین را صدا زد و گفت :"آقا رحیم این ها رو بیرون کنین"

دختر ها با نگرانی بسوی او نگاه کردند ، سعی می کردند که بفهمند جریان چیست؟ ولی بیتا مهلت نداد و رحیم هر سه آنها و پسری که همراهشان بود را از در باغ بیرون کرد . صنوبر بطرف ویلا دوید می خواست با امیر هوشنگ صحبت کند ، صابر هم پشت سر او می آمد . امیر هوشنگ با وکیلش کامبیز و دو مرد دیگر در اتاقی که در آخرین طبقه ویلا بود داشتند در مورد کار حرف می زدند ، وقتی صنوبر به دم در اتاق که باز هم بود و می شد صداها را شنید رسید ،صدای بلند امیر هوشنگ که تقریبا فریاد می زد را شنید که گفت:

"به من مربوط نیست که داروهای شما تموم شده ! من فعلا نمی تونم بقیه داروها رو ترخیص کنم، باید پول منو کاملا بپردازین تا اجازه ترخیص بگیرم!!"

صنوبر کنار دیوار ایستاد نمی خواست حرف او را قطع کند و هم چنین دوست داشت که از کار امیر هوشنگ سر در بیاورد !!مگر این همان کاری نبود که برای انجام دادنش به شمال آمده بودند ! یکی از مردها با التماسی گفت :

" آقا اگه این دواها رو وارد بازار نکنیم ، مردم می میرن ! ما ورشکست می شیم ! شما که اینو نمی خواین ؟ تا دوا وارد بازار نشه که ما نمی تونیم اونا رو بفروشیم !! ؟شما دارو ها رو ترخیص کنین ! ما ظرف یه هفته پول شما رو می ریزیم به حسابتون"

امیر هوشنگ جواب داد :" بدرک که میمیرن ، نون خور کمتر! بهتر .!ببنین من این چیزا حالیم نیست تا فردا صبح پولمو می خوام همین که گفتم "

و بلند شد تا اتاق را ترک کند که صنوبر را مقابل خودش دید با تعجب و لحن خیلی جدی پرسید:

"صنوبر تو اینجا چکار می کنی ؟ مگه نگفتم برین توی حیاط پیش بچه ها؟"

صنوبر اصلا انتظار چنین برخورد خشکی را نداشت ، هنوز در تعجب حرفهای امیر هوشنگ بود که صابر هم به بالای پله ها رسید و با صدای دور رگه اش که داشت مرد می شد و غیرتی با عصبانیت گفت :

"امیر هوشنگ می دونی اون پائین در مورد صنوبر چی میگن؟ "

امیر هوشنگ با نگرانی پرسید : "چی میگن؟ "

صابر جواب داد : "میگن که صنوبر طعمه توست یعنی چی ؟"

رنگ از روی امیر هوشنگ پرید و با عصبانیت گفت :

"کی همچین غلطی کرده "

با عجله از پله ها سرازیر شد ، صنوبر و صابر هم پشت سرش پائین آمدند. امیر هوشنگ فریاد زد :

" بیتا بیا ببینم چه خبره ؟کی همچین غلطی کرده؟ این حرف زشت رو کی زده ؟"

بیتا با دستپاچگی جواب داد :

"چند تا دختر بی ادب که بیرونشون کردم !"

امیر هوشنگ که خیلی عصبانی شده بود و خشم از چشمانش می بارید

به صدای بلند داد زد :

"هری همه بیرون پارتی تموم شد !"

و بداخل ویلا بازگشت . همه میهمان ها جام های خود را روی میز گذاشته و یکی ، یکی ، رفتند ، فقط چند نفر که از تهران همراه آنها آمده بودند ، باقی ماندند . صنوبر برای اولین بار می خواست جدی با امیر هوشنگ حرف بزند!! او معنی خیلی چیزها را می فهمید و دلیل آنها را می خواست بپرسد. روبروی او نشست و گفت:

"امیر هوشنگ من معنی طعمه رو خوب می فهمم! مگه تو دخترای دیگه رو طعمه می کنی ؟ واسه چی ؟ چرا تو به طعمه احتیاج داری ؟ تو مگه چکار می کنی ؟ اصلا مگه تو برای انجام کاری به شمال نیامدی پس جریان این میهمونی چی بود؟

امیر هوشنگ سعی می کرد آرام باشد، هیچکس جرات ماخذه او را چنین نداشت و با لبخندی جواب داد :

"عزیزم ببخش، بیتا اونا رو که این غلط زیادی رو کردن بیرون کرده! چرا دیگه ناراحتی ؟"

صنوبر جواب داد : "برای من اصلا مهم نیست که اونا رو بیرون کرده و پارتی رو تعطیل کردی ؟ من می خوام بدونم طعمه جدید امیر هوشنگ یعنی چی ؟"

کامبیز به میان حرف او پرید و جواب داد :" صنوبر خانم ! خوب همه دخترا در آرزوی این هستند که با امیر هوشنگ دوست بشن ، خوب شما رو که دیدن حسودی کردن !"

صنوبر خوب می فهمیدکه آنها دارند از کم فارسی فهمیدن او سوء استفاده می کنند ، صنوبر معنی کلمه طعمه را خوب می دانست . ولی بیشتر از این نمی توانست که ثابت کند که منظور آن دختر ها چی بوده . رو به امیر هوشنگ کرد و گفت :

"مگه قرار نبود تو اینجا کارت رو انجام بدی ؟ پس چرا میهمونی دادی ؟ "

هیچکس جرات اینکه که امیر هوشنگ را چنین مورد سوال قرار دهد

نداشت؟!! امیر هوشنگ سعی می کرد که عصبانی نشود و همچنین نمی خواست که دلیل این میهمانی را به صنوبر بگوید . بیتا خودش را وسط دعوا انداخت و گفت :

" صنوبر جون ..خوب بخاطر شما ، ما خواستیم یه پارتی هم باشه ، تازه موزیک زنده هم داریم ، می خواستیم شما از این سفر کوتاه خاطره خوبی داشته باشین و امیر هوشنگ هم کارشو انجام بده ! "

صنوبر در محیطی بار آمده بود که از اینجا فرسنگها فاصله داشت ، دلیل این میهمانی و کار امیر هوشنگ را نمی فهمید ، مطمئن بود که کارش زیر پوشش این میهمانی بوده!! ، مگر در مورد قسط و پول دارو با میهمانانش دعوا نمی کرد ! خدایا اگر امیر هوشنگ دو رو داشته باشد چه؟ او هم درباره آقا زاده ها زیاد شنیده بود که در زیر اسم پدرهایشان خیلی کارهای غیر قانونی می کنند ، کاش پدرش اینجا بود ، شاید بهتر می شد قضیه را حل کرد! یادآن روز که در هند جسد دختری در خیابان بود، افتاد که همه می گفتند یک آقا زاده هندی او را کشته است ؟!! یعنی امیر هوشنگ هم مثل همان آقازاده های هندی است !!؟ یعنی او هم کارهای غیر قانونی می کند ؟

پس از مدتی ،دوباره همه توی حیاط جمع شدند ، مردی که تاری را کوک می کرد خواننده محلی بسیار خوبی بود و چندین آهنگ خواند . یکی هم مرتب روی آتش ذغال کباب بره درست می کرد . شام خوبی خوردند و برای خوابیدن به اتاق خود رفتند . صنوبر تا نزدیکی های صبح بیدار بود و به ماجرای دیشب فکر می کرد.کاش می توانست راهی برای یافتن جواب این سوال ها پیدا کند ولی متاسفانه هیچ کس به او کمکی نمی کرد .

***

صبح ، میز صبحانه بسیار زیبائی را در حیاط چیده بودند، پس از صرف صبحانه امیر هوشنگ پرسید :

" دوست دارین بریم قایق سواری روی تالاب ؟"

صابر تا بحال تالاب ندیده بود و خیلی استقبال کرد . همه با هم ویلا را ترک کرده و به ساحل رفتند ، تا سوار قایق شوند ، تعداد زیادی از مردم در ساحل بودند ، عده ای والیبال بازی می کردند و چند نفری هم سوار موتور

های سه چرخه ماندی بودند ، که روی شن های خیس ساحل می راندند ، صابر از این کار آنها خیلی خوشش آمد و قرار شد وقتی باز گشتند ،آنها هم موتور سواری کنند .

سوار قایق موتوری بزرگی شدند ، موتوربانی آنرا می راند ،یکتا ، گلبهار ، کامبیز و سه نفر دیگر هم همراه آنها سوار قایق شدند ، دریا خیلی زیبا بود صابر از این سفر بیشترین لذت را می برد ، صنوبر هم چیزهائی را که ندیده بود تجربه می کرد . ولی در دلش غوغایی بود، کاش پدرش بعوض عصبانیت از عاشق شدن او، بیطرف تر به این مساله نگاه می کرد . صنوبر با اینکه سن و سالی نداشت ولی احساس می کرد که کارهای امیر هوشنگ مرموز است و می دانست که او دارد فدای خودخواهی پدرش می شود.

سفر دریایی قشنگی بود ، انواع نوشیدنیها و تنقلات هم همراه داشتند، تا به تالاب رسیدند ، در کمال تعجب صنوبر و صابر دیگر آب دریا بدنبال موتور قایق آنها نمی جوشید و انگار قایق روی یک جاده اسفالته سبز رنگ سر می خورد و می رفت .آنها غرق زیبائی مرداب شده بودند ،نی زار های اطراف تالاب هم بسیار زیبا و تماشائی بودند، انگار اینجا ایران نبود ، مثل توی فیلمهائی بود که از افریقا نشان می دادند . صابر مرتب عکس و فیلم می گرفت و تقریبا داستان دیشب را فراموش کرده بود .

کمی بعد قایق ران در کنار نی زار توقف کرد . و ناگهان قایق موتوری دیگری بطرف آنها آمد، که چند مرد سرنشین داشت . قایق کنار آنها ایستاد، امیر هوشنگ بدون اینکه توضیحی به صنوبر بدهد همراه کامبیز سوار آن قایق شدند . صنوبر باز هم در تعجبی فرو رفت، آیا او در این نقطه دور افتاده دارد معامله می کند ؟ بیتا به قایقران گفت که به طرفی برود که می شد پیاده شد و در نی زار ها راه رفت .

قایق بطرف نی زار ها براه افتاد ، البته پیاده شدن سخت بود و صنوبر هم اصراری به پیاده شدن نداشت و به قایقران گفت که برگردد. امیر هوشنگ هنوز داخل اتاقک آن قایق بود و سرگرم حرف زدن ، صنوبر هر چه با خودش حساب می کرد سر از کارهای امیر هوشنگ در نمی آورد . احساس می کرد که این سفر نه برای شناخت بهتر آنها از یکدیگر ، بلکه برای سرپوشی بر کارهای امیر هوشنگ صورت گرفته است و او فقط نقش یک پوشش را برای

امیر هوشنگ بازی کرده !! .

چند دقیقه بعد امیر هوشنگ و کامبیز به قایق خود باز گشته و بسوی ویلا براه افتادند . بدون اینکه امیر هوشنگ حرفی در مورد این قرار ملاقات در تالاب به او بگوید!!.

وقتی از قایق پیاده شدند ، امیر هوشنگ به آنها پیشنهاد موتور سواری داد، صنوبر اصلا حوصله این کار پر هیجان را نداشت . چنین کاری دل خوش می خواست که او نداشت . صابر و امیر هوشنگ سوار شدند و با شوق فراوان روی ساحل خیس موتور را می راندند ، صنوبر روی نیمکتی نشسته و به دریای خروشان چشم دوخته بود .انگار دریا هم همچون دل او پر تلاطم بود ، از یک طرف عشق ارژنگ که مثل خون در تمام بدن او جاری بود و از سوی دیگر شک هایی که به امیر هوشنگ می کرد که مثل خوره وجود اورا می خورد!!.شاید پدر او از روی عصبانیت تصمیم به ایران آمدن گرفته بود!! ولی او انسانی پاک و یک سرباز جنگ بود و هرگز دو رویی به آنها یاد نداده بود، ولی اکنون داشت گول دوروئی های امیر هوشنگ را می خورد .

صنوبر مطمئن بود اگر بیشتر در خانه عمو سبحان می ماندند ،شایدپدرش متقاعد می شد که او را به امیر هوشنگ ندهد ، اما افسوس که مال دنیا جلوی چشم پدرش یک پرده کشیده بود ، خوب می فهمیدکه دست تنگی های پدرش در آمریکا در این انتخاب سهم بسزائی دارند. بیتا و کامبیز هم گوشه ای ایستاده و حرف می زدند .

ناگهان دختر جوانی که روسری گلدار قشنگی زیر چادرسیاه بر سر داشت مستقیم بطرف صنوبر آمد و با لبخندی به او نزدیک شد. می خواست روی نیمکت بنشیند که بیتا با عجله و دوان دوان خودش را به آنجا رساند و روی نیمکت نشست و دختر جوان راهش را کج کرد و رفت. صنوبر به همه چیز شک می کرد، دیگر حاضر به شنیدن دروغهای آنها نبود ! فکر می کرد شاید آن دختر می خواست چیزی به او بگوید ولی بیتا نگذاشت .

صنوبر در دلش جنجالی داشت ، گاهی فکر می کرد که هر دختری آرزوی داشتن شوهری مثل امیر هوشنگ را دارد، که همه چیز تمام است ، اما بعد به چیزهایی که می دید و می شنید فکر می کرد ، از آن می ترسید که اگر با امیر هوشنگ ازدواج کنددر منجلابی بزرگ غرق نخواهد شد؟

ناگهان یکی از محافظین بسوی کامبیز رفت و چیزی به او گفت ، در همین

موقع امیر هوشنگ و صابر هم از موتور سواری بازگشتند ، صابر بسوی صنوبر آمد و با خوشحالی از موتور سواریش می گفت و کامبیز بسوی امیر هوشنگ رفت و چیزی در گوش او گفت ، معلوم بود که کار مهمی پیش آمده . امیر هوشنگ به همه گفت که به ویلا بازگردند، و بدون اینکه منتظر صنوبر شود همراه کامبیز بسرعت بسوی ویلا رفت، وقتی به ویلا رسیدند، امیر هوشنگ خیلی جدی به صنوبر گفت :

" صنوبر جون شما همراه بیتا به تهرون برگردین ، من کار مهمی برام پیش آمده باید برم قشم"

صابر از شنیدن اسم قشم خیلی خوشحال شد و گفت :"

" منم می خوام قشم رو ببینم !! چرا ما بریم تهرون !! خوب ما هم میایم قشم !!"

صنوبر سعی می کرد که به او بفهماند رفتن تهران بصلاح آنهاست ، ولی صابر می خواست به قشم برود!! امیر هوشنگ و کامبیز به اتاق بالا رفتند تا آماده شوند . صنوبر هم ساک های خودشان را جمع کرد !! او اصلا دلش نمی خواست بیشتر از این همراه امیر هوشنگ باشد، ولی صابر اصرار می کرد. صنوبر به او گفت باید از بابا اجازه بگیرند !! و صابر بلافاصله شماره پدرش را گرفت و گفت که امیر هوشنگ می خواهد به قشم برود و آنها به تهران بازگردند ولی او دلش می خواهد قشم را هم ببیند . در کمال تعجب صنوبر، صالح گفت که دوست ندارد آنها همراه یک عده غریبه به تهران بارگردند و باید همراه امیر هوشنگ باشند .

صابر با عجله از پله ها بالا رفت و گوشی را به امیر هوشنگ داد . امیر هوشنگ خیلی مضطرب بود و اصلا دلش نمی خواست که آنها را به قشم ببرد ولی بعد از تلفن صالح مجبور شد که قبول کند، آنها هم همراه او بروند .

با عجله سوار ماشین شده و بسوی فرودگاه براه افتادند ، تازه صنوبر فهمید که باید با جت امیر هوشنگ به قشم بروند .این چه کار فوری بود که جت بدنبال امیر هوشنگ آمده بود؟ امیر هوشنگ برای تنها نبودن صنوبر و صابر یکتا را هم با خود آورده بود . به زودی به فرودگاه رسیدند و سوار جت شده و جت پرواز کرد. صابر خیلی کیف می کرد و خوشحال بود که با جت شخصی مسافرت می کند . ولی صنوبر اصلا احساس خوبی نداشت!!،حرکت یکنواخت جت، آرام آرام آنها را بخواب برد ، صنوبر چشمهایش را بسته بود

ولی هنوز بیدار بود . صدای کامبیز را شنید که آهسته به امیر هوشنگ گفت :

" کار خوبی نکردی اینا رو آوردی ،ممکنه آقا عصبانی بشه !! می شه جریان شب مرگ رخش "

امیر هوشنگ جواب داد :" اینا رو می فرستم بازار تا ما بریم جزیره و برگردیم!!، حالا خدا کنه چیز مهمی نباشه که آقا اینجوری با عجله منو خواسته قشم"

به زودی بر روی آبهای خلیج پارس، پرواز می کردند ، دریا در چنین لحظاتی در زیر نور آفتاب طلائی بنظر می رسید ، چند دقیقه بعد جزیره ای را دیدند، برایشان خیلی جالب بود ، جزیره ای کوچک با خانه ها و برجهائی بلند . برای صنوبر خیلی عجیب بود ، که امیر هوشنگ اصلا توجهی به او ندارد!! اگر او عاشق صنوبر بود ! باید از هر لحظه با او بودن لذت می برد!! بیاد ارژنگ و نگاه های مشتاق او افتاد ، صنوبر بیاد نمی آورد لحظه ای را که او به طرفی نگاه کند و ارژنگ در مسیر نگاه او نباشد و عاشقانه به او ننگرد !! با خودش می گفت ؛ امیر هوشنگ برای چی می خواد با من ازدواج کنه !!؟ در صورتیکه مطمئنم ذره ای عاشق من نیست !! ؟

غیر از زمانیکه همراه پدر و مادرش بودند که امیر هوشنگ در حضور آنها خیلی به صنوبر توجه و عشق نشان می داد ، هرگز صنوبر کششی از سوی امیر هوشنگ ندیده بود .در این افکار بود که به قشم رسیدند .

در فرودگاه هم یک ماشین با راننده در انتظار آنها بود . جزیره قشم خیلی دیدنی بود، مردها با لباس عربی این ور و آن ور می رفتند ، زنها هم عبا بر سر داشتند و بعضی ها هم روی صورتشان چیزی شبیه نقاب داشتند که برای صنوبر و صابر بسیار دیدنی بود . مثل یک عینک و دماغ بود!!به هتلی رسیدند . هتل بسیار شیک و تمیزی بود و قسمت میهمانان ویژه داشت که آنها را به آن قسمت بردند . امیر هوشنگ به آنها گفت :

" تا شما خستگی در کنین و چیزی بخورین من برگشتم !!"

ولی صابر که در راه شنیده بود که آنها به جزیره دیگری می روندگفت :

" هرجا تو بری ما باهت میایم !! من اینجا تنها نمی مونم !!"

بالاخره همه با هم بطرف ساحل رفتند و قایقی در آنجا منتظر آنها بود . چند دقیقه بعد ، دو مرد با لباس عربی و یک کت و شلواری هم به آنها محلق شده و قایق براه افتاد . صنوبر ابتدا فکر می کرد که اینها مسافر هستند ولی بعد از حرف های دو عرب و آن مرد فهمید که شرکای امیر هوشنگ هستند و با هم انگلیسی حرف می زدند . صنوبر بخوبی می فهمیدکه آنها چه می گویند . صنوبر فهمید که در این جزیره دارند شهرکی می سازند با هتل و فرودگاه و یک کارخانه که صنوبر نمی فهمید ، چه نوع کارخانه ای است . و در ضمن کندن زمین به چیزی رسیده بودند که مخزن نفت و یا گاز بود!! هر چه بود در زیر زمین چیزی را یافته بودند که باید تصمیم می گرفتند که چکار باید بکنند .!!؟صنوبر خودش را مشغول دیدن دریا نشان می داد و انگارکه حرفهای آنها را نمی شنود. هر چند که باد شدیدی که از حرکت قایق بوچود می آمد باعث می شد که خیلی از حرفها را نفهمد .

صنوبر آرزو می کرد ای کاش عوض امیر هوشنگ ارژنگ اینجا بود !! اما این فقط یک رویای دخترانه بود ، چشمهایش را بست و دلش را بیاد ارژنگ سپرد و احساس می کرد که هم اکنون ارژنگ در کنار اوست .

صابرکنار ناخدا نشسته بود ودلش می خواست که موتوربانی یاد بگیرد، این سفر برای صابر بسیار بیاد ماندی بود ، از شمال ایران به جنوب، آمده بود.. وداشت دیدنیهائی که هیچوقت همسن سالهای های او در آمریکا ندیده بودند را می دید .

بالاخره به جزیره موعود رسیدند ، مقداری خانه های کوچک ، یک طبقه که سقف های آنها از برگهای خشک شده درخت های نخل بود دیده می شد و معلوم بود که مردمی فقیر در آنجا زندگی می کنند . بعد از پیاده شدن از قایق سوار اتوموبیلی شده و از کوچه های جزیره می گذشتند ، زنها و مردها همه لباس عربی بر تن داشتند ، و بچه ها دنبال ماشین می دویدند!! انگار که تا بحال ماشین ندیده بودند .

از دور ساختمان هایی نیمه ساخته بچشم می خورد ، چند تائی برج بودند وبقیه شاید مدرسه یا بیمارستان ، در کنار یک ساختمان نیمه تمام پیاده شدند ، صنوبر نگاهی بداخل ساختمان انداخت، همان مردی که آنشب به اصطبل اسبها آمده بود ، بهمراه چند مرد دیگر داخل ساختمان بودند ، امیر هوشنگ به آنها گفت :

"شما همراه بیتا برین جزیره رو بگردین من اینجا کار دارم ، حوصله شما سر می ره !! "

صابر نگاهی به داخل ساختمان کرد ،چند تا مرد آنجا بودند ، ترجیح داد که به تماشای جزیره بروند . البته جزیره بجز چند تا درخت نخل و یک بازار محلی که بوی ماهی اش تا دورتر ها می آمد چیز قابل دیدنی نداشت کمی در جزیره قدم زدند، صنوبر از اینکه به اینجا آمده بودند ، پشیمان شده بود و به بیتا گفت :" بیتا خانم ما می تونیم برگردیم قشم؟ اینجا هوا خیلی گرمه و بوی ماهی هم داره منو اذیت می کنه ؟"

بیتا خیلی از این پیشنهاد استقبال کرد ، و یکی از محافظین را فرستاد تا به امیر هوشنگ خبر بدهد که آنها به قشم باز می گردند و بلافاصله به کنار ساحل رفته و به ناخدا گفت که آنها را به قشم بازگرداند وسپس دوباره بدنبال بقیه بیاید.

وقتی به قشم رسیدند بیتا پیشنهاد داد که به بازار قشم بروند !! می گفت جنس های خارجی و ارزان زیادی اینجا هست که مردم از شهرهای دیگر برای خرید به اینجا می آیند .

ساعتی در بازار چرخیدند ، مردم زیادی از تهران و بقیه شهر ها برای خرید آنجا بودند !! بیشتر اجناس چینی و یا هندی بود ! صنوبر ناگهان دلش مالش رفت و بیاد هند افتاد ، وای که این بازار و این لباسها با دل صنوبر چه ها که نکرد!!! انگار به بازار اگرا بازگشته بود و دست در دست ارژنگ ! بی اختیار چشمش بدنبال ارژنگ می گشت !! ای کاش الان همراه ارژنگ در این بازار راه می رفت و امیر هوشنگی نبود تا خط بطلانی بر شادی های او بکشد !!؟ مثل آن روزها می توانست به پشت سرش نگاه کند و چشمان بیتاب ارژنگ را ببیند !! ولی افسوس این رویائی بیش نبود و حقیقت امیر هوشنگ بود که او را دنبال می کرد!!

به هتل بازگشتند ، خیلی گرسنه و خسته بودند ، به سالن غذاخوری رفته و پس از غذا خوردن به اتاقشان رفتند ، بزودی خواب آنها را در ربود .

***

صبح روز بعد به تهران بازگشتند، صنوبر در یک بلاتکلیفی بزرگ دست و پا می زد ! می ترسید که اگر در مورد اتفاقات شمال و چیزهائی که در جنوب شنیده بود به پدرش بگوید ، او یقین را بر این گذارد که صنوبر بخاطر عشق ارژنگ این حرفها را می زند ، اما دلش آرام نگرفت و همه چیز را برای مادرش تعریف کرد . ماهره خوب می دانست که آنچه که صنوبر و صابر از این سفر می گویند حقیقتی است در مورد امیر هوشنگ ، ولی مطمئن بود که شوهرش این حرفها را باور نخواهد کرد .

شب به اصرار ماهره دوباره به خانه سبحان رفتند. بعد از خوابیدن همه صنوبر به اتاق عمویش رفت و تمام اتفاقات را برای او گفت . سبحان مرد بسیار عاقلی بود و سعی می کرد از وحشت صنوبر بکاهد، ولی خودش خوب می دانست که شک صنوبر درست است و به او قول داد که با پدرش در این باره صحبت کند.

روز بعد سبحان همه ی حرفهای صنوبر را برای صالح گفت ، اما انگار صالح جادو شده بود، او هیچکدام از این حرفها را قبول نداشت سبحان می گفت

"برادر جان اگر کار داداش و امیر هوشنگ قانونی ست چرا باید در تالاب با شرکایش قرار ملاقات بگذاره ؟ مگر امیر هوشنگ دفتر کار نداره ؟ چرا باید در میهمانی شلوغ و غیر اسلامی با مشتری حرف بزنه!! ؟ داداشم این ها برای پوشاندن حقیقته !! امیر هوشنگ در شمال میهمانی داشته وتصادفا چند نفر هم از طرف معاملاتش را آنجا دیده؟ تو باور می کنی که این تصادفی باشه ؟ این پوشش یک کار است در زیر سایه میهمانی ؟ عزیز من، اگر کار ما برای خدمت به خلق باشه ، لازم نیست که آنرا مخفیانه انجام دهیم ؟ وقتی کاری را در زیر پوششی می برند که درچشم نباشد و مخفیانه انجام شود ،خوب معلوم است که این کار خلاف می باشد !!؟ در جزیره نزدیک قشم با مسافران خارجی چکاری امیر هوشنگ داشته ؟ حیفِ داداش که بخاطر دنیا عاقبت خودش رو می فروشه !حیف آن همه جانفشانی که در جنگ کرد! مگه داداش سرباز این مملکت نبوده ؟چکار کرده که باید ماشین ضد گلوله سوارشه؟ هرکس که خدمتگزار مردم باشه که دشمن نداره؟ ماشین ضد گلوله والله لازم نداره !!مگه ما قرار نبود که نوکر مردم

باشیم،حالا چطور ارباب شدیم ؟ بخدا که این دنیا و آن دنیا باید جواب پس بدیم.!! افرادی مثل داداش فکر می کنن که سفره انقلاب پهن است چرا آنها سهم خود شون رو برندارن ، بابا این سفره متعلق به مردمه،نه به وکلا و وزرا ، و فرزندان آنها ، الان در ایران قشری آقازاده شده اند و مردم بدبخت را می چاپند و کسی جرات نداره که بر علیه آنها شکایت کنه ،بابا این جوانان سرگردان توی خیابونها که نه در انقلاب بودن و نه در جنگ!چرا حق اونا رو باید این آقا زاده ها بخورن و آنها در فقر و بیکاری بخاطر تحریم ها و دو قطبی شدن اجتماع جان بکنند!! چرا باید زیر چرخ این زندگی خرد شوند!!؟،باید تاوان آنرا پس بدهند !! تو باور می کنی چندین پرونده جنایی و مالی در مورد آقا زاده ها درجریان است .

صالح جواب داد که : "سبحان جان داداش خوبم ، تو گوشه انزوا گرفتی!! اگه تو هم رفته بودی تو کار دولتی !!حالا تو هم مجبور بودی محافظ و ماشین ضد گلوله سوار شی! بابا خوب داداش نماینده مردمه ، معلومه باید ماشین ضد گلوله سوار شه !خوب امیر هوشنگ بچه ها رو برده شمال و با طرف معامله اش هم حرف زده !! این که گناه نیست !هست؟جنوب هم داره بیمارستان میسازه این بده ؟"

سبحان فهمید که تلاش مذبوهانه ای برای قانع کردن صالح می کند ، شاید سختی هایی که او در آمریکا کشیده بود ، شاید بیماری صابر که او را محتاج سعید کرده بود ، هر چه بود دیواری از باور بر روی چشمهای خود کشیده و از سعید مثل مقدسین پشتیبانی می کند . سبحان فکری بخاطرش رسید و گفت :

" داداش چرا یک روز همراه داداش سعید نمیری مجلس ، و یا همراه امیر هوشنگ نمیری تا سر از کار اونا در بیاری ! بابا قراره دختر معصومت رو بدی به اونا!! این حق توست که بدونی امیر هوشنگ چکار می کنه .! مجلس سالنی واسه تماشاچیان و مراجعین داره ، حتی هر نماینده دفتر و رئیس دفتر خودشو داره ، خوب برو و ببین چه خبره !! اینکه دیگه قدغن نیست !"

***

امیر هوشنگ برای بردن صنوبر و ماهره به خانه آنها آمد ، قرار بود برای خرید لباس عروس بروند . به اصرار صالح امیر هوشنگ به درون خانه آمد، مادر بزرگ او را در آغوش گرفت و بوسید ، او می خواست امیر هوشنگ

معصوم خودش را باور کند ، نه آنچه در موردش می گفتند. سبحان به صالح اشاره کرد که این بهترین موقع است که سوال های خودش را از امیر هوشنگ بپرسد .صالح نمی دانست که چگونه سوال کند که به او بر نخورد، بالاخره از سفر شمال و جنوب که به بچه ها خیلی خوش گذشته بود شروع کرد و بعد پرسید :

"عزیزم کاری که بخاطرش رفتی شمال تمام شد؟شنیدم خیلی گرفتار بودی ؟ "

امیر هوشنگ نگاهی به صنوبر و صابر کرد ! مطمئن بود که آنها در مورد ملاقات های او چیزی به عمو صالح گفته اند ، جواب داد:

"عمو جان در واقع یک قرار داد با ارمنستان می خوام ببندم در مورد لوازم خانگی که خدا رو شکر با نمایندگان آنها دیدار کردم و موفقیت آمیز بود ! "

ناگهان صابر پرید توی حرفش و پرسید:" آنهائی که توی تالاب دیدی ؟ رفتی توی کشتی شون!!؟

امیر هوشنگ انگار کسی مچ او را گرفته باشد ، آب دهانش را قورت داد ، نگاهی به صابر کرد و جواب داد:

"البته اون دیدار رسمی نبود ، فعلا داریم اجازه ورود می گیریم برای همین یه دیدار دوستانه داشتیم !"

سبحان نگاهی به صالح کرد ولی چیزی نگفت ، اگر می خواهد قرارداد رسمی بنویسند که دیدار یواشکی نمی خواهد ! ولی بالاخره پرسید:

"ها پس برای کار دیگه ای رفته بودی شمال!!؟ "

امیر هوشنگ انگار داشتند او را محاکمه می کردند ، کمی دستپاچه شده بود! نباید بعد از این در زمانی که کاری را انجام می دهد ، صابر و صنوبر را ببرد! اینها با هوش تر از آنی هستند که او فکر می کرد . بالاخره جواب داد :

"بله از آذربایجان مقداری دارو وارد کردیم ، داروهای مورد نیاز مردم که در بازار کمیاب است!! خودتون می دونید که بخاطر تحریم ها مردم در عذاب هستند ، برای کمک به سلامتی مردم ، پدر اجازه ورود این داروها را گرفته ولی هنوز ترخیص نشده ، دنبال کار آن هم بودم ولی خوب بیشتر برای اینکه به صنوبر جون و صابر خوش بگذره ترتیب این سفر رو دادم ،

نباید که همه اش توی خونه باشن ."

انگار به آنها می گفت که اگر بیشتر از این فضولی کنند دیگر آنها را جائی نمی برد که تقریبا همه این هدف او را فهمیدند . اما صالح از جواب های او قانع گشته بود و طوری به سبحان نگاه می کرد که انگار می گفت دیدی نیّت او خیر بوده و بعد گفت :

" خدا خیرت بده و موفق باشی پسرم که در همه کارها مشکلات مردم رو در نظر می گیری !! جنوب هم کارهای زیادی داشتی؟"

امیر هوشنگ با افتخار گفت :" برای رفاه حال مردم جنوب در یک جزیره که مردم فقیری دارد، داریم موئسسات کاری می زنیم تا توجه خارجی ها رو به آنجا جلب کنیم ، و باعث ترقی اون جزیره بشه و مردم از اون فقر نجات پیدا کنن .. مدرسه و بیمارستان هم می سازیم !!"و بحث را خاتمه داد .

صنوبر با خودش می گفت ، توی شمال داد می زد مردم بمیرن نون خور کمتر!! حالا می گه بخاطر جون مردم می خواد داروها رو ترخیص کنه !!؟ توی جنوب بدنبال فروش نفت و گاز غیر مجاز به خلیج نشینان بود! می گه برای کمک به مردم فقیر مدرسه و بیمارستان می سازه ..!! اما کسی بحرف او گوش نمی کرد.

ساعتی بعد در یکی از قشنگترین موزون های شمال شهر به مادر امیرهوشنگ ملحق شدند تا لباس عروسی صنوبر را بخرند . حال صنوبر با چه دلی این لباس ها را امتحان می کرد فقط خدا می دانست ، یاد خرید پیراهن سفید در اگرا افتاد ، چقدر آن لباس را دوست داشت ، یعنی می شوددوباره به آن دوران باز گردد!!؟ولی افسوس که او فقط باید با یاد گذشته هاخوش باشد و خودش را تسلیم سرنوشت کند . چندین لباس عروس را که از بهترین موزون های پاریس آورده بودند ، پوشید ، از هر کدام ایرادی می گرفتند ، قیمت لباسها سر به آسمان می زد ، صنوبر با بی حوصلگی گفت:

" چرا یک لباس ساده نخریم و یه مقدار پول هم به بچه هایی که توی خیابون جنس می فروشند بدیم ."

انگار حرف خنده دار زده بود ، امیر هوشنگ و مادرش با خنده به او نگاه کردند و امیر هوشنگ جواب داد :

"عزیز دلم تو هر چی دوست داری بخر ، تو باید قشنگ ترین لباس عروس رو بپوشی ! باشه چشم!! همین امروز به هر بچه کار که چیزی می فروخت تو هر چی دلت خواست من می دم از همین جا که در آمدیم ! موافقی؟"

صنوبر آهی کشید و چیزی نگفت ، امیر هوشنگی که همراه مادرو پدرش می دید ، زمین تا آسمان با امیر هوشنگی که در سفر دیده بود فرق می کرد؟ این همه توجه و قربان صدقه ،، وقتی که تنها بودند کجا بود !!؟ بالاخره یکی از لباس ها را پسندید که باید مقداری رویش کار می کردند و قرار شد هفته آینده دوباره باز گردند و لباس را امتحان کند .

برای خوردن نهار به در بند رفتند . برای صنوبر و صابر در بند با خانه ها و رستوران های سنتی که با رنگ های قشنگی انگار روی هم چیده شده بودند خیلی جالب و دیدنی بود و بازاز لواشک و میوه های خشک که در کنار هم مثل یک نقاشی بودند، مقداری لواشک و میوه خشک خریدند در یکی از رستوران ها روی تختی نشستند و غذای بسیار خوشمزه ای را خوردند . وقتی بطرف خانه می رفتند از میدان تجریش رد شدند، که ناگهان صدای اذان از گلدسته امام زاده صالح شنیده شد .صنوبر بیاد علیگر افتاد که صدای اذان ظهر در شهر پیچیده بود چشمانش پر از اشک شد، پرسید:"اینجا مسجده"

امیر هوشنگ جواب داد : "نه امام زاده صالحه تو تا حالا اینجا نیامدی ؟ می خوای بریم زیارت ؟"

انگار روح صنوبر بسوی امام زاده پرواز می کرد . امیر هوشنگ پارک کرد و آنها پیاده شدند ، از بازاری که انواع تنقلات ، آجیل های مختلف و انواع لواشک را می فروختند گذشتندو به بازار تره بار بسیار سر سبزی رسیدند و بعد ازبازار حرم که انواع دیوار کوب های مذهبی، و تسبیح و کتاب دعاو غیره داشت، رد شده و به درب امام زاده رسیدند ، آنجا باید چادر بسر می کردند . دم درب امام زاده چادربرای کرایه و فروش بود ، امیر هوشنگ بلافاصله برای آنها چادر خرید.

چادر صنوبر بسیار زیبا بود، وقتی چادرسفید را روی سر انداخت شبیه فرشته ها شده بود ، چشمان مادرش را اشکی پوشانید،در دلش می گفت خدایا این فرشته زیبا چرا باید دلی پر خون داشته باشد !!؟ چه می شد اگر

صالح صبر می کرد تا ارژنگ به خواستگاری او بیاید ، چرا حالا که قرار است زن امیر هوشنگ شود ، اینقدر حواشی و شایعه در مورد امیر هوشنگ باید باشد؟ اگر امیر هوشنگ هم یکی مثل آقا زاده هایی که در صفحات مجازی از آنها حرف زده می شود باشد چه؟ آنها دارند بدست خودشان صنوبر را در چاهی عمیق می اندازند .

صنوبر منتظر کسی نشد و دوان دوان به داخل حرم رفت ، زنها را می دیدکه سردر کنار ضریح گذاشته و اشک می ریزند . بسوی ضریح رفت و کنار آن نشست ، یاد روزی افتاد که در دهلی به زیارت نظام الدین رفته بودند ، چقدر آنروز از خدا خواست تا پناهی به او دهد ، و عشق ارژنگ را از دل او بیرون راند و امیر هوشنگ را آنی قرار دهد که او می خواهد !! ولی هیچکدام نشد ، نه عشق ارژنگ لحظه ای او را تنها می گذاشت و نه امیر هوشنگ کسی بود که صنوبر به او تکیه کند !! با اینکه ظاهرأخیلی هم با او مهربان بود ولی کارهای مرموزی که انجام می داد، که دل صنوبر را می لرزانید !خدایا مگر چند بار در زندگی یک دختر خوشی عاشقی و عروسی پیش می آید ، چرا او باید در چنین روزهایی اینقدر غمگین باشد !! می گفت :

"خدایا اگر امیر هوشنگ کارهای خلاف می کنه، چشم دل پدرم رو باز کن تا ببینه ، خدایا من جرات نه گفتن به پدرم رو ندارم ، تو نگذار من اسیر دست کسی شوم که نمی دونم برای چی می خواد با این اصرار با من عروسی کنه!! این همه دختر خوشکل دور وبر اوست چرا انگشت روی من گذاشته! چه سری هست که ما نمی دونیم ؟ خدایا این راز رو برملا کن ! چشمهای پدرم رو باز کن تا امیر هوشنگ رو بهتر بشناسه !! "

سرش را به ضریح چسبانده و گریه می کرد.ماهره هم زیارت کرد و برای خوشبختی دخترش دعا نمود واز خدا می خواست که حقیقت امیر هوشنگ را قبل از عقد به آنها نشان دهد، اگر امیر هوشنگ خوب است این عقد سر بگیرد و اگر به راه خلاف می رود آنرا هم خداوند نشان دهد .

وقتی از امام زاده بیرون آمدند ، صنوبر هنوز چادرش را بر سر داشت، شاید بیاد زمان بچگی خودش افتاده بود که با دختران همسایه خاله بازی می کردند چادر می پوشیدند و عروسک شون را مثل بچه ای در آغوش می فشردند ، روی چراغ های پلاستیکی غذا می پختند ،بعد می نشستند و غیبت کسی را می کردند که اصلا وجود خارجی نداشت . دوستی نا دیده که خلقش می کردند . آخ که چقدر دلش می خواست به آن زمان برگردد و

یک بار دیگر عروسکش را بغل زند

از بازار تجریش رد شدند خیلی قشنگ بود ، همه چیز داشت ، مخصوصا لواشک و میوه های خشک که به نظر خیلی خوشمزه می آمدند . ماهره مقداری خرید کرد و گفت که اینها را برای آمریکا میخرد !! ناگهان فکر کرد که صنوبر را اینجا بگذارد و برود ! این دختر غمگین و تنها چه خواهد کرد؟ اگر اینجا بمانند با صابر چه کنند !! چگونه زندگی آنها ناگهان بهم ریخته بود زری خانم مادر امیر هوشنگ به ماهره گفت :

" ماهره جون کی بریم تالار عروسی رو ببینیم ، چون آنجا خیلی طرفدار داره ممکنه به این زودی بهمون وقت ندن!"

ناگهان امیر هوشنگ جواب داد :

"غلط می کنن ، هر شبی که بخوایم باید به ما جا بدن !! اگه جرات دارن چنین حرفی رو به ما بزنن!!همین الان بریم اونجا ، اگه صنوبر خوشش نیامد جای دیگه ای رو انتخاب می کنیم !"

ماهره ماتش برد ، یعنی امیر هوشنگ اینقدر به قدرت خودش و پدرش اطمینان دارد که کسی جرات ندارد روی حرف آنها حرف بزند !!؟ خدایا این که از آقازاده های دیگر هم قدرتش بیشتر است ؟ با خودش گفت کاش از سبحان بخواهد که بدون خبر صالح از دوستانش کمک بگیرد و در مورد امیر هوشنگ تحقیق کند ! اگر مدرکی بر علیه او پیدا شود، دیگر صالح نمی تواندلج بازی کند .تصمیم گرفت همین امشب این موضوع را با سبحان در میان بگذارد.

***

ساعتی بعد در محوطه بزرگ آن تالار از ماشین پیاده شدند .باغ بسیار زیبائی که با طاقهای بشکل دروازه هائی که با گلهای طبیعی تزئین گشته بودند، بسیار زیبا بنظر می رسید ،در راهی که به تالار می رسید آب نماهای بسیار زیبا وجود داشت ، بعد به جلوی در ورودی تالار رسیدند. رئیس تالار به استقبال آنها آمد، احترام زیادی برای امیر هوشنگ قایل بود . چون همان شب یک عروسی در آنجا برگزار می شد ، می توانستند تزئینات سالن را هم ببینند ، سالن با تور های زرشگی و زرد تزئین یافته بود ، سکوی قشنگی در بالای تالار بود که جایگاه نوازدندگان بود و هم چنین جایگاه عروس و داماد

، صندلی ها را هم مثل آمریکا دور میزهای گردی که رومیزی های بسیار زیبائی داشت ، چیده بودند. صندلی ها هم پوشش زرشگی داشتند همه چیز بینهایت زیبا بود . بعد رئیس تالار آنها را به سالن دیگری برد و پس از پذیرائی با قهوه و شیرینی ، در روی کامپیوترعکس های مختلفی از سالن را با دکور های متفاوت و رنگهای دیگر به آنها نشان داد . صنوبر در سکوت آن ها را نگاه می کرد . یادش آمد که زمانی که در ایران بودند همسایه ای داشتند که به مکه رفته بود و وقتی قرار بود از مکه بازگردد ، اهل خانه گوسفندی را خریده و در حیاط بسته بودند و بچه ها هر روز با آن بازی می کردند ،و برایش سبزی می ریختند . در همان زمان حیاط خانه را چراغانی می کردند ، میز و صندلی می چیدند، که آماده ورود حاجی شود، و روزی که حاجی آمد در مقابل چشمان حیرت زده بچه ها آن گوسفند را قربانی کردند، صنوبر احساس می کرد او همان گوسفند قربانی است ، که نه لذتی از زیبائی آن سالن می برد و نه کسی ارزش دیگری برای او قایل است ، آرزوهای او باید دم در این سالن قربانی شود ، چه وجه تشابهی بین خودش و آن گوسفند می دید . ماهره و زری خانم رنگ ها را انتخاب می کردند .

صنوبر مثل همان گوسفند ساکت نشسته بود . وقتی که مدیر تالار از آنها تاریخ را پرسید امیر هوشنگ شب جمعه ای راکه تقریبا سه هفته دیگر بود انتخاب کرد بدون اینکه از ماهره بپرسد و یا اجازه بگیرد!!

ماهره خیلی ناراحت شدکه امیر هوشنگ بدون مشورت با آنها هر تصمیمی که دلش می خواهد می گیرد!! ، بلافاصله مخالفت کرد و گفت که برای اینکه در مورد این جزئیات صحبت کنند، آنها باید یک شب دیگربه خانه سبحان بیایند . امیر هوشنگ به رئیس تالار گفت که این تاریخ را برای آنها نگهدارد تا دو سه روز آینده تائید آنرا خواهند داد .

امیر هوشنگ آنها را دم در خانه عمو سبحان پیاده کرد و قرار شد فردا شب برای ادامه صحبت های مراسم عقد به آنجا بیایند.

صنوبر آنقدر خسته بود که مستقیم به اتاق مادر بزرگ رفت و روی تخت دراز کشید . ماهره هم به اتاق نشیمن رفت ، صالح خیلی از شنیدن خبر ها خوشحال شد و تاریخ تعیین شده برایش خیلی هم خوب بود

سبحان دلش می خواست واقعا تحقیقی در مورد فعالیت های امیر هوشنگ بکند،مخصوصا بعد از خواستگاری مالک از نرگس که تقریبا پر واضح بود که

سعید دارد در بین هم ردیف های خودش هم بد نام می شود. و هم چنین خواهش ماهره که قبل از عقد در مورد امیر هوشنگ و کارهایش بیشتر بدانند!! او در عرض همین مدت کوتاه عاشق معصومیت صنوبر شده بود و حیفش می آمد که این غنچه نوشگفته بدست سعید و امیر هوشنگ پر پر شود ،احساس مسئولیت می کرد! وقتی که ماهره به صالح گفت :

"صالح ما هنوز در مورد خیلی چیزها حرف نزدیم ، اینا هر چی خودشون دوست دارن می خرن ، روز تعیین می کنند ، پس ما چه کاره ایم ؟ هیچ در مورد آینده صنوبر صحبت کردی !! اون باید بقیه درسشو بخونه ، حتی ادامه هم بده ! اینا کجا باید زندگی کنن؟ باید فرداشب در این مورد حرف بزنی، هرچی که اونا می خوان که نباید بشه ؟"

برای اولین بار صالح قبول کرد که باید خواسته خود صنوبر باشد و گفت:

"این بستگی به خود صنوبر داره ، اگه دلش می خواد اینجا بمونه که هیچی!! وگر نه خوب باید امیر هوشنگ بیاد آمریکا!!"

سبحان با لحن شماتت باری گفت : "داداش حالا داری اینو می گی که همه قول و قرار ها رو گذاشتن !! پس امروز و امشب خوب فکرهاتو بکن که فردا شب چه چیزها رو باید از اونا بخوای !"

ماهره هر چه سعی می کرد که امیر هوشنگ را دوست داشته باشد ، انگار حسی به او می گفت که این ازدواج یک جاییش غلط است ! آخه این همه دختر زیبا و هم سبک امیر هوشنگ اینجا هست ، صنوبر و امیر هوشنگ از دو فرهنگ متفاوت هستند! چرا اینها برای این ازدواج اینقدر خرج می کنن؟ بنظر او امیر هوشنگ عاشق صنوبر نبود ، ماهره یک زن بود و این را خیلی خوب می توانست از رفتار امیر هوشنگ بفهمید، شب ماهره به صالح گفت :

"تا بحال هرچی خواستی کردی؟ اصلا بعنوان مادر صنوبر منوآدم حساب نکردی ! اما حالا این منم که می گم ! این دیگه پول ارث بابای تو نیست که قرون قرون مثل صدقه سری برای ما بفرستن ، یه خونه عالی نقد بایدبراش تو آمریکا بخرند ، صنوبر هم باید هر رشته ای که دوست داره درسشو تموم کنه ،وسایلی که واسش خریدن باید بفرستن آمریکا به خرج خودشون اگه تو نگی من می گم!"

صالح قبول کرد که هر چی ماهره می گوید همان شود .

***

صبح که بیدار شدند ، سبحان خانه نبود ، این برایشان خیلی عجیب بود، چون معمولا او جائی نمی رفت . سمیه در تدارک شام بود ، ماهره هم به او کمک می کرد ، صابر که از داشتن دستگاه بازی ایکس باکس وان خیلی خوشحال بود ، از خدا می خواست که کسی تلویزیون تماشا نکند و او بتواند بازی کند ، دختر کوچولوی عمو سبحان هم کنار دستش می نشست و او را راهنمائی می کرد . نزدیک های نهار سبحان بازگشت و گفت برای دیدن دوستی رفته بوده !

نزدیک های غروب میهمان ها آمدند ، امیر هوشنگ کت و شلوار قهوه ای تیره ای پوشیده بود که خیلی شیک بنظر می رسید ، بازهم ظرفی باقلوا و شیرینی خامنه ای آورده بودند . پس از احوال پرسی و پذیرائی، سعید شروع به صحبت کرد :

"خوب بسلامتی امشب دور هم جمع شدیم تا تاریخ عقد و بقیه شرایط را معلوم کنیم ! خوب داداش صالح بفرمائید که ما چکار باید بکنیم ؟"

صالح انگار بیخ گلویش رابسته بودند ، شاید خجالت می کشید که جلوی برادر بزرگترش که در همه زندگی حامی او بوده ، دهان باز کند و شرط و شروط بگذارد ، ماهره که سکوت صالح را دید به سخن آمد و چنین گفت :

" البته حاج داداش ببخشید که من حرف میزنم ، شما برادر بزرگ صالح هستین و او جلوی شما خجالت می کشه حرف بزنه ! اگه اجازه بدین من خواسته های صالح و خودمو می گم !"

صالح نگاهی به او کرد ، شاید خوشحال بود که ماهره می تواندحرفهای که دیشب با هم زده بودند ، را به آنها بگوید، چون صالح واقعا خجالت می کشید که چگونه آن حرفها را بزند .ماهره با کمال ادب گفت :

"با اجازه مادر جون و بزرگترها ، چون مادر صنوبر هستم دلم می خواد ، آنچه که برای دخترم بنظر من و پدرش درسته به شما بگم ، ما چند تا شرط داریم اول اینکه امیر هوشنگ جان یک خونه خوب ، در یک محله خوب

به اسم صنوبر در آمریکا بخره ، که چه اینها زن و شوهر بمانند یا خدای نکرده نه ، این خونه باید مال صنوبر باشه!..

هنوز بقیه حرفها را نزده بود که امیر هوشنگ به وسط حرف او دوید و گفت:" اینکه مهم نیست دلار نقد میارم آمریکا و خونه رو می خرم !"

ماهره ادامه داد : "صدو ده سکه بهار آزادی بنام حضرت علی باید مهرش باشه ، حق طلاق را هم باید در موقع عقد به صنوبر بدهید !"

سعید با خوشحالی نگاهی به ماهره و صالح کرد و گفت : "فقط همین من فکر کردم که چه خبره که ماهره خانم گفت صالح خجالت می کشه ! بابا همش قبوله ، پس تاریخ عقد هم همون روزی که از تالار وقت گرفتین باشه !!"

ماهره ادامه داد: "امیر هوشنگ باید به آمریکا بیاد ! چون درس صنوبر نیمه کاره مونده ، صنوبرهم باید درسشو ادامه بده !!"

امیر هوشنگ با خنده گفت: " این که عالیه!! من که حرفی ندارم !!همین امشب اگه بهم ویزا بدن میام "

ماهره اصلا فکر نمی کرد که اینها، همهِ خواسته ها را قبول کنند ، خوشحال شد که لااقل بنظر خودش آینده صنوبر را تامین کرده ، خوب اگر امیر هوشنگ آنی که می گوید نباشدو صنوبر بخواهد که جدا شود، بتواند زندگی خودش را بگذراند . امیر هوشنگ با خوشحالی ادامه داد:

"خوب پس همون تاریخ عقد می کنیم ،و بعد هم برای ویزای من به آمریکا اقدام می کنیم !"

ماهره باور نمی کرد ،امیر هوشنگ نه تنها اعتراضی به آمدن آمریکا ندارد بلکه استقبال هم کرد ، بنابراین ادامه داد :

"خوب حالا که قراره امیر هوشنگ جون با این عجله بیاد آمریکا ، پس با اجازه بقیه من می گم که اینها توی عقد باشن تا زمانی که امیر هوشنگ بیاد آمریکا و آنجا ما یک عروسی دیگه واسشون می گیریم و ازدواجشون را رسمی می کنیم"

همه با این پیشنهاد موافقت کردند ، و قرار شد ، وسایلی را که تا بحال برای

آنها خریده بودند ، مستقیما به آمریکا بفرستند .

بعد از شام همه دور هم نشسته و حرفهای معمولی میزند ناگهان ماهره پرسید:

"زری جون واقعا نرگس ترک شما رو کرده !!؟ خیلی عجیب نیست !!؟ یعنی شما دلتون واسه اون تنگ هم نمی شه!!؟

زری نگاهی به سعید کرد ، انگار دلشون نمی خواست که این مساله باز شود سعید خیلی معمولی جواب داد :

" چرا بابا ...زن داداش ، گاهی میاد به ما سر می زنه !! ولی خوب درس هاش زیاده ،کارم می کنه واسه همین کم پیداست!!.

ماهره با خوشحالی گفت : " خوب پس برای عقدکنون حتما میاد !! ما همه دلمون می خواد اونو ببینیم !!"

زری دوباره نگاهی به سعید کرد و این بار امیر بانو جواب داد :

" زن عمو جون .. اون توی مجالس عروسی زن و مرد قاطی نمیاد!! چون خیلی مومن شده ."

ماهره جواب داد :" خوب مگه همه با حجاب نیستن !! اونم که محجبه است چرا نمیاد؟"

امیر هوشنگ به وسط حرف آنها پرید و گفت :

" با من بگو مگو کرده واسه همین به عقدکنون نمیاد!!"

صالح نگاهی به ماهره کرد ، یعنی بیشتر از این سوال نکن و او هم ساکت شد .چند دقیقه بعد خانواده امیر هوشنگ برای رفتن آماده شدند ، که ناگهان صالح گفت :

" داداش من دلم می خواد یه روز بیام مجلس ،هم مجلس رو ببینم ، هم مایه افتخاره منه که شما رو در سر کار ببینم ."

سعید با خنده گفت :" چرا یه روزی !! خوب پاشو امشب بریم خونه ما ! فردا اتفاقا در صحن مجلس جلسه علنی داریم تو هم با من بیا، خیلی هم

خوب است چرا که نه !!"

صالح خیلی خوشحال شد و با عجله حاضر شد که همراه آنها برود . البته دیگر نگرانی تماس صنوبر با آمریکا و آن مرد جوان را نداشت ، او هرگز چنین کاری نخواهد کرد . صابر هم به پدرش اصرار کرد که او هم همراه او به دیدن مجلس برود، کار کوچکی نبود دیدن مجلس شورای اسلامی از نزدیک ،برای هر کسی اتفاق نمی افتاد . سعید هم قبول کرد و صابر هم همراه آنها به خانه عمو سیعد رفت .

***

صابر خانه عمو سعید را بیشتر دوست داشت ، آنجا به او بیشتر خوش می گذشت . پس از خوردن صبحانه ، سعید ، صابر و صالح با ماشین ضد گلوله و محافظین عازم بهارستان شدند . صابر از اینکه عمو سعید به او اجازه گرفتن عکس و فیلم را داده بود ، خیلی خوشحال به نظر می رسید .در بین راه صالح به سعید گفت :

"داداش آخه نمی شه که شما از نرگس ببرین !! مثلا اگه نرگس بخواد ازدواج کنه چطور می شه ؟ "

سعید روی خوشی نشان نداد و با بی حوصلگی گفت :" بعدا توی خونه صحبت می کنیم!! اینجا جاش نیست ."

و دهان صالح را برای سوال های بعدی بست . صالح باور نمی کرد که پدری بتواند از دخترش چشم بپوشد!! بعد فکر کرد که او هم بخاطر جریان هندوستان از صنوبر عصبانی شد و هنوز هم هست !! شاید اگر صنوبر راضی به آمدن به ایران نمی شد!! او هم دور صنوبر را خط می کشید !! شاید چنین اتفاقی در خانواده سعید افتاده که نمی خواهند در موردش حرف بزنند .خیلی دلش می خواست که جریان مالک را برایش بگوید؛ ولی با عکس العملی که سعید نشان داد ، او بخودش نهیب زد که به من چه ربطی دارد خودش از جایی بالاخره خبر خواهد شد که دخترش دارد ازدواج می کند.

پس از مدتی آنها به مجلس رسیدند ، ساختمان بسیار زیبائی که بشکل مخروطی، جلوه خاصی داشت ، آنها مستقیما به پارکینگ زیر زمینی رفته و با آسانسور به طبقه ای که صحن عمومی مجلس در آن قرار داشت وارد

شدند، مردی بسوی آنها آمد که بعداً فهمیدند رئیس دفتر سعید است . او پس از سلام و علیک،آهسته در گوش سعید چیزی گفت، سعید رو به صالح کرد و گفت :

"صالح جان اول به دفتر من بریم ، در مورد لایحه ای که امروز قراره تصویب بشه و من جزء مخالفان آن هستم، باید چند پرونده روبررسی کنم چون سخنرانی دارم"

وقتی وارد دفتر مخصوص سعید شدند ، صالح با تعجب به اتاق نگاه می کرد،، میز بزرگ کنفرانس وسط اتاق بود و میزی خاتم کاری و بسیار زیبا در بالای اتاق قرار داشت که میز سعید بود . صالح و صابر روی صندلی نشستند و سعید پشت میزش رفت تا پرونده ها را بررسی کند. یکی از نگهبانان که همراه آنها از خانه سعید آمده بود به صالح گفت :

" آقا.. اگه اجازه بفرمائین ، آقا زاده رو ببرم بیرون وساختمان مجلس و سالنی که مردم برای دیدن نمایندگان می آیند رو به او نشان دهم !"

صالح موافقت کرد، چون احساس می کرد که حوصله صابر سر می رود . آنها اتاق را ترک کردند ، صابر همراه نگهبان با آسانسور به یک طبقه پائین تر آمدند ، وارد سالنی شدند . هر کس که می خواست از حیاط مجلس وارد این سالن شودباید از دروازه امنیتی بگذرد و وسایل را هم باید روی سکوی برقی می گذاشتند تا از زیراشعه رد شوند. در این سالن تعداد زیادی مراجعین نشسته بودند ، نگهبان برای صابر توضیح داد کسانیکه مشکلی دارند ، و ازحل آن عاجز هستند برای دیدن نمایندگان به اینجا می آیند، گاهی اتفاق می افتد که وکیلی را ببینند و گاهی هم نامه هایشان را به محافظین میدند تا به نمایندگان بدهند.

صابر احساس خیلی خوبی داشت که توانسته به ویژه ترین ساختمان ایران بیاید و اینجا را از نزدیک ببیند .در این موقع صابر چشمش به دختر جوانی که حدود شانزده سال داشت افتاد ، لباس کهنه ای در برداشت ،که شاید بهترین مانتوی او بود. از لحن حرف زدنش معلوم بود که سواد دارد ! به یکی از کارمندان التماس می کرد که بگذارند او با یکی از نمایندگان ملاقات کند. صابر حرف های آنها را شنید ، کارمند می گفت :

" امکان نداره که بری توی سالن، نامه ات را بده به یکی از محافظین می

رسونه به دست نمایندگان ،"

صابرکه این گفت و شنود را شنید دلش برای دختر سوخت، بسوی او رفت و از او پرسید:

"این نامه برای کیه من می تونم بدم به عموم ، عموی من وکیله "

دختر خیلی خوشحال شد و پرسید :

" آقا شما آقا زاده هستین ؟"

بجای صابر محافظی که همراه او بود گفت:

"بله ایشان آقا زاده ست حالا چی می خوای ؟"

دختر در جواب گفت : "آقا مه یه دختر بدبخت هستم ، یه پدر و مادر پیر دارم ، صاحبخانه ما را از خانه بیرون کرده ، چون پول نداشتیم کرایه بدیم، یه خدا نشناسی ما را از تو خیابان برد توی یه خونه ای که سی تا زن و بچه و پیر آنجا زندگی می کنن ، بشرطی به ما جا داده که مه برم سر خیابونا گدائی کنم ، آقا من بخدا گدا نیستم ، نمی خوام گدائی کنم ، اما اون از خدا بیخبر هر روز صبح منه با چند تا بچه می آره همی دور بر از وانت پیاده می کنه که ما گدائی کنیم ، شبم میاد دنبال ما ، همه رو جمع می کنه ومی بره، بخدا هر چه از گدائی دستمون میاد اون می گیره و لقمه نونی به ما می ده و یه جای خواب،حالا می گه که ننه و بابام هم باید بیان گدائی ، ولی اونا خیلی مریض هسن ، اصلا نمی تانن توی خیابون بمانن ، بخدا آقا ، جان اینه ندارن که کنار خیابون بشینن!آقا یه کمکی بکن شاید یکی از این وکیل ها بداد ما برسه و یه شغلی به من بدن که بتانم از بابا و ننم نگهداری کنم ،"

صابر با تعجب به حرفهای این دختر گوش می کرد! یعنی چی مگر می شود بچه ها را برای گدائی برد سر خیابان؟ مگر اینجا پلیس ندارد که آنها را دستگیر کند ؟ چطور ممکن است در کشوری که اینقدر پول هست که خونه ای مثل خونه عمو سعید بسازند!! بچه ها توی خیابان کدائی کنند ؟او از وقتی که به ایران آمده بود فقر مردم را لمس نکرده بود ، مثل آقا زاده ها فقط تفریح کرده . وآن روی ایران را ندیده بود !! مگر ایران چنین فقیرانی هم دارد؟ نامه را از دختر گرفت و گفت :

"تو همین جا بشین من نامه ترا می دم به عموم و جوابشو می گیرم !"

اما محافظ گفت :" آقا جون یه روزه که نمی شه ..بعد رو به دختر کرد و پرسید " تو کجا گدائی می کنی ؟ "

دختر جواب داد:" یه چهار راه پائین تر ! "

محافظ گفت : "خوب تو برو ما نامه ات رو می دیم به آقا ! فردا صبح من جوابشو برات میاریم !"

صابر از حرفهای این دختر گریه اش گرفته بود ، خیلی دلش می خواست که کمک کند.. ناگهان صدای شلیگ یک گلوله شنیده شد و مردی با تفنگ بزرگی به ماموری که کنار دستگاه اشعه بود، شلیک کرد ، مامور بر روی زمین افتاد و مرد بداخل پرید و شروع به تیر اندازی به مردم بی دفاعی که در گوشه کنار سالن نشسته بودند کرد!!! محافظ تفنگش را از زیر کتش در آورد و صابر را با دست انداخت پشت صندلی ها و فریاد زد :

"صابر بلند نشو .."

و بسوی کسی که شلیک می کرد دوید ، قبل از اینکه او بتواند کاری کند مهاجم به او شلیک کرد و محافظ بر روی زمین افتاد ، ناگهان دختری که آمده بود تا کمکی برای پدر و مادر پیر خود بگیرد ،نقش زمین شد و حوضی از خون دورش را گرفت . از در دیگری یک مهاجم دیگر با مسلسل وارد شد و شروع به تیر اندازی به طرف مردمی که منتظر دیدن نماینده ها بودند کرد صدای داد و فریاد و جیغ مردم بینوا بهوا بلند شده بود ، آن دو نفر مثل اینکه برگ درخت را می تکانند مردم را به زمین می ریختند ، جوی خون براه افتاده بود . نفر سوم آنها هم وارد شد.

از گشته پشته می ساختند و از دری که به حیاط دوم راه داشت و به ساختمان اصلی مجلس می رسید بطرف ساختمان مجلس می دویدند..و داخل ساختمان شدند . با تیراندازی به درهای بسته سعی می کردند که به صحن مجلس وارد شوند ولی نتوانستند، از پله ها به بالا دویدند و به هر کسی که می رسیدند او را می کشتند ، محافظین و تیم امنیتی مجلس هم واردساختمان شده و بسوی آن سه مرد تیر اندازی می کردند، ولی مهاجمین در سطح بالاتری بودند و زمین بازی در اختیار تروریست ها بود . سالن مراجعین را قتل عام کرده . بسوی سالن های دیگر می دویدند ، چند نفر ازافراد امنیتی مجلس از اتاق ها بیرون دویده و مردمی که بطرف پله ها سرازیر بودند را به توی اتاق ها می فرستادند و در ها را می بستند ، امکان

فرار وجود نداشت . مهاجمین هر کدام کیفی را حمل می کردند که در آن اسلحه و فشنگ و نارنجک بود ، بداخل سالن ها نارنجک می انداختند و سعی می کردند که با تیر اندازی به درب بسته اتاق ها مردم داخل را بکشند . مردم بی نوا میزهای سنگین را هل می دادند و به درب اتاق می چسباندند که جلوی ورود آنها را بگیرند ،.

مهاجمین وقتی نتوانستند وارد صحن عمومی مجلس شوند ، به طبقات بالا حمله کردند که شاید دری از بالا به داخل صحن مجلس بیابند ، از بیرون مجلس گارد ویژه و نیرو های امنیتی بطرف مجلس می دویدند، صدای ماشین های پلیس و آتش نشانی بگوش می رسید ، اما مهاجمین بدون ترس از مرگ طبقه به طبقه بالا می رفتند و مردم بی گناه را می کشتند. ناگهان از بیرون مجلس با مسلسل به طرف شیشه پنجره راه پله ها شلیک شد ، یکی از مهاجمین آنجا بود و بسوی پنجره رفت و لوله تفنگش را از سوراخی که روی پنجره به وجود آمده بود خارج کرده وبه سوی مردمی که در خیابان ایستاده و نگاه می کردند تیر اندازی کرد ،پس از چند لحظه ، در پیاده رو زنده و مرده روی زمین ریختند .

افراد گارد ویژه وارد مجلس شدند و بطرف پله ها می دویدند . حالا که مهاجمین به طبقات بالاتری رفته بودند ، مامورین پلیس و امنیتی در اتاق ها را باز می کردند و از کسانیکه در آنجا بودند ، می خواستند تا ازساختمان مجلس خارج شوند . ولی مردم بیچاره می ترسیدند که فرار کنند. .در پیاده روی مقابل مجلس مردم به هر سوی خیابان می دویدند ، ولی مهاجمین از بالا از شیشه های شکسته مردم رامورد اصابت گلوله قرار می دادند .

صالح و سعید به زیر میز پناه برده بودند ، صالح فریاد می زد که صابر بیرون است و می خواست از اتاق به بیرون بدود، ولی محافظین درب اتاق را قفل کرده و نمی گذاشتند که او خارج شود ، فریاد می زد ، توی سر خودش می زد، چرا به حرف سبحان کرد و به مجلس آمد ،اگر صابر را زده باشند چه ؟ تلویزیون اتاق ناگهان شروع به پخش حمله مهاجمین نمود ، وای که چقدر وحشت ناک بود مردم در خون می غلطیدند . صالح حتم داشت که صابر را زده اند .

***

صنوبر در اتاق نشیمن نشسته بود و همراه دختر عمویش تلویزیون نگاه می کرد که ناگهان برنامه قطع شد و گوینده با نگرانی گفت :

"ساعت ده و سی دقیقه مهاجمانی مسلح به مجلس شورای اسلامی حمله کردند ...

ناگهان صنوبر فریاد زد :" مامان ،عمو جون بیاین ببین چه خبر شده ! "

توی سر خودش می زد و فریاد می کشید وصابر ، صابر می کرد . اهل خانه به اتاق نشیمن دویدند ، تلویزیون گزارش می داد که عده ای مهاجم داعشی ناگهان با اسلحه های فراوان وارد ساختمان مجلس شده اند و در ساعت ده و چهل دقیقه درهای مجلس بسته شده است ... ماهره توی سرش می زد ، بسوی در خانه دوید سبحان می خواست جلوی او ر ا بگیرد ولی نتوانست ، ماهره فریاد می زد که صابرم ..صابرم ..و از در خانه خارج شد .

***

در داخل مجلس هنوز مهاجمین تیر اندازی می کردند و بطرف طبقات بالاتر می رفتند ، گارد ویژه و نیروی های پلیس که جلیقه های ضد گلوله پوشیده و کلاهک بر سر داشتند ، وارد مجلس شده و در طبقات مختلف پخش می شدند ، و سعی می کردند تا به مهاجمین دست پیدا کنند . از پله ها بطرف بالا دویدند تا شاید به آنها برسند ، یکی از مهاجمین آنها را دید و نارنجکی را بسوی آنها پرتاب کرد که ناگهان در بین آنها منفجرگشت و تعدای از آنها را کشت .

مهاجمین از رفتن به داخل صحن مجلس نا امید شده و بطرف پشت بام می دویدند ، که یکی از آنها در گوشه یک راهرو گیر افتاد و چندین نفر از گارد ویژه بسوی او دویدند ، مهاجم ناگهان جلیقه انتحاری خود را پوشید و خودش را منفجر کرد و عده دیگری را هم کشت .

بلاخره پس از دو ساعت اندی مهاجمین گشته شده و درهای راهرو ها را باز کردند ،همگی بطرف راه های خروجی مجلس می دویدند ..صالح از اتاق به بیرون دوید .. از پله ها بطرف پائین می دوید و فریاد می زد صابر جان کجائی .. آمبولانس ها رسیده بودند ، داخل مجلس مثل صحنه های جنگ بود ، به هر کس که می رسیدند مرده بود ، خیلی کم از آدم هایی که تیر خورده بودند هنوز جانی در بدن داشتند ،صالح حتی در زمان جنگ هم چنین صحنه ای را ندیده بود .

فریاد می زد صابر ولی جوابی نمی شنید ، داد می زد ، گریه می کرد ، خدایا صابر او را از او نگیر، اتاق به اتاق می گشت ، هر برانکاوی را که می بردند، می دوید و رویش را باز می کرد که نکند صابر باشد ، ناگهان با جنازه محافظی که همراه صابر رفته بود روبروشد ، فریاد می زد که صابر هم گشته شده ، و توی سرش می زد ، بطرف آمبولانس ها دوید شاید جزء زخمی ها باشد ولی باز هم او را نیافت ، بسوی خیابان رفت ، شاید صابربه بیرون از مجلس گریخته باشد .

آنطرف خیابان هم کارکنان آمبولانس ها به زخمی ها رسیدگی می کردند و عده زیادی هم گشته روی زمین افتاده بودند . تلفن های اطراف بهارستان بعلت امنیتی قطع شده بود ،

ماهره با تاکسی خودش را به بهارستان رسانید ، تمام مدت گریه می کرد، هر چه به تلفن صالح و صابر زنگ می زد جوابی نمی گرفت ، مطمئن بود که بلائی سر هر دو آمده . تاکسی کمی دورتر نگه داشت . جلوتر را بخاطر ورود و خروج آمبولانس ها و ماشین های گارد ویژه بسته بودند. ماهره پیاده به طرف مجلس می دوید ، هر دعائی بلد بود می خواند، شاید خدا بخاطر کاری که با صنوبر کرده اند آنها رامجازات می کند!

ماهره به مجلس رسید ولی هیچ چهره آشنایی نمی دید ، و اجازه ورود به او نمی دادند ، وضعیت اضطراری بود ،هر چه التماس می کرد که شوهر و پسرش در داخل مجلس هستند ، باز هم به او اجازه نمیدادند که داخل مجبس شود. ناگهان یکی از محافظان خانه سعید راکه وقتی به خانه سبحان رفته بودند همراه آنها آمده بود را دید، بسوی او دوید و او را صدا زد ، محافظ ابتدا او را نشناخت ولی پس از چند لحظه او را به خاطر آورد، سلامی کرد و او را که بشدت اشک می ریخت به داخل مجلس برد . در حیاط ورودی صالح را دید ، بسوی او دوید و فریاد می زد صابر کو؟ حتی از زنده بودن صالح هم ابراز خوشحالی نکرد و فقط دل نگران صابر بود!! صالح هم دست کمی از او نداشت فقط می گفت انشالله زنده است .

دیگر تقریبا مجلس را از زخمی و جنازه خالی کرده بودند و ولی هنوز نشانه ای از صابر نبود .صالح می گفت که تقریبا صورت همه زخمی ها و شهدا رادیده ولی صابر جزء آنها نبوده !!.

ناگهان یکی از مامورین فریاد زد :

" یه نفر اینجا افتاده!! پشت این در !!"

همه با هم بسوی او دویدند ، صابر بیهوش روی زمین افتاده بود ولی دور برش خونی دیده نمی شد! ماهره دوید و سر او را در آغوش گرفته و می بوسید ، هنوز از امداد گران آنجا بودند ، بسوی آنها دویدند، صابر نفس می کشید ولی بیهوش بود ، علایم حیاتش خوب بود، امدادگران برایش ماسک اکسیژن گذاشتند ، سرم وصل کرده و او را بطرف آمبولانس بردند. ماهره ضجه می زد ، توی سر زنان دنبال برانکاو می دوید ، صابر را در آمبولانس گذاشتند ، صالح و ماهره هم سوار شدند ، ماهره دست او را در دست گرفته و قربان صدقه اش می رفت که چشمهایش را باز کند . آمبولانس آژیر کشان بسرعت بسوی بیمارستان می رفت . در این مدت صالح که حالش بهترشده بود، مشکل نارسائی قلبی او را به امدادگران گفت ! آنها هم به بیمارستان اطلاع دادند که بیماری که مشکل نارسائی قلبی دارد را به بیمارستان می آوردند .

بخاطر جریان حمله داعشی ها به مجلس خیابانها خیلی خلوت شده بود و آنها خیلی زود به بیمارستان رسیدند . سعید هم با ماشین خودش و محافظ هایش پشت سر آنها می آمد . وقتی وارد بیمارستان شدند یک دکتر قلب در اورژانس منتظر آنها بود ، بلافاصله او را به داخل اورژانس بردند ، اجازه ندادند که ماهره و صالح بداخل اوژانس بروند . ماهره پشت در اورژانس نشسته و گریه می کرد و به صالح می گفت:

" ببین چه ها کردی ؟ ببین چه بدبختمون کردی !! با لجبازی مارو آوردی ایران! ببین همه زحماتمون از بین رفت ! حالا چه خاکی به سرمون بریزیم؟آخه چرا این کار رو کردی ؟ اگه نتونن کاری کن چی ؟ ها ؟"

سعید و محافظینش هم وارد بیمارستان شدند ،کسانیکه او را می شناختند با ادب سلام می کردند . به کنار صالح و ماهره رفت، وقتی وضع پریشان آنها را دید گفت:

"نگران نباشین حالا ایران از نظر پزشکی خیلی قوی شده ! انشالله که فقط ترسیده و اتفاق دیگه ای براش نیافتاده !"

ماهره سکوت کرده بود ، انگار همه این چیزهارا از چشم سعید می دید اگر سعید از صنوبر خواستگاری نمی کرد ! آنها هرگز به ایران نمی آمدند، صالح

و سعید قدم می زدند و ماهره همانطور گریه می کرد که ناگهان صنوبر و سبحان و مادر بزرگ از راه رسیدند . صنوبر خودش را در آغوش مادرش انداخته و اشک می ریخت ، او بخاطر زندگی صابر حاضر شده بود زن امیر هوشنگ بشود ! اگر اتفاقی برای صابر بیافتد او چه کند ؟ صابر مثل همزاد او بود ، بیشتر از هرچیزی و هر کسی در دنیا او را دوست داشت .

بالاخره دکتر از اتاق اورژانس بیرون آمد و آنها دورش را گرفتند ، هر کدام چیزی می پرسیدند ! دکتر توضیح داد که خدا راشکر هیچ مشکلی برای قلب او به وجود نیامده ، فقط از ترس بیهوش شده، هم نوار قلب گرفتند و هم اسکن از قلبش کرده و خوشبختانه همه چیز طبیعی بود.، دکتر ادامه داد که امشب او را در اتاق مراقبت های ویژه نگه می دارند تا بیست و چهار ساعت تحت مراقبت باشد بعد مرخص می شود . صنوبر از خوشحالی ناگهان دکتر را بغل زد ، دکتر خودش را کنار کشید ، صالح او را کنار کشید و بدکتر گفت :

"ببخشید دکتر از بس خوشحاله که برادرش چیزی نشده "

دکتر می فهمید که اینها از خارج آمده اند ! لبخندی زد و گفت :

" بله متوجه شدم "

صالح پرسید : "می تونیم الان ببینمش ؟"

دکتر جواب داد : "اون رو منتقل می کنن به اتاق مراقبت های ویژه ! خدا روشکر بهوش آمده، فعلا از پشت پنجره اونو ببینید تا بعد"

تخت صابر را از اتاق اوژانس بیرون آوردند ، همه بسوی او دویدند، حالش خوب بود ، البته ماسک اگسیژن داشت و سرم هم بدستش وصل بود ، ولی کاملا هوشیار بود ، صنوبر و ماهره دستهای اورا در دست گرفته می بوسیدند و تا اتاق مراقبت های ویژه همراهش رفتند و پشت پنجره ایستادند .

سعید به آنها پیشنهاد کرد که فعلا به خانه بروند ، ولی هیچ کدام قبول نکردند . سعید یکی از محافظین خودش را در بیمارستان برای مراقبت از آنها و همچنین اگر چیزی لازم داشتند گذاشت و خودش رفت .

هر چند دقیقه یک بار صنوبر و ماهره به پشت پنجره می رفتند تا صابر را ببینند ، صابر خوب بود، برایشان دست تکان می داد . خیالشان کمی آرام شده بود .بیمارستان تازه داشت شلوغ می شد بستگان زخمی ها و کشته شدگان به بیمارستان می آمدند ، هرکس اسمی را می گفت، و عکسی را نشان می داد، تا گمشده خود را بیابند ، عاشورایی بود ، صدای جیغ و گریه و ضجه به آسمان می رسید، بیشتر زخمی ها تا رسیدن به بیمارستان فوت کرده بودند، محشری دم در سرد خانه بود ، در بین کشته شدگان زنان زیادی هم وجود داشتند . البته همه را به این بیمارستان نیاوردند ، بین بیمارستانها قسمت کرده بودند ، برای همین مردم بینوا بدنبال گمشده هایشان از بیمارستانی به بیمارستان دگر می رفتند. حال نزار مردم قابل توصیف نبود.

صنوبر به یاد انفجار در بازار هند افتاد وبا خودش می گفت خدایا این از خدا بیخبران کی بودند ؟ با چه هدفی وارد مجلس شدند؟ آیا اینها داعشی بودند که برای انتقام گیری به ایران آمدند؟ در هندوستان شنیده بود که به آنها تعلیم می دهند ، که فقط آنها مسلمانند و بقیه مردم دنیا کافر و لحظه ای که آنها با انگشت به روی دکمه قرمز انفجارمیزنند ، چشمهایشان را می بندند و لحظه ای بعد در بهشت در کنار پیامبر چشم خواهند گشود!! ! کی این داعش و طالبان و القاعده را در دنیا گسترش می دهد ؟ چه کسانی اینها را از نظر مالی تقویت می کنند؟ این جوانان بیچاره اسیر در دست داعش تا به کی باید فدای قدرت طلبی عده ای جاه طلب شوند !!؟ و به وعده بهشتی دورغین چنین عاشوراهایی را براه بیندازند ، یک روز در ایران ، روز دگر در ترکیه ، و روزی درهند و پاکستان، هر گوشه از جهان که راه یابند ؟

مگر همین القاعده در یازدهم سپتامبر دوهزار و یک به نیویورک حمله نکرد و خط مش سیاست دنیا را تغییر داد؟ مگر نه اینکه القاعده زاده عربستان سعودی بود و داعشی ها فرزندان آن هستند که هر روز جائی را به آتش و خون می کشند ، پس چرا ابر قدرت ها مثل آمریکا از طرفداران و دوستان عربستان سعودی هستند ؟ این بچه های مظلوم و نادان خود و عده ای را فدای تعلیمات و آموخته های که در غار های افغانستان و عراق و عربستان سعودی به آنها داده می شود می کنند!! و انتقام بدبختی های خود را می گیرند، کدام دین گفته که همه دنیا کافر هستند وباید بمیرند؟ کی گفته فقط مسلمانان آنهم افراطی های داعش و القاعده و طالبان به بهشت می روند؟ خدایا تا کی باید به نام تو عده ای نادان گول بخورند و

خود و تعداد زیادی بیگناه را فدای عقده های عده ای سیاست مدار افراطی کنند!!

مگر جلوی چشم او در هندوستان بچه ای با یک خرس عروسکی به هوا نرفت وعده زیادی جان دادند !! تا کی دنیا باید در دست عده ای سیاستمدار باشد که دنیا را کنترل می کنند ؟ همه ادیان از عشق و محبت و مهربانی سخن می گوید ،اینها به کدام دین معتقدند که چنین کشتارگاه هایی را براه می اندازند !!؟اینها چگونه به این همه اسلحه دست یافته اند !!؟ خداوندا آیا تو روا می داری که قومی ظالم بنام تو این همه مردم بیگناه را در دنیا بکشند و دنیا را بخاک و خون بکشند !!؟ نه تنها صنوبر بلکه هیچکس جوابی برای این همه بیدادی نداشت!!

این مصیبت هر لحظه بدتر می شد، وقتی خانواده ای عزیز خود را کشته می یافتند ،قیامتی بر پا می شد، صنوبر دیگر برای صابر اشک نمی ریخت ! او خدا ر ا شکر خوب بود ، برای این مادرانی که جوانان خود را کشته می یافتند اشک می ریخت ، خیلی دلش می خواست که به کمک آنها برود ، برای یکی آب می برد ، به دیگری دستمال کاغذی می داد تا اشکهایش را پاک کند !! ولی مگرتمام می شد ، هر لحظه عده ای با شیون و توی سرزنان وارد بیمارستان می شدند و بدنبال عزیز خود می کشتند . ؟

ساعتی گذشت .. بیمارستان کمی خلوت تر شده بود که ناگهان امیر هوشنگ همراه وکیلش کامبیز و دو محافظ از در بیمارستان وارد شد و بسوی آنها آمد ، ابتدا عمویش را در آغوش گرفت و سر بشانه او گذاشت و اشک ریخت سپس بسوی صنوبر و ماهره آمد ، به آنها دلداری می داد که خداوند امروز چقدر به ما رحم کرده وگرنه آنها سه نفر را ممکن بود از دست می دادند سعید ، صالح و صابر ، شاید حق با او بود و باید شکر گزار می بودند که بخیر گذشته است و بعد زنگ اتاق مراقبت های ویژه را فشار داد و بدرون رفت . صنوبر و ماهره تعجب کردند که او کجا رفت ؟ چند دقیقه بعد او را دیدند که در کنار تخت صابر ایستاده است !! او چگونه توانسته بود که بدرون برود ؟ بیست دقیقه بعد بیرون آمد و گفت :

" صابر را به اتاق خصوصی می برن تا شما هم بتونید کنارش باشین ."

صالح با تعجب گفت :

"امیر جان اون باید در اتاق مراقبت بمونه کجا می برنش ؟"

امیر هوشنگ جواب داد :" به اتاق خصوصی مراقبت های ویژه .. و بعد با خنده ادامه داد که... عمو جون یعنی ما اینقدر هم اعتبار نداریم ؟ که صابر رو به اتاق خصوصی ببریم ؟"

صنوبر و ماهره خیلی خوشحال شدند ، هم می توانستند کنار صابر باشند و هم از این طبقه که مقابل در ورودی بود و مرتب یکی گریه کنان می آمد می رفتند ، شاید برای اعصاب داغان آنها هم بهتر بود. چند دقیقه بعد تخت صابر را بیرون آوردند و بطرف آسانسور بردند . آسانسور بزرگ بود و همه آنها جا شدند ! از آسانسور بیرون آمده و دنبال تخت می دویدند تخت را به اتاق یک نفره مراقبت های ویژه بردند که همه چیز داشت ،حتی مبل راحتی برای بستگان که روی آن بنشینند . صالح انگار یک ساعت پیش را فراموش کرده و با افتخار به امیر هوشنگ نگاه می کرد که چنین قدرتی دارد! پرستاری هم همراه آنها آمده بود و پس از وصل کردن اکسیژن و سرم گفت

" من در پشت میز پرستارها مراقب او هستم ! شما هم اگر کاری داشتید مرا صدا کنید !"

امیر هوشنگ از او تشکر کرد و بعد رو به آنها کرد و پرسید :

"شما ها نهار خوردین ؟"

کی بفکر نهار بود؟ الان ساعت چهار بعد از ظهر بود ! چیزی که یادشان نبود غذا بود و اصلا هم احساس گرسنگی نمی کردند ! ولی امیر هوشنگ به یکی از محافظین گفت: "آقا سید برو برای همه ساندوچ بیار ! "

او هم چشمی گفت و رفت . چند دقیقه بعد پرستار با چند تا استکان و یک فلاکس چائی به اتاق بازگشت و سینی را روی میز کوچکی گذاشت . صنوبر حالا احساس می کرد که چقدر تشنه است و احتیاج به یک چائی داغ دارد!! یک چائی ریخت و بسوی صابر رفت :

"صابر جان چائی می خوای ؟ " ولی پرستار گفت :

"لطفا فعلا چیزی به او ندین تا دکتر دوباره او نو ویزیت کنه ! "

البته حرفش درست بود ، هنوز صابر از خطر بیرون نبود و نباید چیزی می

خورد . صنوبر سر جایش نشست و یک قند برداشت و چائیش را خورد خدا را شکر می کرد که صابر الان سالم در مقابل آنها است ، خدا بداد آن خانواده هایی برسد که جنازه عزیزشان را تحویل می گرفتند ! ناگهان اشکهایش بروی صورتش غلتید ! خدایا او چکار می کرد اگر خدای نکرده صابر را از دست می دادند .

ساعتی بعد حال همه بهتر بود ، غذا خورده بودند ، و با هم حرف میزند، دکتر هم دوباره برای ویزیت صابر آمد ، همه چیزش عادی شده بود ، فشار خون ، ضربان قلب و مقدار اکسیژن خونش ، دکتر می خواست او را مرخص کند. ولی صالح و ماهره از او خواستند که امشب تحت مراقبت باشد، نزدیک های غروب سعید و همسرش هم به بیمارستان آمدند ، سعی داشتند که صالح وماهره و صنوبر را به خانه ببرند ولی آنها قبول نکردند و هر سه، شب را در کنار صابر ماندند .

حال عمومی صابر خوب بود ، ولی لحظه ای آرام نداشت و هر وقت آن لحظه به یادش می آمد ، حالش بد می شد و بغض می کرد . دکتر پیشنهاد کرد که به دیدن یک روانشناس بروند ، تا ضربه ای که از دیدن آن صحنه به روح و روان او وارد شده را معالجه کنند ، پسر بچه ای که هرگز شاهد صحنه های دلخراش نبود ، حتی بخاطر ناراحتی قلبی که داشت از دیدن فیلم های مهیج هم ابا می کرد ، بخون غلتیدن دها نفر را از نزدیک دیده بود ، ناگهان قیافه آن دختری که برای او درددل کرده بود بیادش آمد و شروع به گریه کرد . حتم داشت که دخترک مرده است ، مادرش با نگرانی بسویش رفت صورتش را بوسید و پرسید :

"عزیز دلم .. قربونت برم تموم شد دیگه خدا رو شکر که تو و بابا هر دو سالمین"

صابر ناگهان بغضش ترکید و داستان آن دختر را با گریه تعریف کرد ، و ادامه داد

" بیچاره آمده بود که کمک بگیره و مادرو پدرش رو از چنگ آن مرد حریص پول دوست نجات بده ، نمی دونست که چند دقیقه بعد خودش هم می میره و پدرومادرش تنها می مونن."

امیر هوشنگ بلافاصله گفت : "عزیزم غصه نخور.. الان یکی رو می فرستم

تا اونو شناسائی کنن و هر طور شده پدر و مادرشو پیدا می کنم می فرستم شون خونه مشهدی حسین و ماهیانه یه چیزی بهشون می دم که دیگه کدائی نکنن! توهم دیگه اینقدر بی تابی نکن ."

بعد به یکی از محافظنین دستور داد که پی گیر این قضیه باشد . برای آنها هر کاری آسان بود . حال صابر از شنیدن این خبر که امیر هوشنگ دست پدر و مادر آن دختر بینوا را می گیرد بهترشد ، خیلی خوشحال شد. صنوبر دوباره این روی امیر هوشنگ را می دید، یادش افتاد که چند آدم فقیر را دم در خانه او دیده بودکه امیر هوشنگ به آنها کمک کرد!! منظور امیر هوشنگ همان مردی بود که کارت ملی فقیر ها را آورده بود؟ با خودش می گفت اگر من عاشق ارژنگ نبودم و اگر امیر هوشنگ فقط این روی مهربان را داشت شاید وقت بیشتری را برای شناختن امیر هوشنگ صرف می کردم تا مهرش به دلم بنشیند ولی هیچوقت عاشق او نخواهم شد.

آنشب همه آنها در بیمارستان ماندند، هیچکدام نمی خواستند که به خانه بروند، و صابر را با این حال روحی تنها بگذارند . آرام بخشی به صابر داده بودند تا دیگر بیتابی نکند،ولی از خوابیدن وحشت داشت تا چشمانش را می بست آن صحنه تیر اندازی را می دید ،و با فریاد بیدار می شد .

***

امیر هوشنگ صبح با یک دسته گل قشنگ بازگشت ، تا صابر را بخانه ببرند او عقیده داشت که بخانه پدرش بروند که دسترسی به دکتر و دوا بیشتر باشد، مخصوصا اینکه از یک روانپزشک خوب برای صابر وقت گرفته بود .

صنوبر و ماهره هیچ راضی به رفتن آنجا نبودند و بالاخره امیر هوشنگ را راضی کردند که بخانه عمو سبحان بروند . صنوبر برای دلداری دادن صابر جریان بمب گذاری در هندوستان را تعریف کرد که یک کودک بینوا وعده زیادی کشته شدند ، صابر با تعجب به او نگاه می کرد!! باورش نمی شد که صنوبر چنین چیزی را از نزدیک دیده باشد !!؟ حتی پدر و مادرش هم نمی دانستند،صالح از او پرسید:

"چطور این را برای ما تعریف نکرده بودی ؟"

صنوبر آهی کشید و گفت: "شما فرصت خاطره تعریف کردن به من دادین؟ حتی معلوم نیست بر سر چمدان های من چه آمده ؟ صبر نکردین

تا چمدان های من برسن"

صالح با خودش می گفت شاید تصمیم عجولانه ای گرفته ، هر بچه ای اشتباه می کند !! او نباید چنین صنوبر را تحریم می کرد ! حتی دیگر با او حرف هم نمی زد و این اولین بار بود که در این مدت با او همکلام شده بود.حالا احساس شرم می کرد!! او بد جوری صنوبر را تنبه کرده بود!! اما خدا را شکر می کرد که صنوبر پشیمان شده و دارد با امیر هوشنگ ازدواج می کند و آن پسر بی سرو پا را فراموش کرده اما در عمق چشمهای صنوبر غمی را می دید.

***

صابر حالش خیلی بهتر شده بود ، کارمندان امیر هوشنگ هم آن دختر و پدرو مادرش را یافته بودند ، خدا را شکر تیر به شانه راست دختر خورده بود و جزء زخمی ها به بیمارستان منتقل گشته ،و پس از بهبودی دختر، امیر هوشنگ جائی را برای سکونت به آنها داد ومقرری ماهیانه برایشان در نظر گرفت! این خیلی باعث شادی صابر شد ، صابر احساس می کرد که باعث یک کار خیر گشته وبه یک خانواده دردمند کمک کرده و آنها سرو سامان گرفته اند.

در این مدت کارهای عقد را انجام دادند ، لباس عروس حاضر بود و هرچه که ماهره در شب بله برون خواسته بود آنها قبول کرده و قرار براین شد که شب جمعه در همان تالار رویائی عقد کنند . .

یک روز قبل از عقد که آنها برای خرید رفته بودند ! وقتی به خانه بازگشتند، مادر بزرگ گفت :

" نرگس برای دیدنتون آمده بود و چون دیر کردین رفت !!"

ماهره خیلی ناراحت شد و گفت :

" مادر جون خوب اونو نگه می داشتین تا ما برگردیم !! "

مادر جون گفت :" کار داشت باید تا شب می رفت خوابگاه ، فقط آمده بود شما رو ببینه یه چند تا هدیه هم واسه تون آورده که داد دست منو رفت !"

صنوبر با تعجب پرسید :" مادر جون یعنی فردا واسه عقد برادرش نمیاد ؟؟"

مادر نگاهی به آنها کرد و با لبخندی گفت :" عزیزم نرگس اینجور مجالس نمی ره ! برای تو یه قرآن قشنگ با جلد ترمه و جانماز آورده واسه عموش هم یه تسبح ، یه دست هم بقچه سوزنی ترمه واسه ماهره جون ."

ماهره با تاسف گفت چه حیف شد او را ندیدند ! هدایایی که آورده بود همه معمولی بودند ، از دختری که خودش کار می کند و خرج خودش را در می آورد!! بیش از این هم نباید توقع می داشتند ، ماهره با خود گفت کاش امیر هوشنگ هم به صداقت نرگس بود و هدایای معمولی برای صنوبر می خرید ! با پول حلال و عرق جبین نه با ریا و کلاهبرداری ! خدایا آنها داشتند دختر معصوم خودشان را در چه آتشی می انداختند ولی کو گوش شنوا؟

ماهره روی پله های دم در نشست !! چطور ممکن است خواهری به عروسی برادرش نیاید ؟ چرا نرگس که اینقدر مهربان است که این همه راه را برای دیدن آنها آمده فردا نمی آید !! ؟چه رازی وجود دارد که کسی به آنها نمی گوید ؟ حتما نرگس هم از کارهای برادر و پدرش خبر دارد که از خانه رمیده و گوشه انزوا گرفته !!؟ ای کاش صالح این چیزها را می فهمیدو اینگونه چشم بسته از برادرش حمایت نمی کرد . دختر معمولا عزیز پدر است، مخصوصا که نرگس کوچکترین فرد خانواده بود ، چگونه آنها توانستند که از او چشم بپوشند ؟ یعنی مال دنیا اینقدر دوست داشتنی است که پدر و مادر از فرزند خود چشم بپوشند ؟ چگونه نرگس به عقد کنان تنها برادرش نمی آید !!؟ اما انگار برای ماهره این سوال ها جوابی نداشتند و فردا باید دخترش را تقدیم به یک هیولا کند که خودش از او متنفر بود، ولی کاری از دستش بر نمی آمد .بعد بخودش گفت بگذار از دست اینها رها شویم و به آمریکا باز گردیم اگر امیر هوشنگ اونی که می گوید نبود ، طلاق صنوبر را می گیرم بخدا قسم !!

***

بالاخره پنچشنه موعود فرا رسید ، برای آرایش عروس از یک آرایشگاه بسیار معروف در شمال تهران وقت گرفته بودند ، صنوبر را صبح زود با خواهر امیر هوشنگ به آنجا فرستادند . قرار بود امیر هوشنگ ساعت پنج عصر به دنبال آنها برود ، صنوبر نمی فهمید که چرا باید این همه مدت در آرایشگاه باشند ، ولی وقتی آنها کارشان را شروع کردند !تازه فهمید که می خواهند او را گریم کنند ! با تعجب پرسید :

" برای چی این کارها رو می کنین!! یه آرایش ساده کافیه دیگه !!"

اما کسی بحرف او گوش نمی داد ، خواهر امیر هوشنگ هم زیر دست گریمور نشسته بود ! در حین آرایش چندین بار صنوبر اشک ریخت، هر وقت به یاد ارژنگ می افتاد ، بی اختیار گریه می کرد!! می دانست که امروز آخر خط است و از امشب او زن امیر هوشنگ خواهد بود .خودش هم باور کرده بود که هر دختری یک اولین عشقی دارد که با او ازدواج نمی کند.!!

صنوبر آرزو می کرد که چه می شد اگر امروز عقد کنان او و ارژنگ بود ، چرا او را قربانی می کنند ؟ احساس همان گوسفند قربانی را داشت که از بچگی بیادش بود ، وقتی گوسفند را برای قربانی آماده می کردند ، پشم روی سرش را رنگ قزمزکردند و به گردنش زنگوله آویختند ، که وقتی برای قربانی به دم درب حیاط می برند ، از سر وصدا همه متوجه شوند که گوسفندی را دارند قربانی می کنند. حالا او را برای بردن به کشتارگاه آرایش می کردند ، هر چند که عقلش می گفت تسلیم سرنوشت شو، ولی این دل او بود که قبول نمی کرد . بخاطر اشکهایی که می ریخت چندین بار آرایش او بهم خورد و زن آرایشگر بالاخره مجبور شد که دستور خرید وسایل آرایشی ضد آب بدهد ، که اشکهای صنوبر نتوانند آنها را بشورند. وقتی آرایش آنها تمام شد ! امیر بانو لباسش را از توی جعبه در آورد .

یک پیراهن بلند صورتی سیکلمه ای ، که روی سینه یک جاک باز داشت که از همان جنس پارچه ولی رنگ کرمی آنرا را در آن جاک دوخته بودند، چنین بنظر می رسید که تا روی کمر جاک سینه او باز است ، پیراهن از چند طرف جاک داشت و با آن پارچه کرمی پرشده بود ، کمر تنگ و دامن کلوش و توری به همان رنگ هم به آستین دست راست وصل شده بودکه روی دستش انداخت ، کلاهی هم برنگ قرمز که لبه هایش سکه های طلائی دوخته شده بود بر سر گذاشت ، دنباله کلاه توری به همان رنگ بود که از یک طرف کردن می آمد و به طرف دیگر انداخته می شد ، دقیقا شبیه هنر پیشگان هالیود در شب برگزاری جایزه اسکارشده بود ! امیر بانو در این لباس و با آرایشی که او را کرده بودند بسیار زیبا بنظر می رسید.

لباس عروسی صنوبر هم بسیار قشنگ بود، پیراهن گیپور سفید رنگی که کمر باریکی داشت و با آستین های پفی ، دامنی کلوش پر چین که دنباله زیبائ آن بروی زمین کشیده می شد! ،دور یقه اش مثل لباس های فیلم های

قدیمی آمریکایی دو تا یقه چین پلیسه دوخته شده بود که به زیبائی این لباس کلاسیک می افزود . تور سر عروس جلویش یک تل پهن گیپور، شبیه یک کلاه بود که مثل دامن چندین تور به این تل دوخته شده بودند که پف خیلی قشنگی به تور می داد و در بالای آن نیم تاجی از الماس به چشم می خورد که زیبائی صنوبر را صد برابر می کرد .

اتومبیل بنز امیر هوشنگ را گل های سفید و قرمز زده بودند ، خودش کت سفید ، شلوار و جلیقه ای مشگی وپیراهن سفیدی که جلویش با گیپور چند چین پلیسه داشت و پارچه سیاهی دور یقه سفید پیراهن بودکه آنرا شبیه پاپیون می کرد . امیر هوشنگ با دسته گلی در پای آسانسور آرایشگاه منتظر عروس ایستاده بود . وقتی صنوبر از آسانسور بیرون آمد امیر هوشنگ گل را بدست او داد و بطرف اتومبیل براه افتادند. درتمام این مدت دونفر عکاس حرفه ای فیلم و عکس می گرفتند . صنوبر سعی می کرد که لبخند بزند ولی انگار لب هایش قفل بودند و نمی توانست آنهاراحرکت دهد ، امیر بانو هم پشت سر آنها طوری حرکت می کرد که در عکس ها و فیلم دیده شود.

***

در محوطه تالار فواره ها و آب نماهای که آب های آنها هر چند دقیقه رنگ عوض می کردند وبا آوای موسقی ملایمی می رقصیدند درخشش خاصی داشتند . طاقهائی از گل های طبیعی که در داخلشان چراغ های رنگی کوچک جا سازی گشته بود ، و در مسیر طاق ها فرش قرمزی تا ورودی تالار که با ایوانی گنبدی شکل که بر ستون های بسبک کاخ های هخامنشی استواربود، انداخته بودند . در کنار این ایوان یک عکس عروس و داماد با لباس عروسی ، به طول و عرض دو متر در یک متر، را بر روی پایه ای گذاشته بودند که میهمانان در روی دامن عروس برای آنها یادگاری می نوشتند و امضاء می کردند . میهمانان از زیر طاق ها رد می شدند و پس از امضاء عکس عروس و داماد به ورودی تالار وارد می گشتند ، اتاقی برای آقایان و دیگری برای خانم ها در نظر گرفته شده بود که خودشان را آماده ورود به تالاراصلی کنند ، خانم ها مانتو و روسری های خود را در می آوردند و لباس و آرایش خود را مرتب کرده و اکثرا کلاه و یا شالی به رنگ لباس خودبر سر می گذاشتند که موهای آنها را پنهان می کرد ، سپس به سالن اصلی تالار می رفتند .

در داخل سالن میزها و صندلی هایی که سیاه و سفید بودند ، دور تا دور

چیده و روی هر میزی گلدانی از گریستال پر از گلهای بسیار زیبا بود و بر روی دیوار های تالار هم همین گلها را چسبانده بودند ، در بالای سکویی گرد در وسط سالن که روی آن آلاچیقی از گلها و تور های رنگانگ سایه بان زیبائی را به وجود آورده بود، سفره عقد را چیده بودند، شاید کسی تا بحال چنین سفره عقد زیبائی را ندیده بود، با آئینه شمندان نقره ای و وسایل بسیار زیبای عقد که شاخه نبات و انواع میوه های خشک به رنگ نقره ای، شمعدان های بلورین که در همه آنها شمع روشن بود و گلدانهائی که از گلهای سفید پر بودند،جلوه خاصی داشت و در سکوی دیگری یک ارکسترمی نواخت و همان خواننده ای که به کنسرت او رفته بودند می خواند، تالار دارای چندین ستون طلائی بود که با تور و گل آنها را تزئین کرده بودند .

امروز از صبح صالح وماهره به سبحان و مادر التماس می کردند که برای عقد صنوبر به تالار بیایند ، ولی سبحان قبول نمی کرد . او می دانست که مجلسی که امیر هوشنگ تدارک دیده مناسب او نیست و باعث حرف و حدیث در مورد او می شود ! او می گفت

" برادر جان تو گول آنها را خوردی ولی من نمی خورم !! خوردن یک استکان چایی آنها کراهت دارد ، نه دادش جان من اگر جای تو بودم لنک کفش کهنه دخترم رو به امیر هوشنگ نمی دادم ، تو بدست خودت داری اونو بد بخت می کنی من در این جنایت شریک نمی شم . "

ولی بالاخره پس از اصرار زیاد ، مادر قبول کرد که در سالنی دیگر بنشیند و فقط وقت خواندن خطبه عقد به سالن اصلی برود و پس از عقد هم بلافاصله آنجا را ترک کند ، حتی حاضر نشد که با اتومبیل سعید که همیشه در اختیار صالح و ماهره بود برود .

صالح خیلی خوشحال شد که لااقل مادر در سر عقد صنوبر خواهد بود ، و برای خوشحال کردن او گفت که همه با هم با تاکسی برویم . ماهره در روز هایی که برای خرید می رفتند یک مانتوی قشنگ با قیمت مناسب خریده بود! برای چنین روزی و توری هم هم رنگ آن ، که امروز برای عقد کنان پوشید ، بنظر خودش خیلی لباس شیکی پوشیده بود ، برای صابر هم کت و شلوار خریدند که امشب بپوشد ، صابر خیلی خوشحال بنظر می رسید و تقریبا بحال طبیعی بازگشته بود .

وقتی به تالار رسیدند ، صالح و مادر دهانشان باز مانده بود ، اینجا کجاست؟

تالار عروسی یا قصر پادشاه ، این همه تجملات برای یک عقد ساده که می توانستند در محضر هم انجام بدهند !؟ صالح با خودش می گفت شاید حق با سبحان باشد ، داداش و امیر هوشنگ چنین پولهائی را از کجا آوردند؟؟ کاش بیشتر به این ماجرا فکر می کردم ،کاش اینقدر با عجله تصمیم نمی گرفتم مبادا دخترم را توی یک آتش انداخته باشم ؟اما دیگر برای این فکر ها خیلی دیر شده بود!!

در یکی از اتاق های تالار نشستند ، ماهره چون اقوام خودش را دعوت کرده بود ،به آنها گفت :

"من که میهمان های او نارو نمی شناسم ولی چون خاله و عمه و عموی خودمو دعوت کردم بخاطر اونا میرم توی سالن "

ماهره وقتی وارد سالن شد ، از این همه زیبائی دهانش باز مانده بود ! یعنی این سالن عروسی دختر اوست ؟ به میهمانان نگاه می کرد زنها لباس های زیبای شب نشینی پوشیده و کلاه های همرنگ با لباس خود بر سر داشتند، چند تایی هم کت روی دامن های بلند پوشیده بودند و روسری زیبائی برسر انداخته. مجلس بیشترشبیه بالماسکه بود تا یک جشن عروسی، ماهره برای چند لحظه از لباس خودش خجالت کشید ولی بعدا بخودش گفت ، حتی اگر در آمریکا هم بودند او چنین لباس هایی را نمی پوشید.

پس از چند لحظه سعید و زری خانم را دید ، زری خانم شنلی بسیار زیبائی برنگ آبی آسمانی پوشیده بودکه از جلو مثل یک پیراهن بود و از پشت شنلی داشت که دنباله آن بر روی زمین کشیده می شد ، کلاهی به سبک ایران قدیم بر سر گزارده که مثل یک عمامه کوچک بود که تور آبی رنگی دور تا دور تا روی شانه اش می افتاد ، و گردنبند زیبائی هم بر روی لباسش به چشم می خورد . ماهره با خودش می گفت :

" والله حق با دادش سبحان است این لباس شاید چندین میلیون تومن میارزد "

بالاخره فامیل خودش را یافت وبر سر میز آنها رفت ، از وقتی که از آمریکا آمده بودند وقت نکرده بود که به دیدن آنها برود، برای همین همه را به عروسی دعوت کرده بود . از دیدن آنها خیلی خوشحال شد ، اشک شوق می ریخت ! آنها هم از اینکه ماهره چنین زندگی خوبی دارد که برای عروسی دخترش چنین مجلس شاهانه ای را گرفته اند خیلی خوشحال بودند . صابر

داشت می رقصید و خیلی از این عروسی لذت می برد ، ماهره او را صدا زد تا به اقوام خودش معرفی کند ، صابر از دیدن آنها خیلی خوشحال شد زندگی آنها در آمریکا خیلی در تنهائی می گذشت ، هرگز فامیلی نداشتند که آنها را چنین دوست داشته باشند، همه یکی ، یکی او را بغل می زدند و قربان صدقه اش می رفتند و این برای صابرخیلی دلنشین بود ، او در این سفر چیزهایی را تجربه می کرد که هرگز نداشته ، عشق و محبت ، پول و آقازاده بودن را.

بالاخره اتومبیل عروس و داماد وارد محوطه تالار شد ، صنوبر مات تزئینات محوطه بود ، عکاس و فیلمبردار درجلوی آنها حرکت می کردند و امیر هوشنگ دست صنوبر را گرفته و از زیر طاق ها بسوی سالن می رفتند . این اولین بار بود که امیر هوشنگ دست صنوبر را می گرفت ،

صنوبر دوباره چشمانش پرازاشک شد ، خدایا بخاطر اینکه ارژنگ در فرودگاه دست او را گرفته بود ، پدرش او را چنین مجازات کرد و حالا امیر هوشنگ جلوی همه با اینکه هنوز صنوبر محرم او نبود ،دستش راگرفته و بسوی مجلس می برد . کسی اشکهای او را ندید ، اگر هم دید فکر می کرد اشک شوق از داشتن چنین عقد کنان مفصلی است . امیر بانو هم در پشت سر آنها می آمد .

خانواده های آنها از تالار بیرون آمدند تا به استقبال عروس و داماد بروند،ماهره اشک میرخت ای کاش این عروسی با رضایت صنوبر بود ! قیافه دردناک و پر غم او نشان می داد که یک مویش راضی به این عروسی نیست . صنوبر ناگهان چشمش به عکس بزرگ او و امیر هوشنگ افتاد!! آنها که با هم عکس نگرفته بودند؟ حتما وقتی لباس عروسی را پرو می کرده از او عکس گرفته اند و با عکس امیر هوشنگ فتو شاپ کرده و این عکس را درست کرده اند . وقتی پا به سالن گذاشت انگار وارد دنیای افسانه ای قصه ها می شد !! یعنی برای عقد او چنین تزئیناتی کرده اند ؟ آنها را مستقیم به سر سفره عقد بردند ، دو صندلی جلوی سفره بود که بنشینند ، ماهره و امیر بانو کمک کردند تا صنوبر بنشیند و آنها دنباله پیراهن او را بر روی زمین انداختند .

آقایی برای عقد آنها به کنار سکوی آمد ، صندلی او را طوری گذاشته بودند که روبروی عروس و داماد باشد . صنوبر چشمهایش را بست ، قلبش گر گرفته بود! چرا خدایا او را اینقدر مظلوم و حرف شنو آفریده ای ؟ اینجا

دیگر آخر خط بود !! اگر آرزو می کرد که روزی زن ارژنگ شود ، دیگر تمام شده بود و چند دقیقه دیگر او زن امیر هوشنگ می شد ، و همه رویاهای دخترانه اش در گورستان آرزو ها بخاک سپرده می گردید . این همه زیبائی و شکوه و جلال را نه می دید و نه می خواست! هنوز هم بدنبال یک معجزه می کشت که شاید اتفاق بیافتد .

سکوتی سالن را در بر گرفت و آقای عاقد شروع به خواندن خطبه عقد کرد و سپس از صنوبر پرسید :

"خانم صنوبر فرد خراسانی اجازه دارم شما را درازاء یک کلام الله مجید ، یک عدد آیینه و شمعدان نقره، صد و ده سکه تمام بهار آزادی بنام حضرت علی ، ویک خانه در آمریکا به عقد آقای امیر هوشنگ معینی فردخراسانی در بیاورم ؟"

صنوبر حتی حرفهای او را نمی شنید باخودش می گفت : می تونم الان بلند شوم و جلوی همه بگم که من به این عروسی راضی نیستم ؟ خدایا چرا باید اینقدر به من ظلم بشه ..؟ چرا باید اینقدر خاموش باشم که مثل عروسک های خیمه شب بازی مرا به هر کاری وادار کنند؟ ای کاش ، ای کاش الان مثل آن عروسی که در هند دیدند ، لباس قرمزی برتن داشت و ارژنگ هم همان لباس دامادی ، و دور آتش مقدس می چرخیدند ، و مردم برایشان آرزوی خوشبختی می کردند.

عاقد برای دومین و سومین بار از صنوبر اجازه گرفت ولی او درعالم خودش بود و جوابی نمی داد ! پدرش آهسته به شانه او زد و گفت : "صنوبر"

صنوبر ناگهان یکه ای خورد و گفت : "بله "

ای وای ... او در جواب پدرش بله گفته بود؛ ولی ناگهان همه شروع به کف زدن و هل هله کشیدن کردند... که عروس بله گفت ، صنوبر اشکهایش بروی پیراهن قشنگش می چکید، بله گفتنش هم یک جور حقه بود . بعد از اینکه عاقد عقد را تمام کرد، مادر داماد جلو آمد و حلقه ها را به آنها داد تا بدست هم کنند ، و سپس او وسعید هدیه های خود را دادند و مادرجان قران کوچکی که در جلد نقره ای بود به صنوبر داد و سراو و امیر هوشنگ را بوسید و از مجلس بیرون رفت !

حدود یک ساعت طول کشید تا هدیه دادن ها تمام شد ، شاید یک کیسه طلا و جواهر گرفته بودند ، که امیر بانو آنها را در یک کیسه زیبا ترمه می

ریخت که گم نشوند .ارکستر شروع به نواختن آهنگ مبارک باد کرد، صابر و عده ای مرد جوان هم می رقصیدند . در بالای تالار دو صندلی بسیار زیبا برای نشستن عروس و داماد در نظر گرفته شده بود .که پس از مراسم عقد در آنجا بنشینند .

در عروسی کسی بفکر عروس و داماد نبود و همه فقط سعی می کردند که به خودشان خوش بگذرد ، هیچکس قیافه شکسته عروس را نمی دید که گاه گاهی قطره اشکی بر روی گونه اش می غلتد. چند نفر که وکیل امیر هوشنگ هم همراه آنها بود بسوی امیر هوشنگ آمدند تا او را به پیست رقص ببرند ، ولی او راضی نشد ، بالاخره او یک آقا زاده بود و در شأن پدر او نبود که پسرش برقصد . او باید رعایت این را می کرد ، اگر مجلس خصوصی بود شاید می رقصید ولی مطمئن بود که عکس این عروسی فردا در دنیای مجازی پخش خواهد شد . البته محافظین ازاول میهمانی در سالن می چرخیدند و اگر کسی با تلفن عکس و یا فیلم می گرفت از او می خواستند تا آن را پاک کند. او بقدر کافی مشکلات داشت نمی خواست که گزکی دست دشمنان بدهد .

سپس شام بسیار مجللی که انواع غذاهای ایرانی بود سرو شد و بعد میهمانان یکی ، یکی برای تبریک و خداحافظی به کنار عروس و داماد می آمدند . صنوبر داشت خفه می شد نفس کشیدن برایش سخت شده بود ، اگر تا حالا امیدی داشت، که شاید معجزه ای بشود!! دیگر تمام شد او بله را گفته بود !!حالا در جواب پدرش و یا در جواب عاقد!! همه شنیده بودند. یک لقمه غذا از گلویش پائین نرفت . آهسته به مادرش گفت که او را به بیرون ببرد ، ماهره هم به امیر هوشنگ گفت:

" عزیزم بهتره برید بیرون و دم در بیاستید تا مردم مجبور نشن تا بالای سالن بیاین و برگردن .. "

امیر هوشنگ هم قبول کرد ، زیر بازوی صنوبر را گرفت و بسوی در بیرونی تالار براه افتادند ، میهمانان دوباره برای آنها کف می زدند و زنی که منقل اسفند در دست داشت به جلوی آنها آمد و برایشان اسفند دور کرد . پشت سر آنها سعید و زری ، صالح و ماهره هم راه می رفتند و از مردم تشکر می کردند . از در تالار بیرون آمدند .

صنوبر نفس عمیقی کشید ،انگارداشت حالش بهتر می شد که ناگهان چشمش چیزی رادید که باورکردنی نبود !! خدایا این خواب است !!؟ یا

رویای کاذبه!!؟ امکان ندارد آنچه را که می دید حقیقت داشته باشد!!؟ خیال بود یاحقیقت!!؟ اگر خواب است الهی که بیداری نداشته باشد !!ولی اگر حقیقت باشد چه؟ درکمال تعجب عمو سبحان را می دید که همراه ارژنگ و ماهور کنار عکس او ایستاده اند... نه این واقعیست !! خیال نیست و ارژنگ او اینجاست!! ولی چه دیر ...چه دیر.. ای وای خدایا اینها کی به ایران آمدند ؟

چطور به عروسی او رسیده اند.؟ ارژنگ اینجا چکار می کند؟ ای خدا اگر او آمدنی بود چرا امروز!! چرا باید در مراسم قربانی شدن او ارژنگ به اینجا برسد؟

ارژنگ صنوبرش را می دید که دست در دست مرد دیگری از تالار خارج شد!! خدایا چرا اینقدر دیر رسید ؟؟ با تمام تلاشی که کردچرا نتوانست جلوی این ازدواج را بگیرد؟ صنوبر باورش نمی شد آنچه می بیند واقعی باشد!!؟ ولی نه این خیال نبود و ارژنگ آمده بود!! ولی چه دیر...؟. ناگهان فریادی زد و بیهوش نقش بر زمین گشت! سرش به لبه پله ها خورد و رنگ قرمز خونش لباس سفید عروسی او را پوشانید !! تا باورش شود که همان گوسفند قربانی می باشد. که همیشه در ذهن خودش بود.

خیلی سعی کردند که صنوبر را بهوش بیاورند ولی نشد ، آب به صورتش می پاشیدند ، گلاب زیر دماغش می گرفتند ولی فایده ای نداشت و بالاخره صنوبر را با آمبولانس به بیمارستان بردند .

ارژنگ کنار عکس صنوبر و امیر هوشنگ روی پله ها نشسته بود و می دید که جانان او را می برند، چرا اینقدر دیر رسید ؟ چرا با تمام کوششی که کرد نتوانست صنوبر را از این گودال بیرون بکشد ؟ راستی ارژنگ آنجا چکار می کرد و چگونه به اینجا رسیده بود ؟

فصل سوم

مهشید آژیر...۲۵۸

پس از اینکه صنوبر در سالن فرودگاه لوس انجلس ناگهان ناپدید شد و ارژنگ را مات و مبهوت بر جای گذاشت ! ارژنگ بسوی خانواده اش رفت، اما چشمانش به این ور و آن ور می چرخیدکه شاید صنوبر را پیدا کند! به سالنی که چمدان ها را تحویل می گرفتند رفت، ولی صنوبر آنجا نبود، چمدان ارژنگ گم شده بود ، تعجب می کرد که چگونه صنوبر با این سرعت چمدانش را گرفته و رفته است . در صورتی که پدر صنوبر بلیط او را گرفته بود تا چمدان او را بگیرد وصنوبر را همراه مادرش به پارکینگ فرستاده بود ،ولی چمدان صنوبر را پیدا نکرد ، بنابراین فرمی را پر کرد و به مسئول پیشخوان داد که اگر پیدا شد برای آنها بفرستند . ارژنگ هم همین روال را طی کرد ولی پدر صنوبر را نمی شناخت .

از فرودگاه بیرون آمدند ، ارژنگ وقتی معمولا از جائی برمی گشت همه چیز را در همان لحظه اول برای پدرو مادرش تعریف می کرد! ولی حالا آنقدر فکرش پریشان بود که چیزی نمی گفت و مرتب به ماشین های دیگر نگاه می کرد ، اما نمی دانست که سرنوشت رقم دیگری را برای او نوشته است.

بالاخره بخانه رسیدند ، او خستگی راه را بهانه کرد و به اتاقش رفت ، و شماره تلفن صنوبر را گرفت ! ولی کسی جواب نمی داد! فکر کرد شاید باتری تلفنش تمام شده ! تا آخر شب چندین بار زنگ زد، ولی خبری نبود ! خیلی نگران او شد !!به دوستان هم سفرش زنگ زد ، هیچکدام تلفنی از دختر ها نگرفته بودند . ارژنگ در وحشت بزرگی بسر می برد ، او وقتی صنوبر دستش را از دست او بیرون کشید وبا نگرانی به خانواده اش نگاه کرد وحشت را در نگاه او دیده بود، سراپای صنوبر می لرزید ! اما تا بخودش بیاید صنوبر رفته بود . مثل پرنده ای که ناگهان پرواز کرده و در آسمان ها

غیب می شود .

فردا و فردا های دگر او مرتب زنگ می زد ولی جوابی نمی گرفت ! مطمئن بود که حادثه ای در شرف اتفاق است ! اما نمی دانست که چگونه صنوبر را بیابد!! سمندر به او دلداری می داد که بالاخره یک جوری صنوبر را خواهند یافت اما چگونه ؟هیچ نشانه ای از او نداشت . سمندر پیشنهاد کرد که به دفتر هواپیمائی تلفن کند شاید آدرسی از او داشته باشند ، اما متاسفانه آژانس از دادن آدرس صنوبر خود داری کرد . ارژنگ به دورغ گفت که وسایل صنوبر پیش او مانده ولی باز هم از دادن آدرس خود داری نمودند و گفتند که شما تلفن خود را بدهید اگر صنوبر تلفن کرد که چیزی از وسایلی شخصی او پیش شماست ، تلفن را به او خواهند داد. اصرار فایده نداشت ، باید فکر دیگری بکند .

در دنیای مجازی بدنبال او گشت اما صنوبر ، نه تلگرام داشت و نه فیس بوک ، شاید هم داشت ولی او پیدا نمی کرد ، حتی اسم او را گوگل کرد، فقط دانشجوی دانشگاه ارواین آمد و دانشگاه هم برای تعطیلات بهاری بسته بود. نه آدرس خانه ای بود و نه تلفن . ارژنگ سرگردان به هر دری می زد ناگهان به فکرش رسید که دنبال اسم ماهور بگردد ، متاسفانه او را هم نیافت .

چندروزی در بیخبری گذشت که برای ارژنگ به طولانی یک سال بود ، یک روز روی فیس بوک، یکی از عکس های هندوستان که در تاج محل همه با هم گرفته بودند ، را دید ، یکی از دوستان او در فیس بوک آنرا به اشتراک گذاشته بود ، به آن دوستش تلفن کرد واز او پرسید که این عکس چطور به دست او رسیده؟ و فهمید که گلبو در فبس بوگ دوست او می باشد و این عکس را به اشنراک گذاشته، ارژنگ خیلی خوشحال شد که لااقل گلبو را یافته است! وآدرس فیس بوک گلبو را گرفت ، ارژنگ خدا را شکر می کرد که بالاخره یکی را که صنوبر را می شناسد پیدا کرده است.

روی فیس بوک از گلبو تقاضای دوستی کرد ! غروب خسته بر روی تختش افتاده بود که تلفنش سوت پیام دادن را زد ، با عجله پرید و تلفنش را باز کرد ، گلبو دوستی او را پذیرفته و چند تا از عکس های هندوستان را هم برایش فرستاده بود. ارژنگ از خوشحالی در پوست خودش نمی گنجید، دیگر وقت پنهان کاری عشق نبود ، رسوائی دل بالاتر از رویاهای دل که نیست!! برای گلبو حقیقت را نوشت که سخت نگران صنوبر است ولی نمی

توانداو را بیابد !! گلبو از طریق پیام بر فیس بوک به او زنگ زد ، و کلی سر بسرش گذاشت که :

"من یه چیزی می دونستم که هی می گفتم که شما ها عاشق هم شدین! ولی هیچکدوم حرف منو قبول نکردین!! چرا اینقدر دست بدست کردی ؟ حالا دیدی عاشق صنوبر شده بودی !! خوب کی پلوی عروسی بخوریم؟"

رژنگ به او گفت که هیچ دسترسی به صنوبر ندارد ! در کمال تعجب گلبو هم گفت، از وقتی برگشته اند! صنوبر با او تماسی نگرفته ،البته گلبو با خانواده اش به لاس وگاس رفته بود، به ارژنگ گفت ، خوب شاید صنوبر هم در گیر عید نوروز و سال نوست ، این روزها همه ایرانی ها یا به میهمانی ها می روندو یا به مسافرت ، ارژنگ نباید نگران باشد وشماره تلفن خانه صنوبر را به ارژنگ داد . ارژنگ با خوشحالی شماره تلفن خانه صنوبر را گرفت ولی کسی جواب نداد ، فکر کرد که شاید کسی خانه نباشد تا شب چند بار زنگ زد و فقط پیغام گیر جواب می داد!!

دوباره به گلبو زنگ زد ، این بار گلبو شماره ماهور را به او داد و گفت که او حتما از صنوبر خبر دارد . با اینکه کمی دیر وقت بود ولی ارژنگ تحمل تا صبح صبر کردن را نداشت و شماره ماهور را گرفت . ماهور گوشی را برداشت و خیلی تعجب کرد که ارژنگ به او زنگ زده و پس از اینکه ارژنگ توضیح داد که نگران صنوبر است ، ماهور هم نگران شد ، چون از روزی که برگشته بودند خبری از صنوبر نداشت ، البته او در گیر میهمانی سال نو بود و مسافر هم از ایران داشتند ، ولی ناگهان ترسید چرا صنوبر تابحال به او زنگ نزده و حالا هم جواب نمی دهد . قرار شد فردا صبح ارژنگ به اورنج کانتی برود و باهم بدرخانه صنوبر رفته و خبری بگیرند .

***

صبح زود ارژنگ با عجله و دنیایی از امید و هراس از خانه بیرون آمد و بسوی اورنج کانتی می راند ، از خانه آنها تا جائی که ماهور آدرس داده بود یکساعتی طول می کشید !بالاخره بدر خانه ماهور رسید و بعد با هم بطرف خانه صنوبررفتند ! ارژنگ خیلی نگران بود و ماهور سعی می کرد که او را آرام کند .البته ماهور هم از اینکه صنوبر در این مدت تلفنی به او نکرده نگران بود، اما نمی خواست بر نگرانی ارژنگ بیافزاید ولی می ترسید که پدرش او را به ایران برده باشد!!.

وقتی به دم خانه صنوبر رسیدند ! ارژنگ توی اتومبیل نشست نمی خواست پدر صنوبر دوباره او را ببیند! و ماهور بسوی خانه آنها رفت ! آپارتمانی بود در یک مجتمع ، هر چه زنگ زد کسی در را باز نکرد . متاسفانه از همسایه های آنها هم کسی را نمی شناخت . حتی خانمی رد شد و ماهور پرسید که ساکنین این خانه را می شناسد و او کفت نه ! با نگرانی به سوی اتومبیل رفت و جریان را به ارژنگ گفت ، ارژنگ دلش گواهی می داد که اتفاق بدی افتاده و به ماهور التماس می کرد که راهی پیدا کند تا از صنوبر خبری بگیرند . چرا در این مدت با گلبو و ماهور تماس نگرفته ؟. ارژنگ احساس می کرد که صنوبر را از دست داده! چه عبث روزها را در هندوستان به بازی بچه گانه ای گذرانده بود ، حالا چه کند ؟ ناگهان به ماهور گفت :

" فکر نمی کنی رفته باشن ایران ؟ "

ماهور جواب داد:

" نه بابا !!وسط سال تحصیلی که نمیرن مسافرت !! مخصوصا که صنوبر جزء بهترین شاگرد ها ست بورسیه گرفته ، قرار بود تابستون برن !"

اما دل ارژنگ آرام نمی شد ؛ حتماً اتفاقی افتاده ، وگرنه چطورامکان دارد صنوبر حتی به ماهور هم تلفن نکند ، ماهور ناگهان چیزی به فکرش رسید و گفت :

" آها یه چیزی یادم آمد ، صابر برادر صنوبر توی یه فروشگاه ایرونی کار می کنه ! بیا بریم اونجا شاید صابر رو پیدا کنیم !

بسوی فروشگاه راندند ، هر دو پیاده شده و بداخل فروشگاه رفتند فروشگاه شلوغ بود ،ماهور دورتا دور فروشگاه را گشت ولی صابر را ندید، گفت:

"یکی از کارمندان اینجا با من دوسته بریم پیش او !!"

یک دوری زدند تا پریوش دوست ماهور را پیدا کردند ، بعد از سلام و احوال پرسی ماهور پرسید:

"پریوش جون صابر امروز کار نمی کنه !؟ "

پریوش جواب داد : "اه... مگه تو خبر نداری ؟ صابر مرخصی یک ماهه گرفت و گفت همشون دارن میرن ایران !!"

پاهای ارژنگ می لرزید ، دستش را به صندوق میوه ها گرفت تا به زمین نیفتد!!پس صنوبر را بردند ایران تا شوهر بدهند !! ارژنگ صدبار به خودش لعنت فرستاد که چرا وقتی دست صنوبر را در دست گرفته بود و خانواده اورا دیدند ، او صنوبر را تنها گذاشت و او را رها کرد؟!! او باید با صنوبر می رفت و خودش رابه پدر او معرفی می کرد!! حتما پدرش آنها را دست در دست هم دیده

وگرنه چرا با این عجله رفتند ایران ؟ ماهور که متوجه دگرگونی ارژنگ شد با عجله از دوستش خدا حافظی کرد و بسوی او رفت ، حالا چه باید بکنند؟ الان صنوبر کجاست ؟ به یک کافه که نزدیک این فروشگاه بود رفتند و قهوه سفارش دادند ، باید با هم فکر می کردند که حالا باید چکار کنند ؟

ماهور از این مسافرت ناگهانی بوی خوبی نمی شنید ، مخصوصا که خانواده صنوبر را خوب می شناخت و می دانست که او چگونه همیشه از پدرش اطاعت می کند! یعنی واقعا پدر صنوبر متوجه دوستی صنوبر با ارژنگ شده؟ و صنوبر را به ایران برده؟ یعنی پس از سالها زندگی در آمریکا هنوز هم همان تعصب های قدیمی رادارد!!؟او می دانست که صنوبر در مقابل پدرش مثل یک بره است!! او می دانست که صنوبر روزها با خود جنگید که چگونه در مورد تور هندوستان با پدرش صحبت کند!!وای بیچاره به صنوبر حالا کجاست؟و در چه حالیست؟؟

در این موقع سمندر به ارژنگ زنگ زد ! او این روزها خیلی نگران ارژنگ بود ! او وقتی که در هند بودند ، مرتب به ارژنگ می گفت که تکلیف خودش را با این عشق روشن کند!!ولی ارژنگ هنوز دو دوتا چهار تا می کرد. ارژنگ هم همه جریان را برایش تعریف کرد ، تصادفا او هم برای دیدن کسی به اورنج کانتی می آمد و به ارژنگ گفت در همان قهوه فروشی باشند تا او هم برسد .

ساعتی بعد دور هم نشسته و فکر می کردند که چگونه ازصنوبر خبری بگیرند. سمندر قهوه خودش را با یک شیرینی سفارش داد و گفت :

"آخه چقدر توی هندوستان بهت گفتم که مردونه برو جلو و حرفت رو بزن!! اما من واقعا این نامزدی از راه دور رو جدی نمی گرفتم!!یعنی جدی جدی اونو بردن ایران که شوهر بدن !! بابا دختره هنوز درسش تموم نشده بود! یعنی هنوز هم یه همچین ازدواج هایی سر می گیره ؟"

ارژنگ که حوصله این حرفها را نداشت گفت :

" حالا ول کن این حرفها رو ، من باید چکار کنم ؟"

سمندر جواب داد : "چکار کنی ؟؟ خوب برو دنبالش پیداش کن ! قبل از اینکه مجبورش کنن با یکی دیگه عروسی کنه !"

ارژنگ تقریبا فریاد زد :" برم دنبالش ؟؟ کجا؟ یه بلند گو دستم بگیرم و توی کوچه و خیابون داد بزنم .. صنوبر کجائی ؟"

سمندر خندید گفت :" آره تو راه بیفت خدا هم کمک می کنه ! بابا یارو عموش وکیل مجلسه خوب معلومه می تونی اونو پیدا کنی ؟"

ارژنگ دوباره با حیرت گفت : " یعنی برم دم مجلس و از عموش صنوبر رو خواستگاری کنم ، همون عمویی که قراره صنوبر عروسش بشه!!؟من حتی پاسپورت ایرونی ندارم ؟ چطوربرم ایران !؟ "

سمندر گفت : " ببین آسمون و ریسمون نباف ! اینکه مشکل نیست!! گذرنامه رو بهانه نکن!!کاری نداره پاسپورت ایرونی از دفتر حفاظت در واشنگتن بگیر و برو ! اگه واقعا اینقدر اونو می خوای باید بجنبی وگرنه دیگه دور این عشق رو یه خط قرمز بکش و برو خونت بخواب !!"

ماهور هم همین عقیده را داشت . ارژنگ ناگهان به ماهور گفت :

"گذرنامه ایرونی داری !؟ حاضری همراه من بری ایران ؟ من حاضرم پول بلیط ترو بدم تا در پیدا کردن صنوبر به من کمک کنی ؟"

ماهور با خنده گفت : "باشه... بخدا میام !! اتفاقا گذرنامه هم دارم و کلی هم فامیل کله گنده توی ایران دارم که می تونن بهت کمک کنن!! که صنوبر را پیدا کنی !"

***

فردا صبح ارژنگ نشست پای تلفن تا با دفتر حفاظت در واشنگتن صحبت کند و بپرسد که چطور می تواندگذرنامه فوری بگیرد ، ولی متاسفانه تا عصر نتوانست تماس بگیرد . شب به ماهور زنگ زد و مشکلش را گفت ! ماهور به او گفت:

"اگه پنج صبح بیدارشی که مردم خوابند و زنگ بزنی خیلی زود جواب میدن ."

این روزها مثل سالی بر ارژنگ می گذشت !! حالا ایران چه خبر است! یعنی صنوبر آن عشق رویایی را فراموش کرده و دارد به عقد پسر عمویش در می آید ! کاش معجزه ای می شد و فقط برای یک لحظه او می توانست به صنوبر بگوید که منتظر من باش دارم می آیم.

فردا صبح زود بیدار شد و به دفتر حفاظت زنگ زد ، خوشبختانه پیامگیر جواب داد منتظر باشد تا یکی از کارمندان جواب او را بدهد !! حدود بیست دقیقه بعد ناگهان صدای یک هم وطن را شنید که گفت :

" دفتر حفاظت بفرمائید "

ارژنگ می خواست از خوشحالی پر در بیاورد و جواب داد که یک سفر ضروری پیش آمده ولی او گذرنامه ایرانی ندارد . مرد پرسید :

"گذرنامه شما باطل شده؟"

او گفت که نه اصلا گذرنامه جداگانه نداشته و وقتی به آمریکا آمده او بعنوان همراه در گذرنامه پدرش بوده . مرد هم مدارکی که او لازم داشت را گفت و بعد اضافه کرد که حدود چهار هفته طول می کشد ! ارژنگ التماس کرد که راه دیگری ندارد و او جواب داد که اگر خودش به واشنگتن رفته وصبح زود به دم سفارت برود تا عصر به او گذرنامه می دهند.

ارژنگ از خوشحالی می خواست پرواز کند . از همان روز به جمع آوری مدارک پرداخت ، متاسفانه گذرنامه پدرش را پیدا نمی کردند، چون در تمام این مدت او هرگز به ایران بازنگشته بود ، در این صورت گذرنامه جدیدی نداشت ، ولی شناسنامه داشت!! باری بهرجهت چند هفته ای طول کشید تا او توانست مدارکش را تهیه کند، و گذرنامه خودش را بگیرد .البته باز هم برای گرفتن گذرنامه به واشنگتن پرواز کرد ، گذرنامه اش را گرفت و شب به لوس انجلس باز گشت.

حالا از خوشحالی دیدن صنوبر در پوست خودش نمی گنجید ، مرتب به آژانس های هواپیمائی زنگ می زد ، ولی بلیط پیدا نمی کرد بالاخره یک پرواز با دوتا توقف پیدا کرد ، که اول به لندن بروند بعد به دوبی و سپس

به ایران! برای خودش و ماهور بلیط خرید و به ماهور زنگ زد که سه روز دیگر پرواز دارند ودر فرودگاه منتظر اوست . و بدین ترتیب روانه ایران شدند.

در طول راه فکر می کرد ، حالا گیرم که صنوبر را پیدا کنم !! چگونه رای پدرش را بزنم که صنوبر را به من بدهد !!آیا اصلا کار درستی کرده ! آیا صنوبر را خواهد یافت ! اما دلش می گفت که او را خواهد یافت ! کار درستی کرده!باید تا آخرین لحظه تلاش کند ،که بعد نگوید که کاش دنبالش رفته بودم!.

خاله ماهور و شوهرش به فرودگاه رفته و با روی باز از آنها استقبال کردند و مستقیم به خانه خاله ماهور رفتند ، ارژنگ اصرار داشت که او به هتل برود، ولی خاله ماهور می گفت اینطور از هم جدا می شوند و کار پیدا کردن صنوبر به درازا می کشد بالاخره ارژنگ قبول کرد که بهتر است که بخانه آنها بروند.

***

صبح پای میز صبحانه همه چیز را برای خاله و شوهر خاله ماهور تعریف کردند .برای آنها چنین عشقی خیلی عجیب بود که یک مجنون فرسنگها راه را بیاید تا نگذارد لیلی او را به کس دیگری بدهند !! اما خوب داستانی بود که اتفاق افتاده و باید به او کمک می کردند . تنها نشانه آنها عموی صنوبر بود ، ارژنگ عقیده داشت که برای دیدن او به مجلس بروند ، حتما او آدم خوبی است و وقتی جریان را بفهمد ، از خواستگاری برای پسرش عقب می کشد و صنوبر را به ارژنگ می دهند. از شنیدن این حرفها شوهر خاله ماهور که اسمش آریا بود ، تا مدتی خندید ! بعد گفت :

"فکر کنم شما از یک سیاره دیگه آمدین و نمی دونن که اینجا چه خبره !! اولا دیدن نمایندگان مجلس مگه به این آسونیه !! که هرکس بره دم مجلس بتونه اونا رو ببینه !! دوم اینکه فکر می کنی اینجا پاریسه یکی بیاد و بگه که من عاشق عروس شما هستم! اونم دو دستی صنوبر رو بده به اون! این مساله ناموسیه ، مگه به این راحتی او صنوبر رو تقدیم تو می کنه!! خدای نکرده یه بلایی هم سرت میارن !! سوماً مگه خبر ندارین مدتی پیش عده ای که معلوم نیست کی بودند و به چه گروهی تعلق داشتند با تفنگ و خمپاره و نارنجک وارد مجلس شدند و به روی مردم بدبخت آتش گشودن خیلی ها رو کشتن و بعد هم خودشون را منفجر کردند ، اعلام نکردند ولی فکر کنم

مجلس هنوز تعطیل باشه ،تا آنهمه خون وگرد و خاک و دود نارنجک ها رو تمیز کنن! بنا براین باید یه فکر دیگه کرد ! یا باید صبر کنید تا مجلس باز شه که شاید از یکی آدرس بگیرین ! که تازه فکر نمی کنم به دلیل امنیتی آدرس خونه یه وکیل رو به کسی بدن ! مگراینکه واقعا عموی صنوبرآدم خوبی باشه و شما رو ببینه ! یا از راه دیگه ای آدرس رو پیدا کنیم !!"

ارژنگ خیلی می ترسید که دیر شود و به موقع جلوی این ازدواج را نتواند بگیرد گفت:" آقا آریا راه دیگه چیه؟؟"

آریا پرسید:" حالا اول بگین ببینم که اسم این آقای نماینده چیه ! اگه از نماینده های گردن گلفت باشه که دیدنش خیلی سخته !!ولی اگه از نمایندگان شهرستان های کوچک باشه شاید آسون تر بشه اونو دید!!"

ارژنگ فکری کرد و گفت: "من اسم اونو نمی دونم !"

آریا باخنده گفت :

"پس می خوای بری دم مجلس و داد بزنی عمو صنوبر کیه ؟؟"

ماهور گفت :" اسمشو نمیدونیم ولی فامیلی اونو که می دونم چون عموی صنوبره ، فامیلی صنوبر معینی فرد خراسانیه !"

ناگهان آریا برای چند لحظه با دهان باز به آنها نگاه کرد وبا تعجب گفت:

"یعنی شما آمدین جلوی عروسی آقا زاده امیر هوشنگ معینی فرد رو بگیرین؟"

هر دو با تعجب گفتند :" آره !! مگه شما اونو می شناسین ؟"

آریا جواب داد:" کی اونو نمی شناسه؟؟ ای ول... بابا کل دنیا اونو می شناسن!! شما می دونین که این آقا زاده یکی از کلان مردان بازار ایرونه و کلی ثروت در دنیا داره، از اون آقا زاده های معروفه که مرتب توی دنیای مجازی ازش خبر میاد، بابا یارو جت شخصی داره !! دستش تو خیلی کارهای قانونی و غیر قانونیه ! ترو از سر راهش برداشتن کار انگشت کوچکه یکی ازمحافظینشه!!"

ارژنگ مثل مجسمه خشکش زده بود ! او آمده با کی بجنگد!!؟، با یک ابر قدرت ، با مرد با نفوذی که آریا می گوید ! ؟ با یک مافیای بزرگ؟چهره اش

را رنگ نا امیدی گرفت ! کمی فکر کرد و گفت :

"آقا آریا من این همه راه رو نیامدم که با یک حرف نا امید شوم ! اگه او قدرت منده، منم پشتم به عشق صنوبر گرمه ! اگه صنوبر بدونه که من بدنبالش آمدم زن اون نمی شه !!"

آریا گفت : " عزیز دلم اگه صنوبر قدرتی در مقابل خواسته پدرش داشت که الان اینجا نبود !! حالا بگذار ببینم چکار باید بکنم ، عموی زن برادر من در سازمان مبارزه با فساد مالی کار می کنه ! هر ازگاهی از او در مورد این آقا زاده ها شنیده ام که چگونه از نفوذ پدراشون استفاده می کنن و مثلا اجازه ورود گندم می گیرند که مردم رو از گرسنگی نجات بدن ! ولی عوضش تلفن دستی وارد می کنند ،دختر ها رو به عنوان مانکن در کشور های عربی استخدام می کنن ، بعد اونا را به روسپی گری می فرستن . بعد هم چند تا وکیل با سواد که بتونن کارهای غیر قانونی آنها رو قانونی جلوه بدن هم استخدام می کنن ،که دست دولت به آنها نرسه ! وگرنه بیشتر این آقا زاده ها در سازمان فساد و اختلاس های مالی پرونده دارند ولی طوری کار می کنند که دم به تله ندهند !! حالا من به برادرم زنگ می زنم شاید بشه عموی خانم اونو ببینیم و آدرسی از اینها پیدا کنیم. ولی دم مجلس رفتن کار بسیار غلطیه! مخصوصا در مورد این نماینده که حواشی بسیاری دارد!! شما امروز رو استراحت کنید تا ببینیم چکار می تونیم بکنیم ."

ارژنگ کنج اتاق نشسته بود و فکر می کرد ، او آمده بود تا پدر صنوبر را راضی کند ، فکر می کرد که پسر عموی صنوبر یک جوان معمولی است و تصمیم نهائی را پدر صنوبر باید بگیرد ، هرگز فکر نمی کرد که باید با یک باند فساد مالی بجنگد تا صنوبر را نجات دهد.اما او به پشتیبانی یک عشق آسمانی آمده بود، عشقی که شب و روز را از او گرفته ، و مطمئن بود که صنوبر را بدست خواهد آورد و روزی با صنوبر بر فراز آسمان ها پرواز می کنند و خوشبخت می شوند .

***

دوروز گذشت که به نظر ارژنگ یکسال بود، بالاخره برادر آریا به او زنگ زد که امشب عموی همسرش به خانه آنها می آید ، در واقع او نخواسته بود که در بیرون از خانه آنها را ببیند، می ترسید این دیدار جائی درز کند!! بنابراین به خانه برادر زاده اش می رفت . ارژنگ و ماهور خیلی خوشحال

شدند ، برای آن ها دقیقه ها مثل ساعت می گذشت و می ترسیدند دیر برسند و صنوبر زن امیر هوشنگ شده باشد !!

نزدیک غروب همراه آریا و خانمش هانیه به خانه برادر آریا رفتند . عموی خانمش قبل از اینها رسیده بود . آقای خوبی به نظر می رسید، خیلی مهربان بود و وقتی داستان را شنید گفت:

"نمی دونم واقعا شما کاری می تونین بکنین یانه ؟ پرونده سعید معینی فرد خراسانی و پسرش روی میزه ! سعید بعناومین مختلف تعرفه می گیره و پسرش آنها روعملی می کنه ، دست امیر هوشنگ توی خیلی از شرکت ها و موسسات مالی ست ، اون تعرفه می گیره و بعد با رشوه اون تعرفه ها رو به دیگران می فروشه !! متاسفانه خیلی تمیز کار می کنه !مدارک زیادی برای دستگیری اون وجود داره، اما تموم کارهاشو قانونی می کنه!!یه وکیل داره که انگار مدرک حقوقی شو در مورد کارهای امیر هوشنگ گرفته ! خیلی تمیز کاررو انجام می دن و بعد دست شسته میان بیرون ! فکر نکنین که ما بیخبریم ؟ نه !! ولی هنوز نتونستیم حکم بازداشت اونو بگیریم . من متاسفم که شما در گیر این داستان شدین ! و بیشتر برای اون دختر بدبخت دلم میسوزه!! که دارن ازش سوء استفاده می کنن!!"

ارژنگ باور نمی کرد که چنین کارهای را می شود قانونی انجام داد ، مخصوصا در وضعیت تحریم ها !! اما بعد با خودش گفت آقا زاده های آمریکا هم کم از اینها نمی آوردند ، بیشتر تجارت آمریکا مربوط به خانواده های معروف است ، بیشترفرزندان وزیر ها و وکیل ها هم پرونده های مالی بزرگی دارند که گاهی در اخبار شنیده می شود، نفت در اختیار خانواده های خیلی ثروتمند است که حتی به ریاست جمهوری هم رسیده اند... ولی مردم آنقدر گرفتار کار خود هستند که شاید این خبر ها را هرگز نمی شنوند، مگر کم در مورد مالیات های آقای ترامپ گفتند ، در آخر گفت من زرنگ بازی کردم و مالیات ندادم !! وقتی رئیس جمهور اینگونه سخن بگوید دیگر چه توقعی از بقیه باید داشت؟ ایران تعداد جمعیت کم است و این ها زود شناسائی می شوند. برای همین آقا زاده های ایران اینقدر زود بر سر زبان ها می افتند! ولی هر چه فکر می کرد این را نمی فهمید که برای چی می خواهند از صنوبر استفاده کنند و این سوال را مطرح کرد، آن مرد جواب داد :

"خوب این آقا زاده ها معمولا تابعیت یک کشوری را می گیرند که دست ایران به آنجا نرسه ! چون کشورهای دورو بر ایران، با ایران دوست هستن

و ایران در آنها دست دارد، حتی می تونن مجرمی را باز گردانن، ولی در کشور هائی مثل آمریکا و کانادا تعقیب کردن سرمایه های دیگران آنقدر آسان نیست ! خوب اینها چگونه تابعیت می گیرند ؟ یا سرمایه گذاری و یا ازدواج!! که از این دو مورد ازدواج خیلی راحت تر و خوش نام تر است و هم عاقلانه تر! چون با این کلمه که سرمایه ای خرج این تابعیت نکرده اند دهن مردم رو می دوزن !!خوب از قدیم با دختر عمویش نامزد بوده و حالا ازدواج می کنه وبلافاصله کارت سبز می گیره و بعد از سه سال هم تابعیت آمریکا رو! تا تمام تجارت بین المللی خودش رو را از آمریکا هدایت کنه . "

دود از سر ارژنگ بلند شد ! یعنی همه این دسیسه ها برای گرفتن یک تابعیت بوده ؟ یعنی این خواستگاری و ازدواج برای بدست آوردن یک گرین کارت بوده ؟ چطور یک عمو و پسر عمو می توانند اینگونه با آینده دختر بیچاره ای بازی کنند و زندگی او را به نابودی بکشند!! خدایا او چگونه می تواندصنوبر را قبل از افتادن در این دام نجات دهد؟ناگهان چیزی بیادش افتاد و گفت :

" امیر هوشنگ اشتباه کرده ، صنوبر شهروند آمریکا نیست و فقط کارت سبز داره!! و ازدواج کسی که کارت سبز داره ، پروسه اش خیلی طول می کشه و به این سرعت ویزا نمیدن، شاید سالها طول بکشه، خدا کنه زودتر صنوبر را پیدا کنیم و همه این واقعیت ها رو به پدر او بگیم ...بعد ادامه داد.. اگر قبل از عقد ، صنوبر را پیدا نکنیم دیگه نمی تونیم او رو نجات بدیم بنظر شما چکار کنیم ؟"

مرد گفت :" شاید من بتونم آدرسی براتون پیدا کنم ولی اسم منو نباید هیچ کجا بیارین ! باشه ؟"

ارژنگ جواب داد : "ما این مجبت شما رو هرگز فراموش نمی کنیم !! شما لطفا فقط یه آدرس برای ما پیدا کنید ."

مرد به آنها اطمینان داد که برای یافتن صنوبر به آنها کمک می کند فقط چند روز مهلت لازم دارد .

دو سه روز گذشت ، آنها حتی از خانه بیرون نمی رفتند که مبادا آن آقا تماس بگیرد . ارژنگ خیلی دلش برای صنوبر تنگ می شد!! وقتی که آمریکا بود می دانست که از او فرسنگها دور است ، ولی اکنون زیر سقف یک آسمان

نفس می کشیدند ، یک جائی در این شهر درندشت صنوبر او هم نفس می کشید. ارژنگ در دریای خروشان خشم و عشق دست و پا می زد ! با خودش می گفت،گیرم که ما آدرس گرفتیم و صنوبر را پیدا کردیم ! آیا پدر صنوبر به حرف ما گوش می دهد ، و باور می کند که برادرش می خواهد دخترش را فدای تجارت و قدرت مالی و سیاسی پسر خود کند ؟؟ او مطمئنا به برادر خود بیشتر اعتماد دارد ! چگونه باید او را راضی نمود؟

با صدای زنگ تلفن به هوا می جست که شاید خبری از آن آقا باشد. بالاخره برادر آریا زنگ زد و قرار شد همین امروز بخانه او بروند و با هم حرف بزنند . ساعتی بعد همه آنجا بودند و سراپا گوش تا ببینند که چه خبر است و صنوبر کجاست .

آن آقا دوباره از همه قول گرفت که هرگز اسم او را جائی نبرند و سپس ادامه داد :

"ارژنگ جان توی ایران فقط یک نفر میتونه به تو کمک کنه اونم عموی صنوبره!"

ارژنگ با تعجب پرسید : "بابای امیر هوشنگ ؟؟"

مرد جواب داد : "نه بگذار برات بگم !! اینها سه برادر هستن ، یکی سعید پدر امیر هوشنگ ، یکی هم صالح پدر صنوبر و دیگری به اسم سبحان! هر سه اینها در جنگ بودند و رشادت ها از خودشون نشون دادن بیاد ماندنی! پس از پایان جنگ ، سعید رو به سیاست می آره و رفته رفته تبدیل به یک رجل سیاسی می شه و امکانش هست که بزودی وزیرهم بشه و بره برای ریاست جمهوری ! صالح هم رفته آمریکا و کاری به سیاست نداشته ، اما سبحان که در جنگ جانفشانی ها کرده و یکی از ارکان مهم جنگ بوده و متاسفانه شیمیائی می شه ! او سالها مورد توجه دولت مردان بوده و هنوز هم هست! ولی مدتهاست که در گوشه خونه اش نشسته و در هیچ کاری دخالت نمی کنه!! وگرنه می تونست فقط با توصیه نوشتن کار خیلی ها رو راه بندازه و زندگی خوبی بسازه ! ولی او انسان بسیار درست، مومن و شریفی ست و یک شاهی مال حرام قاطی زندگیش نکرده و در همون خونه پدری در پائین شهر زندگی می کنه و اصلا با سعید رفت و آمدی نداره توی دستگاه دولتی همه بسرش قسم میخورن!! اگه کسی بتونه بتو کمک کنه فقط سبحانه !! من آدرس اونو پیدا کردم ! اصلا ارباب رجوع نمی پذیره ..

حال خود دانی می تونی به خونه او بری و باهش حرف بزنی ، شاید روی برادرش آنقدر نفوذ داشته باشه که از این ازدواج جلو گیری کنه! اما خواهش می کنم شتر دیدین! ندیدین !! اسم منو اصلا نیارین!! نمی خوام دردسر برام درست شه ! اینم بخاطر خدا که این دختره بیچاره را از دام این پدرو پسر نجات بدم به شما کمک می کنم ."

ارژنگ خیلی از او تشکر کرد و قول داد که بهیچ کس حتی آقای سبحان هم حرفی از او نزند ، هر چند که هنوز هم اسم او را نمی دانست! !

ساعت پنج عصر بود ارژنگ به ماهور گفت که آماده شود تا به آنجا بروند بقیه می گفتند امشب شب جمعه است طرف پائین شهر بخاطر اینکه مردم به زیارت شاهزاده عبدل عظیم و یا به بهشت زهرا می روندترافیک زیاد است، فردا صبح بروند.

ولی ارژنگ با نگرانی گفت :

"تا الان هم خیلی دیر کردیم !! می ترسم وقتی برسیم که کاری از دستمون بر نیاد!"

و با ماهور عازم خانه سبحان شد . حدود یک ساعت که برای او عمری بود طول کشید تا به آنجا رسیدند ، وقتی زنگ در را می زدند، روح ارژنگ داشت از بدنش جدا می شد !! پشت این در بسته چه خواهد شد ؟سبحان او را می پذیرد ؟ خانم سبحان در را بروی آنها کشود و پرسید که کی هستند و چکار دارند ، ارژنگ جواب داد :

"یک کار خصوصی با آقا سبحان دارم !"

خانم گفت که :

"اگر برای توصیه آمدین ،آقا سبحان چنین کاری نمی کنه !!"

ارژنگ جواب داد :" بخدا برای توصیه نیامدیم لطفا مارو ببینن! ما از آمریکا آمدیم و در مورد آقا صالح و صنوبر می خوایم با آقا صحبت کنیم"

سمیه بدرون رفت و جریان را برای سبحان گفت و سبحان اجازه داد که بدرون خانه بیایند.بالاخره بدرون آمدند ، روی تختی گوشه حیاط نشسته

و منتظر سبحان شدند . سبحان با روی باز از آنها استقبال کرد و کنار آنها نشست و پرسید که :

"بامن چکار دارین ؟و در مورد صالح چی می خواین به من بگین ؟"

ارژنگ که این روی خوش را از او دید تمام داستان را برایش تعریف کرد! از عشق آنها در هندوستان ، از سادگی و بیگناهی صنوبر و از اینکه او طعمه شده برای گرفتن تابعیت آمریکا و سبحان مرتب روی دست خودش می زد و افسوس می خورد، حالا می فهمیدکه چرا سعید و امیر هوشنگ هر شرطی را برای این ازدواج قبول کردند ، تابعیت آمریکا جواب همه سوالات بود. بلافاصله به درون رفت لباس خودش را عوض کرد و به ارژنگ و ماهور گفت :

" خدا کند دیر نرسیم!! همین الان عقد کنان صنوبر و امیر هوشنگ است"

وبسوی تالار عروسی رهسپار شدند.

فصل چهارم

من آقازاده هستم.....................................۲۷۵

آمبولانس آژیر کشان بسوی بیمارستان می رفت . صالح و ماهره و صابر هم با سرعت با یکی از اتومبیل های امیر هوشنگ بدنبال آمبولانس می رفتند. سعید و خانمش هنوز مشغول خدا حافظی از میهمانان بودند! کسیکه هیچکس متوجه او نبود ، ارژنگ بود که با چشمی گریان آمبولانس را تقیبب می کرد . سبحان به راننده تاکسی که با آن آمده بودند گفته بود که منتظر بماند ،بلافاصه او را صدا زد و به همراه ماهور و ارژنگ بسوی بیمارستان براه افتادند . ارژنگ مرتب اشکهایش را پاک می کرد !!

سبحان هم دعا می خواند که حال صنوبر خوب شود . راه بیمارستان طولانی بود و ارژنگ دعا زیاد بلد نبود ولی خدا را صدا می زد ، ای خدا چی می شد اگر آنها دیروز صنوبر را پیدا می کردند ! که این عقد سر نمی گرفت! حالا چه خواهد شد؟ صنوبر زن پسر عمویش شده !آیا راهی دارد که این عقد باطل شود !! بالاخره به بیمارستان رسیدند .

سبحان و ماهور بسوی اورژانس دویدند ولی ارژنگ روی یک صندلی نشست. این را سبحان از او خواسته بود ، که جلوی چشم نباشد !!چون مطمئن بود الان همه محافظین امیر هوشنگ و سعید آنجا هستند. صنوبرهنوز بیهوش بود وخانواده اش نمی فهمیدند که چرا ناگهان او بیهوش شد ! شاید استرس زیاد او را از پای در آورد !؟ شاید هوای تالار گرم بود!!؟، هیچکدام فکر نمی کردند که ارژنگ را دیده باشد . سبحان به پشت در اورژانس رسید صالح با تعجب گفت:

" داداش تو چطور خبر شدِی "

و او را بغل کرد و اشک می ریخت! شاید نباید اینقدر به صنوبر فشار می آورد! گناه کبیره که نکرده بود ! مثل هر دختری عاشق شده بود،او هم دل دارد ! خدایا اگر بلائی بر سر صنوبر بیاید او خودش را نخواهد بخشید!!

سبحان دست به پشت او می زد و دلداریش می داد که همه چیز خوب می

شود . در این موقع دکتری از اتاق اوژانس بیرون آمد و گفت :

"باید از سرش عکس بگیریم ممکنه خونریزی مغزی کرده باشه !!"

ماهره ناگهان ماهور را دید که کنار سالن ایستاده!! ماهور چگونه خبر شده کی به ایران آمده ؟ چرا تا بحال بسراغ صنوبر نیامده !!؟ بسوی او دوید ! شاید در این دنیای شلوغی که هیچ چیزش متعلق به او نبود! ماهور بوی آشنایی می داد، او هم به یک آشنا احتیاج داشت تا سرش را بر شانه اش بگذارد و بگرید . او را در آغوش گرفته و گریه می کرد و مرتب می پرسید :

"تو اینجا چکار می کنی ؟ تو از کجا فهمیدی ؟"

ماهور او را نوازش می کرد و گفت : "بعدا می گم قصه اش درازه ! صنوبر چطوره ؟"

صنوبر را با تخت به اتاق عکس برداری بردند ، اینها هم بدنبالش می رفتند. امیر هوشنگ و وکیلش کامبیز هم وارد بیمارستان شدند، برای مردمی که در بیمارستان بودند دیدن عروس و داماد خیلی عجیب بود . ارژنگ با دیدن امیر هوشنگ دلش میخواست گلوی او را آنقدر فشار دهد تا بمیرد! او زندگی صنوبر و ارژنگ را به تباهی کشیده بود! بعد بخودش می گفت صنوبر الان زن اوست !! من اینجا چه می کنم؟ ولی دلش آرام نمی شد ! در دلش دعا می کرد که شاید معجزه ای شود و صنوبر بتواند از دامی که امیر هوشنگ پهن کرده نجات پیدا کند!.

ماهره گریه کنان به شوهرش می گفت :

" آخه این چه سفری بود که مارو آوردی ؟ به اسیری ! دربدری ! اون از بیمارستان افتادن صابر!! اینم از عروسی صنوبر ، عوض خوشحالی باید گریه کنم !! همش تقصیر تو بود !!"

صالح سعی می کرد او را آرام کند ! نیم ساعت بعد صنوبر را بیهوش آوردند! دکتر به سراغ خانواده اوآمد و گفت:

"متاسفانه سر صنوبر در اثر افتادن ضربه دیده و خون ریزی داخلی داده که باید فورا عملش کنیم !"

امیر هوشنگ اصرار داشت که او را به یک بیمارستان بهتری ببرد ولی دکتر

گفت :

" بهیچ وجه نباید او را تکان بدهید و همین الان باید عملش کنیم ! "

صنوبر را بطرف اتاق عمل بردند ! همه بدنبال او می دویدند ، ارژنگ هم با فاصله می رفت که کسی متوجه او نشود . کمی بعد سعید و خانمش که آن لباس فانتزی که در مجلس عروسی بتن داشت را عوض کرده و لباس معمولی پوشیده بود، هم به آنها پیوستند ! همه ماهره را سوال پیچ می کردند که چی شد ؟ چرا صنوبر بیهوش شد ؟ سبحان با عصبانیت داد زد :

"مگه زن داداش دکتره ؟ که از اون می پرسین ! ولش کنین بدرد خودش! دخترش تو اتاق عمله شما اونو سوال پیچ می کنین ! "

همه ساکت شدن ! انگار واقعا از سبحان حساب می بردند !! ماهره دوباره چشمش افتاد به ماهور و او را صدا زد که به کنارش برود و باز از او پرسید که اینجا چکار می کند ؟ ماهور آهسته در گوشش گفت :

"ماهره جون اینقدر از من نپرسین!! بعدا براتون می گم، اگه فامیل های دوماد ازتون پرسیدن من کیم؟ بگین از قوم خویش های شمام، نگین من دوست صنوبرم !"

ماهره سری تکان داد و گفت باشه ، ماهور کنار ماهره نشست و دست او را در دست گرفت ، ماهره انگار از تنهایی و غریبی در آمده ، سرش را بشانه ماهور تکیه داده و اشک می ریخت. بالاخره دکتر از اتاق عمل بیرون آمد و مژده داد که حال صنوبر خوب است و یک خونریزی کوچکی بوده و الان توی اتاق مراقبت های بعد از عمل است. همه خیلی خوشحال شدند.

سبحان بطوری که کسی متوجه نشود بسوی ارژنگ رفت که مضطرب و هراسان گوشه ای نشسته بود و خبر سلامتی صنوبر را به او داد . کسی حاضر نبود که به خانه برود. صالح که خیلی دلش می خواست بفهمد ، سبحان که نمی خواست به تالار عروسی بیاید چطور ناگهان پیدایش شد؟ولی جلوی سعید چیزی نمی پرسید و سعید هم فکر می کرد سبحان از زمین خوردن صنوبر خبر شده و به بیمارستان آمده ! و چیزی در این مورد نمی گفت . صالح به سعید گفت :

"خدا را شکر صنوبر حالش خوبه شما هم از صبح خسته هستید بهتره برین

خونه و استراحت کنین ، فردا صبح دوباره برگردین"

سعید که واقعا خسته بود به زری گفت : "بلند شو ما بریم الحمدلله خوبه!بعد رویش را به صالح کرد و ادامه داد .. وقتی مرخص شد دیگه بیاین خونه ما!!"

سبحان به میان حرف او پرید و گفت :" اینا هنوز عقد کردن و بهتره بیان خونه ما ! تازه خونه ما به اینجا نزدیک تره ! فعلا میان خونه ما تا بعد ببینیم چی می شه ."

امیر هوشنگ همیشه از عمو سبحان حساب می برد ، حرفی نزد ! فقط گفت :" اگه صابر خسته می شه من ببرمش خونه خودم !"

صابر البته دوست داشت به خانه امیر هوشنگ برود ،ولی نه در شرایطی که صنوبر بیهوش روی تخت افتاده ، جواب داد :

"نه منم پیش صنوبر می مونم تا بهوش بیاد !"

امیر هوشنگ رفت و یکی از محافطین برای کمک به آنها در بیمارستان ماند. سبحان بسوی صالح رفت و کنار او نشست ، او نمی خواست در چنین حالی که دختر او بین مرگ و زندگی است حرفی بزند . ای کاش ارژنگ دیروز رسیده بود، و نمی گذاشت این عقد منحوس سر بگیرد ! سبحان چند وقت پیش بدون اینکه کسی بداند به اداره مبارزه با فساد های مالی رفته بود، او را همه می شناختند، یکی از خوشنام ترین آقا ها بود که از سفره جنگ و انقلاب هیچ چیز بجز یک تن علیل بر نداشته بود، یک دوست زمان جنگ داشت که بهم خیلی نزدیک بودند و در آن اداره کار می کرد، از او خواسته بود که در مورد امیر هوشنگ هر چه هست به او بگوید و تعجب می کرد که چرا دوستش خبر هایی که ارژنگ آورده را به او نگفته بود. صالح بسوی او آمد و پرسید :

" داداش هر چه التماس کردم برای عقدبیای ، نیامدی چی شد که بعدش آمدی ؟"

سبحان جواب داد :" عزیزم بخاطر صنوبر آمدم ! همین ! خداروشکر که آمدم وگرنه تو که به من خبر نمی دادی که چی شده !! "

ساعتی گذشت هر کدام روی یک صندلی ساکت نشسته بودند ، و چشم به در اتاق عروس تیره بختی دوخته بودند که از پای سفره عقد به اتاق عمل رفته بود . ماهور به بهانه خریدن یک چائی به سالن دیگر رفت و ارژنگ هم بدنبالش براه افتاد تا بپرسد که صنوبر چطور است ! ماهور گفت که دکتر خیلی امیدوار است و فعلا باید فقط صبر کنند.

پرستاری از اتاق بیرون آمد و گفت :

"مریض به هوش آمده می خواد مادرشو ببینه !!"

همه بلند شدند که بداخل اتاق بروند، ولی پرستار دوباره گفت که فقط مادرش ! ماهره وقتی وارد اتاق شد اشکهایش به پهنای صورتش می ریخت، چند ساعت قبل تور عروسی روی سر صنوبر بودو حالا یک باند پیچی بزرگ دور سرش داشت . بسوی او رفت و صنوبر را در آغوش کشید و او را می بوسید ، صنوبر با بی حالی پرسید :

"مامان ماهور اینجا چه می کنه ؟ چطور آمده ؟ "

ماهره سرش را بوسید و گفت :"عزیزم تو الان از اتاق عمل آمدی بیرون ! بذار بهتر بشی خود ماهور تعریف می کنه ، به منم چیزی نگفته !"

صنوبر خیلی دلش می خواست در مورد ارژنگ هم بپرسه ولی خجالت می کشید!! او چند ساعت پیش به امیر هوشنگ بله گفته بود ،حالا چطور حرف یک مرد غریبه را بزند ؟

***

آنشب همه در بیمارستان ماندند، صبح حال صنوبر خیلی خوب بود به او صبحانه هم دادند ، دکتر گفت تا شب نگهش می دارند و دوباره از سرش عکس می گیرند اگر خونریزی جدیدی نکرده باشد مرخص می شود . همه خیلی خوشحال شدند ، ماهور به ماهره گفت که او دیشب خوابیده و الان خوابش نمیاد و پیش صنوبر می ماند ! بهتر است ماهره برود خانه و دوباره برگردد . اما ماهره قبول نکرد. ناگهان تلفن سبحان زنگ زد و او از همه دور شد تا جواب دهد ، پس از چند دقیقه بازگشت و به صالح گفت :

"صالح جون حال صنوبر که الحمدلله خوبه بیا با هم بریم یه جائی ! من گاردارم

صالح بدون هیچ سوالی بدنبال او رفت . ارژنگ آرزو می کرد که برود واز
دور صنوبر را ببیند ، ولی یکی از محافظین امیر هوشنگ آنجا بود ، و او می
ترسید . او به گفته های سبحان اعتقاد داشت، سبحان گفته بود که فعلا او
خودش را به کسی نشان ندهد ، چون مطمئن بود سر به نیست کردن ارژنگ
برای امیر هوشنگ مثل آب خوردن است . ارژنگ هم به احترام سبحان
گوشه بیمارستان نشسته بود و کسی نمی دانست که این عاشق دل خسته
بخاطر عشق نا سرانجامش آنجاست .

ماهورکه بیمارستان را خالی از خانواده امیر هوشنگ می دید ، با عجله
خودش را به اتاق صنوبر رساند .صنوبرناگهان ، ماهور را دید ، با اینکه نمی
بایست حرکت کند، اما بی اراده روی تخت نشست و دستهایش را بسوی
او باز کرد و گریان گفت:

" آمدی جانم بقربانت ولی حالا چرا؟ "

و زد زیر گریه !حالا که او بله را گفته چرا باید ارژنگ سر برسد ! ماهور
همه چیز را برایش گفت بجز اینکه امیر هوشنگ در کار خلاف است ! چون
سبحان گفته بود که آن حرفها فعلا بین خودشان بماند!! ولی به صنوبر قوت
قلب می داد که عمو سبحان گفته کمک می کند و حتما این کار را خواهد
کرد. صنوبر از دیدن ماهور و ارژنگ هم خیلی خوشحال بود و هم غمگین!
ولی مطمئن بود که عمو سبحان مرد عمل است و اگر به اینها قول کمک
داده ، پس کاری برایش خواهد کرد.

***

صالح و سبحان وارد اداره مبارزه با فساد مالی شدند ، صالح تعجب می کرد
که سبحان چرا او را به اینجا آورده است ؟ سبحان سکوت کرده و چیزی نمی
گفت و صالح به این سکوت احترام می گذاشت و سوالی نمی کرد . سبحان
در اتاقی را زد و وارد شدند ، مردی که پشت میز نشسته بود بسوی آنها آمد
و سبحان را در آغوش گرفت و با تعجب به صالح نگاه کرد و ناگهان گفت :

"صالح تویی؟ منو یادت نمیاد ؟ منم جواد کوچولو که توی جبهه بودم "

صالح او را شناخت پسرک جوانی که با عشق به جنگ ،به جبهه آمده بود
و در قرارگاه ها به او کار می دادند تا به خط مقدم نرود . حالا مردی شده
بود و در اداره مبارزه با فساد مالی کار می کرد . پس از احوال پرسی، جواد

گفت :

"ببخشید سبحان جان که طول کشید ولی می خواستم جواب درست و با مدرک بهت بدم ، امیدوارم از شنیدن حقایق ناراحت نشی ولی خوب این خواست خودت بود!"

صالح به سبحان نگاه کرد، اصلا نمی فهمید که جواد در مورد چه حرف میزند! با تعجب به سبحان نگاه کرد و سبحان گفت :

"داداش چقدر بهت گفتم که در مورد ازدواج صنوبر عجله نکن ولی به حرفم نکردی حالا ببینم جواد چه داره برای ما؟"

صالح اصلا معنی حرف سبحان را نمی فهمید ؟ ازدواج صنوبر چه ربطی به اداره مبارزه با فساد مالی دارد؟

جواد چنین شروع به صحبت کرد:" سبحان جان خیلی متاسفم خبر های بدی برات دارم ! متاسفانه امیر هوشنگ از آقا زاده هایست که پرونده‌ش روی میزه ! سخت چهار چشمی مراقبش هستند ، بیشتر کارهایش ، ثروتش، شرکت هایی که در آن شریکه غیر قانونی هستن، به اعتبار روی کاغذ، چک هائی که که پشتوانه نداره، ضمانت نامه های جعلی ، زمین می خره ، سنگ می فروشه ، سیمان خرید و فروش می کنه ، توی مسابقه های اسب سواری سهیم می شه و شرط بندی می کنه ، مثلا روی اسبی شرط می بنده و بعد به سوارهای دیگه یه پولی میدن که ببازن واینجوری پول شویی می کنه. "

سپس برای آنها چائی ریخت و ادامه داد:

"البته آقا سعید هم پشت اوست و بیشتر تعرفه های این خرید و فروش ها از زیر دست او رد شده !! این آقا زاده ها به پشت بانی پدرهاشون ، دکان باز کردن ، دکان قدرت ، دکان ریاست،دکان تجارت !آنها سلطان بی تاج و تخت تجارت ایران شدن!! همین قدر بگم که پرونده امیر هوشنگ روی میزه و بزودی حکم بازداشتش صادر می شه !!"

صالح نتوانست تعادلش را حفظ کند یعنی این حرفها در مورد امیر هوشنگ داماد اوست؟ سرش گیج رفت و ناگهان از روی صندلی به زمین افتاد!! شاید برای چند لحظه بیهوش شد !! وای خدایا یعنی این حرفها را در مورد ا

امیر هوشنگ می زند!!؟سبحان کمکش کرد تا بلند شود وروی صندلی بنشیند کمی که بهتر شد گفت :

"داداش!! جواد چی می گه ؟ واقعا این حرفهایی که می زنه ! درباره امیر هوشنگ خودمونه ؟"

سبحان بدون اینکه جواب صالح را بدهد از جواد پرسید :

"منتظر چی هستن چرا دستگیرش نمی کنند؟"

جواد آهی کشید و گفت :" متاسفانه اگه امیر هوشنگ گیر بیفته !! خیلی ها رو با خودش می کشه پائین ! دستش تو دست کلان هاست ، برای همین هم هنوز دستگیرش نکردن ! پرستو ها دارن کارهاشون را انجام میدن ولی بر ملا کردن همه کار ها خیلی سخته!"

سبحان پرسید :" پرستوها دیگه کی هستن ؟"

جواد گفت :" دخترهائی که به زندگی مردان سیاست که دست اندر کارهای خلاف هستند وارد شده ، صیغه آنها میشون و کلی عکس و خبر می آورن! بعضی از این دختر ها هم بر عکس ، اشخاصی مثل امیر هوشنگ برای خریدن و بستن دهان کسانیکه با آنها در تماس کاری هستند ،استخدام می کنن! مثلا برای گرفتن مجوز ورود اجناس تحریم شده !! ازمامور بلند پایه گمرک یک فیلم خلاف اخلاق می گیرند و او را تهدید می کنن که اگر کالاهای آنها ترخیص نشه فیلم را در دنیای مجازی پخش خواهند کرد ! و او مجبور به همکاری می شه ! فکر می کنی این فیلم هایی که پرده از رازها بر می داره رو چه کسی در دنیای مجازی پخش می کنه که نمی تونن جلویش را بگیرن؟ این افشاگری ها از طرف مردم انسان دوست نیست! این ها دنیای مجازی را مثل صفحه یک شطرنج می دانند، یکی کیش می کنه دیگری مات ! این است که نمی توونند امیر هوشنگ ها را به راحتی دستگیر کنن، چون ممکن است که فردا فیلمی از قاضی پرونده امیر هوشنگ در فضای مجازی پخش شود ! سلسله وار بازی می چرخه و عده ای برنده می شوند. در مملکتی که مردم اینقدر بخاطر تحریم ها در سختی زندگی می گذرانن ، آنوقت یکی مثل امیر هوشنگ برای یک کوزه ساخت یزد یا همدان که چند جای آن شکسته است میلیونها تومن پول می دهد البته روی کاغذ نه پول واقعی و بعد هم آنرا به چندین هزار برابر می فروشه و پول نقد شسته و تمیز را بدست می آورد ."

صالح داشت خفه می شد ،ای داد بی داد دختر گلش را انداخت توی چنگال یک اژدها!!

جواد که حال نزار صالح را می دید ،گفت :" آخه صالح چرا پرس و جو نکرده دخترت رو دادی به امیر هوشنگ !!؟بنظر من باید فرار کنین !! خودت و خانواده ات رو از دست او آزاد کن و فرار کنین !!برگردین آمریکا ! "

دهان صالح باز مانده بود ! او یک عمر در آمریکا روز وشب کار کرده بودتا یک لقمه نان حلال پای سفره اش بیاورد!! او صنوبر را بخاطر گرفتن دست یک پسرچنین مجازات کرده ! او بخاطر بدهکاری که فکر می کرد به سعید دارد و می خواست تصفیه حساب کند و زیر بار این قرض نباشد، راضی شد دخترش را به امیر هوشنگ بدهد ، با دست می زد توی سر خودش ومی گفت:

"داداش بگو که این حرفا دروغه ! یعنی من صنوبرم رو توی یه همچه آتشی انداختم ، خدا منو بکشه !! چرا حالا! چرا حالا این چیزارو به من می گین!!"

سبحان دست های اورا در دست گرفت و گفت :

" داداش چقدر بهت گفتم ،ولی حرفهای منو باور نکردی و صنوبر بیچاره رو به این دام انداختی حالا اون توی همه این جرمها شریکه چون زن امیر هوشنگه"

جواد هم حرفهای سبحان را تصدیق کرد . صالح سرش را به دیوار می کوبید که حالا چه کند ؟ آیا شیطان او را بدینگونه گول زد ؟ چطور باور کرد که این ثروت از فروش یک قطعه زمین بدست آمده ؟ چرا فکر کرد سبحان به سعید حسودی می کند !! خدایا با این بدبختی چه کند ؟ دستهای سبحان را در دست گرفته و گریه می کرد:

"داداش منو نجات بده !! داداش صنوبر منو نجات بده !!

سبحان سعی می کرد که او را آرام کند ولی صالح آنقدر پشیمانی بود ، آنقدر احساس گناه می کرد که حدی نداشت!!ولی چه فایده؟ او صنوبر را فروخته بود!!! بخودش می گفت :

" ای احمق بیشعور خواستی به دخترت زهر چشم نشان بدی ، خودت بدبخت شدی ؟ دختر بدبختت را تو به این راه کشاندی ! بخاطر یک احساس

زودگذر عمر او را به هدر دادی..."

این حرفها را بلند بلند می زد و گریه می کرد سبحان گفت :

" وقتی صنوبر بیچاره از معامله های زیر میزی در میهمانی ها و مسافرت و کنسرت می گفت تو توی دهن او می زدی !! یک بار فکر نکردی که به او یک فرصت بدی شاید حرفهای که او می زنه درست باشه ؟ او شاهد خیلی از کارهای امیر هوشنگ بود ولی تو نمی خواستی باور کنی ؟

جواد که ساکت به حرفهای دو برادر گوش می کرد ناگهان گفت :

"طفلک دختر شما چقدر صدمه دیده !! ولی اگر بر علیه امیر هوشنگ گواهی بده!! شاید بتوان برایش کاری کرد ! اما صالح جان اگر بتونین قبل از اینکه حکم بازداشت امیر هوشنگ صادر بشه ! برگردین آمریکا خیلی عالی می شه !! چرا اینکارو نمی کنی ؟"

انگار جرقه ای در ذهن صالج زد ! درست می گوید ،چرا همین فردا برنگردند به آمریکا !! چرا منتظر شوند تا امیر هوشنگ را دستگیر کنند!!؟ این بهترین کار است ، خدا کند حال صنوبر زودتر خوب شود و پرواز برایش خطری نداشته باشد ! به خودش و به سعید لعنت می فرستاد !! یعنی ممکن است برادری در حق برادر خود چنین ظلمی را بکند !!پرسید:

" خوب من نمی فهمم که اینها چرا برای صنوبر نقشه کشیدن؟ چه سودی براشون داشت ؟

جواد جواب داد:" تابعیت آمریکا ، خوب صنوبر می تونه فورا برای او ویزای نامزدی بگیره و اونو ببره آمریکا!!"

صالح با تعجب جواب داد :" ما که شهروند نیستیم !! این کار خیلی طول می کشه !! من اصلا نمی دونم که پروسه اون چطوره؟، من فکر می کردم ما می ریم آمریکا و برای امیر هوشنگ وکیل می گیریم !!اگر آنها فقط طالب، تابعیت بودند پس چرا عروسی به آن مفصلی گرفتند!!؟"

جواد جواب داد : " هرچه که برای عروس خریده اند که می رود زیر دست خود امیر هوشنگ ، عروسی را هم مفصل گرفتند تا همه فکر کنند که این یک عروسی واقعی بوده ، هم به سفارت آمریکا ثابت کنن و هم به مردم ایران !! هم چنین حتما آنقدر هدیه در این عقدکنون جمع کردند که چندین

برابر خرج عروسی قیمت داره!! ، اما این را که شما شهروند نیستید به آنها نگین! ممکنه صنوبر رو ممنوع خروج کنه ، بگذارین فکر کنه که صنوبر فورا میتونه براش ویزا بگیره "

صالح لحظه به لحظه بیشتر می فهمید که در چه گردابی دارد دست و پا میزند ، حالا چه خاکی بر سرش کند، با التماس گفت :

" پس چرا با اینهمه مدرک او نو دستگیر نمی کنن؟"

جواد جواب داد:

"البته تاکنون صبر کردن، چون سعید خیلی قوی است و از هر طرفی پشتیبانی می شه ! حتی او را برای وزارت انتصاب کرده و منتظر هستن تا رای اعتماد از مجلس بگیره ، بخاطر همین هم فعلا با امیر هوشنگ کاری ندارن !"

سبحان گفت: "چگونه این ننگ رو از دامنم پاک کنم ، چطور شد که سعید تبدیل به این هیولا گشت !! آیا برای نجات او راهی هست !! او سرباز جنگ بود ! در جبهه دو بار تیر خورد ، او سالها مایع افتخار من بود تا زمانی که شروع کرد به سیاست بازی ! که این بازی ، بازی بسیار خطرناکیه و مثل یک مرداب همه را می بلعه ."

جواد از اینکه این حقایق را به آنها گفته و باعث ناراحتی دو برادر شده متاسف بود و معذرت می خواست، و همچنین تقاضا کرد که نام او را جایی نبرند ، چون که اینها در همه دستگاها نفوذی دارند و ممکن است باعث دردسر جواد گردند . ولی سبحان از او بخاطر روشن نمودن ذهن آنها تشکر کرد و همراه صالح آنجا را ترک کردند و مستقیم به بیمارستان باز گشتند .

در راه سبحان به صالح که هم چنان با خودش می جنگید گفت:

"داداش چرا همچین ظلمی رو کردی ؟چرا با عشق او و ارژنگ مخالفت کردی؟ چرا حاضر نشدی ارژنگ رو ببینی ؟آدم بچه شو اینجوری مجازات می کنه ؟ پسر به آن خوبی "

صالح ناگهان به سبحان نگاه کرد و پرسید :" داداش تو این جریان رو از کجا می دونی؟ اصلا اسم اون پسره رو کی بهت گفته!! این یه ماجرای کوچکی بود و تموم شد ! صنوبر اصلا اونو فراموش کرده !!"

سبحان نگاهی به او کرد و گفت :" به همین خیال باش!!فکر می کنی کی پرده از کار امیر هوشنگ برداشته !! ارژنگ ! همین پسر با غیرت که عاشق صنوبره !! این همه راه رو از آمریکا دنبال صنوبر آمده ! حالا چطور او زودتر از من به پرونده امیر هوشنگ دست پیدا کرده خدا میدونه ! اونم حتما یکی رو داشته !"

صالح با تعجب پرسید: "داداش چرا حالا میگی !! چرا قبل از عقد نگفتی !! این پسره کی آمده !! صنوبر هم اونو دیده؟ خبر داره؟"

سبحان آهی کشید و گفت :" فقط چند ساعت دیر رسید ! وقتی شما ها رفتین تالار برای عقد ، ارژنگ و دوست صنوبر پیداشون شد ! همه چیز رو به من گفتن! با هم آمدیم تالار تا جلوی این عقد شوم رو بگیریم که دیر رسیدیم !! صنوبر از دیدن اون غش کرد!"

صالح می خواست بزند توی سر خودش ! پسری اینقدر دختر اونو دوست داره که این همه راه رو بیاد تا عقد رو بهم بزنه ! خودشو در مقابل دشمنی مثل امیر هوشنگ قرار بده !؟ اونوقت او دختر مثل گلش رو دو دستی به یک هیولا تقدیم کرد! خاک بر سرش کنند . پرسید:

" داداش ارژنگ الان کجاست ؟"

سبحان گفت :" کجا می خواستی باشه؟ توی بیمارستان یه گوشه ای نشسته که کسی به او شک نکنه ! الان هم تو انگار هیچی نشنیدی ! اصلا بروی خودت نیار تا بریم خونه و ببینیم که چکار باید بکنیم ! چه خاکی باید بسرمون بریزیم "

***

وقتی رسیدند بیمارستان صنوبر را برای عکس برداری برده بودند ، ماهره هم کنار ماهور نشسته بود . ماهور می ترسید که صالح او را بشناسد ولی البته با روسری و مانتو بعید بود ، چون صالح هیچوقت به صورت زن و دختری دقیق نگاه نمی کرد .با آمدن آنها ماهور بلند شد و صالح کنار ماهره نشست و پرسید :" چه خبر!!"

ماهره نگاهی به سوی دیگر کرد و گفت : "بردنش برای عکس برداری انشالله که خون ریزی جدیدی نکرده باشه !!"

صالح با لحن ندامت باری آهسته در گوش او گفت : "ماهره همه حرفهای داداش سبحان و صنوبر در مورد امیر هوشنگ درسته ما اشتباه بزرگی کردیم!خاک توی سر من کنن"

ماهره دو دستی زد توی سر خودش و حرف او را قطع کرد و با لحن سرزنش باری گفت :" ای خاک بر سرم ... چی میگی ؟ چی شده ؟"

صالح با دو دست صورتش را پوشانیدوگفت :

" اشتباه کردیم !! حالا چه خاکی بر سرم بریزم؟چرا به حرف صنوبر گوش نکردم !!؟ چرا داداش سبحان رو باور نکردم؟"

ماهره جواب داد: " ای خاک برسرم !! حالا چی می شه ؟ !! تو کردی ! همه مون رو بدبخت کردِی!! چقدر بهت التماس کردم که این بچه رو بدبخت نکن !! بخاطر یه موضوع بی اهمیت این همه او نو مجازات کردی !! حالا چکار کنیم ، تو دستهای اونا اسیرم !"

صالح با شرمندگی گفت: "خدا منو ببخشه که چنین گناهی کردم ، حالا سعی می کنم که درستش کنم !باید فورا برگردیم آمریکا قبل از اینکه مشکلات امیر هوشنگ دامن ما رو بگیره !! باید همین زمین خوردن صنوبر را بهانه کنیم و بریم ، من فردا میرم دنبال بلیط هامون ، هیچی به آونا نمی گیم و می ریم !"

سبحان که کنار آنها نشسته بود گفت : "خدا کنه که به همین راحتی بشه که می گی !!چطور می تونین یک دفعه برین ؟ باید یه فکر اساسی بکنیم ، مثلا بهتره به اونا بگین که بخاطر معالجه صابر هر چه زودترباید بر گردین آمریکا، بعد برای ویزای اون اقدام می کنید !! اصلا به اونا نگین که از چیزی خبر دارین "

صالح خیلی می ترسید که مشکلات امیر هوشنگ پا گیر آنها شود ، خدایا چگونه ممکن است کسی که اظهار می کند ، خودش را وقف مردم، خدا و دین کرده ، این گونه با برادر خودش رفتار کند!؟ هیچ انسانی برای برادرش دام می گذارد.!!؟ حالا صالح می فهمیدروزی که صابر گفت در شمال یکی گفته صنوبر طعمه جدید امیر هوشنگ است یعنی چه!!چرا باور نکرد ! خدایا

روزی را می بیند که بسلامت وارد خانه خود در آمریکا شده اند .

در همین موقع صنوبر را برگرداند به اتاقش ، همه بسوی او رفتند چند دقیقه بعد دکتر جراح او هم آمد و گفت که جای هیچ نگرانی نیست و او کاملا خوب است دو سه روزی باید استراحت کند ! صالح پرسید :

" آیا میتونه پرواز کنه چون ما مسافر هستیم !"

دکتر جواب داد : "بله بعد از دو سه روز هیچ اشکالی نداره ، سرش به جدول کنار اسفالت خورده و یک خون ریزی خیلی کوچک داده بود ، اصلا نگران نباشید ..." و اتاق را ترک کرد .

حالا باید برای رفتن نقشه می کشیدند ،باید بخانه سبحان می رفتند تا نقشه ای دقیق برای بازگشت به آمریکا بکشند .

سبحان گفت :" این حرفها رو به بچه ها هم نگید،به اونا بگین نگران قلب صابر هستین و می خواین به آمریکا برگردین!! همین ."

اما در دلش می دانست که به این آسانی نیست و خیلی امکان اینکه پای صنوبر هم گیر باشد ، وجود دارد!! و به این فکر می کرد که چه کسی زنگوله را بگردن گربه می اندازد و خبر رفتن آنها را به سعید و امیر هوشنگ می دهد!!؟.

امیر هوشنگ برای دیدن صنوبر به بیمارستان آمد ! صالح با اینکه سعی می کرد که قیافه اش چیزی را نشان ندهد!! ولی دلهره بر چهره اش سایه افکنده بود . امیر هوشنگ دسته گل بسیار زیبائی در دست داشت و به اتاق صنوبر داخل شد و با خنده گفت :

"ای بابا کی زن خوشگل منو این شکلی کرده ! این چیه دور سرش پیچیدن و با خنده اضافه کرد .. صنوبر جون کی تا بحال فردای عقدش رفته بیمارستان که عشقشو ببینه ... پاشو عزیزم ..پاشو بریم شمال بچه ها واست تو شمال ترتیب یه جشن بزرگ رو دادن !"

صنوبر لبخندی زد و چیزی نگفت ولی ته دلش قرص بود که ارژنگ آمده و عمو سبحان دارد به او کمک می کند ! بنا براین روی خوشی به امیر هوشنگ نشان داد!! عوض او ماهره جواب داد :

" امیر هوشنگ جون.. واسه این کارها وقت زیاده، الان اون باید فقط استراحت کنه ..که خدای نکرده اتفاقی براش نیفته !!"

امیر هوشنگ جواب داد: "هرچی شما امر کنید زن عمو جون ..البته فکر نمی کنم که نتونه به مسافرت بره ! من تازه می خواستم بعد عقد ببرمش شهر سوخته رو بهش نشون بودن !! چون عاشق آثار باستانیه !"

ماهره خیلی با امیر هوشنگ مهربانی می کرد که او بویی نبرد که اینها چیزی فهمیده اند ، ساعتی بعد امیر هوشنگ رفت و اینها باز هم تنها شدند . به این فکر می کردند که چه باید بکنند؟ سبحان عقیده داشت که تاریخ سفر به آمریکا را معیین کرده و بیخبر بروند ! ولی صالح ناگهان مثل اینکه موضوع مهمی بیادش آمده باشد با وحشت گفت:

"داداش شب و روز برای ما نگهبون گذاشتن!! یادت رفته سگ های اونا همیشه دم در کشیک میدن !چطور می تونیم این کار را بکنیم مگه آسونه؟"

حرف صالح کاملا درست بود به اسم راننده برای آنها نگهبان گذاشته بودند که کاری بدون خبر نکنند ! هر چند که امیر هوشنگ فکر می کرد که قاپ عمو و زن عمو را دزدیده و آنها اصلا بو نبرده اند .

ارژنگ هنوز هم روی یک صندلی نشسته و به رفت و آمدها نگاه می کرد! به عشق قشنگی که بین او وصنوبر در هندوستان بوجود آمده بود فکر می کرد به همهِ آن لحظه های عاشقانه ! لحظه ای که صنوبر توی آژانس هواپیمائی روی پله ها توی بغل او افتاد ! از همان لحظه چیزی در درونش شکست ، لحظه ای که در هواپیما به آغوش او افتاد .. چه روزهای قشنگی بود کاش این داستان عاشقانه با این دغل بازی ها آغشته نمی گشت !! کاش پدر صنوبر چنین تصمیمی نگرفته بود ! اما حالا چه کار باید بکنند ؟

او می دید که محافظین مثل عقاب دارند اینها را می پایند !! حالا چه خواهد شد ؟ صنوبر زن عقد کرده امیر هوشنگ است هر چه که دلش با ارژنگ باشد!!؟ ولی تا از او طلاق نگرفته ! حتی فکر کردن به او هم گناه دارد ! ولی آیا او می تواندطلاق بگیرد؟اصلا چنین اجازه ای را به صنوبر می دهند؟ او هیچوقت فکر نمی کرد که چنین رقیبی دارد ! او آمده بود با یک پسر عمو بجنگد! امیر هوشنگ یک پسر عموی معمولی نبود ! پسر یک وکیل مجلس بود ! هزاران نفر برایش کار می کردند ! به همین راحتی صنوبر را طلاق نخواهد داد ! سرنوشت آنها چه خواهد شد !آیا واقعا عموی صنوبر

برای آنها کاری خواهد کرد !؟ خودش دیده بود که محافظین مسلح هستند! امیر هوشنگ انگار یک لشگر داشت تا از او و صنوبر محافظت کنند . او در عرض این بیست و چهار ساعت حتی نتوانسته بود که برای یک لحظه هم که شده صنوبر را از دور ببیند!!. می ترسید که نگهبانان او را شناسائی کنند! هر چند که مطمئن بود امیر هوشنگ چیزی در مورد او نمیداند، اما این قصه به همین راحتی تمام نمی شد .

باید یک جوری بتواند صنوبر را ببیند ! نه بطور اشکار .. در افکار خودش غوطه ور بود که ماهور را دید که از سالن بیرون می رود . با سرعت پشت سر او بیرون رفت و بسوی یک دکه کوچک که دم بیمارستان نوشابه وبیسکویت و چایی می فروخت رفتند ! آنها سعی می کردند که با هم دیده نشوند . خوب کنار دکه هر دو چیزی می خریدند . ماهورگفت:

" برو خونه یه کمی استراحت کن !"

ارژنگ جواب داد: "مگه می تونم !! چه باید بکنیم ! آخرش چی می شه ! توی بیمارستان چه خبره ؟"

ماهور آهسته گفت :" بفکر بازگشت به خونه هستند ! اما چطوری هنوز نمی دونن!! طرف خیلی قویه ! همه ازش حساب می برن ! بخدا حتی اگه بخاطر تو هم نبود، دلم واسه این دختر خیلی می سوزه ! فعلا بر می گردن خونه عمو سبحان، اما تو نیا آنجا من باهت در تماس خواهم بود !"

ارژنگ آهسته گفت : "می شه عوض من دست صنوبر رو بگیری! و بهش بگی دیوونه وار عاشقشم و دلم خیلی واسش تنگ شده ! "

و رویش را برگرداند تا ماهور اشکهایش را نبیند .دختری که روسری قشنگی زیر چادر سیاهش بر سرداشت و لبخند زیبائی که خیلی دوستانه بنظر می رسید بر روی لبهایش بود، بسوی ماهور آمد ، انگار او هم می خواست چیزی بخرد ولی از ماهور پرسید :" حال مریضتون چطوره ؟"

ماهور با تعجب به او نگاه کرد! این کیه که حال صنوبر رو می پرسه ؟ ماهور از همه کس و همه چیز می ترسید !!پرسید :" شما اونو می شناسین "

دختر جواب داد :" توی دنیا همه با هم آشنا هستن ولی خوب دیدم که عروس زخمی آوردین ، خیلی دلم سوخت ولی نخواستم مزاحم خونواده اش

بشم !!؟

ماهور با لبخندی به او نگاه کرد چه دختر خوشروئی ! خوب برای همه عجیب بوده که عروس زخمی ببینند ، حق داره حالشو بپرسه :

جواب داد :" خدا روشکر بهتره شاید امروز مرخص بشه "

دخترک لبخندی زد و چائیش را گرفت و گفت " خدا روشکر" و سپس رفت در همین لحظه ماشین سیاه سعید به داخل بیمارستان پیچید و پس از چند دقیقه سعید و زری خانم پیاده شدند و برای دیدن صنوبر بداخل بیمارستان رفتند . ماهور با عجله پشت سر آنها بداخل بیمارستان رفت ، می خواست بداند که آنها چه تصمیمی گرفته اند .

سعید عقیده داشت که امکانات در خانه او برای صنوبر که باید استراحت کند بهتر است ، راحت تر خواهد بود ولی ماهره و سبحان مادر را بهانه کرده و گفتند که می خواهند در کنار مادر باشند . بالاخره عصر آن روز با یکی از همان ماشین ها به خانه سبحان رفتند . سبحان سوار آن ماشین ها نشد و گفت خودش با تاکسی می رود . پس از رفتن آنها و محافظین بطرف ارژنگ رفت و به او گفت :

"پسرم من با صالح خیلی حرف زدم ! خودش خیلی پشیمونه ،ولی الان کاری نمی شه کرد .صنوبر حق طلاق داره!! من پیشنهاد کردم که بعنوان معالجه صابر سریع برگردند آمریکا؛ آنوقت صنوبر طلاق بگیره !! اگر سعید و امیر هوشنگ اجازه بدن !!؟ تو هم زیاد نباید آفتابی بشی ! خدای نکرده یه بلائی سرت نیارن ! شماره خودت رو به من بده ! من در جریان میذارمت ! نشاالله ظرف چند روز آینده همه تون برگردین آمریکا و این داستان بخوشی ختم بخیر شه! منم خیالم راحت شه ."

***

آنها به خانه سبحان رفتند . وقتی وارد خانه شدند مادر بزرگ با یه سینی که منقل آتشی در آن بود و اسپند رویش می ریخت جلوی در از صنوبر استقبال کرد . پرده اشکی چشمان صنوبر را پوشانید او نگون بخت ترین عروس دنیا بود که با قلبی پر از رنج او را عقد کرده بودند! برای دامادی که یک موی بدنش راضی نبود ! چنین عروسی چشم کردن هم دارد؟ صنوبر توی اتاق مادر بزرگ که خیلی آنجا را دوست داشت روی تخت دراز کشید

ماهور هم بعنوان یکی از فامیل های ماهره همراه آنها بخانه آمده بود و این باعث دل خوشی صنوبر می شد ! شاید بودن ماهور این امید را به او می داد که ارژنگ همین دور بر است . اما زنجیر عقدی که بله واقعی به آن نگفته بود دست و پایش را بسته بود . ماهور پیش او نشسته بود و با هم عکس های هندوستان را در تلفن ماهور نگاه می کردند وای که چه روزهای خوبی بود ..

در اتاق دیگر سبحان و صالح وبقیه نشسته بودند و عقل هایشان را روی هم می گذاشتند که چه کنند !! صالح حتی خجالت می کشید که با صنوبر در این مورد حرف بزنند!! از خودش بدش می آمد چگونه از عصابنیت تبدیل به یک هیولا شد و دختر عزیزش را قربانی کرد؟ماهره که قبلا فقط شک داشت وقتی حقایق را شنید توی سر خودش می زد و گریه می کرد ! حالا می فهمید که اینها خیلی قوی تر از آنچه که او فکر می کرد هستند و فرار از دستشان آسان نیست !! مرتب می گفت :

"خدایا چه خاکی بر سرم کنم !! یعنی دقیقا افتادیم توی دام مافیا !! همین همین ..قیافه های محافظین رو ببینین عین مافیا یی ها هستن"

سبحان سعی می کرد که آنها را آرام کند ! با دلشوره و نگرانی کاری از پیش نمی بردند . سبحان گفت :

"مدرسه بچه ها را بهانه کنین که اگه بازنگردین آنها یک سال را از دست میدن ! "

ولی صالح فکر نمی کرد که به این آسانی باشد که سبحان می گوید . به آژانس برای تائید تاریخ بازگشت تلفن کرد ولی انگار می ترسید که بلیط ها را بدون اجازه امیر هوشنگ اوکی کند . او از روز اول خیلی از امیر هوشنگ خوشش آمده بود و فکر می کرد که صنوبر را خوشبخت می کند، ولی حالا بعد از شنیدن آن حرفها از او می ترسید ! از قدرت او در ایران و دوبی خوف داشت. او تا سوار پرواز آمریکا نمی شد ، این کابوسها دست از سرش بر نمی داشتند . با یکی از مخوف ترین مافیاها باید دست و پنجه نرم می کرد !! چگونه او فریب خورد ؟ یعنی اینقدر طمع پولدارشدن چشم های او را کور کرده بود !که دستی دستی همه را در چنین مردابی انداخت !! آنها چگونه می توانستند فرار کنند ، وقتیکه دم در خانه همیشه محافظ بود ! باید به نحوی سعید و امیر هوشنگ را راضی کنند تا اجازه رفتن بگیرند ، اکنون که

فکر می کرد هیچوقت این محافظین نگذاشته اند که آنها تنها از در خانه بیرون بروند! حتی اگر با تاکسی رفته اند آنها با ماشین در پشت سر آنها حرکت می کردند چرا چشمش هیچوقت این چیز ها را ندید !!خودش را به حماقت زده و کور شده بود، مگر به این آسانی او می تواندبلیط ها را اوکی کند و به فرودگاه بروند!!

آنشب را با این خیالات همه آنها به صبح رساندند !! باید به نحوی این موضوع را با امیر هوشنگ در میان می گذاشتند، بهر جهت او اکنون شوهرصنوبر بود . خوشبختانه چون امیر هوشنگ درسش را خوب بلد بود و می دانست اگر عقد آنها در شناسنامه هایشان نوشته شود ، نمی تواندویزای نامزدی بگیرد، فعلا در شناسنامه ها عقد آنها ثبت نگشته بود و صنوبر احتیاجی به اجازه امیر هوشنگ برای خروج از کشور نداشت!!

صالح تصمیم گرفت که خیلی عادی موضوع بازگشت را با امیر هوشنگ در میان بگذارد . غیر از این چاره ای نداشت !!

ساعت حدود ظهر بود که امیر هوشنگ به آنجا آمد تا آنها را برای نهار به باشگاه وزارت خانه ای که قرار بود پدرش به زودی وزیر آن بشود ببرد.. صالح قبول کرد ،حتی نگفت که صنوبر باید استراحت کند ! می خواست نشان دهد که صنوبر آماده بازگشت به آمریکا می باشد . همه آماده شدند، ماهور خودش را نشان نداد که بعد از رفتن آنها بتواند به دیدن ارژنگ برود بیچاره ارژنگ پس از سالها به ایران آمده بود ، هیچ کجا نمی رفت و فقط چشم به تلفن دوخته بود تا خبری از صنوبر بشنود .

***

باشگاه وزارت خانه جایی بسیار آبرومند و پر تجملی بود ، حیاط بزرگ و مصفا و ساختمان تالاری بود با ستون ها و سردرهای نیم دایره ! ماشین جلوی در تالار نگه داشت و رئیس مجموعه در پای پله هابه استقبال سعید آمده و خوش آمد گفت ! در آن طرف توی پارکینگ، ماشین ها پارک شده و محافظین و راننده ها در کنارشان ایستاده بودند . رئیس مجموعه با احترام فراوان به سعید گفت که سالن خصوصی را برایشان آماده کرده وآنها از بین جمعیتی که سر میزها نشسته بودند رد می شدند که اکثرا آقا زاده های جوان بودند و به احترام آنها بلند شده و مودبانه سلام می کردند.

صابر غرق غرور بود که در بین این همه آقا زاده راه می رود و همه به آنها

احترام میگذارند ،البته بخاطر مشکل قلبی که صابر داشت هیچ کدام از این مسائل را به او نگفته بودند !! در سالن بسیار زیبائی از آنها پذیرائی شد ! صنوبر که ته دلش قرص شده بود که ارژنگ اینجاست و پدرش می خواهد طلاق او را بگیرد ، خیلی خوشحال بنظر می رسید و امیر هوشنگ فکر می کرد که صنوبر از ازدواج با او خوش است . صالح در دلش هزار جور حرفها رو چیده بود و با خودش تکرار می کرد که چگونه به سعید بگوید که قصد رفتن دارند !!بالاخربه سخن آمد و گفت :

" داداش جان واقعا! ما که از این سفر سیر نمی شیم، ولی خوب هم صابر و صنوبر، اگر بازنگردن یک سال تحصیلی رو از دست میدن و هم صابر چند تست قلبی داره که سالیانه انجام می دیم، و به منم دیگه مرخصی نمیدن خیلی سعی کردم ولی نشد که بیشتر بمونم و با اینکه این سفر بسیار به ماخوش گذشت، شما و امیر هوشنگ جون همه کار واسه ما کردین ،اما ازت اجازه رفتن می خوام !

زری خانم به وسط حرف او دوید و گفت :

"بچه ها یه مسافرتی با هم هنوز نرفتن !! خیلی زوده !!"

سعید گفت : "والله ما که از دیدن شما سیر نمی شیم ، بیشترش هم خونه مادر بودین !! بعدشم جریان مجلس وزمین خوردن صنوبر ، خلاصه اصلا قبول نیست باید چند روزی بریم شمال یه خستگی در کنین !!یه قشمی بریم ، یه کیشی بریم اینجوری که نمی شه !!"

صالح با خنده جواب داد: "داداش جان انشالله امیر جون بیاد آمریکا،آونوقت می بینه که این تعطیلات چقدر برای ما ارزش داشته، خیلی هم به ما خوش گذشت ! !اما رفتنی باید بره دیگه ، باید زحمت رو کم کنیم !! انشالله دوباره برمی کردیم و با هم می ریم مسافرت !

امیر هوشنگ ساکت بود و گوش می کرد ! انگار اصلا رفتن صنوبر برایش مهم نبود ، چون عشقی به او نداشت ، فقط نگران ویزای خودش بود !نه خوشحال شد و نه ناراحت ، گفت :

" عمو جون حق با شماست می دونم اون طرف گرفتاری زیاده و نمی تونین بیشتر بمونین! ولی اجازه بدین جریان مصاحبه ی ویزای من تموم شه بعد تشریف ببرید"

صالح که می دید ، اینها زیاد هم مخالفت نکردند با خوشحالی جواب داد

" اون که اشکال نداره هرزمانی که سفارت وقت داد من فورا صنوبر رو می فرستم بیاد دوبی !"

امیر هوشنگ جواب داد :" نه عمو جون، به اونجا ها نمی کشه !! فکر کنم همین امروز فردا به ما وقت بدن !! همه چیز حاضره !! بچه ها در دوبی کاراشو انجام دادن !! می ریم دوبی بعد از مصاحبه شما برید آمریکا منم وقتی که ویزام آمد میام !!"

حالا کاملا مشخص بود که همه این بازی ها فقط بخاطر آمدن به آمریکا می باشد ، ولی صالح و ماهره اینقدر خوشحال شده بودند که حد نداشت!!آنها اصلا، فکر نمی کردند که به این راحتی اینها رضایت بدهند. صالح با خوشحالی گفت :

"خوب پس با دوبی تماس بگیر که بدونیم کی باید بلیط ها رو اوکی کنم !"

امیر هوشنگ با لحن مغرورانه ای گفت :

"عمو جون ول کن اون بلیط ها رو... با جت خودم می ریم !"

ولی صالح خیلی می ترسید که اگر با جت او بروند شایدامیر هوشنگ را ممنوع خروج کرده باشند!! آنوقت چه کنند؟ و همچنین می خواست که بلیط های آمریکا را هم تاریخ بزند که فورا بعد از مصاحبه به آمریکا پرواز کنندجواب داد :

"عزیزم ما که پول اون بلیط ها رو دادیم !! پرواز آمریکا رو هم باید دنباله پرواز ایران اوکی کنیم ! پس ما از بلیط هامون استفاده می کنیم و تو با جت خودت بیا !اونجا همو می بینیم !"

امیر هوشنگ بفکر فرو رفت ! شاید اگر با هواپیمای عمومی بروند او بتواند خیلی چیزها را به اسم اینها خارج کند ! بنا براین موافقت کرد .

پس از صرف نهار برای دیدن برج میلاد رفتند ! شاید یکی از قشنگترین برجهای دنیا بود ! صابر تا می توانست عکس و فیلم می گرفت . طبقه های مختلف را گشتند و با آسانسور به آخرین طبقه آن رفتند ! دیدن تهران از آن بالا بسیار زیبا بود ، ولی صالح و ماهره آنقدر ذهنشان در گیر رفتن و

فرار بود که توجهی به این همه عظمت و زیبائی نداشتند . شام را هم در رستورانی خوردند و سپس رهسپار خانه شدند .

***

سبحان باور نمی کرد که سعید و امیر هوشنگ به همین آسانی با رفتن آنهاموافقت کرده باشند ! بعد به خودش گفت که حتما در همه جا جاسوس دارند و می دانند دیر یا زود پرونده های امیر هوشنگ رو می شود ، برای آنها هم بهتر است که امیر هوشنگ هرچه زودتر به خارج از ایران مهاجرت کند. عجب دینای بیرحمی است ، هر کس برای نفع خودش انسانهای بیگناه را قربانی می کند ! چرا سعید باید در حق برادرش چنین ظلمی را روا دارد! آنها در حق مردم ظلم می کنند ! آنچه دوست داشتند بدست می آوردند ! شیطان حرص و طمع آنها را زمین گیر خود کرده بود! برای امیر هوشنگ، صنوبر با هیچ دختر دیگری فرق نداشت بجز یک کارت سبز ! امیر هوشنگ و سعید نمی خواستند تا با اعتبار مالی کارت سبز بگیرند! چون آنوقت باید جواب گوی ملت باشند که این همه پول را برای چه به آمریکا فرستاده اند؟ ولی از طریق ازدواج یک راه حل بسیار ساده بود و جواب دندان شکنی برای آنهایی که بخواهند او را استیضاح کنند که پسرت چگونه اقامت آمریکا را گرفته است !! چگونه بعضی از آدم ها خود را انسان می نامند و این گونه به فکر به منجلاب کشیدن زندگی دیگران هستند!؟اصلا برای آنها زندگی صنوبر مطرح نبود ! خوب، شوهر خوبی می کرد ! پول دار، خوش تیپ ! چیزی که هر دختری آرزویش را دارد حالا اصلا عشقی در میان باشد یا نباشد برای آنها مهم نبود .

ماهور به خانه خاله اش رفت ، ارژنگ با اینکه خیلی از بودن در آنجا خجالت می کشید ولی خوب اینطور راحت تر بودند ، اگر به هتل می رفت درد سر رفت و آمد ماهور هم بود ، عصری دور هم نشسته بودند! ارژنگ حتی جرات نمی کرد که تلفنی با صنوبر حرف بزند ! دلش برای شنیدن صدای او لک می زد ، آخ وقتی یاد هندوستان می افتاد که چگونه آزادانه با هم حرف میزند چه عبث آن روزها را از دست داده بود ! در دلش می گفت اگر خدا بخواهد و کمک کند که این عقد بهم بخورد ، و آنها ازدواج کنند!برای ماه عسل صنوبر را به هندوستان خواهد برد و به اگرا شهر عشق و محبت خواهند رفت ! خدایا می شد که چنین روزی را ببینند .!!؟

صالح دیگر پاپی صنوبر نمی شد و شرمنده او بود!! ، وقتی صنوبر با ماهور

حرف می زد ، ماهور تلفن را روی بلند گو می گذاشت تا ارژنگ صدای او را بشنود ولی می ترسید که برای تلفنی که صنوبر با آن زنگ می زد شنود گذاشته باشند ، برای همین هیچ حرفی از ارژنگ و حرفهایی که جریان داشت نمی گفتند ! ولی ارژنگ دلش به همین هم خوش بود که صدای صنوبر را می شنود .

***

عصری بود و ماهور به خانه خاله اش رفته بود،صنوبراحساس کرد که دلش خیلی برای ارژنگ تنگ شده ، ناگهان به ماهور زنگ زد و بی اراده گفت :

" دلم خیلی برات تنگ شده، و با بغضی ادامه داد.. برای اون روزهای خوب روزهای .. و ناگهان بغضش ترکید و اشکهایش به روی صورتش غلتید.

از شنیدن این حرفها قلب ارژنگ تیری کشید ، آرزو می کرد که می توانست جواب او را بدهد ولی بخاطر حفظ جان صنوبر سکوت کرده بود و فقط دعا می کرد که خداوند نظر لطفی به آنها کند!!

صنوبر روی تخت مادر جون دراز کشیده بود و در دنیای خودش غوطه ور بود !آیا چنین روزی می رسد که او دوباره دست ارژنگ را بگیرد و در هوای بارانی هندوستان زیر باران ها بدوند !! دلش سخت هوای آن روزها را کرده بود !! روزهای قشنگ عاشقی !! آیا چنین معجزه ای رخ می دهد و او از دست این دیو نجات پیدا می کند !! در این موقع مادر بزرگ به اتاقش آمد تا نماز بخواند !! وقتی سجاده اش را پهن می کرد ، صنوبر به او گفت :

" مادر جون برای منم دعا کن!! دعا کن که خداوند آزادی منو به من برگردونه !! دعا کن از جنگال این مصیبت نجات پیدا کنم !!"

مادر بزرگ لبخندی زد و گفت :" عزیز دلم تو هم نگی من برات دعا می کنم! می دونم که هر طرف از این جنگ شکست بخوره ، دودش بچشم من می ره!! اما من دلم می خواد شما بسلامتی برگردین سر خونه زندگیتون و این قصه یه جوری عاقبت به خیر شه !!"

صنوبر خیلی مادر جون را دوست می داشت و آرزو می کرد کاش همیشه با آنها زندگی می کرد !! زن خیلی مهربان و فهمیده ای بود !!بعد از اینکه نمازش را خواند کنار صنوبر نشست موهای او را نوازش کردو گفت :

" عزیز دلم جوان ها هیچوقت فکر نمی کنن که پیرها هم زمانی جوان بودن، عاشق می شدن ، شکست می خوردن ! فکر می کنن آنها همیشه پیر و مال نسل های قبل هستن وحرفها و احساسات اونا را نمی فهمن !! اما هر پیری هم یه روزی جوان بوده ! خوشگل بوده ! دل داشته و عاشق شده! عزیز دلم، من درد ترو خیلی خوب می فهمم !! منم عاشق شدم و عاشق بابابزرگت چی فکر می کنی عشق فقط مال حالاست؟ نه عزیز دلم ! از روزی که خداوند آدم و حوا رو آفرید ، عشق رو هم آفرید."

صنوبر بلند شد و روی تخت نشست و با هیجان گفت :

" مادر جون واسه من داستان خودت و پدر بزرگ رو تعریف می کنی ؟ خیلی دلم می خواد بشنوم ؟"

مادر بزرگ کنارش نشست و گفت : "به شرطی که بین خودمون بمونه وجلوی بقیه چیزی نگی ؟"

صنوبر قول داد که بهیچ کس چیزی نخواهد گفت و مادر جون کنار او نشست و شروع به گفتن داستان عاشقی خودش کرد !

"عزیزم قصه من و احمد هم اینجوری شروع شد.. مثل هر قصه عاشقانه ای ! یه روزی همو دیدیم !اما کجا ؟ اون زمونها خوب مثل حالا دخترا آزاد نبودن که تنهائی هر جا دلشون می خواد برن !! البته دخترای بی حجاب اون زمون خیلی هم آزاد بودن!! دامن های کوتاه می پوشیدن باهم کافه و رستوران می رفتن ، اما من از یه خونواده قدیمی بودم وپدرم توی بازار حجره کفاشی داشت ، حاج آقا پدر احمد هم توی همون راسته حجره فرش فروشی داشت . با هم آشنا بودند، ولی رفت و آمدی با هم نداشتیم!! اون موقع من کلاس نه بودم ، خیلی هم درس هام خوب بود ، البته اون زمان درایران مکان های تفریحی زیاد بود !! رستورانهایی بودن که خواننده داشت، مردم شبهای جمعه می رفتن واسه تفریح .

ولی تفریح ما این بود که گاهی جمعه ها می رفتیم شاه عبدل عظیم زیارت ، خوب اونجا هم خیلی دیدنی بود ، کباب خوشمزه ای هم داشت ! بعد از زیارت می رفتیم توی بازار و چیزا ی خوشگل کوچک می خریدیم، مثل گل سر و گردنبند و انگشتر مصنوعی واز این چیزا !! بعضی از وقتا هم می رفتیم سینما، البته پدرم نه فیلم فرنگی مارو می برد و نه فیلم ایرونی، چون دوست نداشت که ما یه صحنه هائی رو ببینیم ! ماهم سه تا خواهر

بودیم ، خاله بهجت و خاله معصومه و من، آقا جون فقط ما رو فیلم هندی می برد ! می گفت اینا خیلی حیا و حجاب رو رعایت می کنن ، کارهای فساد اخلاقی ندارن، ما هم عاشق فیلم های هندی شده بودیم ، هر فیلمی که می اومد چند ماه توی سینما بود، چون مردم دوباره و سه باره هم می رفتن اون رو می دیدن! یه روز یه فیلم نو آورده بودن ! شب جمعه ما هم رفتیم که این فیلم رو ببینیم!!

آقاجون ،چون ما برادر نداشتیم ، همیشه بلیط ها رو طوری می گرفت که صندلی هامون از سر ردیف باشه که خانم جون آنجا بشینه بعدش ما سه تا و بعد آقا جون که نامحرمی کنار ما نشینه !! اما چون خیلی شلوغ بود سر ردیف به ما ندادن، فروخته شده بود و باید وسط می نشستیم !! آقام داشت با بلیط فروش کلنجار می رفت که یه آقای به او نزدیک شد و سلام احوال پرسی کردن ، بعد هم بلیط خریدند و آمدن! آقام گفت که با حاجی ابراهیم یه ردیف گرفتیم اونم با خونوادش اومده! دوتا دختر داشت و یه پسر که همین بابابزرگ تو بود!! وقتی نشستیم آقاجون و حاج ابرام کنار هم نشستند بعد مادر جون ،خانوم او بعد هم ما دخترا نشستیم و بابابزرگت هم نفرآخر کنار خواهرش نشست که مرد غریبه ای کنار ما نشینه !! چند دقیقه بعد فیلم شروع شد !آخ اگه بدونی چه فیلم عاشقانه قشنگی بود ! یه دختری که حجاب وبوشیه داشت و یه پسر توی دانشگاه عاشق هم می شدن !! داستان فیلم خیلی قشنگ و باب میل ما دخترا بود !! پسره فقط چشای دختره رو دیده بود از زیر بوشیه و عاشق او شد !! شب آخر دانشگاه پسره یه آواز خوند و تمام قصه خودشون رو گفت ...

ناگهان صنوبر پرید وسط حرفش و گفت:

"مادر جون اسم فیلم چی بود ؟"

مادر جون گفت "حالا تو با اسم فیلم چکار داری ؟ قصه منو گوش کن "

صنوبر با التماس گفت : " نه ..ترو خدا بگین !!"

مادر جون جواب داد :" اسمش محبوب من بود !! "

صنوبر با خوشحالی گفت :" ای وای چه تصادفی !!مادر جون منم این فیلم رو توی هندوستان دیدم باور نمی کنی که منم با ارژنگ این فیلم رو دیدم خیلی قشنگه !!"

مادر جون با خنده جواب داد : "عجب تصادفی ..می دونی این محبوب ترین فیلم منه هنوزم دارمش ! "

صنوبر با تعجب پرسید:" هنوز هم داریش ؟ یعنی چه !"

مادر بزرگ گفت :"می خوای فیلم رو بگم یا قصه خودم و احمد رو !! ؟"

صنوبر که فهمید مادر جون دلش هوس کرده که داستان عاشقیش را تعریف کنه گفت :

"مادر جون البته که دلم می خواد داستان شما رو بشنوم ولی از اینکه فیلم مورد علاقه من و شما یکیه خیلی خوشحال شدم ."

مادر بزرگ ادامه داد" بله دیگه اون شب من همش اشک می ریختم و بابا بزرگت دستمال کاغذی بهم می داد تا اشکامو پاک کنم . وقتی فیلم تموم شد آنقدر خوشحال شده بودم که بهم رسیدن که اشک شادی می ریختم خلاصه... این آشنایی ما بود !!دو سه روز بعد یه روز در زدن و من درو باز کردم احمد آقا یه کاسه آش دستش بود و گفت آش نذری پختن و مادرش واسه ما فرستاده !! منم که دلم واسش تنگ شده بود، دم درایستادم و کلی باهش حرف زدم تا خانم جون کاسه رو شست و پر از نقل کرد ... هیچی دیگه شب جمعه بعد نرفتیم سینما چون اومدن خواستگاری من و بعدشم بله برون و خلاصه دو ماه بعد عروسی ما بود !! اما هنوز هم فیلم محبوب من روی سینما بود و ما دوتا چندین بار این فیلم رو دیدیم .. سالها گذشت دیگه بزرگ شدیم ..بچه دار شدیم ، انقلاب شد تا بعد از انقلاب که ویدئو آمد ایران ،، اولش حرام بود و غدغن!! احمد هم کار خلاف نمی کرد!! ولی وقتی آزاد شد ! حاج آقا یه روز یه دستگاه ویدئو خرید و آورد خونه واسه من با یک ویدئو فیلم محبوب من .. همین دستگاه سیاهی که زیر تلویزیون هست .

صنوبر باورش نمی شد که این فیلم قصه زندگی او و مادر بزرگش باشه

ناگهان پرسید: "مادر جون این دستگاه هنوزم کار می کنه ؟"

مادر جون جواب داد :" آره دخترم حتی فیلم محبوب منم کار می کنه می خوای ببینی ؟"

صنوبر با خوشحالی سرش رو تکون داد . مادر بزرگ در قفسه زیر تلویزیون

را باز کرد و یک کاست قدمی بزرگ را بیرون آورد بعد دستگاه را روشن کرد و فیلم را گذاشت ! وای که این فیلم با دل صنوبر چه ها کرد مخصوصا که دوبله فارسی بود و دیگه همه حرفها را می فهمید!! چقدر جالب بود که با نیم قرن فاصله سنی بین او ومادر بزرگ، هر دو یک فیلم را چنین دوست داشتند ، وقتی می گویند تاریخ تکرار می شود، خیلی ها باور ندارند!! اما این یک حقیقت است . دوسه بار فیلم را نگاه کرد، یاد شبی افتاد که در هند به تماشای این فیلم نشستند ، کنار ارژنگ لم داده بود و نمی دانست که چه سرنوشت تلخی برایش رقم خورده !!؟ بالاخره خوابش برد. در خواب می دیدکه توی سینما کنار ارژنگ نشسته و دارند این فیلم را نگاه می کنند .

***

فردای آن روز، دم غروب بود زنگ در خانه سبحان را زدند ، سمیه خانم بکنار در رفت ، دختر و پسر جوانی بودند و با التماس می خواستند که سبحان را ببینند ، بالاخره سبحان آنها را پذیرفت و به اتاق نشیمن دعوت کرد . صالح بلند شد تا برود ولی به اصرار سبحان همانجا نشست .

دخترک از چشمهایش معلوم بود که خیلی گریه کرده و پسر جوان خودش را معرفی کرد و چنین گفت :

"سرکار آقا ببخشید که ناخونده مزاحم شما شدیم ، اما دیگه راهی به هیچ کجا نداشتیم فکر کردیم شاید شما بتوانید مارو نجات بدین !!."

سبحان پرسید که جریان چیست و او تعریف کرد :

" پدر ما از شاگرد کفاشی کارشو شروع کرده بود و چون جوان فعال و با هوشی بود، توانست بعد از چند سال بکمک صاحب مغازه یک کارخونه کوچک کفش سازی رو بزنن ، که خیلی خوب هم پیشرفت کرد ، تا که بخاطر تحریم ها جنس اولیه خیلی گرون شد و پدرم نمی تونست با رقبایی که از چین کفش وارد می کردند مقابله کنه و بزودی مقروض شد ، به مردم چک داده بود ولی پولی که به موقع پول به حسابش در بانگ بریزه رو نداشت و طلبکارها چک او نو به اجرا می گذاشتن وهر روز پای پلیس به کارخونه باز می شد ، و ما همه نگران بودیم .. بعد یه دفعه چند روزی همه چیز ساکت شد و طلبکاری به شرکت نیامد .. یه روز یه ماشین مشگی شاسی بلندی وارد محوطه کارخونه شد و یه آقای خیلی شیک پوشی از اون پیاده شد و بدفتر پدرم آمد . روبروی او نشست و گفت:

" آقا چه خبر از طلبکارها ؟"

پدرم تعجب کرد که او کیست و چطور از جریان طلبکارهای او خبر داره؟ اوخودش رو کامبیز معرفی کرد و گفت که وکیل آقا امیر هوشنگ فرد است و ایشون تمام چک های طلبکارها رو خریده و الان طلب کار اصلی اوست. یا باید پدرم تمام طلب رو بده و یا کارخونه رو به اسم آقا امیر هوشنگ بزنه رنگ از روی پدرم پرید ..دستش رو روی قلبش گذاشت و گفت :

" آقا باید به من مهلت بدین ..من اگه پول داشتم به خود طلبکارها می دادم "

او گفت سه روز فرصت دارین یا طلب رو کامل می دین و یا کارخونه رو به اسم امیر هوشنگ می زنید و رفت .. پدرم حالش خیلی بد شد .. یکی از سر کارگر ها بدرون اتاق آمد و گفت :

"آقا کاش خودتون با طلبکارها معامله می کردین .. این حروم زاده شر خره و همه چک های شما رو به یک سوم قیمت خریده و حالا می خواد صاحب کارخونه بشه "

تازه پدرم فهمید که گرفتار یکی از شر خرها که این روزها تعدادشون هم کم نیست شده ،یعنی کارخونه رو به یک سوم مبلغی که طلبکارها چک دستشون بود می خواست بخره !!، که خیلی کمتر از قیمت واقعی کارخونه است!! خلاصه یک هفته هر روز می آمدن و می رفتن و پدرم حاضر به این کار نبود ، کامبیز هم می گفت که اگه کارخونه رو به اسم آقا نکنین چک ها رو میزاره اجرا و پدرم رو می اندازه زندون و بالاخره اینکار رو کرد. و وقتی پلیس ها برای بازداشت پدرم اومدن اون از غصه سکته کرد و توی راه بیمارستان فوت کرد . حالا وکیل اون اومده سراغ ما و کارخونه رو می خواد، آقا بخدا ما نابود می شیم ، خونه ای که توش نشستیم هم گرو بانکه که پدرم قرض کرده بود تا پول عقب افتاده کارگر ها رو بده .. خونه که از دستمون می ره ،لااقل کارخونه رو نصفشو به اسم پسر برادر شما بزنیم و نصفش مال خودمون باشه !! آقا ما اومدیم در خونه شما التماس کنیم ،ما دوتا خواهر و برادر صغیر داریم ..."

و بعد بغضی گلویش را گرفت و دیگر نتوانست حرفی بزند .. سبحان به او قول داد که با امیر هوشنگ حرف میزند ولی نمی داند که امیر هوشنگ قبول می کند یانه ..

آنها رفتند و صالح را با دنیائی از ندامت و تعجب برجای گذاشتند .خدایا او یک لقمه حرام سر سفره اش نگذاشته بود، حالا دختر مثل گلش را به یک شر خر مال حرام خور داده ..از خجالتش سرش را بلند نمی کرد و حرفی نمی زد.

سبحان دستی به ریشش می کشید و مرتب می گفت لا الله الا الله ، برادرش چگونه تبدیل به یک هیولا شد که پسرش با این همه مال و منال دست روی مال یتیم بگذارد و شر خر شود ...

آنشب دو برادر خیلی با هم حرف زدند ، صالح می ترسید که اگر امیر هوشنگ بفهمد که آنها جریان کارخانه را می دانند، خود اصلیش را نشان دهد و مانع رفتن آنها به آمریکا گردد. اما سبحان می خواست هر طور شده به این خانواده داغدار کمک کند .

***

فردا صبح امیر هوشنگ با لبی خندان به خانه عمو آمد که سفارت آمریکا پنجشنبه صبح برای مصاحبه وقت داده و آنها می توانند چهارشنبه به دوبی بروند. سبحان خودش را خوشحال نشان داد و بعد رو به امیر هوشنگ کرد و گفت :

" عمو جان اگر من چیزی ازت بخوام حرف منو زمین می زنی ؟"

امیر هوشنگ از اینکه عمو سبحان چیزی از او می خواهد خیلی خوشحال شد و گفت :"

" امر بفرمائید عمو جان "

سبحان هم جریان آمدن فرزندان کارخانه دار را برایش گفت ولی نگفت که او شر خری کرده فقط گفت :

" عزیزم خونه آنها در گرو بانکه بخاطر پرداخت قروض و طلب کارگرها ، خدا رو خوش نمیاد که کارخونه رو هم از دست بدن "

امیر هوشنگ به میان حرف او پرید و گفت :" خدا نکرده عمو جان شما که منو شر خر نمی دونین .!!؟.من اصلا خبر ندارم کامبیز از این کارها می کنه ، شما می فرمائید چکار کنم !!؟ بالاخره منم پول این وسط از دست دادم "

سبحان با خوشحالی گفت :" پسرم بیا و با آنها شریک شو که بیچاره ها دربدر نشن مخصوصا که می گفتن که مادرشون هم مریضه "

امیر هوشنگ هم نمی خواست روی سبحان را زمین بزند و هم نمی توانست از چنین مال مفتی بگذرد، ولی جلوی عمو صالح هم باید خودش را نشان می داد بنا براین گفت :

" چشم عمو جان به کامبیز می گم که این معامله روطوری ببنده که به این بچه ها هم ظلم نشه ، من که دارم میرم دوبی و بعدشم آمریکا!! این کار هارو کامبیز انجام می ده"

صالح خیلی خوشحال شد ، او می ترسید که امیر هوشنگ عصبانی شود و در مورد رفتن آنها تغییر رای دهد . پس از رفتن امیر هوشنگ او از خوشحالی گریه می کرد ! باورش نمی شد که بسلامت از دست آنها فرار می کنند ،او می دانست که به امیر هوشنگ ویزا نخواهند داد !! ولی چیزی به او نمی گفت و فورا به هواپیمائی امارات تلفن کرد که بلیط ها را برای چهار شنبه به دوبی و جمعه برای آمریکا اوکی کند . نیم ساعت بعد از آژانس زنگ زدند که باید مقداری جریمه بخاطر اینکه در دوبی می مانند بدهند ! صالح قبول کرد و برای چهارشنبه ساعت شش صبح پروازشان اوکی شد . مادر وقتی شنید که آنها می روندگریه اش را سرداد !! پس از سالها آنها را دیده بود دلش می خواست بیشتر بمانند، اما می دانست که هر چه زودتر بروند بهتر است!بنا براین با چشمی گریان به این رفتن رضایت داد .

ارژنگ و ماهور با پرواز قطر آمده بودند ، و نمی توانستند با اینها همسفر باشند ولی از اینکه صنوبر از ایران می رفت آنقدر خوشحال بود ندکه برایشان فرق نمی کرد که در یک هواپیما باشند یانه ! مهم این بود که صنوبر از تله ای که برایش گذاشته بودند فرار می کند . آنها برای پنج شنبه بلیط خود را اوکی کردند و تقریبا با هم وارد آمریکا می شدند .

***

سه شنبه صبح امیر هوشنگ خبر داد که جت او نقص فنی پیدا کرده و او هم همراه آنها به دوبی می رود ، البته سبحان زیاد از این خبر خوشحال نشد. او پشت این خبر دامی دیگر می دید ! چطور جت او دچار مشکل شده و چرا تعمیر نمی شود !؟ شاید می ترسید که نکند پرواز بعدی آنها بلافاصله باشد و قبل از مصاحبه آنها به آمریکا بروند!!؟ و یا اینکه زیر

پوشش آنها می خواست چیزهائی از ایران خارج کند ! که بیشتر به این شک داشت ! که باری قاچاق را همراه بار آنها بفرستد . پرواز ساعت شش صبح بود و باید دو ساعت قبل از پرواز در فرودگاه می بودند ولی سبحان گفت که زودتر بروند و دقیقا ساعت دوازده با چمدان از در خانه خارج شدند ! محافظی که همیشه دم در خانه بود دستپاچه شد و گفت:

" قرار است آقا تشریف بیاورند اینجا و همه با هم برویم فرودگاه !!"

ولی سبحان جواب داد :" از فرودگاه تلفن کردند و خواستند تا زودتر در آنجا باشند ."

محافظ بیشتر از این نمی توانست اصرار کند و آنها را سوار کرد و چمدانها را در داخل ماشین گذاشت و براه افتاد .پشت سر آنها سبحان و مادر هم با یک تاکسی حرکت کردند! او تا لحظه ای که اینها از ایران خارج می شدند دلش آرام نمی شد و می ترسید هر لحظه امیر هوشنگ مشکلی درست کند ! محافظ با تلفن خبر داد که آنها زودتر حرکت کرده اند . امیر هوشنگ خیلی ناراحت شد و گفت که چرا عجله کرده اند تا او نرسد پروازی بلند نخواهد شد ولی دیگر کاری از دستش بر نمی آمد .

وقتی آنها به فرودگاه رسیدند هنوزگیشه پروازباز نشده بود.و آنها نفر اول در صف ایستادند ! محافظ گفت :" شما بفرمائید کنار روی صندلی ها بنشینید تا آقا تشریف بیاوردند آنوقت بی نوبت می ریم توی صف !!"

ولی سبحان با لحن خیلی قاطع گفت :" لازم نیست برای ما پارتی بازی کنین!! همین الان چمدان ها رو میدن و کارشون تموم می شه !"

گیشه پرواز باز شد و هنوز از امیر هوشنگ خبری نبود ! خانه آنها در شمال شهر قرار داشت و دوبرابر فاصله خانه سبحان تا فرودگاه بود . مامور گیشه بلیط ها را گرفت و چمدان ها را وزن کرد چیزی اضافه بار نداشتند و کارت پرواز آنها را داد . خیال سبحان خیلی راحت شد. او مطمئن بود که امیر هوشنگ بیخود با پرواز عادی نمی رود و حتما می خواست چیزی را به اسم اینها بفرستد که سبحان مانع این کار شد.

یکساعت بعد آنها هم رسیدند ، البته از اینکه منتظر نشده اند کمی ناراحت بودند ولی صالح گفت :

"خدا روشکر که شما هم رسیدید و مشکلی نیست خوب حالا وقت زیادی داریم تا پرواز که با هم باشیم . "

چمدانهای امیر هوشنگ را اصلا بطرف گیشه پرواز نبردند و مستقیما از در دیگری دو باربر آنها را بطرف هواپیما برده و کارت پرواز امیر هوشنگ را آوردند . همه به رستوران فرودگاه رفتند و دور هم نشستند، مرتب از اینکه بزودی امیر هوشنگ هم خواهد رفت حرف می زدند .

کسی به گوشه فرودگاه نگاه نمی کرد که ارژنگ و ماهور در کناری ایستاده بودند ، ارژنگ آرزو می کرد که برای یک لحظه که شده با صنوبر حرف بزند،ولی چنین کار خطرناکی را انجام نمی داد که جان او را به خطر بیاندازد، همین که ببیند هواپیمای صنوبر بسوی آسمان پرواز می کند برای او کافی بود، هر چند که مردی بیگانه که خودش را شوهر صنوبر می دانست در کنار او باشد . او به این امید بود که همه چیز درست می شود ! آنها فردا پرواز داشتند ارژنگ دلش می خواست که از دور هم شده صنوبر را ببیند و به همین هم دل خوش بود. صنوبر متوجه آنها شده بود و گه گاهی سرش را بطرف آنها می چرخانید ، و نگاهی به ارژنگ می انداخت ! اما می ترسید که محافظین و یا امیر هوشنگ متوجه آنها شوند .

ارژنگ چشمانش پر از اشک بود ، خدایا صنوبر او را حفظ کن ، آهسته دستش را بلند کرده بود تا با او خداحافظی کند ! و به این امید بود که به زودی او را در آمریکا خواهد دید.

بالاخره از بلند گو شماره پرواز آنها را اعلام کردند و آنها باید بسوی دروازه پرواز می رفتند، صالح سبحان را در آغوش گرفت و زیر گوشش گفت :

"داداش منو ببخش که ترا باور نمی کردم و دعا کن که ما بخیربه خونمون برسیم"

مادر هم مرتب گریه می کرد ، شاید به این فکر می کرد که این آخرین باری است که صالح را می بیند !! در دلش می گفت عیب ندارد اگر دیدار ما به قیامت بیافتد ولی آنها سالم از اینجا پرواز کنند .

آنها به همراه امیر هوشنگ از خروجی فرودگاه رد شده و به سالنی که باید سوار می شدند رفتند، سبحان در قیافه سعید نگرانی را می دید و تعجب می کرد که چرا او ناراحت است!!؟ چون مطمئن بود که این نگرانی دل تنگی

برای صالح نیست !!.

پس از اینکه آنها از دید خارج شدند ، سبحان و مادر هم قصد رفتن کردند سعید خیلی اصرار کرد که دو تا ماشین خالی دارد بر می گردد او ومادر را هم می رسانند ولی سبحان گفت:

" داداش جان اجازه استفاده از بیت المال را من ندارم ..تو اهل حکومتی خود دانی ! جوابش را چه این دنیا چه آن دنیا خودت باید بدی ؟ حرام است که یک قطره بنزین دولت و بیت المال برای من استفاده شود تو برو تاکسی فراوان است نگران ما نباش !!

فصل پنجم

مهشید آژیر..۳۱۰

بالاخره سوار هواپیما شدند ، صندلی امیر هوشنگ درقسمت درجه یک بود و با احترام زیاد او سرجایش نشست ، از اینکه خانواده صالح باید به قسمت معمولی بروند ظاهرا ناراحت شد و گفت که اگر جای خالی باشد آنها را به درجه یک خواهد آورد ، ولی صالح در جواب گفت که جای آنها خوب است و اصلا احتیاجی به تعوض صندلی نیست . هوا پیما پرواز کرد و صالح نفس راحتی کشید ، باورش نمی شد که چنین راحت بسوی آمریکا پرواز کنند.نیم ساعت بعد از پرواز امیر هوشنگ به قسمت آنها آمد و گفت :

"دو تا صندلی خالیه عمو جان بفرمائید درجه یک ."

ولی صالح قبول نکرد ،صابر بلند شد و گفت من میرم درجه یک اونجا بهتره و بلافاصله رفت . امیر هوشنگ رو به صنوبر کرد و گفت :

" خوب تو هم بیا کنار من بنشین !!"

صنوبر اصلا دلش نمی خواست که کنار او بنشیند! ولی به گفته عمو سبحان باید با امیر هوشنگ با مهربانی رفتار کند ، تا او به چیزی شک نکند! با اینکه دلش را توی فرودگاه امام خمینی در کنار ارژنگ جا گذاشته بود و هنوز چشمهای پر اشک او را می دید ، ولی با بی میلی بلند شد و همراه امیر هوشنگ رفت . صابر در یک صندلی عقب تر از صندلی امیر هوشنگ نشسته و خیلی هم خوشحال بود وداشت با تلویزیونی که جلویش بود یک بازی کامپیوتری می کرد و میهماندار برایش چای با کیک آورده بود .

صنوبر کنار پنجره نشست و امیر هوشنگ کنارش ، از روزی که عقد کرده بودند این اولین بار بود که او و امیر هوشنگ تنها با هم بودند ، اصلا نمی دانست که چه باید بکند ! دلش نمی خواست با او حرف بزند ! مخصوصا از وقتی که شنیده بود که او در چه کارهایی دست دارد ، و خدا خدا می کرد که هرچه زودتر این مصاحبه تمام شود و آنها روانه آمریکا شوند ، امیر هوشنگ نگاهی به او کرد و گفت:

"چه عجب من با صنوبر خانم تنها شدم !! بابا ما مثلا زن وشوهر هستیم !

اماهنوز در مورد هم هیچ چیز نمی دونیم !"

صنوبر سری تکان داد و گفت :" خوب من چیزی واسه گفتن ندارم !! توی این مدت هم با هم آشنا شدیم !!"

امیر هوشنگ پرسید : "تو می دونی توی مصاحبه چی می پرسن !! یعنی ممکنه که قبول نشم ؟"

حالا معلوم می شد که چقدر دل نگران مصاحبه است!!صنوبر سری تکان داد و گفت :

"من اصلا نمی دونم !! تا بحال با کسی که با ویزای نامزدی و یا ازدواج آمده باشه برخورد نکردم .. چون با هم هستیم فکر نکنم زیاد سوال کنند !! شاید از نطر مالی تعهد بخوان !! من نمی دونم !"

امیر هوشنگ با لبخندی پاسخ داد : "اون مساله اصلا مهم نیست من در دوبی کلی دارائی دارم ،هر مدرکی بخوان بهشون می دم !"

برای صنوبر خیلی جالب بود که بعد از این همه مدت آنها تنها شده اند و امیر هوشنگ فقط از ویزایش می پرسد ! این دلیل واضحی بود که او اصلا علاقه ای به صنوبر پیدا نکرده و آنچه که مورد نظر او بوده تابعیت آمریکاست . چطور دلش آمده با دختر عموی خودش چنین بازی کند !!

امیر هوشنگ دوباره گفت :" چون تو شهروند آمریکا هستی فکر نمی کنم هیچ اشکالی بگیرند ، حتی می تونیم با هم بریم آمریکا!!"

صنوبر بی اراده و بدون فکر ناگهان جواب داد :" من آمریکائی نیستم فقط کارت سبز دارم خیلی طول می کشه تا تو بتونی بیای"

ناگهان امیر هوشنگ فریاد زد :" چرا اینو زودتر نگفتی ؟؟ یعنی چی ؟؟ این همه مدت می مُردی بگی ؟؟"

صنوبر از این برخورد امیر هوشنگ جا خورد و با تعجب گفت :

"مگه تو از من پرسیدی ؟ پس قصد تو از ازدواج با من این بود!! تابعیت آمریکا؟"

امیر هوشنگ با عصبانیت جواب داد :" شما ها منو گول زدین !! اینهمه خرج رو واسه این نکردم که چند سال دیگه بیام آمریکا .....عاشق چشم و ابروی تو که نبودم...

امیرهوشنگ احساس کرد که همه دارند به آنها نگاه می کنند ، و صدایش را پائین آورد و گفت :

" یعنی منظورم اینکه اینقدر عجله نمی کردم .."

صنوبر هم از حرفی که زده بود و اورا عصبانی کرد ناراحت شد و خیلی ترسید . هر دو سکوت اختیار کردند ..اما امیر هوشنگ قیافه اش خیلی عصبانی بود و از اینکه رو دست خورده خیلی دمق شد و فکر می کرد که حالا چه می شود!! نقشه آمریکا رفتن او به این زودی که او فکر می کرد نقش بر آب شد !! خیلی از دست عمو صالح و صنوبر عصبانی بود ولی جلوی مردم مجبور بود که سکوت کند.

در این موقع امیر هوشنگ متوجه شد که میهمانداران مرتب بالا و پائین می روند!!به این سو و آنسو می دوند ! امیر هوشنگ از یک میهماندار پرسید چه خبر شده !! ولی او جوابی نداد و با عجله رفت !..

ناگهان صدای نگران خلبان از بلند گو ها پخش شد:

" مسافران عزیز این خلبان ابن مسعود است، که با شما سخن می گوید،بعلت نا معلومی از طرف فرودگاه تهران از من خواسته شده تا در فرودگاه بندر عباس بنشینم و هم اکنون در حال فرود هستیم "...

مسافرین بهم نگاه می کردند چه اتفاقی افتاده است !؟ رنگ از روی امیر هوشنگ پرید !! نکند که واقعا بدنبال او باشند !! یعنی حکم بازداشت او صادر شده !! ناگهان بلند شد و از میهماندار پرسید :

" چی شده ؟؟ چرا باید بنشینیم !! چه اتفاقی افتاده ؟"

میهماندار با نگرانی جواب داد :" ما هم نمیدونیم فقط این یک دستور است و باید اطاعت کنیم و هواپیما در حال نشستن است ، لطفا بشینید سرجاتون"

صنوبر که خاطره فرود اجباری را در اسرائیل داشت خیلی ترسید!! نکند آنها را به خاطر امیر هوشنگ به تهران باز گردانند؟ خدایا چرا این قصه تمام

نمی شود!!؟ و هر روز باید اتفاق جدیدی در زندگی او بیفتد؟چند دقیقه بعدهواپیما در فرودگاه بندر عباس به زمین نشست . چند ماشین پلیس در پیست فرودگاه بچشم می خوردند و چراغ های آنها به حالت ماموریت روشن بود ! لحظه ای بعد چند نفر که لباس شخصی به تن داشتند و دو افسر عالی رتبه پلیس از پله ها بالآ آمدند و بصورت مسافرین نگاه می کردند! یکی از آنها عکسی در دست داشت و باصورت مسافر ها تطبیق می کرد! امیر هوشنگ در صندلی خود فرو رفته و سرش را بطرف پنچره کرده و خودش را بخواب زده بود ! ناگهان یکی از مردها روی سر او ایستاد و گفت:

" آقای امیر هوشنگ معینی فرد ؟"

امیر هوشنگ سرش را بلند کرد و گفت : "بله!!"

مرد با آرامش دستبندی از جیبش بدر آورد و گفت :

" شما بازداشت هستید !!"

رنگ از روی امیر هوشنگ پرید و گفت:

"به چه جرمی ؟ حکم بازداشت من کو؟ "

مرد از جیبش ورقه ای را در آورد و نشان داد و گفت :" طبق این حکم شما بازداشت هستین و باید با ما بیائین مسئولین بهتون توضیح میدن !!"

صنوبر دست و پایش یخ کرد !! خدایا چه اتفاقی دارد می افتد !! اگر امیر هوشنگ را دستگیر کنند چه برسر آنها خواهد آمد!!

ناگهان امیر هوشنگ گفت : "آقا من کاری نکردم !! شما منو می شناسید؟میدونید من کی هستم ؟ من دارم با خانمم میرم ماه عسل !!"

مرد ناگهان سرش را بسوی صنوبر کرد و پرسید:

"ایشون خانم شما هستن ؟"

امیر هوشنگ جواب داد : "بله !!"

مرد نگاهی به صنوبر کرد و گفت : "خانم شما هم باید همراه ما بیائید !"

رنگ از روی صنوبر پرید و با لکنت زبان و گریه کنان گفت :

" آقا !! من چرا باید بیام ؟"

زنی که همراه آنها بود بطرف صنوبر آمد و بدست او دسبند زد و پشت سر امیر هوشنگ او را بطرف پله ها برد !! صابر که همه چیز را می دید با وحشت بسوی عقب هواپیما دوید و فریاد می زد : بابا .. بابا .. صنوبر رو گرفتن .. بابا بدو .. بدو ..صالح که اصلا فکر نمی کرد که فرود هواپیما بخاطر امیر هوشنگ باشد!!؟ با عجله بلند شد و بطرف خروجی هواپیما دوید و ماهره هم دنبال او می دوید!! میهمان دارها می خواستند جلوی آنها را بگیرند ولی صالح فریاد زد :

"دختر منو دارن می برن برین کنار "

و از پله ها بطرف پائین دوید !!ماهره و صابر هم گریه کنان دنبال او از پله ها سرازیر شدند !! صالح بطرف پلیس ها دوید و با گریه می گفت

" آقا ترو بخدا صبر کنید !! دختر منو کجا می برین !!"

ولی کسی به حرف او گوش نمی کرد و در انبار هواپیما را باز کرده بودند و به دنبال چمدان های امیر هوشنگ و صنوبر بودند !! صالح هم به آنطرف رفت او مطمئن بود که چمدان های امیر هوشنگ حتما پر از چیز های غیر قانونی است !! سبحان برای همین سعی کرد که چمدان های آنها با هم نباشد !! و اجازه نداد هیچ کدام از هدیه های امیر هوشنگ را همراه ببرند!! اما افسوس که هیچکدام از این ترفند ها فایده نداشت و صنوبر را دستگیر کردند!! ولی حالا وقت این حرفها نبود او هم با عجله خودش را به قسمت بار رسانید تا چمدان های خودشان را هم بگیرد و نشان دهد که هیچ چیزی از وسایل امیر هوشنگ همراه آنها نیست . او مطمئن بود که توی دردسر بزرگی افتاده اند !! امیر هوشنگ سه چمدان خیلی سنگین داشت و وقتی می خواستند آنها را بلند کنند دو نفر کمک کردند تا بتوانند آنها را بلند کرده و بداخل ماشین بگذارند . پلیس به صالح گفت :

" شما دلیلی نداره که با ما بیاین !!"

ولی صالح فریاد زد :" آقا دارین دختر منو دست بسته می برین .. اونوقت به من میگن باهتون نیام !!"

وارد سالن فرودگاه شدند ! صنوبر و امیر هوشنگ را بطرف اتاق امنیت فرودگاه بردند و اینها هم گریه کنان دنبال آنها می دویدند !! صنوبر هم گریه می کرد !!ماهره داد می زد :

"خدا لعنتت کنه صالح .. که منو بدبخت کردی !! دختر بدبختم رو چطور نجات بدیم "

وارد اتاق حراست شدند، امیر هوشنگ مرتب تکرار می کرد که او کاری نکرده و او را اشتباهی گرفته اند ! و به آنها گوشزد می کرد که او پسرمعینی فرد است !! نباید با او چنین رفتار کنند . چمدان ها را هم آوردند و روی میزی گذاشتن . اول چمدان صنوبر را باز کردند ،بجز چند دست لباس چیزی در آن نبود !! سپس چمدانهای امیر هوشنگ را باز کردند!! ناگهان چشم همه خیره ماند! چمدانها پر ازدسته های اسکناس صد دلاری، جعبه هائی که پر از سکه و طلا و جواهرات بود ،.. یک چنین گنجی را به کجا می برد؟؟ مردی که لباس شخصی بر تن داشت با لحن مسخره ای گفت :

"ماشالله آقا امیر هوشنگ چقدر کم دارین همراهتون می برین ؟ بی پول نمونین یه وقتی ؟"

امیر هوشنگ ناکهان با جدیت و خیلی خونسردگفت :

"این پول ها مال من نیست !!مال خانم منه ! مهریه اونه !!"

صالح فریاد زد :"دروغ گو ! اگه مال ما بود چرا توی چمدون توست ؟ می خوای دختر منو بدبخت کنی ؟"

امیر هوشنگ با خونسردی جواب داد:

"اینها مال من نیست مهریه صنوبره !!"

صالح بطرفش حمله کرد و قبل از اینکه جلویش را بگیرند ، یک سیلی محکم زد توی گوش او ، پلیسها او را از امیر هوشنگ جدا کردند !! صالح همینطور به او ناسزا می گفت ! توی سر خودش می زد . پلیس ها چمدانهای امیر هوشنگ را پلمپ گردند . سپس امیر هوشنگ و صنوبر را بطرف هواپیمای کوچکی که در انتظارشان بود بردند !! صالح و ماهره هم دنبال آنها می دویدند ، یکی از پلیس ها برگشت و به آنها نگاه کرد و گفت :

"شما بازداشت نیستین ! می تونین به هواپیما برگردین !و به سفرتون ادامه بدین !!"

صالح فریاد زد : "کجا برم؟بکدوم قبرستون برم؟ این دختر منه که دارین می برین!!؟ منم باید با شما بیام !"

ولی مامور گفت : "شما نمی تونین با این هواپیما بیاین!! برین توی فرودگاه و با پرواز بعدی برگردین تهران ! ما اونا رو می بریم تهران !"

با تمام داد و فریاد های صالح هواپیما جلوی چشم آنها پرواز کرد و صنوبر را بردند، صنوبر دختر عزیز دوردانه او را بردند !! او اشتباه کرده بود ! او گول برادرش را خورده بود ! چرا باید صنوبرِ همیشه مظلوم، تقاص کارهای او را پس دهد؟. صالح فریاد می زد! خدایاً چرا گذاشتی که او گول بخورد و دخترش را به این روز بیندازد!!تقصیر خودش بود ! چقدر سبحان سعی کرد که چشمان او را بازکند !! خدایا سزای بدی های او را چرا باید دخترش پس بدهد؟

ماهره صالح را نفرین می کرد که دخترش را وسط چنین آتشی انداخته است . به سالن فرودگاه باز گشتند. تا دوساعت دیگر پروازی به تهران نبود. در این میان صابر ناگهان بیاد عمو سبحان افتاد ! او اعتماد عجیبی به عمو سبحان داشت ! شماره تلفن عمو سبحان را گرفت و گریه کنان گفت :

" عمو جان ما رو وسط راه پیاده کردن !! عمو جان صنوبر رو بردن !! عمو جان بداد صنوبر برس !"

سبحان حرف های صابر را نمی فهمیدچی شده ؟ مگر آنها پرواز نکردند !! صنوبر را بردند یعنی چه؟ بالاخره صالح تلفن را از صابر گرفت و با گریه همه چیز را گفت و نامردی امیر هوشنگ که تمام دلارها و طلاهای قاچاق را به اسم صنوبر کرده بود راهم گفت ! سبحان باورش نمی شد که چنین اتفاقی افتاده باشد ! جواد گفته بود که پرونده امیر هوشنگ روی میز است ولی نه به این سرعت !!.

سبحان پس از اینکه با صالح حرف زد بلافاصله شماره جواد را گرفت و جریان را برای جواد تعریف کرد ! جواد گفت به او مهلت بدهد تا پرس و جو کند و بداند که صنوبر را کجا برده اند . بعد سبحان تلفن ارژنگ را گرفت و گفت که چه اتفاقی افتاده است !! ! بیچاره ارژنگ قرار

بود فرداصبح زود به فرودگاه برود ! خدایا چگونه مردی می تواندختری را که ادعا می کند دوست دارد در چنین منجلابی بیاندازد !! امیر هوشنگ چگونه با همه آنها بازی کرد!!؟ ارژنگ آرزو می کرد که اکنون در کنار صنوبر بود ! می دانست که او الان چقدر ترسیده!!یاد زمانی افتاد که در اسرائیل فرود اجباری کردند! صنوبر داشت قبض روح می شد !! الان او در چه حالیست ؟ کاش در کنارش بود و دستش را می گرفت ! سرش را بسینه می فشرد و می گفت عزیزم همه چیز درست می شود، ولی افسوس که فرسنگها از او دور بود .

سبحان توی حیاط قدم می زد و به سعید و پسرش لعنت می فرستاد ،چقدر به صالح گفت گول آنها را نخورد ولی کجا کسی گوش بحرف سبحان می کرد ؟

***

از قرار معلوم ، امیر هوشنگ همانطور که جواد گفته بود، از مدتها پیش تحت تعقیب بوده !! و کمیته مبارزه با فساد مالی او را زیر نظر داشته ولی هرگز فکر نمی کردند که با هواپیمای عمومی قصد خروج از کشور را داشته باشد . او همیشه با جت خصوصی خودش می رفت ، برای همین هم باید اجازه خروج در فرودگاه داده می شد ، ولی اینبار او با پرواز معمولی پریده بود ، چون می خواست که چمدان های دلار و طلاها را به اسم صالح و صنوبر از ایران خارج کند ! پس از اینکه هواپیما از فرودگاه امام خمینی پرواز کرد آنها متوجه فرار امیر هوشنگ شدند و ازمسئولین فرودگاه خواستند تا هواپیما را باز گرداند ولی در جواب شنیدند که هواپیما از دسترس آنها خارج شده ، با خلبان تماس گرفتند که در بندر عباس بنشیند، .

صنوبر تمام بین راه را گریه می کرد !! خدایا این چه سرنوشت شومی بود که برای او نوشتی !! با چه خطی نوشتی !! که اینقدر کج و معوج و زشت و بی قواره نوشتی !!؟ او دختر خوبی بود، به چه گناهی او را دستگیر کرده بودند؟ او تا بحال حتی یک جریمه رانندگی هم نداشت ! هرگز پلیس را از نزدیک ندیده بود !! اصلا نمی دانست او را به کجا می برند ! حتما اعدامش می کنند!! او که خبر از این ماجرای امیر هوشنگ نداشت که می خواهد اینقدر دلار و طلا را به اسم او از ایران خارج کند !!؟ مثل بچه ای بود که در پارک بازی گم شده و بدنبال پدر و مادرش می گردد !!گریه می کرد و پریشان بود. حالا با او چکار می کنند !!؟ خیلی داستانها در مورد بازجویی

و زندان شنیده بود!! خدایا او را به زندان می برند ؟ به امیر هوشنگ نگاه کرد ، چه خونسرد نشسته بود و از پنجره هواپیما بیرون را نگاه می کرد!! بیاد روزی افتاد که موساد می خواست او را در اسرائیل نگه دارد ،ارژنگ چگونه خودش را جلو انداخت و دست او را رها نکرد !! حالا شوهرش را می دید که او را در یک مخمصه بزرگی انداخته و خونسرد دارد به آسمان نگاه می کند !! به این می گویند شوهر که کار زشت خودش را گردن صنوبر بیاندازد !!؟ آیا هیچ پسر عمویی چنین بلائی بر سر دختر عموی خودش می آورد؟ کاش روزی که بسوی ایران پرواز می کردند هواپیمای آنها سقوط می کرد و او در چنین مردابی دست و پا نمی زد!! خدایا چرا اینقدر او را مظلوم و حرف شنو و بدبخت آفریدی ؟

انگار کسانیکه همراه آنها بودند پی به بیگناهی صنوبر برده بودند ، چون تمام راه را اشک می ریخت و قسم می خورد که آن چمدانها مال او نیست!! ولی کسی به او جواب نمی داد ! زنی که کنارش نشسته بود از کیفش دستمال کاغذی بیرون آورد و به او داد تا اشکهایش را پاک کند !! ولی مگر اشکهایش انتهائی داشتند !! او قربانی دست دو برادر شده بود ! پدر و عمویش ! چقدر گریه کرد که او را به امیر هوشنگ ندهند ولی پدرش گفت مرغ یک پا دارد و او باید زن امیر هوشنگ شود .

ساعتی بعد در فرودگاه مهر آباد به زمین نشستند ! صنوبر آنقدر گریه کرده بود که نای پیاده شدن نداشت ! او چند روز پیش زیر چاقوی جراحی رفته بود ، هنوز بخیه های سرش را باز نکشیده بودند . در فرودگاه مهر آباد هم چند ماشین پلیس انتظار نشستن هواپیما را داشتند و بلافاصله آنها را سوارکردند ! این بار چشمهای صنوبر را با چشم بند سیاهی بستند ، خدایا او را به کجا می برند ؟ چرا چشمهایش را بسته اند ! سرش بشدت درد گرفته بود ، جای زخم سرش می سوخت ناگهان خون روی پیشانی او را پوشانید و او از درد بیهوش شد.

زنی که همراه او بود فریاد زد :

"متهم بیهوش شد از سرش خون میاد !!"

همه با تعجب به صنوبر نگاه کردند ، یکی از مامورها به رئیس خودش زنگ زد و جریان را تعریف کرد و به او دستور دادند که صنوبر را به بیمارستان ببرند و امیر هوشنگ را به بازداشتگاه.

زن محافظ او با دستمال کاغذی سعی می کرد که جلوی خون ریزی را بگیرد ولی نمی توانست ! و خون روی دامن او هم ریخته بود ! ماشین آنها آژیر کشان بسوی بیمارستان رفت ! و بلافاصله با برانکار او را به داخل بیمارستان بردند . دکتری برای معاینه او آمد ! پس از معاینه گفت که بخیه های سرش باز شده اند ، البته بخاطر خون ریزی محل زخم از درون باید به اتاق عمل برود . صنوبر را غریبانه به اتاق عمل بردند ! هیچکس آنجا نبود تا برایش دل نگران شود !! چقدر سخت است غریبی ! پرستارها از هم می پرسیدند این دختر به این قشنگی با این قیافه معصوم چه کرده که دستبند بدست دارد؟ آنهائی که برای بازداشت امیر هوشنگ به فرودگاه مهرآباد آمده بودند از دیدن صنوبر خیلی تعجب کردند چون فقط دستور بازداشت امیر هوشنگ صادر شده بود ! این دختر کیست و چرا او را بازداشت کرده بودند ؟

***

خانواده صالح به فرودگاه مهر آباد رسیدند ، بلافاصله با تاکسی بخانه سبحان رفتند ، حال با چه حالی این راه را آمده بودند فقط خدا می دانست صنوبر را کجا بردند ؟ چگونه می توانند او را پیدا کنند ؟ فقط سبحان بود که بنظر آنها می توانست در این مورد به آنها کمک کند !! صالح ناگهان تلفنش را از جیبش در آورد و شماره سعید را گرفت , سعید گوشی را برنداشت ! صالح دق دلی خودش را خالی کرد ! فریاد می زد !!

" به تو میگن برادر !! خجالت بکش از اسم برادر ! چطور تو و پسرت برای کارت سبز آمریکا و خروج ارز قاچاق ما را شکار کردید !! از روح پدرمان خجالت نکشیدی !! توی چشمهای مادر نگاه کردی و دورغ گفتی !! خدا لعنتت کنه !! خدا انتقام من و صنوبر رو ازت بگیره .."

آنقدر گفت تا پیامگیر پرشد ! احساس سبکی می کرد ! لا اقل حرف دلش را زده بود ! به خانه سبحان رسیدند، اما باچه حالی !! چشمهای ماهره از بس گریه کرده بود باز نمی شد !! در خانه باز بود و سبحان در حیاط قدم می زد! صابر بطرفش دوید و خودش را در آغوش او انداخت :

"عمو جان بدادمون برس صنوبر رو بردن زندان ! حتما تا حالا اعدامش کردند !! عمو جان صنوبر رو نجات بده !"

صابر خیلی کم سن و سال تر از آن بود که بفهمد چه شده !! از عمو سعید

و امیر هوشنگ متنفر شده بود ، همه ی آن مهمان نوازی ها برای گول زدن آنها بود !! سبحان او را نوازش می کرد ! سرش را می بوسید صورتش را می بوسید و به او قول می داد که صنوبر را آزاد می کند ! مادر بیچاره بخودش بد می گفت که حتما تربیت او عیبی داشته که سعید چنین خدا نشناس و بی وجدان بار آمده !؟خدایا حالا آن دختر معصوم چگونه دوام خواهد آورد؟ همه توی حیاط نشستند!! ماهره روی زمین نشسته و توی سرش می زد ، صالح خودش را نفرین می کرد ،گاهی توی سرش می زد !از خدا مرگ می خواست و سبحان فقط نگاهش می کرد وقتی که باید بفهمد ، نفهمید و حالا چه سود از پشیمانی ..که ناگهان در باز شد و ارژنگ و ماهور وارد شدند ماهور ماهره را در آغوش گرفته و گریه می کرد !!ارژنگ بسوی سبحان رفت دست او را بوسید و گفت:

" آقا چکار کنیم ؟ من چکار می تونم بکنم ؟ آقا اون الان سکته می کنه من می دونم چقدر از این چیزا می ترسه !؟"

سبحان او را روی تخت نشاند و گفت : "بشین پسرم ما هم منتظر خبر هستیم !! تا ببینیم که آنها ر ا کجا بردند !"

صالح برای اولین بار ارژنگ را از نزدیک می دید ! پسری که همه چیزش را در آمریکا رها کرده و بدنبال صنوبر آمده !! آخ که چقدر از خودش بدش آمد !! پسر به این خوبی !! نجیبی !! چرا او فرصت فکر کردن به خودش نداد و چنین بلائی بر سر صنوبر آورد !! ارژنگ فقط سلامی به او کرد !صالح می دانست که لیاقت او حتی این سلام هم نیست !! او بدست خودش صنوبرش را به ته یک چاه انداخت که بیرون آوردنش فقط کار خداست!! ناگهان با دستهایش صورتش را پوشانید و بصدای بلند گریه کرد. ، سبحان به کنار او رفت و دستش را بروی شانه او گذاشت . ارژنگ ناگهان جلو او زانو زد و دستشهایش را بطرف صالح گرفت و گفت :

" آقا کاش این دست منو که دست صنوبر رو گرفته بودم قطع می کردین ولی این بلا رو سر او نمی آوردین !! حالا چه خاکی بر سرم بریزم؟ چطور صنوبر رو نجات بدیم ؟"

صالح ناگهان آغوش گشود و او را بغل زد و با گریه می گفت:

" خدا منه بخشه که همه چیز تقصیر من بدبخته !! پسرم منو ببخش بخدا از

شرمساری نمی تونم توی صورت همه نگاه کنم !! چرا ؟ چرا زودتر نیامدی؟"

ارژنگ آهسته گفت :" شما فرصت دادید که من بیام ؟ اگه فقط چند روز آمریکا مونده بودید این بلا سرمون نمی آمد "

سبحان به سوی صالح رفت و او را از ارژنگ جدا کرد و گفت :

" گذشته ها گذشته !! شاید من هم باید بیشتر برای سر نگرفتن این عقد پافشاری می کردم !! حالا فقط باید بفکر پیدا کردن صنوبر و نجات او باشیم."

ارژنگ رویش را به سبحان کرد و گفت :

"آقا اون از ترس سکته می کنه وقتی توی اسرائیل ما رو گرفتند داشت از ترس می مرد!!"

سبحان ناگهان فریاد زد : "شما رفته بودین اسرائیل چکار کنید ؟ الان توی پاسپورت صنوبر مهر اسرائیل خورده ؟"

ارژنگ به میان حرف او دوید و جریان اسرائیل را تعریف کرد ! وقتی بدون ترس گفت :" من دست صنوبر رو گرفتم و گفتم اون زن منه هرجا اونو ببرین منم میام !!"

صالح زد توی سر خودش ، او امیر هوشنگ را که با بی رحمی تمام، ارزهای قاچاق را انداخت گردن صنوبر، بر این جوان از خود گذشته ترجیح داد ! خدایا می شود که روزی دست صنوبر را توی دست این مرد بگذارد ؟

ناگهان تلفن ارژنگ زنگ زد ، عموی خانم برادر آریا بود که هیچوقت اسمش را به آنها نگفته بود ! ارژنگ در جوابش فقط می گفت :

"ای وای ..کجا بردنش؟ آدرسش کجاست !؟ "

همه چشم به دهان ارژنگ دوخته بودند ! تلفنش که تمام شد گفت :

"متاسفانه زخم سر صنوبر خونریزی کرده و اونو به بیمارستان بردند باید برویم ! !! ماهره با گریه می گفت :

"پسرم این کی بود که بتو خبر داد ؟ کدوم بیمارستان رفتن ؟"

ارژنگ خودش را نمی باخت و سعی می کرد که دیگران را هم آرام کند، وآنها را به بیمارستان ببرد . خدایا این چه روزهائیست که اینها باید ببینند! چرا این همه بلا باید بر سر اینها بیاید !! ؟

صالح و ماهره براه افتادند ، ارژنگ هم پشت سر آنها بطرف در رفت ولی سبحان به اوگفت :

" ارژنگ جان تو همین جا بمون !! فقط من با صالح و زن داداش می ریم!! بهتره تو رو توی بیمارستان خبر چینان امیر هوشنگ نبینند !! تو اینجا باش! من مرتب بهت زنگ می زنم !"

ارژنگ با آن که دلش قرار و آرام نداشت ، که چه بر سر صنوبر آمده ولی فکر کرد که سبحان درست می گوید !! بودن او در بیمارستان فقط ممکن است یک مشکل دیگر درست کند ! او، ماهور و صابر در خانه کنار مادر بزرگ و سمیه خانم ماندند و سبحان ،صالح وماهره با تاکسی به بیمارستان رفتند .

***

آنجا یک بیمارستان نظامی بود ! شاید هم بیمارستان زندان بود ! اکثرا با لباس نظامی بودند ، صالح و سبحان نمی دانستند به کجا بروند ! ناگهان سبحان یکی از دوستان زمان جنگ که حالا در نیروی امنیتی کار می کرد را دید ! با عجله به سراغ او رفت . البته همه در ارکان دولت حساب سبحان و سعید را از هم جدا کرده بودند و سبحان همه جا احترام زیادی داشت. بعداز احوال پرسی، اقبال از او پرسید که اینجا چکار می کند ! و سبحان جریان دستگیری امیر هوشنگ و صنوبر را برایش تعریف کرد و گفت که صنوبر را به اینجا آورده اند ! اقبال با تعجب پرسید:

" عجب !!دختری که بنام زن امیر هوشنگ همراه او بوده !! دختر برادرتونه؟ یعنی یه پرستو نبوده ؟ بچه ها فکر کردند که اون یکی از پرستو هاست که همیشه برای کارهای غیر اخلاقی همراه او به خارج می رفته !!"

صالح با عجله پرسید : "آقا پرستو کیه اون اسمش صنوبره!! اشتباه گرفتن اسم اون پرستو نیست !! بخدا اون داخل هیچکدام از کارهای امیر هوشنگ نیست !! اون فدای برادری من با سعید شده همین !!"

اقبال نگاهی به صالح کرد ! حدس زد که او خیلی از جریان دور است و منظور او را نگرفته جواب داد :

" آقا صالح منظور از پرستو دخترهایی هستن که برای اغفال دیگران بکار می گیرن !! مطمئنا دختر شما جزء اونا نیست ! شما اینجا باشین تا من حالشو بپرسم و به شما بگم!"

صالح بر خودش لعنت می فرستاد ! خدایا چگونه ممکن است سعید و پسرش چنین منحرف شده باشند !! چی شد ؟ چطور سعیدی که از جان گذشته در میدان جنگ ایران و عراق می جنگید!! تبدیل به این غول شده تا به کجا حرص و طمع دنیا؟ او چگونه دین و ایمان و اخلاق خودش را فروخت!! تا بدانجا که برای برادر خودش تله بگذارد ؟ آیا او لحظه ای فکر نکرد که صنوبر مثل دختر اوست ؟ چطور دلش آمد این فرشته بی گناه را بدین دام وحشتناگ بیندازد ؟ بعد یکی زد توی سر خودش !! چرا سعید را سرزنش می کند ! خود او ، باعث بدبختی دخترش شد ؟ با عصبانیت تصمیم گرفت، بحرف هیچکس حتی سبحان هم گوش نکرد و صنوبر را در این آتش انداخت، حالا با او چکار می کنند ؟ او را زندانی خواهند کرد ؟؟کاش او را بعوض صنوبر بگیرند و این دخترمظلوم که مورد ظلم همه حتی پدرش قرار گرفته را آزاد کنند؟ در این افکار بود که اقبال بازگشت :

" خوشبختانه حالش بد نیست !! گویا زخم عمل جراحی که چند روز پیش داشته خونریزی کرده الان توی اتاق عمله، ولی متاسفانه ممنوع ملاقاته ، حتی بعد از عمل هم نمی تونین اونو ببینین !"

صالح توی سر خودش می زد، ماهره التماس می کرد که سبحان اجازه بگیرد که او برای یک لحظه هم که شده صنوبر را ببیند . صالح به خودش می گفت چگونه دخترش را بدبخت کرد !! آن فرشته معصوم را به زندان انداخت! بخاطر خود خواهی خودش !! بنظر او گرفتن دست یک پسرنامحرم گناه کبیره بود و نمی دانست که برادرش در ایران چه گناهان کبیره ای را مرتکب می شود!! مال دوازده امام را هم اگر بدستش می دادند می خورد!!چه رسد به مردم عادی!! چگونه ممکن است انسانی اینقدر تنزل کند که هیچ چیز برایش مهم نباشد، مگر افکار شیطانی خودش !!؟ چگونه سعید می تواند شب سر راحت روی بالش بگذارد وقتی از پسرش چنین هیولائی ساخته ! وقتی حتی به ناموس خودش هم رحم نمی کند !! هیچ مافیایی اقوام خودش را نابود نمی کند ، آنها هم خط قرمزی دارند که از آن عبور

نکنند ! چطور سعید هیچ خط قرمزی ندارد و ناموس برادرش را فدای خود خواهی های خودش کرد .

سبحان همراه اقبال به سالن دیگر رفت !! کسانیکه حکم بازداشت امیر هوشنگ را به اجرا گذاشته بودند ، در آنجا نشسته و منتظر بهوش آمدن صنوبر بودند ! اقبال برای آنها گفت که صنوبر کیست و چگونه بی گناه و نا خواسته به این دام افتاده است ! کسی که حکم اجرا داشت برای اقبال توضیح داد که امیر هوشنگ در بازجوئی گفته که چمدان های پر از پول و سکه متعلق به صنوبر بوده و داشته از ایران خارج می کرده !

سبحان برایشان توضیح داد که ! آنها قصد فرار از دست امیر هوشنگ را داشتند ،حتی دو ساعت قبل به فرودگاه رفتند که چمدان هایشان با امیر هوشنگ یک جا بار نشود ! اگربرچسب چمدان صنوبر را ببینند چمدانی است که فقط وسایل خودش در آن است ! چمدان های امیر هوشنگ بعدا رسید و جداگانه بار شد !

و ادامه داد:" برادرم قصد فرار از دست سعید و پسرش را داشت که متاسفانه امیر هوشنگ نگذاشت که نقشه آنها عملی شود وگرنه آنها قصد داشتند به آمریکا باز گردند ! و هیچ کدام از هدایا یی که برای صنوبر خریده بودند و یا به او داده بودند را باخودشون نبردن !! اگر قبول ندارین خودتون چمدونها را با برچسب آنها چک کنید !!من شرفم رو اینجا به گرو می گذارم که دخترم صنوبر بی گناهه و هرشهادتی که شما خواستین من برای دادنش حاضرم !"

مرد جواب داد:

"آقا سبحان شما سرور ما هستین ، مطمئن باشین که همه این حرفها را در گزارش خواهم نوشت و همچنین چون حالا هویت این خانم برای ما مشخص شده و مطمئن هستیم که از طعمه های امیر هوشنگ برای شکار دیگران نیست!! در مورد او تخفیف های زیادی قائل خواهیم شد و تا سلامت کامل رو بدست نیاورده اون رو به زندان نخواهیم فرستاد !"

رنگ از صورت سبحان پرید ! خدایا این فرشته ی بیگناه را به زندان ببرند به جرم دیگری ؟ صنوبر در زندان خواهد مرد، دوام نخواهد آورد رو به مرد کرد و گفت:

"نمی شه اونو توی بازداشتگاه خودتون نگه دارین و به زندان نفرستین اون از ترس سکته می کنه !"

مرد جواب داد :" حتما بعد از اینکه خوب شد اونو به بازداشتگاه می بریم تا ازش بازجوئی کنن!! امیدوارم که همین طور که شما می گین باشه و بسلامت برگرده خونه ! شما رو در جریان کارها خواهیم گذاشت . "

سبحان از خودش عصبانی بود!! چرا جلوی این ازدواج را نگرفت ؟ نباید رودربایسی می کرد !! باید واضح به سعید می گفت که دست او و امیر هوشنگ برایش رو شده ! ولی صالح قبول نمی کرد!!حتی می توانست بدون خبر امیر هوشنگ آنها را روانه آمریکا کند !! ولی مگر سگ های پاسبان امیر هوشنگ که روز و شب سر کوچه آنها کشیک می دادند می گذاشتند که آنها فرار کنند!!؟ باز هم فکر می کرد که می توانست قوی تر وارد عمل شود و نگذارد کار به اینجا بکشد !! اما حیف که سر نوشت را نمی شود از سر نوشت .

آنقدر پشت در اتاق عمل نشستند تا که عمل صنوبر تمام شد و دکتر برای حرف زدن با آنها آمد !! البته این هم بخاطر احترام سبحان بود که اجازه داده بودند آنها بمانند و با دکتر صحبت کنند !! وگرنه در این بیمارستان اجازه به بستگان بیمار برای ماندن و یا حرف زدن با دکتر را نمی دادند !!. بالاخره دکتری بیرون آمد و خاطر آنها را جمع کرد که حال صنوبر خوب است و بخاطر اضطراب و ناراحتی ناگهان زخمش از داخل و خارج خونریزی کرده وگرنه خون ریزی داخل مغز نبوده و جای نگرانی ندارد ! سبحان از اقبال خواست که آنها تا بهوش آمدن صنوبر آنجا باشند ! اقبال با احترام گفت :

"آقا شما صاحب اختیار ما هم هستین ! تا هر وقت میل دارین تشریف داشته باشین ."

صالح و سبحان و ماهره روی صندلی کنار اتاق مراقبت های ویژه بعد از عمل نشسته بودند ! سبحان با خود می گفت که او هرگز از مقامی که دارد استفاده نکرده چون نمی خواسته غیر از خدا از کسی دیگری چیزی بخواهد!! اما حالا همان خدا به او می گفت که این دختر معصوم در دامی بزرگ افتاده، این دیگر ازدواج با امیر هوشنگ نیست !! تهمت خیانت به وطن است !! تهمت دزدی است !! این همه دلار و طلا را اگر به اسم صنوبر بنویسند حکمش اعدام خواهد بود !! باید برایش کاری بکند ! حتی اگر بر

خلاف خواسته خودش که دوست نداشت هیچوقت از کسی خواهشی بکندو توصیه ای نماید، باید واردعمل شده و این دختر معصوم را نجات دهد !. هر کدام به فکر خود فرو رفته بودند و در انتظار بهوش آمدن صنوبر بودند.

دو ساعت بعد صنوبر بیچاره بهوش آمد ، یک دستش را با دستبند به لبه تخت بسته بودند ! از ترس می خواست سکته کند ! کاش بهوش نمی امد و این واقعیت تلخ را نمی دید ! حالا با او چه می کنند ؟ او را به زندان می فرستند؟

ناگهان شروع به گریه کرد ! پرستار مهربانی در اتاق بود ، بسویش آمد و گفت :" عزیزم حالت خوبه، چرا گریه می کنی ؟"

صنوبر با گریه جواب داد :" این دستبند رو نمی بینی ؟ من بیچاره بیگناه بازداشت شدم ! بخدا من کاری نکردم !"

پرستار جواب داد : "دختر خوشگلم !! سر بیگناه پای دار می ره ولی بالای دارنمی ره ! به خدا ایمان داشته باش مطمئن باش که کمکت می کنه !"

صنوبر نمی توانست جلوی اشکهایش را بگیرد ، خدا از گناه پدرش بگذرد که او را به این بلا دچار کرد ! خدایا این چه سرنوشتی است که او دارد ! چرا زندگی او چنین آشفته گشته ؟ چه کسی می تواند به او کمک کند ! پرستار برای اینکه آرام شود آرام بخشی به او تزریق کرد که کمی بخوابد . بعد از اتاق بیرون رفت ، ماهره وصالح بسوی او رفتند و با پریشانی حال صنوبر را پرسیدند . پرستار گفت که بهوش آمده ولی خیلی مضطرب است . صالح دست های سبحان را گرفته بود و به او التماس می کرد :

"داداش برای خدا یه کاری بکن .. صنوبر توی زندان می میره ! نذار اونو به زندان ببرن ! بخدا حاضرم عوض او منو به زندان ببرن .. داداش یه عمر غلامتم ترو بخدا یه کاری بکن !! فقط تو می تونی یه کاری بکنی !"

سبحان دستی به شانه او زد و گفت :

"وقتی بهت می گفتم که دخترت رو نده بحرف من نکردی ؟ فکر می کردی من به سعید و موقعیت او حسودی می کنم ! حالا که آب از سرمون گذشته من چکار می تونم بکنم !؟ باشه با اینکه هیچوقت دلم نمی خواد از کسی چیزی بخواهم اما بخاطر او می روم ، شما همین جا بشینین شاید بگذارن

اونو ببینین! "

ماهره بدنبال پرستار افتاد و به او التماس می کرد که بگذارد صنوبر را ببیند! پرستار می گفت که حالش خوب است، ولی ماهره می خواست صنوبر بداند که آنها اینجا هستند ،که عمو سبحان دنبال کارش رفته ، شاید کمی ازدل شوره اش کم شود . لااقل بداند که آنها پیدایش کرده اند !! وقتی که کسی متوجه نبود ، پرستار به ماهره گفت:

"بروتو اتاق اما اگه ترو دیدن من ترو ندیدم باشه؟"

ماهره دست پرستار را بوسید و با عجله خودش را بداخل اتاق رسانید

صنوبر به در نگاه کرد و ناگهان مادرش را دید با گریه فریاد زد :

" مامان.. مامان از کجا منو پیدا کردی ؟ ببین بدستم دستبند زدن !!مامان ترو خدا یه کاری برام بکنین !! مامان عمو سبحان کجاست؟"

ماهره بر دستهای او بوسه می زد و گفت : "عزیزم نترس عمو سبحان اینجاس!! دنبال کارته ! تو گناهکار نیستی !! کاری نکردی ! خودشون می فهمن ! عزیز دلم اینقدر بی تابی نکن!!"

ناگهان نگهبان زنی وارد اتاق شد و با دیدن ماهره گفت:

"خانم کی اجازه داده شما بیاین توی اتاق لطفا بفرما بیرون !"

ماهره حرفی از پرستار نزد و گفت: "دیدم کسی نیست یه دقیقه آمدم تو !! خانم بخدا دخترم بیگناهه !! بخدا اون کاری نکرده !!"

زن نگهبان با آرامش گفت : "خانم بفرما بیرون !!من که کاره ای نیستم تا کسی شما رو ندیده برو بیرون !"

ماهره با چشمانی گریان بیرون رفت و اشک می ریخت . لا اقل خوشحال بود که او را دیده است و صنوبر حالا می داند که عمو سبحان دنبال کار اوست و اضطراب کمتری دارد!!ناگهان تصمیم گرفت به خانه سعید برود !! دلش قرار نداشت !!باید می رفت و خودش را خالی می کرد ! جواب این بی شرفی آنها را باید می داد !! به صالح گفت تو اینجا بمان من میرم و بر می گردم .

بیرون بیمارستان یک تاکسی گرفت و آدرس خانه سعید را داد ، هرچند که دقیق بلد نبود ولی خوب تقریبا می دانست که کجاست.. حدود یک ساعتی رفت تا به آنجا رسید ! دم در نگهبانان بودند ! ماهره می خواست وارد شود ولی یکی از آنها گفت که باید اجازه بگیرد ! ماهره فریاد می زد و به آنها بد و بیراه می گفت ! بالاخره در را باز کردند و او به داخل خانه رفت !وارد قصر طلائی سعید شد که هر خشت طلای آن شیر بهای یک بیوه زن بود ! سهم ارث یک یتیم بود ! هر پله اش نقش صورت یک بیگناه بود که اسیر دست این مرد که خودش را خدمتگزار مردم می نامید شده بود !! .

وارد سرسرا شد، سعید و خانمش را دید که انگار نه انگار پسرشان را بجرم اختلاس گرفته اند و ممکن است اعدام شود !! روی مبلی آرام نشسته بودند! معلوم بود که خیالشان تخت ِتخت است که او را بزودی آزاد می کنند! ماهره ناگهان با فریادی گفت :

" بشنین !! خونسرد بشنین !! چیزی نشده ولیعهد جناب عالی چند صباحی زندون می مونه و بعد هم با پارتی بازی آزادش می کنین!! ای نامسلمونا چطور دلتون آمد با دختر بی گناه من اینکار رو بکنین ؟ خدا از تون نمی گذره!! اگه کارت سبز می خواستین خوب واقعیت رو از اول می گفتین!! بخدا از همون جا کمکش می کردیم !! چرا با زندگی ما بازی کردین ؟ چرا دختر منو بدبخت کردین ؟"

ناگهان زری خانم با لحن خیلی بدی گفت :

" خوبه ..خوبه ..ننه من غریبم در نیار!!خودتون از هول حلیم افتادین توی دیگ !! مگه خود تو یه خونه توی آمریکا و صد و ده تا سکه نخواستی؟خوب امیر هوشنگ هم داشت مهریه زنشو با خودش می برد !! اصلا ما خواستگاری کردیم ؟ درست !! شما چرا با این عجله بدو بدو آومدین ایران ها؟ حالا واسه ما جانماز آب می کشی که خبر نداشتی ؟و ادای مادرای مهربون رو در میاری؟ وقتی سرویس زمرد می خریدی خبری از این حرفها نبود ؟"

ماهره داد زد :" ای از خدا بی خبر ها ! صالح خودشو مدیون شما می دونست!! بخاطر پولی که واسه ما فرستاده بودین !! چه می دونستیم ارث باباشو خوردین و یه چیزی هم مثل صدقه سری واسه ما فرستادین ! که اگه ما فهمیدیم بگین سهم ترو دادیم . اینای که واسه صنوبر خریدن هم یکی شون رو نبردیم !همه شون دست خودتونه، چون ما نمی خواستیم پول

حروم قاطی زندگیمون بشه !! من اول چه می دونستم پولش از مال حروم و دزدیه؟ مال یتیم و بیوه زنه ؟ چه می دونستیم واسه کارت سبز اینکار رو کردین ؟ خدا انشالله جلوی پای دخترت بذاره هر چی سر دختر من آوردی !!

سعید با لحن محکمی گفت : "برای امیر پاپوچ دوختن !! دلار و سکه ها هم که مال دختر خودت بوده !! حالا چرا اینقدر سرو صدا می کنی !! بالاخره یه چند سالی می ره زندون و بعد میاد بیرون ، سفارش می کنم که حکم اعدام بهش ندن!"

ماهره گلدانی که دم در روی میزی بود بلند کرد و بطرف سعید انداخت وگفت :

" انشالله حکم اعدام خودت بیاد،انشالله سر دخترت بیاد !! انشالله نه خودت نه اون پسر حقه بازت روی خوش نبینین!بی انصاف ها لااقل شهادت بدین که دلار ها مال خودتونه "

سعید با لحن بدی گفت : "برو خانم ...خدا روزی تو جای دیگه بده .. اگه می خوای واسش کاری کنیم در دهنتون رو ببندین وگرنه هر چی دیدن از چشم خودتون دیدین !!"

و بعد به محافظین که دنبال ماهره به داخل خانه آمده بودند اشاره کرد که او را بیرون کنند . نگهبانان بازوی ماهره را گرفتند و او را در حالی که فحش به سعید می داد از خانه بیرون بردند . دنیا چقدر دقل باز است روزی او را مثل یک ملکه وارد این خانه کرده بودند و حالا مثل یک دستمال کثیف اورا دور انداختند!! . هر چند که به ماهره خیلی بر خورد ولی لااقل خوشحال بود که مثل صالح ننشسته و توی دل خودش بد و بیراه به سعید بگوید !! هر چه دلش می خواست گفته بود .ولی آیا بر دل سنگ آنها تاثیری داشت! یعنی واقعا ممکن است حکم صنوبر اعدام باشد؟؟

سعید و زری خانم دلشان محکم بود که طبق نقشه همه ی آن چیزهائیکه همراه امیر هوشنگ بوده متعلق به صنوبر است . برای همین با خیال راحت نشسته و کارها را بدست وکیل همیشه در صحنه امیر هوشنگ سپرده بودند و پشتشان به کسانی گرم بود که از دم کارهای امیر هوشنگ سود های کلانی می برند ! و مطمئن بودند که آنها برای اینکه امیر هوشنگ اسمی از آنها نبرد ترتیب آزادی او را خواهند داد و همه کاسه و کوزه ها بر سر صنوبر خواهد شکست که می خواسته مهریه اش را ببرد !

در این میان کارت سبزی که می خواستند ظاهرا بدون فرستادن سرمایه به آمریکا که این روزها داستان خیلی از آقا زاده ها ست ، برای امیر هوشنگ بگیرند، فعلا منتفی شده! ولی شاید دوباره بزودی از طریق دیگری این کار را انجام دهند . آنها اصلا نگران نبودند ! شاید هم برای اولین بار نبود که امیر هوشنگ دستگیر می شد !؟و آنها راهش را برای نجاتش خوب می دانستند .

ماهره آنقدر خسته و عصبی بود که احتیاج به کمی استراحت داشت ! بخانه مادر رفت ، می دانست باید به بیمارستان برود ولی انگار داشت بیهوش می شد ! این همه داستان در عرض یک روز داشت او را از پای در می آورد .

***

در خانه سبحان ، همه نگران نشسته بودند ! مادر دو سه بار با سبحان حرف زده بود و می دانست که حال صنوبر بهتر است ! ولی بعدش چه خواهد شد؟ ارژنگ معتقد بود که باید برایش وکیل بگیرند !! مگر صنوبر مظلوم و بی دست و پا می توانست از خودش دفاع کند !!؟ او نتوانسته بود در مقابل پدرش ایستادگی کند !! حالا در برابر بازپرس های خبره چگونه می توانست بیگناهی خودش را ثابت کند ! ارژنگ که می دید همه در چه حالی هستند و چیزی که به آن فکر نمی کنند گرسنگی است ، از خانه بیرون رفت و غذا خرید ، مادر وقتی دید که او با دست پربازگشته گفت:

" پسرم تو چرا غذا گرفتی ؟! بخدا آنقدر حواسمون پرت بود که اصلا بفکرغذا نبودیم ! تو مهمون ما هستی نباید می رفتی بازار؟"

ارژنگ با احترام فراوان جواب داد :

" مادر جون از یک طرف می گین پسرم ، از طرف دیگه می گین من مهمونم!! نه من مهمون نیستم !الان هم وقت این حرفا نیست !! مطمئنم شما ها حتی صبحانه هم نخوردین !!"

مادر با حسرت به این جوان نگاه می کرد !! آخر صالح چه در او دیده بود که صنوبر را با این عجله آورد ایران و بعقد امیر هوشنگ در آورد !؟ پسر به این خوبی که بدون ترس از قدرت امیر هوشنگ خودش را برای نجات صنوبر به اینجا رسانده است !!

در این موقع ماهره به خانه رسید !! همه دورش را گرفتند تا ببینند از صنوبر چه خبر ! ماهره هم گفت :

" خدا را شکر فعلا خوبه اما با دامی که اینا براش گستردن فکر نمی کنم به این زودی آزاد شه ..اینا می خوان همه دلار ها و سکه ها رو بندازن گردن اون !!"

همه نگران و سر در گم نشسته بودند !! حالا چه باید کرد ؟ آیا یک وکیل خوب می تونداو را نجات دهد !؟آیا سبحان می توانست او را از این دام برهاند؟!

***

با همه تلاش های سبحان و رو انداختن به کسانیکه اصلا دلش نمی خواست از آنها تقاضایی کند ؛ متاسفانه تا پایان بازجوئی و محاکمه صنوبر باید در زندان می ماند ، فقط او توانست که تا خوب شدنش او را در بیمارستان نگهدارد که شاید آنها بتوانند ازحالش با خبر شوند . ولی این هم نمی توانست زیاد طول بکشد و او باید برای بازجوئی ومحاکمه آماده می شد .

سبحان خیلی کوشش می کرد که با گذاشتن وثیقه او را تا زمان محاکمه آزاد کند . ولی تا بازجویی او تمام نشود ممنوع ملاقات بود و به هیچ وجه با وثیقه نمی توانست او را آزاد کند . چون پرونده مربوط به فساد مالی بود، هر وکیلی هم نمی توانست وکالت او را قبول کند . سبحان بدنبال یک وکیل مجرب ، متدین و خوشنام می گشت که بدون دوز وکلک وکالت صنوبر را قبول کند . در این مدت پیش چندین وکیل رفتند ، بعضی ها می ترسیدند و بعضی ها هم در این باره سابقه ای نداشتند . بیشتر محکومین فساد مالی اعدام می شدند و هر وکیلی نمی توانست قول این را بدهد که بی گناهی صنوبر را ثابت کند .هنوز در بدر بدنبال وکیل بودند . با تمام اصرار سبحان، بیشتر از چهار روز نتوانستند صنوبر را در بیمارستان نگه دارند و بالاخره او را برای بازجوئی بردند .

***

امروز روز بازجوئی بود ، از بیمارستان او را چشم بسته آورده بودند! قلب صنوبر آنچنان می زد که گویی می خواهد قفسه سینه او را پاره کرده و به بیرون پرواز کند . صنوبر فکر می کرد بزودی خواهد مرد ! خدایا زندان چه

شکلی است ؟ او را با قاتلین و تبه کاران در یک جا زندانی خواهند کرد؟ خدایا او چه گناهی کرده که زندگیش چنین در هم پیچیده ؟ آیا یک روز از این کابوس بیرون خواهد آمد ؟ چشم های اورا بسته بودند، دستبند بر دستش بود !! مثل یک قاتل با او رفتار می کردند. با خودش می گفت : خدایا او هرگز به کسی بدی نکرده !! پس این همه مجازات سزای چیست؟خدایا او به چه گناهی چنین سخت مجازات می شود؟بجرم احترام به حرف پدر؟ چرا او باید از چنین گذرگاهی در زندگیش گذر کند ؟

او را به اتاقی بردند وچشم بند او را باز کردند، داخل اتاق یک میز و دوتا صندلی وجود داشت و زن نگهبانی که همراه او آمده بود هم گوشه اتاق ایستاد و منتظر بازپرس شدند !! صنوبر مطمئن بود که مثل فیلم ها دارند او را از بیرون می بینند !! صدای طپش قلبش به گوشش می رسید ! یعنی او تحمل بازجوئی را خواهد داشت ؟ یعنی او می تواندجواب بازپرس را بدهد؟ او یک دختر خجالتی بود! او جرات حرف زدن با پدرش را نداشت!! حالا با یک مرد غریبه چگونه می تواند حرف بزند و بیگناهی خودش را ثابت کند ؟ خدایا از غیب برای او شاهدی بفرست تا بنفع او شهادت دهد !.

در این موقع مرد میان سالی که کت و شلوارخاکستری رنگی بر تن داشت وارد اتاق شد . زن نگهبان سلامی کرد . صنوبر هم بی اراده سلام کرد . مرد نگاهی به او کرد ، صنوبر در این نگاه انگار اعتماد را می دید !! یعنی این مرد به او کمک خواهد کرد؟ مرد روی صندلی مقابل او نشست وگفت :

"خانم فرد ، من محسنی هستم ! بازپرس پرونده شما و می خواهم از شما چند سوال بپرسم و این دوربین روی میز همه چیز را ضبط می کند. مواظب باشید که هر حرفی بزنید بر علیه شما در دادگاه از آن استفاده خواهد شد . از شما می خواهم که جواب های درست بدهید و اگر با ما همکاری کنید از مجازات شما کم خواهد شد ."

صنوبر می ترسید به او نگاه کند، ولی انگار در صدایش یک صداقتی بود که اعتماد او را جلب می کرد ! او چیزی برای پنهان کردن نداشت و اصلا بلد نبود دورغ بگوید!! حتی اگر می خواست هم نمی توانست دروغ بگوید. سرش را پائین انداخته بود و دعا می کرد ! یاد شبهایی که به مسجد می رفت و دعا می خواند افتاد و هرچه دعا بلد بود توی دلش می خواند تا خدا کمکش کند .

آقای محسنی گفت:" دوربین روشن است لطفا خودتون رو معرفی کنید ؟"

صنوبر با صدایی بغض آلود جواب داد :

" من صنوبر فرد خراسانی هستم "

محسنی پرسید :"شما همسر امیر هوشنگ فرد خراسانی هستید؟"

صنوبر آهی کشید و گفت:" متاسفانه بله !! دو هفته پیش عقد کردیم!!"

محسنی پرسید:" شما متهم هستید که قصد خروج مقدار زیادی ارز و طلا راداشته اید!! این همه پول و طلا را چرا از کشور بیرون می برید ؟"

صنوبر ناگهان بغضش ترکید و با گریه گفت :

"بخدا آقا اونا مال من نیست ! امیر هوشنگ بدروغ گفته مال منه ! من اصلا روحم خبر نداشت که توی چمدان های او چی هست ؟ اصلا ما چمدون هامون را قبلا داده بودیم !! چمدون های اونو بدون کنترل و وزن کردن کارگرها بردند توی هواپیما !"

محسنی با تعجب پرسید :" از او نپرسیدی که چرا چمدون های اونه بدون کنترل و وزن کردن بردن توی هواپیما؟"

صنوبر جواب داد :" آقا من اصلا هیچی از او نمی پرسیدم، اگرم می پرسیدم جواب می داد، من آقا زاده هستم و توی صف نمی رم! چون اون آقا زاده بود و هرکاری دلش می خواست می کرد !! من مثل یک عروسک توی زندگی او بودم!!"

محسنی با تعجب پرسید :" شما زن عقد کرده او هستین چطور هیچی از او نمی پرسیدین؟"

صنوبر با گریه گفت : "آقا بخدا من در تمام مدتی که ایران بودم ! حتی ده دقیقه با او تنها نبودم ! اصلا نمی شناختمش !! بخدا من راضی به این ازدواج نبودم منو مجبور کردن !"

محسنی با لحن تمسخر آمیزی گفت :" خانم شما عقد کنون به آن مفصلی داشتین که چندین میلیارد خرج اون شده ! لباس عروس پوشیدین ؟ چطور ترو مجبور کردن "

صنوبر با گریه گفت : "آقا بخدا مجبورم کردن .. پدرم مجبورم کرد!! منم نمی تونستم روی حرف پدر حرف بزنم !"

محسنی با تعجب پرسید : "چرا پدرت مجبورت کرد ؟ برای پول و خونه توی آمریکا؟ چون وضع مالی شما در آنجا خوب نیست !!؟

صنوبر از ترس می لرزید ! زن نگهبان یک لیوان آب به دست او داد تا حالش بهتر شود ، او هنوز هم راضی نبود که کسی به پدر او توهین کند جواب داد :

"آقا بخدا برای پول نبود ! دوازده سال پیش برادرم یک بیماری قلبی گرفت ما رفتیم آمریکا برای معالجه او ! پدرم در اینجا استاد دانشگاه بود، ولی پولی برای معالجه او نداشت ،عموم پدر امیر هوشنگ، خیلی کمک مالی به ما کرد ! پدرم خودشو مدیون اون می دونست، برای همین وقتی منو خواستگاری کردن او جواب مثبت داد . "

محسنی جواب داد: "خوب تو که ناراضی بودی چرا این همه پول و دلار برای مهریت خواستی ؟"

صنوبر جواب داد : "آقا بخدا من نخواستم ! مهریه رو هم مادرم گفت که جلوی پای آنها سنگ بندازه ! تازه اینجا هم که نخواست گفت در آمریکا خونه بخرد!! اونا چون قصدشون گرفتن کارت سبز برای امیرهوشنگ بود قبول کردن، من بعد از چند روز که به ایران رسیدیم فهمیدم که امیر هوشنگ توی کارهای خلافه!! خیلی به بابام گفتم، ولی بابام حرف منو گوش نمی داد .یعنی حرف منو باور نمی کرد!!"

محسنی با تعجب پرسید : "چطور فهمی دی که اون توی کارهای خلافه؟"

صنوبر با وحشت گفت : "آقا من بخدا از او می ترسم او محافظین مسلح داره می ترسم بگم ؟ برن بابا و مامانم رو بکشن !!"

محسنی نگاهی به او کرد ! یعنی این دختر راست می گوید ؟ و از امیر هوشنگ اینقدر می ترسد !!که او می تواندخانواده اش را بکشد !! نکند واقعا این دختر بیگناه باشد ! خدایا مرا کمک کن که حقیقت را بفهمم !و پرسید

"دختر جون کسی از اینجا حرفهای ترو بیرون نمی بره !بگو ببینم چی دیدی!!

شاید کمکت کنه و جرمت کم بشه !"

برقی در چشمان صنوبر درخشید و ناگهان با خوشحالی پرسید :

"ترو خدا راست می گین آقا ؟ اگه بگم چه چیزها از او دیدم شما منو آزاد می کنین ؟"

آقای محسنی به کودکی این دختر باور کرد!! که چگونه ناگهان خوشحال و یا غمگین می شود و جواب داد :

"دختر جان فعلا حرف از آزادی تو نیست، من قاضی نیستم ! من حرفهای ترا برای قاضی می فرستم و او تصمیم می گیره ! حالا بگو که چه می دونی؟"

صنوبر هم چیزهائی را که در میهمانی امیر هوشنگ درشمال در مورد داروها و در گیری او در کنسرت برای سنگ ها، و دیدار با ارمنی هارا در تالاب برای او گفت !

محسنی با دقت به حرفهای او گوش می کرد .

پرسید : "تو شنیدی که بین او و ارمنی ها چه گذشت ؟"

صنوبر جواب داد : "نه چون ما توی قایق خودمون بودیم، ولی او برای یکساعت به قایق آنها رفت ! حتی وقتی برادرم اینها را جلوی اون به پدرم گفت امیر هوشنگ عصبانی شد و بعد از اون دیگه مارو جائی نبرد . ما بعد از عقد فهمیدیم که او برای اینکه کارت سبز بی دغدغه بگیره با من ازدواج کرده که پشت سر پدرش نگن که او در آمریکا سرمایه گذاری کرده ! من گوسفند قربانی یک کارت سبز هستم !! برای همین هم پدرم با اینکه من تازه عمل کرده بودم، تصمیم به رفتن گرفت!! ولی او با ما هم سفر شد، بخدا تا وقتی چمدانهای اونو باز نکرده بودن من نمی دونستم که اون داره پول و طلا خارج می کنه !!

آقای محسنی پرسید : "خوب اون می گه که این پول ها مهریه توست !! تو چرا در خواست این همه دلار و طلا کرده بودی ؟"

صنوبر که احساس می کرد این مرد قصد کمک به او را دارد با صداقت جواب داد :

" آقا شما اون پول ها رو شمردین !!؟ یعنی صد و ده سکه آنهمه سکه می شه که توی چمدون های اون بود؟ بنظر من که خیلی بیشتر بود !! تازه ما اصلا نگفتیم که الان می خوایم !! مادرم گفت وقتی میاد آمریکا یه خونه بخره! یه خونه توی جایی که ما زندگی می کنیم پانصدهزار دلاره، یعنی پونصدهزاردلار آنهمه اسکناس می شه !! بخدا فکر کنم که خیلی بیشتر بود!! بخدا اون می خواسته واسه خریدن بانک توی دوبی پول ببره ! حتما می دونین که اون داره توی دوبی یه بانک می خره !!"

محسنی فکر کرد که این دختر دارد واقعیت ها را می گوید ، چون حتی نمی داند که امیر هوشنگ چه گنجی را داشته با خودش می برده که می شده در آمریکا با آن یک شهر بخرد نه یک خانه کوچک !!از او پرسید:

" از کجا می دونی اون قرار بوده بانک بخرد ؟"

صنوبر جواب داد :" اول می خواست که از سهام اون بانک مهریه من بکنه ولی عمو سبحان نگذاشت ،چون می دونست که از راه خلاف اون سهام رو خریده ، بعد از عقد فهمیدیم که اون کار های غیر قانونی می کنه عمو سبحان گفت که بخاطر همین نمی خواسته که بیخودی اسم من جائی نوشته شود و مجرم باشم ."

صنوبر آنقدر بی ریا و با صداقت حرف می زد که محسنی باور می کرد . گروهی هم که در بیرون از اتاق نشسته بودند و بطور زنده این بازجوئی را می دیدند، به حرفهای او بیشتر و بیشتر اعتماد می کردند . او صادقانه همه چیز را می گفت . شاید این کمک بزرگی به اثبات بیگناهی او بکند . البته زن امیر هوشنگ بودن و داشتن آنهمه دلار و طلا جرم کمی نبود که به این راحتی بخشوده شود . آنها هم باور می کردند که او قربانی دیگری از قربانیهای امیر هوشنگ و سعید است .

بازپرس پرسید :" اگه عمویت می دونست که امیر هوشنگ کارهای خلاف می کنه! چرا پدرت باور نکرد؟

صنوبر جواب داد : "پدرم خودشو مدیون عمو سعید می دونست و گذشته ازاون فکر می کرد شاید عمو سبحان به عمو سعید حسودی می کنه "

آقای محسنی به او گفت: "دختر جان اگر واقعا این هائی که میگی راست باشه و تو در دادگاه شهادت بدی خیلی به نفع خودت است ، سعی کن که

هر چه بیشتر در مورد او و کارهائی که می کرد می دونی به ما بگی به تو کمک می کنه ."

صنوبر ناگهان بیاد ماجرای باشگاه اسب سواری و جزیره نزدیک قشم افتاد و آنها را هم تعریف کرد و در مورد مرد مرموزی که در هر دو جا دیده بود،که همه از او حساب می بردند هم گفت .

بازپرس پرسید :"آن مرد در باشکاه اسب سواری چکار کرد!! که فکر می کنی همه از او حساب می بردند !!؟

صنوبر جواب داد:" فکر می کنم دستور کشتن اسب های دیگه رو داد تا مسابقه برقرار نشه !!"

محسنی پرسید:"چرا آن مرد دستور کشتن اسب ها رو داد؟"

صنوبر جواب داد:" آقا من نمی دونم ، اما رخش اسب امیر هوشنگ زخمی شده بود ، فکر می کنم قرار بوداون فردا برنده بشه ، که مرُد، چون وقتی می رفتیم اون جا ، امیر هوشنگ مرتب فریاد می زد که دو میلیارد تومن فردا به باد رفت!! فکر کنم قرار بود اسب امیر هوشنگ برنده بشه ، بنا براین اون آقا دستور کشتن چند اسب دیگه رو داد تا مسابقه عقب بیفته و اسب دیگه ی امیر هوشنگ برنده بشه "

محسنی خوب می فهمید که صنوبر از چه حرف می زند ، این هم نوعی پول شوئی بود که از قمار اسب بدست می آمد . سپس از او در باره جزیره نزدیک قشم پرسید:

" دختر جان از کجا فهمیدی که در آن جزیره ماجرای دیگری است "

صنوبر جواب داد :" آقا وقتی ما سوار قایق شدیم دو نفر عرب و یک کت وشلواری هم سوار شدند ، و باهم انگلیسی حرف می زدند ، نمی دونستن که من انگلیسی بلدم !! طور مرموزی حرف می زدند ، اما می شد فهمید که زیر خاک اون جزیره یه چیزی پیدا کردن ، که نمی خواستن دولت بفهمه !! نمی دونم نفت بود ؟ گاز بود ؟ یا معدن طلا !!؟"

محسنی با تعجب پرسید :" خوب امیر هوشنگ که می دونست تو انگلیسی بلدی !! چطور جلوی تو انگلیسی حرف می زدند !!؟

صنوبر جواب داد:" امیر هوشنگ و کامبیز در طرف دیگهِ قایق نشستن، فاصله شون با ما زیاد بود و حرفهای عرب ها رو نمی شنیدنَ !!"

انگار از بیرون اتاق بازپرسی در گوشی محسنی چیزی گفتند ، او چند دقیقه سکوت کرد و بعد پرسید:

" از اون آقا بگو !! چه شکلی بود !! چند ساله بود!! می دونی اون کی بود!!؟"

صنوبر جواب داد :" هر دو دفعه از دور دیدمش ! هم توی باشکاه اسب سواران و هم توی جزیره ، توی یه ساختمون نیمه کاره بود ، ما توی ساختمون نرفتیم "

محسنی پرسید:" می شه در مورد اون آقا بیشتر بگی ؟"

صنوبر جواب داد :" بخدا من که از نزدیک ندیدمش ، هر دو دفعه از دور بود ، ولی قیافه اش یادمه سرش مو نداشت ، ابرو های سیاه پر پشت داشت که از دور دیده می شد ، یه چیزی هم توی ریشش بود!! یه لکه سیاه !! نمی دونم چی بود ...شاید ماه گرفتگی داشت و یا یه تیکه از ریشش سیاه بود!! سنش بنظر زیاد بود !! شاد بالای هفتاد سال رو داشت "

محسنی چند لحظه به تابلتی که جلویش بود نگاه کرد و بعد تابلت را بلند کرد و نشان صنوبر داد و پرسید :

" می تونی اونو توی این عکسها بشناسی ؟"

و چند عکس را به او نشان داد ، عکس سوم را که صنوبر دید با خوشحالی گفت :

" اینه ..آقا بخدا اینه !! " و ادامه داد " آقا ترو خدا !! منو آزاد کنین !! هرچی پرسیدین راستشو گفتم دیگه!! ترو خدا بذارین برم "

محسنی لبخندی زد و گفت : "دختر جان گفتم که دست من نیست ! انشالله اگه راست میگی ، خدا کمکت می کنه و نجات پیدا میکنی!! "

محسنی دوباره پرسید : " این آقا توی اون جزیره چکار کرد ؟؟"

صنوبر جواب داد :" من فقط از دور دیدمش ، هوا خیلی گرم بود و بوی

ماهی مونده می آمد ما زود برگشتیم قشم"

محسنی مطمئن بود که این دختر حقایق را می گوید ، اگر ثبوتی برای حرفهایش پیدا کند، حتما دادگاه او را تبرئه می کند ، پرسید :

" خوب بیشتر در باره امیر هوشنگ بگو!!"

صنوبر جواب داد :" آقا اون جلوی من و پدرم یه جور بود و با مردم یه جور دیگه ، مثلا با شریک هاش توی کنسرت دعوا می کرد، ولی جلوی من به گداها پول می داد!! حتی کارت ملی اونا رو می گرفت که واسشون حساب بانکی باز کنه که من ببینم چقدر مهربونه!"

محسنی ناگهان گفت :"دوباره قشنگ بگو که چی شد ؟ تو چی دیدی؟"

صنوبر هم تمام جریان دیدن مشهدی حسین را برای او گفت .حتی جریان دختری که در مجلس زخمی شده بود و او را بدست مشهدی حسین سپردند.

محسنی پرسید:" تو نپرسیدی که چرا نقد به آنها کمک نمی کنه و کارت ملی می گیره ؟"

صنوبر جواب داد :" من جرات پرسیدن چیزی رو از او نداشتم !! اگه دلش می خواست برای من توضیح می داد، و خودش به من گفت که اینجوری هر ماه براشون پول می فرسته که یادش نره ."

محسنی جریان باز کردن حساب های بانکی برای فقرا را که جدیدا ، برای پول شوئی از آن استفاده می شد را بخوبی می دانست . پس امیر هوشنگ هم با باز کردن حسابهای میلیاردی بنام مردم فقیر پول شوئی می کرده، ولی هیچ ردپائی از او پیدا نمی کردند!! خیلی خوشحال شد وبا لبخندی از صنوبر پرسید:

" اگر مشهدی حسین را ببینی می شناسی ؟"

صنوبر جواب داد:" البته !چرا نشناسم "

محسنی پرسید:" اون دختر رو هم می شناسی؟"

صنوبر جواب داد :" نه اونو برادرم توی مجلس دیده و باهش حرف زده بود"

محسنی گفت :" فکر می کنی برادرت بتونه شهادت بده ؟

صنوبر جواب داد :" اون منو خیلی دوست داره !! من بخاطر سلامتی اون با امیر هوشنگ ازدواج کردم حتما شهادت می ده !!"

محسنی گفت :" خوب حالا واسه امروز بسه ! اگه لازم شد دوباره ترو میارن اینجا!"

صنوبر با وحشت پرسید : "مگه قراره منو کجا ببرن !! ؟"

محسنی جواب داد که او را به زندان خواهند برد تا بازجویی بعدی و زمان محاکمه!! صنوبر جیغ بلندی کشید و بیهوش شد و از روی صندلی به زمین افتاد ، زن نگهبان بسوی او رفت که او را بلند کند !! احساس می کرد قلب صنوبر تپش زیادی دارد و حالش خوب نیست ! او را به اتاق دیگری بردند و اوژانس خبر کردند . کمی بعد بهوش آمد !! حالا قرار بود او را به زندان ببرند !! او هرگز حتی در فیلم ها هم زندان را ندیده بود .

***

او را سوار ماشینی کردند و بسوی زندان براه افتادند . دیگر چشمهای او را نبستند ، او خیابان ها را می دید ، با خودش می گفت آیا پدر و مادرش الان می دانندکه او را به کجا می برند !! حتما عمو سبحان می تواند زندان او را پیدا کند !!خدایا او چند روز در زندان خواهد ماند ؟آیا آزادی را خواهد دید؟ بیش از یک ساعت رفتند تا تقریبا از شهر خارج شدند. ناگهان صنوبر دیوار بلندی را دید که در بالای آن سیم خاردار کشیده بودند و در برج مراقبت هم سربازی با تفنگ ایستاده بود ! او را به زندان بزرگی آورده بودند و از دیدن آن وحشت کرد . خدایا آیا او روزی را خواهد دید که ازین زندان مخوف رهائی یابد ؟

با ماشین بداخل زندان رفتند ، او را پیاده کرده و بطرفی بردند ، بعد وارد ساختمان شدند !دم در ورودی یک گیشه نگهبانی بود و زنی پشت آن نشسته بود و اسم صنوبر را در دفتری نوشت و سپس از او خواست تا هرچیز با ارزشی دارد به او بدهد ! صنوبر حلقه ازدواج که هنوز در انگشتش بود، ساعتی هم بدست داشت را تحویل داد ولی گردنبندی که از هند خریده بود وآنرا خیلی دوست داشت ،دلش نمی خواست آنرا تحویل بدهد!!ولی نگهبان به او گفت :

"انشالله وقتی آزاد شدیِ همه اینها را بتو پس می دیم ،ولی بخاطر امنیت خودت این ها رو می کیِریم !! که زندانیها برای دزدیدن اینها بلائی بسرت نیارن !"

قلب صنوبر بشدت می زد !! خدایا دارد به کجا قدم می گذارد که از یک گردنبند مصنوعی هم نمی گذرند !! او قراربود با کی همخانه شود.؟نگهبان اورا به سمت بند برد و دری میله ای را باز کرد و صدا زد، وکیل بند کجاست؟زن نسبتا چاقی بسوی آنها آمد ! و سلامی به نگهبان کرد .

نگهبان گفت : "مرضی خانم این صنوبره مواظبش باش بیمارستان بوده کسی اذیتش نکنه !! "

نفس صنوبر بند آمده بود !! خدایا مگر قرار است با او چه کنند ؟ مرضی خانم با لحن لات های توی خیابان جواب داد :

"خیالت تخت ..مث دختر خودم حفظش می کنم !"

صنوبر با وحشت داخل بند شد ! مرضی خانم زیر بازوی او را گرفت ! زنهای زیادی در آنجا بودند ، بند مثل سالن دراز و بی پنجره ای بود ،که چراغ برق آنجا را روشن می کرد! در دو طرف بند سلول هایی قرار داشت که زندانیان در آنها بودند ،سلول ها هم پنجره ای نداشتند فقط دیوار روبه سالن نرده ای بود که درب سلول بحساب می آمد ، زنهای زندانی همه به تازه وارد نگاه می کردند ، اکثرا روسری بسر داشتند ، اما بعضی ها هم بدون روسری بودند! البته اینجا مردی نبود که آنها مجبور به رعایت حجاب باشند ! بعضی ها مانتو بر تن داشتند و بعضی ها هم بلوز و دامن های بلند !! توی سلول ها تخت های دو طبقه بود .. همه به او نگاه می کردند !! یک زن بصدای بلند گفت :

" یه صلوات بفرستین واسه این عروس خانم خوشگل ایشالله موندی نشی "

صنوبر با خودش گفت این از کجا میداند که من تازه عروس هستم ؟ خیلی ترسید اما مرضی خانم به او گفت :

" این زن خوبیه سالهاس اینجاس دل نگران نشو برات دعای کرد که زود بری و برنگردی !"

مرضی خانم او را وارد یکی از سلول ها کرد و گفت :

" صغرا خانم مهمون دارین !"

زنی که او را صغرا صدا کرد ، قیافه مهربانی داشت ، مرضی خانم به بقیه نگاه کرد و گفت:

"خانوما این صنوبر خانمه ..واسش یه صلوات بفرستین که زود آزاد شه و بره ! "

صغرا خانم صنوبر را بسوی یک تخت خالی که طبقه پائین بود برد و به او گفت : "عزیزجان این تخت تو ! وسیله دیگه نداری ؟"

صنوبر نگاهی به او کرد و پرسید : "وسیله چی ؟"

زن جواب داد: "آخه رختی ! لباسی ! مگه اومدی مهمونی که فردا برگردی؟

دل صنوبر آتش گرفت ، یعنی او اینجا ماندی است که باید رخت و لباس می آورد ؟ خدایا به او کمک کن او مستحق این مجازات نیست .

روی تخت دراز کشید و آهسته اشک می ریخت . به قیافه بقیه زنها نگاه می کرد ! اینها چه کرده اند که در زندان هستند ..!! دلش می خواست بداند، ولی آنقدر غمگین بود که حوصله حرف زدن نداشت .بالاخره خودشان خواهند گفت ! نفهمید که کی خوابش برد ! صغرا خانم برای غذا خوردن بیدارش کرد . او فکر می کرد که زندانیها برای غذا خوردن به یک سالن دیگری می روند!ولی دید که توی سلول خودشان غذا پخته اند و دارند میخورند ! املت درست کرده بودند ! توی یه پشقاب حلبی برای او هم کشیده و با یک تیکه نان به او دادند !.

خدایا او چه چیزها را باید تجربه می کرد !!؟ با اینکه دلش نمی خواست آن غذا را بخورد ولی گرسنه اش بود ! بلند شد و کنار آنها نشست . باخودش گفت کاش تلفنم را داشتم و از این سفره و این غذا عکس می گرفتم !!بعد ناگهان بیاد بدبختی هایش افتاد ، مگر سفرتفریحی آمده ! که عکس یادگاری بگیرد؟ توی زندان است و معلوم نیست که دیگر رنگ بیرون را ببیند یا نه؟ دوباره اشک دور چشمهایش حلقه زد و بغضی گلویش را گرفت . صغرا خانم متوجه حال او شد کنارش نشست و مثل یک مادر او را نوازش می کرد! و دلداریش می داد

"دختر خوشگلم تو چرا اینجائی ؟ مواد می فروختی؟"

صنوبر نگاهی به او کرد و گفت : "مواد چی ؟ مواد چیه ؟ "

صغرا خانم با خنده گفت : "مواد چیه !! تو دیگه از کدوم جنگل آمدی که نمی دونی مواد چیه؟ مواد همین که مردم می زنن و می رن تو عالم هپروت"

صنوبر نگاهی معصوم به او کرد و گفت :"آها یعنی مواد مخدر؟ نه بخدا من اصلا تا حالا مواد مخدر ندیدم !!"

بعد تعریف کرد که بخاطر گناه پاکی و سادگی اینجاست !! گفت که گول پسر عمویش را خورده و به جرم نادانی به زندان افتاده ! در این موقع زنی بصدای بلند از بیرون گفت :

"اخبار شروع شده بیاین ببینین ! "

همه بلند شده و به تماشای اخبار رفتند ! یک تلویزیون کوچک بالای دیوار سالن نصب بود و داشت خبر پخش می کرد !! صنوبر اشتیاقی به شنیدن اخبار نداشت، ولی چون همه رفتند او هم بلند شد و به پای تلویزیون رفت. اینهم یک سرگرمی زنان در بند بود ! ناگهان عکس امیر هوشنگ را دید!! باورش نمی شد که این امیر هوشنگ است ؟ و گوینده گفت :

"امیر هوشنگ معینی فرد متهم اختلاس چند میلیارد دلاری و خروج ارز قاچاق ازکشور با گذاشتن وثیقه فعلا آزاد شده است ولی حق خروج از کشور را ندارد. "

وای بر صنوبر او فدای قدرت امیر هوشنگ شده و اکنون در زندان بسر می برد ولی امیر هوشنگ مثل شاخ شمشاد آزاد برای خودش می گشت!!

خدایا این است عدالت تو ؟ بسوی سلولش باز گشت و روی تخت نشست و به صدای بلند گریه می کرد . چگونه او حتی نمی تواند پدر و مادرش را ببیند ؟ آن وقت امیر هوشنگ آزاد شد !؟! صغرا خانم پشت سر او به سلول بازگشت ! کنارش روی تخت نشست و او را در آغوش گرفت و صورتش را بوسید و گفت :

"خوشگل خانم چی شد ؟ چرا گریه می کنی ؟"

صنوبر هم برایش گفت که آن کسی که باعث شد او در زندان باشد همین

الان تلویزیون نشان داد که خودش آزاد شده است ! صغرا دست بر موهای او می کشید و گفت :

" عزیز دلم حالا کو..... تا بیعدالتی ها رو ببینی ؟ این جا مرکز بی عدالتیه فکر می کنی همه اینجا قاتل وآدم کشن ؟ نه.....!! همین مهین خانم بخاطر بیست میلیون تومن چک سه ساله توی زندونه !! بچه هاش هم سرگردون توی خیابونها می چرخن ؟ بیشتر اینها بخاطر چک و سفته اینجان !! نه دزدی و آدم کشی ! عزیزم داستان اسارت اینجا رو باید تو قصه ها نوشت تو فکر می کنی تنها بیگناه اینجائی !؟ اینجا پر از بیگناهان بی کس است! انشالله برای تو هم وثیقه می ذارن و آزاد می شی !!"

فردا صبح تازه صبحانه خورده بودند که ناگهان اسم خودشو از بلند گو شنید!! نه اشتباه نمی کرد! بلند گو می گفت که ملاقاتی داره ؟ یعنی الان اون مادرشو می بینه ؟ کی به دیدن او آمده است .؟ با عجله چادرش را بسر کرد و بسوی در راهرو براه افتاد ! زن نگهبانی او را به سالن ملاقات برد! یک اتاق باریک و بلند که چندین پنجره شیشه ای داشت و جلوی هر پنجره یک صندلی بود و یک تلفن به دیوار چسبیده بود ! از جلوی یکی از پنجره ها گذشت ناگهان عمو سبحان را دید با خوشحالی بسوی آن پنجره دوید! فکر می کرد که می تواندپنجره را باز کند !! عمو سبحان اشاره به تلفن کرد که تلفن را بردارد، صنوبر با عجله تلفن را برداشت و صدای گرم و مهربان عمو سبحان را شنید که گفت : "صنوبر جان "

صنوبر بغضش ترکید انگار همه اشکهای دنیا توی چشمهای او جمع شده بودند تا با صدای آرام بخش سبحان به روی گونه هایش بریزند !! او فقط گریه می کرد ، سبحان خوب می فهمید که او در چه حالی می باشد ! گفت :

"عزیز دلم آرام باش بخدا هرکاری برای آزاد کردنت می کنم !! بهت قول می دم! که بی گناهی ترو ثابت کنم"

صنوبر با گریه گفت : "عمو جون امیر هوشنگ آزاد شده !! پس چرا شما برای من وثیقه نمی ذارین تا منم آزاد بشم ؟"

سبحان با ناراحتی و شرم گفت :" عزیزم آنقدر پول ندارم که برات وثیقه بگذارم !! فقط همون خونه است که اینقدر نمی ارزه !! وثیقه ات بخاطر دلار ها و طلا ها خیلی زیاده!! برات وکیل گرفتم، فردا باتو حضوری ملاقات

می کنه !!سعی می کنم یه ملاقات حضوری هم با مامانت برات بگیرم !! عزیز دلم ، دل همه ی ما پیش توست اینقدر بی قراری نکن!"

صنوبر تازه یادش افتاد که حال پدر مادرش را بپرسد ! عمو سبحان گفت:

" همه خوبن ماهور هم پیش ماست و داریم برای آزادیت تلاش می کنیم!! فقط مواظب خودت باش عزیز دلم "

مقصود سبحان از ماهور ، ارژنگ بود می خواست به صنوبر بگوید که ارژنگ هم به آمریکا باز نگشته و منتظر آزادی او اینجا مانده است !صنوبر با یک دست تلفن را گرفته و دست دیگرش را بشیشه بینشان چسبانده بود انگار این طوری احساس نزدیکی بیشتری می کرد ! عمو سبحان هم دستش را روی شیشه گذاشت انگار دست صنوبر را لمس می کند ! می خواست به او قوت قلب بدهد!! چند دقیقه بعد مامور گفت که وقت ملاقات تمام شد صنوبر دستش را بسوی عمو سبحان دراز کرده و می رفت !! با نگاهش التماس می کرد که او را پشت این میله ها فراموش نکنند .

فردا دوباره او را برای ملاقات صدا زدند !! یکی از نگهبانان زن همراه او به اتاق ملاقات رفت ! اتاقی بود با چند تا صندلی و میز که هر کسی پشت یک میز می نشست ! پشت یکی از میزها یک مرد تنهایی نشسته بود و با دیدن صنوبر او را شناخت و بصدای بلند گفت :

"صنوبر خانم !!؟"

صنوبر بسوی او رفت ! او خودش را معرفی کرد و گفت که وکیل او می باشد. چند صفحه کاغذ چاپ شده را به او داد تا امضا کند ! که بتواند وکالت او را به عهده بگیرد. ! بعد به او سفارش کرد که در زندان خیلی مواظب خودش باشد و به کسی اعتماد نکند ! چون ممکن است از افراد امیر هوشنگ کسانی در زندان باشند !! و ازاو خواست هر چه از کارهای خلاف امیر هوشنگ را می داند برای او بگوید . این ملاقات نیم ساعت بطول انجامید .

در آخر وکیل گفت که شاید بزودی مادرش را ملاقات کند و اضافه کرد که برایش مقداری خوراکی و لباس آورده که به نگهبانی داده پس از بازرسی به او خواهندداد ، و رفت .

صنوبر را با یک دنیا سوال بی جواب برجای گذاشت !! چرا گناهکار اصلی باید آزاد باشد و او چنین در بند !؟ برایش لباس آورده اند! پس مطمئنا او مدت زیادی در اینجا خواهد ماند !! با چشمانی اشکبار به سلول خودش باز گشت روی تختش دراز کشید و به روزهای خوب آزادی فکر می کرد، شاید با یاد آوری آن روزها بتواند اینجا را تحمل کند!! به روزهای عاشقی ! به هندوستان ! به آنهمه اتفاقات خوب ! چه می شد اگر همه این دردسرهاخوابی بیش نبود و او وقتی چشمهایش را باز می کرد خودش را در اتاق میهمانسرا می دید که با ماهور و زیباو گلبو روی تخت ها خوابیده باشند و پسرک برایشان چای صبحگاهی بیاورد. بر بگردی روز خوب.

بعضی وقتها باید قدر خوشی ها را دانست و بخاطر هیچ مسئله ای خوشی الان را حرام نکرد چون معلوم نیست این اتفاق دوباره بیفتد. واقعا که زندگی درک همین الان است . اما افسوس که این جز یک خاطره چیز دیگری نبود و او اکنون در بند دروغها و حقه های امیر هوشنگ اسیربود و راه فراری نداشت .

نگهبانی او را صدا زد ، ساک کوچکی لباس و یک جعبه شیرینی و مقداری میوه برایش آورده بود . خودش هم نمی دانست که چند روز است که که لباسش را عوض نکرده؟و همین لباس تنش بوده، تصمیم گرفت تا به حمام برود!! حتما اینجا حمام داشت! ساک لباسش را زیر تختش گذاشت یک دست لباس برداشت تا به حمام برود . منتظر صغرا خانم بود تا از او بپرسد که حمام کجاست ! جعبه شیرینی و میوه ها را کنار بقیه آذوقه ها گذاشت تا همه بخورند . او که به تنهائی نمی توانست این همه شیرینی را بخورد . در همین موقع صغرا خانم به سلول بازگشت و صنوبر ازاو در مورد حمام پرسید . او خودش صنوبر را به حمام برد، بغل دستشوئی یک حمام بود ، یک سالن با چند تا دوش که بوسیله دیوار از هم جدا می شدند ،این حمام خیلی کثیف بود ولی چاره ای نداشت و باید حمام می کرد

لباس هایش را به جالباسی آویخت و به زیر دوش رفت . ناگهان زن درشت اندامی وارد حمام او شد و او را به دیوار حمام چسبانید و یک تکه شیشه شکسته زیر گلوی او گذاشت و گفت :

" خوب گوش کن عروس فرنگی ! از آقا امیر هوشنگ واست پیغوم دارم گفته اگه لب باز کنی و چیزی علیه اون بگی همین جا دخلت رو بیاریم

افتاد ؟"

صنوبر داشت سکته می کرد چیزی که هرگز فکرش را نکرده بود اینکه امیر هوشنگ در زندان هم نوچه داشته باشد !!؟ یا علی او به کجا فرار کند؟ ! داشت زیر آب خفه می شد ! نفسش بند آمده بود می خواست فریاد بزند ولی می ترسید . زن ادامه داد :

"خانم خوشگله شتر دیدی ندیدی!! اگه به یه نفر، یا به صغرا بگی من چی بهت گفتم دفعه دیگه باهت حرف نمیزنم !! این رگ گردن خوشگلت رو میزنم تا فینیش شی ؟ افتاد ؟؟

صنوبر داشت غش می کرد ! جرات فریاد زدن نداشت ! یک نفر صدایش از بیرون آمد که گفت :" لیلا بدو بریم یکی داره میاد !!"

زنی که اسمش لیلا بود او را رها کرد و بسرعت رفت . صنوبر چند لحظه مثل مجسمه سر جایش میخکوب شده بود !! یعنی امیر هوشنگ چنین مافیائی دارد ؟ خدایا او به چه گناهی چنین کیفری را می بیند؟ چرا باید انسان خوبی مثل او گرفتار این ددان انسان نما بشود ؟ چند لحظه بعد دو نفر دیگر به حمام آمدند و صدای باز شدن دوش ها آمد !! صنوبر کمی بر اعصابش مسلط شد و شروع به شستن خودش کرد .

وقتی از حمام بیرون آمد خیلی سعی کرد که به صغرا جریان حمام را بگوید ولی ترسید که آنها ناگهان در جائی او را تنها گیر بیندازند و بکشند . بنا براین تصمیم گرفت که بهیچ کس چیزی نگوید و تا روز محاکمه صبر کند. هرچند که امیدی به آزادی نداشت !! امیر هوشنگ الان آزادانه می گشت و او را در چنگال زنانی پرخاش گو و جنگجو انداخته بود که جیک نزند ! او می ترسید حتی به مادرش هم حقیقت را بگوید .

سه روز بعد دوباره اسم او را صدا زدند که ملاقاتی دارد ! با عجله چادرش را بسر کرد و بسوی در راهرو دوید !! نگهبان او را به اتاق ملاقات برد، وقتی وارداتاق شد ، اول مادرش را نشناخت چون او چادر سیاه بسر داشت ! بعد اورا دید که روی یک صندلی نشسته ! ناگهان با صدای بلند شروع به گریه کرد !! انگار تمام بغض های عالم را برای این لحظه حفظ کرده بود! مادرش هم دست کمی از او نداشت !

ماهره ، صنوبرش را می دید ! خدایا چگونه می تواندعزیز دلش ! میوه

زندگیش را چنین در بند ببیند !! کاش بجای صنوبر او در بند می بود !! آنقدر سروصورت او را بوسه زد که از اشک آنها دامن هایشان خیس شد چقدر دردناک است چنین دیداری !! مادر همیشه دوست دارد جانش را برای فرزندش قربان کند و حالا می دید که جگر گوشه اش در بند است و از او کاری بر نمی آید . نگهبان به آنها گوشزد کرد که بهتر است عوض گریه کردن حرف بزنند چون وقت ملاقاتشان تمام می شود !!ماهره باز هم قربان صدقه او می رفت :

" الهی دردتو بخوره توی سر من !! کاش جای تو من اینجا بودم !! الهی چشمام کور می شد و ترو این جوری نمی دیدم !!"

کنار هم نشستند دستهای هم را گرفته بودند و اشک می ریختند . ماهره کمی که آرام شد آهسته به او گفت :

"عمو سبحان تلاش می کنه برات وثیقه جور کنه که تا زمان محاکمه آزاد بشی !! اما سخته !! وکیل هم داره کلی اسناد برعلیه امیر هوشنگ بدست می آره که به تو کمک کنه !"

صنوبر سرش را نزدیک برد و آهسته به مادرش به انگلیسی گفت:

"مامان اینجا هم امیر هوشنگ آدم داره مواظب حرفات باش "

تازه ماهره بفکر افتاد که چرا با او به انگلیسی حرف نمی زندکه کسی نفهمد، خیلی از حرف صنوبر تعجب کرد و بعد او هم به انگلیسی گفت :

"این تعجب نداره این مافیای بزرگ باید همه جا ریشه دوانده باشه !عزیزم غصه نخور , وکیلت و عمو سبحان دارن برات مدرک جمع می کنن که انشالله روز محاکمه آزاد شی!! بعد خیلی آهسته گفت که ماهور و ارژنگ هم به آمریکا نرفته اند و منتظر دادگاه تو هستند ."

چشمان صنوبر دوباره پر از اشک شد ! خدایا آیا می شود روزی دوباره خودش را درآغوش ارژنگ بیاندازد و یک دل سیر گریه کند ،برای همهِ این جدائی ها، برای همه این بدبختی ها، برای همه این بی کسی ها، برای همهِ این بی انصافی ها !!؟ !! فقط به مادرش گفت که به آنها بگویدکه خیلی دلتنگشان شده !!

ماهره گفت که مقداری لباس غذا و پول به دست نگهبانی داده است

که بعدا به او بدهند ! بعد اشاره کرد که برای محافظت خودش به هم بندیهایش پول بدهد تا از او در مقابل دیگران دفاع کنند، این را وکیل گفته بود، ولی صنوبر چیزی در مورد اینکه امیر هوشنگ او را تهدید کرده است به ماهره نگفت ! چون کاری از دست او بر نمی آمد ! بالاخره وقت ملاقات تمام شد و او را با چشمانی گریان به سلول خودش باز گرداندند .

پولی که برایش آورده بودند را گرفت و مقداری از آن را به صغرا خانم داد و بعد آهسته به او گفت که زنی به نام لیلا او ر ا در حمام تهدید کرده است، ولی از او خواست که هیچ واکنشی نشان ندهد، فقط یک نفر را که به او اعتماد کامل دارد همیشه همراه صنوبر کند تا جائی تنها نرود. صغرا هم یک زن درشت هیکل که بخاطر کتک زدن صاحب خانه اش در زندان بود را انتخاب کرد که از صنوبر محافظت کند و او را تنها نگذارد..

***

سبحان کوشش خودش را برای نجات صنوبر می کرد ، با وجود بیماری که داشت ، هر روز صبح همراه صالح از خانه بیرون می رفت و شب خسته و کوفته باز می گشت . یک روز عصر زنگ در خانه را زدند ، صابر در را گشود و کامبیز وکیل امیر هوشنگ را پشت در دید ،صابر با عصبانیت در را بروی او بست !! ولی کامبیز دوباره زنگ زد و گفت که می خواهد در مورد صنوبر حرف بزند . بالاخره سبحان او را پذیرفت .

کامبیز بعد از مقدمه چینی ، خیلی خلاصه مطلب خودش را بیان کرد !! اگر قبول کنند که وکیل صنوبر را برکنار کرده و وکالت صنوبر را هم به او بدهند!! او در داگاه طوری حرف خواهد زد که صنوبر جرمش کمتر شود. سبحان با لحن تندی گفت :

" آقا بفرمائید بیرون !! ما خودمون وکیل گرفتیم "

کامبیز لبخندی از روی بد جنسی زد و گفت :" اها ..فکر می کنین اون وکیل زپرتی که پیدا کردین از من بهتر می تونه همه چیز رو دور بزنه ... از من گفتن اگه نمی خواین صنوبر اعدام بشه و یا یه عمر توی زندون بمونه !! باید حرفی در مورد امیر هوشنگ توی دادگاه نزنه وگرنه هرچی دیدین از چشم خودتون دیدین !!"

سبحان بلند شد و با عصبانیت در حیاط را به او نشان داد و گفت :

" بفرمائین بیرون تا زنگ نزدم پلیس بیاد"

کامبیز بلند شد و از در بیرون رفت و آنها را در دنیایی از تعجب باقی گذاشت.

***

سه هفته بعد یک شب که همه خواب بودند ناگهان کسی در دهن صنوبر را با دست گرفت !صنوبرچشم باز کرد و لیلا را دید ! آهسته در گوشش گفت که بزودی برای محاکمه می رود ولی اگر بر علیه امیر هوشنگ حرفی بزند، او را در زندان خواهند کشت و بسرعت رفت و او را با یک دنیا تعجب بر جای گذاشت !! چگونه زن زندانی از روز محاکمه او خبر داشت وقتی هنوز به خودش نگفته بودند !!؟

دو روز بعد او رابه دفتر زندان احضار کردند تا برای محاکمه به دادگاه بفرستند . صنوبر خیلی می ترسید ! امروز روز سرنوشت ساز بود ! خدایا اگر در دادگاه جواب درست بدهد و بر علیه امیر هوشنگ حرفی بزند ! با پیغامی که او فرستاده ، حتما یا در زندان و یا در بیرون او را می کشتند. بایددر این مورد با وکیلش قبل از شروع دادگاه حرف بزند ! ! با دلی پر از اضطراب سوارماشین زندان شد تا به دادگاه برود .

امروز روز محاکمه امیر هوشنگ و صنوبر بود . دیشب تا صبح کسی در خانه سبحان نخوابیده بود !! هر چند آقای پاک نژاد وکیل صنوبر می گفت که بهتر است آرامش خودتان را حفظ کرده وتوکل به خدا کنید ! ولی این پدر و مادر دلشکسته لحظه ای آرام نداشتند ! امروز چه اتفاقی خواهد افتاد؟ آیا آقای پاک نژاد می تواندبه گفته خود عمل کند و صنوبر را نجات دهد ؟آنها صبح زود به دادسرا آمدند.

در راهروی دادسرا نشسته و منتظر آوردن صنوبر بودند . ناگهان صابر فریاد زد : صنوبر رو آوردن ...صنوبر رو آوردن و بسوی پله ها دوید ، و قبل از اینکه زنان نگهبان بتوانند جلوی او را بگیرند، صنوبر را بغل زد و بصدای بلند گریه می کرد !! دو نگهبان مرد می خواستند او را از صنوبر جدا کنند ولی ماموربالا رتبه ای که همراه آنها بود ، با چشم اشاره کرد که کاری نداشته باشند !! چگونه جلوی یک برادر نوجوان را بگیرد که ممکن است خواهرش پای چوبه دار برود !! ماهره و صالح هم رسیدند ولی دیگر اجازه ندادند که آنها صنوبر را بغل کنند .

همگی پشت سر نگهبانان راه می رفتند و اشک می ریختند . دختر به این سادگی و خانمی که با چادری که بسر داشت معصومیت اوبیشتر دیده می شد ،بسوی محکمه ای می رفت که شاید حکم اعدام او را بدهد. کنار دریک اتاق صنوبر را روی نیمکتی نشاندند تا نوبت دادگاه آنها بشود ! دستهایش را دستبند زده بودند و چهار نگهبان و یک مامور همراه او بودند ! انگار که یک قاتل حرفه ای را دستگیر کرده اند و بسوی مکافات می برند ..

صنوبر آهسته به نگهبانش گفت که می خواهد با وکیلش حرف بزند ، و آنها اجازه دادند تا وکیلش کنار او بنشیند ، صنوبر جریان تهدید خودش را بوسیله نوچه های امیر هوشنگ به آقای پاک نژاد گفت. پاک نژاد سعی کرد که او را آرام کند که از کسی نترسد ، و هرچه قاضی پرسید جواب درست بدهد .

چند لحظه بعد درب آسانسور باز شد و امیر هوشنگ که کت و شلوار شیکی پوشیده و صورتش را اصلاح کرده بود، مثل شاخ شمشاد با لبخندی بر لب که نشان می داد مطمئن است تبرئه خواهد شد همراه وکیلش بطرف دادگاه آمدند . صابر از دیدن او دیوانه شد ! این مرد نه تنها خواهر او را نابود کرد!! بلکه زندگی همه آنها را به باد داد ! قبل از اینکه نگهبان بتواند کاری کند، صابر با مشت به سر و صورت او می کوبید و فریاد می زد :

" ای از خدا بیخبر!! خواهر بدبخت من به تو چه کرد ؟؟ الهی که الان حکم اعدامتو بدن تا دل ما خنگ شه !! "

همینطور فحش و بد و بیراه می گفت ! مامور و وکیل امیر هوشنگ او را از امیر هوشنگ جدا کردند. ماهره و صالح هم او را نفرین کرده و برایش آرزوی بدبختی می کردند !! این اولین باری بود که بعد از فرود اجباری در بندر عباس او را می دیدند ،ولی مامور به آنها امر کرد که اگر سر جایشان ننشینند، آنها را از دادسرا بیرون خواهد کرد . آنها هم بناچار کنار دیوار ایستادند ! در این موقع سربازی از داخل اتاق بیرون آمد و به صدای بلند گفت :

" صنوبر فرد خراسانی ! و امیر هوشنگ فرد خراسانی ! "

همه بلند شدند و بداخل اتاق رفتند . صنوبر و امیر هوشنگ را در ردیف اول نشاندند و بقیه هم در ردیف های بعدی نشستند. وکیل امیر هوشنگ هم لبخندی بر لب داشت و به آنها نگاه می کرد که بیخودی خودتان را

خسته نکنید برنده این دادگاه ما هستیم . رئیس دادگاه ابتدا از دادستان خواست که دستور عمل جلسه را اعلام کند و در ضمن گفت بدلایل سیاسی که در این پرونده وجود دارد جلسه امروز دادگاه، علنی نیست . سپس دادستان پشت میزی رفت و موضوع جلسه را اعلام کرد . آنطور که دادستان شروع کرد این دادگاه فقط مربوط به دلارها و طلاهائی که همراه امیر هوشنگ و صنوبر بوده، برگزار می شد ! شاید به بقیه پرونده های امیر هوشنگ دادگاه دیگری باید رسیدگی می کرد .

دادستان اعلام کرد که در موقع خروج در چمدان های صنوبر دو میلیادر دلار و دوهزار پانصد عدد سکه بهار آزادی وجود داشته که بدون اعلام قانونی قصد خروج آنها را داشته، و بگفته متهم ردیف اول امیر هوشنگ معینی فرد خراسانی این دلار ها و طلاها مهریه و شیر بها و نفقه پنج سال همسر ایشان صنوبر معینی فرد بوده و جواهراتی هم که در آن چمدانها یافت شده ، جواهراتی است که برای عقد صنوبر خریداری شده ، قانونا حق او بوده، ولی باید گزارش می داده که قصد داشته آنها را از کشور خارج کند که مسلماً این همه جواهر و طلا نمی توانسته مجوز بگیرد بنابراین بصورت قاچاق می برده. او قصد داشته در آمریکا خانه ای بخرد و این یکی از شرایط عقد بوده که امیر هوشنگ باید مهریه و شیر بها و نفقه را عندل مطالبه می پرداخته و برای او اشد مجازات را خواستار شد .

بدین صورت دادستان اعلام کرد که دلار ها و سکه ها متعلق به صنوبر بوده و رای خودش را بر گناهکار بودن صنوبر داد!! ، رنگ از روی خانواده صنوبر پرید !! اگر دادستان اینگونه از امیر هوشنگ پشتبانی می کند دیگر آنها شانسی برای آزادی صنوبر نخواهند داشت ؟

صالح خواست حرفی بزند ولی وکیل صنوبر او را ساکت کرد که اگر بی اجازه قاضی حرف بزنند او را بیرون خواهند کرد . اما وکیل آنها خوب فهمیده بود که با ارائه ای که دادستان داد از هم اکنون کفه ترازوی صنوبر سنگین تر شده ! آیا واقعا یک دادستان حق گفتن چنین حرفهایی را داشت و یا باید هر دو را متخلف معرفی می کرد؟ و قضاوت را به قاضی می سپرد نه خودش رای بدهد و مجرم اصلی را معرفی کند ؟سپس قاضی وکیل امیر هوشنگ را به پشت تریبون صدا کرد تا دفاعیه خودش را بخواند ! کاملا معلوم بود که همه اهل دادگاه درکفه ترازوی صنوبر نشسته اند تا آنرا به زمین بزنند !! وکیل امیر هوشنگ به پشت میز رفت و چنین شروع به سخن گفتن کرد :

"با اجازه قاضی معظم دادگاه و تشکر از همکار خوبم آقای علی مراد دادستان که با روشن بینی این پرونده را مطرح کردند ! اجازه می خوام که دفاعیه خودم را از موکلم آقای امیر هوشنگ فرد خراسانی اعلام کنم. ایشان در ایران شرکت ها و موسسات مالی فراوانی دارند که همه آنها به چرخ اقتصاد این مملکت کمک می کند ، در کارخانه هایی که به ایشان تعلق دارد هزاران کارگر مشغول کار هستند که در این دوران تحریم ها و بیکاری ملت قدم بسیار موثری می باشد. ایشان بهیچ وجه قصد نداشته اند که از مملکت ارزی خارج کنند چون در خارج از کشور در امارات هم ایشان چند سرمایه گزاری دارند که درآمد حاصله از آنجا را برای ورود کالاهای وارداتی استفاده می کنند !!که نه تنها در این ایام تحریم های شدید اقتصادی ارزی از مملکت خارج نگردد، بلکه مایحتاج مردم هم به کشور، بدون خروج ارز داخل شود ! بنابراین دلیلی وجود نداشته که اینهمه ارز و طلا که سرمایه این مملکت است را از کشور خارج کند ! فیلم عقد کنان وجود دارد که در آن بخوبی دیده و شنیده می شود که شرایط عقد چه بوده !! این خانم و پدرش می خواستند تلافی سالهائی که در آمریکا در فقر بسر برده اند را در بیاورند و با یک گنج به آنجا باز گردند و خانه ای لوکس و گران قیمت برای خودشان بخرند و بقیه عمرشان را هم با ارز مردم بینوای این مملکت خوش بگذرانند !!

صالح ناگهان فریاد زد :" این دروغها چیه که سر هم می کنی آقا ..!! دختر بیچاره من روحش از این چمدانها خبر نداشت !! "

قاضی به وکیل آنها گفت که صالح باید اتاق را ترک کند !! او خیلی التماس کرد ولی فایده نداشت و صالح را بیرون کردند . صنوبر اشک می ریخت وبه این بازی شطرنج سیاسی چشم دوخته بود !!چگونه این دادستان و این وکیل با بازی کلمات ، دارند زندگی او را نابود می کنند! خدایا در این بی دادخانه کسی نیست که بیاری او بیاید ؟ چگونه او را مانند یوسف بیگناه دارند به جرم نکرده محکوم می کنند !!وکیل امیر هوشنگ به سخنان خودش ادامه داد:

"قصد خانم صنوبر از این ازدواج بدست آوردن ثروت هنگفتی بوده که پس از این احتیاجی به کار کردن نداشته باشد ."

قلب صنوبر از این همه بی عدالتی داشت خفه می شد و در دل با خدای خودش راز و نیاز می کرد!! خدایا تو این همه بی عدالتی را می بینی که

چگونه دارند یوسف پاکی را بجرم خیانت به وطن به پای چوبه دار می فرستند !! آیا کسی هست که به او کمک کند .!!؟ خدایا در این کربلائی که یزدیها دور تا دور او را گرفته اند کسی بیاری حسین می آید ؟؟

ناگهان در اتاق باز شد سربازی بدرون آمد و به قاضی گفت :

"قربان خانمی بیرون ایستاده و می خواهند در این دادگاه شرکت کنند!میگن اطلاعات مهمی در مورد این پرونده دارند "

قاضی با سر به سرباز اجازه ورود این خانم را داد . در باز شد و دختر جوانی که چادر سیاه بسر داشت در زیر آن روسی بسته بود که یک تار مویش دیده نمی شد . داخل شد و بسوی قاضی رفت و گفت :

"جناب قاضی ، من در باره این پرونده شواهدی دارم که اجازه می خواهم که نشان دهم !!اجازه می فرمائید صحبت کنم !!؟"

همه به او نگاه کردند ! او کیست و چگونه شاهد این دادگاه می تواند باشد! قاضی به او گفت :

"بفرمائید بنشینید تا وکیل مدافع ها کارشون تموم بشه و شما صحبت کنید!"

دخترک بدون توجه به حرف قاضی به پشت میز رفت و با صدای بلند گفت:

" آقای قاضی من آقا زاده هستم !! منتها از جنس خوبش و می خوام برای اولین بارمثل اکثرآقا زاده ها بی قانونی کنم و قبل از نوبتم حرف بزنم"

ناگهان دادستان بر آشفت که : "جناب قاضی هویت این خانم برای دادگاه قابل شناسائی نیست و من خواهش می کنم که از حرف زدن او جلوگیری کنید ."

رنگ از روی امیر هوشنگ پرید و چیزی در گوش وکیلش گفت و وکیل او هم با صدای بلند گفت :

"جناب آقای قاضی این خانم مشکل روحی و روانی و اخلاقی دارد و مدتهاست که پدرش او را از فرزندی خود ساقط کرده لطفا اجازه صحبت به او ندهید !!"

دختر از کیفش کارت ملی خودش را در آورد و روی میز قاضی گذاشت و گفت : "جناب قاضی من نرگس معینی فرد خراسانی ! خواهر امیر هوشنگ و فرزندسعید فرد خراسانی وکیل مجلس هستم ! من هیچگونه ناراحتی روحی و روانی ندارم و در دانشگاه الیهیات قم درس می خوانم!! بعد کارت دانشجوئی خودش را روی میز قاضی گذاشت ویک ورقه دیگری و ادامه داد.. این هم تائیدیه مرکز بهداشت و روان دانشگاه که من مشکل روانی ندارم. تعجب می کنید که من تنها هستم و چگونه محافظی ندارم ؟ من خودم را فقط یک دختر ایرانی، و یک بنده خدا می دانم !! نه یک آقا زداه!!و تابه آنجا به پدرم افتخار می کنم که او در جبهه جنگ ایران و عراق می جنگید، ولی بعد از آن مایه شرمساری من است ! بابای من مثل خیلی ها ، لباس خاکی رنگ جبهه دیگر او را خوشحال نمی کرد و می خواست که ردای وزارت و وکالت بپوشد ، می خواست سوار بنز ضد گلوله شود ، او می خواست سهمش را از سفره انقلاب و غنائم جنگی بگیرد، درست مثل سربازان عراقی که وقتی خرمشهر را گرفتند حتی لباسهای ساکنین آنجا را هم به غنیمت بردند !! این سفره گسترده انقلاب پهن شده بود ،حالا چه کسانی ازش بهره بردند شما بهتر میدانید !! من از بار کشیدن اسم خانوادگیم شرم دارم !!چندین سال است که خانه پدریم را بخاطر آلوده بودن نانش به رزق مردم بی گناه ترک کردم .

پدر من زمانی در جنگ بوده، مثل میلیونها ایرانی دیگری که به جنگ رفته اند ، شهید یا زخمی شده اند! به جنگ رفته و سلامت بازگشته !! حال چرا پدر من باید، نه فقط حق خودش را از این سفره جنگ و انقلاب بگیرد بلکه حق همه آنهائیکه شهید و جانباز شده اند را هم گرفته باشد! شایدشما بفهمید من که نمی فهمم!؟دو عموی دیگر من هم در جنگ بوده اند !! عمو صالح که الان دارید دختر او را بیگناه محاکمه می کنید و عمو سبحان که جانباز است و در همین سالن در آن گوشه نشسته است !! اینها چرا مثل پدر من ثروت نجومی ندارند ؟ اینها چرا در قصر زرین زندگی نمی کنند؟ اینها چرا سوار ماشین ضد کلوله نمی شوند ؟ ها ؟ چون اینها فکر می کنند که دّین خودشان را به وطن ادا کرده اند، نه مثل پدر من که بنام دستمزدش از انقلاب خودش را صاحب اختیار مال مردم می داند، او فکر می کند چون خاک ایران را از دست عراقی ها نجات داده پس قباله اش را به نام او زده اند!!

پدرم با موقعیت سیاسی که دارد ! آنقدر جواز های مختلف ورود کالاهای

خارجی و اجازه ساخت و ساز زمین های مردم بیگناه را گرفته!! آنقدر پیر زنها را از ملک آنها بیرون کرده و آنجا را برای خود ساخته!! که فقط خدا می داند !!؟شما اسم ببرید که دست پدرم در چه کارهائی نیست !!؟متاسفانه دست پدرم از آستین امیر هوشنگ بیرون زده و مردم بیچاره را غم غش می کند!! شما چرا چشمتان را بر روی بقیه پرونده های فساد مالی و شکایات مردمی، که امیر هوشنگ کلاه سر آنها گذاشته می بندید و فقط دارید به این مساله که برای امیر هوشنگ خیلی هم جزِئی است توجه می کنید !!.

می دانید که او در چند کارخانه شریک است که بخاطر گرفتن وام روی آنها و پس ندادن آن وامها ، آن کارخانه ها پلمپ شده و کارگران بیکار!! اگر امیر هوشنگ به خارج پول نمی فرستد ! پس چگونه در دوبی هتل خریده؟ چطور دارد در آنجا بانک می خرد !!؟خارج کردن ارز که کار پیش پا افتاده اوست !! از خروج سوخت به افغانستان وپاکستان و دیگر کشورهای مرزی با کمک سوخت بران و یا بوسیله جا سازی در کامیون های باری گرفته!!تا آهن و طلا وسنگ ، فلزات ، هر چه که مال این مملکت است پدر و برادر من دارند به دنیای خارج می فروشند !! بخاطر شهرک هایی که در زمین های غیر مجاز می سازند حتی مسیر جاده های مملکت را عوض می کنند و به هر کجا که شهری می سازند جاده می کشند !!

آقای قاضی حتما تعجب می کنید که من اینجا چکار می کنم!! من چرا باید بر علیه پدر و برادرم شهادت دهم !! من سالها روزه گرفتم تا آنچه را که در بدنم با نان حرام پدرم پرورانده بودم ! آب کنم !! تا طاهر شوم !! من چندین سال است که قصر طلائی پدرم که پایه هایش بر دوش لرزان این ملت است راترک کرده ام ! در قم درس می خوانم و در مدرسه معلولین کار می کنم تا یک لقمه نان حلال بخورم !! و امیدوارم که دیگر گوشت و پوست من مطهر شده باشد !! الان هم در این دادگاه می گویم که ازدواج صنوبر با امیر طرح یک معامله بزرگ تجاری برای پدر و برادرم بود !! آنها می خواستند که در آمریکا سرمایه گذاری کنند!! حتی دلال های آنجا یکی از تفریح گاه های بزرگ را برای آنها معامله کرده اند و بعانه هم داده اند،

ولی چون پدرم همیشه جانمازآب می کشد که او ارزی از این کشور خارج نمی کند ! می خواستند که با این ازدواج برای امیر هوشنگ کارت سبز بگیرند و در مقابل سوال مردم که آقا زاده ها ارز به آمریکا می برند تا تابعیت بگیرند ادعا کند که او با یک ازدواج قانونی به آمریکا رفته و پولی

بابت آن خرج نکرده وگرنه امیرهوشنگ عاشق صنوبر نبوده ، او فقط وسیله ای برای به آمریکا رسیدن امیر هوشنگ بوده و بس. !.

جناب قاضی چمدان ها هم متعلق به امیر هوشنگ است، او می خواسته به اسم صنوبر این همه ارز را از کشور خارج کند وگرنه طبق قرار داد عقد صد و ده سکه طلا و یک خانه معمولی مهریه صنوبر بود که شاید پانصد هزار دلار بشود که این روزها هر دختری که در ایران عقد می شود هم این قدر مهر او می کنند! اگر به تعداد سالهای تاریخ تولد آنها که بعضی ها به سال میلادی آنرا حساب می کنند نگیرند به نام حضرت علی صد و ده سکه طلا و یک آپارتمان مهریه را حتمامی گیرند

رنگ از روی امیر هوشنگ و وکیل او پریده بود و نمی دانستند که چه کنند؟؟ نرگس ادامه داد :

"نه این همه میلیارد دلارو چندین هزار سکه و جواهر ! آقای قاضی از شما اجازه می خواهم که فیلمی را به شما و بقیه نشان دهم تا خودتون واقعیت را ببینید و بشنوید !!. البته من سالها ست که بخانه پدرم نرفته بودم و آنجا را برای همیشه ترک کردم ، اما دیشب به آنجا رفتم تا به او التماس کنم که دختر بیگناهی را به بالای چوبه دار نفرستد!! ولی او با من با خشونت رفتار نمود و مرا از اتاق بیرون کرد و به اتاقی رفت که برایش میهمان آمده بود. من هم از پشت دری که به آن اتاق که بصورت شیشه ای مشرف است رفتم و این فیلم را گرفتم اگر اجازه پخش آنرا بدهید همه جواب هایتان را خواهید یافت !

دادستان با رنگی پریده و التماس کنان گفت : "جناب قاضی این فیلم باید قبلا به دادگاه ارائه می شد که اجازه پخش بگیرد!! ممکن است که بر علیه عرف باشد !و حفظ شئون اسلامی در آن نشده باشد"

قاضی نگاهی به او کرد و با قاطعیت به سربازی که کنار میزش ایستاده بود گفت :

" تلفن را از خانم فرد بگیر وفیلم رو بنداز روی دیوار تا ببینیم که چه مدرکی برای ما آورده !"

رنگ به روی دادستان نمانده بود . سرباز به کمک نرگس فیلم را به روی دیوار انداخت . فیلم یکی از اتاق های قصر سعید را نشان داد که روی

صندلی مردی نشسته بود ! دوربین که جلوتر رفت قیافه مرد مشخص شد
آقای دادستان بود که روی صندلی نشسته و یک پایش را می لرزانید انگار
که اضطراب زیادی داشت ! همه بسوی او برگشتند !! او سرش را پائین
انداخته بود و به کسی نگاه نمی کرد ! ناگهان سعید وارد اتاق شد ، دادستان
تواضع کرد سعید گفت بفرمایید و سپس روی صندلی دیگری نشست و بعد
پرسید :

"پرونده امیر هوشنگ به کجا رسیده !!؟ فردا که منو نا امید نمی کنی ؟"

دادستان جواب داد :" قربان این دفعه آقا امیر هوشنگ خیلی بیگدار به
آب زده ..این همه دلارو طلا ؟قانع کردن قاضی خیلی سخته ، البته با
هزار زحمت ، فعلا پرونده های دیگر اونو به شعبه امنیت ارجاع داده ام !
وقتی پرونده ای رو منتقل می کنیم ، معمولا آنها دوباره شروع به تحقیق
می کنند تا مدارک جدیدی پیدا کنند ،چون می خواهند اسناد و مدارک از
طرف مامورین خودشان باشد ، و این کار آنقدر طول می کشد که مطمئنا
مثل پرونده های دیگری نظیر این ، شامل مرور زمان خواهد شد و بالاخره
طوری آنها را می بندیم که شاید اصلا به دادگاه نرسد ،فقط پرونده دلارها
و طلاهاست که فردا دادگاه دارد ."

سعید نگاهی به او کرد و با عصبانیت گفت :

"پس تو چه غلطی می کنی ها؟ پول واسه همین روزها می گیری !! نه یل
یلی و تل تلی راه بری ! فردا امیر هوشنگ باید تبرئه بشه فهمیدی ؟"

دادستان جواب داد : "قربان آخه این مقدار پول و طلا خیلی از مهریه اون
دختر بیشتره ؟ من چطوری سر وته قضیه رو بهم بیارم؟"

سعید فریاد زد:" پس تو چکاره ای ؟ نره خر حیف نون! این درسها رو واسه
چی خوندی ؟ ترو برای چه سر این پست گذاشتیم ؟ که اینجوری جواب منو
بدی !! اینو که همه می دونن !! تو باید یه چیزی بگی که قاضی قبول کنه !"

داستان جواب داد : "امر امر شماست امیدوارم بتونم یه اسمی روی این
پول ها بذارم "

سعید دوباره به او توپید که : "احمق بی عرضه اینم من باید بهت بگم !!
خوب بگو دختره ، شیربها،نفقه پنج ساله ش و پول خرید خونه توی آمریکا

رو نقد خواسته تا امیر هوشنگ کار و بارش، در آمریکا راه بیافته !! فهمیدی یا بازم بگم ؟ امیر هوشنگ هم همه را عندل مطالبه بهش داده "

دادستان گفت : "چشم قربان حتما این کار رو می کنم !! خدا کنه قاضی قبول کنه !!قربان ، عرض کوچکی داشتم در مورد اون اتومبیل های که سه ماهه توی گمرک موندن ، اگه لطف کنین ودستور ترخیص بفرمایید ، مشکل این حقیر هم حل می شه و هرکدوم رو که دستور بفرمائید دم خونه میارن قابل شما رو نداره !!

سعید جواب داد :" فعلا فردا امیر رو آزاد کن ! هفته بعد بیا تا در مورد اون ماشین ها صحبت کنیم ، بذار امیر آزاد بشه هر چند تا که خواست می ره به نمایشگاه اون، بعد بقیه اش مال تو !؟"

ناگهان دادستان بیهوش شد و از روی صندلی به زمین افتاد ! دیگه کسی به بقیه فیلم توجهی نمی کرد !! آنچه که باید همه بدانند ، فهمیده بودند قاضی نگاهی به امیر هوشنگ و وکیل او کرد و نگاهی به نرگس !! همه سکوت کرده و منتظر بحرف آمدن او بودند . خدا این فرشته آسمانی را از کجا فرستاد !! این دختر مهربان که آقا زاده واقعی بود و حرمت شان خودش را می دانست . تلفنش را از دست سرباز گرفت و توی کیفش گذاشت و رو به قاضی کرد و گفت :

"جناب قاضی حالا حقیقت را فهمیدید ؟ که پدر و برادر من چه ها بر سر این ملت بنام خدمتگزاران جامعه می آوردند !! این گوشه ای ازحق را ناحق کردن آنها بود !! حال با آنها چه خواهید کرد وظیفه شماست ! قصد من بیداری شما بود که بشکر خداوند انجامش دادم ! از شما تقاضا دارم این دختر بیگناه را عفو فرمایید .چون او یک طعمه برای شکاری بزرگ بوده و بس"

قاضی رو به سرباز کرد و گفت :" دادستان را ببرید بیرون و دکتر خبر کنید! پس از بهوش آمدنش به او دستبند بزنید ،او بازداشت است ،"

بعد ادامه داد:" ممنون از خانم معینی فرد که این مدرک را ارائه دادند و بر ما مسلم شد که این دختر جوان گناهکار نیست !! او بخشوده می شود و امروز آزاد خواهد شد !!و اگر دوست داشته باشد می تواند از امیر هوشنگ و پدرش شکایت کند ، امیر هوشنگ هم به زندان منتقل خواهد شد تا محاکمه او ادامه یابد!!!"

سپس قاضی از جای خودش بلند شد و بسوی نرگس رفت و دستش را بروی سینه خودگذاشت و گفت :

"دخترم نرگس بانو، ایران باید به داشتن دخترانی مثل تو افتخار کند ! من درمقابل عظمت و خانمی تو سر تعظیم فرود می آورم !!"

ناگهان صدای داد و بیداد صالح از بیرون بلند شد و بدرون دادگاه دوید!! صنوبر را در آغوش گرفته و از شادی فریاد می زد!!خداوند به کمک آنها آمده بود ! قاضی حتی دیگر از وکیل صنوبر نخواست تا توضیحات و دفاعیه خود را بخواند !! صنوبر بر زمین نشست و سجده کرد به خدائی که برای بیگناهی او ملکی را فرستاده بود !! و اشک خوشی بود که بر روی صورتش می ریخت !!

مادرش به ماموری که همراه او از زندان آمده بود می گفت :

"ترو خدا دستهای اونو باز کنید مگه نشنیدید آقای قاضی چه گفت ؟"

مامور با مهربانی گفت :" البته که آزاد شده ولی مراحل قانونی داره!! باید برگرده زندان و از آنجا آزاد بشه . "

ناگهان صنوبر به صدا در آمد و رو به قاضی کرد و گفت:

" آقا قاضی ترو بخدا منو دوباره زندان نفرستید !! آنجا یه نفر به من گفته اگه بر علیه امیر هوشنگ حرف بزنم منو می کشه !! می شه از همین جا منو آزاد کنید ؟"

مامور که واقعا بعد از شنیدن حقایق در دادگاه دلش بحال او می سوخت به او گفت :

" نگران نباش ترا با مامور بداخل بند میفرستم . تا وسایل خودتو جمع کنی!"

صنوبر جواب داد :" آقا من اون لباس ها رو دیگه نمی خوام ،اونا رو بدین به هم سلول هایم ! منو توی بند نفرستین بخدا اونجا چند نفر هستن که برای امیر هوشنگ کار می کنن به من هشدار دادن اگه برگردم اونجا و بفهمن که امیر هوشنگ به زندان رفته و من آزاد شدم منو می کشن ."

در این موقع نرگس بسوی آنها آمد ، صنوبر با اینکه دستهایش بسته بود آنها

را بلند کرد و دستبندش را بدور گردن او انداخت و گریه را سر داد باورش نمی شد دوست زمان کودکیش، همبازیش ، دختر عموی مهربانش جانش را نجات داده باشد !! هر دو در آغوش هم گریه می کردند !! چه کسی باور می کرد که نرگس چنین شهامتی بخرج دهد و صنوبر را از مرگ و یا حبس طولانی مدت برهاند!! حالا صنوبر او را شناخت ، همان دختری بود که در شمال می خواست کنار او بنشیند و پیتا نگذاشت . نرگس هم اشک می ریخت او بخاطر نجات یک بیگناه آبروی خانواده خودش را برده بود!! ولی از کار خودش اصلا پشیمان نبود !! او قانون شرع و عروف و انسان بودن را اجرا کرد ! چگونه می توانست سکوت کند و بیگناهی سرش به باد برود !!بسوی عمو سبحان رفت ، مطمئن بود که عمو سبحان از او پشتیبانی خواهد کرد!! سبحان سر اورا بر سینه گرفته و اشک شوق می ریخت که خداوند چنین گوهری را در خاندان آنها خلق کرده است

"عمو جان .. دختر قشنگم بتو افتخار می کنم !! به این همه شهامت تبریک می گم !! کاری که تو کردی ، من نتونستم بکنم ، با اینکه همه این چیزها را می دونستم. این کار از من بر نمی آمد!! "

از دادگاه بیرون آمدند و در سالن مالک هم انتظار آنها را می کشید، جلو آمد و به همه تبریک گفت و دست سبحان و صالح را بوسید . آمبولانس برای بردن دادستان رسید و دو نفر بابرانکار بدر اتاق آمدند، دادستان بیحرکت روی زمین افتاده بود ، برایش ماسک اگسیژن گذاشتند و به او سرم وصل کردند ، از صحبت های آنها می شد فهمید که دادستان سکته مغزی کرده ، شاید خداوند هم به کمک او آمده بود که با این سکته کارش به دادگاه و بی آبروئی نکشد . او را بردند . مامورین باید صنوبر را به زندان باز می گرداندند.

ناگهان امیر هوشنگ را دستبند زده از در دادگاه بیرون آوردند !! صابر دوباره بطرف او حمله کرد و امیر هوشنگ لکدی به او زد و گفت :

" یکی تون زنده از ایران بیرون نمیرین !! حالا می بینین! "

سرباز او را از آنها دور کرد . انگار امیر هوشنگ هنوز هم شکست خودش را باور نمی کرد ، او مطمئن بود که پدرش او را به نحوی آزاد خواهد کرد.

صنوبر می ترسید که به زندان باز گردد. مالک گفت که او ماشین دارد و همه می توانند دنبال ماشین زندان صنوبر را همراهی کرده و پس از آزادی

او ،همگی همراه او بخانه بروند.

***

سعید در صحن مجلس نشسته بود و داشت طرحی که مخالف آن بود را مطالعه می کرد تا سخنرانیش را آماده کند . از رئیس دفترش پیامی گرفت که بیرون از صحن مجلس منتظر اوست و کار فوری دارد . سعید آهسته صحن را ترک کرد ، رئیس دفترش ، حمیدیان در سالن قدم می زد و معلوم بود که خیلی ناراحت است .با دیدن سعید بسویش دوید و گفت :

" آقا اوضاع خیلی خرابه "

سعید با تعجب پرسید :" چی خرابه ؟ من الان باید برم پشت تریبون و حرف بزنم !!چرا منو صدا زدی ؟"

حمیدیان با رنگی پریده جواب داد :" آقا ..علیمراد نتونست کاری بکنه و آقا امیر هوشنگ رو دوباره دستگیر کردن !! اوضاع همه مون خرابه "

سعید در هم ریخت و پرسید :" مگه قرار نبود علی مراد امروز کار رو تموم کنه ؟"

حمیدیان با ناراحتی گفت :" آقا نرگس خانم !! نرگس خانم رفتن دادگاه و شهادت دادن و یه فیلم هم از حرفهای شما و علیمراد رو نشون دادن "

رنگ از روی سعید پرید ، ناگهان احساس کرد که دارد می افتد ، دستش را به دیوار گرفت و پرسید:" چی شده درست بگو !!"

حمیدیان همه چیز را تعریف کرد و در خاتمه گفت :

"آقا بدجوری همه چی لو رفته چکار کنیم !! نکنه خدا نکرده الان برای دستگیری شما هم بیاین، آقا زودتر بریم خونه تا هنوز کسی توی مجلس خبر نشده "

سعید دستش را روی شانه حمیدیان گذاشت و گفت :

" اینجا دیگه ماندن نداره ... زود بریم خونه ببینم چه خاکی باید بسرم بریزم .. به اینم میگن بچه که بره بر خلاف پدرش شهادت بده .. یه زنگ بزن به حاجی وقت بده بریم آقا رو ببینیم ، شاید اون بتونه کاری کنه "

حمیدیان جواب داد:"آقا خودم زنگ زدم .. آقا نیستن رفتن جزیره .. شایدم نمی خوان مارو ببینن!! از وقتی آقا امیر هوشنگ دستگیر شد !! دیگه آقا جواب تلفنهای منو نمیدن"

سعید دستی بر سرش کشید وگفت :" واویلا اگه آقا به ما پشت کنه !! دیگه کارمون ساختس"

و بعد بطرف آسانسور رفت تا به پارکینگ بروند !! با نگرانی از آسانسور خارج شد و بسوی اتومبیل خودش براه افتاد !! با خودش بلند بلند حرف می زد، می گفت حالا چه می شه ؟ مطمئنا هیچ کس از من دفاع نخواهد کرد !! همه آنهائیکه دستشون با من توی یه کاسه بود الان به ما پشت می کنن ، آخ که پشتم خالی شد!! حالا چه خاکی بسرم بریزم؟!! فقط یک نفر بود که شاید بدادم می رسیداونم آقا بود!! که حمیدیان می گه اونم رفته جزیره.. بهتره با جت امیر هوشنگ به جزیره بریم ، شاید اونجا آقا رو ببینیم !! اگر با دسته گلی که نرگس به آب داده او هم به من پشت کنه چی؟ چکار کنم ؟.

به اتومبیل رسیدند و سوار شدند نگاهی به پشت سرش کرد ! آیا دوباره به مجلس باز خواهد گشت !! آیا او را برکنار خواهند کرد؟؟ در افکارخودش غوطه ور بود ، راننده نشست و استارت ماشین را زد !! و براه افتادند ، از گاراژ مجلس بیرون آمدند و بسرعت بطرف فرودگاه می رفتند که با جت به جزیزه قشم بروند ، موتور سواری به سرعت از کنار آنها گذشت . راننده با شک به او نگاه کرد .. و به حمیدیان گفت که انگار این موتور سوار در تقیبب آنهاست !! حمیدیان نگاهی به موتور سوار کرد که به اندازه کافی از آنها دور شده بود و به راننده گفت که فکر نمی کند که او در تعقیبب آنها باشد که ناگهان صدای مهیبی برخاست و در یک آن ماشین به هوا پرید و منفجر شد !! و همه سرنشینان از ماشین به بیرون پرت شدند و جسدشان به اطراف بزرگ راه افتاد .

از صدای مهیب انفجار بمب اتوموبیل ها ایستادند ، و سعی می کردند که کمک کنند ، ولی جرات نزدیک شدن به اتوموبیل که در حال سوختن بود را نداشتند.آمبولانس و آتش نشانی را خبر کردند، چند دقیقه بعد آنها رسیدند، ولی هیچ کمکی نمی توانست بکنند هر چهار نفر مرده بودند و کاری از دست کسی بر نمی آمد .

***

صنوبر وارد خانه سبحان شد ، مادر از دیدن او کم مانده بود که غش کند !! خداوند این گل او را حفظ کرده و به آغوش خانواده بازگردانده بود .. ماهور و ارژنگ هم آنجا بودند .. وای از لحظه ای که ارژنگ پس از این همه مدت که در نگرانی و حسرت بسر برده بود صنوبرش را می دید !!؟ بیقرار بود، می خواست بسوی او بدود و او را در آغوش بگیرد! می خواست فریاد بزند ، که صنوبر من بازگشته !! ولی چگونه جلوی این همه چشم، یک زن شوهر دار را عاشقانه بغل کند .. کنار دیوار ایستاده و اشک می ریخت .، با چشمانی پر از غم و شادی به او می نگریست،آرزو می کرد که می توانست برای لحظه ای او را در آغوش بگیرد ، به پهنای صورتش اشک می ریخت ، و خدا را شکر می کرد ، چقدر سخت است که کسی را که به اندازه تمام دنیا دوست بداری ، فقط از دور بتوانی او را ببینی !! وقتی دیگران صنوبر را بغل می زدند ، او هم احساس آرامش می کرد. .. آزادی صنوبر که حتی خواب آنرا هم نمی دید .. فقط اشک می ریخت و به صنوبرش نگاه می کرد .

نرگس مادر را در آغوش گرفته و گریه می کرد !! نمی دانست کار درستی کرده یانه !! ولی با مالک خیلی دیشب حرف زده بودند و بنظر هر دوی آنها این بهترین تصمیم بود. او می دانست که با این شهادت برادر و پدرش را بخطر انداخته است، ولی چگونه می توانست یک عمر با این گناه کنار بیاید که سر صنوبر بیگناه به بالای دار برود !!؟

مادر هم پس از شنیدن داستان، گریه می کرد چون مطمئن بود که سعید از این معرکه جان سالم بدر نمی برد .. ولی او مادر بود و مظهر عشق، او بی دلیل عاشق بود و بی دلیل می بخشید .

ناگهان سمیه از درون اتاق فریاد زد :" آقا سبحان .. آقا سبحان بیاین تو ببینین تلویزیون چی رو نشون می ده !!؟"

همه با عجله بسوی اتاق نشیمن دویدند .. وای از صحنه ای که نشان می داد.. اتومبیلی منهدم شده هنوز دود از آن بر می خاست و خبر نگار می گفت :

" متاسفانه آقای سعید فرد به اتفاق سه نفر دیگر در این اتومبیل بوده و هر چهار نفر جان داده اند ...هنوز معلوم نشده که این حادثه ، از ترکیدن تانک بنزین بوده و یا بمب گزاری ؟؟

مادر فریادی از ته دل کشید و بیهوش روی زمین افتاد .. حال سبحان و صالح هم کمتر از او نبود .. مادر را بغل زده و گریه می کردند .. نرگس توی سرش می زد .. خدایا او باعث مرگ پدرش شده؟ ؟ سبحان مطمئن بود که دست های بالاتر از سعید در این معامله های زیر میزی،برای اینکه سعید دستگیر نشود و آنها لو نروند .. دهان سعید را برای همیشه بستند ..

خوشی آزادی صنوبر دیری نپائید و همه سر در گریبان گریه می کردند .. هیچکدام چنین عاقبتی را برای سعید آرزو نمی کردند ، چه سخت است برای مادری که یک فرزندش فدای دیگری شود !! مطمئن بودند که این حادثه نبوده و برای خاموش کردن سعید او را حذف کرده اند . نرگس ، خیلی بیتابی می کرد ، او فکر نمی کرد که با پدرش چنین کنند !! دختر همیشه عاشق پدر است ، چه شد که کار نرگس به اینجا رسید ؟ کاش بعوض ترک خانه پدری سعی می کرد تا پدرش را براه مستقیم بکشد و از بروز چنین مرگی جلو گیری کند .اما دیگر برای این حرفا خیلی دیر شده بود .

سبحان سعی می کرد که بفهمد جنازه سعید را به کدام بیمارستان برده اند؟ باید همراه مادر و صالح به بیمارستان می رفتند . مادر بیتابی می کرد می خواست تا جنازه سعید را ببیند .

ساعتی بعد ، در کنار پزشک قانونی نشسته و گریه می کردند . مادر به خدا می گفت که این چه عاقبتی بود که برای او رقم زده شده !! او باید مرگ عزیزانش را ببیند !!

سبحان هم غوغائی در درون داشت ، چرا از سعید کناره گرفت !!؟ چرا بعوض دعوا و قهر او را براه راست نکشاند و گذاشت تا او اینقدر به بیراهه برود که با کشتنش دهان او را ببندند .ناگهان اتومبیلی ایستاد و زری همسر سعید و دخترش امیر بانو توی سر زنان از آن پیاده شدند ..امیر بانو با دیدن نرگس بانو بسوی او دوید و شروع به زدن مشت بر سر و سینه او کرد و فریاد می زد :

" قاتل بابا .. تو اینجا چکار می کنی !! آخر زهر خودتو ریختی و منو یتیم کردی !! خدا چرا ترو نگشت تا ما همه راحت شیم !!"

زری خانم هم دست کمی از امیر بانو نداشت و با دیدن صالح و سبحان فریاد می زد :

" شما دوتا برادرتون رو کشتین !! بی انصافا چشم دیدن اونو نداشتین !! الهی صالح روز خوش نبینی !! که با آمدنت به ایران همه مارو بدبخت کردی "

هیچکس جوابی به او نمی داد و سکوت کرده بودند ، فقط او و امیربانو داد می زدند و بقیه آرام می گریستند.

نرگس فقط اشک می ریخت و کاردیگری از دستش بر نمی آمد !! صحنه خیلی دردناگی بود ، زری هم مرتب به صالح و صنوبر بد و بیراه می گفت و آنها را مقصر این مصیبت می دانست .وقتی اتفاقی می افتند ، همه بعوض اینکه به چاره آن فکر کنند بدنبال مقصر می گردند !! ایستادن آنجا فایده ای نداشت و به آنها گفتند باید جنازه ترخیص شود تا آنها بتوانند آن را ببینند ، ساعتی بعد همه بخانه باز گشته بودند .

***

چهار روز بعد همه در بهشت زهرا جمع بودند برای خاکسپاری سعید، مادر بیچاره در هوش و بیهوشی غوطه می خورد !بالاخره اجازه دادند تا روی سعید را ببینند ، قیامتی بر پا بود ، همه گریه می کردند ، دوستان و آشنایان زیادی برای تشیع جنازه آمده بودند، حتی بیشتر نمایندگان مجلس هم برای بدرقه او حضور داشتندو پیکر او را تشیع رسمی کردند، خوشبختانه در هیچ رسانه ای جریان دادگاه امیر هوشنگ پخش نشده بود و در این صورت گشته شدن سعید را به تروریست ها نسبت دادند و آبروی او را پس از مرگش حفظ کردند.

ناگهان ماشین پلیسی از دور پیدا شد و در مقابل حیرت همه امیر هوشنگ را دست بسته پیاده کردند ، او را بر سر جنازه آوردند ، با دستبندش توی سر خودش می زد ، فریاد می کشید !! عموهایش می خواستند او را آرام کنند. او بسوی جنازه پدرش دوید وسرش را روی جنازه گذاشته بود و بصدای بلند گریه می کرد !! انگار از اوج فلک به قعر زمین افتاده باشد!! خدا نکند که کسی از عرش به فرش بیفتد، خیلی درد آور است . .

امیر هوشنگ انگار تهی شده و هویت خودش را از دست داده بود .. او بدون پدرش هیچ نبود !! همه ی امید او پدرش بود ، که او را از این مخمصه رها خواهد کرد. مطمئن بود کسانیکه پدر را گشته اند او را هم خواهند کشت ، سرش را بر سینه پدر گذارده و اشک می ریخت !! او بدون پدرش

چکار کند !!؟ خیلی احساس بیکسی می کرد . انگار همه شخصیت آقا زاده گی او را همراه پدرش بخاک می سپردند .. حالا وضع او چه خواهد شد ؟ آیا امیدی به بیرون آمدن او هست !! سرش را بر سینه مادرش گذاشته و می گریست !! عجیب احساس درماندگی می کرد !! چه شد آن همه ابهتی که او داشت!! او دنیا را به زانو در آورده بود ،ولی حالا کوهی که همیشه به آن تکیه می کرد فرو ریخته و زیر پایش خالی شده بود .

بالاخره مراسم خاکسپاری تمام شد ، صالح و سبحان قصد داشتند که مادر را بخانه ببرند. زری و امیر بانو به مادر هم توهین می کردند که همیشه سبحان را دوست داشته و از سعید چشم پوشیده بود ، مادر تاب تحمل این حرفها را نداشت ، دل خودش آنقدر پر از درد بود که جائی برای گنجاندن این همه غصه و کینه را نداشت .

سبحان بسوی امیر هوشنگ رفت ، او اکنون غولی بنام آقا زاده امیر هوشنگ را نمی دید! پسر در مانده ای را می دید که با رفتن پدرش همه چیزش را از دست داده است . امیرهوشنگ هم مقاومتی نکرد و خودش را در آغوش عمویش انداخت و از دردهایش نالید !! انگار با این اشکها امیر هوشنگ همه آن پلیدی ها را می شست و پاک می شد ، سرش را بر سینه عمویش تکیه داد و می نالید !! به او گفت :

" عمو جان دلم پره ، کاش منو عوض بابا زده بودن !! عمو جان وضعم خیلی خرابه .. اونائی که یک عمر براشون دویدم . حساب بانکی هاشون رو پرکردم ، یکی یکی برام پیغوم و پسغوم می فرستن، که اگه حرف زدی نزدی؟!! اگه دهنتو وا کردی .. نکردی !!..که اگه می خوای دستمون رو از پشتت بر نداریم لال شو.. وگرنه هرچی دیدی از چشم خودت دیدی !! عمو جان از ما اسم نبر ها دارن کلافه ام می کنن ، برام پیغوم دادن که از ما اسم نمی بری وگرنه توی زندون سر تو هم مثل بابات می کنیم زیر آب ، عمو جون دیدی چطوری بدبخت شدم ."

سبحان در دلش می گفت چقدر بهت گفتم !!ولی خاموش بود دیگر موعظه در این حالت چه فایده ای داشت ؟ باید برای نجات یادگار برادرش کاری کند ..و نگذارد از ما اسم نبر ها او را هم بکشند.

عمویش او را نوازش می کرد ، انگار امیر هوشنگ، ده ، یازده ساله بی پدر شده بود و عمویش او را دلداری می داد ومی بوسید.

بالاخره صالح هم با تمام دلگیری هایی که از امیر هوشنگ داشت ، تاب نیاورد و بسوی او رفت امیر هوشنگ خودش را در آغوش او افکند و با گریه گفت :

"عمو جان منوببخشین ...بخدا من بد نبودم .. نمی دونم چطور به این راه افتادم ، می فهمم که چقدر شما را زجر دادم .. می دونم پشیمانی فایده ندارد ، اما فکر می کنم که به آخر خط رسیدم ..منو حلال کنید ... بخدا من قصد بدی نداشتم ،درسته که کارت سبز می خواستم ، اما نه به قیمتی که برام تموم شد .. اگه می آمدم آمریکا صنوبر رو اذیت نمی کردم .براش شوهر خوبی می شدم ..صنوبر حق طلاق داره ، تازه توی شناسنامه اش هم عقد ما ثبت نشده ، عمو سبحان وکیل من که اونو طلاق بده ،طلاق اونو بگیرید و برگردین ، من به آینده خودم امیدی ندارم ..چرا صنوبر را اذیت کنم .. از او هم بخواین که منو ببخشه !!پدرمو هم ببخشین .. او ته دلش خوب بود! ولی گول از ما بهترها رو خورد ومنم حالا فهمیدم که یه ذره براشون اهمیت نداشتم و ندارم .."

سبحان دوباره او را در آغوش کشید و در گوشش گفت :

"عزیزم .. در این تنگنا ترو تنها نمی ذارم هر کاری برایت می کنم تا مجازاتت کم بشه، بخداتوکل کن و امیدتو از دست نده . بدیدنت خواهم آمد "

در این موقع یکی از مامورینی که همراه او آمده بود جلو آمد و زیر بازوی او را گرفت تا با خود ببرد ..پشیمانی چه فایده ای در چنین وقتی داشت.. شاید گناه او هم نبود ! ناخواسته به این راه افتاده و بازگشتی برای خودش نمی دید .. او را با چشمان اشک بار بردند ، انگار همه امیر هوشنگ را بخشیده بودند مخصوصا صنوبر احساس دلسوزی برای او می کرد .. با آنهمه بلائی که بر سر صنوبر آورده بود ..صنوبر از ته دل او را بخشید ..

امیر هوشنگ را بردند .. عده ای به رستوران برای صرف نهار رفتند. ولی سبحان و صالح و بقیه خانواده به سوی خانه سبحان روان شدند .. باید در تدارک مجلس فاتحه ای در مسجد نزدیک خانه سبحان می بودند .

مادر همچنان اشک می ریخت، سمیه و ماهره سعی می کردند که او را آرام کنند، ولی مگر می شد .. چقدر به سعید التماس کرده بود که از این راه بازگردد!! ولی اوبحرف کسی نکرد!! کاش او را بحال خود رها نمی کرد کاش بیشتر به او می رسید !! مرتب داد می زد و سعید را صدا می کرد

ولی دیگر فایده ای نداشت و این اتفاق افتاده بود . شاید هم اگر زنده
می ماند! مانند امیر هوشنگ او را به زندان می بردند ، مادر اندیشید که
کدام برایش سخت تر می بود ، مردن او و یا بدنامی اش ، شاید در ته دلش
به زندان راغب تر بود! اما اینگونه لا اقل آبرویش در پیش مردم نرفت و با
عزت بخاک سپرده شد.

.

فصل ششم

مهشید آژیر...۳۷۲

سه ماه بعد در فرودگاه اگرا هواپیمائی به زمین نشست ، ارژنگ و صنوبر دست در دست هم از آن پیاده شدند ، !!.

آنها بالاخره پس از گذراندن روزهای بسیار بدی درایران !!که باید اجازه خروج صنوبر را می گرفتند ، همگی رهسپار آمریکا شدند .

پس از ترور سعید ، امیر هوشنگ به این باور رسید ،که حق با عمو سبحان است و پدرش او را به بیراهه انداخته بوده !! چون مطمئن بود کسانیکه به او پیغام می دادند که اسم آنها را نبرد !! پدرش را به این جاده یکطرفه که بازگشتی جز مرگ نداشت کشانده بودند، و بالاخره او را کشتند. امیر هوشنگ انگار خودش را دوباره یافته باشد ، سعی می کرد که عوض شود و از این بیراهه بازگردد. حالا می فهمید که در درون او هم انسانی آگاه و وظیفه شناس وجود دارد ، احساس می کرد که دیگر فرمانبر نفس اماره خود نیست و این نفس مطمئنه اوست که او را راهنمائی می کند، حالا می فهمید که آقازاده بودن !!به معنی سوء استفاده از قوانین نیست !! به معنای سر مردم کلاه گذاشتن نیست !! آقا زاده یک صفت خوب است که به انسانهائی خوبی مثل مالک و نرگس برازنده است . او تصمیم گرفته بود که خوب شود!! که مثل نرگس مطهر گردد ! و دستش را از تمام گناهانی که مرتکب شده بود بشوید و غرامت آنها را هم بپردازد !! چه فایده زندگی که در سایه عده ای سود جو جریان داشته باشد !!؟ که هر لحظه که بخواهند او را از صحنه روزگار حذف کنند!!؟ چگونه پدرش را در عرض چند لحظه پس از شهادت دادن نرگس در دادگاه کشتند؟ چنین انسانهایی ارزش همراه بودن را ندارند !!

کاش پدرش هم مثل عمو سبحان یک انسان وارسته بود که مردم این گونه از ته دل به او احترام می گذارند ، نه بخاطر پول و ثروتش!! او هم باید از راه کجی که می رفت بازگردد و در زندان آنقدر ریاضت بکشد تا تمام وجودش از سم هائی که در این چند سال او را اشباع کرده بودند، پاک گردد!! از راهی که رفته بود پشیمان بود ، حالا می دید که تمام قدرت او و پدرش ریشه در دیگران داشته و آنها می توانند مثل کشتن یک مگس او را هم حذف کنند. او باید به ارزش های واقعی خود بازگردد ، از راهی که

رفته بود سخت پشیمان گشته ، و با خود شب و روز استغفار می گفت و از خداوند می خواست تا دست او را بگیرد و از این منجلاب بیرون بکشد!! یادش می آمد که روزی عمو سبحان به او گفته بود که این راهی که تو می روی آخرش سرت به کوه می خورد و اکنون همان احساس را داشت.به عمو سبحان گفت که از کرده خود پشیمان است و قصد تلافی دارد ، و از او خواست که در این راه دشوار دست او را بگیرد و راهنمای او باشد که هم در این دنیا و هم در آن دنیا مدیون کسی نباشد.

امیر هوشنگ به گفته سبحان وکیل حقه بازش کامبیز راکه پس از ترور سعید ناگهان ناپدید گشته بود ، بر کنار کرد و وکالتش را وکیل صنوبر بر عهده گرفت . آقای پاک نژاد ، پس از ملاقات با امیر هوشنگ و آگاهی از اینکه او می خواهد به همه چیز اعتراف کند !!به او گفت که اگر داوطلبانه اعتراف کند، در مجازاتش تخفیف خواهند داد ، از بازپرس تقاضا کرد که به امیر هوشنگ وقتی برای حرف زدن، و اعتراف کردن بدهد.

در بازپرسی امیر هوشنگ بهمه چیز اعتراف کرد و سپس عمو سبحان را وکیل کرد که اموال مردم را به آنها باز گرداند و آنچه که از دارائیش باقی ماند را به بیت مال بدهد. در یک دیدار از مادرش خواست که قصری را که از پول حرام ساخته بودند را ترک کند ، و به خانه ای که از قبل داشتند نقل مکان نماید، قصرپدرش، خانه خودش در نیاوران و ویلای شمال را فروخت و تمام پول ها را به مردمی که از طرف او ویا پدرش خسارت دیده بودند ، بازگردانید . تمام کارت های بانکی که برای گدایان بازکرده و از آن طریق پول شوئی می کرد ، همراه با وکالت نامه ها به سبحان داد که آن پول ها هم به بیت المال باز گردند.

او به اصل خودش بازگشت ، و قدر آقا زاده بودنش را فهمید ، که آقا زاده به معنی این نیست که از مقامش سوء استفاده کند ، !! بلکه باید به مردم بیشتر خدمت نماید .چون دارای مقامی است که دسترسی به بزرگان دارد و می تواند دست بیچارگان را بگیرد .در او یک آقا زاده واقعی متولد گشت و او در این زندگی نو که یافته بود می خواست که آنی شود که برازنده نام آقازاده باشد .حالا می فهمید که نرگس چرا ترک خانه و خانواده را کرد و در مقابل عزت نفس او سر تعظیم فرود آورد.. در دادگاه اسم کسانیکه همدست و یا بگفته و پشتیبانی آنها کارهای خلاف را انجام می داد نبرد و همه گناهان را برگردن گرفت ، سهام کارخانه هایی را که بنام خودش کرده

بود ،را به صاحبانش بازگردانید..مخصوصا آن کارخانه کفش سازی که متعلق به چند یتیم بود. پولهائی که از مردم گرفته بود که برایشان کاری انجام دهد را هم پس داد، حتی سهام بانک و هتل دوبی را فروخت و اصل پول را به بیت المال داد.

بیتا یکتا تنها کسی بود که پس از اینهمه ماجرا، امیر هوشنگ را تنها رها نکرد، ومرتب در زندان به ملاقات او می رفت و چون وکیل معاملات داخلی امیر هوشنگ بود، با در اختیار داشتن اطلاعات کامل در مورد پرونده های مالی و خرید و فروشهای امیر هوشنگ ، کمک بزرگی به سبحان برای گرفتن رضایت از شاکیان خصوصی او وسبکتر شدن جرم امیر هوشنگ می کرد .

سبحان که متوجه عشق بیتا به امیر هوشنگ گشته و می دید که این دختر چگونه ، بر خلاف دگر دوستان ، امیر هوشنگ که از قبال او می خوردند، و ناگهان پس از دستگیری او ناپدید شدند ، قدم به جلو نهاده و بدون هیچ ترسی ، برای کمک به امیر هوشنگ از جان و دل مایه می گذارد، از دادگاه اجازه ازدواج این دو را گرفت . درحضور سبحان ، در زندان بیتا و امیر هوشنگ عقد کردند .

بیتا به سبحان اعتراف کرده بود که از همان ابتدای آشنائی با امیر هوشنگ، ناخواسته به او دل باخته ، واز جان دل به او خدمت می کرده وهرگز این عشق را بیان نکرده ، چون می دانسته که امیر هوشنگ قصد ازدواج با دختر عمویش را داشته تا کارت سبز بگیرد، و در این گرفتاری او نتوانسته بود که امیر هوشنگ را رها کند و به کمک او آمد ، مخصوصا وقتی فهمید که او از کرده خود پشیمان است و قصد دارد تلافی نماید. او مثل یک کوه پشت امیر هوشنگ ایستاده و از هیچ کمکی خودداری نمی کرد. ،و این صداقت و عشق خودش امیدی بود در تاریکی دنیای امیر هوشنگ که به آینده امیدوار شود وبیشتر به آزادی فکر کند

بالاخره با همه ی این کمک ها امیر هوشنگ به پانزده سال زندان محکوم شد که جای شکرش باقی بود وبه این امیدوار بودند که بالاخره در مرور زمان عفویی هم شامل او شده و آزاد گردد..

همان ابتدا امیر هوشنگ ، سبحان را وکیل کرد که صنوبر را طلاق دهد ، طلاق صنوبر داده شد و از این ازدواجی که به آن راضی نبود آزاد گردید. صنوبر هم از ته دل او را بخشید ، او نمی توانست کینه ای در دل داشته

باشد . قبل از پرواز به آمریکا همراه پدرش به دیدن امیر هوشنگ به زندان رفت و به او گفت که برای آزادیش دعا می کند ..مالک و نرگس ، دو آقا زاده واقعی که خود را خدمتگزار مردم می دانستند وهر قدم را برای رضای خدا و بندگانش بر می داشتند! حالا که امیر هوشنگ از راهی که رفته پشیمان گشته بود، همگام با سبحان به هر دری می زدند تا ازمجازات او بکاهند. و مرتب در زندان بدیدارش می رفتند واز شاکیان رضایت نامه می گرفتند ، البته با پرداخت خسارت آنها و حتی زیانی که در معامله با امیر هوشنگ بر آنها رفته بود. ! حالا امیر هوشنگ قدر این فرشته مهربان را می دانست که شب و روز برای کمک به او از هیچ چیز مضایقه نمی کرد .

بعد از عقد بیتا و امیر هوشنگ ،مالک و نرگس هم با اجازه امیر هوشنگ در یک عقد کنان بسیار معمولی در خانه مادر با حضور پدر مادر مالک، خانم علوی و چند دوست خانوادگی ، زری خانم که حالا دیگر فخری به زندگی پوشالی قبلی خود نمی کرد و بعد از مرگ سعید فهمیده بود که همه آن دوستی ها برای سوء استفاده از سعید بوده و دوستداران واقعی همین سبحان و صالح هستند که برای نجات زندگی امیر هوشنگ می جنگیدند و همه آن غرور بی جا را رها کرده و به خانه مادر برای عقد نرگس آمده بود،به عقد هم در آمدند و روانه خانه بخت شدند .

سر انجام صالح و خانواده اش به آمریکا بازگشتند. ارژنگ و صنوبرباور نمی کردند ، که این داستان پایان یافته و صنوبر از آنهمه دردسر و مشکلات سر سالم بدر برده و آن کابوس به پایان رسیده است، و اکنون صنوبر با رضایت خانواده اش به عقد ارژنگ در خواهد آمد .در فرودگاه خانواده ارژنگ که می دانستند ارژنگ برای بدست آوردن صنوبر از چه خطر ها عبور کرده و همراه او به آمریکا باز می گردد به استقبال آنها رفتند ، و چند روز بعد رسما با گل و شیرینی به خواستگاری صنوبر آمدند . صالح که از تصمیم خودش برای ایران رفتن و جدا کردن این دو دلداده سخت پشیمان و شرمنده بود ، بدون هیچ قید و شرطی با ازدواج آنها موافقت کرد. چندی بعد در میان شادی دوستان و همسفر هایشان در سفرهند، در یک مجلس بسیار ساده صنوبر و ارژنگ به عقد همدیگر در آمدند! این بار صنوبر از ته دل خوشحال بود و وقتی بله را گفت انگار با تمام آن غم ها خداحافظی کرده و وارد دنیایی از شادی می شد. آنها یک بار دیگر ثابت کردند که یک عشق پاک همیشه برنده می شود !! وپیروزی فرشته عشق حتمیست و عاشقان یک دل بهم میرسند !

و حال آنها آمده بودندتا شبی مهتابی را در کنار تاج محل بگذرانند ، آنها طوری تاریخ ماه عسل خود را تعیین کردند که شب چهاردهم ماه در تاج محل باشند و در کنار معبد عشق،عشق پاکشان را جشن بگیرند .

آنها شب پیش را در دهلی گذرانده و به زیارت نظام الدین رفتند و پرده ای از گلهای خوش رنگ را بر مزار او کشیدند !!تا نذری را که در سفر گذشته هر دو در دل خود نجواکرده بودند را ادا کنند!! و اکنون دست در دست هم بسوی تاج محل می رفتند و خاطره هایی را که از سفر قبل داشتند مرور می کردند .. و شکر گزار بودندکه چگونه خداوند آنهمه مشکلات را از سر راه آنها برداشت و بالاخره پیمان ابدی بستند .. و به صدای بلند می خواندند !!

آدم یه روز دنیا میاد

یه روز م از دنیا می ره

کسی که عاشق نباشه

تنها میاد ، تنها می ره

سلام بر عشق ..سلام بر عشق

سلام برعشق .. سلام برعشق

و دست در دست هم بسوی آینده خوش پرواز می کردند.

پایان   مهشید آژیر

لاگونا هیلز کالیفرنیا

مهرماه ۱۴۰۰ خورشیدی   برابر با سپتامبر ۲۰۲۱